U0871527

首届中国工业文学奖

天坛帽儿爷

THE HATTER BY THE TEMPLE OF HEAVEN

春雨◎著

上

北京日報出版社

图书在版编目（CIP）数据

天坛帽儿爷 / 春雨著 . -- 北京 : 北京日报出版社 , 2022.7

ISBN 978-7-5477-4254-9

Ⅰ . ①天… Ⅱ . ①春… Ⅲ . ①长篇小说－中国－当代 Ⅳ . ① I247.5

中国版本图书馆 CIP 数据核字 (2022) 第 046745 号

天坛帽儿爷

出版发行：北京日报出版社
地　　址：北京市东城区东单三条 8-16 号东方广场东配楼四层
电　　话：发行部：（010）65255876
　　　　　总编室：（010）65252135
作　　者：春雨
京味儿顾问：金良
封面题签：杜彦锋
策划编辑：薛文杰
文字编辑：吕　娜
特约编辑：王艺达
美术编辑：郑妍妍
插　　图：徐　川
策 划 方：北京纯京味儿艺术剧院
责任编辑：卢丹丹
印　　刷：河北宝昌佳彩印刷有限公司
经　　销：各地新华书店
版　　次：2022 年 7 月第 1 版
　　　　　2022 年 7 月第 1 次印刷
开　　本：710 毫米 × 1000 毫米　1/16
印　　张：54.75
字　　数：600 千字
定　　价：128.00（全三册）

作者：春雨

王春雨，笔名：春雨。土生土长的北京南城人，从事文字工作30余载，北京市优秀新闻工作者，北京作家协会会员，现任北京纯京味儿艺术剧院总编剧、总导演。1985年开始发表小说、纪实文学等，先后发表长篇纪实文学《初涉爱河的时候》《十字架上的夏娃》《酒惑》等。1993年，出版10余万字的关于青少年问题研究的著作《人生黑洞》；2017年，由作家出版社出版50余万字的京味儿长篇小说《龟院儿》；2018年，60余万字的京味儿长篇小说《天坛帽儿爷》获得首届中国工业文学作品大赛二等奖，由作者担任编剧及导演的系列京味儿话剧《痴爷》《北京大妞儿》《翔云八号院》在全国巡演；2019年，电影剧本《翔云八号院》获得第二届中国工业文学作品大赛三等奖；2021年，“春雨京味儿话剧展演季”在北京启动，作者参演多部话剧，成功地塑造了教师、冰球教练等艺术形象，由作者担任编剧及导演的迎冬奥体育话剧《札幌冰血情》在北京首演。

序

傲骨梅无仰面花

春雨的长篇小说《天坛帽儿爷》付梓，可喜可贺。

这部小说，以北京南城普通百姓的生活为背景，写了一批小青年在改革开放初期的困顿、挣扎和惶惑。

用文学的笔触描写那个时代的人们的生活，确有必要。那是一个计划经济向商品经济转型的时代，是旧思想、旧习惯向新思潮、新生活转化的时代。真实解读当时人们思维模式的转变，反映当时人们面对变革的情态，非文学不可。

因此，我为文学而感慨。

进入商品经济社会之后，经济成为主导，文学不再是人们热衷的话题，甚至有些冷落凋零了。多年以来，文学不再有《班主任》那样的轰动，不再有《高山下的花环》那般的震撼，也不再有《歌德巴赫猜想》那般的令人痴狂。曾几何时，文学的崇高与神圣、文学的热烈与轰动、文学的向往与追求，成为一代人羡慕和景仰的目标，吸引公众的眼球、鼓荡人们的热血。如今，文学却已经瑟缩在光怪陆离的社会生活角落中，越来越不被人们重视。

我为春雨老弟而感慨。

文学凋零寂寞的今天，春雨仍在苦苦追求着。为文学这样痴迷而又执着的，如今真是不多见了。

春雨是工人出身，后进入媒体工作，又转而成为话剧导演，从事舞台艺术工作。无论做什么，一直没有放下手中的笔。他属于最早被文学鼓荡起青春热血的一代人，搞文学创作完全是从兴趣开始。由爱好而入迷，由入迷而必欲成其事，锲而不舍，孜孜以求。

最近一些年，随着商品经济的深入人心，我们的文学和文化不知不觉被庸俗化了。文学创作这个行当，被许多报纸、电视等传媒弄成了一种谋生手段，提到文学创作也是一种调侃的轻佻的口吻，比如“码字儿”，好像把一个个汉字码起来就是文学创作了。还有一种很不负责任的说法，更是把文学浅俗化了。比如有的人写了文章，有了一点名气，成为作家后，他就在各种场合大肆“谦虚”，说自己肩不能挑、手不能提，既不能做工也不会种地，总之是干啥啥不成，百无一能，到处碰壁。实在没办法了，觉得自己还会写字，于是就写作了，没想到还就真成功了。这种说法，自我吹嘘也还罢了，关键是谬种流传，荼毒后学。这种说法多了，使大家误以为文学作品都是一些无能无用的人写出来的，甚至社会上出现这样一种近于调侃却也写实的说法：实在不行我就去当作家。

我们都知道，文学是人类智慧思考的结晶，是一种精神产品。它承载文化、解析人生，绝不是谁随便说几句话印出来就可以称之为文学的。这么随意解释和糟蹋文学的人，至少也是缺少社会责任感。我们不否认有天才，但即使是天才，也一定有他自己的积累。这个世界上，没有任何事情会随随便便成功。

譬如春雨，我们相识于二十世纪八十年代。自我接触他的时候起，就知道他的勤奋和努力未曾有一日稍辍。他不是天才，他完全是靠着自己的努力，靠着一种锲而不舍的追求和信念获得成功的。他有自己的职业，有一份完全可以食饱衣暖无忧无虑的收入。他搞文学创作，可以说毫无功利目的，也绝不是为了吃饭穿衣——文章不为稻粱谋。正是因为这样，他才会有这样一份只问耕耘不问收获的恬淡心境，也正是这样一种心境，使他一步步走进了文学的殿堂。

所以，无功利心是文学。

有这样一个故事：一只羊不慎掉进一口枯井，惶遽哀呼良久之后，终于知道不会有人来救它了。于是不再呼叫，准备靠自己的力量救自己。井壁陡峭，靠自己的力量爬是爬不上去的。但井壁是土质的，于是这只羊开始用蹄子刨井壁上的土，土落下来，聚成一堆，羊就在这堆土上继续刨。刨下来的土越堆越高，羊也就离地面越来越近，最终跃上地面，实现了自救。

现在想起这个故事，忽然觉得文学创作也像是这只掉进枯井的羊，需要在寂寞与困顿中适应、忍耐和挣扎、自救。窃以为，大而言之，有春雨这样在文学的苦旅上艰难跋涉不知疲倦的人，文学终有一天会走出困顿、告别凋零，迎来自己新的辉煌；小而言之，春雨本人也是这样一只在枯井中困顿无助的羊，只要坚持不懈地努力，不断用作品的“土”堆积脚下的路，他也会迎来自己文学创作上的辉煌。

板桥道人有副对联说得好：“虚心竹有低头叶，傲骨梅无仰面花”。竹不倨傲自矜，虚心有节；梅不媚俗，花蕊绝不向上，骨气品格为人称道。我以为，小说的作者也体悟到了这一点。竹和梅，尚且知道虚心硬骨的力量，何况人呢？人这一生，不怕低头，怕的是低下去，再也没有勇气抬起头来。有时侯，低头也是一种气度，一种智慧，一种历练，经受得起，承担得起，托举得起，才能成为那个笑到最后的人，也才可能成为无须“仰面”的人。

疾风劲草，大浪淘沙。春雨自己就是一位改革开放的弄潮儿，四十年风霜雪雨，四十年生聚教训，凝聚在这部书中，形成一种巨大的感情的冲击力，不读进去，不能得。

本书京味儿顾问：

名人推荐

托尔斯泰曾说：“多么伟大的作家，也不过就是在书写自己的片面而已。”难以割舍的情愫，热血沸腾的记忆，是作者书写自己精神家园的源动力。青春的色彩，初恋的记忆，如山野星辰，散落在作者的脑海深处。它们放荡不羁，它们时常会跳脱出来，像一杯茗茶般清香，又如一杯老酒般纯烈，作者把这些星光记忆连珠成串，形成一部难得的经典文学作品。

——米家山　著名导演

在众多的投稿当中，《天坛帽儿爷》以制帽厂为背景，娴熟地运用和提炼北京方言，生动地刻画了人物形象和内心活动，文学叙事一气呵成，结构严谨，工业气息浓厚，地方特色鲜明。以白描的手法表现了从新中国成立到改革开放初期北京轻工业发展的一个缩影。从众多参赛作品中脱颖而出，荣获首届中国工业文学作品大赛二等奖。

——赵文民　中国文联文艺研修院副院长

作者以其在北京的生活经验书写几近斑驳却不失气度的人文情趣和看似寻常的生活琐事，洋溢出浓郁的北京地域特色。透过时间的笔触来描写地道的北京生活、传承纯正的北京文化和展现鲜活的沉浮故事，与其说这是一个关于帽厂的故事，不如将其看为一场人与社会、人性与欲望的历险。

——袁爱俊　北师大附属实验中学校长

中国非物质文化遗产保护协会理事

风趣的北京话，凝练出精彩的故事。其实，京味儿的精髓全在这北京话。北京话是北京人的神和魂，是北京人独具的人格特征。作者是土生土长的北京人，将北京口语进行了精细提炼，在书中运用大量北京特色的元素和以道地的京腔京韵描摹人、事、物，一些地方甚至会出现较为生僻的俚词，也正因为如此，才让北京语言色彩体现得更浓烈，进而使得人物之间的语言拥有了强大表现力，作品更富魅力，给读者呈现出一部具有特定文化意义的优秀作品。

——田常波　《体育博览》杂志社社长

这是一部“青春祭”，更是为一个时代立传。作者擅长透过生活日常敏感捕捉时代微妙变化，通过韩跃民、黄鹂、红梅、小蚊子、刘小辫儿等人之间的情感交集，痛搔时代之痒，书写一个时代不可阻挡和逆转的泥沙俱下的洪流巨变。作者用后视角全景式地展现改革开放初期北京南城工人阶层的生存状态。值得称道的是，心平气和的叙事，充满地域特色的京味儿语言所形成的艺术特色，令人咀嚼再咀嚼，品味再品味，这亦为该文本独特的价值所在。

——孔鸣　中国作家协会会员

不认命，就奋进；心强硬，便尽兴。书中每一个人物的命运变化，都是对小人物追求大梦想的有力折射。身为北京爷们儿的主人公韩跃民身上有着时代烙印，他的好学和侥幸、仗义和鲁莽、善良和棱角，无不将手中的生活捏得意趣风致。作者用超凡的文字控制力，雕刻出八十年代普通民众的别样命运，令人在啼笑中感怀，惊叹中唏嘘，或深或浅。

——杨永华　北京市大兴区人民检察院检察长

一个“情”字，跨越四十年的时间，化作一幅意味悠远的京味儿画卷展示于观众面前，为读者构筑出一座艺术性极高的思想栖息地。作者理念逐新，创作细腻，追求烟火情调的同时又不失人物的鲜明人格。将二十世纪八十年代的世事变化与人间冷暖都浓缩在天坛帽厂当中，一段悲喜交加的跌宕生活成为那个时代的缩影。小说不单向读者展现了发生在天坛帽厂的故事，更潜移默化地将时代符号印在了人情冷暖之间。

——建通　社会活动家

整部书的结构和寻常长篇小说略有不同，虽然其秉承了顺叙和插叙时间概念，但各章之间的联系并非不可拆解，读者既可以沉浸于连续性的饱满故事，亦能品尝独立成篇的顷刻欢愉。讲述一家三代制帽工人的故事，着重刻画第三代韩跃民。每章划为若干个小节，以文中故事冲突点为标题，实为恰当。作者从事文字工作三十余载，举手投足间散发浓浓的文人书卷气息，以过人的体察力将这样一个京味儿长篇故事娓娓道来。

——王艺达　本书特约编辑

目录

第三章 /79

第四章 /114

第五章 /141

[一] 韩跃民忽然兴奋起来。他倚小卖小，一边一个搂着黄鹂和迷糊王的肩膀朝食堂里走

[二] 韩跃民不愿意承认这叫吃醋，可他明明白白知道自个儿就是吃醋了

[三] 只要黄鹂单独跟他说上几句话，他立马筋酥骨软，心里全是黄鹂的那些“好儿”了

[四] 他心里惦记着别的，对二雷和张弛之间的罗罗纲就没兴趣了

[五] 这样人家的女儿嫁给孙念安，至少在当时来看，谁吃亏还真不好说

第六章 /177

[一] 这个在污泥浊水中摸爬滚打了小二十年的半老男人，一瞬间把什么都想到了

[二] 他心里不是滋味儿，较着劲儿跟霍师傅父子几人喝白酒

[三] 林老师一家子对佟师傅感恩不尽、敬若神明

[四] 渴了就要喝水你知道吧？咱们俩这就是，你渴了我渴了，都得喝水

[五] 连蒙带唬，加上黄鹂假拆台真帮忙，好歹把霍师傅弄到楼上给孔书记量了尺寸

闲篇·开篇

先扯几句闲篇，也算是开篇。

北京人说话有特点：准确、传神、善于抓特点。有句话叫“高手在民间”，这个一点儿不假。咱们那些写小说的、写剧本的、写散文诗歌的，写一切文本的文字工作者，包括不搞文学创作只写新闻通稿或者科技论文的人们，您的语言绝不可能都是从书本上来的。您的语言表达能力，文字构成，绝大部分都是来自民间，来自您生活环境中老百姓的语言。

说北京话有特点，其实各地方言都有自己的这个特点——起码是生动、传神。而北京话更大更突出的一个特点就是一个字——“损”。

北京人，长期生活在帝辇之下，骨子里就带着一股居高临下的大气、豪气和傲气，瞧着不顺眼的人和事，免不了生出自己的评判。所谓“损”，说白了就叫骂人不带脏字，骂得你从肉里边往外犯痒痒，可就是没处抓挠去。比如俩人在大街上吵嘴架，其中一位气势汹汹，得理不饶人，另一位道：“您别嚷嚷，我小时候在动物园吓着过。您这么凶，难不成还能把我吃了？”

您看，他小时候在动物园吓着过，这不暗含着就是骂对方不是人了嘛。另一位也不含糊，一听这个，乐了：“哟，这可对不住您了，我从小不吃猪肉！”

瞧见了吧，一个脏字没有，这位把那位说成动物；那位又反唇相讥，把对方说成了猪。双方都没带脏字，客客气气就把对方骂了个不吐核。

当然，这种阴损蔫坏的语言并不代表北京话的特点，只能说是特点中的毛病。真正体现北京语言神韵的特点是：调侃。状物抒情，常常是几句话甚至是几个字就尽得要旨，叫你再也找不到能够替代它的另一个词儿来。比如称呼那种能说会道又有点光说不练之嫌的主儿为“侃爷”，称有俩糟钱就不知道北的人为“款爷”，等等。先不用认真琢磨，单单是听话音儿就透着十足的调侃。

“爷”，是北京话中最具调侃意味又最传神的一种称谓。老北京的习惯，可以称为“爷”的行当和人物太多了。不过您放心，没人真把您当成“爷”恭着敬着。比如您在家里排行老二，街坊邻居的大爷大妈们见面打声招呼：“哟，二爷回来啦？”挺大岁数的人了，人家能管您一小年轻儿叫“爷”？没那回事儿。在早先，那是“公子”的代称，现如今，就只能等同于叫您一声“二小子”了。叫“二小子”，不大尊重；叫“二爷”，又明摆着您根本不是“爷”，所以那是调侃，是一种“充满了敬意的蔑视”，或者叫作“正儿八经的戏弄”。那个“二”字读重音，咬得既清楚又结实；那个“爷”字呢？读轻声，又飘又滑，不留神连逮都逮不着。北京人称不是爷的“爷”，都这么个叫法儿，而且对五行八作、三教九流的人都敢以“爷”相称。

人说“京油子、卫嘴子”，北京人的这个“油”字，在语言上表现得尤其明显—明着管您叫“爷”，暗地里那意思，叫你自个儿都明白：您压根儿就什么都不是！如果直译出来，叫“××爷”实际等于“××的人”或“干××的人”，比如叫小偷为“佛（拂）爷”，叫小商小贩为“倒爷”，叫蹬三轮的为“板儿爷”等等，都属于这一类。

这一类的“爷”，由北京人嘴里叫出来，那就不只是戏弄和调侃，而十足透着鄙薄和轻蔑了。叫“款爷”“侃爷”的一类，与前边儿那帮子人稍有不同。不同之处是因为情感色彩更复杂了。您这位“大爷”有钱，叫您一声“款爷”，既不失对人民币的敬重与向往，又透着对您的妒忌和艳羡，还多少有点儿“气不忿儿”—你小子，不就是有俩臭钱吗！居然也人五人六“款起来”了。“款起来”，名词动化，又是北京话的一大特色。

朋友之间相互以“爷”相称，内涵就比较清楚亦且简单了。哪位“爷”有闲工夫，起早儿到公园里溜一趟，那些提笼架鸟抻胳膊压腿的老北京，彼此间都是“张爷”“李爷”地叫着，既亲切，又和谐，这就没那些“骨子里的不敬”了。

咱要说的这位“帽儿爷”，是二十世纪七八十年代，也就是改革开放初期的一位制帽行业的从业者。严格说来，这“帽儿爷”不应该看作是一个人的称谓，它至少应该算是两代人的一个统称。也即，老一代的师傅，晚一辈的徒弟，都是“帽儿爷”。徒弟出息了，改行了，干别的去了，他这个“帽儿爷”的含义就丰富了，不再是做帽子的“帽儿爷”了，也许就变成戴着“乌纱帽”的另类“帽儿爷”了。他们和当时北京大多数年轻人一样，经历了迷茫、变化、各种精神的和物质的刺激。那样的时代背景下，凡是经历过那个时代的人，都知道他们的生活状态和精神状态。

不过，在北京土话中，“帽儿爷”其中的“帽儿”却有着另一种解读——“傻帽儿”，这么个称谓之下的“帽儿爷”，便跟咱们口中戴帽子的人一点儿关系也没有了。比如某人干了一件傻事，人家说他“帽儿”了吧，意思就是说他“傻了”吧。可以替代的还有一个说法叫“二”了，也是傻了的意思。这些说法都是有根据有来源的，不过咱在这里不是要考据这个，以后有机会再细说。

在咱们的普遍认知中，好像不管怎样，年轻总是好的。因为年轻就意味着青春靓丽、朝气蓬勃、希望、激情和理想。当然了，每一个事物都有它的另一面。年轻固然好，但是年经也意味着幼稚、没经验和冲动，经常会犯傻。也就是咱们说的，动不动就“帽儿”一回。一回回犯傻、一回回“帽儿”了，其实就是一回回犯错误，一回回鼻青脸肿灰头土脸狼狈不堪。年轻的生命，就在这一次次“犯傻”、一次次“帽儿”了经历中成为“帽儿爷”，慢慢变得成熟，把每一次错误都变成了宝贵的人生经验。

今天五十岁以上的人看看这本书，再回头想想自个儿那时候的生活，肯定会有一番感慨。因为我们也都年轻过，也经历过书中人物的痛苦、幸福、悲伤和快乐。

这个话题再扩展一点，站在人生的角度看，我们、你们、他们，谁都年轻过，或者说有人正在年轻。我们年轻过，我们“二”过，我们“傻”过。谁没年轻过，谁没因为无知犯过傻，犯过错误？那是年轻的代价，也是成长的代价，是每一个青春都要经历的关口。

从这个角度说，每一次青春萌动、激情的勃发和冲动表现，都是雌性或者雄性荷尔蒙的作用。你自己不知道，或者是当时不知道。等你老了，你就什么都知道了。这就是生命的过程，没人躲得开、逃得过。

所以，迷茫、盲目、冲动和激情，就是青春的标签，是年轻的印记。《天坛帽儿爷》说的就是这么一群人，还有这些人经历过的那些事儿。告诉人们的就两句话，第一句：谁的青春没“帽儿”过？下一句是：谁还没有个过去？这两句话，足以把青春的每一个失误化为无形。

交代这么几句，咱好接着往下说。

第一章

[一]想起大冷天裹着棉袄缩头缩脑排队上厕所的情景，他又在心里骂了一句“他妈的”

[二]刘昆嬉皮笑脸抱头鼠窜，享受着被这些莺莺燕燕掐一把踢一下的“幸福”

[三]打情骂俏到了这一步，俩人一块儿“试试”的机会就不远了

[四]韩跃民越听越不是味儿，怎么说着说着你俩好像合起伙儿来挤对我呢

[五]看黄鹂的神态，好像在电影院什么也没发生，或者刚才看电影的根本就不是她

[六]韩跃民想起电影院里的缠绵，真不懂这个忽冷忽热的女人到底什么意思

[一]

想起大冷天裹着棉袄缩头缩脑排队
上厕所的情景，他又在心里骂了一句“他妈的”

估计每个人都有这辈子也忘不了的一件事或者几件事。对于一个出生在北京南城、上中学以前基本都没离开过住家周围五里地的穷小子来说，韩跃民能把他十九岁时遇到的这件事记三辈子。

那天是冬至，韩跃民上的是早班。下午两点，他推着车子出了电工班，黄鹂在后边用自行车的前轱辘撞了他一下。这是个表示亲昵甚至有点儿挑逗的动作。韩跃民回头，见周围没人，语气轻佻起来：“走啊，看电影去吧！”

黄鹂有点儿紧张，回头看了一眼，小声呵斥：“去你的，别来劲啊！”韩跃民顿时觉得无聊，推着车子往厂门口走。

黄鹂追上来和他并排走，用只有韩跃民能听见的声音说：“东单路口，等着我。”

说完，黄鹂快走了几步，小蛮腰一扭，上了她那辆崭新

冬天的北京清晨，韩跃民裹着棉袄缩头缩脑跑胡同里排队上厕所

的凤凰牌 26 型大链套坤车。

韩跃民心里一热，立马来了精神。出了厂门，他和几个工友一起骑了一段路，说了声有点儿事，车把一拐，往北扎下去了。

黄鹂系了一条红色的拉毛围巾，太显眼。韩跃民老远就看见她扶着自行车站在马路牙子上，背朝着自己来的方向。按理，冬天刮的是西北风，黄鹂应该面朝南，避风站着才更合适。况且她要等的是韩跃民，韩跃民也是从南边过来。可她偏不，偏要迎风站着。这意思，就是不能让韩跃民太得意，觉得自个儿多么渴望他的到来。

这点儿小心思，傻小子韩跃民当然是体察不出来。

韩跃民没下车，骑到黄鹂身边捏了一下闸，单脚点地，笑望着黄鹂不说话。黄鹂也没说话，推着车子下了马路，骑上就走。韩跃民紧蹬两步追上去："咱去哪儿啊？"

"今儿冬至，吃饺子。"黄鹂没看他，目视前方没头没脑说了这么一句。

"那我去买点儿肉馅儿吧，猪肉还是羊肉？"

"什么都不用，跟我走吧。"

韩跃民只好跟着走，俩人基本保持并排骑行，韩跃民有意无意地保持着落后半个轱辘的礼貌距离。

俩人拐进西总布胡同，一条东西向的大宽胡同。这是什么地方？韩跃民没注意看胡同口墙上的牌子，还真说不上来。他打小住在南城，极少到北城来。一过长安街，他就开始发蒙，好像到了一个完全陌生的城市。

黄鹂骑着骑着，偏过脸来看了韩跃民一眼，算是提前打个招呼。然后车把一拐，进了一条南北向的小胡同。黄鹂看韩跃民这一眼，多说也不过半秒钟。可是韩跃民看出了她的紧张不安，这才理解了她为什么一反常态不说话。原先还以为她是拿着劲儿呢，闹了半天是心里头打鼓呢。

四层台阶、小门楼，门口也没什么装饰，看着不起眼。可是开了街门一走进去，就把韩跃民惊着了。

大门道是全封闭的，不见天儿，所以一进大门就得开灯。灯一亮，可以用“金碧辉煌”来形容了。花砖铺地，还吊着顶，门道两边的墙不但刷得雪白，还有古铜色的雕成荷叶形状的木框镶边。韩跃民一下就想到了自己的家，那两间屋的地面还是碎砖铺的呢，一家人闲说话，老惦记着什么时候弄成水泥地，那就是最高理想了。这儿可倒好，大门道都是花瓷砖铺地！低头看看，每一块湖蓝色的花砖都有凸起的漂亮图案，这得是个什么样的人家啊！

黄鹂走到大门道的尽头，站那儿不走了，回头望着韩跃民：“你先下来，我把灯关了，老这么开着浪费电。”闹了半天这么五六米长的门道还是两头儿都有电灯开关。

韩跃民紧走两步，原来大门道的尽头有两层台阶。他一步跨下去，转身等着黄鹂。黄鹂关了门道的灯，站在那儿伸出一只手。韩跃民赶紧也伸手，算是搀着黄鹂下了台阶。隔着厚厚的棉手套，韩跃民都能感觉到黄鹂的小手柔若无骨。他心思一动，想起一句文词儿来，真正是“盈盈一握”啊！

黄鹂需要他搀着才能下台阶吗？满不是那么回事儿。她就是撒娇、就是邀宠呢。这个满口京片子的上海女人，太会揣摩男人的心思了。韩跃民由此想到，她要不是这么懂男人，怎么会成功嫁给了孙念安呢？这叫什么？这叫本事。女人，光长得好看还不够，还得懂男人，会玩儿男人，能把男人玩儿得滴溜溜转，玩得俯首帖耳，那才叫真本事呢。

韩跃民十五六岁就起着哄满大街拍婆子，虽然没真正碰过女人，可是跟女孩儿们打交道还是有点儿经验和体会的。黄鹂比韩跃民大十一岁还带拐弯儿，已婚，而且有了俩孩子。这个年龄，已经不算是女孩儿了。跟这样的女人打交道，韩跃民以前的经验就用不上了，他最多也就是做到不怯场而已。

黄鹂太会拿捏分寸了。下了台阶，马上把手挣开，不用韩跃民献殷勤了。这只小手，让韩跃民再多握一会儿，就显得她轻佻了。及时撒开，那才显得又娇又贵呢。那个效果就是，让你小子心里痒痒一下就得。痒痒大发了，火候就老了。

黄鹂在前边走，韩跃民傻小子似的在后边跟着。跟着黄鹂走，这才放松下来，有工夫打量周围的情况。

走廊也是花砖铺地，不过花砖的颜色变成了深褐，也是有着凸起的图案，为的是防滑吧。韩跃民一边走一边在心里骂了好几句“他妈的”。骂谁呢？肯定不是骂黄鹂，更不是骂自个儿。就算是一句感叹词吧。或者，就是骂人生得不公。人家住的这叫房，我们住的那也叫房。房子跟房子，怎么就差这么远呢！

这是个半露天的走廊——上边有顶，左边是房间的大窗户，窗帘拉得挺严实。右边是过膝高的木栏，木栏上边是镂花窗。透过镂花，能看见小院儿里的花木。大冬天的，花木虽然凋零，可还是看得出主人的细心。一圈低矮的灌木丛，都罩着深蓝色的雨布，还用绳子拦腰拴着。小院儿当中是个石头的小圆桌，四面是几个石凳。桌旁一边是桃树，一边是枣树，远处还有一棵海棠。走廊尽头是几级台阶，连着一条鹅卵石铺成的小径。小径到了石桌那儿继续蜿蜒延伸，一直到围墙边的一个葡萄架下。葡萄架旁边是两个敞口儿的大鱼缸，这个季节，估计已经没鱼了。

黄鹂站住了，掏钥匙开门。韩跃民也站住，继续打量这个小院。直到黄鹂叫他，他才收回目光，跟着黄鹂走进屋里。

黄鹂进门就换了一双皮革面的棉拖鞋，又从鞋架子上拿了一双毛线拖鞋扔在韩跃民脚下。韩跃民一边学着黄鹂的样儿换了鞋，一边抬头看着，四下打量。屋里的情况又把他吓了一跳。

整个儿的氛围就是温暖温馨，富贵大气。

黄鹂带着他大致走了一圈，算是熟悉环境吧。韩跃民一直绷着脸，控制着表情，保持冷静，不让黄鹂看出他的惊讶。

这是三开间的北屋，中间是客厅吧。正对门口靠北墙是一个大条案，条案上摆着一对得有半人高的大瓷瓶，两边是几个将军罐、帽筒之类的摆件。韩跃民不懂行，可也能看出那些都是值点儿银子的老玩意儿。客厅右手边是一大两小一套沙发，古铜色的金丝绒面，随便扔着几个靠垫。大小三个沙发之间，有两个茶几隔开。左手边一张老式八仙桌，桌上也摆着一对小花瓶，还有一个大肚子陶罐。桌子两边各有一把太师椅，椅子上铺着棉垫。八仙桌旁边是一个一米来宽的圆头茶几，茶几上摆着的居然是一台电视机——虽然蒙着一个紫色丝绒罩，韩跃民也一眼就看出那是一台电视机，而且，个儿不小。

对电视机的大小、性能，韩跃民一无所知。见他注目，黄鹂漫不经心地解释："这是我婆婆去了香港以后给寄来的，16 吋彩电，天线老调不好，就能看两三个台。"

韩跃民没搭腔，点点头，目光移向别处。

三间房一般大，估摸着每间都是二十多平方米，都是木地板。靠东的一间，应该是黄鹂和孙念安的卧室。卧室的大双人床前，铺着厚厚的地毯。卧室北墙还有个小门，黄鹂说那是卫生间。韩跃民反应了一下才弄明白，卫生间就是厕所。想起大冷天裹着棉袄缩头缩脑跑胡同里排队上厕所的情景，他又在心里骂了一句"他妈的"。

更让韩跃民感到颠覆性震撼的是，这三间大北房的后边，是跟房子一样宽的"后厦"。后厦也有两米左右的进深，格局是：东西各有一个厕所，中间是厨房。厨房里有煤气罐、煤气灶，还有个一人高的冰箱。煤气罐和煤气灶，韩跃民在别人家也见过。冰箱，他只是听说过，这是头一回见。

至此，他的感叹词直接变成了"操他妈的"。

[二]

刘昆嬉皮笑脸抱头鼠窜，享受着被这些莺莺燕燕掐一把踢一下的“幸福”

所有的故事都有个开头。韩跃民和黄鹂的相识，算是一个最平淡的开头。他被分配到打样车间，当天认识了这位性格活泼的小黄师傅。黄鹂问了他的年龄：“嘁，小孩儿一个，以后先跟姐学着干活儿吧，咱霍师傅霍大拿头俩月不带徒弟，得先让你熟悉熟悉再说。”

霍师傅点头：“成，小黄，他归你了，你先带带他。”

另外几个女工开逗：“行啊小黄，这么好一小伙子，归你了。”

黄鹂一扬脖子：“怎么着吧！”

“没怎么着，你好好带人家啊，别伤着小伙子。”

“嘁，别脏心烂肺啊！他都快比咱小一轮了，要不是同事，管我叫阿姨都成了。”

就这么简单，一点儿故事也没有。等于说，韩跃民统共

刘昆被女工们追着连掐带踢，可他就是不往外跑，在车间里左躲右闪

在打样车间待了三个多月，有两个月是跟黄鹂在一起干活儿。

说是打样车间，其实一共就八个人，搁现在说顶多也就算是个新产品设计室。车间主任、技术大拿，自然是霍连升霍师傅一肩挑。韩跃民一来，是车间的第九个职工。黄鹂自来熟，张口就给他起了个外号："咱们的小九儿来了。"

从此，打样车间谁都跟韩跃民叫小九儿，霍师傅也不例外。

韩跃民年龄最小，其余几个都是勉强算科班出身的年轻师傅，其中就包括黄鹂。第一天报到，霍师傅介绍的时候，别人都是张王李赵，后边儿赘个"师傅"完事。唯独到了黄鹂这儿，霍师傅说："这是小黄师傅。"从此，韩跃民就这么叫顺了嘴，黄鹂怎么纠正也不行了。那个"小"长在了黄鹂身上，也在韩跃民心里扎了根儿。

打样车间，就是打样，出了样品以后各成品车间按样干活儿。实际上还有个更重要的任务，就是手工制作少量的高级毡礼帽。搁现在说，那就是毡礼帽的"限量版"。这是这个车间唯一的生产任务，也是霍师傅要收个徒弟的原因。

手工工艺制作毡礼帽，是霍师傅的独门绝技。按说，凡是在他手下干活儿的，都应该算是他的徒弟。可是眼眉前这些人，霍师傅一个都看不上眼，觉得没一个能成材料的。他都五十挂零了，要收的是真能承继自个儿独门绝技的入室弟子。韩跃民拜师霍连升，就是顶着这么个名儿进来的。

除了霍师傅和韩跃民，打样车间还有个男的，叫刘昆。

他也算是正式拜过师的，算起来应该是韩跃民的师兄。

刘昆三十八九岁，小个儿，尖嘴猴腮，突出的特点是一双眼睛特别“贼”，亮晶晶的，老显得那么精神，透着一股子机灵劲儿。可他这股子机灵劲儿是唬人的，其实就是个摆设。也就是说，这人看着机灵，实际上除了小心眼儿比较多，智商和情商实在是差得太离谱。尤其是手上的活儿，跟着霍师傅干了这么多年，用霍师傅的话说，干嘛嘛不行，吃啥啥不剩。正经事交给他，永远都那么让人不放心。霍师傅当着面都敢说，刘昆这小子，算我看走眼了，当初看着挺机灵的一个孩子，没想到是个屎蛋。于是，“屎蛋”这个外号就落他头上了。不过这个外号也就是大伙儿背地里叫，没几个人好意思当面叫出口。

刘昆打十几岁进厂就跟着霍师傅，二十来年过去了，霍师傅的手艺说他学了一半儿就算夸他了。黄鹂她们几个女工来了以后，好多工序都是这几个女工干了，刘昆逐渐沦为拾遗补阙打下手的。可他一点儿不以为耻，任凭被那些比他小了七八岁的女工调笑挤对，他也不急不恼，还挺享受这份儿莺莺燕燕环绕身边的感觉——只要这几个女人环绕身边，打他骂他他也乐意。

除了霍师傅、刘昆和韩跃民，车间里其他几位都是女的。这几位女将，清一色都是1968年服装技校毕业的中专生。过来人都明白，那么个时候毕业，说是中专生，实际上等于没学什么。有心的，跟着霍师傅打打下手，能干多少是多少；没那个心思的，也就是按着霍师傅要求的尺寸样式下料、刮浆、烘干。这类的活计，基本上不用手把手教，站一边看看就能学会。

韩跃民上班没几天，霍师傅也算是履行当师父的义务吧，亲自给韩跃民说了说最简单的这几道工序，顺口开了句玩笑："这活儿容易，敢上手就行。跟你说啊小韩，就这个活儿，眼眉前拴个香蕉，猴儿都会干。"

霍师傅平时不苟言笑，尤其是当着这些年轻女工，很少开玩笑。他这话一出口，几个女人不干了，趁机把他围上，叽叽喳喳你一言我一语，一个个倚小卖小伸手跟他要香蕉。

霍师傅被几个女人围在中间，抹不下脸来，好说歹说答应了，才算解围。头下班，他出去了一趟，花了两块一，买了三斤香蕉往桌上一搁："来吧，喂猴儿！"

韩跃民成了霍师傅的徒弟以后，人们总结，打样车间有三小：韩跃民年纪小；刘昆心眼儿小；黄鹂呢，是哪儿哪儿都那么小。

黄鹂的确是"小"。个儿小，身高最多也就一米五五；五官也小，但是属于娇小，眉毛眼睛鼻子，都十分精致、耐看；还有手、脚、腰身，也都那么小，小得玲珑可爱。再加上白皙的皮肤，娇嫩的声音，怎么看都是个小姑娘，不像已经生过俩孩子的女人。

"三小"，是韩跃民到车间以后才有的说法。

那天一上班，迷糊王进门就跟大伙儿说："哎，他们说咱车间有'三小'。都是哪'三小'你们知道吗？"大伙儿正忙着换工作服、打开水，没人搭理她。这个话人们怎么会不知道呢，也就是这个迷糊王，信息闭塞，少见多怪。

刘昆挺会察言观色，他见迷糊王受了冷落，赶紧装傻充愣接话茬儿：“都是哪‘三小’啊？你说说呗。”

迷糊王眉飞色舞说了一遍。大伙儿还是各忙各的，继续晾着她。可暗地里就有女工互相挤眉弄眼，那笑容也就大有深意了。

其实这话谁都有所耳闻，车间里没人不知道。韩跃民对这种说法无所谓，他本来就年纪小，人人都叫他小韩，这算什么呢，起码没有贬义。说刘昆心眼儿小，他也早就听惯了，压根儿不在乎。黄鹂这个“小”，除了人们都叫她小黄的原因之外，暗含着的其他意思可就让人浮想联翩了。工厂文化，那是比一般平民文化更俗、更艳、更有可能引发暧昧联想的一种特殊文化。无论你说什么，拐不了仨弯儿，大伙儿都能想到肚脐眼儿以下去。黄鹂是女人，又是个挺漂亮挺风流爱说爱笑的女人。她的“小”，在人们心里打个转儿就绕到姥姥家去了。所以，迷糊王兴高采烈把“三小”解释了一遍之后，几个平时就妒忌黄鹂人好看又有钱的女人就开始哧哧作笑了。

为什么笑？摆到桌面上什么都不为，我笑怎么了？私底下的含义，那可就是千沟万壑了。

小韩对此是懵懂不知，而且好多这样的事他就是不懵懂也要装懵懂，所以他换好了工作服就在那儿埋头干活儿。

刘昆心思多缜密啊，他也是为黄鹂好，想把人们从暧昧的想象中拉出来吧，于是凑趣说：“我们家小黄就是小。小黄呀，要我说你都不用买职工月票，两块钱买个学生月票就行，保险没人查问。”

这话，明显是恭维讨好黄鹂、帮她解围呢。可他这话一出口，一个好儿没落。黄鹂拿起刷子就打：“谁是你们家小黄啊！你挤对谁呢！我个儿有那么矮吗？”

别的女工也连掐带踢：“你这几个意思啊，就是说我们都老眉磕碜眼了呗！”

刘昆嬉皮笑脸抱头鼠窜，可他不往外跑，就在车间里左躲右闪，享受着被这些莺莺燕燕掐一把踢一下的“幸福”。

迷糊王倒是没打他，她换好了工作服，笑眯眯看着大伙追打刘昆，头一歪，打了个盹儿。

[三]

打情骂俏到了这一步，
俩人一块儿“试试”的机会就不远了

打样车间只负责出样板，批量生产不是他们的事。除了手工制作小批量的毡礼帽之外，没有生产任务。这么一来，整个儿车间的人干活儿就都没那么紧张。霍师傅是车间主任，可他整天在自个儿那间小屋里摆弄这个琢磨那个，出来进去的，大部分时间板着个脸不苟言笑，也看不上这几个叽叽喳喳的小娘儿们，懒得管她们。据韩跃民观察，那几个小娘儿们就算把刘昆的裤子扒了，霍师傅也不会干涉。

刘昆就是个天生贱骨头，每天不让女工们整治两次就浑身刺痒。他大概也知道自个儿的分量，无论言语还是动作上，占黄鹂的便宜那是想都不敢想。其他几个女工一是太抱团儿，二是一个个都有比较强的单兵作战能力，他也招惹不起。所以，他也算是经过了一番审时度势，相中了迷糊王这家伙。

迷糊王大名王彩玉，可是全厂的人得有一半以上不知道她的大名，全厂人人知道她是个“迷糊王”。

她这个特点太著名、太突出了。开会、坐车，肯定打盹儿睡觉，那是不用说的。最让人佩服的是，她骑着自行车也能迷糊一小觉。事出有因：有一天她推着自行车进厂，车子前轱辘“瓢”了，脸上蹭破了一块皮，直渗血，胳膊肘和手腕子也都磕破了。人们问她怎么回事，她轻描淡写：“没事儿，睡着了。”

“骑着车睡着了？”

“是呀，进了胡同，我觉着也快到单位了，就迷糊了一下……”

“你可真行，好家伙，幸亏是胡同里，这要是大马路上，你再给汽车打了眼儿！”

“大马路上我也不敢睡呀。”

据跟她亲近的姐妹透露，迷糊王打盹儿的绝招还不仅于此。她跟老公行夫妻之事，居然也能睡着！

这事儿，亲近的人告诉亲近的人，谁都有个仨亲俩厚的，慢慢也就都知道了。可是人家尽管迷糊，好歹也是个三十才出头的少妇，谁也不好当面跟她验证核实。唯一敢拿这事儿开玩笑的，也就是刘昆了。

刘昆心里有想头，就比较关心迷糊王。给她打开水、帮她去食堂买饭，说话办事，有意无意地都向着她。世上的事就是这样，谁对谁好，都是有感觉的。迷糊王爱睡觉不假，可人家并不傻。刘昆经常投之以桃，迷糊王也就时不时报之以李。时间长了，俩人关系越来越亲密，渐渐地就无话不谈了。刘昆觉得有这个资格了，就找了个没人的机会问迷糊王："听说你跟那谁干那事儿的时候都能睡着了？有这事儿吗？"

迷糊王心里一惊，装傻充愣："干哪事儿呀？"

这就有点儿故意往人嘴里送话的意思了。

刘昆再次确认周围没人，凑近了，俩手往一块儿一合，小声说："就是夫妻俩那点儿事儿呗。"

"嗐，别提了，他要是没完没了，我可不就睡着了呗。这一天到晚的，累着呢，就想睡觉。"

"我怎么那么不信呢，干这事还能睡着了？回头咱俩试试，我不至于那么没完没了。"

"你给我滚一边子去！狗嘴里吐不出象牙！"

打情骂俏到了这一步，俩人一块儿"试试"的机会就不远了。

每天的活儿就那些，带干不干的就干完了。活儿不多，又没定额，打样车间的奖金就不好计算。厂部的人也不敢惹霍连升，就来找他商量。霍师傅一锤定音，就跟你们一个待遇吧，拿平均奖。

平均奖，比厂里最高的奖金少五块钱呢。这么一来，几个女员工心里不平衡了，每天把手边那点儿零碎活儿弄清楚了，没事就聊天说笑，要不就说腰疼腿疼血压高，到医务室拿张三联单，出去看病了。

按规定，上班时间看病不算病假也不算事假。所以，这些人就经常借口看病，成群结伙儿去逛商场。她们觉得，不找机会出去逛逛，就对不起那个平均奖。

出去闲逛泡蘑菇，总得有个伴儿才好。

黄鹂在车间里有点儿鹤立鸡群的意思，除了迷糊王，其他几个女工对她是充满了羡慕嫉妒恨，所以她跟那几块料也是面和心不和，能不一起出去就绝不一起出去。像她这种女人，普遍的特征就是男人都喜欢，女人很少喜欢。因为她犯了几乎所有女人的忌——太惹眼。男人多的场合下，黄鹂永远是核心人物。别的女人无论怎么搔首弄姿，也抢不了她的风头。只有那种压根儿就不打算引人注目的女人，甘心当陪衬的女人，才不至于暗恨黄鹂。

黄鹂祖籍上海，在北京出生。她父亲年轻时是上海一家印刷厂的制版工人。那时候的制版技术属于高端技术，可不是今天这个概念的制版。那时候图书、杂志的图片，讲究的都是铜版印刷。她父亲制的就是这个铜版，所以算是比较尖端的技术。抗日战争胜利后，黄鹂的爷爷续弦，娶了一个北平女师图书馆的才女。这位才女比黄鹂的爷爷小十七岁，家里提出的唯一条件就是黄鹂的爷爷必须到北京生活。黄鹂的爷爷也算个情种，不爱上海爱美人，毅然决定北迁。

五十岁的老爹爹执意北上娶妻，黄鹂的父母无可选择，只好听任老爷子处理了沪上的房产，“连根拔起”，全家迁居北平了。黄鹂说，那时候是1947年，他的父母新婚燕尔，母亲娘家那边也没什么至亲了，倒也是没什么牵挂，糊里糊涂就跟着来了。

黄鹂1949年八月出生。过了两年，她爷爷和她的继祖母居然老蚌生珠，又得了个儿子。黄鹂说起这事就哭笑不得，还由此引申，给韩跃民讲她小时候的故事：国庆十周年的时候，十岁的大侄女牵着八岁的小叔叔，从西城的太仆寺街坐三轮车到天安门玩耍。三转两转，把小叔叔弄丢了……这件事在好长时间内都是她的一个心理阴影，人群密集，她就开始紧张。

“那后来呢？你这个小叔叔就这么丢了？”

“丢了还了得！后来在派出所找到了，我爷爷一气之下开除了三轮车工人。”

“开除？你爷爷开了个三轮车场啊？”

“不是，那个三轮是我们家包月的。”

韩跃民不言语了，家里长期包着一辆三轮车，这都不在他的知识范围和社会经验之内。

这些事，都是韩跃民陪着黄鹂闲逛的时候听她说起的。

上班时间出去逛街，黄鹂当然也不愁没伴儿。韩跃民没来的时候，迷糊王就是她随叫随到的跟班儿。韩跃民加入进来之后，迷糊王就靠边儿站了。

黄鹂说她生了孩子以后落了个腰疼的毛病，连带着一条腿也疼，于是每周两次去治她的腰腿疼。东单那边有个盲人按摩所，每次挂号费一毛，按摩治疗半小时五毛。因为不是合同医院，这个费用是不给报销的。不给报销，也就没人去。所以黄鹂去做按摩老是没伴儿。

也是该着，韩跃民打篮球，把脚脖子崴了。虽说无大碍，可是老也好不利落。走路的时候，一吃力就有点儿疼，打球就更甭说了。这事儿叫黄鹂知道了，立马撺掇他："我带你去做按摩吧，保险三两次就给你治好了。"

韩跃民听说是盲人按摩，又不给报销，不大想去。但架不住黄鹂舌灿莲花一通鼓动，这才答应去试试。

黄鹂憋着什么心思，当然没人知道。她大大方方当着众人的面动员韩跃民去做按摩，这没毛病。临出发，她还大张旗鼓跟霍师傅打招呼："我带着小九儿看病去了啊！"这更让她显得光明磊落，心底无私。她还常说："小九儿在我眼里就是个孩子，不过这孩子还挺招人喜欢的。"一副长辈的口吻，打消人们对她老带着个小伙子出去而产生的暧昧联想。

事后回想，韩跃民不得不佩服黄鹂的心机。

[四]

韩跃民越听越不是味儿，
怎么说着说着你俩好像合起伙儿来挤对我呢

天坛帽厂是南城屈指可数的几个国有工厂之一，五六十年代有点儿名气。周围的居民，出于羡慕或是嫉妒吧，人前背后称帽厂职工为“帽儿爷”。

韩跃民成了帽厂的职工，也就成了名副其实的“帽儿爷”。上班以后第一个休息日，他就专门去找中学同学小蚊子显摆去了。

小蚊子大名李小文，他这个绰号应该是他上学第一天就被同学们给命名了。他跟韩跃民住一条胡同，两家的院子就隔着三个门。小学、中学，俩人都是同班，所以算是真正的发小。

韩跃民特意穿上了天坛帽厂的工作服上衣，藏蓝裤子，脚上是一双白边“片儿懒”，精精神神来到小蚊子家。

小蚊子正在家里帮他妈做西红柿酱呢。屋门前一个大号

小蚊子、刘小辫儿和韩跃民喝着酒聊着未来，小蚊子坏笑说：“民子我发觉你呀，你干什么都行。”

洗衣服盆，里边泡着多半盆葡萄糖瓶子。蚊子妈洗西红柿，小蚊子坐在小板凳上洗瓶子。娘儿俩袖子挽得老高，干得挺投入。

韩跃民叫了声大婶，蚊子妈看见韩跃民，一脸欢喜：“跃民来啦，听说你上班了啊。”

“是啊，上班了，今儿歇班儿。”

小蚊子瞭了韩跃民一眼，笑一下，继续低头干活儿。

蚊子妈站起来，上前一步：“我瞅瞅我瞅瞅，这是你们的工作服吧，嘿，真精神！这就成工人阶级了。”

“嗯，刚发的工作服。我领的大号的，有点儿肥，回头得让我妈改改。”

“不用改，挺好的，冬天穿厚着点儿就不显肥了。唉，你看你都上班了，我们家小蚊子……可怎么好！”

小蚊子不言声，拿起一个瓶子，灌半瓶子水，用手堵着瓶子口玩命咣当。他留了长头发，俩手这么一咣当，头发就跟着一上一下呼扇起来，差不多遮住了半张脸。

韩跃民忽然觉得自个儿来得有点儿不合适了。

蚊子妈说：“小文，别干了，你们哥俩进屋说话去吧。”

韩跃民问：“不是说接我李叔的班儿吗，还没信儿呢？”

小蚊子说：“我爸才四十七，得五十岁才让接班儿呢。”

哟，那这不是给咱撂半道儿上了！

蚊子妈说：“可不是嘛，你说这叫什么事儿啊。原先还说只要有孩子接班儿就成，这好不秧儿的又出来个新规定。”

小蚊子气哼哼：“一个王八一个龟腚！”

小蚊子上边一个哥哥一个姐姐。哥哥在山西插队，早就办了病退回城，在煤场上班；姐姐在一家区属医院干了好几年临时工，熬到一个老职工退休，总算转了正。韩跃民插队那年，好多同学还羡慕小蚊子一家人有福气呢。人家一家五口，三个人上班，都有正式工作。蚊子妈还在街道合作社干临时工。这个情况跟韩跃民他们家当年的情况比起来，强得不是一点儿半点儿。

韩跃民有仨姐姐。两年前，只有大姐在百货公司当售货员，算是有正式工作。其余俩姐姐都是临时工，为了保证韩跃民插队回来能有个工作，二姐和三姐都没走爸爸的关系进帽厂。也就是后来，韩跃民插队期间吧，公交公司招人，二姐去 23 路公交线上当了售票员；三姐进了一家大集体性质的副食店，也算正式员工了。按照韩跃民的妈妈袁素娥的说法，这也算是歪打正着，是他的两个姐姐好心眼儿，给弟弟留着个工作的机会，感动了老天爷。

生活就跟跷跷板一样，你这边高，他那边就低。韩家几个孩子的工作都有了着落，现在倒是老李家为小儿子的工作犯了愁。

韩跃民看出小蚊子情绪不高，索性也不进屋了。他邀请小蚊子：“咱去找刘小辫儿得了，他们家就他自个儿，看看他干吗呢。”

蚊子妈也同意：“你们上他那儿看看去吧，他们家没人做饭，待会儿都回来吃饭吧，我给你们蒸肉龙吃，西红柿汤。”

韩跃民忙说：“不用了大婶儿，您甭忙活。”

一门之隔，韩跃民和小蚊子来到刘小辫儿家。还不到十点，刘小辫儿正在家和面，准备擀面条呢。韩跃民问：“当不当正不正的，你这是吃的什么饭啊？”

刘小辫儿说：“起得晚，早起来没吃，两顿合一顿了。”

小蚊子伸着脖子四处看了看，问：“什么卤啊？”

“我哪会打卤啊，酱油汆就挺好，我们家有虾皮。”

韩跃民来了情绪:“多弄点儿呗,我们也跟这儿吃得了。”

“早说呀！蚊子，再给我抿两碗面。”刘小辫儿挓挲着两只沾满面粉的手，冲着旁边的面口袋努了努嘴。

韩跃民受了鼓舞，转身往外走：“就这么着了，我去买根儿粉肠儿，再来瓶二锅头，咱仨好好聊聊。”

刘小辫儿也兴奋起来：“透着你上了班儿了嘿，开支了吗？”

“不开支也不差这俩钱。你们家有白糖吧？蚊子你回家拿俩西红柿去，糖拌西红柿！”

刘小辫儿的父母都是永定门火车站货场的职工，上班一走就是一天。自打他大哥去了黑龙江兵团，他就过上了脖子上挂钥匙的独立生活。他妈每天晚上多做出点儿饭来，他放学回家自己热热就吃。这么过了十多年，把刘小辫儿锻炼成了刘大厨。不过他这个大厨实在也是稀松二五眼，就会蒸米饭擀面条，炒菜不行，稍微复杂一点儿的主食也不行。比同龄孩子强一点儿的就是，他能把生的做熟了，饿不着而已。不过就这么一手，已经比韩跃民他们强得太多了。

三个人把一瓶二锅头喝干了，趁着都有点儿醉意，把各自的心里话也聊透了。

小蚊子说："我呀，我跟你们说哈，说句不好听的，我也不想老这么在家，那个什么，那个等着我爸退休了。我都，说句不好听的，都他妈快二十了，伸脖子等着接老尖儿的班儿，你们说，算怎么回事儿呢！"

刘小辫儿说："那你说，你打算干点儿什么呢？"

"我啊，我早都扫听好了，说句不好听的，我姥姥家，那什么，是中阿公社。我上那儿，收鸡蛋换粮票，换完了粮票再换钱……说句不好听的，这么一倒腾，我，我就估摸着一斤鸡蛋，怎么也能挣一毛多没问题。说句不好听的，我一趟倒腾三十斤鸡蛋，最惨也能挣三块多钱。是吧，说句不好听的，一个月玩这么十趟八趟的，比上班的，那比上班的也差不到哪儿去。说句不好听的，民子你一个月才多少钱？"

小蚊子有个毛病，说话零碎太多。最突出的就是这句口头禅——说句不好听的。倒不是因为喝了酒才这样，平时他也这么说话。

韩跃民也有点儿多，不过还能控制："我？我学徒工，十六块钱。"

"还是的，说句不好听的，倒腾好了，我一个月挣你俩月的都，都有富余。"

韩跃民觉得被小蚊子挤对了一下，当即争辩："我还有一年二十五块钱的，那什么来着，服装费呢。"

"那也就合一个月十八块零几分钱，没戏！"

韩跃民搓火："你丫数学，还，真挺好！怎么不考大学去啊？”

“你看你，我就知道，你，就这点儿肚量，不乐意听了吧？说句不好听的，我这说的，可是大实话。”

刘小辫儿酒量不错，看着一点儿也没喝多。他怕他们俩争竞起来，赶紧把话茬儿接过来，说自个儿的宏伟计划：“我问我爸了，他们货场什么时候都需要临时搬运工，就是扛大包的。我爸老说我身子骨儿没长全乎呢，不愿意让我干。其实我没问题，再说现在扛大包也不全是歪着肩膀卖死力气了……”

韩跃民笑起来：“就你这小鸡子似的还……真不是我说你，还扛大包哪？我看小蚊子倒没准儿行。别看个儿不高，矬罗敦似的，别说，还真有把子力气。”

小蚊子怒了：“谁，矬罗敦啊！就你个儿高？电线杆子似的。”

刘小辫儿不以为然：“现在有小车，搁车上推就行了。壮工一天一块三，加班儿另算。我回头必须得跟我爸说说了。甭多了，干他一年，攒下几百块钱，比什么不强啊！民子你一年也挣不来二百块吧？”

韩跃民越听越不是味儿。心说酒和菜都是我买的，怎么说着说着你们俩好像合起伙儿来挤对我呢！

他看看这俩红头涨脸的发小，把手一摆：“没戏，你们这都是，没出息的，活计。”

小蚊子抓住韩跃民不停摆动的一只手：“你有出息？对了民子，说句不好听的，你在帽厂学徒，学的什么啊？”

“我啊，我那可是独门绝技，就是他妈的忒费工夫，没什么劲。”

小蚊子说：“那就好好的，熬着吧，谁一上班，一上班不得当几年小，那什么，小催奔儿啊！说句不好听的，我爸，干了一辈子那什么，瓦匠，十四岁就，学徒。三年零，零一节，瓦刀都没他妈摸过，光他妈给师父，师父师娘倒洗脚水，拿，拿夜壶了。熬着吧，早晚，早晚出头！”

刘小辫儿也拍着韩跃民的肩膀说：“民子你行，你没问题！”

小蚊子坏笑：“民子我发觉你呀，你干什么都行。别的咱都不说了，说句不好听的，当年咱，咱们拍婆子，你丫一拍，一个准儿，还老让，姑娘们，倒拍呢。”

这话，韩跃民爱听。心里一美，吹起来了：“哥们儿不是说，就我们车间吧，有个姐们儿，你说，这才几天啊，老，老黏着我。”

刘小辫儿瞪大了眼珠子：“是吗？盘儿靓吗？哪学校的？”

“你多了吧你？什么就，哪学校啊！我单位的，那叫同事！”

“噢，同事，那比你大吧？多大了？”

“嗯，大，也就那么几岁吧，我也不知道。”韩跃民还是没喝太多，没好意思说黄鹂比他大十一岁。

小蚊子和刘小辫儿笑起来了：“老黏着你，你还不知道人家多大？”

“反正，盘儿挺靓，管她多大干什么？又不跟她结婚。”

“也是哈，哪天带出来，咱一块儿看电影去，咱们好帮你打打分儿。”

“歇了吧，你们别掺和。一个单位的，不能闹出事儿来！”

韩跃民心里开始滋润起来，想着黄鹂那白皙的瓜子脸，那两片红润润的薄嘴唇，还有那双虽然不大但是含情脉脉的有点儿欧式风情的眼睛，不禁心旌摇动，想入非非。

[五]

看黄鹂的神态，好像在电影院什么也没发生，或者刚才看电影的根本就不是她

韩跃民不得不承认自个儿忒土。不夸张地说，他中学毕业以前真是没到过离家五里地以外的地方。插队一年多，一蹦子撒出去好几十里地。回了家，还是这一亩三分地。

所以，他第一次跟着黄鹂去按摩，真是觉着一切都那么新鲜。

那个盲人按摩所在一个小四合院里。七八间小按摩室，隔着半透明的纱窗看看，有两张按摩床的，也有三张按摩床的。还有一间大按摩室，八张按摩床。

韩跃民亦步亦趋跟着黄鹂，黄鹂一进大门就让他等着，他就老老实实站在大门里边儿等。过了一会儿，黄鹂从一间小屋里出来，递给他一个小木牌子。红色油漆字，9-17号。黄鹂带着他走进最大的那间按摩室，坐在门里边儿的一排椅子上等了一会儿。然后，在黄鹂的安排下，俩人隔着一张按

摩床躺下，接受按摩。

韩跃民闭着眼被一个四十多岁的盲人摆弄脚腕子，一会儿疼得龇牙咧嘴，一会儿舒服得想睡觉。睡觉肯定是睡不着，因为黄鹂在那边一会儿跟他聊几句厂里的事，一会儿跟按摩师聊几句腰腿疼的事。这屋里八个按摩师，黄鹂个个都跟人家聊得特别亲切，好像都是她的老熟人似的。

按摩结束，按照按摩师的叮嘱，俩人要在椅子上坐几分钟。理由是按摩后身体血液循环加快，要安静几分钟再出去。否则一受风，白按了。一拉溜好几把椅子，黄鹂偏跟韩跃民并肩坐在一块儿。

“怎么样小九儿，按摩一下就好多了吧？”

“倒是挺舒服的。您呢？还得按多少日子啊？”

“我早着呢。反正多做几回没坏处，你也多按几回吧。上班时间，闲着也是闲着。”

韩跃民忽然想起一件事：“对了，挂号费和按摩费还没给您呢。”说着就要掏兜。

黄鹂一把按住了他：“别寒碜我啊！”

“那可不行，该怎么着就怎么着。”

“该怎么着啊？我也是你师傅，听我的吧。”

韩跃民不愿意大庭广众之下推推让让，住了手。

为了缓解尴尬，他没话找话：“您腰疼多少日子了？”

“嗐，打生了我们丫头就没好过。”

“这么按摩管用？”

“管用吧，我觉得，”黄鹂忽然靠紧了韩跃民的身体，小声说，“哎，其实他们那两下子真没什么，你也能按。”

“我？我哪成啊？我要会，我也干这个来了。”韩跃民也放低了声音。

“你怎么不成？你肯定成。”黄鹂自自然然拿起韩跃民的手，身子一转，把他的手放在自己腰间，“就这么使劲儿摁，俩手，顺着腰眼儿往两边捋，有劲儿就成。你看你多有劲儿啊，肯定没问题。”

阳历十月份的天气，不冷不热。黄鹂穿着一件米黄色开司米薄绒衫，一件华达呢外套，风衣搭在臂弯上。韩跃民隔着衣服摸到了黄鹂的小腰，那感觉，就是柔软娇弱，还有点儿热。他本能地把手缩了回来，眼睛往窗户外头看。

黄鹂凑到他耳边，吹气如兰：“这屋里要都是瞎子多好啊！”

韩跃民一时没反应过来，想了一下才明白，那几位接受按摩的患者可都是明眼人。

黄鹂这话什么意思呢？

韩跃民不傻，可他这个时候只能装傻。

第二次按摩，还是黄鹂挂号、交治疗费。韩跃民脸上挂不住了，按摩出来回厂路上，他又提起把钱给黄鹂的事。

黄鹂说：“你再提这个我跟你急啊！哎，咱俩看电影去吧？”

这个急转弯把韩跃民闹蒙了：“您说什么？”

“大华电影院，看电影去怎么样？看完我就顺路回家去了，你回厂正好下班。”

“这，行吗？”

“怎么不行，听我的吧。”

“什么电影呢？”

“演什么咱就看什么呗。”

这意思明摆着，目的不是看电影。这一套韩跃民还算是比较熟悉，那时候，他经常带着大街上刚认识的女孩儿子钻电影院。

电影还不错，日本的片子——《追捕》。这部电影已经在国内上映快两年了，热乎劲儿过去了，也就卖了六七成的座儿。

杜丘和真由美，俩人骑着一匹马，主题曲响起，激动人心的时刻来了。

黄鹂小声说：“我就爱看这一段儿，太美了，想流眼泪。”

韩跃民嗯了一声，觉得这一段儿确实挺感人的。

黄鹂黑暗中忽然摸着了他的手，一把拉过去：“你摸摸，我手心直出汗，身上怎么还有点儿冷呢？”

韩跃民握住了黄鹂的小手，黄鹂的身体靠了过来，韩跃民动作熟练地伸手把她搂住，一时忘了怀里这个女人不是他在大街上“拍”来的小女孩儿。

黄鹂有点儿昏昏沉沉的，呢喃着说：“你身上真热乎，怎么这么大热量啊！还真是小伙子火力壮。”

韩跃民情不自禁，熟练地把手伸进了黄鹂的怀里。他没碰过女人，用小蚊子的话说，是没真刀真枪正经上过“战场”。但这类的摩摩挲挲，他可是轻车熟路。

黄鹂既不反对也没挣扎，什么反应都没有。好像韩跃民这个明目张胆的动作骚扰的不是她，是别人。只不过，韩跃民轻轻一搂，黄鹂就自然而然倒在了他的怀里。

让韩跃民佩服的是，黄鹂角色转换太快太自然了。电影院里的灯一亮，黄鹂马上就恢复了常态，问韩跃民：“九儿啊，你是回厂啊还是我请你吃褡裢火烧去啊？这附近有个铺子不错。”

韩跃民挺会来事儿：“那我请你吧，远吗？”他是觉得有点儿不像话，按摩、看电影，都是黄鹂花钱，自个儿这不成蹭吃蹭喝了嘛！

“你算了吧，我知道你什么心思。那你就回厂吧，回去再绷一会儿也就该下班了。”

出了电影院，俩人一南一北分道扬镳。看黄鹂的神态，好像在电影院什么也没发生，或者刚才看电影的根本就不是她。

韩跃民心里可就架不住劲儿了，这到底算是真的还是假的呢？电影院里温存的那一会儿，他觉得做梦一样。可是出来以后黄鹂那个若无其事的态度，又让他老半天缓不过神来。散场的时候人多，他有心扶着黄鹂的小腰走，可是伸了两次手都没敢。从旁观察，黄鹂面色如水，目不斜视。几分钟之前温存娇羞的小女儿态，好像跟她没关系。

韩跃民一边骑车一边想，这小娘儿们，不简单啊！

在十九岁的韩跃民眼里，打样车间里这几个年过三十的女人虽然不能说老，可也都是挺大挺大的人了。真像黄鹂说的那样，好像自个儿跟她们差了一辈儿。

可没想到，才两个多月，这个看法就变了。起码，他觉得这几个女人甭管相貌好赖，一个个都那么风情、风骚。他心里明白，这个看法的改变，都是因为黄鹂。

按摩五六次、看了四场电影，还吃过一次饭。电影院里缠绵的动作越来越深入，简直让韩跃民上瘾。他越来越觉得离不开黄鹂了，关键是，这一切都是越来越自然。

黄鹂给韩跃民讲了不少自己小时候的事，这让韩跃民越来越觉得黄鹂是个挺可爱的女人，年龄的藩篱不知不觉化为乌有。

黄鹂说，六岁那年，她偶然看了一次爸爸给小叔叔洗澡。反身就问妈妈："小叔叔那个东西我怎么没有？"妈妈一时困窘，憋了半天才说："男孩儿子有，你是女孩儿子，没有。"上中学的时候，初萌人事的黄鹂被小叔叔抱着亲了一口，这个大侄女吓得茶饭不思，惊悸失眠，觉得自己肯定要怀孕了……这些事，都是黄鹂和韩跃民闲聊中说出来的。韩跃民听得神往，好一阵子沉浸在黄鹂描述的迁徙、安家以及奇异的家族关系中。在韩跃民的头脑里，这样的事简直是做梦都做不出来。

黄鹂的万种风情，黄鹂的巧笑嫣然，黄鹂时而天真时而老到的为人处世，把那几个姿色不如她的女人也带出颜色带出风骚来了。在韩跃民眼里，就连平时总是一副睡不醒的神态，蔫了吧唧的迷糊王也有了几分慵懒娇羞的美感。

他知道，自个儿的爱好有变化了。他开始更喜欢成熟的女人，更觉得女人不是因为美丽才可爱，而是因为可爱才美丽。他好像一夜之间长大了成熟了，对青苹果般的小女孩儿不感冒了。

他变得注意外表了，而且，每天去上班，心里都发热，甚至是盼着上班。为什么这样呢？他明白，就是因为黄鹂。跟黄鹂在一起，无论干活儿还是闲说话，都那么和谐美妙。黄鹂好像一块磁石，吸引着他的眼睛，摄取着他的魂魄。好像每跟黄鹂多说一句话，他就跟黄鹂接近了一步。接近黄鹂要干什么？他还没太想明白，总之就是想接近，特别想。

清醒的时候，他又觉得这挺羞耻，好像干了一件见不得人的事。也无数次想，黄鹂都多大了，自个儿有这份心思，这算怎么回事呢！再说了，人家有丈夫有孩子，这要闹出点儿事儿来，自个儿一点儿理不占不说，以后的前程可就毁了。

可是想归想，身子都掉井里了，耳朵想挂也挂不住了。一时半会儿见不到黄鹂，他就六神无主，心里像长草一样。

[六]

韩跃民想起电影院里的缠绵，
真不懂这个忽冷忽热的女人到底什么意思

有过几次一起去按摩的经历，还看了几场暧昧的电影，现在跟着黄鹂到她家来，韩跃民隐隐约约觉得要有什么大事发生。什么大事呢？他不敢深想。万一人家没那意思，岂不是自作多情。

黄鹂进屋就脱了大衣，一件紧身紫红色的高领毛衣把她的小腰约束出柔美的曲线，凸胸翘臀，更显得娇小玲珑。

参观了客厅和卧室，黄鹂拉了韩跃民一把，领着他来到卧室对面的另一间屋子。

窗帘是拉着的，屋里有点儿暗。黄鹂随手在墙上摸了一下，墙上有个壁灯亮了。韩跃民这才注意到，墙上那个四方块儿的白色东西，原来是个电灯开关。他心里沮丧，这种开关，第一次见；墙上还安着灯，也是头一回开眼。自己真他妈土！

壁灯有个粉红的灯罩，屋里顿时充满了柔和暧昧的粉红

对黄鹂突然的疏离感，韩跃民不禁想到了在电影院里的缠绵，一时有些困惑

色的光。看来这是一间兼具几种功能的房间。几个大书架沿着墙摆成个L形。靠窗是一张桌子，几个高背椅子。因为屋子面积大，正当中摆了一张单人床和一个床头柜。与客厅相邻的墙边是一张圆桌，四把椅子，圆桌上铺着桌布，桌上花瓶里插着鲜花。这个小圆桌旁，是一架钢琴。

黄鹂指了指圆桌旁的一把椅子："坐下吧，买的站票啊？"

她自己推开通往后面厨房的门："我给你弄杯咖啡喝吧！"

韩跃民起身走过去浏览书架里的书，故作平和："什么都行。"

少顷，黄鹂端着一个托盘走出来，托盘里是两个精致的咖啡杯和一个圆形小罐。

韩跃民坐回桌旁。黄鹂打开小罐，用一个镀镍的小夹子夹了一块方糖放进自己的杯子里，用汤匙搅动了几下。又把小罐推到韩跃民面前："你自己加糖吧。"

韩跃民竭力掩饰着心里的惊讶、愤懑和惶悚。

自打进了这个小院和这座房子，他受的刺激太多太强烈了。可以说是一步一惊雷，一瞬一炫目。在他不到二十年的人生经历中，他见过最有钱的人家就是同学赵玉展家。赵玉展的爷爷是市工商联的一个委员，父亲在区商业局当副局长。因为是同班同学，住家也就隔着一条胡同，上中学的时候，韩跃民去过几次赵玉展家。他们一块儿到通县插队以后，俩人的关系走得更近了，韩跃民还在赵玉展家吃过一次饭。

赵家全家三代七口人，住着一个小四合院，东西南北加起来一共十一间房。家里有个做饭的老保姆，吃饭的时候，赵玉展怕他不好意思，让老保姆单盛出来，俩人在赵玉展的屋里吃的。韩跃民对吃什么不大感兴趣，关键是看人家的房子，那叫一个宽敞。赵家的情况，就已经让韩跃民吃惊不已、艳羡不已了。现在看了黄鹂家里的房子和摆设，他除了吃惊，更多的就是生气和不知所措的惶恐了。他觉得，人跟人差距怎么就这么大！为什么有的人就能在天上，有的人只能在地上，甚至在泥里水里。

韩跃民稳住了心神，学着黄鹂的样儿，用那个小夹子夹了一块方糖搁进咖啡杯里，又学着黄鹂的样儿用小汤匙搅拌了几下，端起小碟子喝了一小口。要不是听人家说过咖啡是苦的，要不是生怕在黄鹂面前露怯，他差点儿就把嘴里的咖啡吐了。

黄鹂太机灵了，她肯定看出韩跃民不大习惯喝咖啡，体贴地说："我沏得浓了点儿，要是爱喝甜的就再加一块糖。"

"不用了，还行。"韩跃民故作镇静，抬头环顾一圈，"你们家这么暖和，也没瞅见炉子啊？"

"这儿是暖气，不烧炉子。"

韩跃民"噢"了一声，心里又骂了一句，怎么就没想到这个呢！

他看看窗外："这是几间房啊？"

"北房就这三间，刚进门你没看见那儿还有一间耳房吗，那就是锅炉房。咱俩现在待的这屋比客厅还暖和吧，就因为紧挨着锅炉房。再就是，你看院儿里一边一个跟炮楼似的吧，那都是两层的，是西式的。我讨厌那样的房子，进都不爱进去。南边还有几间小南房，那是过去卫兵和佣人住的。”

“卫兵？”

“噢，忘了跟你说了，这个院儿最早是日本人在这儿的时候翻建的，你没发现吗，所有的屋子都是木地板。我也不记得以前住了个日本的什么官儿，他们在这儿住的时候当然就有卫兵了。日本人投降，我们家老孙的爷爷就把这儿买下来了。”

“噢，那你的孩子都跟着奶奶去了香港，这个院儿就你们俩人住了呗。”

“是啊，要不你搬过来住吧！你就住那个小洋楼。我这儿也好有点儿人气儿。”

韩跃民笑了笑，没言语。

“怎么了？不敢？”

“是，我哪敢啊，你们家老孙大哥半夜再把我剁巴了。”

“坏小子！咱俩又没怎么着，他凭什么呀！”

还没怎么着啊？韩跃民想起电影院里的缠绵，真不懂这个忽冷忽热的女人到底什么意思。这是猫玩儿老鼠呢，还是拿我当孩子逗着玩儿呢？

黄鹂语调上扬：“怎么着了呀？”

韩跃民又不说话了。他觉得这个话再说下去就要出什么事。不过回想他们这一段时间的交往，他又觉得不发生点儿什么事好像也不大对，想起一句到家的话——没事？你干吗来了？

黄鹂把咖啡杯推到一边，起身走到单人床边，靠着被子半躺，两条腿都斜搭在床上。

韩跃民也起身，走到窗边，背对着黄鹂，拉开一点窗帘，往外看。

黄鹂半天没出声，韩跃民也不回头，觉得她可能睡着了。

这么僵持了好一会儿，黄鹂才幽幽地说："小九儿啊，你看你的腰多细啊，比我的腿都细。"

韩跃民转过身来："没有的事儿。我肩膀宽，就显得腰细。"

"也是哈，你肩膀可真宽。"

韩跃民故意大大咧咧："那是，哥们儿练过。"

"那你的腰也是太细了，可能真比我的腿还细。"

"得了吧，没听说吗，胳膊拗不过大腿。"

黄鹂笑了："我说腰呢，你说哪儿呢？"

韩跃民也笑了，知道自个儿用错了词儿。

"真的，不信咱量量。"

"啊？量什么？"

"量量你的腰是不是比我的腿还细呀。"

"怎么量啊，你们家有皮尺啊？"

"没有，早知道从单位拿一皮尺就好了。"

"还是的。"

韩跃民不知道这算不算打情骂俏，他就是觉着，在这个环境下讨论这个话题，有点儿难以把控。这要是在厂里，男男女女讨论你的腰我的腿，不出三句话就得走了下道儿。可他又觉得，这个情况下，话都说到这份儿上了，不说话反而更难受。甚至，谁有一句话没接上，俩人就得陷入尴尬。

黄鹂毕竟是黄鹂，她要是不想冷场，这个场就绝对冷不了。她就好像忽然想起来似的提高了声调："没皮尺也没事儿，你这样。"

"哪样啊？"

黄鹂的主意是，让韩跃民把裤腰带解下来，掐住扣眼儿的位置，在她的腿上量一下试试。

韩跃民心跳加快了。他怎么也没想到这个女人风骚起来这么直截了当。这什么意思呢？我再小，也不是三五岁的小孩儿了啊！解皮带，那不就是脱裤子嘛！他顿时血往上涌，脑子一热，浑劲儿上来了，心说这事儿谁怕谁啊，拿我当雏儿耍啊！他三下五除二把皮带解下来，走到黄鹂跟前。

黄鹂坐在床上，高举起一条腿："量吧。"

韩跃民把皮带往黄鹂腿上一绕。

黄鹂说："要量就得量最粗的地儿，别耍赖啊，肯定比你的腰粗。"

韩跃民二话不说，用皮带兜住了黄鹂的大腿根儿。

"哎哟，臭小子，你摸我哪儿呢？"

"我，没有啊，摸你哪儿了？"韩跃民忽然嬉皮笑脸起来，"让我摸摸怎么了，又不是没摸过。"

"来，你看看，都这样了。"黄鹂抓住了韩跃民的手，一把搂住了他。

这回韩跃民真有点儿怕了，他始终还是拿不准黄鹂的心思，生怕她关键时刻“炸”了。他像个木头人，听凭黄鹂摆弄，一动不敢动。

“啊，你怎么……我以为你们这帮坏小子……”

“谁坏小子啊，我多老实一孩子啊！”

“行，你是真老实，该不老实的时候太老实。”

“小……我还真没干过这个，要不……”

“我是你师傅不是吧？”

“是。”

“那句话怎么说的？”

“嘿嘿，要想学得会，就跟师傅睡。”为了掩饰尴尬，韩跃民又拿出二皮脸的劲头。

黄鹂的声音娇弱起来：“唉，你一大男人，总不能让我太丢面儿了吧！”

“不丢面儿，师傅，我丢面儿还不行……”

第二章

[一] 正当酣睡的清晨，忽然这么一声巨响，把所有人都惊醒了

[二] 六平方米的房子，肯定也算是房子，而且能住人

[三] 干这个，最好是笨了吧唧胸无大志的人

[四] 就好像什么地方扎了一根小毛刺，不太痛也不算痒，拔又拔不出来

[一]

正当酣睡的清晨，
忽然这么一声巨响，把所有人都惊醒了

时间是1980年初，春节已过，天还冷。帽儿爷韩跃民住的南城小平房更显得冷。

这是一个极其普通的早春之晨，略微不同的是，老韩家的蜂窝煤炉子又没封住，多半是刚进入后半夜就灭了火。

这算是个意外。因为素常老韩家的火炉子很少有没封住灭了的时候。韩跃民他爸爸韩振江，那是八级工，在当时人们的印象中，技术工人混到六级以上，那都是极聪明的人尖子，这样的人不光是专业技术出类拔萃，而且是方方面面干什么都比别人强。不就是封一炉子嘛，先看燃烧情况，参考煤的质量，决定风门全开还是半开还是开到一个什么角度；再根据炉子的情况，看底下的炉门是关严了好还是留一条缝儿合适。这还不行，炉门关严了，一头一尾还有缝隙呢，就得拿张纸叠几叠，弄成个厚纸条塞在炉门和炉身之间的缝隙

第二章 六

一大早被冻醒的韩跃民，本想不声不响地起床，却没料到因没开灯的缘故，黑暗中把他爸爸的夜壶给瓴了

里。就塞这个纸条，也是个学问。塞得太严了，没有进的风了，不行；塞少了，进风量大，也不行。这个拿捏的妙处，一般人还真玩不转。饶是这样，火还灭了呢。韩跃民躺在被窝里想，估计是这拨儿煤不怎么样。他所知道的就是，每次买了新煤，就有那么一两次灭炉子的事发生。

韩跃民和他爸妈睡在一张床上。天儿冷，挤着点儿暖和。

可能就是因为火灭了，韩跃民觉着冷，给冻醒了。意识稍一清醒，他翻了个身。这一翻身就彻底醒了。为什么呢？因为你比较长的时间保持一个姿势睡觉，头脸跟枕头接触的部位是固定的，温度是没变化的，所谓热被窝、热枕头，就这么来的。可你要翻身，头脸跟枕头接触的部位变了，枕头没挨着头脸的部位冰冰凉，刚一接触就感觉出来了。得，冰镇脸蛋儿，这回算是彻底醒了，毫无睡意了。

韩跃民睁着眼四下看看，里屋外屋一片漆黑。听了听，睡在身边的爸爸呼吸均匀，瞧这意思睡得正好呢。爸爸的另一边是韩跃民的妈，连个呼吸的声响都没有，可见睡得更踏实。

韩跃民躺在被窝里估摸时间，觉得这会儿应该还不到六点。长年生活在人员相对固定、规律性特别强的平房小院，他练出了一个本事，不用看表，也不需要任何参照，就能大致估算出时间，前后基本上差不了二十分钟。据说这是科学家的论断——身体各项机能都比较好的人，时间的概念就会比较清晰和准确。韩跃民才二十岁，身体自然是倍儿棒，所以他对时间的判断还是比较准的。

第二章 六

按阴历算，这还没出正月呢。虽说是早就立了春，也出了九，可今年的倒春寒还真厉害，连着好几天都是零下七八度。在北京，这个温度都赶上三九天儿了。

韩跃民他们家房子忒小，就这么外明里暗的两间筒子房。外头屋是韩跃民的三个姐姐，里头这间是韩跃民和他的父母。

韩跃民都二十岁了，大小伙子了，个头儿赶上他爸爸了。可是晚上睡觉还得跟父母一张床。说是一张床，其实就是俩铺板拼在一块儿。论尺寸，肯定比标准的双人床宽，所以三个人并肩睡，倒是不算太挤。

韩跃民继续屏息静气听着，窗户外头也是一点儿动静没有。怕吵醒了爸妈，他也不敢开灯，摸着黑穿上棉袄，然后弯腰伸胳膊，抓起横搭在脚头的毛裤。黑暗中用手摸了好几下，到底也没摸出个正反前后。他有点儿不耐烦了，又怕窸窸窣窣的声音吵醒了老爸，只好把毛裤搭在胳膊上，以屁股为支点，小心翼翼玩了个大转身。坐在床沿儿上，用脚找着了棉鞋，先趿拉着站起来，打算到了外屋穿上毛裤再好好穿鞋。

自打插队回来，韩跃民已经两个冬天没穿棉裤了。他年轻，火力壮，也开始注意打扮了。所以坚决不再穿臃肿邋遢的老棉裤。一条秋裤加一条线裤，外边儿是一条灯芯绒的裤子，就这么过冬。

爱美不穿棉，冻死不可怜。说是这么说，袁素娥可不这么想。还“冻死不可怜”？在她那儿，儿子少喝一口水少吃一口饭她都受不了，别说受这个寒凉了。所以，见儿子不乐意穿棉裤，袁素娥买来毛线，让韩跃民他大姐给织了一条毛裤。这条毛裤，毛线是纯毛的，还是生毛，元宝针，织完了厚实，沉甸甸的压手，比线裤暖和了不知多少。

这条沉甸甸的毛裤搭在韩跃民的胳膊上，就有了下垂感，总有点儿要往下滑的意思。为了不让它往下滑，韩跃民不由自主地把小臂贴紧了腹部，夹住了毛裤。因为摸着黑，因为怕吵醒了爸妈，韩跃民的每一个动作都像电影慢镜头一样，连喘气都不敢出声儿。就在他用脚找到了棉鞋准备往外屋走的时候，忽然想起他的灯芯绒裤子和尼龙袜子还在枕头边搁着呢。为了不再多跑一趟，他又转身摸索着把裤子和袜子抓在手里。想了想没再落下别的，再次转身准备蔫溜着出去。就这一刻，他觉得一切都弄好了，可以放心到外屋去了。心这么一松，一瞬间就忘了动作要领。一转身一迈步，觉得毛裤又要滑落，不由得夹紧了毛裤。毛裤似乎挂住了什么，挣扎了一下，不愿随着他往外走。韩跃民一时没反应过来，本能地一使劲儿，“砰！哗啦——”，韩跃民脑子里一片空白，死死闭住了眼睛，好像这么一闭眼就能抹去已经发生的一切。到这会儿他才明白，毛裤挂住的是什么。可惜，明白了也晚了，一切无法挽回了。

正当酣睡的清晨，忽然这么一声巨响，把所有人都惊醒了。韩振江最先醒过来，反应却是最沉稳，他只是翻了个身，瓮声瓮气问了一句：“把夜壶给我瓶了吧！”

袁素娥也惊醒了，黑暗中仄着身子抬头，惊问：“怎么了，跃民？”到底是当妈的，挂念的始终是儿子，压根儿就没管什么夜壶。

韩跃民当然知道发生了什么：他爸爸有起夜的习惯，那时候别说家里，连院儿里都没个厕所。撒泡尿，您得跑胡同里的官茅房去。大冬天的，半夜里跑官茅房，实在是个罪过。所以韩振江一到冬天就离不开夜壶。为了拿着方便，每天睡觉以前都是床头摆一个小杌凳，把夜壶搁在杌凳上。韩跃民胳膊肘夹着毛裤，转身的时候，裤腰钩在了夜壶嘴上。他要是及时反应过来，别硬拽，摸索着把挂住的裤腰摘开也就没事了。问题是他没反应过来，一使劲儿，把个夜壶钩掉了。心里一慌，胳膊上夹着的毛裤也掉在地上，正好把地上的黄汤子吸走了一大半。

睡在外屋的姐妹仨醒了俩，二姐问了一声：“韩跃民，是你吧？”二姐一贯如此，跟自己的亲弟弟，永远叫大名儿。

大姐嘟囔了一句：“黑灯瞎火的，干吗不开灯啊？”一边说一边顺手拉了一下灯绳，外屋顿时大放光明，把里屋也映得通亮。

韩跃民没吱声，借着亮光，弯腰捡起了毛裤。因为大半条毛裤浸满了尿液，毛裤更显得沉甸甸的打手。起码，今天是甭穿了。

沮丧、懊恼、心疼，韩跃民恨不得给自己俩嘴巴子。

袁素娥也看见了儿子手里的湿毛裤，她不再说什么，坐起来，麻利儿穿上了棉袄棉裤，光着脚找棉鞋，找着了又缩了回去，说，鞋窠也湿了。

韩振江又翻了个身，嘟囔：“这倒好，两泡尿，一点儿没糟蹋。”

韩跃民忙把爸爸的棉鞋踢给老妈，顺口说了句最没用的客套话：“您就甭起来了。”

袁素娥说：“火都灭了，我不得起来生火呀？”

韩跃民原地站着一动不动。他这会儿就剩下一个念头——哪怕再多躺五分钟呢，翻个身，咳嗽一声，妈也就该醒了。妈一醒，准开灯，不就什么事儿也没有了嘛！晚起五分钟，什么都耽误不了。唉！

[二]

六平方米的房子，
肯定也算是房子，而且能住人

韩跃民是大小伙子了，常年跟父母睡一张床，实在觉得别扭。

他们住的这个院儿，是从一个坐南朝北的大四合院里分割出来的，大致相当于人家那个大院的西跨院。原先那个大四合院的主人，从前即便不是王侯也是个官员，总之是个大户人家。大概这户人家后来败落了，一座大院切开了卖，就把这个西跨院切成了单独开门的院落。所以，这个院打根儿上起就不成格局，院门窄，过道短，进了院儿要顺着廊子先走前院，再穿过一个夹道才能到后院。前后院加起来十几间房，前院偏小，后院反倒显得大一点儿。

韩跃民家住后院，院子当中有个水管子，后院这六家人共用。水管子下边儿是一个砖头砌的水池子，这又把水管子前后左右的占地面积扩大了几十公分。离水池子两米多远，有棵枣树。为什么介绍这么详细呢，因为这是整个儿后院比

韩跃民住的这个院儿，原先的主人是个大户人家，后来败落了，一座大院切开了卖，把这个西跨院切成了单独开门的院落

较规整的一块空地。

韩跃民上高中那年，他爸爸韩振江挨门挨户拜访了后院的几位高邻，好话、小话说了几箩筐，勉强征得了大伙儿的首肯，在这块空地上搭了一间小房。房子盖好了，韩跃民用皮尺量了一下，室内面积都不到六平方米。

不到六平方米也是一间房啊。几位高邻就这么好说话？他老韩家就这么好的人缘儿？不是那么回事儿。

这个小后院儿，邻里之间的关系面儿上看还是挺好的。谁跟谁也不吵架，平时见面说话都是满面笑容语气热烈毫无隔阂。平时谁家缺根儿葱少头蒜，甭管找谁都能要出来，不会打磕绊儿。外人看，院儿里这几家子就跟一家人似的。只有在这个院里住了十几年几十年的人，才真正了解谁家跟谁家是真好，谁家跟谁家是表面和气，肚子里长着牙呢。

这些个情况，韩振江门儿清。打这块地的主意，是他通盘考虑之后巧妙博弈的结果。具体的就不说了，咱又不在这儿讲盖房记。简单说就是，院里其他几家，互相都有深刻的或者深远的矛盾。地方就这么一块，张家要盖房，李家能蹿出来玩命；马家要用这块地儿，赵家绝对不会答应。盘根错节的矛盾，互相掣肘互相制约，反而滋生了一个共同的心理：宁肯给老韩家，也不能给那谁谁家。

六平方米的房子，肯定也算是房子，而且能住人。从此，韩跃民有了自己的独立空间。春秋两季，他就在这儿睡觉。可是到了夏天和冬天，最冷和最热的时候，还是不行。墙薄、顶子也薄，还跟炮楼似的，是个“四不靠”，周围没别的房子，冷的时候忒冷，热的时候忒热。用韩跃民自己的话说，那就是冬天赛冰窖，夏天胜火炉。

屋子小，冬天又不能生炉子，生炉子也不会暖和。所以一到三伏三九天，韩跃民还得搬回去跟父母睡一张床。

往根儿上捯，这天一大早起惹的这场不大不小的祸事，还是因为房子小。所以，韩跃民懊头恶心烦，心情糟透了。别多了，这要是有三间大北房住着，怎么也不会发生这样的事啊！夜壶瓶了，大半条毛裤湿透了，眼见着今儿是穿不成了。爸、妈、三个姐姐，谁都没埋怨他一句。越不埋怨，他心里越难受。

韩振江的妻子袁素娥是个标准的传统女人，除了上班，眼里心里只有丈夫和儿女，就是没有她自己。整天家里家外，放下锅碗瓢盆就是针线笸箩。丈夫是顶梁柱，她得低眉顺眼伺候着；三个闺女三朵花，她得小心呵护；唯一的小子更是金疙瘩，当眼珠子一样待。一天忙到晚，手脚不识闲儿，才四十七岁，头发已经有白的了。

袁素娥收拾了夜壶碎片，弄了点儿炉灰把地面吸干了，扫出去。又打了盆水，把韩跃民手里的毛裤泡上。韩跃民呆呆愣愣看着，好半天才想起来坐下穿上袜子。袁素娥看见，打了个手势让他等着，掀开衣柜把他的棉裤翻找出来递给他："凑合穿一天吧，毛裤洗了明儿就能干。"

韩跃民接过来比量了一下，把棉裤扔在床上："我不穿这个，穿上腿都打不了弯儿。"

大姐说："那你也不能光穿一条秋裤啊！"

袁素娥又把棉裤拿起来塞在儿子怀里：“就凑合一天，总比冻感冒了强吧！”

没事儿，天儿没那么冷了。韩跃民又把棉裤扔了回去。

韩振江慢吞吞穿衣服，闻言瞪了儿子一眼：“你把我夜壶给瓴了还有理了！”

回头我给您买个新的。韩跃民一肚子窝囊气，继续犟嘴。

袁素娥怕爷儿俩顶起来，赶紧息事宁人：“要不把那条线裤给你找出来？好歹也是立春了，风没那么硬了，秋裤套上线裤也行。”

韩跃民咽了口吐沫，没再言语。

[三]

干这个，
最好是笨了吧唧胸无大志的人

在同一年进厂的青工中，韩跃民是拔尖儿的；在整个儿天坛制帽厂，霍连升是技术工人中拔尖儿的。这俩人搭伙成了师徒，人人看好，都觉得顺理成章。

可是，在帽厂上班一年多了，韩跃民满打满算只当了霍连升三个多月的徒弟。师徒的名分是没了，但是师徒关系不能说没就没。韩振江告诉儿子，别说三个月，就是当了你三天的师父，那也是你一辈子的师父，什么时候也得当个长辈敬着。什么叫一日为师终身为父啊，这话，就跟这儿等着你呢！

这话，韩跃民听进去了。他打小就是个好孩子，礼敬长辈、友于兄弟，是家风教化，也是百姓俗礼，他丝毫不敢怠慢。

韩跃民从通县插队回来，进了他爸爸所在的天坛制帽厂。一块儿进厂的二十来个学徒工，韩跃民算是条件最好的

霍连升不愿意再带韩跃民这个徒弟，韩振江买了一包带锡纸的精装大前门去找他一问究竟

一个。他在学校就入了团，到了插队的村里又成了知青点儿的点儿长，还经常给公社广播站写稿儿。去了没半年，就成了公社知青办先进知青典型的重点培养对象。可惜，这个先进典型对象还没来得及培养呢，国家的知青政策发生了变化，韩跃民随大流回了城，摇身一变成了国有工厂的工人。

韩跃民工人出身，政治条件没得说，表现又是最好，还会舞文弄墨，又是本厂职工子弟。这些个因素加在一起，没说的，拜霍连升为师，学习手工制帽技术。

整个儿天坛帽厂，霍连升霍师傅是手工制帽的大拿。他的拿手绝活是用传统手工工艺制作毡礼帽。

一顶好毡帽，最大的特点就是永不变形。你就是淋了雨，湿透了，晾干以后一点儿不走样，这可不是一般的功夫。

毛毡帽坯的好坏，制浸胶和二次定型是重点，打好这个基础，需要把握时间、温度、碳化、除杂、织坯、压坯、卷洗、染色、抻顶、浸胶、定型、模压……五十多道工序，基本都是手工操作，哪道工序做不好也不行。所有这些工序，霍连升从头到尾，样样精通，层层把关。所以，霍连升是手工制作毡帽的第一把手，无人不服。

韩跃民跟着霍师傅当学徒，干了三个月就“跳槽”进了电工班。为什么呢？最主要的原因就是霍师傅不愿意带这个徒弟了。

霍师傅挑选徒弟严格，这谁都知道。可包括厂领导在内，全厂的人谁都没想到他会不要韩跃民。韩跃民是谁？八级工韩振江的儿子！全厂两千多人，各个工种都加一块儿，真正凭手艺混出来、叫人服气的八级工也不超过二十个人，正经的百里挑一的人尖子！你霍连升再牛逼，也不能不给韩师傅面子吧！在普通干部和工人们的眼里，韩跃民就算真是个草包二百五，霍连升捏着鼻子也得收下这个徒弟。不为别的，就冲他是韩振江的儿子。何况人家韩跃民不是个草包，是个实打实的先进青年，是块搁哪儿都能发光见亮儿的金疙瘩。这样的小青年给霍连升当徒弟，那是给霍师傅脸上贴金呢，打哪儿论，霍师傅也不该主动提出不要这个徒弟了啊。

人人都是一肚子问号，可谁也不敢问。霍连升为人做事自有一份手艺人的孤高自傲，在陌生人或者他瞧不上眼的人面前，他是个寡言少语不苟言笑的主儿，一天都说不上几句话。当然了，熟人例外，棋友例外——霍师傅好下象棋，棋力不弱。

憋了好几天，儿子都到电工班报到上班了，韩振江才找了个机会跟霍连升单聊。他特意买了一包带锡纸的精装大前门，来到霍连升经常闭门修炼的那间“工艺室”，把大前门扔在桌上：“霍师傅，这烟没开包呢，你打开，我抽一根儿就得，剩下的都归你了。”

霍连升拿起烟来看了一眼，用小拇指的指甲盖儿挑开烟封，抽出一根递给韩振江：“你不是不抽烟吗，买这么好的烟干吗？”

“这不专门为你买的嘛！好家伙，拜见霍师傅，不能空着手啊。”

“别拿话烧我，有事儿就说！”

“霍师傅，开头我都没好意思找您，我觉乎着，您不要我们跃民了，肯定就是跃民这孩子有让您瞧不上的地方。您瞧不上，那就什么也甭说了。所以，我都打算一辈子不跟您提这事儿。可我又一想，不跟您提，装不知道，那都不是个事儿啊。咱们一个厂混了这么多年，抬头不见低头见，没拌过嘴没红过脸，总不能为这点儿事心里都隔着一层吧？所以……”

韩振江说到这儿不往下说了，看着霍连升。

霍师傅是个明白人，当然门儿清。韩振江一露面，他就知道老韩干吗来了。

霍连升拿起暖壶把自个儿的大把儿搪瓷缸子蓄满了水，推到韩振江面前：“韩师傅啊，这事儿吧，我要是找您当面说，任我说出大天来，您也得说我虚头巴脑，说我是编了个甜活人的理由糊弄您。”

韩振江摆摆手：“您说，我不至于那么想。”

“得，那我就说。这是您找上门儿来了，我还就等着您找我呢。其实也就一句话，跃民这孩子，是个好孩子。我不要他，不是他不行，是我不行。就因为我不行，我不能耽误孩子。”

“这话儿怎么说的呢？”

“您看我这么说算不算我矫情？我，您也知道，除了摆弄这个毡帽儿，任嘛儿不会。现在这是什么时候了，改革开放了，百业待兴了。年轻人，有点儿能耐的，肚子里有点儿墨水的，都奔着干大事去了。您就打算让跃民这么好一孩子一辈子窝在我这儿做毡帽？”

韩振江笑了：“您这手艺是绝活儿啊，这是一辈子的饭碗啊。”

“搁我这儿是一辈子，搁跃民那儿，这就什么也不是！现在改进这个改进那个，什么都是大机器，生产线，我这份手艺还能不能传下去都两说着呢。您家这位公子，得考大学，得上进，他不能跟我这儿窝着学我这个抠抠搜搜没大出息的小手艺。他能干大事您知道吗？”

韩振江心里舒坦，嘴上谦虚：“他一中学生，能有什么出息，还干大事儿呢！”

霍连升说：“我把这话搁这儿，跃民这孩子，咱们厂都搁不住他，别说我这小地方了。我这份儿手艺，说是手艺，其实说了归齐不就一做毡帽的吗？干这个，最好是笨了吧唧胸无大志的人，他没别的想法，干别的也不成，就只能跟我干这个。可咱跃民不是这路人啊，他脑子好，心思活泛，跟着我干这个，一是糟蹋他自个儿，二也是多半学不出来。您说，他要是学个半半落落再出去干别的，不是瞎耽误工夫吗？”

韩振江又笑了：“我听出来了，敢情您是怕这孩子心性不稳，学不出来坏了您的名声。”

霍连升眉毛一立，把桌上的大前门装进工作服兜里：“就冲你这句话，这烟归我了。”整个儿一狗咬吕洞宾，不识好人心！

韩振江哈哈一笑，端起霍连升的缸子喝了一大口水，起身告辞：“我明白啦，霍师傅，您这手艺，太机灵的人还真是学不出来。那您就找一半傻不茶的接您的班儿吧。”

[四]

就好像什么地方扎了一根小毛刺，不太痛也不算痒，拔又拔不出来

毛裤没法穿了，老棉裤又太不像样，韩跃民在灯芯绒裤子里边又加了一条线裤，上身穿着一件绒衣，外边是才洗过一水的蓝卡其布中山装，戴上帽子就要出门。

袁素娥说："这才几点呀，你也不吃口东西？"

"我是帮忙的，人家管饭。"

"好歹的喝口热乎粥，肚里有食儿也暖和啊。"

"不用，师父家里备着呢，热豆浆糖油饼。"韩跃民头也不回推起车子就出了门。

今儿是个大日子，师父霍连升的大儿子要结婚，韩跃民得去帮忙。

被师父"轰"出了师门，在电工班干了半年多，韩跃民就参加考试，拿下了高压电工本儿。这个进度，全厂也没有过先例。有说风凉话的，说他爹是韩振江，技术大拿，厂领导眼里的红人，还是不脱产的工会副主席，有头有脸。冲这

师父霍连升的大儿子要结婚，韩跃民一大早骑着车去帮忙

个，高压电工本儿也得归了他韩跃民。韩跃民也不争辩，他也懒得跟那些人争竞这个。本儿是怎么考下来的，他心里清楚。背地里使劲儿，点灯熬夜，拉屎的工夫都捧着书看，那是实打实学出来干出来的。上小学三年级的时候，他爷爷就跟他说过，“要想人前显贵，就得背后受罪”，这句话，刀凿斧刻，他记一辈子。

半年多拿下了高压电工本儿，把厂领导也惊着了。别的不说，都觉得这小子有股子狠劲儿。人啊，甭管哪方面出头拔尖儿，在大伙儿的印象里就好像干什么都成。这种认识论，别管在工厂还是在机关，到哪儿都行得通。韩跃民招工进厂的时候就拔了一回尖儿，这回考电工本儿又拔了一回尖儿，这就在帽厂出了名，正儿八经进入了厂一级领导的视线。赶上厂里开团代会，他懵里懵懂就被选为厂团委副书记。据知情人说，本来打算让他一步就位，直接当团委书记呢，可他韩跃民不是党员，这一条把他卡住了。

一年多玩儿了个三级跳，出了毡帽组，在电工班混了些日子，又调出来了，当了团委副书记，而且很快就能从工人编制转成干部身份了。可无论怎么跳，他韩跃民还是霍连升的徒弟，这一点，这辈子也别想改了。

霍连升的大儿子叫霍彦军，是手表厂的工人，比韩跃民大六七岁。霍师傅三个儿子一个闺女，霍彦军是唯一一个不在帽厂上班的孩子。人家当过兵，复员以后直接就分到了手表厂。那也是国营单位，而且手表属于“三大件”之一，热门，比帽子的地位高多了。能在手表厂上班，搞对象都能多多挑几个。

韩跃民进厂以后，在厂里和霍师傅家里见过霍彦军几次，印象不错。所以，赶上他结婚，韩跃民跟着大伙儿随了三毛钱的份子之外，背着旁人又出了五块钱的礼钱。韩振江对儿子这么做表示赞同，说：“除了有你师父的面子，你跟霍彦军也该多走动。小伙子在保卫科工作，听说马上也要转干了。”

韩跃民给霍师傅送那五块钱的时候，霍师傅开始是坚决不要的。理由是，你爸爸都给了，你们父子俩出一份儿就够了，没有出双份儿的道理。韩跃民说，我爸是我爸，我是我。您不要，我还得往您家里跑一趟。

这么一说，诚意满满，霍师傅也就收下了。

为这个，霍彦军还专门给韩跃民打了个电话，没提送五块钱的事儿，只是再三邀请，婚礼那天一定要来。霍彦军也挺会说：“你们厂的青工，我能认识几个？再说我就是都认识也没那工夫迎来送往啊。所以你必须得来，帮我支应支应。”末了，霍彦军还特意叮嘱：“到那天，你尽可能早点儿来，好多活儿等着你干呢。别吃早点啊，我都跟我们这边饭铺子定好了，七点，送油饼豆浆和火烧来。”

这么一来，婚礼这天，韩跃民就不光是去贺喜了。他成了知客，专门负责接待厂里的青年工友们。

这么露脸的一个日子，偏偏一大早闯了个不大不小的祸，弄得毛裤也没法穿了。所以，韩跃民格外觉得窝囊。

他闷闷不乐出了门，跨上车子没骑几步，忒冷。心说这要是骑四十分钟到师父家还不冻挺了！没辙，该认㞞就得认㞞，他回家又穿了件工作服大衣，戴上棉手套，这才直奔霍师傅家。

还没到霍师傅家胡同口呢，迎面看见佟之鹰穿着呢子大衣，扶着个自行车，门神一样站在路边。韩跃民一眼看见，礼貌地跳下车来。佟之鹰也认出了他，笑道："小韩啊，怎么穿这么件儿大衣啊，差点儿都没认出来。"

韩跃民笑笑："今儿贼冷，还是这个搪风。你这是等谁呢？"

"谁也不等，谁也都等。我跟霍师傅也不那么太熟，他儿子我连见都没见过，一个人儿不好意思进门儿。再说，我这是不是也来得太早了点儿啊？"

韩跃民心说，你既然跟我师父不熟，也没见过霍彦军，干吗还赶过来参加婚礼呢？可他嘴上说的是："早不早的，反正吃中午饭还早着呢。没事儿，跟我进去吧。"

佟之鹰挺高兴，搓着手说："我还真没白等，跟着你我就好进门儿了，你好歹是霍师傅的入室弟子，亲徒弟啊。"

按规矩，随三毛钱份子的人是不去吃喜宴的。三毛钱，那是"随喜"的钱，最多事后吃块糖沾沾喜气。婚礼当天来道贺吃饭的，都是额外送了礼金或者礼物的。韩跃民一边陪着佟之鹰进了胡同，一边上下左右打量了几眼，怎么也没看出佟之鹰带了什么礼物来。他心里琢磨，也许这家伙有事求着师父，也跟自个儿一样偷偷送了礼金。要不，他怎么会不懂规矩，赶这个日子口儿来吃喜宴呢？

佟之鹰长得挺排场，凤眉豹眼，高鼻梁薄嘴唇，足足比韩跃民高一个头。他也是跟韩跃民一拨儿进厂的，可比韩跃民大了七八岁。他是六八届的高中生，在黑龙江建设兵团当了九年的知青，好不容易回了城，分到帽厂当工人。

俩人进了霍家，先去跟霍师傅夫妇俩道喜。霍师傅看见佟之鹰也有点儿打愣，反应了一下才笑着说："小佟，你也来啦，屋里坐。"

佟之鹰一抱拳，说了几句喜兴话，然后走到霍师傅身边："霍师傅，我有几句话跟您说。"

霍师傅说："行啊，来来来，屋里说。"

佟之鹰探头看了看，走开两步说："屋里人多，咱就这儿说吧。"

韩跃民见状，知道人家有背人的话，赶紧转身找霍彦军说话去了。

厂里的同事们都还没到，屋里院儿里都是霍家的亲戚和街坊邻居。韩跃民说是躲开了，可实际上离着佟之鹰和霍师傅也没几步远。没两分钟，他就看见霍师傅双手握住佟之鹰的手，大声说："哎哟哎哟，这是怎么话儿说的呢，这我们可怎么感谢你呢！"

好多人都朝他们的方向看，霍彦军索性走了过去参与对话。霍连升满脸欢喜，转头冲着屋里喊："彦凤，你出来！"

霍连升的老丫头霍彦凤从屋里跑出来，站在爸爸身边。

韩跃民没见过师父这个老丫头，搭眼一看，这姑娘跟自己差不多的年纪，明眸皓齿，面若桃花，天蓝色的高领毛衣，披肩发，头上别着个粉色蝴蝶结，显得格外抢眼。四个人聚在一起，大概是说了几句悄悄话。只见霍彦凤双掌一拍，原地跳了一下，冲着佟之鹰鞠了一躬："呀，太谢谢您了！"

霍彦军也跟佟之鹰握了握手，拍着他的肩膀说："哥们儿，我这就该接亲去了，待会儿回来好好儿敬你一杯！"说完拉了一把韩跃民，指着佟之鹰说："跃民，可别让他走啊！"

韩跃民点点头："交给我了。"

别说韩跃民，大概这院子里凡是听见看见这一幕的，心里都有个问号：这位高个儿小伙子给老霍家带了个什么喜讯，弄得这一家子比娶媳妇儿还高兴？

佟之鹰被老霍家当贵宾一般迎进了屋里。进了屋，佟之鹰脱大衣的时候才忽然想起似的从大衣兜里掏出一个长方形的精致礼品盒："霍师傅，这大喜的日子，我也没什么好送的，买了一对儿钢笔，英雄牌儿的，祝两位新人工作上进学习好，步步高升吧！"

这么一来，老霍家对佟之鹰奉若神明，对他的恭敬和感谢达到了高潮，简直视其为一等一的贵宾。

按说，佟之鹰再怎么会出风头也跟韩跃民没一毛钱关系。可是不知怎么回事儿，这一整天，韩跃民心里都有那么点儿说不清道不明的失落感。就好像什么地方扎了一根小毛刺，不太痛也不算痒，拔又拔不出来，就在那儿似有若无地让你不痛快。

就为了这点儿不痛快吧，回家路上，韩跃民路过一家日杂店，狠心咬牙，花了一块三，给他爸爸买了一个质量最好的新夜壶。

第三章

[一] 就是这么个大染缸，把一个二十岁小青年纯洁的心灵搅和得七荤八素

[二] 俩人各怀心事，站在那儿不知说什么好了

[三] 你推我让，你进我退，这么一斗法，激情都挺充沛的俩人就经常有点儿犯“顶”

[四] 一屋子好几个人，凡是听懂了的都笑起来

[五] 这事儿我一个人全扛了，没问题，哥们儿就这么仗义

[一]

就是这么个大染缸，把一个二十岁小青年纯洁的心灵搅和得七荤八素

韩跃民当了团委副书记，回过头来看，才觉得在电工班那半年多的经历是他工人生涯的重要一课。

到了电工班，他干了几天就觉得这个活儿太适合自个儿了。因为这个工种没有具体的生产任务，没有每天必须完成的定额，除非比较急的维修任务，其他活计，没人催着你干。

带他的师傅姓马，大他十来岁，好像也是跟黄鹂他们一拨儿的技校毕业生，只不过不是一个学校。这位马师傅瘦高，驼背，近视，小眼睛，淡眉毛，脸色苍白，一看就是个阳刚气不足、在家受惯了老婆气的老实人。果然，上班没半天儿，韩跃民就听见有个老师傅冒冒失失喊了他一声“老蔫儿”。马师傅他听了虽然满脸愠色，但是并没表示抗议。韩跃民心里挺高兴，因为这正好符合他的判断，是个“蔫

电工班的车间坐落在工厂唯一的主干道上，成了工人们顺便进来聊几句的天然福地，每天吸引着各色人等得空就往这儿跑

货”。让他更感欣慰的是，马师傅还是个性情随和散漫随便的人，整天睡眼惺忪迷离马虎，也是一副漫不经心的神态。

这样，他和马师傅很快就相处得十分和谐愉快。

师徒关系确定后，第二天一上班，按照入厂的时候领导和老师傅们的教诲，韩跃民也想表现表现，殷勤地要给马师傅沏茶倒水。可马师傅一眼看见，赶紧拦住了他：“别别别，新来的人儿摸不着门儿，还是我伺候您吧。”说完就拎着暖壶晃晃悠悠出去打水了。就这么一句话，他们俩就成了亦师亦友的哥们儿。

马师傅不修边幅，整天胡子拉碴，眼睛好像永远睁不开，永远没精打采。可他嘴角往上翘，眼睛朝下弯，生就的一副笑脸，就算再没精打采，给人的感觉也是笑意盈盈。这人天性随和，没脾气，不高兴的时候很少。这样的人，招人喜欢，男女老少都爱跟他逗几句。他是什么话都接着，顺着你说，可是没准儿说着说着就把你带沟里去了。可见他并不像外表给人的印象那样稀里马虎，还是挺有智慧的。

马师傅有个师兄弟，叫焦志同。韩跃民第一次听到介绍他名字的时候就心里发笑，心说你还“脚趾痛”，脚脖子痛不痛呢？

这个焦志同长得精神，高个儿，宽肩膀，国字脸薄嘴唇，肤白发黑，眼睛发亮，时时刻刻炯炯有神，放在今天也算是个标准帅哥。而且他还能说会道，嗓音也挺脆亮，还当过兵，还是个党员。这些条件加在一起，他就享受点儿“众星捧月”的待遇了。一天到晚，厂里的姑娘媳妇儿们走马灯一般，有事没事就往电工班里凑。当然也不至于干什么，就是有事儿没事儿逗几句，听“焦同志”（大伙儿都这么叫）贫嘴呱舌侃大山。

在工厂干过的人应该都知道，那些粗放豪爽的“工人阶级”到了一块儿是什么都敢说的。甭管什么话题，不出三句就能跑下半身去。韩跃民岁数小，那些荤段子有的听不懂，有的听懂了也不敢笑，还得装听不懂。一个电工班连他在内七个人，只有他一个算是童蒙未开，至少是没结婚，其他都是已婚人士。开始他们还知道避讳韩跃民的存在，还有老师傅时不时提醒一句：“嘿，您着点儿，这儿还有个童男子呢。”可时候长了，这些师傅也不管什么避讳不避讳了，整天在韩跃民耳边七荤八素讲今说古。

马、焦二位之外，还有两位四五十岁的老师傅，都是旧社会过来的人。这两位老师傅解放以前都是小手工业者，靠手艺吃饭的，自然技艺精湛，人情也十分练达。其中一位姓郭，微胖，生着一副油光水滑的脸，走路时双脚明显的外八字，挺着微微凸起的肚子，给人的感觉好像他脚尖并不沾地，总是用脚后跟走路。这个走路姿势似乎慢不下来，所以他走路就比别人快，小碎步紧捯，有点儿忙忙叨叨一路小跑的意思。

韩跃民认为，这个郭师傅最“坏”，泛着油光的脸上总有一种淫邪的意味。他是小业主出身的手艺人，解放前是锔盆儿锔碗儿焊洋铁壶的。韩跃民始终没想明白，凭这个手艺，什么饭混不出来啊，怎么偏就干了电工呢？

郭师傅自己说，混不上饭吃的时候什么都干过。夏天给大户人家搭凉棚糊顶棚，雨季之前上房给人家薅草刷清灰，冬天打烟囱糊窗户。还干过红白执事，还自己蘸糖葫芦沿街叫卖……总之是个百事通，没他不会的不懂的，还练就了一副能把死人说活了的嘴皮子。所以他见多识广，擅长讲各种坊间笑话和奇闻逸事。用今天的话来说，他就是个天生的段子手，说什么都是微言大义旁征博引，一套一套的。虽然他能把最文明的一件事引到最淫邪的事上去，可他说话从来不带脏字。而且他能把你讲得笑到肚子疼，自己板着脸不笑。不但不笑，还瞪着一双“天真无邪”的眼睛装无辜问：“你们笑什么呢？”

韩跃民认为郭师傅投错了行，要是说相声，此人定是高手。

另一位老师傅姓郝，五十来岁，黑瘦，高眉骨深眼窝，还总爱板着脸，一副不怒自威的表情。这副威仪，开始韩跃民还真有点儿怕他。可接触时间长了才知道，他实际上是个老实木讷的人，话不多，声音浑厚，只是不大会笑，也从不参与那些青年师傅的调笑。

这个郝师傅是回民，而且是韩跃民见过的最虔诚的。那会儿好多人上班带饭，韩跃民有时候也带饭。冬天，屋里取暖的设备就是那种半人多高的“新民炉”，不想去食堂热饭的，就在快吃饭的时候把饭盒放在炉盘上加热。有一次韩跃民带了饭，中午时分把饭盒拿出来放在炉盘上。炉盘上已经有了两个饭盒，地方就有点儿紧张。他戴着手套，随手把其中一个饭盒挪了一下。谁知道就这么一下，让郝师傅看见了。他走过来，阴着脸说："小韩啊，别嫌我毛病多。我要是没瞧见呢，怎么都好说，可我瞧见了，这饭我还真不能吃了。"

郝师傅环顾屋内："这么着，你们谁没带饭，今儿就不用食堂吃去了，吃我这个吧，别糟蹋粮食。"

最后他把饭倒进了谁的饭盒，韩跃民是不记得了。但他从此记住了一条：郝师傅的饭盒、茶缸子都不能碰。他死活就是想不通，隔着一层金属呢，摸一下饭盒就把里边儿的饭食弄"脏"了？

这样的事儿并不影响人际关系，郝师傅也知道他这些讲究不合群。可他是真没法子，心里过不去这道坎儿。平时他还是挺知道护着韩跃民的，提醒人们别乱说笑话的就是这位郝师傅。

还有两位，都是女师傅。

一个姓梁，四十多岁，身材单薄、面黄肌瘦，一口京片子很地道。就是说话有点儿烟酒嗓，因为她爱抽烟。她是电工班的班长，不是因为她技术好，而是因为出身城市贫民，又一贯正儿八经不苟言笑，还积极要求进步。

另一个姓厚，三十八九岁吧，也是老北京人，有点强迫症似的，整天夸她那个在什刹海体校学武术的小儿子。后来有一天她的宝贝儿子来了，还带来个师弟。厚师傅人来疯似的一通张罗，在大车间腾了块地方，让儿子和那个小师弟给叔叔阿姨们表演。俩小孩儿虎头虎脑的，也不怯阵，轮番上场。那拳打得，手眼身法步，真是不一般，不是专业的没那个功夫。表演完毕，韩跃民他们一通鼓掌，好奇的还上去摸摸孩子的脑袋，捏捏胳膊腿儿。

这俩孩子在车间里玩了一会儿就走了，当时没谁留意这俩十几岁的男孩儿。过了几年才知道，厚师傅这个儿子就是在电影《少林寺》中扮演棍僧“半空”的王珏；而他当时带来的那个小师弟，居然就是后来大名鼎鼎的国际影星李连杰。

韩跃民后来总想，如此说来，我近距离看过李连杰打拳，还是他的叔叔辈儿，很可能还摸过他的脑袋……这感觉，挺得意。

电工班的车间坐北朝南，坐落在工厂唯一的主干道上，也是其他好几个车间的工人们去食堂或者上厕所的必经之地。所以，这儿就成了工人们顺便进来聊几句的天然福地。有郭师傅这个活宝，有焦志同这样会耍贫嘴的帅哥，再加上一个时不时打横炮的“蔫土匪”马师傅。这些，构成了一个巨大的磁场，每天吸引着各色人等得空就往这儿跑。

就是这么个大染缸，把一个二十岁小青年纯洁的心灵搅和得七荤八素，知识面迅速拓宽，肚子里那点儿可怜的墨水掺进了坏水，社会经验和各种杂学知识噌噌往上长。

[二]

俩人各怀心事，
站在那儿不知说什么好了

过了五一劳动节，按阴历算，也不过就是三月阳春。可这天儿就有点儿热起来了。性子急的，爱美的，短袖汗衫和裙子都穿出来了。

三车间的副主任张弛好像挺怕冷，工作服虽说是半敞着怀，可里边还套着一件军绿色的绒衣。他双手叉腰站在车间门口，抿着嘴、眯着眼，远远瞄着探头探脑走进来的二雷。

二雷手里拎着个大网兜，网兜里是个塑料袋，看着鼓囊囊沉甸甸的，不知装的是什么。

二雷肯定是知道自个儿迟到了，探头探脑地走进大门，原本是想趁没人看见赶紧溜进车间。没想到一抬眼就看见了张弛，他索性一直腰一挺胸，大模大样走进来，直奔张弛。

张弛眯着眼睛，面无表情："你什么班儿？"

"中班。"二雷磕绊儿都没打，张嘴就来。这就有点儿

张弛和韩跃民各怀心事，站在那儿不知说什么好了

满不在乎的意思了。在张弛看来，就是浑不吝的劲头。再往深了解读，那就是：反正我是迟到了，怎么着吧！

张弛不动声色：“中班几点上？”

“两点。”

“现在几点？”

“现在，这不还是两点……半……吗。我跟你说啊张弛，他是这么回事，我跟一哥们儿约好了，23 路虎坊桥站等着他，不见不散，他给我送毛鸡蛋来。”

二雷举了举手里的大网兜，张弛把脑袋一歪，不看他的大网兜。

“可是你说这小子吧，太没时间观念了！我是等一辆车他不来，等一辆车他不来，等了他妈五六辆 23 路，丫才来了。丫要是不迟到，我也不可能晚啊你说是不是！这毛鸡蛋八分钱一个，四十个，四八三块二，我连钱都没给他呢，接过来我就赶紧上班来了……”

二雷越说越兴奋，吐沫星子乱飞。

张弛脸上的肌肉松动了一下，嘴角微扬，出现了一个微笑。这是那种宣示自己洞穿一切、明察秋毫的笑容，意思是“你少跟我玩儿这套”。

二雷没看懂还是不理会这个微笑，说不好。他抬起手腕看了看表，自个儿打圆场下台阶：“算我迟到半儿拉钟头行了吧，我进去了啊。”

“你给我站住，说完了吗你就要走？”

“还说什么啊？我不都说算我迟到了吗？”

“什么叫算你迟到啊？你这是承认错误的态度？”

“我也没说我承认错误啊，迟到不是错误，最多是失误。”

“行，这是你说的啊？那咱们待会儿就开一会，讨论讨论迟到耽误生产算错误还是算失误。”

“开什么会啊？这你就不怕耽误生产了？”

张弛继续双手叉腰，看着二雷不言语。

二雷眨巴眨巴眼，憋了一会儿才说：“开，随便开，不就是开会嘛，除了开会你还会点儿别的不？”

“那是，除了开会我还真不会干别的。磨刀不误砍柴工，劳动纪律好了，生产就上去了。”张弛继续不阴不阳，发了狠要剃剃这个难剃的刺儿头。

俩人正这么僵着呢，韩跃民兴致勃勃走过来，没走到跟前就大声说：“张弛，正找你呢！”

张弛转身迎了两步：“上办公室？”

韩跃民扬了扬手里的几张表格：“不用，就几句话。”

二雷冲韩跃民点了点头，抬手指了一下张弛，挤挤眼：“得，你们当领导的有正事儿，那我就不打扰了啊。”说完转身进了车间。

张弛闻声又转过身来：“二雷你等着啊，待会儿还得找你，这事儿还没算完呢。”

张弛的父亲是军人，张弛初中没毕业就当了兵，在部队入了党。复员回来分到了帽厂，没几年就当了三车间副主任，还兼任车间团支部书记。这人个儿不高，黑瘦，溜肩膀水蛇腰，走路还有点儿外八字。就这个身体条件，也不知道当的是什么兵。

因为都是团干部，常碰面，韩跃民跟张弛还算熟悉。他抻了抻张弛工作服里边的绒衣：“热不热啊你！”

张弛一笑：“没事儿，不是说春捂秋冻一辈子没病嘛。”

韩跃民把手里的表格递给张弛：“过几天二轻局团委来咱们这儿开现场会，就是了解组织建设和发展的情况。我们商量了一下，想开一个全体青年和团员的大会，顺便组织各车间汇报一下，重点就是说一下适龄青年当中非团员写申请书的情况。你统计一下你们三车间，回头在会上说一下就成。”

张弛接过这几张表格翻了翻：“成，我那儿有底儿，回头对着看看就知道了。”

韩跃民说：“还有俩该退团的，你也跟他们打声招呼。”

张弛应了一声转身要走，忽然又想起了什么：“小韩啊，你一说这个我倒是想起来了，你交入党申请了吗？”

韩跃民脸一红：“哟，还没呢。我写了交给谁啊？”

这是韩跃民的一块心病。按说，他这个团委副书记应该是脱产干部。实际上他也已经离开了电工班，到厂部上班了。可他还没办转干手续，档案里还是个工人身份。他在厂部上班，到底算是临时借调还是正式调动，也没人给他个说法。这么一来，他要是写了入党申请书，还真不知道交给谁好。是交给电工班所在的维修车间党支部还是交给厂部办公室支部，他也不好意思问。

张弛看出韩跃民脸上有点儿不自然，他也觉得有点儿失言，好像故意提醒韩跃民似的。提醒什么呢？提醒俩人之间的关系应该怎么摆。张弛是正儿八经的车间副主任，厂里的中层副职；韩跃民要是正式转干成了脱产的团委副书记，在共青团里的职务肯定是张弛这个车间团支部书记的上级。但是比照车间副主任，韩跃民这个厂团委副书记又似乎和车间副主任同级了。可现在韩跃民的身份还不那么明确，他们俩的职务级别谁高谁低一时还真说不明白。所以，一提这个，就好像是张弛犯小心眼儿，有意让韩跃民难堪似的。

张弛的表情就有点儿讪讪的，眼巴巴看着韩跃民。

韩跃民倒是没想那么多，他也眼巴巴看着张弛，意思是让他拿个主意。

俩人各怀心事，站在那儿不知说什么好了。最后还是张弛反应过来了，笑了一下，用十分体己的口气说："要我说啊，不管怎么，你先写个申请书，就直接交厂办支部，看他们说什么。"

韩跃民摇摇头："那不行吧，那有点儿逼着人家表态似的。要不，还是再等等吧。"

张弛故作轻松："那也行，反正早晚的事儿。"

韩跃民扬了扬手："我得去一趟电工班，说是有我的劳保用品。"说完转身走了。

张弛站在那儿懊悔不已，心说我这是哪根筋搭错了，哪壶不开提哪壶，没事儿说这个干吗！

[三]

你推我让，你进我退，这么一斗法，激情都挺充沛的俩人就经常有点儿犯“顶”

写入党申请书的事儿在韩跃民心里没转两分钟，就让他忘到脑后去了。现在他满脑子是黄鹂，没事儿就老想去打样车间看看黄鹂干什么呢。黄鹂的一举一动、一笑一颦，他都念兹在兹、须臾难忘。

这成了他的一块心病，导致他干什么都有点儿心不在焉。

满打满算在霍师傅手下干了三个多月，就把“厂花”黄鹂弄到手了，这是几个月前韩跃民想起来就自豪的事儿。可是没过多少日子，他就得意不起来了。他陷入了一个永远爬不出来的烂泥塘里，只要闲下来，脑子里转悠的就是这个事儿。

冬至那天，韩跃民正式从一个童男子变成了男人。说好的饺子连个影儿都没有，他和黄鹂在那张单人床上足足折腾了三个多小时，到底做了几次“男人”，韩跃民始终想

朝夕相处，又有了那事儿，韩跃民每天想看见黄鹂，可又怕见着她

不起来。还是黄鹂两年后以受了多大委屈数说罪状的口吻告诉他，五次。还嘲讽他：“就跟没见过女人似的，打算吃一顿管一年啊！”

韩跃民嘴上没说什么，心里断定她是得了便宜卖乖。从黄鹂事后的种种表现来看，她就是俗话说的“假不指着，心里想着”。

这种事儿一开了头，想刹车就难了。冬至以后到春节以前，韩跃民印象中起码又到黄鹂的温柔乡里去过三四次。这还不包括韩跃民“因故”没赴约的情况。“因故”？其实什么“故”也没有，就是韩跃民自己心里打鼓，感觉不对，借故推脱了。他把这事儿当炫耀的资本跟刘小辫儿透露过，也不知道刘小辫儿是想劝他还是想吓唬他，一本正经跟他说：“咱北京人有这个讲究，女到男家，活该；男到女家，活受。”

这意思就是，这种偷偷摸摸的事，女的到男的家里，真出了什么事叫人逮住了，女的也是活该——男的没拉没拽也没绑着你，谁让你自己跑人家里去的！反过来，男的到女的家里去，叫主家逮住，怎么打你都得受着——你一大男人，跑女的家里干吗来了？女的一般在这种时候都是溜肩膀扛不住，只能把责任推给男人——他要那样，我一女的也挣绷不过呀！

是不是真有这个说法，韩跃民也无从考据。不过他觉得有点儿道理，心里也就接受了这个说法。所以，有时候黄鹂暗示他去家里坐坐，他就找个借口推了。

推了是推了，心里那个难受劲儿就别提了。二十来岁精壮的小伙子，初尝禁果，恨不得天天都想。他能这么推脱几次，已经算是有点子狠劲儿了。依着他的本意，天天跟黄鹂住一块儿才好呢。

他心里最大的障碍就是孙念安。人家是有“执照”的，自个儿干的这个事儿，弄不好出人命都有可能。也就是韩跃民对孙念安多少有点儿了解，知道这个麻秆儿似的男人没那么火爆凶悍，更不至于为了黄鹂跟谁玩命。要不，他一趟也不敢去黄鹂家。

可是世上的事就怕掉个儿。反过来一琢磨，光是这个想法就有点儿欺负人了——人家男人好脾气，怕老婆，不跟你玩儿命，你就上门去睡人家老婆？没这个理儿啊！这就是韩跃民想吃怕烫，犹犹豫豫的心理原因。

样板车间就一大一小两间屋，小一点儿的霍师傅独用，他关上门在里边干什么，别人不知道，也无权打听。韩跃民是他的徒弟，每天上班也只是在外屋跟着黄鹂和其他师傅们一起干活儿。

朝夕相处，又有了那事儿，韩跃民在公开场合见着黄鹂反而不自然了。每天想看见她，想跟她说话；可又怕见着她，怕跟她说话。这让他挺纠结，表现出来的就是话少，老是一副心事重重的神态。

黄鹂最先看出来了，可是当着一屋子人，她心里着急，嘴上不好说什么。她唯一能做的就是一眼一眼地看韩跃民，对这个涉世不深又肯定经不住事儿的小伙子充满了担忧。

刘昆也注意到韩跃民的变化，问他："兄弟，怎么了这是？"

"没怎么啊。"

"没怎么这是怎么了，霜打了似的。"

黄鹂逮着了机会，插言："感冒了吧？冻着了？"

韩跃民摇头，没说话。

刘昆说："失恋了吧？瞧你这俩眼，都没神了。"

韩跃民心里一惊，赶紧强打精神："没有，什么事儿也没有，这不干活儿呢吗，俩眼瞪得跟灯似的才行啊？"

黄鹂也打圆场："就是，这又不是舞台上，眼老瞪着还不累死！成了，没病就成，干活儿吧，啊——"

这一声"啊"颇见功底。明着是关心——徒弟，好好干活儿吧，别想别的；暗含着是忧虑——小哥哥，有什么事儿别写脸上啊！再深一层的意思韩跃民也听出来了——想我了？找机会咱俩聚聚，别这么没出息！

就算是背着人，黄鹂能跟韩跃民说得最多也就这么几句话。在韩跃民面前，她既要保持尊严和一定尺度的矜持，让这个傻小子别以为自己这么轻易就落入他手；同时又要施展魅力，不能把这个傻小子吓跑了。她体会，这有点儿像春天放风筝，要把握好这个力度，让风筝顺风轻扬，逆风飞舞，手里的线要松紧适度，让它始终在控制范围内。

黄鹂太了解韩跃民想的是什么了。一个以前从没这么深入接触过女人的小伙子，忽一下陷入了柔情万种蚀骨销魂的温柔乡，一瞬间被激发出来的欲望和热血男儿的那股子激情，能把石头都给融化了。要是不加节制，弄不好就得成了脱缰野马，不定闯出什么祸事来呢。现在她最怕的就是韩跃民不管不顾随时随刻都想要的那个劲头，这个劲头一定要给它拴住，要把它关进笼子里，让它变得驯服、听话，以供随时差遣，不能让他由着性子来。另外她还有个小小的报复心理——我约你的时候你胆儿小，那你对我也不能随心所欲——我可不是你盘子里的菜，想什么时候吃就搛一口。

一个要把握频率，一个生怕惹事；一个时不时就想推一把，一个要把欲望关进笼子里。你推我让，你进我退，这么一斗法，激情都挺充沛的俩人就经常有点儿犯“顶”。男女之间，今天热情如火，明天又互相摽着劲儿、试探对方的态度，这就有点儿意思了。黄鹂毕竟是过来人，扛得住这种“历练”；韩跃民初出茅庐，一心想着需要的时候不能“落空”，就难免“为伊消得人憔悴”，自讨苦吃了。

他晃晃悠悠走在厂区唯一的一条铺了沥青的主路上，本打算到打样车间看一眼黄鹂。走着走着忽然想起了什么，顺手推门，进了维修车间的电工班。

[四]

一屋子好几个人，凡是听懂了的都笑起来

韩跃民毕竟是刚刚调到厂办机关上班，生活在他面前展现了完全陌生的一面，他觉得有点儿别扭，有点儿无所适从。在此之前，他上学、插队、当工人，满大街追女孩儿拍婆子……这些，他不外行，但是整天跟办公室那帮人虚情假意地混，他实在不习惯。

天坛帽厂两千多职工，厂办机关连同工青妇都加在一起，脱产的干部编制也不过四十多个人。团委就是一间办公室，团委书记赵军和韩跃民这个副书记，再加上一个小办事员秦蓉，统共就仨人。其他的什么组织委员、文体委员，都是不脱产的。人员比较简单，挺好。赵军都三十四岁了，最多再干一届，甚至也许都干不满一届就得调走。因为他的目标是厂级领导，他不能总在团委书记这个位置上熬着。

团委办公室就一间屋，仨人，好说。问题是厂部所有职

能部门都在这个三层小楼里，你不可能一天到晚猫在办公室里不出去。只要出去，碰见谁都得笑，遇见个大大小小的领导，还得说那些不痛不痒的空话套话。那种假笑，笑得腮帮子都僵了；那些假话套话，说得自个儿都脸红。

就因为这个，韩跃民得空就想出来，到各车间转悠。这就好比一只鸟，在笼子里憋得难受了，飞出来过过风，享受一把自由自在无拘无束的滋味儿。他的体会是，还是跟工人师傅们打交道轻松愉快。

所以，韩跃民离开张弛，转身又回到维修车间，进了电工组。没想到一进门，正碰上佟之鹰往外走：“哟，韩大书记，下来视察啊？”

韩跃民瞭他一眼，似笑非笑：“你上这儿干吗来了？串班组啊？”

我，通知焦师傅开会。佟之鹰觉察出韩跃民有点儿不阴不阳，公事公办地交代了一句就走了。

韩跃民这才想起来，这小子好赖不济，还是个党员呢。

马师傅问：“小韩啊，你这算是调走了还是怎么回事儿啊，发劳保用品，怎么还有你的呢？”

韩跃民说：“发了我就拿着吧，我总不能给人家退回去吧。”

韩跃民一进屋，甭管跟谁说话打哈哈，不由自主地，头一眼看的就是李娟。李娟正坐在自个儿的工位上拆旧电容呢，抬眼看见韩跃民，笑了一下，没说话。看见了李娟，韩跃民才醒过梦来，闹了半天自个儿走着走着来到电工班，为的就是看看李娟。

这电工班六七个人，韩跃民调走了，李娟才调进来。所以，理论上说，韩跃民并不认识李娟。可是韩跃民走了之后没断了回来看看，跟李娟也就算是认识了。

一个姑娘家，跟谁也不敢开逗，有活儿干活儿，没活儿的时候就看书。韩跃民来这儿的时候，没话也跟她找话说，她话还多点儿。韩跃民不在，她就成了个闷葫芦。实际上呢，李娟是个挺开朗活泼的人，她也是进厂时间不长，跟谁都没那么熟，就一个韩跃民，算是前后脚的同门师兄妹。

现在，韩跃民看了一眼李娟，李娟正好也抬眼看见了他，俩人眼光一对，李娟笑了一下，韩跃民点了点头。正琢磨着该找个什么话题跟李娟说两句话呢，梁师傅拿着一堆劳保用品过来了："小韩啊，你看我说得没错儿吧，打你一来，我就看出你不会老在我们这个电工班混日子。瞧着吧，你的前程，大了去了。"说着，把手里的东西塞给韩跃民。

韩跃民虾米大弯腰："谢谢您，梁师傅。"

厚师傅问："小韩呀，虚岁二十一了吧，是不是也该搞对象了？"

郭师傅眯起眼睛说："你们别老把人家小韩往坑里拽啊，挺好一小伙子，搞什么对象啊！慎几年再说吧，听我的没错儿。"

焦志同估计是看出了韩跃民的窘迫，他是既会打岔也会说话："梁师傅说得对，小韩，你爸爸是技术工八级，赶明儿你得弄个行政八级。"

马师傅说："好嘛，那可就是部级干部了。"

大伙嘻嘻哈哈，韩跃民冲这个点点头，跟那个搭几句话，眼珠一溜一溜的，看了李娟好几眼。

李娟也没少看他。俩人眼神终于对上了一回，李娟说："师哥喝水吗？"

马师傅说："你师哥不喝水，喝茶。"

李娟脸一红："我可没茶。"

韩跃民摆了摆手，终于找着个正经话题："李娟儿啊，你写入团申请书了吗？"

"写了呀，你第一次给我们讲完课我就写了。"

她不说韩跃民差点儿忘了，自个儿还给这拨儿新进厂的学生讲过团课呢。

韩跃民走过去："过几天咱们要开一个全厂团员青年的大会，主题就是壮大团组织队伍的事儿。我看你应该趁这个机会再写一份思想汇报，表现积极一点。"

"还写呀？"李娟有点儿为难地看了一眼韩跃民。

"嘿，这你就不知道了吧？我们插队那会儿，有的人一个礼拜就写一篇思想汇报。这也是积极靠拢团组织的表现，写一份吧。你要是不会写，回头你找我，我给你说说怎么写。"

李娟迟迟疑疑："行吧……"

俩人又对了一下眼。韩跃民正打算趁热打铁，让李娟把去办公楼找自个儿帮忙写思想汇报的时间定下来，忽然门被撞开，黄鹂风风火火闯进来："郭师傅，我这个电吹风坏了，能给修修吗？”

焦志同眉开眼笑：“哟，小鸟儿来了。”

“去你的，你才鸟儿呢！”

马师傅慢悠悠说：“人家是两个黄鹂鸣翠柳，您这是一个黄鹂，那就得叫一宿了吧。”

黄鹂脸一红，装没听见。

焦志同和马师傅一起哈哈大笑。郭师傅“嘿”了一声，正色道：“这儿还有大姑娘童蛋子儿呢！”

焦志同亮着嗓子问了一句：“是吗，小韩，你是吗？”

韩跃民当然听懂了，可他得装不懂，只好睁大眼睛“啊”了一声，这才扭头叫了一声：“小黄师傅。”

黄鹂趁机转移话题：“噢，你也在这儿呢？你都高升到办公楼上班去了，这是微服私访体察民情来了？”

韩跃民笑了一下没说话。

马师傅也及时止住玩笑替他解围：“人家这叫深入群众。”

黄鹂手里拿着一个小巧的电吹风，机身镀镍、手把儿是黑色绝缘橡胶制成的，显得挺高级。

郭师傅接过去，顺手插上插销，一试，电吹风嗡嗡响了起来。

“这不是挺好吗？”

“好什么呀，冷热风换挡，您试试。”

郭师傅拿起电吹风摆弄了一下：“行，没多大毛病，先搁这儿吧。”

“没多大毛病您就顺手给弄好了呗，干吗还搁这儿啊？”

郭师傅一脸无辜地眨眨眼：“立等就取啊？那得收加急费。”

“行，好意思张嘴您就开个价儿。”

“哈哈，还真不好意思张这个嘴。可我这脖颈子这几天发轴，不舒服，要不你给我揉几下？”

黄鹂拿起一节废电线比画着：“快马加鞭，抽您一鞭子您就舒服了。”

马师傅悠悠地说：“小黄啊，别往郭师傅嘴里送话啊。你抽他一鞭，不如他给你一鞭，那他才舒服呢。”

一屋子好几个人，凡是听懂了的都笑起来。

这种话黄鹂可就没法接了，她把手里那节电线抛向马师傅，转身往外走：“郭师傅，明儿我来拿啊。九儿，出来我跟你说点儿事。”

韩跃民忙里偷闲朝李娟点了一下头，抱着他那堆劳保用品跟着黄鹂出了门。

李娟目送韩跃民出门，一双笑眼清澈如水。

[五]

这事儿我一个人全扛了，没问题，哥们儿就这么仗义

天坛帽厂三车间，二百多人，只有三个脱产干部岗位。一个是车间主任，一个是副主任，再就是车间党支部书记。三个人共用一间办公室，等于是党政合署办公。

眼下办公室里只有张弛一个人，正拿着三车间团员和适龄青年的花名册出神呢。

佟之鹰推门走进来。门和门框都是角铁焊的，一开一关，动静都挺大，铁和铁一摩擦，“刺啦”一声，把张弛吓了一跳。他满脸不悦地抬头，见是佟之鹰，勉强笑了一下：“小佟啊，有事儿？”

佟之鹰说：“主任他们呢？”

“都出去了，我也不知道干什么去了。”

“那我想请个假，跟您说一声行不？”

“你看你，别老‘您您’的，多生分啊。什么事啊，搞

二雷对张弛说："不就写检查嘛，这事儿我一个人全扛了，没问题，哥们儿就这么仗义。"

对象去吧？”张弛尽量调节气氛，想把关系拉得近一点儿。

佟之鹰是三车间的党支部副书记，这是个不脱产的职务，也不在干部编制内。可他是副书记，还有多年知青的经历，政治面貌和社会经历都是他的优势。张弛看过佟之鹰的档案，知道他的家庭情况一般，也没什么背景。可是，没什么家庭背景的情况下，他能在插队期间入党，还担任过公社副书记，这个经历在工厂里就显得很不一般，也说明他是有超强的能力的。看这个势头，现在是不脱产的车间党支部副书记，说不定哪天就能爬到自个儿上头去。所以，对这样有发展前途的同事，张弛是绝对不敢怠慢，更别提得罪了。

佟之鹰说：“其实我请假还真不是为了私事。咱韩师傅的父亲不是住院了吗，我想抽空去看一眼，万一有什么需要帮忙的呢……”

“哟，韩师傅的父亲病了？我还真是一点儿也不知道。刚还看见小韩了呢，也没听他提起来啊。”

“我刚也看见他了，也许他还不知道呢吧。他爷爷没跟他们住一块儿。”

“噢噢噢，那你还请什么假啊！赶紧的，你先去看看，回头有需要的话，咱们再一块儿去看看老爷子。”

“行，那我就去了啊，能帮上忙的，咱尽量。”

佟之鹰走了，张弛才想起来，好像佟之鹰的一个什么要紧的亲戚就在卫生部门工作，还是个副处长。这个家伙，还真是有心计啊，处处不落空，是个厉害角色，绝非久居人下之人！

张弛的思绪好半天才又回到手里的这份花名册上。也是巧了，这一看才发现，全车间四十几个非团员适龄青年中，只有二雷从来没写过入团申请书。

张弛收起卷宗，起身就奔了车间。

二雷正跟几个青工品尝毛鸡蛋，一个个嘴上手上一片狼藉。张弛的突然出现，让这几个人有点措手不及，一个个咧着嘴，看着他傻笑。毛鸡蛋是二雷提供的，他知道这个带头违反劳动纪律的罪责是逃不过去了，索性耍二皮脸，递过来一个毛鸡蛋："张副主任，你尝尝，好吃着呢。"

张弛抬手挡开，板着脸，看了看正常工作着的压边机和梳毛机，说话的口气倒是不那么严厉："工作间隙你们研究研究技术也成啊，跟车间里吃这个，也不怕吃一肚子土灰飞毛！"

包括二雷在内，几个人听张弛这个口气说话，都有点儿不敢相信，一起呆望着他。

张弛看了看二雷，说："你跟我来一趟。"说完转身朝外走，又头也不回地找补一句，"把嘴擦擦！"

二雷朝大伙儿做了个鬼脸儿，跟在张弛身后，模仿着他的外八字走了两步。听到身后有人嗤笑，忙又一本正经追上去，跟在张弛身边小声说："我知道，我迟到不对，上班时间吃东西不对，我数罪并罚还不行？您就甭跟我这样的较真儿了，我打小自由散漫惯了……"

张弛摆摆手："找你不是说这个。"

"啊，我没别的啦。"

“你跟我来吧。”

“上哪儿啊咱？”

“办公室。”

二雷一蹿，横在张弛面前，伸开双臂：“嘿，我说张大主任，就这点儿破事你还要关我禁闭是怎么的？我上办公室干吗去啊？我可是正式职工，你横不能就为这点儿事把我开除了吧！”

张弛把手往身后一背，眯起眼睛笑了：“你想哪儿去了？你可抬举我了啊，我有那个权力开除你吗？快走吧，这么多人瞧着呢。”

二雷因为当面拦住了张弛，正好能看见车间里那几个刚才一块儿品尝毛鸡蛋的兄弟。那几位，一个个嘴上还沾着鸡毛，果然正眼巴巴看着他们俩呢。二雷又正眼看了看张弛那张似笑非笑的脸，觉得他倒是不像有多愤怒的意思，这才恢复了平时吊儿郎当的神态，一边跟着张弛往外走一边说：“行，那我就受累跟您去一趟，不就写检查嘛，这事儿我一个人全扛了，没问题，哥们儿就这么仗义。”

邵春雷在家里排行老二，所以叫二雷。论年纪，他比韩跃民这拨儿人大几岁，是七二届的中学毕业生。论资历，他中学一毕业就来到了帽厂，早就是二级工了。他上头还有一哥哥，1967 年初中毕业，直接就到山西插队去了。就因为家里有一个插队的了，二雷才顺顺当当分到了帽厂当工人。

这么一个年轻的老工人，张弛也真是拿他没什么办法。不过张弛知道二雷是个顺毛驴，凡事别跟他戗着来，都好说。

所以他才要借着二雷违反了劳动纪律的机会找他聊聊——二雷再混蛋，也明白上班迟到、工作时间吃东西是个短儿。

俩人一前一后进了车间办公室。张弛进门就端起大搪瓷缸子喝了好几口水，然后把缸子递给二雷："喝水不？"

二雷闪开一步，顺势坐在张弛对面的办公桌上："怎么了这是？干吗这么客气啊？我可有点儿不适应了啊！你再吓着我！"

张弛咧开嘴笑了："合着我就老跟你吹胡子瞪眼你才适应呢？"

二雷摆摆手："你有事儿说事儿吧，怎么处理我都接着。"

张弛指了指对面办公桌前的椅子："你先坐下再说，回头主任回来看见你这坐相就得骂你。"

二雷顺从地坐在了椅子上，眼巴巴看着张弛，不言语了。

张弛漫不经心地整理着桌上的笔记本、订书器、圆珠笔等等小物件，眼睛不看二雷，沉吟着开了口："我说二雷呀，咱能不能收收心，好歹也让我们省省心？"

二雷掏出烟，比画着要递给张弛。张弛摆摆手，继续说："你就说今天的事儿吧，迟到，叫我逮着了吧？完了又在车间里招一帮人吃毛鸡蛋，恶心不恶心啊那玩意儿！"

二雷一挺腰："嘿，恶心？那东西可好吃了，还大补呢！你怎么会觉着恶心呢？"

"行行行，别说恶心不恶心了，你就说上班时间吃东西算不算违反劳动纪律吧！"

二雷小声嘟囔："你先说的恶心不恶心！"

"什么？"

二雷抬头一笑："没什么。算，算违反劳动纪律。我写检查不就得了嘛。就这么点儿事儿，至于给我叫办公室来说吗？"

"不给你叫过来，你在车间里当着那么些人跟我顶，到时候是我服软儿还是你服软儿？"

二雷嘿嘿一笑："那最好是你知难而退，因为我这辈子就没服过软儿。"

"还是的，我不叫你过来行吗？"

"嗯嗯嗯，您圣明，要不怎么您当领导呢。"

"没什么领导不领导的，不过怎么说我也比你大几岁，咱们平时相处也都不错，互相都给个面子，别弄得乌眼鸡似的，你说呢，二雷？"

"是是是，你说得对，咱又不是仇人。"

"所以说呢！今儿这事儿是让我撞见了，要是主任瞧见，你掂量掂量是个什么结果？"

"嗯嗯，也是哈。真他妈够悬的！"二雷诚心诚意地说。

"知道就好。"

"那我，回去写个检查？"

"检查就不用写了，反正你以后注意吧，老大不小的了……"

二雷站起来："谢了领导！那我先回去了？"

张弛一伸手，示意二雷坐下。他把桌上的卷宗打开，抻出一张纸看了看："二雷呀，你快二十五了吧？"

"到生日才二十四。怎么了？"二雷坐下，突然俯身向前，瞪着眼问，"您不是要给我介绍个对象吧？谁呀？长什么样啊？哪儿的？干什么的？"

张弛身子往后一仰靠在椅子上："你歇了吧，就你这吊儿郎当的，一天到晚没个正形，我可没这么个人让你祸害。"

这个口吻二雷还算比较熟悉，他松了一口气，掏出一根烟点上，一口浓烟朝张弛喷过去："那你说吧，还有什么事？"

张弛看着二雷，换了一副语重心长的口吻："二雷呀，我早就注意到了，你来厂时间比我还长，一直都没写过入团申请书吧？"

张弛是1967年当的兵，在部队待了九年才来到帽厂，论"本企业工龄"，他还真赶不上二雷。

二雷好像没听明白，又往前探了探身子："你说什么？"

"入团申请书，你一直没写过吧？"

二雷嘿嘿一笑："什么叫一直没写过啊？我这辈子就没写过那玩意儿。当年在学校加入红卫兵，我都是最后一批大拨儿轰才加入的。申请书我也没写，是我们班长替我写了一个。跟你说啊张弛，我就写检查算是一门儿灵，别的，想起来就头疼。"

"别价呀，你这叫自暴自弃知道吗？要我说，你今儿就写一份吧。"

二雷指着自己的鼻子："我？现在？这就写一个入团

申请书？”

张弛认真地看着二雷：“是啊，最好是现在。或者，要不你回家琢磨琢磨再写也成，明儿给我。”

二雷也认真起来，坐直了身子：“你今儿找我就是这事儿？”

“是啊，还能有什么事儿？”

“听你这意思，还要发展我入团是怎么着？”

“反正，是这样啊，你要是不写呢，那是绝对入不了团。”

二雷有点犯愣，看着张弛：“我怎么转不过弯儿来了呢，这才说不用我写检查，立马就让我写入团申请？这一脚高一脚低的，逗我玩儿呢吧？”

张弛故作神秘：“让你写你就写，我还能害你？”

第四章

［一］撒泡尿的工夫，就让人连挑子带鲜果来了个“一锅端”

［二］这笔钱，等于是天上掉了个大馅饼，砸在韩近泽的脑袋上

［三］五毛钱，那要是换成大子儿，搁兜里得沉甸甸的一大把，就这么白白给出去了

［四］韩近亭血性上来了，抡拳撩腿，一眨眼的工夫撂倒了好几个

第四章 六

[一]

撒泡尿的工夫，
就让人连挑子带鲜果来了个“一锅端”

刚过了五月端午，韩跃民的爷爷就去世了。因为他奶奶早几年殁了以后，已经安葬在老家祖坟，天坛帽厂派了一辆解放牌大卡车，拉着韩跃民他们全家和在京的亲戚们回了趟老家，给爷爷奶奶合了坟。

天坛帽厂是1955年公私合营时期的产物。说起来，韩跃民的爷爷早年间还是帽厂的股东呢。公私合营怎么改成了全民所有，韩跃民也说不清楚。他只知道，爷爷后来改拿退休工资，也比别人多好几十块。所以，连韩跃民都听说过这样的话：这老爷子，一个人挣俩人的工资。话又说回来，老爷子要是没有“老股东”这一层身份，厂里也不可能派人派车跟着忙活。

韩跃民的爷爷韩近泽，字沛丰，生于清光绪十九年，也就是1893年，属小龙。民间说属蛇的叫属小龙，为的是好听、吉祥。

韩近泽的人生经历除了种地就是扛大包，乍一来做鲜果生意，没几天，就让人连挑子带鲜果来了个“一锅端”

在韩跃民的老家许家务，老韩家算是大姓，人多，但是普遍穷。许家务姓许的少，可是普遍都比姓韩的人家富裕。这里边儿的原因，韩跃民听爷爷说过，也听爸爸说过。

据说当年许家务是一片荒凉的河滩地，没主儿。吴三桂大败李闯王的大顺军后，他手下有个姓许的把总，不愿意跟着吴三桂降清，带着几十个人开小差跑到这一带。他们拿着沿途掠来的财物跟当地百姓换农具换衣裳、娶媳妇盖房子，然后圈了这片河滩地，开荒种地。适逢改朝换代的乱世，也没人来争这片无主荒滩地，时候一长，这片地就成了许家的私产。

跟着许把总开小差的，有一对韩氏兄弟，韩大和韩二。这哥儿俩祖籍南直隶高邮，也就是今天的江苏高邮，和吴三桂是小同乡。同乡是同乡，可他们跟吴三桂一点儿瓜葛也没有。哥儿俩在吴三桂的队伍里混了两年，一直就是普通兵勇，应该是一打仗最先阵亡的那种。可是正所谓“上阵亲兄弟”，哥儿俩一打仗就背靠背，你护着我我护着你，这样，经过大小战阵十几起，一直到打败了李自成的大顺军，哥儿俩居然毫发无伤。就这么着，哥儿俩成了许把总的亲兵，跟着来到了这个后来被叫作许家务的荒凉之地。

就这么过了二百多年，人也传了十好几代，许、韩两家就成了许家务的大姓。韩大和韩二这两支，不断开枝散叶，到了韩跃民他爷爷这一辈，单单是他们这一支，就有了百八十口人。许家务也因为靠着兰泉河，有了码头，发展成了一个颇有规模的镇埠，有了上千户人家。

老韩家祖祖辈辈都是土里刨食，虽说是人丁兴旺，可是都过着半年糠菜半年粮的苦日子。到了韩近泽的父亲这辈儿，家里虽然有二十几亩旱地，可是全家三代八口人，也不过勉强混个半饱。

民国二年，韩近泽二十岁了。因为哥儿们多，家里穷，连个媳妇也没说上。那些年，中国社会正经历着大清灭亡、民国初建的动荡岁月，连带着乡下也有了各种传闻，不免人心思动。小时候上过几天私塾的韩近泽不安分了，决定借着这个改朝换代的机会，出去闯荡一番。

韩近泽这一辈儿兄弟姐妹六个，他在家大排行老四。大姐换亲，给大哥换来个媳妇。父亲拉饥荒拖账，好不容易又给二儿子成了亲。到了三儿子韩近泽这儿，实在是无能为力了。何况韩近泽下边还有两个弟弟，这是个想想都让人头皮发麻两眼发黑的现实。所以，韩近泽打算出去闯闯，父亲并没反对。叮嘱了一番，包袱皮儿里裹上一双鞋、一身破裤褂，外加几个菜窝头，就送他出了村。

韩近泽咬牙跺脚，心里赌咒发誓：不混出个样儿来，绝不回家。他只身一人来到了天津码头，仗着身强力壮，在码头上扛大包。他光棍一条，不嫖不赌，又肯下死力，还没有养家糊口的负担，所以这么干了大半年，省吃俭用，攒下了三块大洋。这个收成，可是他在许家务苦巴苦业三年也挣不来的。心里一高兴，就不知道北了，得出个结论，在城市里混饭吃，比在家乡土里刨食好多了。后来老爷子不止一次跟韩跃民说过这段经历：在许家务，农忙的时候顶着星星起来下地干活儿，干上一个多时辰回家吃饭，老阳儿也就才露头。吃的什么饭？好年景的时候，棒子面窝窝头、高粱面饼子、大葱蘸酱、老咸菜加小米稀饭，倒是能管这么一顿饱。再下地，可就天黑见了。晌午饭送到地头上，连稀带干也能混个饱。黑天回家，吃个半饱就睡觉，半夜又得起来干活儿。就这么着，还得老天爷开眼，风调雨顺能混个不挨饿就算不错。可到了天津卫呢，扛大包是累得慌，可那个活计有时有晌，见天见干完了活儿就给现钱。手里有了现钱，舍得花就吃点儿好的，烙饼大肉面、贴饽饽熬鱼、刀削面；不舍得花，窝窝头就烂虾酱，再来一碗热汤面也能吃饱。这个伙食，比家里好得不是一星半点儿。这且不说了，还能攒下钱。这么干上半年，谁还想回家呀？

挣下了几块大洋，不想回家，又不乐意接着扛大包，就思谋着要用这笔钱做个小生意，改换门庭，发家致富。韩近泽揣着钱来到了北京，投奔一个在前门外鲜鱼口做生意的许姓老乡。这个老乡出面作保，让他在一个大杂院里租了一间小房，月租大洋五毛钱。又给他出主意，帮着置办了一副鲜果挑子。连挑子带上货，加上打点巡警阁子和土混混，总共花了两块大洋。于是，年轻的韩近泽就每天挑着挑子走街串巷卖鲜果了。

从卖苦力到做生意，可没有想象的那么容易。那时候，韩近泽的人生经历除了种地就是扛大包。乍一来到北京，比刘姥姥初进大观园的境遇好不到哪儿去。尤其是前门珠市口一带，鱼龙混杂，三教九流什么人都有。韩近泽的鲜果生意没做几天，就让人连挑子带鲜果来了个“一锅端”。在天津卫扛大包好几个月才能攒下来的两块大洋，就这么打了水漂儿。这把他心疼的，好几天没说一句话，脸上阴得能出水。

原本以为一天能挣三十几个大子儿，除了吃喝开销还有点儿剩头儿。没想到才开了个头儿就连根赔了个精光。韩近泽年轻气盛，有股子狠劲儿。想起离家的时候发的誓，心说就是在北京饿死冻死也决不回家添堵。从此，他每天蹲人市打零工，赶脚、拉黄土、给人搭喜棚子丧棚子、在草桥一带帮人干农活、出猪圈、打墙头儿，只要给钱，什么都干。

那个老乡从旁观察小半年，看他人实在、肯出力，也没有不良嗜好，终于动了恻隐之心，把他介绍到一个朋友的买卖铺子里学徒。

这铺子是个前店后厂的作坊，字号叫德仁帽行。铺子里一溜柜台，卖春秋四季男女各式帽子。后边一个小院，六七间房，几台简陋的手工设备，专门加工制作各种帽子，也根据客人的要求定制帽子。

从此，韩近泽进入了制帽行业，从跑街送货、支应柜台，到进作坊学手艺，里里外外，把制帽行业的门道学了个遍。

二十四岁那年，韩近泽出了徒，在老掌柜的张罗下，娶妻田氏，年方十九。二人在东晓市租了两间房，算是在北京安了家。

[二]

这笔钱，等于是天上掉了个大馅饼，砸在韩近泽的脑袋上

韩近泽离家第九年的头上，第一次挈妇将雏荣归故里。

说他“荣归”，不算过分。从北京到天津，几个钟头的车程，韩近泽一家人买的是卧铺车票，还带着个伙计。天津火车站下车，怕孩子受冻吃苦，雇了一辆蓝呢子蒙顶、双层帆布帷幔的双驾马车，光是各种布料和“京八件”的点心盒子就装了半车。这个衣锦还乡的场景，韩跃民的父亲韩振江当然是没看见，因为他那时候还没出世呢。

有精通麻衣相术的人说，韩近泽的妻子田氏，打眼一看就是旺夫相。田氏虽然貌不出众，可是生得不高不矮不胖不瘦，按面相说，那是面形方正、隆准凤目，下巴丰满、口小齿齐，眉形如柳、耳珠厚大，而且声音柔和、步履轻盈。这种面相的女人，不生事端不惹是非，而且宜生养。照韩近泽的说法，别的都是瞎掰，“宜生养”这件事倒是真的。田氏

韩近泽挣的这笔钱，等于是天上掉了个大馅饼，砸在他的脑袋上，让他想起来心里就禁不住打鼓

自打进门，从二十岁开始，一直到三十三岁，十多年间生养了五男三女八个孩子，其中伤了两个，活下来的是四男二女。

韩近泽这次衣锦还乡，一路高调。可是离村还有五里地，他就下了车，打发那辆马车回头了。半车东西卸下来，堆在地上，加上伙计在内，仨大人加俩吃奶的孩子，没法弄啊。韩近泽早就想妥了，他一屁股坐在行李卷儿上，点上一锅旱烟，吩咐伙计："顺着这条大路往东走，笔直地就进了村。进村打听韩七爷，谁都能给你指道儿。叫他们借个驴车，就说我韩近泽实在走不动了，让他们来接一下。"

伙计一溜小跑着去了。田氏什么也不问什么也不说，雪天寒地的，寻个背风地儿，解开怀就奶孩子。韩近泽脱了貂皮大氅，用包袱皮包起来，换上一件棉布袍，让老闺女坐在腿上，用棉袍裹着，怕闺女受了风凉。

韩近泽一家子，就这么坐着毛驴车进了村。事后他跟田氏解释了一句："我要是坐着马拉轿车穿着貂皮大氅进村，我爹就得罚我跪半宿，也叫老许家瞧我不起，说我烧包。"

老许家世代有这个门风——你穷没关系，我能帮衬就帮衬你一把，不叫你饿死。你要是穷人乍富装阔摆谱，我就真瞧不起你，你就是烧包闹炸，就是没把我老许家放在眼里。

自个儿家在老许家眼里是个什么地位，韩近泽心里明镜儿一般。他要改换门庭，不能争在一朝一夕，别碍了老许家的眼，惹人家生闲气。他得一点儿一点儿地往前拱，"熬炒咕嘟炖"，饭做熟了再揭锅。

饶是这么低调进村，韩近泽回家还是惊动了许家务所有的人。因为回家没几天就进了腊月门，村里闲人不少。老韩家从此每天门庭若市。那几间半砖半坯的老房坐不下那么多人，院子里支了棚子，垒了炉灶，招待乡亲们喝茶水、吃瓜子。

韩近泽回家的第二天，先拜了祖宗祠堂，回家换了身衣裳立马就带着田氏拜访了老许家的大掌门许二太爷。进门礼是两套京八件的大礼盒、一支二两半重的长白山老参，外加几幅苏州彰缎被面和衣料。许二太爷一个儿子一个女婿都在天津做买卖，村里的几十顷地都是佃户给种着，算是数一数二的财主。但是许二太爷顾念乡情，没架子。问了问韩近泽的生意，嘱咐了几句场面话，还封了两块银圆的红包给田氏，算是给这个孙辈媳妇的见面礼。这就算是拜了山门，礼数也到了。

带回来的布料点心，分赠老韩家的近支亲人。过年那几天，孩子们一律一人一毛钱的压岁钱。要知道那时候一斤猪肉才一毛二，一毛钱在北京也能买好几个大肉包子呢。就这么一折腾，除了自家人，乡亲们对韩近泽的称呼，从以前的“三小子”“老三”变成了“三少爷”“三当家的”。大年初三，田氏怀里的孩子满百日，老韩家借这个由头搭棚开宴，招待乡亲们吃饭喝酒，差不多算是开了一天的流水席。

过了三月三上巳节，韩近泽到祖坟上拜祭了祖宗，打点着该回北京了。临走那天晚上，他当着兄弟几个的面，打开箱奁，拿出三百大洋交给老爹韩七爷：“爹呀，这也开了春，您张罗张罗，把咱家这土坯房翻盖一下吧。”

儿子九年没回家，这头一次回家的排场，韩七爷看在眼里记在心里。他什么也不问，只是从小哥儿几个的交谈中知道儿子在天津扛过大包，在北京做过赔本儿的买卖，混到今天这样，肯定是不容易。究竟怎么个不容易，儿子不说，老爷子也不问。

儿子究竟挣了多少钱，韩七爷心里一点儿谱也没有。过年的钱，都是这个衣锦还乡的儿子出的，十块大洋，把这个年过得足足实实，他已经挺满意了。现在儿子忽然又拿出这么一笔巨款，韩七爷心里着实吃了一惊。他面沉如水，麻耷着眼皮说："钱是好东西，这谁都知道。这个钱呢，你要是好来的，就撂下。盖房也好，置地也好，都算你的一份儿孝心。这钱要是不干净，你趁早拿走，就当我什么也不知道，什么也没看见。"

韩近泽还没说话，田氏搭了腔："爹呀，你儿这个钱干干净净的没毛病，都是苦巴苦业挣来的，放一百个心吧！"

韩近泽这个钱，真不能说来得不干净。可要说他心里一点儿都不打鼓，那也是瞎话。

这笔钱，等于是天上掉了个大馅饼，砸在韩近泽的脑袋上。可是天下有这么便宜的事儿吗？这就是韩近泽想起来心里就禁不住打鼓的原因。

韩近泽出徒以后没多少日子，老掌柜觉得韩近泽可以独当一面了，于是带着韩近泽的师哥到口外进细毛货。没想到这师徒俩路上遭了劫，师哥还被人打伤，老掌柜是找人借了钱雇了车，才把师哥带回来的。

师哥回来没几天，伤重不治，殁了。老掌柜连惊带吓，再加上伤心，回到家里就一病不起。没俩月，也一命归西了。对德仁帽行来说，这就是灭顶之灾，连房梁带顶梁柱，全塌了。

老掌柜的大儿子在保定念军校，志不在生意；小儿子上中学，想做生意也撑不起这个门面。一家子大概是开了个会，然后师娘出面找韩近泽商量：铺面、作坊，都不能歇，韩近泽这个关门徒弟以身入股，除了月钱照给之外，年底按二八分红。韩近泽没有别的选择，只能照办。

凭着师父生前积累的人脉，头几个月，德仁帽行的生意不太好也不太差。没想到老掌柜去世不到一年，同行之间互相倾轧的苗头就来了。韩近泽毕竟是个才出徒的小伙计，支应这个摊子心有余力不足。生意一落千丈，他独力难撑，只能打退堂鼓。师娘一个妇道人家，夫死从子，听了大儿子的建议，连铺子带作坊盘给了一个同行，回到永定门外的老宅子养老去了。后院儿有几件老旧的半机械化设备，师娘对韩近泽说，你要是有用，就拿走吧。铺子交割完毕，又给了韩近泽二十块大洋，算是遣散费。

韩近泽拿着这二十大洋，加上自己的一点积蓄，在东晓市附近租了个小门脸儿。那几件能代替人工干活儿的小机器派上了用场，韩近泽没敢雇人，和田氏一起撑起了这个小门脸儿。

他后来总是想，也许是老天爷早就安排好了的，就让他在这儿熬着，等着天上掉下来的那个大馅饼。

[三]

五毛钱，那要是换成大子儿，搁兜里得沉甸甸的一大把，就这么白白给出去了

那还是头一年的春上。那天韩近泽出门办事错过了饭口儿，抬腿进了门框胡同的一家饭铺子，打算垫垫肚子。

因为饭口儿过了，铺子里人不多，就是靠窗户的一张桌子边上坐着个穿军装的中年人，军帽搁在桌上，面前一碗羊汤，两盘爆肚，正就着烧饼吃呢。

韩近泽也要了吃食，坐下吃起来。

前门外杂八地，什么人都有。可是穿军装的毕竟还是少见。就为这个，韩近泽特意选了个不远不近角度合适的桌子坐下，想看看这个当兵的怎么吃饭。

不大一会儿，那个中年军人吃完了，抬起头来打算喊结账，还没出声儿呢，随手一摸兜，脸色变了。

眼瞧着这个人变了颜色，韩近泽就格外注意上了。只见这个中年军人摸了左兜摸右兜，掏了上边掏下边，浑身上下

韩近泽吃完了饭，会了账之后走出饭铺子，才下了台阶没走两步，被一个人迎面拦住了。定睛一看，是那个军官

摸了个遍，最后皱着眉头苦着脸坐那儿发起呆来。

韩近泽看明白了，这位军爷没带钱。他一边看着，一边心里琢磨，这小子想吃白食？不至于啊，看模样这人怎么也有三十多了，估计应该是个当官儿的。就他吃的这点儿东西，值不了几个大子儿，他犯得着跑这儿吃个两三毛钱的霸王餐吗？

继续瞅着，只见这个中年军人重新拿起筷子，心不在焉扒拉着碗里的残羹，做出还没吃完的样子，一边一眼一眼地看窗户外头。瞧这意思，他是想看见个熟人之类的，一解眼前的困局。那份儿窘迫、难堪、焦急，韩近泽都看在眼里。

足有一袋烟的工夫，韩近泽这边都快吃完了，那个军官还坐在那儿困守愁城呢。韩近泽实在看不下去了，趁着饭铺老板算账没抬头、唯一的伙计专心擦桌子的工夫，掏出五毛钱，起身走过去，以身体作掩护，把钱放在军官的桌上。军官惊讶地抬眼望着韩近泽，刚要说什么，韩近泽冲他点点头，又摇了摇头，转身，悄没声儿回到自己的座位上，低头吃饭。

就这么前后一眨眼的工夫，韩近泽眼看着那个军官头一扬，朗声高叫：“伙计，算账！”

小伙计跑过来，还没开口，军官指了指桌上的五毛钱：“不用找了。”

“谢您了军爷，军爷您慢走。”

那个军官鼻子里嗯了一声，临出门，扭头看了韩近泽一眼，走了。

韩近泽坐那儿接茬儿吃。因为做了这么一件积德的事，心里觉得挺受用。他一个月挣不了多少钱，还得养老婆孩子，不是拿着五毛钱不当钱的主儿。可他心软，看不得别人遭瘪受难。五毛钱，在他眼里是钱，糟践了、丢了，肯定心疼。可是跟一个人遭瘪受难比起来，那五毛钱就又不是钱了。

五毛钱，那要是换成大子儿，搁兜里得沉甸甸的一大把，就这么白白给出去了，不冒泡、不见响儿，连个谢字都没听见。要这么想，是有点儿犯傻，有点儿二百五。可你再回过头来想，花了五毛钱，帮了人家一个大忙，叫一个大男人没在人前丢人现眼，这是多么好的一件事啊！

做了好事心里舒坦，这是他韩近泽头一遭有这个亲身体验。

韩近泽坦坦然然吃完了饭，会了账，从从容容走出饭铺子。才下了台阶没走两步，被一个人迎面拦住了。定睛一看，是那个军官。

这是韩近泽没想到的事，他有点不知所措，冲那个军官点了点头，抬手抱拳："您这是……"

军官举手行了个军礼："刚才的事，多谢你了！"

"嗐，说不着这个，说不着！"

"这钱我得给你，你家住哪儿？"

韩近泽连连抱拳："别，可别，马高镫短的时候谁都有，不值当的，真别往心里去！"

"我说的是真的，你贵姓？"

"不敢，小姓韩。"

"你姓韩？"

“是啊，姓韩。”

“真的？”

韩近泽笑了：“瞧您说的，这还能有假！”

军官双手按住韩近泽的肩膀：“兄弟，咱俩可真是有缘啊！我也姓韩，我叫韩凤起，奉天人。”

“噢噢噢，这倒是挺难得。小弟韩近泽，北直隶玉田人。”

俩人认了同宗，越聊越热乎。

原来这个韩凤起在张作霖的大帅府当差，中校军衔，是个不大不小的军需官。他跟韩近泽说，今天是请了假出来看望一个老乡，从西四牌楼坐洋车到珠市口，又进了几家铺子买了点儿东西，钱夹子多半就是丢在某个铺子里了。拎着东西到了老乡府上，赶巧老乡一家子出门了。他在门房等了大半个时辰，不耐烦了，把东西交代给门房就溜达出来了。溜达到这边儿吃点东西，这才发现钱夹子没了。他说，张作霖张大帅从来不欺负买卖人，也最恨部下欺负买卖人。这回入关进了北京，更想着要立军威肃军纪，博个好名声。所以他当时是真难在那儿了，自个儿穿着这一身皮，要是买卖家闹将起来，大帅知道了非把他撸了不可。

这个军需官问韩近泽做的什么营生，韩近泽如实说了。

韩凤起问：“你做帽子？那，做军服你行不？”

韩近泽老老实实回答：“帽子跟衣裳可不是一回事儿，更别说军服了，我可做不了。”

“你要接下这个活儿，能挣不少钱呢，想好了再说！”

“这还用想？我一个做帽子的，哪做得了军服啊，差太远了，隔着行呢。”

韩近泽这个回答，更激发了韩军需官要报答他的激情。他觉得这个买卖人属于少有的实诚汉子，首先是施恩不图报，然后是见利不动心。

韩凤起继续动员、启发：“你既是干这一行的，左邻右舍买卖往来的总该有个勾连吧？这么着，你挑个头，给我干成这件事，保险让你挣一笔大钱。”

“挣大钱我不敢想，大哥什么事能用得着我，您就说吧。”

也是该着韩近泽走时运。军需官韩凤起说大帅秋天要在南口阅兵，准备做一万两千套新式军服……韩近泽一听这个数儿就吓坏了，摇头摆手说，那肯定是不行，这个忙还真是帮不上。别说一万两千套军服，您就是十二套，我也做不出来。

韩近泽这边儿越是谦辞推却，韩凤起那边越是非你不行。这位中校军需官回到大帅府就跟上司说已经谈好了这笔生意，保证九月初十以前交货。他手把手教韩近泽怎么承接怎么发包，陪着韩近泽一家一家谈条件。一时间，差不多整个儿京城的服装制造业都知道韩近泽有个大哥是大帅府的军需官，甚至颇有传言说他俩是一奶同胞的亲兄弟。

韩近泽实在是实在，可他并不傻。田氏知道了这件事，更是撺掇着韩近泽和韩凤起焚香磕头换金兰帖拜了把子。韩近泽在义兄韩凤起的启蒙示范下，没几天就上了道儿，和田氏一起“发动群众”，分批转包。最后，两兄弟联手，六个半月，一万两千套东北军军服如期交货。

结算下来，扣除一切开销，韩近泽净赚八百多大洋。他在南城东晓市买了座五间北房两间西房的小院儿，又把原先租的铺面房也买了下来。摇身一变，他成了个不大不小的老板。重要的是，那几个月帮着大帅府做军服，南城差不多所有的买卖家都知道韩近泽这一号人物了。单单冲这个名声，就让他的生意红火了不少。

可惜，没过多少日子，炙手可热的张大帅被赶出了北京城，退到关外去了。拜把子兄弟韩凤起连告辞都没来得及就没了音讯。韩近泽一琢磨，北京城换了新主子，肯定是跟张大帅过不去的主儿。既然跟张大帅有仇，可别再跟我找后账。所以他决定暂时歇业，带着老婆孩子回老家了。

[四]

韩近亭血性上来了，抡拳撩腿，一眨眼的工夫撂倒了好几个

民国十九年，韩跃民的父亲韩振江出生。按大排行，韩振江是老五，哥儿们兄弟里，他是老三。

自打韩近泽回了趟老家，老韩家在许家务就算是戳起来了。三两年内，不显山不露水地翻盖了房子，置了十来亩水浇地，还拴了一挂大车。不知不觉地，老韩家虽然还算不上大户，可也成了殷实之家，在村里数得着了。

听说又添了个小孙子，韩七爷一高兴，决定进北京看看。毕竟也是年过半百的人了，独自出门不是个事儿，所以让二儿子陪驾。

这父子俩是头一回进北京城，韩近泽带着老爹和二哥逛天桥、游万牲园，足一通玩儿。韩七爷眼瞅着田氏一个人照看好几个孩子，还得忙里偷闲帮着照看铺子上的事，劝儿子："铺子里再添个人吧，把你家里的腾下来，专门照看

韩近亭血性上来了，抡拳撩腿，一眨眼的工夫撂倒了好几个

孩子不行吗？”

“行是行，可她也是习惯了，一天不来铺子心里不踏实啊。”

二哥说：“那还是你铺子里缺人手，哪有一个妇道人家老在铺子里支应生意的？”

韩近泽听明白了，二哥打一进北京城就迷上了城里的生活，不用说什么，那个眼神就露出来，不想回乡下去了。而且，看老爹的意思，肯定是二哥有这个想法，才撺掇老爹居中说项。想明白这一节，韩近泽索性顺杆儿爬，试探道：“添个不贴把的咱也不放心，不如就叫二哥和我一块儿干吧。就不知道二哥愿不愿意屈就，我二嫂答不答应。再就是，家里的地，我大哥和两个兄弟忙不忙得过来？”

一番话把二哥说得满脸笑开了花，一个劲儿看着老爹，催他表态。老爷子点点头：“你二哥留下就留下，还有个事我也该跟你们唠扯唠扯了。”

什么事呢？老爷子的意思是，老四也成了亲，哥几个就剩老儿子年纪还小，没到娶亲的时候。老人家惦记着，也该给哥几个分家了。谁都知道，老韩家眼下这份家业，大半都是老三韩近泽创下的。所以，要说分家，就得先听听老三的意思。

韩近泽略一思忖，表态：“祖宗产业我一点儿不要也不行，怎么也得留个根儿。所以，房，给我留一间就行，万一我这儿的生意做砸了，回家总得有个睡觉的地方。地，我是一分不要，哥几个分了就行，我就不信有朝一日我落魄了回了家，哥哥弟弟们能让我饿着。”

这一表态，连难得一笑的韩七爷也忍不住绽开笑颜，直夸“老三就是大气”。

就这么着，老爷子和二哥韩近亭回家没多少日子，韩近亭就大包小裹地重返北京，跟着三弟学徒来了。

帽行就是个慢工活，制作、出售，都快不了，都不可能跟应季大白菜那样热热闹闹地火买火卖。所以韩近泽这个小门脸儿在东晓市一带开了十多年，生意虽然说得过去，但是也没什么大发展。

韩近亭来了没两年，把老婆孩子也从老家接到了北京。这么一来，韩近泽那个小院儿就住不下了。依着韩近亭的性子，他也不愿意老这么住在三弟的院子里。所以，三弟帮着他一张罗，他就在鲜鱼口租了三间小房，一家子搬过去了。

民国二十六年，日本人进了北京城。这一年，韩跃民的父亲韩振江七岁，记事儿了。

这一年发生了一件大事，韩振江后来给儿子讲过好多次。

这年夏天，正热的时候，韩振江的二伯韩近亭到永定门给人家送货。去的时候，因为拿着东西，雇了一辆洋车。回来因为空着身子，就打算省几个车钱，顺着前门大街往回溜达。

算起来，这个时候韩近亭到北京也有几年了，可他是个性子内敛、不爱游玩的人。再说他投靠在三弟铺子里学做生意，也不能总惦着玩儿啊。所以，平时除了跑街联系买卖的事，他很少到天桥珠市口一带闲逛。这回从永定门往回溜达，难说他没有趁机看看街景闲杂的用意。

这天他是给一个买卖同行送货，穿戴自然比平时齐整一点儿，不能叫人家瞧不起。所以，他穿了一件毛蓝大褂，黑色缅裆灯笼裤，白袜子、黑布鞋，显得干净利落。关键是头上那顶六块瓦的瓜皮帽，虽然帽正是一块普通的烧蓝料器，不值钱的玩意儿，可他家的铺子是做帽子的，所以那个瓜皮帽的用料做工还是挺讲究的。有这个帽子衬着，那块料器也显出几分珍贵模样来了。关键是他一边走一边东看西看，伸脖子瞪眼的，看什么都那么新鲜，给人的感觉，就是个刚进城的土财主。

走着走着，迎面来个小伙子，手里拿着个蓝花大海碗，俩人一错身的时候，那个小伙子一歪肩膀，撞了韩近亭一下，蓝花大海碗撒了手。

老韩家祖上毕竟是行伍出身，许家务尚武之风几百年不绝。韩近亭自幼练武，功夫在身。他眼疾手快，一看大海碗要落地，本能地伸出一只脚一垫一挑，大海碗翻了个身飞起来，韩近亭一把接住，笑着递给了小伙子，说了句："好家伙，真悬！"

本以为小伙子得客气两句，没想到那家伙还翻了脸，说："孙子，显你能哏儿是怎么着，大街上玩儿起把式来了，你哪路的啊？"

韩近亭当时也不过四十来岁，正是几分老成几分血气的年龄。一听对方爆了粗口，心说你撞的我，我还帮你把碗接住了，你不道谢怎么还骂人呢！他不由得把眼一瞪："你这孩子怎么张嘴就骂人呢？家里没大人管啊？"

这一还嘴，坏了，那小伙子随手把碗扔在地上摔成了好几瓣儿，一把薅住韩近亭的大褂，口口声声说这个碗叫他给弄碎了，得赔。

韩近亭好歹也来北京好几年了，这种事虽然没遇见过，可他没少听说过。心里顿时明白，今儿是遇上碰瓷儿讹钱的了。他知道这个时候说软乎话肯定是不行了，人家要的是钱，你求爷爷告奶奶不管用。所以他冷着脸盯着小伙子："你松手！"

"我松手？你不赔钱我还就不松了。"

韩近亭不再说话，伸手捏住小伙子薅他大褂的手，反关节一掰，小伙子登时龇牙咧嘴屈膝弯腰松了手。韩近亭正打算数落他几句呢，不知打哪儿围上来四五个大小伙子，一个个敞襟露怀横眉立目，推推搡搡骂骂咧咧。韩近亭脾气上来了，抡拳撩腿，肘打肩靠，一眨眼的工夫撂倒了好几个。

前门大街，那是何等繁华热闹的地方？当时就围了一群看热闹的，还有人拍巴掌叫好。韩近亭以为这事儿就这么完了，整了整大褂，不慌不忙走了。

万万没想到，他叫人跟上了。当天晚上，地面上有头有脸的大流氓来了好几个，找韩近泽。没别的，你们家二爷有功夫，把我们的人打坏了。两条道儿，要不把你们家二爷请出来，看看是他的功夫好还是我们的刀子快；要不就赔二百块钱，从此两不相干。

韩近泽知道遇上茬巴儿了，一个劲儿赔笑脸说拜年话，别的一句都不敢说。第二天找了个说和事儿的，好说歹说作揖磕头，价格落到了一百五十元，不给钱就等着卸胳膊卸腿。没法子，韩近泽东挪西借，乖乖奉上一百五十元。没想到钱送过去了，人家又出了幺蛾子，不要法币，就要现大洋。

就这件事，把韩近泽的积蓄踢腾了个一干二净。想起当年给张大帅做军装的事，韩近泽总结出一个经验：不是自个儿的肉，终归是贴不到自个儿身上。

多年以后，韩跃民上小学，最乐意去的地方之一就是住在鲜鱼口的二爷爷韩近亭家。他喜欢看二爷爷端着小茶壶坐在圈椅上指挥几个中年汉子比画拳脚。二爷爷要是起身亲自示范几个动作，他能激动好几天。

等到韩跃民长大了一点儿，准备跟二爷爷学武术的时候，二爷爷忽然一睡不起，殁了。

第五章

[一] 韩跃民忽然兴奋起来。他倚小卖小，一边一个搂着黄鹂和迷糊王的肩膀朝食堂里走

[二] 韩跃民不愿意承认这叫吃醋，可他明明白白知道自个儿就是吃醋了

[三] 只要黄鹂单独跟他说上几句话，他立马筋酥骨软，心里全是黄鹂的那些“好儿”了

[四] 他心里惦记着别的，对二雷和张弛之间的罗罗纲就没兴趣了

[五] 这样人家的女儿嫁给孙念安，至少在当时来看，谁吃亏还真不好说

[一]

韩跃民忽然兴奋起来。他倚小卖小，一边一个搂着黄鹂和迷糊王的肩膀朝食堂里走

韩跃民跟着家人回老家发送爷爷，因为惦记着轻工局团委到帽厂开现场会，所以，刚出了殡，他等不及三天圆坟，脱了孝袍摘掉孝帽就跟着厂里的大卡车回了北京。

阴历五月下旬的天气，虽然还没数伏，可是天气已经热得够呛了。民间有谚，“未曾数伏先数伏”，意思是虽然按节气还没到伏天儿呢，往往就已经热得跟伏天一样了。

这天一大早，才七点多，火红的太阳就已经明晃晃地照得人睁不开眼了。天坛帽厂的厂房民国时期是个修造厂，一进大门有一块空旷的场地。据说当年同时进来三五辆拉运木材的大马车装卸货物，都不妨碍别的马车在场子里掉头。这个大空场，着实有点浪费。所以帽厂在空场的一侧建了一座三层小楼，作为厂部办公用房。小楼下边，大门两边各搭了一排自行车棚。钢骨架，石棉瓦覆顶，停放百八十辆自行车没问题。

韩跃民忽然兴奋起来。他倚小卖小，一边一个搂着黄鹂和迷糊王的肩膀朝食堂里走

韩跃民把自行车停在车棚子里，摘下车把上挂着的旧军挎拎在手里，顺手摘了墨镜插进衬衫的兜里，一转身，厂团委书记赵军也从自行车上跳了下来。

韩跃民打了声招呼：“赵哥，来啦！”

赵军说：“哟，不错，你还真赶回来了。家里的事儿都处理好了吧？”

“嗯嗯，我爸他们还得在家待两天，我就先跟车回来了。”

赵军说：“正好，有个事跟你说一下。轻工局团委的人下午两点半到，咱们按计划三点钟开会。”

韩跃民站在那儿用手背擦汗：“噢，我知道，不是早就安排好了吗？”

赵军说：“不是，有点儿小变化。我是琢磨着，咱那个会议室小了点儿。昨天我大致归拢了一下，各车间报上来的团员和青年总数得有四百人以上了，咱那个破会议室，也没那么多座位啊。”

韩跃民说：“有俩车间有夜班儿，夜班的青工多，不是不通知他们开会吗？”

赵军说：“开头是这么打算的，后来我一想，夜班的团员都通知了，就差那么几十个青工，给人家甩下不大合适。所以我又让李调度通知了上夜班的青工统一调班儿了。”

韩跃民看着赵军近视镜片后闪烁的眼睛，没言语。心说你这什么意思啊，不通知夜班青工是你决定的，临时改了又不告诉我，给我玩儿家伙还是考验我的应变能力呢？

赵军见韩跃民不搭话，好像并不在意，继续自说自话："你看我是这么想的，那个会议室咱不用了，咱改地下室开会，那儿地方多大啊，还凉快。"说完抬头看看天，"你看这天儿热的，这才几点啊，就热成这样了。"

赵军说的地下室其实是前些年"深挖洞"的时候厂里组织劳动力挖的防空洞。当时的"人防指挥部"给的图纸是厂区地下二层设计一个临时诊所，还是钢筋水泥浇灌的，面积不小，特别结实。洞是挖好了，可是一次也没用上，成年累月就那么闲着。一层的防空洞，厂里倒是有时候想起来派人清理打扫一番，存点儿不大用得着又舍不得扔的东西。地下二层，平时都没人下去过。

韩跃民说："地下室不定多脏呢，现打扫来得及吗？"

赵军说："没问题。我昨天下去看了一下，水和电都是通的，一合闸就行。我找你就是说这个事儿，你去组织几个人，接上根胶皮管子，一冲，一扫；弄两张办公桌一摆，蒙上布就是主席台。然后通知大伙儿，开会的时候个人自带一个空线轴当小板凳，齐了。"

韩跃民把手里的军挎递给赵军："那您把我的包拿楼上去，我这就去找人，赶早不赶晚吧。"

"行，你受累了！"

"没事儿。"韩跃民头也没回，抬手腕儿看了看表，边走边说。

"哎，别忘了一下去就把通风机打开，那里边儿有点儿潮。"

韩跃民还是没回头，高高举起右臂漫空挥了两下算是回答，径直朝大食堂走去。

大食堂人头攒动。正常班是八点钟上班，这个厂有六七百人是常年不倒班的，眼下才七点二十分，排队买早点的一小半儿是这些人。再就是上了一宿夜班的，下班洗个澡，大多也是这个点儿来吃早饭。还有就是上早班的，六点接班，开机器干一会儿，七点就开始有人陆陆续续来买早点了。

韩跃民穿过大厅，从边门进到食堂操作间，打好了招呼。然后又出来，在食堂门口站了一会儿，瞄准了几个上早班的人，走过去叫出来，一对一通知：“去，上边门那儿买早点去，说我让你来的就行。吃完了回去跟你们班长和主任说一声，带上笤帚抹布，八点到防空洞门口集合。”

“什么事呀？”

“去了就知道了，别晚了啊！”

安排得差不多了，一转身，黄鹂和迷糊王肩并肩说说笑笑走了进来，后边跟着探头探脑的刘昆。

黄鹂一眼看见韩跃民，赶紧收敛了笑容，走过来关切地问：“老爷子的事儿都办完了？”

“嗯，就算办完了吧。”

黄鹂这么正儿八经说话，韩跃民一时有点儿不适应。他冲迷糊王和刘昆点了点头，笑了笑。

黄鹂说：“节哀吧，老爷子快九十了吧？也算喜丧了。”

韩跃民点头：“是，走的时候也没怎么受罪。”

迷糊王和刘昆满怀同情站在一边，什么也不说。

韩跃民看着刘昆，猛然想起："哎，刘师傅，咱们防空洞的水电总闸都在哪儿您知道吧？"

"知道啊，那时候我可没少卖力气，好家伙……"

"得，就是您了，赶紧的，买点儿吃的，吃完了到防空洞门口集合。"

黄鹂问："干吗啊？"

"收拾一下，下午轻工局团委来开现场会。"韩跃民看了黄鹂一眼，"要不，您也去呗？"

"我才不去呢，那里边儿齁脏的。"

"去吧，咱俩……男女搭配，干活儿不累。"韩跃民终于憋不住开了句玩笑。

"去你的，才几天啊，学坏了啊！"

"这就叫学坏了啊？真的，跟我们一块儿去吧，用不着你干活儿，你就给我们指导指导，怎么说你也是老团员了。"

迷糊王听明白了，说："我还是老团员呢，小韩你怎么不叫我啊？"

"行，您也去！反正咱们车间也没那么多活儿，待会儿我找霍师傅说一声去。"

刘昆自告奋勇："小韩你甭跑了，待会儿我跟霍师傅说一声就行。"

黄鹂一直笑眯眯看着韩跃民，一言不发。

大概是因为好几天没看见黄鹂，韩跃民忽然兴奋起来。

他倚小卖小，一边一个搂着黄鹂和迷糊王的肩膀朝食堂里走：“二位师傅吃什么，我给你们买，不用排队。待会儿跟我义务劳动去吧。”

刘昆跟在后边说：“我那份儿你也给买出来呗，我也不乐意排队啊。”

[二]

韩跃民不愿意承认这叫吃醋，
可他明明白白知道自个儿就是吃醋了

韩跃民万万没想到，这场本来计划由团员和青年为主力，多说也就十几个人参加的义务劳动，因为有了黄鹂和迷糊王的加入，演变成了一次可以用“声势浩大”来形容的劳动竞赛。

人人心里明镜儿似的，这么多人起着哄地来干活儿，来出谋划策，完全是因为一个人——黄鹂。

早上八点之前，被韩跃民一一点过名的团员青年们陆续来到防空洞门前集合。这些小青年大多跟黄鹂挺熟，见了面嘻嘻哈哈开逗，场面一时热闹起来。

所谓防空洞的门，外观上看就是一间小房，高两米左右，宽也不过两米，看着像个炮楼。一个一米多宽的铁门，一年到头锁着。韩跃民眼看人来得差不多了，用钥匙打开了防空洞的大门，吩咐刘昆：“刘师傅，您到配电室叫值班的师傅把电闸合上，待会儿咱们下去直接开灯就行了。”刘昆答应

佟之鹰跟黄鹂开各种深深浅浅的玩笑，加之其色眯眯不怀好意的眼神，韩跃民内心感到非常生气

一声，转身去了。没一会儿又跑回来说：“配电室锁着门呢，谁值班我也不知道啊。”

黄鹂听见，插言：“笨死你啊，你不会找电工班梁师傅啊，她那儿就有配电室的钥匙。”

就因为刘昆去找了电工班，办事认真的梁师傅一盘问，结果焦志同和马师傅也自告奋勇，以老团员的身份加入进来，参与指导。

各路神仙大显身手，这么多人干这点儿活，把个地下会场布置得庄重整洁，主席台上挂了大红横幅，写着“欢迎局团委领导莅临指导”；焦志同和马师傅还弄来两台大车间才用得上的大功率电风扇，呈对角线摆放，风顺着墙吹，形成环流，跟原有的排风设备一配合，地下室里顿时空气流动，变得十分凉爽。

活儿干得虽然漂亮，可是韩跃民自打带着人进了防空洞，心里就像是扎了一根刺儿，隐隐约约的，总觉得不大痛快。他心里知道是为什么，可又实在不愿意承认是为这个。

为什么呢？因为佟之鹰也来了。佟之鹰不但来了，还口气十分随便地跟黄鹂开各种深深浅浅的玩笑。马师傅和焦志同也跟黄鹂开玩笑，可是在韩跃民看来，他们之间的玩笑都正常。即使开的是下三路的玩笑，他也不觉得有什么淫邪味道。唯独佟之鹰，他觉得这家伙看黄鹂的眼神都那么色眯眯的不怀好意，关键是，黄鹂好像特别受用，也特别喜欢跟佟之鹰耍贫嘴逗闷子。韩跃民不愿意承认这叫吃醋，可他明明白白知道自个儿就是吃醋了。

心里这么别扭着，他嘴上咋咋呼呼吆五喝六地指挥人们干活儿，脸色可就越来越不好看了。他是个心里憋不住事儿、脸上也搁不住事儿的人。高兴不高兴，就算千方百计想瞒着，也终归是瞒不住。

黄鹂何等精明，漫不经心走到他身边，趁人不注意拱了他一下："你怎么了？"韩跃民说了句"没怎么"，转身走开了。

然后一直到会场布置完毕，他们俩就再也没说过一句话。

一直到下午三点开会，心里这根小刺儿一直就这么扎在心里。坐在主席台的桌子后边，韩跃民的脸一直沉着，一副心事重重的模样。就为这个，他都没注意到坐在下边儿的二雷一个劲儿喘粗气，脸都憋红了。

二雷的心事比韩跃民还重。要不是顾及好几个厂级领导在场，他恨不得当场就发作出来。

这个现场会召开前好几天，张弛曾经那么郑重其事找二雷谈话，动员他写个入团申请书，还限定时间让他交上去。二雷也是想简单了，觉得就算近期真没打算要发展他入团，可是人家一个团支书这么催着他写申请书，起码也是领导开始重视他了。二雷虽然政治上一贯不求上进，可要是舒舒服服就能"上了进"，也不是坏事啊。于是他就把张弛的话当了真，舍着脸找写过申请书的哥们儿求教，写了一份入团申请书，偷偷交给了张弛。他不敢大张旗鼓，觉得自个儿一贯落后，忽然这么主动要求进步，有点儿难为情，拉不下脸来。

上午打扫会场，二雷也参加了，干得还挺卖力气。他上的是早班儿，按说下午两点就下班了。可是为了下午三点这个全体团员和青年的大会，他下了班又溜溜等了一个钟头。

刚进会场，二雷还显得格外兴奋呢，跟这个贫，跟那个逗。那会儿上班时间开会是常事儿，工人们乐得工作时间开这种会，有定额的可以减定额，没定额的也能正大光明地停止工作，大伙儿凑在一块儿扯扯闲篇儿。二雷是属于下了班之后业余时间来开这个会的，可他显得比那些利用工作时间来开会的人还高兴。

会议准时开始，除了局里的那些人之外，帽厂来了个副厂长和一个厂办主任。这些人一个个人五人六地排排坐，完全不是平时开个破会围个圈儿随便坐的架势。各车间、各班组，四百多个年轻人分片分区坐在线轴上，一个个面朝主席台，显得正儿八经。

在这样正儿八经的气氛下，副厂长和赵军书记分别讲了几句官话，然后就是各车间支部书记汇报工作。二雷在底下坐着，开始还认真听了一会儿，可是听来听去都是报纸上那些话，他就开始涣散了。他开始东张西望，看其他车间那些因为平时倒班不怎么常见的漂亮姑娘。看着看着，轮到三车间张弛汇报了，这下他又开始认真听了，因为这跟他要求进步多少有点儿关系。

没想到这一听就听出问题来了——张弛手里拿着一摞纸，一边显摆一边说：“……我们三车间共青团的组织发展工作还是一步一个脚印，稳步前进的。比如，无论先进青年还是落后青年，百分之百写了入团申请书……”说到这个，可能怕身边的局团委书记不信吧，还顺手给书记展示了几份。那位书记矜持微笑，连连点头。

二雷又不傻，一听就听出来了，敢情这小子急赤白脸催我写申请书不是想让我入团，是给他凑这个百分之百来了。而且，听他这个口气，明摆着我就是他嘴里的“落后青年”了。

二雷这人，属顺毛驴的。张弛哪怕跟他实话实说，让他帮帮忙支持一下工作，那别说让他写申请书了，以他的脾气，说几句好话，就算写认罪书他也乐意帮这个忙——谁叫他求我呢。二雷始终就觉得人家求我帮忙是看得起我，为了这个看得起，他可以两肋插刀！可是，张弛那么郑重其事动员我写申请书，居然是要花招骗我！依二雷的脾气，打他骂他他都不在乎，最忌讳的就是别人骗他、把他当傻子。用他多年以后的话说，那叫“侮辱我的智商”。

张弛在上边夸夸其谈，二雷坐在下边气得呼哧带喘。可惜，这个变化，韩跃民一点儿也没注意到。

这边刚一宣布散会，几位领导们还互相谦让着谁先走呢，二雷站起来就直奔张弛：“你把我那份入团申请书给我看一眼！”

张弛不解问：“怎么了？”

二雷说：“有俩字写错了，我得告诉您一声。挺严肃的事儿，咱别出岔子，您说呢？”

张弛迟迟疑疑地找出二雷的申请书，嘴里嘟嘟囔囔：“你一中学毕业生，还能写错字？”

二雷伸手把申请书接过来，当着那几个神头鬼脸的领导的面，把他的申请书对折一撕，再对折一撕，如此这般，撕了一下又一下，应该赶上后来的碎纸机了。

撕完了，随手一扬，玩儿了个天女散花。

[三]

只要黄鹂单独跟他说上几句话，他立马筋酥骨软，心里全是黄鹂的那些“好儿”了

二雷发飙，撕申请书，大伙儿都傻了。往外走的人们不走了，围过来看；那几个领导脸上的笑容僵在那儿，都看着张弛不说话。

张弛一时也没反应过来，蒙了。他是真没弄明白二雷为什么撕申请书。从他那个角度说，动员二雷写份申请书，甭管自己出于什么目的，对二雷都是只有好处没有坏处的事。所以他实在没想明白，二雷为了这么一份申请书反应如此激烈，究竟是为什么。

韩跃民一时也没弄明白二雷发这么大火的理由。不过他起码看出来二雷是真怒了，他觉得自个儿跟二雷关系不错，上前拉着二雷的胳膊：“怎么回事儿啊二雷，走走走，咱俩上去说。”

二雷一闪身躲开韩跃民，对那个局团委书记说：“这个

韩跃民拦住黄鹂："哎，我这脚脖子一走快了还有点儿疼，你哪天该去按摩啊？我还得去两趟。"

申请书是张弛蒙着我写的，不算数，我收回。”又指着张弛的鼻子宣布：“孙子，有你当书记一天，本太爷就不入你那个团，不给你凑这个数！”

韩跃民紧拦慢拦，也没拦住二雷把他要说的话全都说出来。

这一下，二雷的气倒是出了，可也把那几个人五人六的领导弄得呆立当场说不出话来。

赵军脸色发白，又不好发作，只好故作平静地对韩跃民说：“小韩啊，你了解一下，做个调查，看看究竟怎么回事儿。”韩跃民刚要表态，赵军又对二雷说：“这个小伙子，你也别这么激动，有问题咱们坐下来解决问题。”

韩跃民看出来了，赵军心里不定多么恶心懊头烦呢。这场会，不管局里是如何定义的，在赵军眼里，这就是对他在帽厂团委工作这几年的一个总结。甚至，也许局里的组织部门还等着团委的鉴定呢。现在这个会开成了这样，全体领导跟着张弛下不来台，早知道这样，这个会还不如不开呢！

二雷一拱一拱的，还想凑到前边说什么。韩跃民死死抓住他，连推带拉把他弄一边去了。

张弛最难受，一张小脸紫红，一双老鼠眼左转右转，张口结舌，一脸委屈，满头是汗。

用韩跃民的话来说，这场精心策划的会，九磕八拜都过了，就最后这一哆嗦弄岔劈了，全玩儿完，都坏菜！

韩跃民好不容易推着二雷上了几级台阶，居高临下回头喊了一声：“大伙儿都上来吧，别跟这儿堵着了。”好几百个年轻人，呼噜呼噜出了防空洞，一个个都整着脸，没一个说笑打闹的。

张弛蔫头耷脑，出了防空洞就直奔自个儿的办公室，跟谁也没打招呼。赵军本来是要拉着韩跃民送送客人们，韩跃民指了指晃晃悠悠走在前边的二雷，赵军会意，转身跟着副厂长和厂办主任送客去了。

韩跃民在三车间门口拦住二雷说："你小子也真够愣的，这么点儿事至于吗？"

二雷一梗脖子："怎么啦？我说得有错吗？丫给我玩儿阴的，我没抽他就算便宜他了。"

韩跃民还是想息事宁人："他怎么说也是为你好吧，写个申请书怎么了？"

"嘿，我说跃民啊，咱不带这么和稀泥的啊！你真觉得他那是为我好不是为他自个儿好？"

韩跃民没话了。他心里当然明白，张弛让二雷写那个申请书，肯定就是为了汇报的时候说起来好听。

对二雷这件事，赵军没再过问。他只是表扬了韩跃民几句："小韩啊，你这组织工作也太出色啦！不给你记功嘉奖真是对不住你。"

韩跃民一笑置之。他明白，赵军是快走的人了，甭管是不是要高升，现阶段的事，他是多一事不如少一事了。

倒是黄鹂分析得实惠到位："这件事儿，张弛在领导那儿算是丢人现眼失了分，一时半会儿得不着什么香饽饽吃了；你小子歪打正着，得了个好印象。等着吧，你又该升官了。”

这话，韩跃民听着无比舒服。他这个毛病算是坐下了——黄鹂跟别的男人打情骂俏，他心里难受，恨不得发誓再也不搭理这个小荡妇了；可是只要黄鹂单独跟他说上几句话，他立马筋酥骨软，心里全是黄鹂的那些“好儿”了。趁着兴头上，他小声问黄鹂：“这些日子想我没？”

“去你的，想你干什么？”

“装！跟我装！”

“韩副书记，赶紧上你的班儿去吧。说真的，二雷这个事儿，你别看赵军不闻不问的，他既然交代给你了，你还真得弄出个子丑寅卯来。你这边要是一耷拉肩膀，赵军心里对你不满意，你可就全瞎。别忘了他可是你的顶头上司。”

黄鹂说着就要走。韩跃民拦住她：“哎，我这脚脖子一走快了还有点儿疼，你哪天该去按摩啊？我还得去两趟。”

“去的时候我叫你吧，你都在楼上办公了，出来还方便吗？”

“没问题，跟哪儿上班也架不住我脚脖子疼啊。”

黄鹂这就算是答应了，韩跃民心里高兴，想起黄鹂刚才的话，觉得大有道理。他一转身，奔了三车间办公室。

张弛正跟车间主任说生产的事儿呢，见韩跃民进来，主任知趣地站起来：“得，你们说你们的事儿吧，我上车间看看去。”

张弛看见韩跃民，一时眼神游移，有点儿抹不丢的。韩跃民也不跟他客套，直接问：“你找二雷聊了吗？”

“我找他聊？我还敢找他吗？那是我活祖宗！”

“你是领导他是兵，有什么事解释清楚了不就完了吗？”

“他是兵？这要是在部队，他早就关禁闭了！”

“其实没多大事儿，你让他写申请书怎么也不能算错……”

“说的就是啊！”张弛觉得找到了同盟者，情绪激动起来，“让他写个申请书，还成了我的罪过了！你说这上哪儿说理去？”

韩跃民抬手制止了他：“我没说完呢，我是说，你让他写申请书没错，关键是你应该跟他实话实说。二雷这个人你又不是不知道，摊开了跟他说，怎么都好办。你就说让他支持一下工作，我敢保证他不会推辞。”

张弛点头认可，韩跃民就以为这事儿算解决了。

没想到，张弛和颜悦色来找二雷，俩人没说几句就又呛呛起来了。

张弛找到二雷：“咱俩聊两句？”

二雷没好气：“咱俩没得聊。”

“其实我也都是为你好。”

“我就烦你这套说辞，为我好？你百分之百是为你自个儿好！”

“让你写个入团申请书不是为你好？”

“你真想让我入团吗？”

张弛毕竟是军人出身，说话没拐弯儿：“入团，你现在还真是差点儿。可也不是谁写了申请书就都能入团啊，那就是个态度。”

“你看看，说实话了吧！不让我入团，非逼着我写申请书，你说你这是为我好还是为你好！”

张弛被二雷的逻辑带进沟里去了，一时情急，口不择言：“就你这个态度还想入团？你入三青团去吧！”

二雷也急眼了，伸手指着张弛的鼻子：“所以说你就是个大骗子呢，你去当三青团的书记去吧！”

俩人就在车间里这么吵起来，惹得周围的工人们看耍猴一样，喜笑颜开。

事儿闹得有点大了，惊动了厂办。

那时候政工组还没取消呢，厂办让政工组找二雷谈话。二雷浑不吝的劲头来了，谁的账也不买。政工组本来就因为自己的地位越来越遭冷落而心里不平衡呢，逮着个二雷，以为一个小工人没什么了不起，非让二雷写检查，说他两次当众跟领导吵架，造成了极其恶劣的影响。二雷说要让我写检查就先让张弛给我道歉，而且他也得写份检查。因为他骗我！政工组坚持说张弛没错，二雷说那我撕了自己的申请书也没错。不想入团有错吗？自己写的申请书自己给撕了，有错吗？

这么扛了几天，没个结果。政工组问赵军怎么处理，赵军说，这是他们下面车间里的事儿，咱们最好不干涉。一个车间副主任连这么点儿事都处理不好，还干点儿什么不干了？

这就明显要把这件事定性为车间里的事，跟共青团没什么关系了。

政工组又找韩跃民。韩跃民倒是不敢一推六二五，他找了张弛找二雷，两边抹稀泥。最后还是张弛找了政工组，让他们别跟二雷较劲了，这事也就这么不了了之了。

事儿是过去了，二雷也落了个落后青年的名声。可他这个落后青年不招人烦，反而在工人师傅们当中人缘很好，因为他得罪的不是群众，是当官儿的。大伙儿都觉得他敢说话，不怕官。

[四]

他心里惦记着别的，对二雷和张弛之间的罗罗纲就没兴趣了

真应了黄鹂说的话，二雷这么一闹，给韩跃民加分不少。过了国庆节，韩跃民顺利解决了入党问题。转过年来，赵军被调到了轻工业局，担任局党委办公室副主任，这就算是从正科调到了副处。厂团委书记一职，暂由韩跃民代理。剩下的就是等着召开新一届团代会，好把“代理”俩字去掉。

张弛和二雷的矛盾，越调解反而越尖锐。虽然最后是不了了之，可是俩人从此成了死对头。除了工作中必要的交流之外，俩人走对面都不带过话的，互相视对方为空气。这么一对冤家，表面看起来张弛是强势一方——他是领导，有权利啊。二雷似乎是弱势一方，普通工人一个，用工友们的话说，“以后想怎么捏你就怎么捏你”。可实际上，满不是那么回事。先说张弛，他是党员干部，是三车间的领导，

二雷在他的管理领导之下。这个身份，没矛盾还好办，现在有了这个人人皆知的矛盾，他反而束手束脚，该管的也不敢管了，生怕人家说他打击报复。反过来再看二雷，就因为张弛这个“似强实弱”的尴尬处境，他倒逮着理了，成了领导们不敢摸不敢碰的一个“雷”。不但张弛不敢管，其他车间领导也轻易不敢招惹二雷，怕落个“官官相护、打击报复”的名声。

这么一来，二雷真成了三车间领导和班组长中间的一个“雷”。

这个时候，“改革开放”的口号已经越喊越响亮，越来越深入人心，而且在方方面面都看到了落实的成果。

天坛帽厂开始实行岗位责任制，奖勤罚懒、鼓励技术革新。单班、单岗耗材和质量、数量精细核算，直接与奖金挂钩。这么一来，二雷这样的年轻工人积极性来了，头脑灵活、接受新事物快的优势也发挥出来了。也不知二雷动了哪根筋，铆上了劲，连续三个月单岗产量第一、耗材最低。这是个硬杠杠，没话说。所以，二雷被评为三车间新长征突击手，还按规定作为厂级新长征突击手的候选人上报到厂办。

车间一级的新长征突击手每人奖励二十块钱。厂级新长征突击手奖金是五十块钱。那个时候，国有企业已经多年没涨过工资，连黄鹂她们这样的六十年代技校毕业生，都一律还是二级工，跟二雷、韩跃民这样的小青年拿一样的工资——三十九块八。就算干得出色，每个月都拿奖金，也不过是一等奖十二块钱，二等奖七块钱，三等奖五块钱。评上车间一级的突击手，二十块钱已经够让人眼红的了；厂级，五十大元，比一个月工资还多。这么一来，二雷成了“出头鸟”，成了三车间的热点人物。好多人嘴上不说什么，心里怎么想可就不好说了。当面嘻嘻哈哈，背地里说风凉话、找各种邪茬儿的大有人在。本来因为得理不饶人、跟张弛“硬刚”落下的好名声好人缘儿，一夜之间化为乌有。除了他的几个铁哥们儿，差不多所有的人都开始背地里找二雷的各种问题。吊儿郎当、不遵守劳动纪律、不务正业、倒腾各种紧俏商品、不尊重老师傅、给同事起外号……连他“赖以成名”的撕申请书、“硬刚”张弛，也成了他历史上犯过的错误被重新提起。

这样的人怎么能当新长征突击手呢？这不是“白专道路”“唯生产力论”嘛！阶级斗争可以不讲了，政治觉悟没说不讲了吧？再说他连共青团员都不是，还当众发誓不入团，这种政治表现，怎么做全厂青年职工的榜样？

车间的新长征突击手自然成为厂级新长征突击手的候选人，这是明文规定。三车间按规定报上去，没毛病。可是下边儿舆情汹汹，厂办不可能装聋作哑。

这是个暮春的下午，快下班的时候，正是夕阳西晒，韩跃民坐在办公桌后面，用一张报纸遮挡着阳光，正在看一本《中国青年》。厂办主任李涛走到门口，敲了敲敞开的门。

韩跃民一抬眼，说了声：“来。有事啊？”

李涛拿着二雷的材料走进来：“你让后勤的给安个遮阳帘呗，瞧这大太阳晒的！”

“是，回头跟他们要求要求。您有事儿？”

“我这不找你商量来了嘛，你看啊，咱们厂生产一线五个车间、三个直属班组，一共报上来八个人。这是咱俩私下里说啊，反正咱们厂级名额就五个，要不直接把邵春雷拿下去算了。回头开会咱俩意见一致，差不多就能定了。”

韩跃民眯起眼睛：“还没上会就拿下去，这不公平吧？这要让下边儿知道了，还不又得闹一场啊？”

李涛是个胖子，四十出头，也是个复员军人。这个天坛帽厂，突出的特点就是复转军人多。因为帽厂是区里仅有的四家的市属国有企业之一，论规模，两千多人，最大；论行政级别，正处级，最高；论地理位置，在闹市区，最佳。就这几个条件，导致很多复转军人都千方百计选择这个单位。李涛在部队已经是副团级，转业到地方，按不成文的规定降一级使用，做了厂办主任，正科级。按理说，能做厂办主任，应该是处事圆滑八面玲珑的主儿。可李涛毕竟是部队干部，到地方工作没几年，圆滑不够，时不时就犯一回二杆子，所以厂部好多人背后都叫他李二杆子。

韩跃民跟李涛还没那么熟，再说李涛都四十多了，他当然不敢说他二杆子。不过他心里可是觉得这个李涛也太没城府了，这种事，私下里串通，咱有那么深的交情吗？再说您这是图什么呢？

李涛肉乎乎的脸上漾起一个憨厚的笑：“下边闹？你说谁闹啊？就那个邵春雷？我看他不敢。”

因为跟二雷私交不错，韩跃民有点儿不爱听这个。他笑了一下："敢不敢的，咱俩说了也不算数，干吗操这个心呢？"

李涛回头看了一眼，转身走过去把办公室的门关上，这才回来拉了把椅子坐在韩跃民对面："我是这么想的，你可能还不知道吧，这里边还牵扯到张弛调动的事儿呢。"

"嗯？张弛？往哪儿调啊？"

李涛见韩跃民终于认真起来，得意地笑了笑："咱们厂头儿早就有这个意思，要把张弛调到一车间当副主任，让佟之鹰接替张弛。"

韩跃民更吃惊了："佟之鹰？怎么回事儿啊？"

李涛说："张弛去年跟邵春雷闹了那么一出，事儿虽然没多大，可是群众影响很不好。领导一直就考虑给张弛换个地方，省得老那么别别扭扭的。你说把邵春雷调出三车间吧，他那是个技术工人岗位，到别的车间还得从头学起。"

韩跃民又是一笑："对，这么说还是干部好调动，万金油，搁哪儿都成。可这跟二雷当不当新长征突击手有什么关系呢？"

"是，理论上说应该是没关系。可是实际上，我是这么揣摩领导的心思的，你看啊，咱这边把张弛调走了，他邵春雷那边当了厂级突击手。叫外人看，怎么也有点儿跷跷板的意思，这边儿起来了，另一边儿就下去了。这么一来，恐怕对张弛也不大公平，好像故意跟他示威似的，这不是抑此扬彼吗？咱怎么也得适当保护一下干部的工作情绪吧，你说呢？"

韩跃民专注地看着李涛，心想，谁说李涛是二杆子啊，这家伙也太有心眼儿了！他心里惦记着别的，对二雷和张弛之间的罗罗纲就没兴趣了，有点儿迫不及待地问："那佟之鹰又是怎么回事儿呢？这么说是要提拔他？"

李涛扭了扭屁股，仰靠在椅子背上，一副轻松神态："佟之鹰就是另一个层面儿的事了。"

韩跃民关切地问："怎么呢？"

[五]

这样人家的女儿嫁给孙念安，至少在当时来看，谁吃亏还真不好说

韩跃民当上帽厂团委书记的时候，才二十四岁。这至少在帽厂是没有先例的。赵军为此专门给韩跃民打来电话："小韩啊，我当咱们厂团委书记的时候都快二十九了，你比我早四五年。这么看，前途无量啊你！好好干吧，只要别出什么事儿，三十岁提处级没什么问题。我看好你！"

这话，听着是好话，可是话里话外的，好像有点儿酸溜溜的，叫韩跃民一时缓不过神来。

放下电话，韩跃民低头想了半天，越琢磨越说不好赵军这个电话是什么意思。关键是那句"只要别出什么事儿"，赵军是泛泛而言还是意有所指？要是意有所指，难道他听到点儿什么了？

出事儿，能出什么事儿呢？韩跃民自然而然就想到了黄鹂。他唯一的心病就是黄鹂，舍不开放不下的也是黄鹂。

家庭物质条件不错的黄鹂嫁给了孙念安，但当时他们的结合，却普遍都认为是黄鹂苦追孙念安

以前看闲书，书里说女人是祸水，是妖媚惑主的狐狸精。那时候就以为是写书的人在那儿无病呻吟，或者吃不着葡萄就说葡萄酸。跟黄鹂暗中好了这么几年，韩跃民真是有了切身体会。他读到过一句话，记得是孔圣人说的，“唯女子与小人为难养也，近之则不孙，远之则怨”。他觉得黄鹂倒不是这样，反而是自个儿，有点儿像孔圣人描述的那样。跟黄鹂在不在一起，他都不好受。俩人偷情的时候，老担心事情败露。黄鹂怎么想，韩跃民不知道，他永远不敢在黄鹂面前提起这种担心。可是他自己脑子里无数次出现被孙念安当场捉奸的恐怖场景，这让他一想起来就好像坠入万丈深渊。越是怕，就越爱这么想，似乎是一种精神自虐。

关键是孙念安还知道黄鹂跟韩跃民关系不错。黄鹂还专门把韩跃民叫到家里跟孙念安一起喝酒吃饭。她这么做的用意，当然就是想在丈夫面前展示自己的光明磊落、心底无私，意思是，你看，我把小韩就当个孩子，是个不错的同事。而且你看，小韩也挺有出息吧，年纪轻轻都混到团委书记了。韩跃民之所以同意跟孙念安走动，也是想近距离摸一下孙念安的态度，是有所怀疑还是完全相信黄鹂说的，就是简单的师徒关系、同事关系。

不见面的时候，想，想得厉害；见了面又怕，怕得更厉害。在韩跃民心里，黄鹂是女人中的女人。他以己推人，只要是个男的，沾上了黄鹂就别打算脱身。这也是他一方面害怕被孙念安识破，另一方面又担心黄鹂跟别的男人好上了的真正原因。他始终认为，佟之鹰就是一个不小的威胁。

当然了，最大的担心来自孙念安。

孙念安也是帽厂的职工，只不过他在门市部负责销售，说白了就是个站柜台的。他比黄鹂这一届的技校生大几岁，是1966年的高中毕业生。这批人，学的是真东西，可惜没赶上考大学。而且别看他比黄鹂他们大好几岁，可孙念安这批人也是跟黄鹂他们一块儿进厂的。

同一批进厂的三四十人，孙念安和黄鹂不算是金童玉女，至少也是这些人当中人才样貌、家庭背景都比较拔尖儿的。

黄鹂的家虽说不上显赫富贵，可她祖辈、父辈是上海的原住民，也算是诗书传世的殷实之家。

孙念安就复杂点儿了。他的爷爷解放前是芜湖一带有名的茶商，江浙闽鄂两广一带，都有他的货栈或者店铺。“八一三”，中日两国军队在上海大打出手。孙老爷子为避战祸，举家北迁，先到天津，后来投亲靠友，在北平站住了脚，购置房产，继续做生意。这么着，老孙家的根儿就此扎在了北平。

老孙家三代单传，孙念安的曾祖、祖父和父亲都是独子。又因为是这样的大富之家，孙念安的父亲和姑姑那一辈娶或嫁的也都不是寻常之辈。到孙念安上中学的时候，他的爷爷和父亲已经先后辞世。这么一来，三代单传的老孙家到了孙念安这儿，还是千顷地一根苗。孙家的姑奶奶们、外祖父家的舅舅们，都把孙念安当眼珠子对待，娇、宠、纵、惯。用北京话说，这就把孙念安养“走挤”了。养得他既没有阳刚之气，也不能杀伐决断，说话轻声细语娘娘腔，做事犹豫不决慢腾腾。

父亲和爷爷辞世以后，老孙家就剩下孤儿寡母过活。那时候孙念安的母亲才四十挂零，也没工作，就靠着积蓄和房租，倒也过得滋滋润润。

孙念安生于大富之家，安逸享受惯了，学习不刻苦，干什么也不上心，错过了考大学，就心安理得在家当逍遥派，然后就分到了天坛帽厂。

在帽厂，孙念安认识了黄鹂，也就喜欢上了黄鹂。这俩人走到一起，说是自由恋爱，其实知情的老职工都说，纯粹是女追男。要说黄鹂图的是钱财，也不对，那时候孙念安这种资本家出身的人，政治待遇和经济地位甚至连普通工人都不如了。

可是当时的黄鹂，不但家庭物质条件比孙念安强多了，出身也不算差。黄鹂的父亲是工人里提拔起来的技师，她爷爷到北京之后谋了个商务印书馆的差事，也不过就是个职员，至少不是“黑五类”，没受多大冲击。黄鹂一家在太仆寺街的房子还是解放前买的，是自己住。这样的人家，有家底，也有钱，但是既不算地主又不算资本家。这样人家的女儿嫁给孙念安，至少在当时来看，谁吃亏还真不好说。

孙、黄的结合，普遍都认为是黄鹂苦追孙念安。图的什么呢？图他长得帅气好看，图他的书卷气。黄鹂认为，孙念安那个文质彬彬的劲儿，装是装不出来的。

黄鹂犯的错误是，虚荣心作祟，太以貌取人了。孙念安身上，最缺的就是男人的豪气、霸气和爽气。她亲口对韩跃民说过："你孙大哥啊，在床上都是那么文质彬彬、循规蹈矩的，一点儿激情没有！"

一句话点醒梦中人，韩跃民这才明白，自己真正得到黄鹂青睐的原因是什么。他身上那种平民化的爽气和豪气，还有那种"偶尔露峥嵘"的不论秧子的霸气，让黄鹂觉得这才是真正的男人。

原先，韩跃民一直有一种困惑：自个儿有那么大魅力，能让黄鹂费那么大心思勾引？没那么大魅力，那就是因为自个儿年轻。

开始他就真这么以为的，极少数知情者比如小蚊子和刘小辫儿之流也是这么认为。觉得黄鹂就是个离开男人活不成的人，孙念安那个"掖"劲儿，不符合黄鹂的标准，也满足不了黄鹂的需要。这就跟整天享受山珍海味的主儿偶尔也想吃点儿窝头咸菜一样，新奇和变化，本身就有吸引力。

用刘小辫儿的话说，你韩跃民差哪儿了？二十啷当岁的青春年纪，一米七五的个儿，浓眉大眼鼻直口方唇红齿白，穿上衣服就是衣服架子，脱了衣服就是肌肉男。女的喜欢你，就跟猫喜欢鱼一样。

这话，韩跃民听着受用。刚进厂那阵子，他六月天儿穿个窄膀背心干活儿，惹得大姑娘小媳妇左一眼右一眼地看，有话没话也要靠近了逗上几句。这些，别人知道，韩跃民自个儿也明镜儿似的。所以他认为是自己的这些先天条件吸引了黄鹂，让这个已经有了两个孩子的少妇动了春心。

韩跃民模样周正，可以说是个漂亮小伙儿。就因为这个，他还是挺注意自己的形象的，上中学那会儿，北京拍婆子成风，大街上“采茶扑蝶”的坏事儿他也没少干。插了队、进了工厂，他打算的是洗心革面修复文明。所以，在厂子里少说多干，出言谨慎，给好多人留下了“老实本分”“腼腆内敛”的印象。只是在偶然的场合下，他才“蔫儿坏”一把，不留神暴露真相。殊不知，黄鹂喜欢的正是他的七分腼腆，尤其是那剩下的三分坏。

“男的不坏，女的不爱”，这才是颠扑不破的真理。

第六章

[一] 这个在污泥浊水中摸爬滚打了小二十年的半老男人，一瞬间把什么都想到了

[二] 他心里不是滋味儿，较着劲儿跟霍师傅父子几人喝白酒

[三] 林老师一家子对佟师傅感恩不尽、敬若神明

[四] 渴了就要喝水你知道吧？咱们俩这就是，你渴了我渴了，都得喝水

[五] 连蒙带唬，加上黄鹂假拆台真帮忙，好歹把霍师傅弄到楼上给孔书记量了尺寸

[一]

这个在污泥浊水中摸爬滚打了小二十年的半老男人，一瞬间把什么都想到了

晚饭上桌，韩振江对儿子说：“眼看着就是八月十五了，这几天你抽个空儿，买点儿东西去看看你师父吧。一年三节，别失了礼数，让你师父挑了理。”

韩跃民稍一打愣，说：“我也惦记这事儿呢。要不我今儿晚上就去吧，我怕过几天布置国庆节的事儿，忙起来就没时间了。”

韩跃民匆忙扒拉了几口饭，没等全家吃完就推起自行车出门，去看霍师傅了。

韩振江看着儿子的背影说：“这孩子我看有点儿浮躁得慌了。”

袁素娥一边吃一边问：“怎么了呢，我可没看出有什么呀。”

韩振江说：“你没听出来？我刚一说让他去看看霍师傅，

他磕绊儿都没打就说今儿就去。明摆着就是让我提醒的，还非说他也惦记着这个事儿呢。当官儿了，虚头巴脑的会说瞎话了，还是张嘴就来！”

大姐韩春梅插言：“爸，您这也有点儿矫情了吧，您怎么知道跃民就没惦记着看霍师傅去呢？”

韩振江把筷子往桌上一戳：“知子莫如父，他不撅屁股我都知道他要拉什么屎。”

三姐韩春慧撒着娇直顿脚：“爸，咱这儿吃着饭呢，您说话能不能注意点儿啊！”

二姐韩春兰一口饭差点没喷出来，捂着嘴咳嗽了几声才说：“妈，前天我在胡同里碰见刘小辫儿了，他骑车带着个女的，是不是搞对象了？”

袁素娥抬起头来看着韩春兰：“哟，这可真不知道。刘小辫儿才上了几天班儿啊，一个月十几块钱的工资，这就搞对象了？”

韩春梅也不大相信：“也许是他们家亲戚吧，刘小辫儿不是有个堂姐在东城那边儿住吗？”

韩春兰说：“是，那好像是他大爷家的闺女，我见过，肯定不是她。”

韩振江皱着眉头说：“瞧你们娘儿几个这叫会聊，闲话怎么这么多呢！人家搞不搞对象跟你们有关系吗？我这儿说跃民呢，你们说刘小辫儿干吗？”

袁素娥反唇相讥：“跃民好好儿的，你老挑他的毛病干什么呢？”

韩振江迟疑了一下，咽口吐沫：“不是我挑毛病，你们说，刘小辫儿都搞上对象了，怎么咱家跃民还这么单着呢？”

韩春梅笑了：“敢情您是为这个着急呢，那我们聊的就不是闲话了呗。”

韩振江看一眼大闺女：“我像他这么大的时候，你都会打酱油了。你再看他，整天唠扯帮子似的，打算晃悠到什么时候算一站啊！”

袁素娥顿时眼睛发亮，逮着理了：“那你这是说谁呢？你这个当爹的不言语，你看我们谁像个做得了他的主的？”

韩振江一瞪眼：“当爹的催着儿子搞对象找儿媳妇？谁家老爷们儿干这个啊？”

袁素娥刚要说话，韩春梅伸手制止了她：“我爸说得也对，妈，这事儿还得您跟跃民说。”

韩春兰也帮腔：“妈，要我看咱家韩跃民就是不走这一经。您怎么也得提醒提醒他，他们厂里那么多姑娘，他又是管她们的，我就不信没他看得上眼的。”

“就是，该追就得追。”韩春慧说。

袁素娥看看春慧：“你和你二姐都还没着落呢，我要跟跃民提这个，他一准儿拿你们俩说事儿。”

春慧脸一红，不说话了。

韩家姐三个，除了老大韩春梅有了对象，准备结婚之外，老二、老三的事确实还没动静。

韩春梅看见春慧脸红了，笑着点她：“春慧呀，说说你的事吧。”

“我什么事儿呀！这儿说跃民呢。”

“给你找手表票的那是谁呀？还主动借给你五十块钱。”

春慧下意识地把戴着表的左手藏到背后：“不是跟你们说了嘛，那就是我们一同事，他妈在单位抓着一张手表票，不想买，就给我了。”

春兰一撇嘴：“嘁，你这同事怎么这么好啊，手表票给了你，还借给你五十块钱。这又送马又配鞍的，我怎么没这么好的同事呢！”

“你少说我吧，你敢说你脚上这双皮鞋是你自个儿买的？”

韩春兰俩脚往回一缩：“就是我买的怎么啦，挤对谁呢你，我还买不起一双鞋啊！”

姐妹几个说起这些，韩振江有点儿坐不住了，站起来咳嗽了一声，低着头找鞋。

韩春梅问：“爸您干吗去？”

“吃多了，我遛弯儿去。”

袁素娥伸手拽了一把，韩振江顺势又坐下了。

袁素娥说：“跃民这事儿到底怎么着啊，你心里有个准谱没有？”

春梅说：“是啊，您整天在厂子里，再不济也比我们消息灵通吧！”

韩振江干咳一声：“厂子里？我不能整天不干别的，光给他踅摸姑娘吧？”

春兰说：“那咱韩跃民不一样啊，他可是团委书记，还不得一群小丫头踪着啊！”

春慧终于缓过神来，跟着说：“就是啊，爸，您看有几个孩子二十多就当团委书记的？”

春梅随声附和：“可不是吗，咱家跃民以后就是当官儿的料，起码也是个厂长，您就看着吧！”

“你们知道个……当官儿？门插关儿吧！赶紧的，不说他了，收拾桌子！”韩振江摆了摆手，把桌上的饭碗往里推了推，起身走了出去。

晚风习习，华灯初上。秋八月的天儿，不凉不热。胡同里有就着路灯打牌的、下棋的，还有坐在小板凳上三五成群扎堆儿闲聊天的。韩振江跟这些人有一句没一句地打着招呼，溜达到胡同口，背着手左看右看，打算理一理心里那点儿让他烦乱的线头儿。

下午，韩振江在车间门口碰上了霍连升。俩人站在那儿扯了几句闲白，话题自然转到韩跃民身上。

霍连升说：“我没说错吧，跃民这孩子，别说我那儿，这个厂我看都搁不下他。”

韩振江赶紧谦虚：“您可别夸他了，孩子还小呢，得多敲打。”

“这倒是，该敲打就得敲打，别浮躁。”

“您说话他听得进去，回头您该说得说说他。”

霍连升一笑：“您可是他爸爸，干吗啊，叫我做恶人？”

韩振江摆摆手：“真不是您想的那样，我们爷儿俩，成天连句整话都不过。”

霍连升点头：“这话我信。老子儿子，天生就是冤家。”

韩振江转移话题：“怎么着啊，什么时候抱孙子啊？”

“谁知道呢，也没人跟我汇报这个啊。”

“早晚的事儿，等着吧。”

“哎，说起这个了，跃民还没搞对象呢？”

“我哪知道去？”

“我怎么听黄鹂说，他老往电工班跑啊。”

“是吗？我可两眼一抹黑。”

“电工班有个小丫头，新来的，听说模样还不错。”

韩振江摇头：“模样不重要，关键还得人好。”

“听黄鹂那话口儿，小丫头人也挺好，不言不语的挺老实。”

“黄鹂那么爱逗爱闹的，她的话，水分大。”

霍连升眯起眼睛：“您可别这么说，黄鹂跟跃民交情可不浅。”

“她跟他能有什么交情？”

“嗐，好歹的，他们也算有点儿师徒关系吧。霍连升拍拍韩振江的肩膀，转身走了。”

韩振江没把电工班小丫头的事儿往心里搁，倒是把霍连升最后看似随意的那句话当了真。也许是当爹的敏感，也许是一个已婚男人对黄鹂这样心性活泛的女人的警惕，他越琢磨越觉得不对劲。这件事，搅得他有点心绪不宁了。所以他才一回家就提醒儿子去看看霍师傅，心想，自个儿不好说出口的话，也许霍连升能说。

他站在胡同口，看着眼前川流不息的人和车，心里闪着黄鹂那个巧笑嫣然眼波流动的样子，闪着孙念安老实木讷的表情和略显苍老憔悴的面容。

这个生于民国十九年，在污泥浊水中摸爬滚打了小二十年的半老男人，一瞬间把什么都想到了。想到了这些，韩振江觉得身上一阵阵发冷。他朝着马路上儿子应该回来的方向张望了一下，不见儿子的影子。这才意识到，自个儿出来遛弯儿是假，想在这儿等着儿子回来才是真的。

[二]

他心里不是滋味儿，较着劲儿跟霍师傅父子几人喝白酒

国庆节，放假三天。霍连升家男女老少齐动员，自己动手盖小厨房。

要不是头八月十五来看了看师父，韩跃民对师父家里要盖小厨房的事都一无所知。既然知道了，就不能袖手旁观。

国庆节当天一大早，韩跃民就穿着一身工作服来到霍连升家。霍彦军正带着大弟弟沿着地上画好的白石灰线刨地基槽，霍师傅带着小儿子在院子里腾出一块空地，正往空地上抬一块桌面大小的包装铁皮。韩跃民赶紧凑上去替下霍师傅，说："不是有灰槽子吗，这个小不小啊？"

霍师傅站在一边拍了拍手："这就不算小了，灰槽子太大，院儿里就这么大地儿，凑合着吧。你怎么这么早就来了，没吃东西呢吧？"

韩跃民安置好了铁板，直起腰说："干这个活儿还是趁

韩跃民心里不是滋味儿，较着劲儿跟霍师傅父子几人喝白酒

早，争取一天把框架立起来，顶子也盖上。”

正说着，霍彦军的老婆端着早点走进来，身后跟着黄鹂、迷糊王、刘昆和佟之鹰。这一下四五个人进了院儿，显得浩浩荡荡，顿时热闹起来。

韩跃民一时有点儿发蒙。

那天来看望师父，说起要盖小厨房，韩跃民马上表示要来帮工。当时霍师傅只说刘昆自告奋勇也要来帮忙，韩跃民心说这个挺正常，也就没多问。没想到帮工的除了刘昆，还有黄鹂和迷糊王，更没想到的是，居然还有佟之鹰。

大伙儿在院子里热热闹闹寒暄，讨论厨房的设计。霍彦军的老婆搬出一张小饭桌放在屋门前，让大伙儿先吃东西再干活儿。

几个人说说笑笑吃油饼喝豆浆。黄鹂夸张地上下打量韩跃民：“你这个团委大书记还真有个干活儿的架势，怎么还穿双翻毛皮鞋呢，不嫌热呀？”

韩跃民说：“这你就不懂了吧，这不就是咱厂发的劳保鞋吗？干这个活儿穿这种鞋最合适，和泥不怕脏、砌墙不怕砸。”

“嗯，还挺有经验。”

“那是，我这几年没少帮工干这个。”

佟之鹰凑过来：“还真是哈，我也应该穿这个来。要不搁家里也没机会穿。”

黄鹂推了佟之鹰一下，把手里的油饼递给他：“这半个油饼你吃了吧，我吃不下去了。”

韩跃民注目，眼看着佟之鹰十分自然地接过来就往嘴里填，心中不禁泛起一股酸水。

早饭吃完，众人各就各位。

家里盖小厨房，是大事，但是一般来说用不了也用不开这么多人。霍师傅三个儿子一个闺女，还有一个儿媳妇，加上老伴儿，这就是七个人。再加上五个帮工的，十几个人，一时间你干这个他干那个，搅动得小院里都是人了。韩跃民看着眼晕，刚要说什么，佟之鹰大概也看出问题来了。他个子高嗓门大，自称插队的时候泥瓦活儿没少干，所以自告奋勇成了总监工、总调度，站在那儿左划拉右划拉，安排师娘进屋，指挥做饭，不用出来了；让霍师傅找个马扎坐下，喝水抽烟，指挥全局。

黄鹂和彦军媳妇在屋里帮着做饭，刘昆和迷糊王和泥，韩跃民和霍彦军砌墙。佟之鹰说自个儿不但干过泥瓦匠，而且专门学过木匠。他从自行车上卸下带来的全套木工家什，量好了尺寸就开始下料，打门打窗户。

这么一安排，顿时井井有条。

土木工程不可擅动，虽然按设计尺寸计算，这个小厨房完工后实际使用面积也就四平方米多一点儿，可是麻雀虽小，五脏俱全，砖瓦灰石，一样不能缺。而且门是门，窗是窗，大梁、椽子，一样都不少。油毡苫顶、清灰抹缝，上边儿还有一层石棉瓦。虽然借一西一南两面墙，看着工程量不算大，可是真干起来，那一砖一瓦的，也不是个容易事儿。

韩跃民没吹牛，他对这些活儿确实不算陌生。那两年，同学家里不断有盖小厨房的，他没少去帮工。他们家自己的小厨房也是他和发小们帮着父亲一砖一瓦垒起来的。吊线砌墙，按实际尺寸把一根根长木棍截成合乎要求的椽子，这些他都不外行。没想到的是，佟之鹰在这方面比他还强。这小子，干这种活儿要力气有力气，要技术有技术，一扇门，两个窗户框带窗扇，他一个人全包了。

黄鹂本来就是应着名儿来帮着做饭的。在她的安排下，中午为了省时间，就做炸酱、打卤，两种面；加上拍黄瓜、西红柿拌白糖。霍师傅的闺女霍彦凤拎着俩暖壶出门，排队打来了冰镇啤酒。中午就是喝啤酒吃面条，吃完了好接着干活儿。

正应了那句俗话，人多好干活儿。一天时间，主体工程就完活儿了。剩下的外墙勾缝儿、内墙刮白、安门安窗户，再有一天也就差不多了。

为了庆祝主体工程顺利竣工，也算是犒劳大伙儿吧，晚饭就复杂多了。黄鹂显露了一下手艺，糖醋排骨、清蒸鱼、水晶肘子、红烧鸡块。冷热荤素搭配着，一共十二个菜，所有的人都赞不绝口。

主厨的硬菜做完了，黄鹂退居二线，彦军媳妇和婆婆开始献艺家常菜。婆媳俩在外头忙活，黄鹂开始出出进进帮着上菜。一趟一趟去而复返，一眼一眼地看佟之鹰。韩跃民正好坐在迎门的角度，把这一切看了个清清楚楚。他心里不是滋味儿，较着劲儿跟霍师傅父子几人喝白酒。刘昆掺和了几句闲话，他又跟刘昆叫起板来。霍彦军觉着佟之鹰坐得远，似乎冷落了他，又凑过去坐在他身边，好歹撮合着韩跃民跟佟之鹰远远儿地碰了一杯，让佟之鹰不至于太孤寂。

菜上完了，几位厨娘该入座了。黄鹂一进来，霍彦军就站起来，把自己的座位让给黄鹂。韩跃民边吃边喝边聊，边注意着黄鹂。这一注意，让他发现了一个这辈子也忘不了的情景。佟之鹰坐在桌边，黄鹂进来得晚，霍彦军一让座，佟之鹰就仰起脸来看着黄鹂，黄鹂也看着佟之鹰。俩人一站一坐，相距也就一米左右，竟然毫无顾忌地对视起来。佟之鹰什么眼神，韩跃民不好解读，但是黄鹂那个眼神，韩跃民简直太熟悉了，那个深情，那个含义深刻，简直就是脉脉无语尽在不言中的那种交流。这个喧闹中的对视，居然持续了足足十秒钟！

用韩跃民事后跟小蚊子和刘小辫儿形容的话来说，那种深情对视简直就是旁若无人，就是久别之后渴望亲近的那种对视。一般的同事关系，绝不可能有这样的目光交流。要不是霍彦凤咋咋呼呼蹿进来要跟佟之鹰干杯，韩跃民觉得他们俩这个对视恐怕得持续一个晚上！

霍彦凤人长得漂亮，就是有点儿没心没肺。黄鹂一让，她就大大咧咧坐在佟之鹰身边吃喝起来。有她坐在佟之鹰身边，黄鹂只能另找座位了。就为这个，韩跃民从此对霍师傅的这个掌上明珠心存了一份感激。

这天晚上，韩跃民基本就没怎么吃东西，霍彦军说，他一个人造了整整一瓶二锅头。

宴罢人散，霍彦军奉父亲之命，用韩跃民的自行车驮着他送他回家。韩跃民坐在自行车后架上，神志还算清醒，还一个劲儿劝说霍彦军“不用送”。快到韩跃民家的时候，因为要横穿马路，霍彦军一只脚踩在马路牙子上，等待时机。韩跃民就在这个时候从自行车后架上出溜下来，一屁股坐在了路边的一个垃圾堆上。霍彦军也是有点儿高了，居然毫无察觉。快到韩跃民家门口的时候，霍彦军还知道一边减速一边提醒韩跃民“慢点儿、慢点儿”，说了好几句，后边没动静，他回头一看，人没了！这一下，酒算是吓醒了，急忙顺着原路往回找，在垃圾堆上找到了酣睡的韩跃民。

这件事，后来霍师傅提起来就后怕：“这幸亏是马路边上掉下来了，要是过马路的时候掉下来，再来个车没看见……”

韩跃民争辩：“那不可能，车走着呢，我不至于掉下来。”

[三]

林老师一家子对佟师傅感恩不尽、敬若神明

三天的假期，韩跃民和佟之鹰等人在霍师傅家待了两天半。黄鹂和迷糊王第二天开始就没再来，因为用不着那么多做饭的了。

韩跃民不得不承认，作为男人，单独跟佟之鹰在一起的时候，真没觉得他有什么不好。

佟之鹰性格开朗，待人诚实，交往起来没什么毛病。从他对霍师傅一家人的态度来看，韩跃民隐隐约约觉得他是冲着霍彦凤来的。他希望这是真的，因为如果佟之鹰正是冲着霍彦凤来的，那么自己对他和黄鹂之间关系的猜测就都是子虚乌有了。他又想起马上就要进行的中层干部调整的事，佟之鹰可能转干提拔的传言已经有些风声了，在这样的时候注意跟身旁左右的人们搞好关系，也不算什么过分的事。但是潜意识里，韩跃民对佟之鹰提拔的事还是有点儿抵触。他觉得，要是让他做决定，他就不会同意提拔佟之鹰。

佟师傅是老手艺人，林老师从六十年代就开始到佟师傅这儿理发，一个月来一次，上下差不了几天，很准时

霍彦军结婚那天，佟之鹰专程道贺，还给老霍家带来了一份出人意料的“大礼”。这件事，好长时间在韩跃民心里都是个谜。当时他心里觉得有点儿别扭，主要还是因为觉着佟之鹰抢了自己这个“亲徒弟”的风头。事后他也觉得有点儿可笑，这不是跟小孩儿“气怀”差不多了嘛，幼稚！

不过佟之鹰到底帮了霍师傅家什么忙，在当时的确让他挺纳闷儿。尤其是霍彦凤那个大鞠躬，看起来像是跟这个姑娘有关系。这也是让他心里隐隐不快的原因。男人嘛，谁都希望自个儿在漂亮姑娘面前地位不一般，就算没打算追求人家，也不希望自己被人比下去。

这种事儿，霍师傅自己不说，韩跃民也不能追着打听。时候一长，他才慢慢知道了怎么回事儿。

霍彦凤卫校毕业，分到了一家三甲医院当护士。医院是个好医院，名声也大，可惜把她分到了急诊部，整天不是呼天扯地就是血里呼啦的，看着眼晕。除了这个，急诊部护士还累，经常加班，这都让霍彦凤啧有烦言。霍彦凤是霍连升的掌上明珠，他最看不得闺女受丁点儿委屈。有一回开党员大会，霍师傅和韩振江等几位老师傅坐一块儿，闲聊的时候霍连升提到老闺女这件事，开玩笑说，老哥儿几个谁有路子帮我们闺女换个岗位，我感谢他一辈子。

佟之鹰当时就坐在这老几位身后，所以知道了这件事。当时他没好插言，散会以后他才单独找了霍师傅，问了问霍彦凤的学历和毕业的学校。不过他当时只说帮着打听打听，别的什么都没说。

霍师傅那时候跟佟之鹰连熟悉都算不上，只不过因为佟之鹰爱说话也会说话，对老师傅们都特别尊敬，所以对他印象挺好。

霍连升为闺女的事操心，闲聊天提起来也就是有枣没枣打一竿子的意思，实际上也没指望着厂里同事们谁能帮上忙。佟之鹰能上赶着那么问问，他就很领情了。

没想到不出十天，佟之鹰就不言不语地把这件事办妥了。还赶在霍彦军结婚的当天把这个喜讯当贺礼送了来。

就这么一件事，霍师傅从此便对佟之鹰另眼看待，在厂里见了面，永远是那么客客气气又亲亲热热。倒是佟之鹰太懂事了，这件事过去就过去了，人家一点儿不居功，该怎么着还是怎么着。霍师傅坚决表示要谢谢帮着办事的所有关系人，让佟之鹰把该请的人请出来，吃个饭，给人家送点儿礼。可佟之鹰一推再推，到底也没给办这个事儿。这就让霍师傅总觉得欠了佟之鹰一份大人情，只要一见面，他就总是提这档子事儿，佟之鹰就老是一句话：“您就别惦记这事儿了，举手之劳，您老是这么搁心里放不下，可就让我为难了。您说，我这是帮忙呢还是给您添堵呢？”

霍师傅感动得说不出话来，只好一抱拳，转身就走。

可霍师傅真是不知道，佟之鹰给帮这个忙，弯子绕大了。

佟之鹰的爸爸是剃头匠，在珠市口那边儿一个国有理发店上班。因为手艺好，为人也厚道，住在附近的街坊们很有几位常年的回头客。其中有一位七十多岁的老头儿，姓林，是个退休老师，定期来找佟师傅理发。佟师傅的手艺不一般，人家上辈子上上辈子都是干这一行的。剃头、刮脸、掏耳朵、放睡，把林老师伺候得挺滋润。时候长了，俩人也混熟了，林老师免不了吹腾几句，说自个儿的大儿子在卫生局当处长，儿媳妇是某大医院的医务处主任；老二儿子和儿媳妇都是中学老师，一个教外语、一个教物理。人老话多，再说也都混熟了，佟师傅就跟着恭维几句，感叹一番龙生龙凤生凤之类的，也是哄老头儿高兴吧。

佟师傅是老手艺人，行里的规矩他懂。你就是一剃头的，该干的多干，不该说的少说。在他看来，来的都是客，客人说什么，他也就漫应着，不敢多搭腔，更不敢打听什么。可是规矩之外也有例外，常年的回头客，处的时候长了就成了朋友，就有资格聊聊家常了。林老师从六十年代就开始到佟师傅这儿理发，一个月来一次，上下差不了几天，很准时。十多年，就算一个月见一次面，俩人也见了一百多回了。这么着，就成了好朋友，聊的话题也深入了。林老师也知道了佟师傅的家世，知道他老佟家祖祖辈辈剃头为生，知道他一家五口住着临街的两间半筒子房，还知道了佟家老大插队1978年终于回了城，分到了帽厂当工人。

可是从1978年春天开始，林老师连着两个月没来理发。佟师傅心里就犯了嘀咕，老头儿年纪大了，别是出什么事儿了吧。这个念头只敢在心里打了个转，可不敢跟谁说出来。

到了第三个月月头上，林老师终于来了。这回来的可不是一个人，俩儿子一个儿媳，蹬着平板车送来的。下了平板车上五层台阶，是俩儿子一边一个抬着上来的。佟师傅在铺子里看见，小跑着迎出来，俩眼含了泪花："怎么茬儿这是？摔着了？我就说您俩月没露面必定是有什么事儿，怎么了呢？"

林老师嘴歪眼斜，流着哈喇子，呜里呜嘟说不出个整话，眼里也噙了泪。林老师的大儿子说："您是佟师傅吧？我爸脑溢血，这不是才出院没几天，非要找您理发。"

佟师傅溜溜用了俩钟头，不但上了个全套的活儿，还单门给林老师揉了半天已经不听使唤的左半边胳膊腿。

送林老师出门的时候，佟师傅对那林家大儿子说："您家要是方便的话，下个月开始，我去，甭让林老师来了。不就理个发嘛，这兴师动众的，林老师受罪，你们哥儿俩也耽误工夫啊！"

"那可太谢谢您了！这个话，我们心里早就有，可您要是不说，我们哪敢开口啊！"

打那以后，佟师傅一个月一趟，利用晚上下班以后的时间，准时登门给林老师理发加按摩。老派儿的剃头师傅，都会几下子按摩，有的连正骨都会。早年间谁落了枕、受了风、胳膊疼腿疼的，不找大夫，找剃头师傅就行。就这么上门服务半年多，也不知道是精神作用还是按摩管了用，林老师的病情不但没发展，还逐渐有所好转。起码，说话利索多了，陌生人也能听懂了。林老师一家子对佟师傅感恩不尽、敬若神明。两个大孝子专门请佟师傅在便宜坊吃了顿烤鸭子，席间跟佟师傅商量："家父的病见好，完全是您老的功劳。看这个效果，您要是能多来几趟，老爷子没准儿都能站起来。所以，您能不能受点儿累，把一个月来一回改成一个礼拜来一回。除了该给的工钱一分不少之外，每一回单给车马费十五元。”

佟师傅说：“老爷子看着大夫吃着药呢，我可不敢贪这个功。要是老爷子本人觉着好，你们哥儿俩也有这个意思的话，让我天天来我也义不容辞。可是有一条，钱，我可不能多要。多收您钱，回头我犯错误。”

二儿子说：“您是按劳取酬，犯什么错误啊？再说了，您做好事儿，我们还跟谁嚼舌头去呀？那不是找着断子绝孙吗！”

大儿子也说：“是啊，这个钱是您该得的，谁也说不出什么来。”

“不成不成，我就按剃头收钱，心里踏实。要多给钱，那我就不来了。”

佟师傅这个态度，把哥儿俩感动得眼泪差点儿没下来。

打这以后，佟师傅每个礼拜去一趟林老师家。除了一个月理发一次之外，其余的都是专门做按摩，可是每次都只收理发的钱。

这么坚持了半年，眼瞅着林老师面色越来红润，说话越来越清晰。关键是，左腿开始有了知觉，左手也能拿东西了。

老林家备受鼓舞。林老师跟佟师傅说：“我求求您了佟师傅，能来，勤来着点儿。”

佟师傅跟林老师开玩笑：“行，那我就见天见来。”

“那最好！”

天天来是不大现实，但是从此佟师傅基本上隔天去一次。一年多以后，林老师拄着棍能自己出去遛弯儿了。连医院的专家都说，这个岁数了，这么短时间能恢复得这么好，极其少见！

有这份儿交情，佟之鹰帮霍彦凤在本单位换个岗位，也就水到渠成了。

[四]

渴了就要喝水你知道吧？咱们俩这就是，你渴了我渴了，都得喝水

韩跃民的心里挺矛盾挺纠结。单独跟佟之鹰相处的时候，他觉得佟之鹰一点儿毛病没有，爽气、大方、热情，善解人意，有时候还会赔着小心跟韩跃民说几句体己话。在韩跃民眼里，这就是个挺够意思的哥们儿。可是只要看见黄鹂跟佟之鹰说话，看见佟之鹰三言两语就把黄鹂逗得花枝乱颤，他就立马心里泛酸，立马把佟之鹰恨得牙根儿痒痒。

这种时候，他恼恨佟之鹰，也就暗恨黄鹂。觉得黄鹂也太水性杨花了，见着男人走不动道儿，上赶着犯贱，没一点妇人操守。恨着恨着，心里就暗暗发誓，再也不搭理黄鹂了，求着我上她家里去也不去了。

可是，正应了那几句话：无志者常立志。这种“毒誓”发了多少回也没用，黄鹂媚眼一瞟，韩跃民就筋酥骨软。该奔哪儿奔哪儿，该干什么干什么去了。

缠绵的时候，韩跃民眼里都是黄鹂的可爱之处，简直可以生死相赴，种种的猜疑揣度一律抛到九霄云外去了

韩跃民一直以为自个儿在男女之事方面还是挺有经验挺成熟的，跟黄鹂有了那种实质性的交往他才明白，自个儿其实就是个狗屁不懂的雏儿，是黄鹂的一个猎物。这让韩跃民想起来就心口疼。一个童男子，头一回碰女人就遇到个这样的，说出来都丢人！

他就这么沉溺在精神自虐的心理状态中，撒着欢儿地骂自个儿、玩命诅咒佟之鹰和黄鹂这对狗男女。想象着这对狗男女偷欢的场景，想象着黄鹂这个贱女人在佟之鹰怀里撒娇、在佟之鹰身下娇喘的情态——这些，都是黄鹂和自己在一起的场景！越想越生气，越想越觉得天昏地暗日月无光。

尽管骂天骂地骂祖宗骂老家儿，可是黄鹂一打招呼，立马欢天喜地、兴奋得尥蹶子。并且立马觉得先前的诅咒骂街都是耍混蛋，都是毛头小子不成熟的表现。

缠绵的时候，韩跃民眼里心里都是黄鹂的可爱之处，简直可以生死相赴，种种的猜疑揣度一律抛到九霄云外去了。末了只能骂自己：什么玩意儿啊，一点儿志气都没有！

三年多的时间，找机会就春风一度。对韩跃民和黄鹂来说，差不多成了惯例。黄鹂对韩跃民，那真是没得说。姐姐疼弟弟，就那个感觉。韩跃民甚至觉得，自个儿的三个亲姐姐都没黄鹂疼爱自己这么细腻到位、体贴入微。在家里给他熬羊汤炖排骨就不说了，平时在厂里，黄鹂也时不常趁没人看见的时候塞给韩跃民几块巧克力、一袋麦乳精之类的。这些都是为了什么，韩跃民心里当然明镜儿似的。

但是自从佟之鹰出现在他们俩之间，俩人就开始有了小摩擦。黄鹂人精似的，韩跃民脸上有什么表情，她一眼就能看懂。开始是看懂了也不说，装糊涂，还是对他那么好。黄鹂是过来人，当然明白韩跃民作为男人的那种小心思。她知道怎么哄男人开心，更懂得怎么把握这里面的那个“度”。再怎么说，韩跃民也不过是个二十出头的未婚小青年，这方面的心眼儿，连黄鹂的一半都赶不上。黄鹂太会来事儿了，眼睛都会说话。该撒娇撒娇，该发嗲发嗲，已婚男人都能让她哄得滴溜溜转，韩跃民这样的“雏儿”，更不在话下了。

时间长了，韩跃民一而再再而三地甩脸子闹小脾气，这就让黄鹂开始担心了。她怕韩跃民这个愣小子脾气一上来不管不顾，把他们那点小秘密暴露出来，那可就全毁了。

其实黄鹂和韩跃民最担心的，也是最大的心病，就是一个人——孙念安。韩跃民的推脱，黄鹂的频率把控，都是为的这个人。摸透了韩跃民的心思，黄鹂开始对症下药了。这天缠绵之后，黄鹂坚决要留韩跃民吃了饭再走。

韩跃民一般是不愿意在黄鹂家里吃饭的，他怕见到孙念安，毕竟你背地里睡了人家的老婆，穿上衣裳就又跟人家推杯换盏，这有点儿操蛋，心里愧得慌。可是黄鹂不这么看，说：“你越怕，越可能让他多想乱七八糟的。你就大大方方该吃吃该喝喝，老孙是个没坏心眼儿的人，凡事不往坏处想，这是他的优点也是他的缺点。优点是好交，心里干净，没那么多花花肠子；缺点是容易上当受骗，比如咱俩这不就是骗他呢嘛。”

一个为人妇的，这么说话，本质上还是老实厚道的韩跃民心里真是有点儿接受不了。黄鹂能这么说，他一方面感激黄鹂对自己的真心实意，另一方面也感叹这女人真是不好斗，能把这样的事儿红口白牙说得这么到家，也真是没谁了。

不过平心而论，黄鹂说得没错。韩跃民在黄鹂家吃过几次饭，每次都是春风一度，打理清楚了，坐等黄鹂做饭，同时坐等孙念安下班回家。

所以，这一次黄鹂留他吃饭，他也没说什么就默许了。

可是黄鹂没进厨房，反倒坐在韩跃民身边，拉起他的手："小韩呀，你觉得咱俩是个什么关系？"

韩跃民看了黄鹂一眼："什么什么关系？"

"就咱俩这样。"黄鹂凑上来抱了抱韩跃民。

韩跃民老实憨厚的本性出来了，一躲，嗫嚅着没说出话来。

"你看，你也说不上来吧？跟你这么说吧，咱俩，就是我喜欢你你也喜欢我的关系，喜欢，就在一块儿，你是男的，需要女人；我呢，说实话，也需要你的阳刚之气。"

这话，韩跃民听进去了。他想起孙念安那个麻秆儿一样细高的身材，那个不到两把粗的小腰身，再想想黄鹂在床上那个贪婪的表情和那股子热辣辣的劲头，心里不禁同情起孙念安来。孙念安那个小体格，绝对满足不了黄鹂。

黄鹂不知道他在想什么，继续开导他："渴了就要喝水你知道吧？咱们俩这就是，你渴了我渴了，都得喝水。不喝水，难受，你说是不是？这不是我发明的，是苏联人早就实行了的。叫什么？叫一杯水主义。你是我的一杯水，我也是你的一杯水。”

见韩跃民愣怔着不说话，黄鹂大概以为他在琢磨自己的话，起身，拍了拍韩跃民的肩膀，做饭去了。

看着她玲珑扭动的身躯和裸着的穿着拖鞋的秀美小脚丫，韩跃民心里解着恨地想，这骚女人，爱跟谁跟谁吧，我要的时候跟我就行。反正当王八的不是我，是他孙念安！

韩跃民明白，论外在条件，孙念安算是个翩翩美男，可就是瘦弱了点儿，没有阳刚之气。佟之鹰好像外形条件更优越。可韩跃民也清楚，黄鹂更喜欢厚道老实的男人，喜欢能被自己掌控的男人。这方面，佟之鹰有点儿强势，有点儿功利，为了利益能舍弃一切。这些，黄鹂驾驭不了。她的头一件要务是，解渴没问题，但是无论如何不能让孙念安察觉一丁点儿蛛丝马迹。为了这个，她就需要自己手里的那杯水百分百有利无害、安全无毒。也就是说，她需要男人百分之百在自己的掌控之中，恐怕，佟之鹰做不到百分百听她的。

再说了，年龄差距在那儿摆着呢，我韩跃民也不可能娶了黄鹂回家当老婆。既然如此，较什么真儿呢。

坐那儿七想八想呢，门上钥匙响，孙念安进来了。韩跃民站起来，点点头：“您下班了？”

“下班了，你来啦？”孙念安声调高亢，语气中还有几分欢快，听不出半点儿怀疑和不快的意思。这让韩跃民大感放心，神态也愈发轻松起来。

“我在外边就知道多半是你来了。”

“啊？”

“因为闻见烟味儿了。”孙念安笑着说。

韩跃民抽烟不多，两三天一包烟的水平。不过他每次做完了大事，总爱抽根烟，舒缓一下。听孙念安这么一说，他明白了，看来从前来黄鹂家，孙念安都知道。难怪黄鹂总说：“你来，我从来不瞒着他；至于干什么，从来都瞒着他。”

这顿饭，吃得挺愉快。孙念安烟酒茶一样不沾，喝了一杯咖啡，就用白开水陪着韩跃民喝酒。韩跃民酒意微醺，心里想，就你这一杯水，也难怪黄鹂这个骚女人不解渴。

[五]

连蒙带唬，加上黄鹂假拆台真帮忙，好歹把霍师傅弄到楼上给孔书记量了尺寸

礼拜一，一大早，韩跃民接了个电话。接完这个电话，韩跃民的小心脏“突突突”加速跳起来。

打来电话的是“大猫”的秘书老刘，说是大猫下午要来帽厂，不找别人，就找你韩跃民。

“大猫”，是他们这些基层团干部对团系统一把手的背后昵称。韩跃民之所以有点发慌，是因为事情来得太突然。自己这个所谓的级别，跟大猫差着八丈远，什么事要这么逆向越级直接找我呢？

韩跃民既没见过大猫，也没见过那位刘秘书。也就是说，他们之间半点儿私交都没有。这样的情况下，按正常的办事程序，大猫就算忽然来了兴致要到帽厂来看看，起码也应该先给局里或者区里打电话，不管从哪条线上找，也不该直接就把电话打到厂团委的办公室。

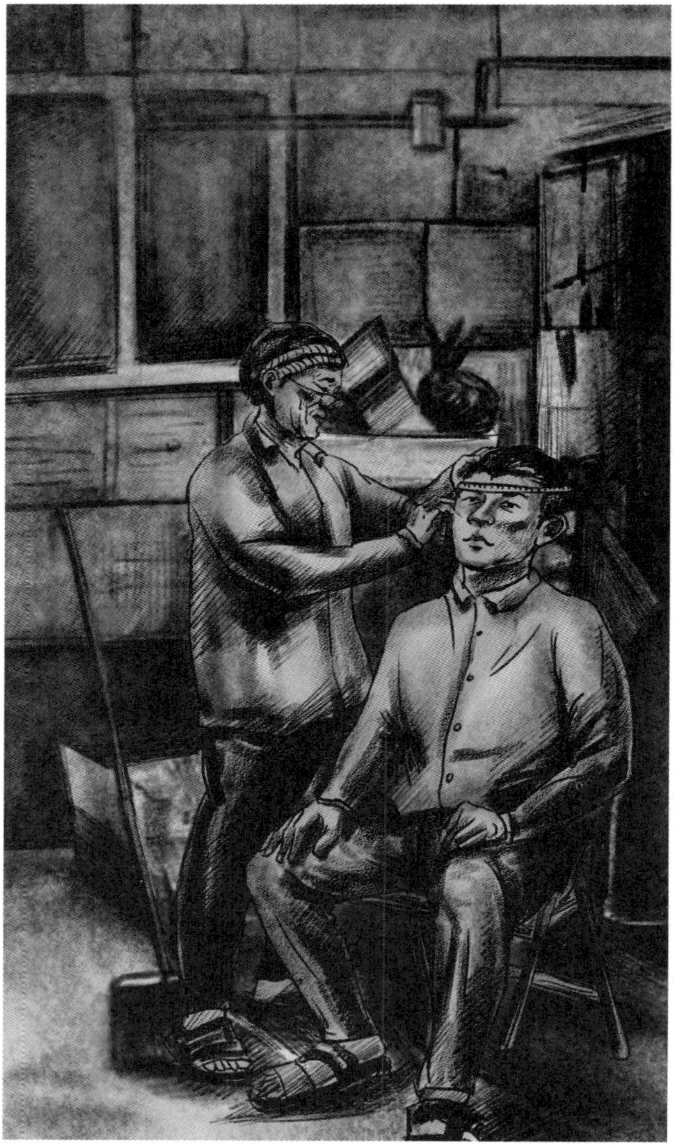

韩跃民连蒙带唬，加上黄鹂假拆台真帮忙，好歹把霍师傅弄到楼上给孔书记量了尺寸

来干什么呢？刘秘书没说，直接就问："你下午在不在厂里？"韩跃民说了个"在"，正打算问问对方是谁，对方抢着说："在就行，我是孔书记的秘书，下午四点，我陪孔书记到帽厂找你。"

韩跃民蒙了，慌不择言问了个傻问题："哪个孔书记？"

"还有哪个孔书记？"

"噢噢噢，知道了知道了。"

"那就这样。"

对方没等韩跃民再说什么，电话就挂了。

韩跃民最想知道的就是孔书记来干什么，还想知道需不需要通知厂领导。结果什么都没问着，弄了他一头雾水。

坐在椅子上愣了一会儿，抽了一支烟，韩跃民想清楚了。甭管大猫来干什么，按照组织原则，该汇报汇报，没毛病。

他直接去找厂长和书记，把电话内容一字不落学说了一遍。厂长是 1946 年当的兵，书记是抗美援朝负过伤立过功的。俩老革命也没遇到过这样的事儿，大眼瞪小眼，有点儿挠头。

书记说："小韩啊，那位秘书给你打电话，你觉得是不是私事啊？"

"我都不认识他们，找我办什么私事啊？"

厂长说："那咱们别在这儿猜闷儿了，要我说，小韩，你给赵军打个电话，问问他知不知道这个事儿再说。"

"对啊！怎么把这茬儿给忘了！"

当着两位领导的面，韩跃民给赵军打电话。从赵军的反应来看，他也不知道这事儿。不过他说他跟秘书见过几面，还比较熟，可以帮着问问。韩跃民松了一口气，连声道谢，然后就放下电话等回音。

厂长和书记也松了一口气，三个人坐在书记办公室里等电话，三个烟枪把办公室弄得乌烟瘴气。

等了足有二十分钟，电话终于来了。因为这是书记的办公室，韩跃民听到电话铃声抬了抬屁股又坐下了，眼睛看着书记。

书记说：“接啊，肯定是小赵。”韩跃民这才起身去接电话。

赵军说：“小韩啊，我想了半天，还真不好帮你问这个。”

“怎么呢？”

“你想啊，孔书记既然没通过我们也没通过区里通知你，那就是不想让我们知道。你说这个时候我要是问，第一我是不懂事儿，第二不等于把你也卖了吗？万一人家就是有个什么事不好跟别人说才直接找你，我这么一问，最倒霉的可就是你了。”

韩跃民一听，有道理呀！心说老家雀儿就是老家雀儿，心眼儿就是多。

他把赵军的想法跟书记厂长说了，两位老革命也顿开茅塞。厂长说：“那就好办了。小韩你这样啊，他们来了，不管什么事，你见机行事。反正我们就在办公室，也不会离开。见了面，试探试探是不是需要我们出面。不需要的话，我们干脆装不知道。”

事实证明，还是厂长主意正。

下午四点不到，大猫和秘书俩人悄没声儿来到帽厂，居然还被不长眼的传达室老杨头给拦住了，问找谁。

秘书说：“找韩跃民，劳驾您帮着给他打个电话吧。”

韩跃民接了电话，一步仨台阶跑下来，到厂门口跟大猫见了面，恭恭敬敬把两个人请到了办公室。

忐忐忑忑等了大半天儿，原来是个小得不能再小的事。

刘秘书悄悄跟韩跃民说，孔书记最近要出国访问，置装的时候，需要配一顶帽子。可是，书记的脑袋比一般人不是一般的大，遛遍了西单和王府井，没合适的。

孔书记虽然听不见他们俩说什么，但是猜也猜得出，自嘲说：“大头大头，下雨不愁……”

韩跃民笑了一下：“早跟我说啊，这事儿，在我们这儿就不叫个事儿。”

刘秘书说：“事儿不算大，可是解决不了也挺烦。主要是咱们孔书记觉得，为这么点儿小事，还是私事，兴师动众麻烦谁也不好。所以，干脆谁也不惊动，直接找你，你看你们厂能不能给定做一顶帽子？”

孔书记在一边补充说：“小韩啊，你看能不能在不麻烦太多人的情况下帮个忙，要是太费事就算了，我家里还有一顶旧帽子，是早几年在上海买的，刷洗一下也能戴。”

韩跃民连连摆手：“别别别，一点儿也不麻烦。我们是帽厂，要是连这么点儿小问题都解决不了，干脆关张解散算了。”

孔书记笑道：“这小伙子，说话还真是痛快。”

韩跃民赶紧收敛了笑容：“领导您别见怪，我在工厂时间长，习惯了。”

“没有啊，你这性格，多好！”

至此，韩跃民悬了大半天儿的心一下子落了地，问：“我们厂长和书记都在呢，要不我……”

孔书记赶忙摆手：“别别，谁都不要惊动，你问问，要是能定做，咱们就走个后门儿，三四天能完工吗？”

“三四天干吗？今天量尺寸定样式，后天上午就得了。”

刘秘书赶忙起身，说：“那太好了，那就量尺寸去吧。”

孔书记见状也站了起来。

韩跃民双手往下压：“您坐着吧，我去找个技师来给您量。”

孔书记闻言又坐下了：“小韩同志，那就给你添麻烦了。”

“麻烦什么呀，一点儿都不麻烦。”韩跃民边说边往外走，刘秘书送他出了门：“小韩同志，别说是谁要定做帽子啊。”

“我知道，您就放心吧。”

刘秘书拍拍他的肩膀：“小韩，拜托了啊！”

韩跃民说：“您客气了，您要是早来找我，不是早就解决了嘛，领导这么忙，还带着领导到处瞎跑。”

“是啊，早就没想惊动谁，实在没辙了，所以这不就找你来了嘛。”

韩跃民下了楼，直接去找师父霍连升。才进门，就被迷糊王和刘昆等人缠住了，大伙儿齐声指责他当了官儿忘了本，非让他坐下好好说说马上要进行的中层干部调整的内部消息。黄鹂为了表明自己跟韩跃民的关系没那么特殊吧，也跟着起哄："小韩呀，你自打到了厂部，还没来过这儿呢吧？今儿贵足踏贱地，干什么来了？"

"我找我师父，有事儿，真有事儿。"

"什么事儿呀，说说呗。"黄鹂拦在霍师傅的小屋门口。

"急事儿，真的。"

黄鹂一闪身，顺便跟着进了小屋。

韩跃民也顾不上黄鹂在场了，张口就说："师父，有个领导找您帮忙来了，得麻烦您到厂部去一趟。"

"什么领导啊，有事儿到车间找我不就行了？"

黄鹂说："就是，咱霍师傅是谁一叫就屁颠儿屁颠儿去的人吗？"

韩跃民推了黄鹂一把，凑近了师父的耳朵小声说："算我求您了，您要是不去，明儿我就得让人家撸下来！"

黄鹂被他这么一推，大概也知道这事儿有点儿严重了，可她嘴上还是不松口儿："撸了正好，回来接着给霍师傅当小催奔儿。"

霍师傅也说："别给我玩儿虚玄套，我信你那个？"

"真的，您是我亲师父，救命吧！"

连蒙带唬，加上黄鹂假拆台真帮忙，好歹把霍师傅弄到楼上给孔书记量了尺寸。

孔书记态度谦恭、亲切随和，霍师傅出来以后对韩跃民说：“你说这人是大领导，怎么这么年轻啊？”

“那才叫年轻有为呢。”

“脑袋倒是不小。”

“要不怎么说是大脑袋呢。”

没想到刘秘书追出来，跟在他俩后边听见了，笑说：“行啊，背后议论领导！”

韩跃民脸一红：“幸亏没说领导坏话。”

刘秘书说：“我是想跟你们商量一下，孔书记确实不好买到合适的帽子，这回既然定做，能不能多做几顶，比如春秋天儿的、冬天的，省得为这个费劲了。”

“明白。您就擎好儿吧。”

第七章

[一] 霍师傅拍老腔，黄鹂抛媚眼，他佟之鹰备不住就能借势上个台阶

[二] 刘秘书一句话，让韩跃民看见了另一片天，他觉得眼前的一切都变得虚幻起来

[三] 他知道，他得学会隐忍，学会承受，还得学会吞咽

[四] 黄鹂腾身而起，光着身子光着脚，狸猫一样无声无息蹿到门前

[五] 二雷也是土生土长的北京孩子，什么叫局气，什么是仗义，他都懂

[一]

霍师傅拍老腔，黄鹂抛媚眼，他佟之鹰备不住就能借势上个台阶

孙念安的大舅、二舅都在香港，一个是塑料公司的大老板，一个是九龙电厂的大股东。1973 年以后，内地开始各种落实政策，当年被抄没的东西和房产开始陆续发还。也是这一时期，允许境外探亲了。虽然审查批准的手续比较严格，但是起码开了一条缝。所以，唐山大地震的第二年，黄鹂的婆婆就带着俩孩子去了香港。名义上是探亲，实际上去了就没打算回来。孙念安和黄鹂留在北京，那是因为他们俩申请的资格有点儿勉强。那会儿卡得严，很难获批。婆婆申请，是去看望同胞兄弟，有血缘关系的直系亲属，理由充分。孙念安探望舅舅，就隔着一层了；黄鹂，关系更远。就因为这个，俩人暂时留在北京。计划是，等待婆婆在香港正式站住了脚，取得了永久居留的身份，那时候孙念安再带着老婆去探望，可就是看望亲妈了。所以，这两口子在北京上班，也

佟之鹰想通过霍师傅拍老腔，黄鹂抛媚眼儿，让自己能借势上个台阶

不过就是在等待时机，办妥了手续就远走高飞了。

因为人长得漂亮，又风流灵巧会说话，黄鹂在厂里就人缘好、面子大。再加上改革开放初期，人们对家里有海外关系的人有一种逆反式的尊重和羡慕。这种逆反心理是这么形成的——十多年了，谁家有海外关系就低人一等，就打入“另册”，当兵、入党、提拔，都受限制。忽然改革开放了，“地富反坏右”都平反了，不算数了。而且忽然间有海外关系就成了一件人人企羡的事儿，成了香饽饽。这个“人人企羡”，自然就高人一等、扬眉吐气了。这么着，黄鹂的美丽外表和风流灵巧的性情之外，又加了一条“海外关系”的光环，在厂里，不但有“众星捧月”的待遇，还有了一言九鼎的地位。这，就是佟之鹰跟黄鹂越走越近的直接原因。

佟之鹰就是想在工厂谋求发展，没别的。他一个剃头匠的后代，没背景没靠山，想在工厂有点儿个人前途，也是难。巴结当官的，他没那个本钱，也没人尿他。他就只好盯住了在厂里受人尊敬的“大工匠”级的人物。

韩跃民怀疑他勾搭黄鹂，好多人说他是拐着弯儿献殷勤，意欲跟霍师傅的宝贝女儿交朋友，其实都没把准他的脉。佟之鹰注意到霍连升的时候，都不知道霍师傅还有个女儿，所以他还真不是奔着霍彦凤去的。他满脑子装的都是自个儿的前程，他相信人际关系是需要经营的，也相信只要下功夫，陌生人也能变成铁哥们儿。插队的时候，他这种没关系没门路的人能入党，就是靠着玩儿命干活儿和察言观色、多送顺水人情，没别的路子。这是他的人生经验。他已经是车间的不脱产的支部书记了，再努把力，脱产、当干部，就算鲤鱼跃龙门了。他知道霍师傅在厂领导们跟前的地位，关键时刻，霍连升这种人说句话，甚至比一个厂级领导说话都管用。

巴结黄鹂，也是这个目的。黄鹂人缘好，跟霍师傅的关系也很好。到了关键时刻，霍师傅拍老腔，黄鹂抛媚眼儿，他佟之鹰备不住就能借势上个台阶。而且，走这种人的路子，隐蔽性强，谁也不能说他是被一个老工人和一个普通女工提拔的吧。

可是佟之鹰做梦也没想到，自个儿这些迂回动作被韩跃民误解了，他无意中成了韩跃民的情敌。关键是，佟之鹰对此毫无察觉。不但没有察觉，他还认定韩跃民是自己的天然同盟。因为韩跃民是霍连升的亲徒弟，霍连升的立场，应该就是韩跃民的立场。巴结上霍连升，也就等于巴结上了韩跃民。他当然知道跟韩跃民搞好关系也很重要。厂团委书记，自然就是厂党委委员。一个没结婚的毛头小子混到这步田地，俨然就是厂里的政治明星，但是佟之鹰不敢明着巴结韩跃民，因为韩跃民的地位太显眼，他不但不敢明着巴结，还得注意保持一点距离，以示清白。

被人误解还蒙在鼓里，自个儿认定的同盟军反而成了有可能坏事的潜在敌手，这事儿就比较危险了。

不过，韩跃民会不会成为佟之鹰进取之路上的障碍，一时间还真说不好。因为韩跃民在对待黄鹂这件事上摇摆不定，时候长了逮不着黄鹂，他就见不得黄鹂跟别的男人打情骂俏，见了就恨得牙根儿痒痒，连带着也恨那个跟黄鹂说笑的男人。可是只要有机会跟黄鹂春风一度，那些怨气顿时烟消云散，反而觉得自己有点儿小肚鸡肠了。所以，这事儿，主要看心情。

这回在黄鹂家吃了顿饭，韩跃民察言观色，很放心，觉得孙念安一点儿都没多想。他暗自佩服黄鹂想得缜密周到，这个以攻为守的障眼法，实在有蒙蔽性。

站在黄鹂的角度，她明知道韩跃民这个毛头小伙子太爱吃醋，可她不说破，装糊涂，心里使劲儿。她是挺喜欢韩跃民这个小伙子，单纯、厚道，高兴不高兴都写在脸上。对待这样的男人，黄鹂有的是招儿。

留韩跃民吃一顿饭，让他再感受一下孙念安的无知无能和“毕竟存在”的事实，一招儿，又把韩跃民哄高兴了。

趁着韩跃民高兴，黄鹂当着孙念安的面，有意无意提起了佟之鹰。

孙念安不知就里，傻了吧唧配合：“不是说这个小佟要当三车间副主任了吗？”

“是啊，要不他这么巴结霍师傅呢，还老跟我这儿献殷勤。”黄鹂眼皮都没抬，看似随意地说。

就这么一句话，韩跃民豁然开朗，好像找到了一切问题的答案。

孙念安可没这么聪明，继续傻乎乎问：“霍师傅又不是厂领导，巴结他有什么用？”

“有什么用？看怎么说了。霍师傅在厂里说话的分量你又不是不知道，佟之鹰不显山不露水，不但给霍师傅家办了件大事儿，儿子结婚还送了礼。关键是，霍师傅从来没找过佟之鹰，他也根本不知道佟之鹰有这个门路。人家佟之鹰就是开会的时候偶然听了这么一耳朵，就主动上赶着帮了这么大个忙，你说他图什么呢？好多人都以为看出来了，其实呢，我看除了我，没人看明白，人家这才叫玩儿得高呢。”

这话摆明了是“点”韩跃民呢。韩跃民只好搭话：“还真是，这小子不言不语地打暗桩呢。”

黄鹂趁机一语双关：“这人，心思太重，跟咱们不是一路人啊。”

这就等于告诉韩跃民：你就别老吃干醋啦，佟之鹰可没你那个闲心，惦记着勾搭有夫之妇。

孙念安好像也恍然大悟：“这么多心眼儿，是跟咱们不一样。”

[二]

刘秘书一句话，让韩跃民看见了另一片天，他觉得眼前的一切都变得虚幻起来

上午十点，韩跃民骑着他爸那辆老飞鸽 28 自行车出了厂门，亲自送帽子去了。

刘秘书在大门口等着接他，帮他填好了会客条，把他引进了孔书记的办公室。

孔书记既热情又客气，试戴了帽子，十分满意。韩跃民乘兴告诉书记："今儿这两顶帽子是同一个款式，应时应季的，不耽误您出国。另外还给您做了几顶，过几天再送来，您不能一年四季老戴一种帽子啊。"

"哎哟，这可真是给你们添麻烦了！"孔书记转头吩咐秘书，"你把账给小韩结一下。"

韩跃民忙说："不用不用！"

孔书记说："怎么不用呢？哪有买东西不给钱的道理？"

韩跃民解释："厂里有规定，样品走成本正常消耗，不

收费，也没法计费。”

孔书记严肃起来：“那可不行！我不管你们怎么计费，不收钱，这帽子你就拿回去。”

秘书打圆场：“这样吧，孔书记，他们不是还有几顶帽子没做好呢嘛，回头一块儿结行不行？”

韩跃民赶紧随声附和：“对对对，回头一块儿结。”

孔书记伸出手指头指点着刘秘书和韩跃民：“你们可别给我打马虎眼，到时候我要看收据。”

看看表，十一点多了，孔书记从抽屉里拿出皮筋儿勒着的一沓子内部饭票：“小韩同志，中午尝尝我们食堂的饭菜吧！”

韩跃民急着摆手，临时编了个谎，说还有别的事顺路办一下。孔书记也没勉强，韩跃民赶紧告辞了。

送韩跃民出来，刘秘书说：“小韩啊，孔书记对你印象不错，想不想动动地方啊？”

“啊？这我可没想过。”

“想想吧，也不在这一时半会儿。记住喽，机会是给有所准备的人预备的。”

韩跃民有点儿犯傻，问：“那我都要准备什么呢？”

刘秘书扳起手指头：“思维、意识、能力、学识。总之你不能打算一辈子就在工厂里混。”

回厂这一路上，韩跃民一直就琢磨刘秘书那几句话。关键是秘书亲口说孔书记对他印象不错，这话不能是凭空来的，刘秘书也没必要说这个瞎话讨好他。

这让他有点儿小激动。他想起当年插队，不就因为公社领导知道有他这么个人，提了一句，他就在那么多知青当中崭露头角了。别的他不懂，“领导赏识”的重要性，他可是有过亲身体会的。以孔书记现在这个职位，赏识并且记住一个基层干部，那可真不是随便说说的。还有就是刘秘书提醒他“有所准备”，准备什么呢？思维、意识，这都是虚的，倒是学识这一条，那要说起来不就是学历吗？这两年韩跃民也没闲着，考了个夜大，混了个大专文凭。没这个文凭，在厂里提干都够呛，这个他明白。干部身份、大专学历，凭这两条，往哪儿调都应该没什么障碍了。

这么一路畅想着回到厂里，自行车还没放好呢，就看见佟之鹰兴冲冲走过来，老远就喊：“小……韩书记，出去了？”

韩跃民正色：“干吗呀，还是叫小韩听着顺溜。你一叫我书记，我就觉着你挖苦我呢。”

“哈哈，可别，我哪敢挖苦你啊！”

韩跃民问：“你这是要上楼？”

“是啊，杨科长找我谈话。”

韩跃民自然知道杨科长就是负责组织工作的人事科长。厂里在编的干部没多少人，组织和人事工作就搁在了一起。

韩跃民自己都觉得纳闷，见了孔书记回来，听了秘书同志那一番话，他好像忽然变了个人，变得心智开阔、通达透明了好多。提拔佟之鹰，一个小时前他可能还认为是天大的事，现在忽然变得那么微不足道。你佟之鹰当车间副主任跟我有什么关系？你就是当副厂长、当厂长，又如何？黄鹂，黄鹂是谁？别说你佟之鹰跟黄鹂没什么，就算你们有什么，又与我何干？

可以说，刘秘书一句话，让韩跃民看见了另一片天。他觉得眼前的一切都变得虚幻起来，所有的往事在他心里奔来涌去，脑子里像是过电影，都没注意佟之鹰说了什么。

直到佟之鹰忍不住拍了他一下，他才醒过梦来，愣呵呵问：“你说什么？”

“走神儿了吧？是不是交女朋友了？”

“没有，我哪儿交女朋友去啊！”

“你也二十四了吧，也该交女朋友了。”

“那你呢？你都快三十了吧，说真的，你怎么也不张罗结婚呢？”

佟之鹰一本正经看着韩跃民：“就我们家那一间屋半间炕的，有人跟我，我把人家搁哪儿啊？”

“噢，没房，那你也不能打一辈子光棍儿吧？”

“大丈夫不成大事，何以家为！”佟之鹰忽然慷慨激昂起来，两眼炯炯有光。

韩跃民看着他，笑着点点头：“行，你还真有思想。”

“什么叫有思想啊，咱们都还年轻呢，怎么也该有个人生志向吧，你说呢？”

韩跃民敷衍着点了点头，陪着佟之鹰往楼上走。看着佟之鹰继续上三楼去人事科，他心里忽然有点儿可怜佟之鹰了。这个已经奔了三十的老知青，他心里的大事是什么呢？

就是当个车间主任?

进屋，团委那个小办事员秦蓉笑脸相迎：“韩书记，您没在的时候，三车间的邵师傅找您来着。”

“谁？”韩跃民一时没反应过来。

“邵春雷邵师傅。”

“嗐，你说二雷不就行了。他找我干吗？”

“他也没说，看您不在就走了。”

韩跃民落座，忽然觉得哪儿不一样。前后左右打量一下，这才发觉靠西的窗户外头多了个遮阳棚子。

秦蓉见他打量，解释说：“这是办公室李主任让后勤组的师傅给安的。”

韩跃民起身推开窗户往外看了一眼：“这就安好了？还真快！”

秦蓉说：“是挺快的，不到半个钟头就弄完了。”停顿了一下又说：“哎对了，刚才黄师傅打电话找您。”见韩跃民转头看她，她忙又补充：“就是黄鹂黄师傅。”

“从哪儿打来的电话？”

“哟，这我可没问。”

韩跃民坐那儿望着窗外，拿着一张报纸有一下没一下地扇着。秦蓉拿着暖壶走过来，要给他倒水。他站起来：“别倒了，我出去一趟，待会儿也该吃饭了。”

“您去哪儿？待会儿再有人找您我怎么说？”

“你就说我去三车间了。”韩跃民头也不回地走了。他其实是想去找黄鹂，问问她上班时间有什么事打那个电话。

他更想知道的是，车间里没电话，她是在哪儿打的这个电话。

没想到下了楼没走几步，迎面遇上了二雷。

二雷对韩跃民可没那么尊重，张口就叫小韩。

韩跃民站住："你找我来着？什么事？"

二雷板着脸："我就想问问你，张弛是要调一车间去吗？"

"是又怎么着，不是又怎么着？你打听这个干吗？"

"打听打听呗，还保密啊？丫走了更好，省得我看见他就想大嘴巴抽他。"

"你哪儿来那么大仇啊？没发现你这么小心眼儿啊。"

二雷没理会小心眼儿不小心眼儿，一转眼珠换了个话题："说是佟之鹰要当我们副主任，顶替张弛？"

"你哪儿来的这么多小道消息？"

"小道消息？不都板上钉钉了吗？"

"那也还没传达到你这一级呢吧！"

二雷开始嬉皮笑脸："我？我都快厂级新长征突击手了，眼看着就快跟你平级了，你还别拿武大郎不当神仙。"

韩跃民想起李涛找他要拿下二雷的事，脱口而出："美死你！你还突击手呢，做梦去吧！"

"哎哎哎，怎么茬儿啊，我新长征突击手不是报到厂部了吗，又没戏啦？"

韩跃民自知失言，赶忙打马虎眼："什么有戏没戏的，我是一点儿不知道。我说的是你凡事悠着点儿，踏踏实实干你的活儿得了，瞎打听这些个，有用吗？"

二雷忽然正色靠近韩跃民："我找你也没别的事，就是想跟你说一声，要让佟之鹰当车间副主任，还不如张弛别走呢。"

"嗯？"韩跃民狐疑地看着二雷，不知道他这话从何而来。

"反正我就这么一说，你们要是开会研究，你最好投丫佟之鹰一反对票。"

"为什么啊？你又跟他结了仇了？"

"没结仇，你就别问了，回头跟你细说。反正，佟之鹰这小子忒不好崴咕，他当主任，那还不如张弛别走呢。"

二雷总算把要说的话说出来了，扬了扬手，转身一摇一晃回车间去了。

韩跃民目送着二雷，直到他进了车间才转身朝打样车间走，一边走一边想着二雷刚才的话，佟之鹰怎么阴了呢？二雷又是怎么知道的呢？

[三]

他知道，他得学会隐忍，学会承受，还得学会吞咽

韩跃民来到打样车间，没找见黄鹂。刘昆说，她请假了，说是这两天都不来了。为什么请假，刘昆和迷糊王都说不知道。其他几个女工跟他逗，说合着你来就是找黄鹂，我们都不是你师傅呗！韩跃民惹不起这些人，只好转着圈儿作揖，挨着个儿叫了声师傅，这才进屋找霍师傅。

霍师傅也说不知道黄鹂请假具体去干什么，就知道她上班没一会儿接了个电话就请假，说是孙念安家那边有什么事儿。

孙念安老妈和孩子都去了香港，在北京能有什么事儿呢？韩跃民一路琢磨着，到食堂排队打了一份饭，回了办公室。刚进门，秦蓉就双手一合："哎呀韩书记，您刚出去没一会儿黄鹂黄师傅就来了电话，我说您去三车间办事了。黄师傅说让您下班先别走，等着她。"

"下班还早着呢，她没说什么事儿？"

在得知黄鹂即将离开北京的消息后，韩跃民好像一下子从开阔辽远的山之巅被挤到了一个狭窄的死胡同里

“没说，我也没问。她还问您是不是去打样车间找她去了，我说没有，说您去三车间找邵春雷邵师傅去了。”

韩跃民张了张嘴想说句什么，又咽回去了。心说这傻丫头，凡事不过脑子，一点儿也不转弯儿。

秦蓉小鸟似的在屋里转了个圈，桌子收拾干净、暖壶拿到韩跃民跟前，环视一圈儿，拿起饭盒：“那我打饭去啦，您没什么事儿了吧？”

“去吧去吧。”韩跃民巴不得秦蓉赶紧离开这儿，他好独自享受午间这难得的轻松时光。往常在车间，午饭时间不是端着饭盒边吃边下棋，就是几个人凑在一块儿吃饭聊大天，眼睛、嘴、手，都不闲着。尤其是到了电工班以后，这个“小道消息”和“荤段子”集散地的信息量可比打样车间大多了。所以，在电工班，午饭时间脑子都不能闲着。那些已婚的男女师傅，逗起闷子来句句微言大义一语双关。就算好多人觉得韩跃民还是个“童男子”，很多话不当着他的面说，但是偶尔泄露出来的一句半句就足够他消化的了，何况还有不少人压根儿就不避讳他。

这种杂乱的环境、低俗的调笑氛围，轻松快乐是足够了，可实在也是聒噪得厉害，叫人没有片刻安宁。

现在好了。自从进了厂部，人们都习惯打了饭回到办公室吃。也有打牌下棋的，可毕竟人少，没那么喧嚣，也少见大呼小叫起哄架秧子的。所以，韩跃民逐渐习惯了独自享受午饭时光。尤其是赵军走了以后，秦蓉每天午饭都是端着饭到一楼医务室和那两个小姐妹一起吃，这一个钟头的时间就都留给了韩跃民。

饭刚吃了第一口，还没咽下去呢，桌上的电话就响了。

电话里是黄鹂的声音："喂，我找韩跃民。"

韩跃民笑了："我操，你就跟长了眼似的，我刚坐下要吃饭。"

"说话文明点儿啊，你觉得我没长眼？"

"不是我是说你就跟看见了似的。在哪儿呢这是？"

"外边儿。"

"知道你在外边儿，有什么急事儿啊，这电话一个接着一个的。"

"我跟你说啊，你边儿上没人吧？"

"说吧，没人。"

"我要走啦，没准儿就这几个月的事儿。"

"走？走哪儿去啊？"

"香港。"

韩跃民沉默了。拿着话筒，两眼茫然，一时不知说什么好。

话筒里传来黄鹂哧哧的笑声："怎么了宝贝儿，难受了吧？不舍了吧？没事啊，还有好几个月呢，弄不好也许就得半年以后。"

韩跃民还是没说话，举着话筒发呆。

黄鹂喋喋不休："没事儿啊小韩，你还是太年轻了，没经过那么些事儿。这人啊，就是这么分分合合的。唉，都赖我，我早就应该想到，你这么年轻，还没结婚呢，不该让你这么早就尝到女人的滋味儿。不尝，什么事儿也没有；尝了，就刹不住车了。我知道你离不开我，我也不想离开你呀……喂，你还听着呢吗？别这样小韩，以后日子还长着呢，谁知道山怎么转水往哪儿流啊。喂、喂……”

黄鹂的话越来越没法接，韩跃民无声地长出了一口气，假装刚听见：“啊，喂喂，我刚才看楼下空场上二雷他们踢球呢。他们这么着可真不成，三面儿都是玻璃，还人来人往的。我这儿琢磨着，回头跟厂头儿说说，五车间后边以前堆料的那个大棚子，现在也用不着了，干脆拆了它，清理清理比个足球场小不了多少……你说什么？哦哦，对，那你什么时候回来啊？你不是让我下班等着你吗？”

黄鹂一下子兴味索然：“行吧，下班你也别等我了，老孙他大舅的孩子来了，我最晚后天就回去上班，见面再说吧。”

“行。”

“你没什么事儿吧？”

“没事儿没事儿，那我先吃饭啊！”

今天这顿午饭算是别吃了，韩跃民一点食欲也没了。点了一支烟，托着腮帮子发了一会儿呆，心情才慢慢平复下来。

这个多事的中午，他要考虑的事儿还真不少。细细梳理了一下，先是刘秘书那一番话把他冲击得够呛，让他在飘飘然中产生了一种错觉，忽然就觉得自个儿已经不是帽厂的人了。这个自我感觉好像一下子打开了他的眼界和心胸。二雷的进言、佟之鹰的提拔，在他眼里都成了另一个世界的事。然后就是黄鹂刚才这通电话，好像一下子把他从开阔辽远的山之巅挤到了一个狭窄的死胡同里。三年多啊，一千多个日夜，黄鹂所有的温柔体贴、所有的嬉笑怒骂，桩桩件件涌上心头。这样的日月，这样的人儿，忽然就要离他远去，不复再来。这让他无论如何也想不通，无论如何也不愿接受。

不接受又怎么办呢，他已经过了任性的年龄，不可能再因为得不到一块糖就躺地上撒泼打滚了。他知道，他得学会隐忍，学会承受，还得学会吞咽。吞咽什么？苦果。

他连着抽了三四支烟，脑子里好像空空如也，又好像被塞得满满当当，乱七八糟的搅和不开。烟头烫了手，他把烟蒂掐灭了，想再点一支，这才发现烟盒已经空了。空烟盒被他攥成了一团，一扔，砸到了门上，又弹了回来，在地上打了几个滚儿。

看看眼前桌上只吃了一口的饭菜，韩跃民俯下身子，大口大口吃了起来。饭菜什么味道，是凉是热，他一概不知道，没感觉。他有点儿像是跟饭菜赌气，一心只惦记着把这些饭菜全弄到肚子里。他觉得嘴里发苦，发干，端起搪瓷缸子，空的。拿起暖壶倒满了水，猛喝一口，滚烫的感觉总算把他惊醒了，他把搪瓷缸子一扔，缸子掉到地上，也打了几个滚儿，坦然躺在了门口。桌上的暖壶盖儿也忘了盖，袅袅升腾着热气。

正这个时候，秦蓉回来了。

“哟，书记，怎么了这是？”秦蓉瞪大了眼睛看着门口的搪瓷缸子。

“啊？没什么，睡着了，不留神碰掉了。”韩跃民掩饰地咧了咧嘴，还伸了个懒腰。秦蓉拾起搪瓷缸子，摆到韩跃民的桌上，随手把暖壶盖儿盖上，狐疑地看了韩跃民一眼，咽口吐沫没说什么。

“把地擦擦吧，都是水。”韩跃民语气平和，收拾着桌上的饭盒。

“嗯，我知道。”秦蓉踮着脚尖走过去拿起拖把。

想起自己刚才的失态，韩跃民觉得有点儿对不住秦蓉。你拉了屎，凭什么叫人家给你擦屁股啊！他打算跟秦蓉聊聊天，冲淡一下尴尬的气氛，也转移一下自己的情绪：“小秦啊，你知道咱们要是到了香港，要想回来还能回来吗？”

说完就后悔了，转了半天怎么还是这件事呢！

秦蓉对他的话题一时没反应过来，有点儿错愕：“您是说……噢，那怎么不能回来呢？香港不是离广州不远吗？肯定能回来。”

韩跃民只好顺着这个话题往下聊：“不是，我是说……这么说吧，去了香港，不也算出国了吗？”

秦蓉停止了擦地，直起腰看了韩跃民：“算出国吗？好像应该算是出境吧？香港不是属于咱们中国吗？我前些日子还看报纸上说咱们正跟英国谈判呢，好像就是说香港是英国租用咱们的，咱们准备要回来。”

韩跃民觉得自己在一个小丫头面前说错了话，脸红了一下，开始矫情：“嗯，出境，出的不就是国境吗？这事儿有点儿复杂，就说不算出国，反正也不能想去就去，你以为跟你去趟王府井似的哪？”

“那倒是，听说还得办护照呢。”

“所以说啊，办护照，那不就等于出国了吗？”韩跃民总算逮着了理，拿着饭盒出去了。

[四]

黄鹂腾身而起，光着身子光着脚，狸猫一样无声无息蹿到门前

黄鹂说走就要走，这可大大出乎韩跃民的预料。

原本，黄鹂口口声声说手续没那么好办，最少三四个月，多了有可能半年八个月。可是这才俩月不到，行期都定下来了。

别说打样车间，连整个儿天坛帽厂差不多都知道了。黄鹂也不怎么上班了，隔一两天到厂里露一面，说是办各种手续，其实也就是分批跟人们道别来了。

临走前两天，黄鹂设家宴跟韩跃民告别。也不知她是有意安排还是赶巧了，到了黄鹂家，才知道孙念安没在。一打听，黄鹂轻描淡写地说他给爷爷上坟去了："这一走，还不知道什么时候回来呢，怎么也得去告个别啊。"

韩跃民来的时候没打算能干什么，听黄鹂这么一说，他就动了凡心，试探着问："那，咱等着他吃饭？"

韩跃民看着头发蓬乱一丝不挂的黄鹂，猛一下翻身而起，像一头发情的公牛扑上去

“等谁吃饭呀？他晚上能回来就不错，俩姑姑都跟着去了，备不住就得在哪个姑姑家住一宿！”

韩跃民一听，语气顿时轻佻起来：“哟，那咱俩来场告别赛呗！”

“嘁，早知道你没憋好屁，还不如不跟你说呢。我先给你做饭去。”黄鹂抛了个媚眼，一扭一扭进了厨房。韩跃民看着她的背影，想起在哪本书里看到过的一句话正好用上：“其词若有憾焉，其实乃深喜之。”

吃饭的时候，黄鹂拿出一瓶红葡萄酒。韩跃民说：“这个？你喝吧。有白酒没有？”

“白酒，有，二锅头行吗？我做菜用的，还有小半瓶呢。”

挺大的桌子，俩人特意并肩而坐。两个酒杯，一白一红，各自端起来碰了一下。黄鹂眼圈忽然红了：“咱俩好了三年多，我还真是把你当亲人了。”

她这么一说，韩跃民也伤感起来，一把搂住黄鹂：“盛宴将散，不胜依依，谁也拦不住啊！你说实话，是不是特想赶紧走啊？”

“挺能转文儿的！我还想问你呢，你是不是早就巴不得我走呢？”

“孙子才那么想呢！”

黄鹂挣脱了他的怀抱：“吃吧吃吧，想什么都没用，这都是命。”

韩跃民安静下来，大口喝酒、大口吃菜。用海吃海喝掩饰着心里的波澜。

黄鹂为了转移话题，解释说："现在真是政策变了，办赴港探亲，没想到这么容易。我婆婆那时候，前后一年多才批下来。这回我和老孙，也搭着是亲妈和亲骨肉都在那边儿呢吧，简直就是一路绿灯，证明材料一交，该办什么办什么，没挡儿。"

平心而论，韩跃民早把这事儿想明白了。爹死娘嫁人，各人顾各人。山盟海誓的两口子还说离就离呢，谁跟谁能一辈子不分开啊！他耷拉着眼皮说："你这一走，就不回来了吧？"

"怎么可能啊，我父母还在北京呢，我横不能带着他们也出去吧！"

韩跃民一笑，不凉不酸地说："再回来，那可就是港澳同胞了。"

"你什么时候结婚，我就回来参加你婚礼。"

韩跃民冷笑："嘁，你回来？那我是跟你睡还是跟我媳妇儿睡啊？"

黄鹂推了他一把，一双媚眼深情相望："去你的，都什么时候了你还想这个！"

韩跃民回望着她："你说说啊，挺好的一段姻缘，就这么完了？"

黄鹂说："天下没有不散的筵席，早晚的事儿，你说呢？你总不能一辈子不结婚吧？"

"我不是忘不了你嘛！"

“哟。这话我可真爱听！”黄鹂喜笑颜开，情不自禁在他脸上亲了一下。

“今儿就今儿了，我先跟你把洞房入了吧！”韩跃民忽然激情涌动，抱起黄鹂就往卧室走。

往日的似水柔情，忽然变成了惊涛骇浪，排山倒海似的，把韩跃民发泄最后疯狂的欲望激荡得波涛汹涌。

事毕，俩人躺在床上聊天。

黄鹂说：“其实我也想了，咱俩老这样还真不是个事儿。所以，我这一走，你也换换心思，赶紧找个好姑娘，结婚吧。”

“说得容易，我跟谁结婚去啊？”

“我看那个李娟就不错，文文静静的。听说她父母都是老师，爷爷是资本家，据说在区里市里都有一号，还是个有名儿的‘铁算盘’，能双手同时打俩算盘、算两笔账。人家现在叫民族工商业者，正吃香呢。这门户，起码算是殷实人家吧。”

韩跃民望着天花板，没说话，脑子里闪过好几个姑娘的身影。李娟确实还可以，老实本分，温柔贤淑。韩跃民有信心，只要肯追，多半能追到手。可是让他这么早就把这件事定下来，他又有点儿不甘心。这就好像买东西一样，你看上这件儿了，又觉着前边儿是不是还有更好的呢？对他来说，不用什么“前边儿”，眼眉前就有好几个，让他有点儿眼花缭乱，取舍两难。比如办公室那个傻丫头秦蓉，虽然有点儿傻憨二百五，可是模样不差，皮肤也好，父母都在外贸部工作，是不是高干不知道，起码是干部子弟。还有同院住了二十几年的发小范红梅、范红竹姐俩儿，小时候玩“过家家”还同床共枕呢。这对姊妹花，小蚊子和刘小辫儿都虎视眈眈惦记着呢，要不是韩跃民死活不松口，估计早就被这俩坏小子瓜分了。他韩跃民就这个毛病，美女，都得跟他好才成呢。这毛病，主要因为他上边儿是仨姐姐，打小儿把他惯的。

黄鹂见他老不说话，以为他睡着了，翻身起来看了一眼，吻了吻他的嘴：“干吗呢你？累着了？有心事？”

韩跃民看着头发蓬乱一丝不挂的黄鹂，猛一下翻身而起，像一头发情的公牛扑上去。黄鹂嘤咛一声，坦然承受。

韩跃民闭着眼、咬着牙，把身下这个蛇一样扭动呻吟的女人幻化成了李娟、秦蓉、范红梅和范红竹，幻化成他看上的和喜欢过的一切女人……

这次，韩跃民是真累着了，趴在黄鹂身边喘息不止。黄鹂也像一摊泥一样，娇小的身子放肆舒展着横躺在床头，一缕头发粘在汗湿的前额上，眼睛微闭、娇喘吁吁。

就这个时候，窗外的走廊尽头响起了沉重的关门声。黄鹂蓦然惊觉，惊慌失措地打了韩跃民一下：“快起来，他回来了！”

韩跃民也听见了关大门的声音，顿时脸色刷白，看着黄鹂：“这怎么办啊，什么也来不及了啊！”

“你别管！”黄鹂小声喝令一句，立即腾身而起，光着身子光着脚，狸猫一样无声无息蹿到门前，屏住呼吸小心翼翼拨弄了一下门锁。

这是那种最普通的暗锁，门里边的锁身上有个纽扣大小的金属保险钮，横向拨动一下就能把锁舌锁住，外面用钥匙也打不开。黄鹂弄好了保险钮，返身回来，从从容容穿衣服，整理头发。见韩跃民也已经穿好了衣裤，她双手往下压了两下，意思是让他沉住气，又无声地示意他坐到椅子上，然后她开始整理凌乱不堪的床单。床单还没弄好，就传来了钥匙开门的声音。韩跃民紧张地站了起来，黄鹂把食指放在嘴边，一挥手，让他坐下。

钥匙转动了几次，门没开。停顿了几秒钟，响起了敲门声。孙念安在门外喊："黄鹂，开门！"

韩跃民又站了起来，走过来打算往床底下钻。黄鹂皱眉瞪眼表示严厉制止，再次示意他坐回去。

孙念安的喊声加大了："黄鹂，开门呀，又睡着啦？"

直到孙念安第三次喊叫，黄鹂才穿着拖鞋踢里踋拉走过去，用着慵懒的声音说："讨厌，怎么这个时候回来了，人家睡得正香呢。"走到门口停顿了一下，又说："这不是开着呢吗，你有钥匙干吗还敲门呀，真是讨厌死了！"

孙念安说："我开不开才喊你的。"

"怎么会开不开呢？"黄鹂夸张地扭动了几下手动的销栓："哎？怎么回事呀，你再试试。"

保险钮闭锁状态下，钥匙也只能小幅度转动。孙念安试了试，说："还是不行，怎么了这是！"

黄鹂说："完了，又坏了，这个破锁！"

"这怎么办啊？"

黄鹂烦躁地抬脚踢了一下门："我能怎么办呀！你去叫那个修锁师傅来一趟吧，就咱们胡同西口往南一拐，那儿不是有个修锁铺子吗？好家伙，这要是屋里着了火，还不把我烧死在这儿！"

"那你等着吧，我这就去。"

孙念安踢里踏拉地走了。听到关大门的声音，韩跃民一下就冲了过来，抱住黄鹂狠狠在她脸上亲了一口："我的好姐姐，我爱死你了！"

黄鹂捂着胸口喘息了几下才说："爱什么爱，都快吓死我了！你赶紧的吧，出东口，别再碰见他。"

韩跃民不放心，指了指餐桌："这个……"

"你走吧，没事儿，他来回一趟怎么也得十来分钟，我收拾一下就行。"黄鹂说着，走过去把床单又扯乱了一点儿。

韩跃民一惊："你干吗？怕他看不出来是吧？"

"废话，我不说我睡觉来着吗。哎，你自行车搁哪儿了？"

"你们家大门对面，那儿不晒。"

"行，搁哪儿都没事，他也不知道哪辆是你的车。"

"那我可走啦？"

"走吧，出东口啊，别再碰上他。"

"我知道。"

[五]

二雷也是土生土长的北京孩子，什么叫局气，什么是仗义，他都懂

鲜鱼口胡同里边，新开了好几家私人的饭馆子。韩跃民把小蚊子和刘小辫儿约出来，找了一家炸酱面馆子，喝了一顿酒。小蚊子和刘小辫儿觉得挺纳闷儿。刘小辫儿说："不年不节的，怎么想起请我喝酒了？发奖金啦？"

韩跃民说："闷得慌，聊聊不行啊？"

他闷得慌，是因为这天晚上黄鹂和孙念安就要坐火车南下广州，然后奔赴香港了。说好了，黄鹂不让他送，说是最怕离别的场面。韩跃民也不想送，心里堵得慌。这个事儿，他一个字也没跟小蚊子他俩透露，还装得兴致勃勃的，大呼小叫劝酒。

从晚饭时分，一直喝到夜里十一点多。三个人聊的都是过去那些事，碴架、拍婆子、大街上"飞"国防绿帽子……三个人两瓶二锅头，三瓶啤酒，韩跃民回家连衣服都没脱就

二雷乜斜佟之鹰一眼："你算哪根儿葱啊，不是还没上任呢吗？"

睡了。早上起来，他爸他妈都上班去了，歇班儿的二姐给他弄了口吃的，他到单位时整整迟到了一个小时。

一进大门，看见佟之鹰从传达室跑出来。他叫了一声，佟之鹰站住："你可来了，二雷又惹事儿了！"

"惹什么事儿了？"

原来，一早上班，厂级新长征突击手的大红榜单就贴出来了，五个人当选。榜单上还别着一朵大红花。榜单旁边是一则通知：定于某日某时召开全厂职工大会，隆重表彰、授予五位同志光荣称号。据说这个表彰大会上还要公布中层干部任免决定。还有小道消息说，获得厂级新长征突击手称号的，要记入个人档案，退休还可以多拿百分之五的工资。

五个厂级新长征突击手，没有二雷。

二雷急眼了，看了榜单，上去就给扯下来，跟当年撕入团申请书一样，把大红榜单撕了个粉碎，又玩儿了个天女散花。办公室主任李涛得着信儿赶过来的时候，看榜的人群还没散去，好像还越围越多。

李涛往人群里挤的时候，韩跃民和佟之鹰正好也来到人群外边，韩跃民拉了佟之鹰一把："先看看再说。"

人群中间，二雷正红头涨脸跟几个人拌嘴。那几位，都是看热闹不嫌事大的主儿，谁开口都不是想劝说二雷，反倒是句句扎二雷的心窝子，千方百计拱他的火。

"我说二雷呀，你就别争了。你说你一落后青年，弄个车间突击手就够够儿的了，还想怎么着啊，轮得上你吗？"

"谁说的？我怎么就落后青年了我！"

“行，你不落后，你先进。先进怎么没当上厂级突击手啊！”

“他们不公平！”

“怎么不公平了，都是车间的突击手，你比谁多点儿什么了？认头吧，这事儿，你没戏。”

“单班平均成品率，我排第二，凭什么没我！”

“你光是这个率高，还有别的率呢。”

“什么率啊？”

“比如，连续三年出勤率。”

“三年？怎么不查查我三十年的出勤率啊！还这个率那个率，有这么玩儿的吗？”

“我看你就是个驴，驴脾气，就冲你这个驴脾气也好不了。”

“就是啊，还三十年？你今年才多大啊，那会儿你在你妈肚子里，出勤率肯定第一，哈哈。”

二雷恼羞成怒，要抄家伙动手，被人们死死抱住。

李涛分开人群走进来，指着一地的红纸片：“邵春雷，这是你撕的？”

“我撕的，怎么啦！”

边上有人七嘴八舌，继续起哄拱火：“你以为这是入团申请书啊，你说撕就撕。”

“就是啊，入团申请书是你自个儿写的，你愿意撕也就撕了。这玩意儿可不是你写的吧，这可盖着公章呢。”

“哥们儿，赶紧认错儿吧，要不你连车间突击手都得给撸下来。”

二雷眼珠子都红了，尥着蹦儿喊：“撸就撸，趁早儿撸，以为我稀罕这个？”

李涛厉声呵斥：“邵春雷，你要注意影响！这儿是你胡说八道的地方吗？”

“我注意什么影响啊？你们下绊子玩儿阴的就不怕影响不好了？”

“谁下绊子了？玩儿什么阴的了？你说话要负责任，不要在这儿挑拨干群关系！”

二雷让李涛这套官话气笑了：“什么跟什么啊！你跟这儿装什么大尾巴狼啊，该干吗干吗去吧。”

韩跃民和佟之鹰挤进了人群。佟之鹰站在二雷身边，拉着他的胳膊：“哥们儿，别在这儿说了，咱俩先回车间怎么样？”

二雷乜斜他一眼：“你算哪根儿葱啊，不是还没上任呢吗？”

佟之鹰毫不在意，谦恭地笑了笑：“我就是一大瓣儿蒜，哪根儿葱也不是。这么着，就算你给我一面子怎么样，你看这儿围这么多人，你有什么意见也说不清楚不是？”

二雷“哼”了一声，仰脸望天，没言语。俗话说，开口不骂和事佬，抬手不打笑脸人。二雷也是土生土长的北京孩子，什么叫局气，什么是仗义，他都懂。他再混蛋，心里再不待见佟之鹰，也不好意思当着这么多人撅佟之鹰的面子。

佟之鹰当然也知道二雷的脾气，见他不言语，也没好再说什么，就站在一边等着，一边挥手示意围观的人们散去。

另一头，韩跃民也把李涛拉到了一边儿，低声劝他：“你也知道二雷就这么一生性子人，火头儿上你跟他硬顶着来，闹僵了可就让别人看热闹了。”

李涛摇摇头，小声说：“这要是在部队，我早就关他禁闭了！”

“你先回去，这儿我处理。”韩跃民半推半扶送了他两步。

李涛当兵前是延庆的农家孩子，在部队干了小二十年，转业到帽厂没多少日子。别说对地方工作不熟悉，就是对北京城里这些“工人阶级”的秉性也是完全不摸门。好在他干的是办公室主任，平时跟工人们还不怎么接触。就这，还时不常就跟谁顶个牛拌个嘴呢。所以，知道他这毛病的人背地里都叫他二杆子。用厂长的话说，他也就是级别在那儿呢，厂里一时没合适的位置安排他，要不，怎么也不能让他干这个办公室主任。

韩跃民回到二雷身边，二雷正得意扬扬目送着远去的李涛。韩跃民照着他的屁股来了一脚：“瞧什么呢！”

二雷喜笑颜开，伸手掸了掸屁股：“你跟那二杆子说什么来着，丫怎么走了？”

“你才二杆子呢！我说你有点儿脑子没有啊？”

二雷瞪眼：“我怎么了？我这是将他们一军，让他们知道知道工人群众的眼睛是雪亮的。”

“你给我一边儿待着去吧！我看是大伙儿的眼睛都雪

亮，就你一个人，猪油蒙了心。”

“我，我不让他们知道点儿厉害，他们还真以为土地爷是泥儿捏的呢！”

佟之鹰劝走了围观的工人，走回来，指着一地红纸片接话：“二雷呀，你今天最不该的就是把这个给撕了。”

二雷一翻眼珠子：“我撕了怎么了，我这是表示最强烈的抗议。”

韩跃民说：“歇了吧你！你这么一来，自个儿一点退路都没了。”

佟之鹰深深点头：“就是。别人想替你说话都没余地了。”

二雷听得出来，俩人这口气，都是站自个儿的立场上说的，所以他看了佟之鹰一眼，咽了口吐沫，没说话。

佟之鹰问韩跃民：“小韩，你看现在怎么办？”

韩跃民转向二雷：“我说，你要是听我们的，现在我就带着你去找厂长，找书记也成，当面承认错误，就说你是一时激动，把这个给撕了，愿意接受处分。”

二雷气得脸都红了：“你这是什么主意啊？噢，我刚给撕了，转脸儿就去写检查？我神经病啊我？”

“这不是我陪着你去嘛，我就算是你的一个台阶，你就说在我的批评教育下知道错了……”

“别不要脸了，你还批评教育我！”

韩跃民捶了他一拳：“你他妈知道点儿好赖不？跟你说，这是大事化小的最好一招儿，过了这个村儿还就没这个店儿了。”

佟之鹰也随声附和：“二雷，小韩真是为你好。你想想，所有人都知道你俩关系不错，他要不是为了你，何苦蹚这个浑水呢？他站干岸看着，你也不能说什么吧？”

二雷皱着眉头，无语。

韩跃民挥挥手示意佟之鹰：“你别管了，忙你的去吧。我再跟他好好聊聊。”他边说边冲佟之鹰使了个眼色，意思是当着你的面二雷舍不下这个脸来。

佟之鹰看明白了，拍了拍二雷的肩膀，一步一回头地走了。

第八章

[一]就是它，擦出了韩跃民心原旷野上的一个小火花，并且慢慢燃烧起来

[二]他想起黄鹂说过李娟的爷爷号称“铁算盘”，心说老鼠的儿子会打洞，这丫头会不会也能打算盘呢

[三]韩跃民心里暗吃一惊，姜还是老的辣，这才算是问到点子上了呢

[四]你老觉得自个儿混得不错不错的，其实人家比你混得更好也说不定呢

[五]老爸都五十多了，为了把车让给儿子骑，自个儿每天拎着饭盒挤公交车上下班

[一]

就是它，擦出了韩跃民心原旷野上的一个小火花，并且慢慢燃烧起来

天坛帽厂占地面积不小，横跨两条胡同。厂区里最远的路得有一站地，没有内线电话以前，腿懒的人要办个事找个人，都是骑自行车。

在左近的居民们眼里，帽厂就是个国有大厂子。上班下班，都是乌泱乌泱的人出出进进。就为这个吧，凡是帽厂的人，附近居民们一律呼之为帽儿爷。

“帽儿爷”，既有尊重的成分，也有调侃的味道，恐怕还掺杂着点儿羡慕嫉妒恨。

韩跃民是这个大厂的团委书记，党委委员。位置重要，人还年轻。周围的居民自然没几个认识他的，可是在他住的东晓市街上，尤其是他们那个院儿里，韩跃民可早就是大名人了。当官儿，这是韩跃民第二次引起街坊们的轰动。第一次还是好几年前。

那年，《中国青年》杂志刊登了一封读者来信，题目

由于心中不忿，韩跃民就写了一篇文章寄给了《中国青年》，洋洋洒洒两千多字，表达了他的观点

叫“人生的路啊，怎么越走越窄……”。这封信的作者叫潘晓，肯定是个化名。甭管化名不化名吧，反正当时是出了名，影响太大了，引发了一场全国性的大讨论。

潘晓在这封信里说，她曾经对人生充满了美好的憧憬和幻想。她的生活之所以变得灰暗，首先是因为亲情冷酷，一家人为了钱吵翻天，母亲拒绝给她寄抚养费，使她不能继续上学，沦为社会青年。然后是友谊被出卖，爱情遇到挫折。她把最真挚的爱献给了一个当时落难的干部子弟，没想到这个干部子弟翻了身就甩了她……面对这样的个人遭遇，她发出了“人生的路怎么越走越窄”的疑问和感叹。

韩跃民正好看了这篇文章，也看了好些人在杂志上发表的观点和读后感。他爱抬杠的劲头被激发出来了，心说这个潘晓也太自私太矫情了。你们家人贪婪自私、你的友谊被出卖、爱情遭遇挫折，你就觉得人生道路窄了？要是你们家的人满足你的金钱欲望，你那位落难公子翻身后把你当阔太太供起来，你是不是就得来一篇“人生的路怎么越走越宽”的自我炫耀呢？

心中不忿，韩跃民就写了一篇文章寄给了《中国青年》，洋洋洒洒两千多字，表达了他的观点，也就是说你潘晓不能以偏概全，不能以个人的生活感受定义社会生活。等等等等，大致就这么个意思吧。

没想到这篇文章还真给发出来了，只不过两千多字给弄成了不到三百字。跟他的原稿相比，不但“肉”没了，骨头架子也没剩多少。可是不管怎么着吧，署着他韩跃民大名的文章是发表了。投稿的时候，他还特意留下了单位的电话号码，没想到人家编辑部一位陈姓编辑还打了电话找他，约他面谈，好一通嘉勉鼓励，说他文笔不错，说理清晰，逻辑缜密，叫他不要停止写作什么的。

从编辑部回来，韩跃民有点喝醉了的感觉，骑在自行车上晃晃悠悠的。韩跃民是有过作家梦的，在学校写检查和大批判稿，老师都夸过他比别人写得好；插队的时候，就靠着给县里和公社广播站写消息、写表扬稿、写思想体会，才被评为知青代表，在公社有了个好名声。自个儿写的稿子在广播站播一下，他还美不够呢。这可是在“中国”字头的刊物上发文章，那简直就是鲤鱼跃龙门了啊！

多年以后，韩跃民还没忘了当时那个感受。第一次看到自个儿的文章变成铅字印出来，那感觉，激动、兴奋，还有点儿难为情。总之，真是不一样。这件事对他的激励也是难以想象的巨大，别看只是一篇小文章，那好歹是他的文字变成铅字的处女作！

没过多少日子，他还收到了《中国青年》寄给他的稿费，六块钱。这是他人生中的第一笔稿费，对他来说意义重大！邮局汇款单上那张小小的附言纸条被他撕下来压在玻璃板底下，那个附言上写着：“《中国青年》一九八一年第 × 期稿费”。其实所有的字都是刻好的一个矩形印章，只有那个“第 × 期”的“×”是手写填上的。六块钱并不重要，重要的是它以稿费的名义给他，他觉得那代表了社会对他的承认。就是它，擦出了韩跃民心原旷野上的一个小火花，并且慢慢燃烧起来。

当时，二姐韩春兰特意跑到邮局，买了十本《中国青年》。那会儿她还不到二十七岁，还在跟韩跃民后来的二姐夫交朋友。韩春兰特意把男朋友约出来，给他一本杂志，翻到指定的页码，指点着说，这儿，是我弟弟写的文章。男朋友当时那个惊讶艳羡的目光，让韩春兰感到了前所未有的满足和享受。

韩春兰一直坚持认为，弟弟这篇文章的发表，对促成他们的婚事起到了重要作用。因为二姐夫是小学老师，虽然算不上大学问人，可也是个小知识分子。出身工人家庭、自个儿也不过是个售票员的二姐就有点儿自卑，还总担心男方家里看不上自个儿。她认为，弟弟韩跃民这篇文章，肯定震撼了男朋友和他的父母。这对他们的婚事绝对起到了促成作用。

那六块钱稿费，韩跃民给他爸爸买了两包带锡纸的大前门烟，给妈和三个姐姐一人买了一双尼龙丝袜子。还剩下两块多钱，他跟小蚊子和刘小辫儿如实汇报："就剩这点儿了，反正足够咱仨去趟天兴居，一人一碗炒肝外加二两包子的。"

刘小辫儿眼珠一转："炒肝儿干吗呀，齁儿贵的。跟家吃得了，保险比上天兴居吃得好，还有酒喝。"

小蚊子一撇嘴："统共两块多钱你还打算喝酒？说句不好听的，天兴居喝醋去吧，还免费呢。"

刘小辫儿说："这你就不对了吧？人家跃民都当作家拿稿费了，咱也得给他凑个份子庆祝庆祝吧？这么着，咱俩一人拿一块钱，来一斤毛三，半斤肉、半斤鸡蛋、半斤粉肠、一斤半切面，再来俩茄子、几个西红柿……黄酱我们家现成的。咱还是在家吃，我给你们做。西红柿炒鸡子儿、肉烧茄子、粉肠。俩热菜一凉菜，炸酱面，怎么样？”

毛三，是散装白酒，一毛三一两，每斤比二锅头便宜几毛钱。现在没了。

小蚊子也兴奋起来：“这倒是行，我们家还有生花生豆儿呢，我舅舅从老家带来的，我扤半碗，说句不好听的，你会炸花生豆儿吗？”

“你把那个‘吗’去喽。”

韩跃民说：“要是这样，你们也别掏钱了，都我包圆儿不就得了。我再来几毛钱的开花豆、来半斤豆制品杂拌儿，咱好好喝一顿儿。”

小蚊子俩眼放光：“我操，真他妈够丰盛的嘿！”

刘小辫儿推了韩跃民一把：“干吗呀，瞧不起我们？我们凑点儿份子不就图一热闹嘛！跃民，你要听我的，我这儿还有个主意呢。”

“你说！”

刘小辫儿看了小蚊子一眼：“我是这么想的，咱仨要是吃这些菜，还真吃不了。再添半斤切面，就能多来俩人。你觉得呢，跃民？”

韩跃民想都没想：“你是说你爸妈？行是行，可我觉着，老家儿在，咱们喝不痛快吧？”

小蚊子听懂了，坏笑着说：“小辫儿你丫不是有对象了嘛，吃着碗里的还看着锅里的啊？说句……”

刘小辫儿急了：“我对象在哪儿呢？你丫哪头儿的啊？那行，算我没说。”

韩跃民也听明白了：“你是说叫上红梅和红竹姐俩儿吧？”

刘小辫儿又变成无所谓的口气：“叫不叫随你，我是说人多热闹，再说那么多菜也吃不了。”

“那我问问她们俩吧。”韩跃民也做出漫不经心的样子。

[二]

他想起黄鹂说过李娟的爷爷号称“铁算盘”，心说老鼠的儿子会打洞，这丫头会不会也能打算盘呢

黄鹂走了，韩跃民没着没落了一阵子，还真有好些日子不适应，整天没精打采，干什么都提不起精神来。

有句老话叫“要想人不知，除非己莫为”，那意思就是只要你做了，就早晚得露馅儿。可是韩跃民觉得自个儿和黄鹂这件事就证明了，这世界上真有做了之后没人知道的事儿。黄鹂获准了赴港探亲的资格，谁都知道她这一走就不会再回来了，起码，她是不可能再回帽厂了。她这个当事人一走，韩跃民和她的这段私情就算是湮灭在空气里了，就算是有一万个人说，只要当事人不认账，也是白搭。

当然，她跟韩跃民好，这个谁也拦不住，也不敢说别的，毕竟你没抓住人家“别的”。黄鹂真是跟自己那么“好”吗？看她欢天喜地一走了之的那个决绝态度，韩跃民自个儿也明白，这根本就是个“倒追”。他就像一只傻了吧唧的兔子，三蹦跶两蹦跶，就掉进黄鹂挖好的坑里去了。他不过就

到了电工班，迎面就撞见了李娟的目光，眼神一对，飞快地那么一扫，李娟的脸就红了

是黄鹂的一顿美餐，现在吃完了，该忙别的去了，就把他扔一边儿了。

韩跃民难受了好些日子，总算把这一节想明白了——你这么五脊六兽想着人家，人家早就把你忘了。这么一想，别的事儿一来，他也就渐渐淡忘了黄鹂这回事。

别的什么事呢？首先就是二雷的事。这小子不管不顾地撕了厂里的公告，用党委书记的话来说，咱们是一级组织，一级组织发出的公告他就这么给撕了，不处理，组织的威严何在？颜面何在？厂长也认为，邵春雷这样的害群之马绝对不能姑息，这样的事情不处理，以后这个厂就什么规矩也没了。

那就处理吧。厂里主要领导的意见是开除，把这个害群之马彻底清除出去。韩跃民和佟之鹰等人主张用比较温和的手段处理，比如调离岗位、取消车间新长征突击手称号、扣发几个月奖金等等。意外的是，已经调离三车间的张弛，也支持韩跃民和佟之鹰的意见，不主张开除二雷。两种意见，自然是厂里主要领导的意见占上风。可是这个意见拿到会上一讨论，劳资部门说，开除，没那么容易。

这种事儿，还真没人关心过，厂长书记也没经手过这种事。真正要操办起来了，才知道作为一个国有企业，对普通职工的处理手段也是有限的。就说开除一个职工吧，不是厂长书记一拍脑门就能定了的，那要经过上一级劳资部门的批准。怎么才符合开除的条件呢？劳资部门解释说，也没个具体的杠杠，反正邵春雷这种情况，报上去也批不下来。按照实际操作的经验来看，比如工人触犯了法律，被判了刑，这个没得说，可以开除；再比如造成生产的巨大损失，报上级主管部门也可以作开除处理。还有就是无故旷工达到多少天的，这是硬指标，执行起来相对容易。其他的，像什么违反劳动纪律、职工之间或者是上下级之间吵嘴打架，没造成恶劣后果的，一般都是厂内纪律处分。像邵春雷这样的，把厂里的公告给撕了就要开除，还真不成。

闹了半天，一个工厂企业自己是没权力开除工人的。这一点让书记厂长郁闷了好几天，最后只好找韩跃民、佟之鹰、张弛这样的“温和派”出主意。韩跃民建议，咱们不是要成立劳动服务公司吗，把二雷弄那儿去得了。正好，他平时还真爱倒腾个这啊那的。张弛说，没错，我就见过他倒腾毛鸡蛋。

意见达成统一，让韩跃民去跟二雷谈。出了会议室，韩跃民叫住了佟之鹰：“你跟二雷有什么过节儿啊？”

佟之鹰一愣：“我跟他？没有啊。怎么了？”

“哦，没事。”

“不会吧，你听说什么了？”

“真没听说什么。”韩跃民见佟之鹰很关注，赶紧解释，“你看你，好像我跟你这儿挑事儿似的。我就是看二雷好像老跟你劲劲儿的。”

“噢，是，我是看二雷有点儿没心没肺，说过他几回。我没别的意思啊，就是提醒他多留个心眼儿。”

“嗯，那他可能就觉得你事儿事儿的了呗。”

佟之鹰有点儿委屈："你说我一党员，又比他们大几岁，我不能老跟他们混打混闹吧。"

韩跃民觉得不该跟佟之鹰说这个，赶忙打圆场："是，你没错儿，二雷就那么个浑小子，别跟他一般见识。"

韩跃民让佟之鹰先回办公室，他自个儿来到车间找到二雷，倒背着手板着脸说："收拾收拾个人物品，走人！"

二雷不解："哪儿去啊？"

"回家，把你开了！"

"我操！"二雷火烧屁股似的原地尥蹦儿，"谁呀这是，谁把我给开了？哥们儿都十多年工龄了，开我？姥姥！"

韩跃民憋不住笑了："你一百年工龄也不能为所欲为吧？以后懂点儿规矩，别老犯浑。"

二雷一把搂住韩跃民的脖子，口气也缓和下来："哥们儿，拿我打岔呢吧？我就说嘛，敢开除我的人还没生出来呢！"

韩跃民是担心二雷不乐意到劳动服务公司去，所以故意弄了个"最坏"的处理结果吓唬吓唬他，好让他有"绝处逢生"的感觉，踏踏实实到劳动服务公司去报到。没想到跟二雷一说，他还挺高兴，立马表示："哥们儿早就不想在车间里混了，倒腾买卖多好啊，还省得整天跟你们眼眉前晃悠，没事儿给我添堵。"

原以为得费一番口舌，现在顺顺当当圆满完成任务。韩跃民兴冲冲回厂部向领导复命。敲门进去，厂长和书记在一块儿呢。他把二雷的情况简单说了一下，厂长说："厂里的事儿你先放放，现在说说你吧。”

“我？我怎么了？”

“厂长说，刚接到电话，团市委宣传部要借调你去帮忙。”

“啊，我怎么一点儿不知道啊？”

“说是电话找你你没在，就先跟我们商量了。我看这是好事儿，反正咱们厂团委现在也没什么具体任务，就答应了。”

书记补充说：“对，好事儿。但是我们也是原则上答应了，还要征求你本人的意见。另外咱们团委的工作，你借调走了以后考虑让张弛代理一段。”

韩跃民心说，好嘛，连代理书记都物色好了，这是巴不得我走呢还是真为我好呢？又想起刘秘书的话，是不是他推荐的呢？他心里飞快转了这么几个念头，迟迟疑疑：“帮忙干什么我都不知道呢。他们怎么会想到借调我去帮忙呢？”

书记说：“这个还真没细打听。反正是团市委宣传部的旗号，要不你再回个电话问问？”

韩跃民当场没敢表态，回到办公室给刘秘书打了个电话。

刘秘书说：“这你还问什么啊，跟你说，这是孔书记当着宣传部的头头们亲自点的名，赶紧来吧。说是借调，弄好了你就留下了。”

刘秘书把宣传部的电话告诉了他，他又给宣传部打了个电话。接电话的人说，宣传部跟媒体合作，准备搞一个珠算大赛，弘扬民族文化传统，发现和培养珠算人才。

问明白了，韩跃民想不出理由不应承。孔书记点名借调，珠算大赛。他脑子里反反复复就这两句话，有点儿小兴奋，又有点儿说不清的怅惘和留恋。有什么值得留恋的呢？一时也理不清楚。他想把这点儿小兴奋分享出去，信马由缰下了楼，竟然不知不觉奔着电工班来了。

到了电工班，迎面就撞见了李娟的目光。眼神一对，飞快地那么一扫，李娟的脸就红了，立马躲开了他的直视。

韩跃民明白了，到这儿是奔着李娟来的。他想起黄鹂说过李娟的爷爷号称“铁算盘”，心说老鼠的儿子会打洞，这丫头会不会也能打算盘呢？

他把电工班各位师傅的招呼支应了一遍，凑到李娟跟前：“李娟啊，你会打算盘不？”

“会呀。”李娟脆生生回答，抬起眼来看着他。这跟她平时文静羞赧的风格完全两码事了。

韩跃民有点儿诧异，看了她一眼：“咱们全市要举行一个珠算大赛，比比谁的算盘打得好打得快，要不你报个名参加一下？”

李娟点点头：“是吗，我都不知道。行，这事儿我报名。”

焦志同插嘴问：“小韩啊，市里办这么个比赛，有咱厂什么事呢？”

“本来也是没咱们什么事，可是团市委借调我去帮他们干这个，不就有咱们的事儿了嘛。各位师傅也给推荐推荐，看谁的算盘打得好，也上去比试比试。”

“哟，小韩啊，你这一借调就不回来了吧？这是又要高升啊！”

“没有的事！借调，就是给人家卖苦力去了。”

韩跃民跟关心这件事的师傅们打了个一通哈哈，又叮嘱了李娟几句，让她等着通知。根据他的经验，这种规模的比赛，怎么也得经过初赛、复赛和决赛几个环节。报名、集训，一折腾就得两三个月。

无论怎么说，上级机关借调，是件好事儿。他一边走一边琢磨，定做帽子算是下了个药引子，还真管用了啊！

[三]

韩跃民心里暗吃一惊，姜还是老的辣，这才算是问到点子上了呢

1983年底，韩振江把最小的三女儿嫁了出去。至此，三个闺女都有了人家。他和妻子袁素娥就剩下老儿子韩跃民结婚这一件心事了。

这一年，韩跃民还不到二十五岁，大姐韩春梅三十二岁，二姐韩春兰三十岁，三姐韩春慧二十七岁。姐妹仨完成了自己的人生大事，心思也都集中在弟弟的婚事上。一时间，老韩家只要聚齐了，话题基本上就离不开这件事。自打过了春节，韩跃民就明显感受到了这个变化，弄得他只要一听见三个姐姐都回来了，就有离家出走的冲动。

按说，姐姐们都嫁出去了，平时住在婆家，韩跃民每天下班回家挺清净。父母虽然心里为他的事着急，可也不会整天催着他找对象结婚。尤其是他爸爸，没人挑头，老爷子绝不主动开口说这个。袁素娥疼儿子，也知道怎么疼。儿子不

韩跃民听到韩振江这么问，心里暗吃一惊，想着姜还是老的辣，这才算是问到点子上呢

乐意听的话题，她轻易也不好主动提起，怕惹儿子不痛快。所以，只要姐姐们不回来，这个三人世界挺滋润。里外屋之间的门帘一放下来，韩跃民从此也算是有了自个儿的独立空间，不用再去那个“小炮楼”睡觉了。

可是只要姐姐们一回来，他就算遭殃了。往往从还没吃饭就开始，姐仨就开始轮番上阵，帮着爹妈挑起话头，催婚。

阳历年，姐仨都得在婆家过。所以，头天晚上，看来也是商量好了的，姐仨都回娘家来了。爸爸韩振江小酒盅一捏，姐仨一使眼色，大姐的开场白就来了：“跃民呀，怎么着了啊？定下来没呢？”

韩跃民装傻：“什么就定下来啊？”

然后就是二姐：“韩跃民，你别装傻，听着啊！我有个同事，比你小两岁，高中毕业差一点儿没考上大学。小模样没得说，为什么没得说呢？就因为她长得好看，领导都考虑不让她卖票了，打算送她去学开车呢。”

三姐打配合，敲边鼓：“姐呀，为什么就不让她卖票了呢？”

“这你都猜不出来？因为长得好呗。长得好看，车上就老踪着好多小痞子啊小学徒工啊大学生之类的，都惦记着跟她搞对象呢，不搞对象哪怕看上一眼也行。动不动她这个车就挤不上去，别的车呢，干脆没什么人。这影响运营啊，所以头儿说过好几回了，打算让她学开车去。开大公交的本子多难考啊，人家有文化，没问题。真要是当了司机，一个月比我们这样的多挣十几块呢。”

大姐说："那你就给咱们四儿说说呗。人家有对象没有呢？"

"有对象我还说什么呀，我特意问了，没有呢。"

韩跃民不乐意了："什么焊什么啊你们就往一块儿捏咕！有点儿别的事没有？"

韩振江横了儿子一眼，没说话。

袁素娥搭腔："跃民呀，过了年，你可都二十五了，眼瞅着就吃二十六的饭了，自个儿的事儿你就不走走心思？"

"妈，有您这么算的吗？我二十五生日都没到呢，怎么就吃二十六的饭了！"

三姐说："甭管什么岁数了吧，那个刘小辫儿是不是你同班同学啊？人家怎么就知道交个女朋友呢？"

"你怎么知道那是人家女朋友啊？"

"我都看见好几回了，起码两三回，他骑车带着个女的。"

韩跃民笑了："吹吧你就！听你这口气，最多两回。长什么样啊？回头我就问问他去。"

大姐说："你也甭问人家了，就说咱前院儿的红竹吧，她比你小三岁呢，我看那样，估计也是交男朋友了。"

"人家是女的，跟我比什么啊？"韩跃民听说红竹交了男朋友，心里划过一丝不舒服的感觉，嘴上还是跟大姐死犟。犟完了又忍不住打听，"再说，大姐你怎么知道人家红竹交男朋友的事儿啊？"

"嘿，这你可问着了，我就是今儿回来的时候看见的，一小伙子跟大门口站着，红竹跑出来，差点儿跟我撞上。我眼看着俩人一块儿走了。”

韩跃民：“那就是男朋友？”

“我看着就像是男朋友。她们姐俩儿，她妈看得严着呢，要不是正经的男朋友，她妈能不管管？”

“也许她妈不在家呢。”韩跃民小声犟嘴。

袁素娥没听清楚，问：“儿子你说什么呢？”

“没说什么，我是说女的跟男的不一样。”姐妹几个跟老妈对望一眼，谁也没再说什么。

红竹不是韩跃民的最爱，甚至连多么喜欢都谈不上。可是乍一听说小时候过家家扮过夫妻同床共枕的红竹芳心有属，居然公开交了男朋友，韩跃民心里还是越想越难受。

红梅、红竹、李娟、秦蓉……他又把心里有痕迹、时常惦记着的这几个女孩儿子一一过了一遍，一时间春山秋水，燕瘦环肥，哪个都有点儿舍不得撒手了。一时又想起刘小辫儿，这小子，看来是真有个女朋友了。改天得找个时间约上小蚊子，好好审审这小子，起码宰他一顿好的。

就这么七想八想，饭也没吃好。姐姐们见他情绪不高，谁也不再提找对象的事。直到二姐问起借调的事，韩跃民才提起精神显摆了一番：“他们都说我这回去了就可能留在那儿了，我这儿还琢磨呢，你说到了团市委机关，就我这样的，能有多大发展呢？”

三姐说：“你这样的怎么了，不是挺好吗？有没有发展，总比你窝在帽厂好多了吧！”

韩振江不满意地咳嗽了一声："什么叫窝在帽厂啊？帽厂好几千号人，那么大地方，怎么就窝着他了！"

"不是那意思，我是说，人得往高处走。"

大姐插话："站得高才看得远呢。树挪死，人挪活，你就去好好干一阵子，反正也是个借调，不成再回来不也没人拦着你。"

韩振江终于忍不住发表意见了："挪什么挪啊，要我说，到了那个什么大机关，你两眼一抹黑，谁都不认识，别说发展了，不撞墙不碰钉子就算好的。"

二姐反驳："瞧您说的，韩跃民可是咱们家唯一的国家干部，走到哪儿都是吃官粮。人家孔书记亲口点名让他去，这就算是有了靠山。要我说，跳河一闭眼，闯荡闯荡也没亏吃。大姐说得对，最不济咱再回来，也没损失什么啊。"

韩振江看了看儿子："人家是借调你一个人啊，还是一拨儿人啊？"

韩跃民心里暗吃一惊，姜还是老的辣，这才算是问到点子上了呢！

韩跃民已经去了团市委宣传部，人家一个字也没提孔书记点名借调的事，就是把借调目的谈了一下：全市规模的珠算比赛，又是跟报社和电视台联手举行，宣传部和社会活动部那几个人绝对是支应不下来。所以，从各区县和厂矿企业团组织抽调了十个人帮忙。当然了，因为韩跃民插队的时候在公社组织过知青诗歌朗诵赛，在帽厂也主持举办过青年团员应知应会竞赛活动，这方面有些经验。所以，决定让他过了年就直接到青年报社报到，具体工作由报社安排。

韩跃民来到报社，人家说了，报名和初选初赛，都要过了年再说。他的身份，等于是团市委派下去的筹备小组副组长，负责跟报社的沟通协调。

韩跃民最初一听借调了十个人，当时就有点儿心灰意冷。原来以为自己是千顷地一根苗，多么受领导重视呢。这一下十个人，等于栽了一片林子啊。到时候人家一“间苗”再把自个儿给淘汰了，那不是竹篮子打水一场空嘛！再一听，敢情又把自个儿分派到报社里去了，这不是脱了裤子放屁嘛！他转身就去找了刘秘书，直截了当问：“把我提溜上来又派下去，什么意思呢这是？”

刘秘书说：“这你就不懂了吧，把你弄到团市委来，再让你到报社去帮助工作，这是有用意的。你从厂里到报社，那叫往上看，叫高度；现在把你从市里派下去，叫往下看，那叫深度。”

韩跃民听得有点儿发愣，好一会儿才似懂非懂点了点头。

这个情况，他回家也没敢说。现在被老爸这么一问，他支支吾吾说了句，反正咱厂就我一个，别的我也不知道。

好不容易等着三个姐姐各自回家了，韩跃民脚都没洗，拉开被子倒头便睡。其实哪睡得着啊，蒙在被子里想心事罢了。

[四]

你老觉得自个儿混得不错不错的，其实人家比你混得更好也说不定呢

西风一紧，万木萧疏。院儿里的杨柳榆槐，差不多都剃了光头，唯有后院那棵柿子树，高高的枝头上挂着三五个金黄发红的柿子，衬着蓝天，显得分外醒目而又孤寂。树尖上稀稀拉拉缀着几片残叶，尤其冷落凄凉。

一大早起，袁素娥买油饼回来，嘴里一个劲儿咝咝地吸气，对正在屋里洗脸的韩跃民说："今儿可是真冷，四儿，穿你那劳保大衣上班去吧。什么好看赖看，暖和是真的。"袁素娥一扭脸，看见二闺女春兰正在里屋给她爸叠被子，问："哟，你这么早跑来干吗？吵架了吧？"

"我跟谁吵架呀？妈您能不能盼我点儿好啊？"

"那你这么早干吗来了？"

"我找我爸有点儿事。"

袁素娥把工作服棉大衣拿出来放在床上："四儿，给你

搁这儿了啊。”

韩跃民看了一眼，还没说话呢，他爸一步跨进来，插话说：“不至于吧，这天儿多刷利啊。”韩振江在院儿里打了一通拳，身上微微出汗，俩手合在一起搓了几下，端起大茶缸子喝了一口热茶。

韩跃民立马赞成他爸爸：“就是，没那么邪乎。穿我那件制服棉袄就行，骑车子不碍事。”

二姐一边给爸爸和弟弟盛粥一边搭腔：“就是，您没看老范家大丫头，衣裳穿得那叫一个单薄，里边也不穿着什么火龙衣呢，那么抗冻！”

韩跃民凑趣：“人家那叫爱美不穿棉，要风度不要温度。”

袁素娥哼了一声：“嘁，那丫头！爱美不穿棉，冻死不可怜！”

春兰说：“还有红竹那丫头，我刚才进门看见她，打扮得也够洋气。她在哪儿上班呢？”

韩振江说：“没上班吧，听说也跟着谁做买卖呢。”

袁素娥叹了一声：“唉，也是该着红梅妈翻翻身了，姐俩儿做个小生意，怎么说也比前些年那么苦巴苦业的好多了。”

一家子吃早饭，妈和姐闲说话可算是找着了话头。

春兰说起范红梅，有点儿春秋笔意，说不好她是褒是贬：“红梅这丫头，我瞅着这些日子真是越来越洋气，越来越会打扮了。她比咱家韩跃民还大两岁呢吧？那么一打扮，看着比韩跃民还小似的。”

袁素娥说："那打扮好看？我怎么没看出来！你看她那上边裹着、下边敞着的裤子。还那么老长，穿没穿鞋都瞅不见，裤腿脚都能扫地了，也不嫌费布，布票白来的啊？"

春兰说："人家那叫喇叭裤，现在满大街正时兴呢。"

"反正我是没看出好儿来。头发也烫了，那大花卷儿，跟狮子狗似的，真不如以前那俩小辫儿瞅着顺眼。"

"说得倒也是，那个头发我也瞅着不大好看。看打扮，比韩跃民还年轻，可惜头发一烫，人就显得老气了。一大姑娘，跟结了婚的妇女似的。哎，说真的，她不是靠了个做生意的大款吗，怎么也不结婚啊？"

"那谁知道啊！"

娘儿俩从范红梅的服装发式聊到她的生意，韩跃民没插言，他也插不上言。不过他总算是听明白了一个意思，那就是老范家那俩闺女都做生意呢。以前他就知道红梅也倒腾过鸡蛋，等于跟小蚊子是同行。现在听这么一说，敢情红梅这程子早就不倒腾鸡蛋了，人家在外边"靠了人儿"，跑广州倒腾生意呢。"靠人儿"，是娘儿俩的说法，韩跃民不认同这个，觉着红梅不是那样的人儿。不过红梅"靠"的那个人儿是谁，韩跃民心里明镜儿似的，肯定就是疤瘌星。

这几年韩跃民另走一经，尽忙活自个儿那一亩三分地的事儿了，成天早出晚归的，院儿里街坊们的大事小情他也没上心。连他的三个姐姐上什么班他都说不清楚，就更别提两姓旁人的闲事儿了。可是他也没迟钝到那份儿上，不至于连身边风物人事的变化也毫无觉察。人们吃喝不愁了，"穿"

也就开始出花样。大街上姑娘小伙子们衣着打扮越来越新鲜，颜色越来越多。韩跃民在办公室能看到《参考消息》，连外国人都注意到中国人的衣服颜色不再那么单调了，他又怎么能没发现呢？中央都明确提出改革开放了，风气有点变，人们的想法和行为越来越自由，这不算新鲜。只不过他一门心思忙活自己的事，没走那份心罢了。

今儿一大早在饭桌上听了妈和姐的议论，他才猛然明白了一个道理，你老觉得自个儿混得不错不错的，其实人家比你混得更好也说不定呢。想到这个，他一时犯愣，嘴里的油饼稀饭也不那么香甜了。

[五]

老爸都五十多了，为了把车让给儿子骑，自个儿每天拎着饭盒挤公交车上下班

韩跃民在家吃完早点去上班，骑上车刚出胡同口，迎面碰上了俩手各拎一个大竹篮子的小蚊子。他刹住车，单脚支地，上下打量小蚊子：“你这是忙活什么去了？半夜出去搬大闸（偷东西）去了吧？”

小蚊子眼窝深陷、头发老长，冻得鼻子尖儿都红了，一脸没睡好觉的疲惫：“别逗了你，没看我这两篮子鸡蛋吗？”

韩跃民猫腰掀开竹篮子上盖着的毛巾，里面满满的都是鸡蛋，还垫着不少麦秸。

“行，还真干起来了，这两篮子鸡蛋，得有二十斤吧？”

“说什么呢你？跟你这么说吧，净重，净重啊，三十七斤。妈的没累死我，大老远的！”

“夜里也没车，你走回来的？”

“废话，好几十里地我走回来？人家公社有拖拉机进

看到老爸都五十多了，为了把车让给儿子骑，自个儿每天拎着饭盒挤公交车上下班，韩跃民有点儿心酸

城送货，半夜两点走，我就搭车回来了，还省了六大毛车钱呢。”

“这大冬天儿的，鸡还下蛋？我怎么瞧着你这鸡蛋不是好来的啊！”

“你管着吗你！人家养鸡场里生火炉子，比你们家还暖和呢！”

韩跃民不想再跟他逗贫了，忽然想起个事儿来，冷不丁问：“哎，听说小辫儿搞一对象，你知道哪儿的吗？”

“没那巴宗事儿！”小蚊子忽然愤愤不平起来，他把篮子放在地上，俩手搅在一起揉搓着，“哪儿跟哪儿啊这是？说句不好听的，他刘小辫儿纯粹就是一撒头拍子，整个儿一四六不懂还外带着色迷瞪眼。说句不好听的，我都不稀得说他，我嫌臊得慌。”小蚊子吐沫星子乱飞，脸也红了，挺老长的头发也耷拉下来了，一副气急败坏的模样。

韩跃民乐了，一迈腿从自行车上下来，掏出烟来递给小蚊子一支：“怎么茬儿啊，说说，我听听，给你们裁判裁判。”

“你裁什么判啊你，这里可没我什么事。”

“得，没你事儿，那你就说说小辫儿怎么回事儿吧，他没搞对象啊？”

“你听谁说他搞对象了？”

“甭管听谁说的吧，反正有人跟胡同里看见他骑车带一女的，好儿回呢。”韩跃民判断，我姐都能看见两回，不可能就这么两回都让我姐撞见了吧。所以他判断，刘小辫儿的这类行为绝不止两回。

小蚊子把烟点着了，深吸一口，又狠狠吐出来："跟你这么说吧，说句不好听的，我真不是背后嘀咕他。他是这么回子事儿，我姐有个同事的妹妹，高中毕业，连着考了两年大学也没考上。"

韩跃民点点头："这姑娘也够笨的！"

"是，是够笨的。她不是没考上大学嘛，说句不好听的，她们家也不愿意再让她考了，就张罗着给她找个事儿干。可你说，如今哪儿哪儿那么好找工作啊！我姐跟这个同事平时关系不错，就多了句嘴，说我妈跟街道上领活儿，就是那个挑补绣花的活儿。活儿供得上，手勤快点儿，一个月三十多块钱玩儿似的。"

韩跃民说："我知道，我们院儿红梅她妈不也干过这个嘛，没别的，就是点灯熬油费眼睛。"

"是，费眼睛，要求还挺高。人说都是外贸出口的，差一点儿都不行。我姐这么一说呢，人家那个同事的妹妹就答应了，说反正闲着也是闲着，就让我妈帮着领点儿活儿，她也要试试。结果呢，活儿是领了，你得手把手教她啊。说句不好听的，那么笨一姑娘，一天半天的还真教不会。再说人家那活儿也不是光一种，好不容易学会了这个，再领来新活儿又不会了。"

韩跃民说："笨人，干嘛嘛不灵。"

"没错。所以这姑娘就一趟一趟往我们家跑，又舍不得坐车，五六站地，来回都那么走着。你说我吧，说句不好听的，我也没个自行车，我就算有自行车，我整天也不着家啊。

这就让小辫儿逮着空子了，说句不好听的，丫好赖不济还有辆破车呢，闻着味儿就来了。头一回也是我妈嘴欠，说让小辫儿骑车送姑娘回家。嘿，丫可就来劲了，兹要是姑娘来我们家，刘小辫儿就真跟闻见味儿了似的，专门跟我们家等着送姑娘回家。轰都轰不走，还他妈黏上了。”

韩跃民哈哈大笑：“那就还真是有点儿眉目，你就成全了他呗。”

“我，我成全他？我凭什么呀我！”小蚊子一激动，脸又红了。

韩跃民开始逗他：“哥们儿，不会是你也看上了吧？打算肥水不流外人田吧？”

“我，我就呸！捏着半拉眼皮也看不上那样的啊！”

“哪样儿啊？我怎么听说那姑娘挺有样儿的呢。”

小蚊子让韩跃民逗得结结巴巴：“你你你，你甭这儿激、激我。我就是，就瞧不上小辫儿那个，那劲头儿，好嘛，说句不好听的，没，没见过女，女的啊？”

韩跃民还想说点儿什么，一扭头看见爸爸打家门口溜达出来了，这才想起还得去上班，他只好急匆匆推起车子：“你先回家吧，回头咱找刘小辫儿，叫他请客，好好掰扯掰扯这个事儿。”

说罢，他蹁腿上车，一溜烟儿走了。

出胡同口往马路上拐的时候，韩跃民往胡同里瞥了一眼。这一眼，看得他有点儿心酸。老爸都五十多了，为了把车让给儿子骑，自个儿每天拎着饭盒挤公交车上下班。

首届中国工业文学奖

天坛帽儿爷

THE HATTER BY THE TEMPLE OF HEAVEN

春雨 ◎著

中

北京日报出版社

图书在版编目（CIP）数据

天坛帽儿爷 / 春雨著 . -- 北京 : 北京日报出版社，2022.7

ISBN 978-7-5477-4254-9

Ⅰ . ①天… Ⅱ . ①春… Ⅲ . ①长篇小说－中国－当代 Ⅳ . ① I247.5

中国版本图书馆 CIP 数据核字 (2022) 第 046745 号

天坛帽儿爷

出版发行：北京日报出版社
地　　址：北京市东城区东单三条 8-16 号东方广场东配楼四层
电　　话：发行部：（010）65255876
　　　　　总编室：（010）65252135
作　　者：春雨
京味儿顾问：金良
封面题签：杜彦锋
策划编辑：薛文杰
文字编辑：吕　娜
特约编辑：王艺达
美术编辑：郑妍妍
插　　图：徐　川
策 划 方：北京纯京味儿艺术剧院
责任编辑：卢丹丹
印　　刷：河北宝昌佳彩印刷有限公司
经　　销：各地新华书店
版　　次：2022 年 7 月第 1 版
　　　　　2022 年 7 月第 1 次印刷
开　　本：710 毫米 × 1000 毫米　1/16
印　　张：54.75
字　　数：600 千字
定　　价：128.00（全三册）

作者：春雨

王春雨，笔名：春雨。土生土长的北京南城人，从事文字工作30余载，北京市优秀新闻工作者，北京作家协会会员，现任北京纯京味儿艺术剧院总编剧、总导演。1985年开始发表小说、纪实文学等，先后发表长篇纪实文学《初涉爱河的时候》《十字架上的夏娃》《酒惑》等。1993年，出版10余万字的关于青少年问题研究的著作《人生黑洞》；2017年，由作家出版社出版50余万字的京味儿长篇小说《龟院儿》；2018年，60余万字的京味儿长篇小说《天坛帽儿爷》获得首届中国工业文学作品大赛二等奖，由作者担任编剧及导演的系列京味儿话剧《痴爷》《北京大妞儿》《翔云八号院》在全国巡演；2019年，电影剧本《翔云八号院》获得第二届中国工业文学作品大赛三等奖；2021年，“春雨京味儿话剧展演季”在北京启动，作者参演多部话剧，成功地塑造了教师、冰球教练等艺术形象，由作者担任编剧及导演的迎冬奥体育话剧《札幌冰血情》在北京首演。

目录

[四] 韩跃民礼节性地吸了一下鼻子："行啊你，混壮了，高级了。"

[五] 四儿啊，跟我还这么绕脖子就是你的不对了

第十一章 /58

[一] 他对洛克菲勒这种有钱人的羡慕，大概也就相当于人对鸟儿的羡慕

[二] 一个好儿，电话里就带到了；一只鸡，不见面就没法交割了

[三] 那些主动往身边靠的姑娘，怀的什么心思他也门儿清

[四] 这个排场，这个说法，似乎就是新姑爷上门儿的意思了啊

[五] 身边躺着个美妞，男人的心思和欲望开始在韩跃民心中鼓荡升腾

第十二章 /90

[一] 他不能为了眼前的一朵花耽误前边的大好风景

[二] 他老觉着自个儿是“龟兔赛跑”里的那只傻兔子，大树底下睡了一觉，一睁眼，乌龟溜溜达达跑前边去了

[三] 有血有肉一大活人，骂两句有个耳朵听着，打几下有个身子挨着，想见就能见着，想闹小脾气就有人接着

[四] 韩跃民一示弱，谷秃子就把妒忌他的那份儿心放下了

[五] 韩跃民觉得，在红梅面前，他也就剩下“文化水儿”这点儿优越性了

第十三章 /121

[一] 大老爷们儿，五尺高的汉子，这属于正经的让人家追着屁股要债啊

[二] 韩跃民嘴上这么说，眼睛可是巴巴地看着谷秃子，期盼着他再说几句对自己有利的话

[三] 自个儿为七十块钱愁得五脊六兽，那个乳毛还没褪干净的小子就有了六万块钱，这上哪儿说理去

[四] 说什么都成，你要是来还账，就是打我们一家子的脸呢

第十四章 /147

[一] 这可是个孩子，不是你脸上的粉刺，说挤出来就挤出来

[二] 我这儿都火上房了，你还非要问问谁点的火，有你这样的吗

[三] 中午的太阳明晃晃的，韩跃民只看见三个白色的身影从医院大门里走出来

[四] 韩跃民规规矩矩站在厂党委书记面前，还真有点儿热血沸腾的感觉

[五] 他为这个不争的事实感到羞惭，感到自卑，又感到人生实在是太美好了

[六] 这人说话时唾沫横飞、眼珠子乱转，一看就是个眼睫毛拔下来都能当哨吹的精明人

第十五章 /180

[一] 飞机腾空而起的一刹那，他只觉得耳鼓一紧，不由得心里一慌，脸上可还是平静如水

[二] 这里边有那十四万的信汇自带支票，哪能轻易撤手呢

[三] 路两边都是芭蕉树，植株稠密，肥硕的叶子横斜旁逸，伸展到路中央

[四] 自个儿这大半夜的也跟出去，好像不放心谁似的，不够厚道

[五] 在暗处看别人表演，最能挑逗人的神经，让韩跃民想起小时候常玩儿的捉迷藏游戏

[六] 韩跃民平生第一次喝可口可乐，觉得跟毒药似的，火辣辣的不舒服

第十六章 /212

[一] 邓丽君都从九块降到四块了，不定哪天也得臭了街。谷秃子真是个臭嘴，还真让他说着了

[二] 韩跃民忍了好几忍，好歹算是没扇他嘴巴子

[三] 平板三轮，垫块纸箱板，韩总经理就这么坐在三个轮的专车上去开神仙会

[四] 胖老板看来是真不懂，不说是也不说不是，眨巴着眼睛，等他的下文

[五] 你上赶着，他不乐意搭理你；你要是绷着慎着，他还就死乞白赖上赶着，你不给他都不成了

[六] 毕竟，一个人脸上有灰和俩人脸上都有灰，那效果和影响是不一样的

第十七章 /251

[一] 韩跃民知道，他跟厂长这个仇算是结下了

[二] 到了那儿可别说这些不敬之语，惹翻了父老乡亲可给你扔猪圈里去

[三] 为了躲拖拉机，陈大眼连刹车带打方向，卡车差点儿没翻到路沟里去

[四] 魏德全完全不顾厂长身份了：“小韩呀，你再不吐口答应，我可真找你爸爸去了。”

第九章

[一] 二雷一挑大拇哥：“没错儿，要我说，除了大活人，咱都经营。”

[二] 在陈大眼面前，他得装出吃过见过的样儿来，不能让这小子瞧不起

[三] 陈大眼看不出个眉眼高低，继续举着那五毛钱往大叔跟前凑

[四] 他嘴上没说什么，心里着实有点酸不溜丢沮丧失落的感觉

[五] 陈大眼百般推辞，最后也没法拒绝老葛打架似的盛情

[一]

二雷一挑大拇哥："没错儿，要我说，除了大活人，咱都经营。"

韩跃民一夜间成了东晓市街的名人。

他当了帽厂团委书记，他在杂志上发表了文章，这都足以令人对他刮目相看。可这些都不足以让他在胡同里成为大名人。让他在整条街上扬名的，是他要主持珠算大赛这件事。

珠算大赛还在筹备阶段呢，这事儿就嚷嚷得满城风雨，这都是他二姐韩春兰的功劳。

韩春兰最近老往娘家跑，是因为她要给小叔子安排个临时工。她知道她爸爸有这个面子，安排正式工不敢想，找个临时工的空缺，作为厂工会副主席的韩振江应该是没什么大问题的。但是韩振江最烦这样的事，不愿意为了私事找厂领导开口。韩春兰知道老爸的脾气，她就只能一趟一趟耐着性子来磨。回来的次数多了，跟院里的街坊们接触也就多了。

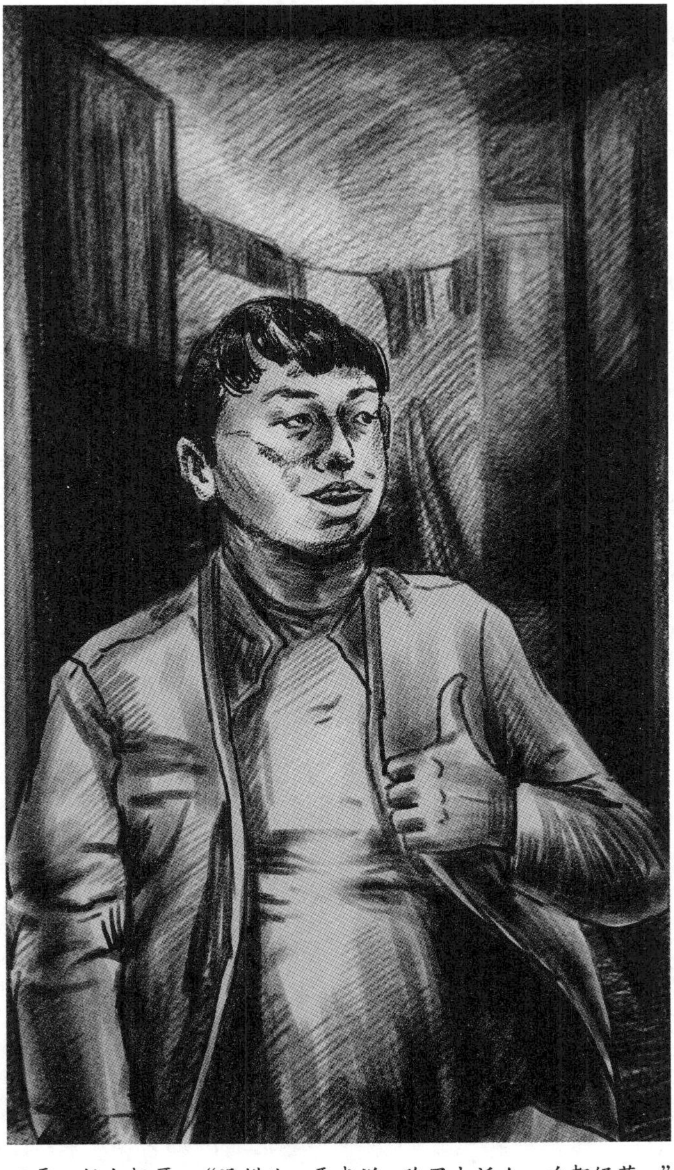

二雷一挑大拇哥："没错儿，要我说，除了大活人，咱都经营。"

那天碰见范红梅，她就把弟弟又要荣升的事儿说出来了。怎么荣升呢？自然，团市委直接借调，到市里主持珠算大赛，这就是明证。

范红梅倒是好说，既不那么“张八”，也没那么多八卦。可她妈是什么人？那就是个大喇叭。这位范家大婶前些年生活困难的时候，没少得到老韩家各种形式的接济。老韩家的老儿子出息了发达了，她比谁都高兴。这一高兴可不要紧，义务宣传还真到位。这一代居民，少说得有一半是做生意出身的。算盘，差不多是家家有。算盘比赛，那不是撞到枪口上了！所以，这个消息就算是引起了一个小轰动。好多老街坊都打听，算盘比赛是个什么章程，要是得了第一名第二名的，有奖金没有？还有人传言，说是这回算盘比赛，得了前三名的要是没工作，国家直接给安排工作，去当会计。好嘛，这么一来，用韩振江的话来说：我一进胡同就能听见各家各户的算盘珠子响。

韩跃民更是遭到了老邻居们的“围攻”，他只好一遍遍解释：是有这么个活动，可那得过了春节才开始呢，现在连筹备都没正式开始呢，什么时候开始报名、怎么个报名法儿，到时候我肯定通知各位！

韩跃民说的是实情。按照市里的安排，整个活动从报名截止到决赛结束，一共只有三周时间。前期的准备工作，比如出题、竞赛规则和裁判安排，都没他们什么事。所以，他们这些借调人员不过就是提前挂了个号，比赛开始以前，该在哪儿上班还在哪儿上班。

厂长和书记了解到这个情况，说你这阵子既然没什么具体任务，不如安排你干点儿分内的事吧。什么事呢？书记说，咱们新成立的劳动服务公司，七凑八凑的现在也有六七十号人了，厂里的后勤服务也都归他们管起来了。还有那个门市部，都在一块儿，也有十七八个人。这么多人，党支部是有了；你这几天去看看，也算蹲蹲点儿，筹划着把他们的团支部也组建起来，那儿小青年也不少。

这个劳动服务公司，韩跃民一次也没去过。原以为一个工厂的三产，都是各车间不好安排的人凑起来的。说句难听的，都是“歪瓜裂枣”的角色，要不就是二雷那样姥姥不疼舅舅不爱的主儿。印象中，这样的地方，大概其就相当于以前的“充军发配”之所。没想到这一去，还真让他开了眼。公司办公室就设在厂里原先的门市部，也是个闹市区的小院子。小院儿还挺规整，临街是三开间的门面，院儿里边有六七间房，整个院子还铺了方砖地面。会议室、仓库、财会办公室、经理办公室，一应俱全，门窗还都是新换的铝合金材质。

劳动服务公司经理是个四十多岁的女人，姓罗，以前后勤科的副科长。韩跃民在这位罗经理的陪同下各屋转了一圈，发现办公用具都是新的，会议室、经理办公室还配了沙发。他不由开了句玩笑：“你们这是鸟枪换炮啊，这比咱厂张书记的办公室还阔气呢。”罗经理赔笑解释：“咱这不是对外的窗口单位嘛，老得接待来谈生意的，装个门面。”

在院里，碰见了外出回来的二雷。二雷说：“哟，领导这是来视察来了？”

韩跃民拉住他聊了几句，问他在这儿干什么。二雷说：“我是业务员啊，跑业务。”

“什么业务啊？推销帽子？”

二雷刚要搭话，罗经理说：“咱们准备成立个贸易公司，经营范围挺全的。邵春雷这小伙子在这方面还挺内行，这几天正忙着给咱们跑工商局领执照呢。经营范围这方面就是他的主意，尽量范围大一点。”

二雷一挑大拇哥：“没错儿，要我说，除了大活人，咱都经营。”

罗经理笑着打了他一下：“这孩子，又没正形了！”

新单位，组建团支部的工作并不难。韩跃民跟罗经理商量了一下，开了两次会，就算完成任务了。

回厂复命，厂长又给他派了个活儿：“小韩呀，咱们跟外联单位合作建厂的事儿，已经进行了好几个月了，小陈在那边住了不少日子了，光是电话联系也说不大明白。我是这么打算的，你安排安排，看看哪天得工夫跑一趟，把这事儿落到实处，咱们好接着往下谈。”

“哪个小陈？”

“销售科小陈，你肯定见过，可能不大熟吧。都是年轻人，见了就熟了。”

“那我什么时候去呢？”

“你等我跟小陈再通个电话吧，你自己安排，这两天跑一趟。”

“好嘞。”

韩跃民领命出来，心里有了点儿小小的郁闷。自打上头借调的事儿一定下来，自个儿好像成了个拾遗补阙的，没什么正经事干了。

[二]

在陈大眼面前，他得装出吃过见过的样儿来，不能让这小子瞧不起

嘎斯69吉普车，是苏联出产的。据说因为二战后苏联境内到处是苏德双方交战时留下的炮弹皮，于是大量回收回炉，用这些炮弹皮加工制造出大批量的吉普车。苏联的工业水平没的说，这种车四轮驱动，底盘茁实，动力强大，结实耐用，跑在乡村土路上优势尽显。

陈大眼一边开车一边偷眼瞄着坐在身边的韩跃民。打上车的时候他就看出来了，韩跃民表面上满不在乎，可是他神情不大自然，好像压抑着一种小兴奋。陈大眼这双大眼算是没白长，看得还真准。韩跃民坐过无轨电车，坐过公共汽车，三轮车自行车当然更不在话下。可他真是平生头一回坐小汽车，还是他打小儿就特别羡慕的那种军用吉普。不过这一节他没好意思说出来，在陈大眼面前，他得装出吃过见过的样儿来，不能让这小子瞧不起。

在陈大眼面前，韩跃民得装出吃过见过的样儿来，不能让这小子瞧不起

韩跃民是奉厂党委之命下来了解合作厂发展情况的，说是合作厂，其实就是国有企业的加工点儿，基本上掌握在农村那些所谓的“大能人”手里。韩跃民还真想不起这个小陈长什么样，在长途汽车站举着张小字报才跟陈大眼接上了头。

陈大眼学名陈二晨，是厂长派下来到村里做技术特派员的。平时就住在村大队部，辖管着全村的几个小型合作厂，也就是所谓的“总督大人”。

名副其实，陈大眼最突出的特征就是眼睛太大。眼眶子大，眼珠子也大，咣里咣当的好像光是眼睛就占据了脸的一半。俩人一见面，韩跃民看着他的一双眼睛直走神，直到握完了手才醒过梦来，赶忙自我介绍。

陈大眼来这儿做“总督”好几个月了，这是头一回在外派住所见着娘家人，显得分外热情：“哥们儿，你比我小吧？那我可就叫你兄弟了。”

韩跃民忙说：“我属猪，您呢？”

“噢，我属狗的，比你大一岁，叫我陈哥就行。”

“噢，陈哥您好。”

“好好，咱一个门儿里的，就甭客气了。不是要了解合作单位情况吗？回头我带你去找全村最大的合作单位当家的聊聊。没事儿啊兄弟，这儿我说了就算，保险让你圆满完成任务。”陈大眼一边说一边拍打着韩跃民的肩膀，一副大首长的派头。

韩跃民嘴上应承着，心说你这个特派员也就是个有点儿技术的工人，我是厂党委委员、团委书记，好歹是个干部呢，你跟我摆什么谱儿啊。

韩跃民没想到的是，陈大眼竟然把他领到了一辆吉普车跟前。韩跃民是一大早坐公交车到东直门长途汽车站，又坐了一个多钟头的郊区车才找到这儿来的。他想象中，这个陈总督最多也就是骑个自行车来接他，万没想到他能整来一辆吉普车。

更没想到的是，陈大眼走到车前，居然径自坐到了驾驶位置上，这又让韩跃民暗吃一惊。一边吃惊一边心里觉着气馁，心说我坐小汽车可都是大姑娘上轿头一回呢，人家怎么都会开车了呢！这一比就比出差距来了，表面上再怎么装，心里也是磨磨丢丢的不自在。

约莫着也是想在韩跃民面前显摆显摆，公路上车多人多的时候，陈大眼开车倒是中规中矩；一下公路，上了乡间土道，他一脚就把油门踩到了底。嘎斯 69 设计最高时速是九十公里，这辆车虽然破旧不堪，动力性能大不如前了，可是这么猛轰油门，时速也不会低于七十公里。冬日农田，四野平平，旷无人烟，视野开阔，吉普车像脱缰的野马狂奔不止，在乡间土道上掀起一路烟尘。

陈大眼才比自个儿大一岁，都吃一样的饭长大，他什么时候就学会了开车呢？因为有了这个心事，也是因为头一回坐小汽车，韩跃民打一坐上车心里就犯嘀咕，生怕在陈大眼面前太露怯。

在公路上的时候还好一点，一下道，汽车颠簸越来越厉害。韩跃民被颠得好几次头撞顶棚，幸亏车顶是帆布的，不至于开瓢儿。虽然没开瓢儿，可这么摇煤球似的颠来颠去也不是个事儿啊，韩跃民只能一手抓住了车门上沿的钢架，一手抓住座椅边缘，上下一撑，等于把自个儿给固定住了，至少避免了头撞车顶的危险。可是身体固定住了，五脏六腑没法固定。在公路上的时候，就因为陈大眼换挡加速太愣，韩跃民已经觉得胃里有点儿不舒服了。在土道上这么一折腾，他登时觉得肚子里翻江倒海地难受起来。浑身出虚汗，心里一阵阵发慌。好几次想吐，都强忍住了。

正难受得不行呢，车忽然减速，发动机也没了声儿。估计陈大眼也没遇到过这样的情况，手忙脚乱又是换挡又是踩油门，可是吉普车再也不出声了，滑行了一段，无奈地停在了路中央。

车一停，韩跃民一句话没敢说，翻身就下了车，蹲在地上就吐了个七荤八素。陈大眼一看，也顾不上琢磨这个破吉普为什么罢工了，赶紧过来询问："晕车了吧？你还有这毛病啊？"

韩跃民没理他，继续吐。陈大眼自问自答："肯定是晕车，你怎么不早言语声儿呢！"

韩跃民把早起吃的稀饭、馒头、酱豆腐吐了个干干净净，还是蹲在那儿干呕，鼻涕眼泪都下来了，一张小脸惨白，摇头晃脑的不知道怎么着才合适了。陈大眼关切地哈着腰，一手搀扶着他，一手帮他捶背。捶了一会儿，韩跃民终于有所缓和，一边摇头一边在陈大眼的搀扶下站起来，打算着缓口气换个地方接茬儿吐。陈大眼赶忙从车里拿出个大罐头瓶：“这是才沏的茉莉花茶，一口没喝呢，正酽，漱漱口。”

韩跃民又弯腰低头试着干呕了几回，确定没得可吐了，这才长出了一口气，接过那个大罐头瓶，一边漱口一边想，这小子还算有点儿疼兄爱弟的仗义劲儿。

[三]

陈大眼看不出个眉眼高低，继续举着那五毛钱往大叔跟前凑

乡村土路，宽不过三米。趴了窝的吉普车当不当正不正地停在路中间，显得特别扎眼。陈大眼绕着吉普车转了好几个圈儿，一会儿钻进车里鼓捣鼓捣，一会儿又跳下来掀开机器盖子摸摸这儿弄弄那儿。连韩跃民都看出来了，他就是个满不懂，跟那儿瞎比画呢。

野地里风大，寒风一吹，韩跃民觉得好多了，起码不再想吐了。人是缓过劲儿来了，可是车不动弹了，这旷野荒郊的怎么办呢？他起身跟着陈大眼转了两圈，一眼一眼地看陈大眼，想从他的表情上找答案。

陈大眼见韩跃民还了阳，再次打开了机器盖子，假装疯魔看了个一溜够，到底也没看出个所以然来。看一会儿，仰头伸脖儿原地转一会儿磨，接着又看，如此往复，显见得是没了辙。韩跃民见他这样，看都没心思看了，忙活着用脚扒

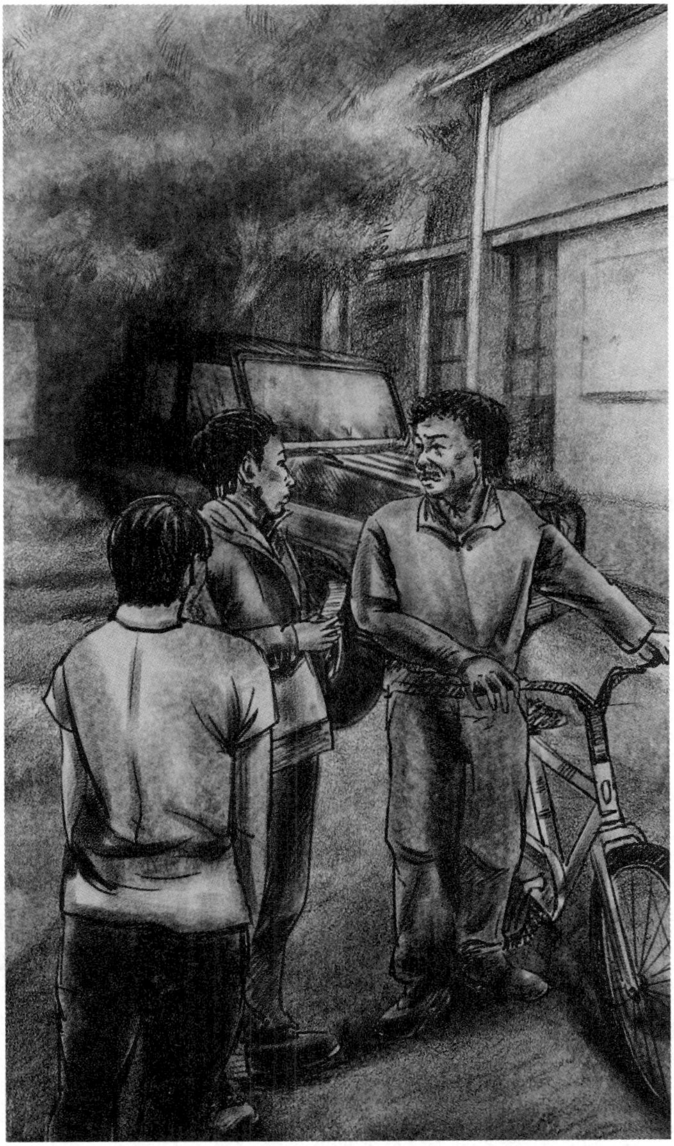

陈大眼看不出个眉眼高低，继续举着那五毛钱往大叔跟前凑

拉地面上的浮土，把刚才吐出来的那些脏东西盖住。

直到都盖严实了，他才凑上去伸着脖子跟陈大眼一起看趴了窝的吉普车“内脏”：“陈哥，怎么回事呢这是？跑得好好的怎么就不动了呢？”

犯驴脾气了呗，这破车，三天两头犯吱扭。我就知道那帮小子没憋好屁，这么痛快就把车借给我，敢情跟这儿等着我呢。

韩跃民听了，觉得这陈大眼倒也直率可爱，没什么心眼儿。这种被人家明里暗里算计的事儿，他随口就往外说，也不怕人笑话。他满怀同情地看着陈大眼：“那怎么办？还有多远啊？”

远倒是不太远了，可咱也不能把车扔这儿不管了啊。来，咱俩先把车往边儿上推推，回头过个马车再把这车给剐了漆。

陈大眼倒是不鸡贼，他让韩跃民在车后边推，他自个儿站在驾驶室外边，一只手伸进去把控方向盘，另一只手腾出来帮着韩跃民一块儿推。三下两下，把车推靠了边儿。

这回，陈大眼也没心思琢磨车了。他直起腰，伸着脖子四处观瞧。这一瞧，叫他看见了希望，远处有个农民模样的人骑着自行车过来了。陈大眼赶紧往前迎了几步，蹿到路中央，大老远就张开双臂叫好听的：“大叔，求您个事儿！”

大叔骑的车子是那种“大水管”车。什么叫“大水管”呢？那时候自行车是紧俏商品，寻常人等买个自行车难上难，农村就得加个“更”字儿。农民们有办法，买不着就自己制造。用自来水管焊个车架子，到自行车配件商店想法子买来轮胎链条脚镫子和三套轴，自己攒自行车。这种车，车身长，载重量大，结构简单得不能再简单了，一切零七八碎的都没有。比如，前后俩车轱辘，都没挡泥板，更没车闸，城里人还真骑不了这玩意儿。

见有人拦车，那位大叔慌忙伸出一只脚踩在前轮上刹住了车，跳下来问："怎么茬儿您？"

陈大眼没说话，先掏出一盒"八达岭"烟，笑模笑样递上一根："大叔，您认识印家庄子吗？"一边说一边紧着划根火柴给那人点上烟。

那个农民大叔美滋滋吸了一口烟，看了看停在路边的吉普车，伸手一指："印家庄子啊，那没多远了，直着往前开，瞧见一棵歪脖子大柳树，往东一拐就是。"

陈大眼掏出五毛钱："大叔，劳驾您到印家庄子那个衣帽厂找他们厂长说一声，就说市里的合作单位来人了，要找他了解点儿情况，车误在半道儿上了，让他找个车来接一下。"

农民大叔瞧着陈大眼手里的钱直犯愣："这是怎么话儿说的，您这车出毛病啦？"他推着车子凑近了吉普车探头往里瞧了瞧："这家伙的，跑起来带劲，误这儿就是个大迟累，还不如我这洋车好呢。"

韩跃民一笑，点点头表示认可。他在京郊一带插过队，知道好多郊区农民管自行车叫洋车。

陈大眼看不出个眉眼高低，继续举着那五毛钱往大叔跟前凑："说的是呢，您辛苦一趟呗，那个厂长姓葛，大高个儿……"

大叔伸手挡开陈大眼举着钱的手，面色不悦："捎个话儿行，您要给钱就另找别人吧。"说完把没抽完的烟卷儿用手指头掐灭了，往耳朵上一夹，骑上大水管扬长而去。

陈大眼举着钱僵在那儿没回过神来，老半天才回头问韩跃民："你说他给咱捎不捎这个信儿呢？"

韩跃民刚吐了个昏天黑地，这会儿正浑身发软呢。他没说话，摇摇头又点点头，心说你可真是不懂四六，头脑怎么这么简单呢！

[四]

他嘴上没说什么，
心里着实有点酸不溜丢沮丧失落的感觉

农民企业家老葛，做劳保服装起家，是当地有名的万元户。此人四十多岁，足有一米八的个头，浓眉大眼，红脸膛短头发，长得挺气派。唯一的缺点就是黑牙根儿，看着不舒服。韩跃民以为他是因为烟瘾太大才黑牙根儿的，在村里流连半日，才发现这儿的人多一半都是这样。甭管男女老少、相貌俊丑，大都是一开口一圈黑牙根。他琢磨，可能是这边儿的水质有点儿问题。

老葛得着信儿，自己开着个手扶拖拉机赶过来，还带来了一条大粗绳子，一头套在拖拉机上，另一头拴住了吉普车，连人带车把陈韩二位接了回去。陈大眼一路上跟韩跃民感慨："这地方民风淳朴啊，给钱都不带要的。"

韩跃民说："瞧着你就是没插过队，没在农村待过。乡里乡亲，什么叫乡亲啊，十里八村的住着，保不齐谁跟谁就能够上个亲戚，你掏钱让人家捎信儿，那纯是寒碜人家呢。”

“噢噢噢，我还真是，从学校就直接当兵去了，复员回来一天也没耽误就进了机关。”

“你当过兵？在哪儿啊？什么兵种？”

“别提了，当兵也是机关兵，在广东。”

韩跃民一听，没再言语。心说这肯定是个干部子弟。当兵肯定也是走了后门，城市少爷兵，一点儿苦没吃过。

看得出来，老葛在村里说话管用。一进村，他招呼来几个青壮汉子，一起动手把吉普车推进厂子里，又安排人去农机站找人来修车。他自个儿大手一挥，带着陈大眼和韩跃民往屋里走：“到我这儿你们就什么都甭管了，屋里喝水，晌午咱侉炖鱼，喝口儿。”

五间大北房，一看就是新盖的。中间的堂屋算是客厅，正中间靠墙一个大香案，摆着一个烧瓷的赵公元帅像，一个铜香炉，三支香还没烧完，屋里一股子直呛嗓子眼儿的香气。香案之外，还有长长短短的几个沙发，一律用大红的丝绒蒙着。一个长方形的玻璃茶几，茶几上摆着一副象棋，棋子儿七零八落，有的还滚落到了地上。好几个烟灰缸差不多快把茶几占满了，烟灰缸里满满的都是烟头烟灰，显得凌乱不堪。

韩跃民没话搭拉话：“您好下棋啊？”

老葛哈哈一笑：“可不，我没别的爱好，没事就杀几盘，您瞧……”他抬手一指墙上：“我还跟象棋大师过过招呢。”

韩跃民和陈大眼往墙上看，果然挂着河北省象棋高手李来群跟老葛对弈的大照片。

韩跃民说：“嗬，这不李来群吗？好嘛，象棋大师啊！那您的棋力肯定不一般啊，您跟他下了几盘？胜负如何啊？”

老葛一屁股坐下，又是哈哈大笑：“下了两盘，我输了一盘，和了一盘。”

“那您太厉害了，能跟大师下成和棋！”韩跃民挑起大拇指，心里头盘算，李来群不会是让着你吧。

陈大眼不知动了哪根筋，一指韩跃民：“回头您跟我们小韩下两盘，他也是高手。”

韩跃民赶紧摇头摆手：“别别别，我就知道马走日象走田。”

“是吗，好啊，咱赶紧张罗饭，吃完了咱杀两盘儿。”老葛两眼放光，转身出去张罗吃喝了。

老葛一出门，韩跃民就埋怨陈大眼：“陈哥你这也太蒙事儿了，你打哪儿知道我会下棋呢？”

“你一看相片就知道那是李来群，敢说你对象棋没兴趣？还说老葛棋力不一般，不会下棋的就说不出这话来。”

韩跃民没话了，敢情这小子一点也不傻啊！

干坐在屋里等吃饭也不是个事儿，韩跃民踱出门外，陈大眼也赶紧跟了出来。院儿里挺热闹，几个农民模样的青年正忙着操作“吊葫芦”，把衣帽厂裁剪用的大裁床往拖拉机上装车。可能因为碍事吧，他们那辆不能动了的吉普被人们推到了院子的一角。十几个小孩儿，有的钻进了车里，有的爬上机器盖子，正疯玩儿呢。

陈大眼对“吊葫芦”挺感兴趣，凑到那几个青年人跟前看得挺仔细。韩跃民说：“没见过吧？”

陈大眼老老实实回答：“没见过，起重机？”

那几个农民笑了。韩跃民点点头：“起重倒是没说错，这叫吊葫芦，这是手拉的，还有电动的。”

陈大眼诚恳地看着韩跃民说：“你还真行啊，什么都懂。”

韩跃民心中不免得意，扬起头说：“什么都懂不敢说，我是农村也待过，工厂也干过。”余下的话他没好说出来，城市贫民出身，什么嘎七马八的没见过啊，比你这少爷坯子强多了。

俩人正说着话呢，老葛从院子外边走进来，见他俩站在院子里，说：“饭还得等会儿才得呢，要不我领你们转转？”

“转转。”

陈大眼朝韩跃民一摆手，跟在老葛身后进了后院儿。这是个坐西朝东的院子，中间一个小花坛，一圈冬青围着，里边是一堆乱七八糟的花。花期已过，花大都败了。院子四周是一圈低矮的平房，门上都挂着白底红字的小木牌子，离得远，也看不清写的都是什么。院子当中有一排房，显得高大一点，像是后来加盖的。这排房子中间开了一个大门洞，直通前院。从屋里传出轰轰的嘈杂的电动缝纫机的声响。

“太吵了，就甭进去了。”老葛倒背着手，皱着眉头说。韩跃民往里看了一眼就退开好几步，紧着说：“就是就是，别进去了，这就是你的工厂？”

“什么工厂啊，就是个干活儿的场子。跟你们可没法比。”老葛打着哈哈说。他看出这二位没心思细看，转身往回走：“回屋喝水吧。”

韩跃民满怀同情地隔窗看了一眼那些干活的人：“这些人干这活儿，一个月能挣多少钱啊？”

老葛背着手在前面走，头也不回：“我给他们计件算钱，干得好的，一个月能有八九十块吧。”

韩跃民看了陈大眼一眼，有点惊讶。市里头也有雇临时工的，一般的都是一天一块一、一块三，顶天儿了一天一块七，那得是有特殊技能的。这帮农民干的都是熟练工种，一个月八九十块，这可比韩跃民的工资高太多了，赶上十七级干部的工资了。他嘴上没说什么，心里可是着实有点酸不溜丢沮丧失落的感觉。平日里在国有工厂上班，人五人六的还觉着自个儿是有为青年，不知道多少人还羡慕呢。没想到一个月下来还没这些农民挣得多，这叫什么事儿啊！

[五]

陈大眼百般推辞，最后也没法拒绝老葛打架似的盛情

中午吃饭的时候，韩跃民问了问老葛的个人经历，还有这个衣帽厂的历史沿革、生产情况和销售范围之类的。为了表示自个儿下来不是看闲篇儿的，他还拿出纸笔正儿八经记了一会儿。

从老葛闪烁其词的自我介绍中，韩跃民猜出来了，敢情这家伙早就是个不安分的主儿，七十年代就骑着自行车往市里贩运过小葱大蒜白薯鸡蛋，好几次叫人给抓住，关几天放出来接着干。

韩跃民笑着说："您这属于屡教不改啊。"

老葛哈哈一笑："那可不，做买卖这玩意儿，上瘾。它真来活泛钱儿，真给实惠啊。再说了，你抓着我了，连没收带罚款的，我出来不接着干不是干赔吗？所以，那会儿我就是这个主意，你横不能回回都抓着我吧，十回抓两回，我还

陈大眼百般推辞，最后也没法拒绝老葛打架似的盛情

有八回的赚头儿呢。这就跟赌钱一样，输了不服气，赢了还想赢，收不住啊。”

韩跃民在农村插过队，对农民的朴实和狡黠都有所了解。老葛这种人，在农村就属于那种不好好拉套还老尥蹶子的刺儿头。这样的刺儿头往往都是村里的大能人，脑子活泛，敢为人先。赶上这个好年月，他算是生逢其时，不发财都说不过去了。

饭吃完了，该聊的也聊得差不多了。这边还没拾掇利落呢，老葛已经张罗着要跟韩跃民下棋了。

论下棋，韩跃民还真不怵谁。打小他就没离开过象棋的熏染，院儿里的街坊、他爸爸的同事，不乏高手。他脑子不笨，记性也好，又争强好胜。插队的时候就一边干活一边跟人下盲棋，在野路子棋手里起码算个中等水平，一般人还真赢不了他。

俩人杀了三盘，打第一盘开始韩跃民就觉出老葛的棋力太一般化。原以为既然老葛说跟李来群还能下个和棋，就算有李大师客气谦让的成分，怎么也该有两下子。所以他打起十分的精神全力应战。没想到中盘不到，他就确认老葛是纯牌儿的吹牛了。就这个水平跟李大师过招，别说和棋，让他个车马炮半壁江山也甭想和棋。他第一盘赢了老葛，出于客情儿，第二盘苦心设计不露痕迹地卖了几次破绽才输给了老葛。第三盘，俩人握手言和，这算是谁也没占便宜。老葛眉开眼笑，拍着韩跃民的肩膀说：“行啊小伙子，拜过名师吧？”

“没有没有，就是瞎玩儿。”韩跃民又言不由衷地夸赞了几句，推说还得赶回城里，赶紧告辞了。

那辆吉普车其实一点儿毛病也没有，就是没油了。修理工一说缘由，把陈大眼闹了个大红脸。老葛命人开着手扶拖拉机到农技站灌回一桶汽油给加上，又弄了两捆大葱、两口袋白薯给装上车。陈大眼百般推辞，最后也没法拒绝老葛打架似的盛情。老葛说：“拿回去给弟兄们分着吃，都是地里出产，不值钱，是个意思。”

车一开上路，陈大眼就迫不及待地问：“老葛那两下子不行吧？”

“什么？”韩跃民一时没反应过来。

“我是说他下棋那两下子。”

“嗐，别提了，想输他一盘儿都费老劲了。”

俩人一起哈哈大笑。陈大眼拍了拍韩跃民的肩膀：“你还真行，成熟、稳重，难怪你能当团委书记！”

韩跃民谦虚了两句，对这次考察的成效表示担忧，觉得没弄来什么干货，这报告回去没法写。陈大眼说：“没事儿，我这儿有现成的材料，你拿回去顺顺，改巴改巴就没问题。”

见韩跃民不说话，又找补一句：“他投机倒把的那点儿历史就甭写了。”

“这个我知道。其实照今天看，人家那也不是投机倒把，那叫搞活经济。”韩跃民说。

“说是这么说，可以前的那些事你写多了，明里暗里的好像咱们自己否定自己似的。”

“嗯，这倒是。你政策性还挺强的。”韩跃民觉得今天陈大眼因为汽车的事有点儿受挫，现在要分手了，不失时机恭维他两句，让他心里痛快痛快。毕竟，这小子人性不错，挺直的。

老葛的那份意思，韩跃民说这么老沉也没法拿回家。陈大眼劝他：“好歹也算下了一回乡，拿回家给老人尝个鲜儿。”韩跃民一想也是，他找了个网兜，拎着几块白薯和几根大葱回城里了。

韩跃民回到厂里，向书记简单汇报了这次下乡考察的情况。出了厂部，迎面碰上了霍连升。

“师父！”韩跃民堆着笑脸，“我今儿下乡给您带回点儿土特产，还说下班给您送家去呢。”

“给你爸爸送去吧，他在车间呢，我刚从他那儿来。”霍师傅从网兜里拿了两根大葱两块白薯，摆摆手，走了。

第十章

[一] 就好像手上扎了一根特别微小的刺儿，看不见、挑不出来，可是不经意间只要一碰着就疼一下

[二] 韩跃民听了这个数，脖子都红了，他钱包里满打满算也就五六块钱

[三] 他要是说了，他爸爸能一大耳贴子给他抽门外头去

[四] 韩跃民礼节性地吸了一下鼻子：“行啊你，混壮了，高级了。”

[五] 四儿啊，跟我还这么绕脖子就是你的不对了

[一]

就好像手上扎了一根特别微小的刺儿，看不见、挑不出来，可是不经意间只要一碰着就疼一下

打郊区考察回来，韩跃民就好像坐下了病。上下班的路上，开会的时候，坐在办公室里看材料或者跟同事聊天的时候，哪怕吃饭、喝水、上厕所，无论干什么，他心里都有个影子罩着。这个影子让他不痛快，让他有受挫感，让他觉得鼠霉，觉得沮丧，觉得老有什么玩意儿压迫着他。就好像手上扎了一根特别微小的刺儿，看不见、挑不出来，可是不经意间只要一碰着就疼一下。是个什么呢？不细想不知道，静下心来一琢磨，就明白那是老葛，是那个守在村里的合作加工厂坐等数钱的农民企业家，是他那一开口就暴露无遗的黑牙根儿。

韩跃民的心思都放他那儿了。

其实他不用静下心来琢磨也知道就是因为老葛，只不过他打心里不愿意承认罢了。老葛不过就是个农民，小学四年

打郊区考察回来，韩跃民就好像手上扎了一根特别微小的刺儿

级都没上完，照陈大眼的说法，以前在生产队记个工分都常出乱子的主儿，如今鼓捣个加工厂居然就发了财，哪儿说理去呢！论文化、论社会地位，甭管论什么，甭管打哪儿论，韩跃民都觉得老葛跟自己连可比性都没有。可人家就发了财，就创下了一片家业。那个志得意满的劲头，背着手溜达着目空一切的做派，在韩跃民心里不断发酵，挑逗着他的优越感和自尊心。他觉着自个儿那点儿城里人的优越感、国家干部的优越感、知识分子的优越感、吃官粮的优越感，都被老葛和他那个加工厂踩在了脚底下。他本来是瞧不上老葛这样的人的，就因为瞧不上，才觉得委屈觉得生气。他有点儿恨老葛了，是因为嫉妒？他不承认那是嫉妒。我一国有工厂的国家干部，犯得着嫉妒一老农民吗？到底是什么，他也理不清。总之他就是不服气，可不服气不就是因为人家比你过得好吗？那不是嫉妒还能是什么呢？

原本觉得自己个儿这小日子过得挺滋润，没急着。二十来岁就进工厂，没几年就当上了干部；照这么下去，按部就班地混个部门领导，娶妻生子，不是挺好吗？这回行了，不踏实了，受刺激了。这份不太美妙的感觉在家里的饭桌上又无意中被证实了一回，强调了一回——敢情人家范红梅姐俩儿混得都比自个儿好！

这么一比较，韩跃民越发觉得自己这日子混得有点没滋拉味儿。他想起了陈大眼，想起老同学小蚊子和刘小辫儿。一时间，他觉得所有这些能想起来的人都比他混得好。人家都有自己的一份事业。唯独自己，任嘛都没有，文不成武不就，整个儿一混吃等死。

想到这些，他有点儿冒汗，有点儿坐不住，有点儿想干点儿什么又不知道干什么的焦躁。

这份儿焦躁无法平复，韩跃民知道根源在哪儿。他决定去找找范红梅，得看看她混成了什么样，值得妈和姐在饭桌上那么讨论。

找范红梅并不难。别看平时碰不着面，其实要真想找，那是分分钟的事。

星期天，韩跃民来到大院的门洞，咳嗽了一声，隔着门叫：“红梅，在家吗？”

范大婶在屋里应了一声：“红梅，找你呢。四儿吧？进屋说吧。”

“不了，我找红梅说句话。”韩跃民说完来到大门外，背风站着。

“哟哟哟，这是谁呀，大礼拜天的不去轧马路，怎么想起你姐姐我来了！”

韩跃民转身，着实吃了一惊。眼前的红梅大卷花头，脸白得瘆人，也不知道扑了多少粉儿。粉红的毛衣，毛衣胸前还有好多麦穗一样的零七八碎。深蓝色的喇叭裤，裤腿果然如他妈所说，真能扫地了。虽然听妈和姐说起过红梅的变化，可他心里一直以为红梅还是那个有点儿恓惶落寞还有点儿怯懦的姑娘，哪知道在他没留神的这些日子里，红梅已然脱胎换骨，跟他以前认识的范红梅简直就不是一个人了。

好在韩跃民早就历练出来了，吃惊也没写在脸上。他淡然一笑，故意做出对红梅的衣着打扮视而不见的样子："我跟谁轧马路去啊，这大冷天儿的。"

红梅夸张地上一眼下一眼打量韩跃民："瞧你这板板整整的，还真有个干部样儿了啊！忙什么呢？找我什么事儿啊？"

"我扫听扫听，胡……嗯，那个疤瘌星，你能见着吧？"

"能啊，我这不正要去找他呢嘛，这就带你去？"

"倒也没那么着急，我就想让他帮着问问，钱东亮他们家在哪儿。"

"钱东亮？谁呀？"

"疤瘌星的同学，原先跟我们一块儿玩过，后来还在我们厂干过，调走了就找不着人了，我找他有点事儿。"

红梅继续一上一下地打量韩跃民："这么着吧，你今儿没事？"

"倒是没什么事儿。"

"那你不如跟我去一趟。不远，就天桥儿那边儿。你不也认得疤瘌星吗？有什么话你直接跟他说呗。"

韩跃民心里是同意了，面儿上还得故作矜持："行吧。我得回去一趟拿点儿东西。"

"成，我也穿件衣裳，快着点儿啊。"

韩跃民回家是去拿钱。他觉着要是跟红梅出去，万一有个花销，他不能跌这个份儿。

韩跃民骑着他爸爸那辆老式二八自行车带着红梅，没一会儿就到了天桥百货商场门口。有日子没来这边了，敢情这儿一溜排开摆了好多小摊。他跟正在看摊儿的疤瘌星寒暄了几句，疤瘌星把钱东亮家的地址告诉了他，说：“我可也有日子没见过他了，打他去插队吧，这都多少年了，也不知道丫干吗呢。”

“插队早就回来了，还在我们厂干过呢，好像是调到二轻局去了吧。”

“你们胡同那个小蚊子，他干什么呢？”

“他……跟他妈以前那个厂干活儿呢吧。我也瞎忙，最近没见着他。”韩跃民差点儿没把小蚊子倒腾鸡蛋的事儿说出来。话到嘴边儿，想起红梅也倒腾过鸡蛋，怕提起这个让红梅脸上挂不住，临时改了口。

“就那个破街道工厂？那有什么劲啊，让他甭干了，跟我练摊儿来得了。”

韩跃民看了疤瘌星一眼，笑了笑没言语。疤瘌星这才想起来韩跃民的妈以前也在那个厂，讪讪地：“不是我是说他一大小伙子……”

正说着话，红梅打摊子后边转出来，手里拿着一沓子钱，十块的五块的，一块的两块的，还有毛票：“透着今儿是礼拜天啊，卖得不少啊！”她数出一沓钱递给疤瘌星：“给，这是二十五，咱俩先分了，回头下午卖的明儿再算，我还得回家呢。”又冲韩跃民说：“四儿你还要去找人吧？那我就腿儿着回家了。”

“别呀，我再给你带回去吧，找人也不是今儿的事。”

范红梅听他这么说，立马跟着出来，坐上了韩跃民的自行车后座。

旁边一个摊位上，一个大肚子大脑袋的人冲红梅叫了一嗓子："范红梅范老板，这你对象啊？"

"别胡吣！滚一边儿去，这是我弟弟。"

[二]

韩跃民听了这个数，脖子都红了，他钱包里满打满算也就五六块钱

如果说农民老葛对韩跃民来说是一个刺激，那么范红梅就是震撼了韩跃民。

韩跃民骑车带着范红梅，以闲聊天的口气问起范红梅他们的生意怎么样。范红梅大概就等着韩跃民问她这个呢，好像漫不经心，又像是有意显摆："简单说也就是广东进货北京练摊儿，挣个辛苦钱。要我看这就是个力气活儿，一个月最少您也得跑趟广州，又舍不得买卧铺。硬座晃荡好几十个钟头，下了车俩腿麻得，都不会走道儿了。"

话匣子打开就收不住，也不等韩跃民有个回音儿，她就自说自话："北京站把门儿验票的都认得我们了，就没有一回不说我们行李超重要罚钱的。你说容易吗？跟你说四儿，姐姐我这一年多别的没练出来，力气可是长了不少。那大包小裹的，搬运工看着都眼晕。你说挣什么钱？挣的就是

个辛苦钱！你还别说，倒是比你们上班强，一天下来，怎么也挣个三头五十的。可你们上班多好哇，不操心不受累，身不动膀不摇，到月头开支，旱涝保收，也是一乐子。唉，别说了，各有各的难处，各有各的好处……”

韩跃民“嘿嘿”一声，没言语。他听见了，也亲眼看见了。一天好几十，顶上班的一个月工资了。这样的事儿，累吐血也值啊。可这话只能在心里说，他是个不服输的脾气，更不能在发小儿范红梅面前服软认输。

范红梅见他半天不说话，拍拍他的后背：“四儿，你们家中午吃什么啊？”

“啊？不知道呢。”韩跃民没想到范红梅的话题转移这么快，一时没了反应。

“那，我请你吃饭去吧，你一直往前骑，珠市口往西拐，咱去丰泽园。正好有个事儿想问问你这个国家干部呢。”

“那干吗呀，有事儿你说不就成了。”韩跃民脑子里就没有下饭馆吃饭的概念，更别提跟一女的下馆子了。他觉得范红梅就算提出跟他上床，也比要跟他下馆子更正常。

“听我的吧，这事儿跟大街上说也太不正规了。”

“那回家说。”韩跃民继续往前骑，丝毫不减速。

“你不去就是不想帮我这个忙，我可跳车啦！”

韩跃民刹住了车，单脚支地：“什么事儿啊还非要上丰泽园？”

“这附近也没别的饭馆子啊，走吧，那是个说话的地方。”

见韩跃民不动，范红梅拽了他一把："干吗呀，吃个饭嘛不就是，我又不给你下毒。"

韩跃民歪着脑袋盯着范红梅，头一仰："走着！"

他浑不吝的劲头上来了，不就是吃饭吗？腰里掖着钱呢，谁怕谁啊。他打定主意，自个儿掏钱请范红梅吃饭，再怎么说，自己一老爷们儿，也不能让一女的花钱请客。

范红梅看样子是来过丰泽园，没看菜谱就点了葱爆海参、干炸丸子、栗子白菜。问韩跃民喝不喝酒，韩跃民摆了摆手，她就要了两瓶北冰洋汽水，又要了个汤，还要了米饭和烤馒头。

菜点完了，韩跃民急忙掏钱包，范红梅一个手势制止了他，小声说："这儿是吃完了算账。"

韩跃民露了个怯，赶紧转移话题："你找我要问什么？"

"你工商局有熟人吗？"

"干吗，起执照啊？我看你们摊儿上不是有执照吗？"

"那个不行，我想办公司，人家让我提供场地，我不能把那个小摊儿当办公场地啊。"

"呵呵，不是好多皮包公司就是小摊儿的照吗？"

"我要的是正规的。"

范红梅说，她认识一个广州的老板，要跟她合伙办个服装贸易公司，直接从广东的厂家进货。这事儿，疤瘌星不太同意，说那个合同一定就自己把自己管死了。所以范红梅想自己跟广州的老板合伙，单独起照。这个，韩跃民还真不大摸门，他只好答应上了班给问问。

俩人边吃边聊，气氛不错。韩跃民平生头一回在这样的馆子里吃饭，以前他最多是在胡同口的火烧铺里坐下吃一碗炸豆腐，那就是他下馆子的经验。在这种只听说过没进来过的馆子吃饭，韩跃民有点儿发蒙。结账的时候，韩跃民的钱包还没掏出来，就让服务员给吓回去了。十一块三毛五，韩跃民听了这个数，脖子都红了，他钱包里满打满算也就五六块钱。

走出饭馆，韩跃民有意无意地回头瞥了一眼。他看不出来也琢磨不透，这怎么就是个说话的地方了？纯粹就是个宰人的地方。俩人一顿饭花了十一块三毛五，也他妈忒贵了吧。

回来的路上，韩跃民骑车驮着红梅，忽然忆起儿时和红梅在大杂院里一起玩儿过家家的美好时光……

[三]

他要是说了，他爸爸能一大耳贴子给他抽门外头去

头过年，又到了领互助金的日子了。为了攒钱，也为了合群儿，韩跃民年年参加工会组织的互助会。一个月存五块钱，到头一年，拿回来六十大元。

相对于一个月四十块零五毛的工资，这六十大元可算是一笔钱了。可是，韩跃民几年来头一回觉得这六十块钱把他臊了一脸灰。因为他又想起范红梅说的“每天三头五十”的话来。这可是自个儿一年攒下来的钱，最多也就顶人家红梅两天的收成。这上哪儿说理去呢！妈和姐都不知道他心里想什么呢，听他爸爸说了互助会这六十块钱的事儿，娘儿俩喜笑颜开。

袁素娥说：“四儿啊，你不一直想要买辆新自行车吗？明儿跟单位登上记，回头自行车票下来了你也跟着抓阄，兴许就抓上了呢！我这么瞧着，咱家就你运气好。”

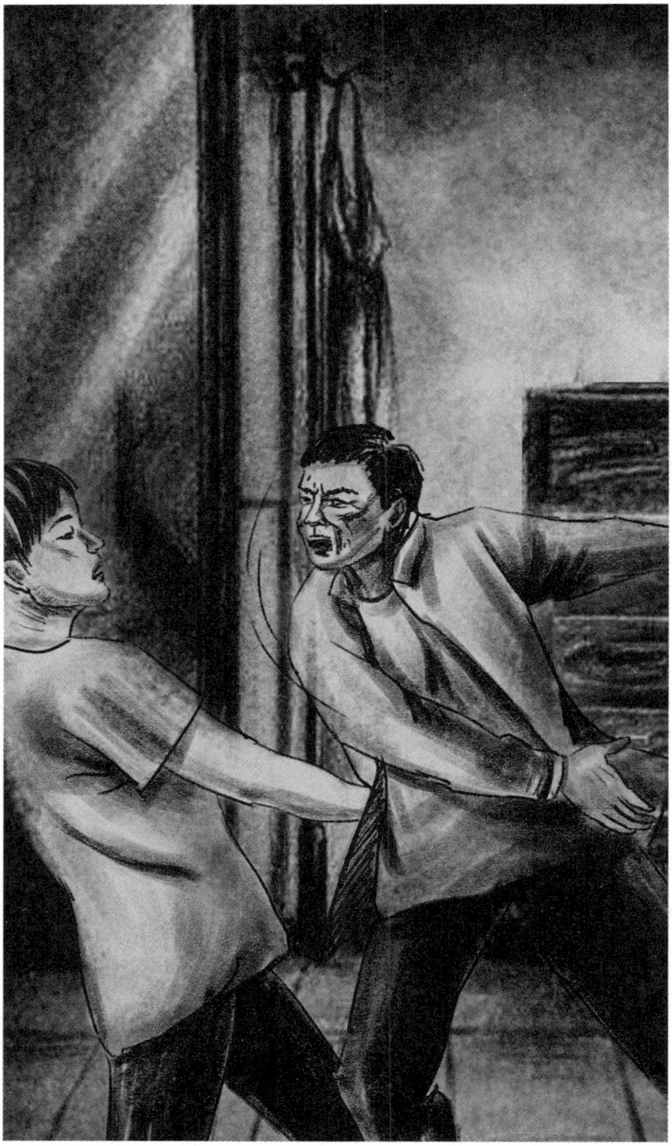

韩跃民心里叫苦，嘴上可一个字儿也不敢说。他要是说了，他爸爸能一大耳贴子给他抽门外头去

韩跃民脸一红："妈，我什么时候说要买新车了？"

他三姐说话直，也不知道顾全老兄弟的面子："得了吧你啊，你不说姐也早看出来了。咱院儿那谁添了辆凤凰18型，你得着空儿就过去瞜一眼。馋得那样儿，眼珠子都快努出来了，当我不知道你什么心思啊？"

韩跃民有点儿挂不住了："你哪只眼睛瞧见我……有你这么说话的吗？"

韩跃民打上班起，就骑着他爸爸的自行车。当爹的知道这个儿子心重，怕他不落忍，所以他爸爸说，这几年胳膊腿见老，骑车上了马路心里老觉得不把稳。正好，你年轻，你骑车，我还是坐车吧。

他爸爸这辆老飞鸽，还是六十年代中期买的呢。这么多年下来，饶是他爸爸伺候车都快赶上孝敬老家儿了，可架不住这么多年的岁月消磨，车圈好几处露出了底色的黄铜，辐条也有多一半锈迹斑斑，车后架的漆皮早就掉没了，车座子也坏了。韩振江手艺好，找废皮子缝缝连连，外边儿套了个布套。这么一弄，看着还凑合，人坐上去舒坦不舒坦就只有自个儿知道了。关键是韩跃民年轻，年轻人多多少少都讲究个面子。你一国家干部，整天穿得人儿似的，骑这么一破车招摇过市，不是个事儿啊。所以，韩跃民一直就惦记着什么时候买辆新自行车。

可是说归说，买辆自行车哪那么容易呢。甭说凤凰18型了，就是买辆普通的永久28型半链套，他那六十大元也连一半都不够。其实妈和姐说得一点没错，韩跃民心心念念惦记着换辆好车也不是一年两年了。往远了说，打从学会了骑车，他就有这么个梦。那时候年纪小，个儿也小，家里大人严禁他碰自行车。只能眼巴眼望盼着爸爸下了班，大姐二姐闹着要学骑车，韩跃民才有机会跟屁虫似的缠磨着两个姐姐摸摸车。先学推车，一个人能推着自行车走了，再学单腿滑，也就是溜车。然后两个姐姐给他扶着，学会了掏裆骑。

打那时候起，他就开始迷恋自行车，见着谁的车子都想伸手摸摸，转着圈看看。韩跃民住的这个院儿几十号人，好的赖的也有个七八辆自行车，自家门口都没地方，大伙就集中放在韩跃民家当年搭建的那个炮楼似的小屋旁边，那儿不碍事。刚上初中那年，有一阵子院儿里老丢自行车铃盖儿，要不就是连把套给你拧下来。今儿这个丢了铃盖儿，骂几句；明儿那个少了个把套儿，嚷嚷半天。谁干的呢，也逮不着人。丢来丢去，韩跃民的爸爸也遭了劫，一大早起，车铃盖儿不翼而飞了。韩跃民气不过，一时兴起，半夜爬起来，摸着黑也去拧铃铛盖儿、拧把套儿。也不知都是谁的车，反正就是黑着眼一辆一辆摸过去，拧了有三四个，裤兜里塞了一堆，这才解着恨地回家。

第二天，他爸爸阴沉着脸说："也不知谁家孩子这么淘气，我这车把套儿也不算新了啊，俩都给拧下去了，找半天也没见着，这还得配俩去。"他姐在一边插言："没别人，就那几个半大小子，大人谁干这缺德事儿啊。"

韩跃民心里叫苦，嘴上可一个字儿也不敢说。他要是说了，他爸爸能一大耳贴子给他抽门外头去。

韩跃民的确是想买一辆新车，自个儿骑着舒服是一回事，把旧车还给老爸，让老爸别再挤公交也是他的一个愿望。父子俩在这方面心性相通，有默契，都是为对方着想，谁也不说。

这么说来，买一辆新自行车，成了全家人的一个愿望。

那个年代，有一辆好自行车，几乎是每个青年男女的梦想。有辆好自行车，就如同今天年轻人拥有一辆“奔驰”“宝马”一样，是一件很提气的事儿。

[四]

韩跃民礼节性地吸了一下鼻子：
“行啊你，混壮了，高级了。”

其实韩跃民最初说要找钱东亮家的地址就是个借口，他总不能直眉瞪眼找到红梅说我来看看你发迹到什么家业了吧。他要是真想找钱东亮，在单位查一下二轻局宣传处的电话号码，一个电话就能找着这小子了。

可是这个临时编出来的借口倒是提醒了韩跃民，他觉得还真应该找找那个小白脸。好歹的，这小子在宣传处工作好几年了，笔头子信得过先不说，认识的各路神仙也应该不少了。自个儿当了团委书记，在厂党委也是负责宣传工作。再加上马上要去筹备珠算大赛的事儿，也少不了跟媒体打交道，小白脸这个现成的关系，不用白不用啊。

打听人家的家庭地址纯属瞎掰，这种关系，也只能是以公干的名义去单位。

看来钱东亮对韩跃民的印象还不错，在电话里挺热情，

钱东亮把一个簇新的茶叶筒打开盖儿递到韩跃民跟前，韩跃民礼节性地吸了一下鼻子："行啊你，混壮了，高级了。"

声音都高了八度，坚决而又诚恳地说在办公室等着他，让他一定要过来聊聊。

韩跃民如约来到二轻局，规规矩矩叫了一声“钱大哥”。

几年没见，钱东亮这个书生气十足的小白脸好像成熟多了，身板儿也挺实多了，有点儿老爷们样儿了。韩跃民注意到他的办公室不小，可是就两张桌子，倒是靠墙摆了一大两小的老式沙发，浅黄色卡其布面的那种，坐上去软塌塌的，估计弹簧都坏了。他还注意到钱东亮的眼镜换了。记得以前他是一副白边儿眼镜，镜片是圆的，显得斯文有余，老到不足。如今换了一副宽黑边的镜架，眼镜片是不规则的长方形，既时髦又老成，还有几分威严。

韩跃民打量完屋子又看人，笑道：“瞧这样儿混得不错啊。”

“还行还行，一般一般。人嘛，总得要求进步，你说呢？”钱东亮不错眼珠盯着韩跃民。

韩跃民没领会他的意思，点头笑笑，继续观赏这间显得大而空旷的办公室。

钱东亮见这个话题不能继续，抬手扶了扶眼镜，转身去拿暖壶：“我给你沏点儿茶吧，听说你现在做了团委书记，还进了帽厂党委，也转了干是吧？”

“不用了，我也待不了多一会儿。啊，是，也主管宣传，这不来拜拜上级主管领导嘛。”韩跃民半开玩笑地说。

“五块钱一斤的茉莉花茶，你闻闻，香着呢。”钱东亮把一个簇新的茶叶筒打开盖儿递到韩跃民跟前。韩跃民礼节性地吸了一下鼻子："行啊你，混壮了，高级了。"

"什么呀，我平时都不怎么喝茶。这是我们另一个副处长的，我们俩一个办公室，今儿他没在，我就借花献佛，扇子面儿交朋友了，哈哈。"

韩跃民算是听明白了，"另一个副处长"，言外之意就是，钱东亮本人也是副处长了呗。这小子不露声色就把自己的官衔介绍出来了，这份心机，这种圆滑，有点儿不像他了啊。他心里默算，这小子顶多不过比自个儿大七八岁，如今混到这个位置，也算是年轻有为了。赶上干部年轻化知识化这阵风，工农兵大学生也是大学生啊，所以提拔得快。他又想起当年交往过的那些人，有好几个干部子弟，后来恢复高考，考上了大学。那可都是恢复高考以后的大学生，毕了业可就更了不得了。想到这些，他不禁为自己这个走读的夜大毕业的资格感到有点儿自卑。

这么一走神儿，没听见钱东亮说什么，打了个愣："啊，你说什么？"

"你琢磨什么呢，我是说，你大老远来找我，不光是叙旧闲聊来了吧？"

韩跃民心里跟他抬杠，不是你吃了蜜蜂屎似的非让我过来吗？怎么让你这么一说好像是我求着你接见的呢？不过毕竟是自个儿主动找的人家，多少也算是有求于人，他也不能计较这些了。

韩跃民把自己被借调要搞活动的事三言两语一说，钱东亮拍着胸脯大包大揽："没问题，你尽管铺开摊子干你的，我做你的坚强后盾！"

得，韩跃民要的就是这个态度，赶紧恭维："有你这话我就放心了，你站得高看得远，帮帮兄弟我。"

"咱这关系，不帮你帮谁啊！"

韩跃民听了这话又要走神儿，心说这人可真是会说话，咱什么关系呢？满打满算也没见过几面，要不是疤瘌星，我认识你是谁呀。

钱东亮热情邀他到单位食堂吃饭，韩跃民推说单位还有事，强行告辞了。俩人走到机关大门口，有人跟钱东亮打招呼："钱副处长，出去啊？"

"啊啊，送个朋友，送个朋友。"钱东亮矜持地点头微笑，真有点儿领导的派头了。

韩跃民推出自行车，再次半认真半调侃地跟钱东亮告别："回去吧钱副处长，谢谢了啊！"

"这是什么话，谢什么呀，哎，你这是自己的车子吗？"

"是啊，怎么了？"

"怎么了？你说怎么了？你这是给哥哥我丢人现眼！出去你可别说你认得我。"

韩跃民有点儿发蒙，看着他没说话。

钱东亮伸手从上衣兜里掏东西，边掏边说："你也不想想哥哥这儿是干什么的，你来找哥哥我，竟然骑着这么个破车子，这不是丢我的人打我的脸是什么！"他边说边走过来，把一张自行车票拍在韩跃民手上："这两天就能提货，天桥商场，麻利儿地换一辆吧。"

韩跃民脸又红了。他这个毛病从小到大，一直改不了。刘小辫儿说他这是不成熟的表现；黄鹂说这正是他的可爱之处；大姐说，老实孩子都这样。

不管什么原因吧，韩跃民被一张自行车票又弄了个大红脸："钱大哥，我找你可没这意思。"

"我知道你没这意思，可我有这意思行不行？你赶紧的，把这破车换了吧，求求你了！"

韩跃民愈发地不好意思了："您看这是从何说起呢，这没因没由的……"

"怎么就没因没由了？因为咱俩关系好行吗？咱俩是好哥们儿行吗？"

这话把韩跃民感动坏了。回去的路上，他就一直想这句话。论关系，自个儿跟钱东亮最多算是普通朋友。普通朋友出手就给一张自行车票，这有点儿不合常理啊。难道，是钱东亮看出了什么，知道我无意中跟团系统的大猫建立了联系？

他觉得，自个儿这么想都有点儿"小人"了。

[五]

四儿啊，
跟我还这么绕脖子就是你的不对了

告别了钱东亮，韩跃民骑上车子走人。他忽然觉得，这小子这么热情邀请自己来，是不是就想知会一声，自己当了副处长呢？当然了，升官发财，显摆显摆也不算什么。当了官儿，有了身份，要是藏着掖着不让人知道，那不是锦衣夜行吗？

一路琢磨着，觉得钱东亮跟陈二晨倒是有几分相像。这俩人官职虽然差得多，性子却差不多，都有点虚荣，似乎也没那么复杂。为了虚荣，为了显摆，居然给了一张自行车票。他不禁感慨，千难万难的事儿，在钱东亮这儿就是一摸兜的事儿，人跟人真是没法比啊！

有了自行车票，自然就得去买车，想起这个，韩跃民又犯起愁来。车票儿是有了，钱呢？慢说他不想指望家里，就算想指望也指望不上。这几年，几个姐姐挨肩并膀地结婚，

红梅接过那张自行车票，仔细看了看提货时间和提货地点，顿时什么都明白了

早把家里的积蓄给掏空了。他估摸着，爸爸为三个姐姐结婚的事儿，起码拉下了二百块的饥荒。

跟家里是不能张这个嘴了。他手里有帽厂互助会那六十块钱，再挤出个十块二十块的，估计能行，可还差着六七十块钱的窟窿找谁去呢？这件事，他决定不跟家里说，说了也是平白添堵。

走着走着，他忽发奇想，既然出来了，就直接去看看车吧。不买，先看看也行啊。

都说自行车不好买、买不着，可天桥商场的自行车乌泱乌泱摆了一大片。永久、凤凰、飞鸽、红旗，什么牌子什么型号都有。韩跃民看了看钱东亮给的那张自行车票，写的是“凤凰 26 型轻便自行车”，燕儿把、线闸、转铃、全链套，电镀后车架，单车踢，正是他最心仪的那种款式。看得他心痒痒，真想立马就骑走。

韩跃民恋恋不舍地离开商场，刚出门就有个中年人追上来问：“要自行车票吗？要什么牌儿的你说话。”韩跃民摆摆手，赶紧走了。出门推上那辆破飞鸽，瞧见远处一溜儿卖服装的小摊儿，这才想起来，这儿离红梅那个摊儿不远。他也没多想，车把一拐，就奔了那一溜小摊儿。

红梅的服装摊儿，韩跃民就来过一回，早不知道在哪儿了。正东踅摸西看呢，红梅跑过来拍了他一巴掌：“四儿，你怎么有空跟这儿逛来了？”

“嘿，没事儿，我到……”韩跃民漫空一指，含糊过去。见着范红梅他才意识到，合着自个儿巴巴地跑到这儿来找她，是打算张口跟她借钱。这个念头明晰起来，他不禁又红了脸，说话都着三不着两了："你这是，你干吗呢？"

"你这不废话嘛，你说我这儿干吗呢，练摊儿呗。"

"噢噢，对，买卖不错吧？"

"凑合吧，你还没说呢，你上这儿干吗来了？不会是专门找我吧？"

"啊，没，不是，我没事转转，这儿还真挺热闹啊。"韩跃民心里藏着事儿，一双眼睛不知该着落在哪儿，猛不丁瞧见疤瘌星正朝他招手呢："过来嘿，甭跟那儿戳着了。"他赶紧扬扬手算是打招呼。

范红梅大老远冲着疤瘌星嚷嚷："少管闲事儿！你又跟里边儿抽烟，回头掉个烟灰把衣裳烧个窟窿你自个儿赔啊！"

韩跃民见状赶紧告辞："得，你们忙着吧，我走了。"

范红梅一把拉住他的车子："又不是礼拜天，你这会子应该上着班呢，怎么跑这儿闲逛来了，找我有事儿吧？"

"真没事，我就是，出门办个事儿，正好转到这儿了。"韩跃民吭哧瘪肚了老半天，忽然从兜里掏出那张自行车票："对了，我刚去看了个朋友，人家给了个自行车票。你要是想买车，这票就给你吧。"

红梅接过那张自行车票，仔细看了看提货时间和提货地点，顿时什么都明白了。同院儿住着，街坊邻居们谁都知道韩跃民喜欢车子。谁买了新车，他是第一个参观的。

摸摸看看，试骑一圈儿，那份儿欢喜劲儿，傻子都看得出来。范红梅盯着韩跃民，半天没言语，抬手打了他一下："你等等。"说完转身跑回摊儿上翻腾几下，跟疤瘌星说了句什么，又跑回来："四儿啊，跟我还这么绕脖子就是你的不对了，有了票你不买？你不买你来这儿看什么？是不是钱不凑手啊？"

"没，不是，我这就是……"

红梅拽起韩跃民的手，把那张自行车票和一叠钱拍在他手上："这是一百块钱，不够你明天还上这儿来，放心，赶得上提车。"

"不是，我真不是……"韩跃民语无伦次，死乞白赖地把钱往红梅手上递。

红梅退开一步："看得起我你就拿着，看不起我，你给扔喽烧喽！"看得出来她是真生气了，脸上是笑着，说话的语气透着委屈。

韩跃民僵在那儿，不知说什么好了。

范红梅盯着他的眼睛："我要说给你你肯定不接着，你就先拿着，什么时候有了再给我不就得了，瞧你这磨磨叽叽的，别叫我笑话你啊。"红梅把韩跃民的手往回推了推，按了按。

这钱烫手，可是不接着看来是不行了。韩跃民想了想，数出三十块钱递给红梅："行，这钱是我跟你借的，也用不了这么多，七十足够了。"他把三十块钱塞给红梅，推着车子转身就走。

一个大老爷们儿手心朝上跟女人借钱，他实在是没脸说那个谢字。可话又说回来，要是没这钱，这自行车票就真砸手里了。

第十一章

［一］他对洛克菲勒这种有钱人的羡慕，大概也就相当于人对鸟儿的羡慕

［二］一个好儿，电话里就带到了；一只鸡，不见面就没法交割了

［三］那些主动往身边靠的姑娘，怀的什么心思他也门儿清

［四］这个排场，这个说法，似乎就是新姑爷上门儿的意思了啊

［五］身边躺着个美妞，男人的心思和欲望开始在韩跃民心中鼓荡升腾

[一]

他对洛克菲勒这种有钱人的羡慕，大概也就相当于人对鸟儿的羡慕

说起来这几年韩跃民倒也没闲着，而且说得上是努力了。他上夜大，写材料，发文章，组织青工举办各种活动。凭着这点儿本钱，成了厂里自学成才的典型，转了干，当了个在工厂里也算不大不小的官儿，他自认为选对了路，也走得不善。没根儿没蔓儿的，一个工人的后代，凭本事打天下，混成了国家干部。这成色，甭说在大杂院儿里，在整条街上都算是头一份。爹妈满意、街坊们羡慕，他觉着自个儿没什么不如人的了。

可是，今天范红梅硬借给他七十块钱，他忽然觉得自个儿什么也不是了。他不是非要跟范红梅比，可眼眉前就这么一个活生生的参照，你不想比也在那儿摆着呢。人家干一天顶你干一个月，你还美滋滋以为干成了多大的事儿呢。

脑子里一走这根筋儿，好像周围尽是刺激他的事儿。报

韩跃民和洛克菲勒互不认识，所以他对洛克菲勒这种有钱人的羡慕，大概也就相当于人对鸟儿的羡慕，刺激不大

纸上说，北城有个老太太，带头开了家饭铺子，据说是全市头一家个体餐饮，一开张就火遍了四九城，吃饭得排大队。报纸上还说，两位国务院副总理还到那个饭馆给老太太拜年，鼓励她把买卖做大。还有宣传说是北城交道口一带谁谁开了个修理自行车的摊子，养活一家子。这人好像还是个残疾人，报纸上宣传得挺红火，副市长和团市委书记还去看望，还发了个什么匾。一时间，再也没人直着脖子视金钱如粪土了。

形势一变，风向和人心也都变了。前几年的向前看变成了“向钱看”，有人做小买卖发了财也不用躲着藏着了，那叫万元户，街道上给戴大红花，人人艳羡啊。

韩跃民过于爱惜自己的羽毛，也太专注自己的羽毛，竟然忽略了外头的世界。猛不丁地一抬头，看见了以农民身份发了财的老葛，连那个中学毕业进了工厂还被劳教过的范红梅都眼瞅着成了万元户，他这心里顿时就七荤八素的不是滋味儿了。长这么大，可以说他就没正经接触过有钱人。同学谷建军，也算发小儿。人家父亲是军队干部，家里条件好，那是他心目中最有钱的了。可他有钱是因为有个好爸爸，这刺激不着韩跃民的自尊心。真正让韩跃民觉着受了刺激的，就是范红梅和那个农民企业家老葛。范红梅挣多少，他大致有个数；可他没好意思问老葛挣了多少钱，不过人家手下干活的工人一个月都百八十的，老葛是老板，能少得了？

钱有多么重要，韩跃民不是不知道。打小儿穷过来的，为省几分钱腿儿着跑两站地的主儿，能说不知道钱有多重要？可是重要归重要，韩跃民深受贫民文化和传统礼教的熏陶，有股子饿死不缩脖儿、冻死迎风站的骨气。他信奉穷忍着富耐着、睡不着眯瞪着的哲学。认定了人可以被金钱困扰，但是决不能受金钱的羞辱。可他知道，范红梅借钱给他，决不是羞辱他。可是他自个儿觉着这就是羞辱。

韩跃民的上一辈人，上几辈人，从农民到工商业者到工人，大概都没有过大富的经历，兴许连小康的日子也没享受过几天，基本上就是在苦扒苦曳中混一份温饱。可是，越是这样生活状态的人，往往为了生活的需要、交际的需要，甚至可以为了面子的需要，潜生暗长直至养成一种豪气。那就是明明受到金钱的困扰，也决不向金钱低头的豪气。这个，说好听的是豪气；说不好听的，那就叫死爹哭妈拧丧种，自个儿跟自个儿过不去。

韩跃民出身于这样一个亦工亦商之家，秉承了家族的这个遗传，所以他虽然知道金钱的重要，却又对金钱有一种近乎敌视的厌憎。老百姓有个说法叫“穷大方”，意思是别看没钱，可行事做派比有钱人还大方豪爽。这个大方豪爽是打哪儿来的呢？其实就含着一种对金钱的敌视和仇视。

他的脑子有点儿乱了。农民老葛的发迹，毕竟离得远，毕竟跟自己没多大关系。没什么关系的人发财，刺激也就不大。当时韩跃民知道的世界闻名的富人也就是报纸上看到过的洛克菲勒，这个美利坚的公民究竟有多富，他说不上来。但是人家既然因为有钱上了报纸，上了中国少数人才能看到的《参考消息》，那就绝不是一般般的有钱。可话又说回来，这样的人再有钱，对韩跃民的刺激也不大。他不认识洛克菲勒，洛克菲勒也不认识他。他对洛克菲勒这种有钱人的羡慕，大概也就相当于人对鸟儿的羡慕。鸟多好啊，能飞上天！不过顶多也就这么想一下，横不能因为自己不如一只鸟儿就嫉妒得活不下去了吧。

可是现在不行了，他有了一个近在身边的参照物，打小一起长大的红梅也人五人六地成了有钱的主儿。这就格外地让他觉得自己太鼠霉了，自个儿顶天立地一大老爷们儿，让一丫头片子比下去，这是他怎么也不能接受的事儿。

也就是从这时候起，韩跃民的心理发生了微妙的变化。他开始关注所有人的经济状况，脑子里第一次明确出现了一个概念：财富。

[二]

一个好儿，电话里就带到了；
一只鸡，不见面就没法交割了

陈二晨是个有点儿精神洁癖的人，无论什么事，他都务求尽善尽美。所以，那天送走了韩跃民，他心里就膈膈应应的，总觉得有点儿不踏实。到底不踏实在哪儿呢，其实想明白了也没什么大事。就是在韩跃民面前露了个怯。自己一开车的，车没油了愣不知道，还没好声没好气背地里说人家成心弄一破车。他知道，韩跃民可不是个没脑子的人，没两把刷子能转了干？所以，他越琢磨越觉得自个儿在韩跃民面前失了份儿，留了个四六不懂矫情虚浮背地里褒贬别人的坏印象。

这个陈二晨，个儿大、眼睛大，心眼儿可不怎么大。如果没这件事儿，如果陈二晨再没心没肺一点儿，这事儿别扭一下也就过去了。要真这么着，也许陈二晨跟韩跃民日后也就没那么多交往，顶多算见过面的熟人，成不了朋友。所以

陈二晨给韩跃民打电话约见面："老葛让我给你带好儿呢，除了这个好儿，还有一只活鸡，也是他让我带给你的。"

说性格决定命运呢，这件事上就体现出来了。陈二晨精神洁癖，他受不了韩跃民哪怕只是在心里笑话他。就这么小小的一个心理动因，让他做了一个决定，利用回厂汇报工作的机会，找韩跃民唠唠。

找着韩跃民不难，给厂里打个电话，问清了韩跃民家的地址，约好了时间，就成了。问题是以什么名义约会这个只有一面之缘、谈不上什么交情的熟人呢？他想好了一个合理的借口：老葛让我给你带好儿呢，除了这个好儿，还有一只活鸡，也是他让我带给你的。

一个好儿，电话里就带到了；一只鸡，不见面就没法交割了。鸡虽然是活的，可也不能让它自个儿溜达着去找韩跃民啊。这只鸡，的确是老葛送的，可不是像他说的那样点着名送给韩跃民的。这就是陈二晨的行事做派，钱、东西，都不在话下，只要人家由衷说他一声好。

眼瞅着进腊月门儿了，可是天气挺好，没风，有太阳，所以不算冷。俩人在东晓市西街口见了面，陈二晨把自行车支好了，摘下棉手套，郑重又热烈地跟韩跃民握了握手，俩人站在马路牙子上寒暄。

见面的仪式结束，陈二晨从车把上解下一个网兜："给，老葛说这是个心意。"

网兜里是一只活鸡。这只鸡待在网兜里，被挂在车把上一路颠簸而来，大概是发觉自身处境虽然困窘，但是一路迎风疾行，似乎还没什么危险，所以早就安静下来。鸡脑袋从网兜眼儿里探出来，睁着一双小眼睛看这个陌生的世界。现在忽然被从车把上拎下来，从一只手转到另一只手，这让它不由恐慌起来，顿时叽叽嘎嘎地乱叫，身体也开始激烈挣扎。

韩跃民拎着这只鸡，说："您瞧，大老远的，这怎么话儿说的。"他看着陈二晨，犹豫了一下："要不，到我们家坐会儿去？这大冷天儿的。"嘴上这么说，心里可是一万个不想让陈二晨到家里去。心说家里那一间屋半间炕的格局，再让这家伙小瞧了去。陈二晨的回答顿时让他放了心："别价了，家里都有老人呢，我要登门也得准备准备啊。要不……"他睁着一双贼大的眼睛四周踅摸，"咱俩找个地方说说话儿吧。"

韩跃民叫范红梅吓着过，一听说找个说话的地方心里就紧张。好在这是东晓市西街口，一眼看到头也瞧不见个像样的馆子。倒是街口那个火烧铺，如今成了饭铺子，改叫大众饭馆了。不过老街旧邻都习惯了，还是叫它火烧铺。火烧铺就在眼眉前，可这样的饭铺子待客，会不会叫陈二晨小看了呢？韩跃民还没说话，陈二晨抬手一指："就这儿吧，随便吃点儿什么，主要是说说话。"

俩人进了火烧铺。因为不是饭点儿，火烧铺里没顾客，柜台里也只有一个穿着白色工作服的女服务员，正聚精会神整理额前的几根刘海。她站在柜台上放着的一个玻璃阁子跟前，大概那个玻璃拉门就是她的镜子。见来了人，女服务员继续对镜梳妆，眼皮也不抬："早点没了，中午饭十一点开始。"

“那你们这个点儿还开着门，卖什么呢？”陈二晨凑近那个玻璃阁子，巡视玻璃罩子里的食品。

“都跟这儿呢，您自个儿看吧。”这回服务员总算看了看进来这俩人，接着又一麻耷眼，低头掸了掸自个儿工作服胸前粘上的烧饼渣。韩跃民觉着不是个事儿，怎么说也是到自个儿家门口了，没这么待客的。他问服务员：“你们张经理呢？”

“张经理开会去了，您认识他？”服务员不敢麻耷眼了，一张大白脸上有了点儿和缓的气色。韩跃民还没说话，通往后间的门帘一挑，红梅她爸爸范大厨出来了：“哟，四儿啊，你怎么这是……没吃呢？”

韩跃民点了点头：“范叔，我来个朋友，在这儿聊会儿。”

“那没的说，我这就把火捅开，一人来碗炸豆腐怎么样？烧饼可没新出锅的了，我跟铛上给你们燲燲，跟新烙的一个样。酱牛肉行不行？”

韩跃民刚要客气一下，陈二晨搓着手说：“成啊，有酱牛肉，能来口酒吗？”

“酒，有有有，来二两毛三？”

“半斤吧，也甭毛三了，二锅头吧。”陈二晨看看韩跃民，“你少来点儿我多来点儿，咱俩怎么也得半斤吧？”

“得嘞，就这么着。再给小哥俩儿添盘儿开花豆，算我的。”范大厨满腔热情答应着转身进去了，这让韩跃民心里踏实了几分，明白范大厨这是给他长脸呢。他一伸手，示意陈二晨落座，俨然主人气派。

韩跃民平时在院子里也很少见到范大厨，就算见着，他也是能绕就绕着走，从来就没这么近距离正儿八经说过话。今儿这一仔细看，范大厨不再是那个精明干练透着几分鸡贼的汉子了。他拱肩塌背，头发花白，眼角有点往下耷拉，眼袋也出来了。人这么一塌架，倒显得有了几分慈祥。虽然显了老态，可精神还不错，红光满面的。韩跃民把手里拎着的那只活鸡靠墙放在脚底下，那只鸡一沾地，又惶恐地叫了几声，很快安静下来。柜台里那个服务员听见鸡叫，探头看了一眼，咽口唾沫没说什么。

陈二晨和韩跃民吃着喝着，话题很自然就围着农民企业家老葛打转，因为那是他俩共同认识的人。喝着聊着，酒越喝越热乎，观点也就越来越一致。俩人都觉得凭他老葛一个土里刨食儿的农民都能发财，咱这样的缺什么少什么了，难道还不如他？这个话题最能激发他们的热情，俩人你一句我一句，共同发泄对农民老葛居然发财的不忿，简直就有点同仇敌忾，恨不能掐死那个不该发财却发了财的农民老葛。慷慨激昂的声讨中，韩跃民不由想起自个儿要买辆自行车都得拉饥荒，更想起范红梅挣钱花钱的那份潇洒。好在他没喝多，知道范大厨在这儿呢，没敢提红梅一个字。

“我是看出来了，这年头，甭管干什么，没钱是不成。”韩跃民无限感慨，把凳子往后挪了挪，伸直了腿。脚底下那只鸡被他碰了一下，又叽叽嘎嘎叫了几声，复归安静。

“没错，什么也甭说了，得挣钱。咱凭什么就得受瘪？”陈二晨喝得脸红脖子粗，看着韩跃民。

“没错没错，就是这话。”

俩人在微醺中约定，另择时日，谋划挣钱发财的康庄大道。

[三]

那些主动往身边靠的姑娘，怀的什么心思他也门儿清

过了春节，韩跃民就到报社帮忙组织珠算比赛去了。这个时候，陈大眼也已经结束了“总督”工作，回了帽厂。韩跃民孤身一人到了报社，心里没底，同龄人里有点儿出息，能入他眼的也就是陈大眼了。

陈大眼是党员，刚刚从乡村锻炼回来，瞧这个趋势肯定是要提拔的。韩跃民觉得他除了有点儿小虚荣，人品还是不错的，对朋友也还讲义气，应该听听他的意见。

陈大眼抿着嘴，忽闪着一双咣里咣当的大眼，仔细听完了韩跃民的陈述，伸手在韩跃民肩膀上捶了一拳：“不简单，真是不简单！”

“谁不简单啊，怎么就不简单了？”韩跃民还真不适应陈大眼这种无主语的感叹。

“你不简单，因为你不简单，领导对你也不简单。”

“怎么个意思？”

“你想啊，你一科级干部，一下子抽调到市里去，那是个多严肃的事儿啊！这种破格提拔的事儿，要是纯按规矩来，玩儿去吧你。可咱领导就这么办了，你就说你有多不简单吧，这是要用你啊。”

韩跃民似懂非懂，就会点头了。不过他心里还是忍不住反驳：“你这不废话吗，不用我借调我去干吗？”这话他没好意思说，怕陈大眼认为他太狂，传到领导耳朵里，这话就有点儿“舍我其谁”的意思，就是叫板了。他做出一副委屈惶恐没主意的表情：“陈哥那你说我怎么办呢？”

“什么怎么办，既然给你拉了这个口子，干呀！”

“嗯嗯嗯，对对对。”韩跃民虔诚仰望陈大眼。

陈大眼伸出手指漫空指画：“报社那种地方创新意识强，没那么多条条框框，包你有发展空间。”

发什么展啊，我怎么就没看出来呢？韩跃民打心眼儿里觉得这事有点茫然。自从被农民老葛和发小红梅刺激了那么两回，他忽然觉得干什么都有点儿提不起精神来了。尤其是面对陈大眼这个唯一跟他探讨过挣钱话题的人，他觉得这个时候再说起什么事业啊、发展啊，多少有点儿两层皮，有点儿虚假。

陈大眼看着他，似乎看穿了他的心事，说：“要说实话啊，现在这个社会发展你还看不出来吗？”

“看出来什么？”韩跃民傻乎乎问。

“十亿人民九亿侃，还有一亿在发展啊。全民经商啊！

跟你说吧，我都不想跟咱厂里混了，混来混去，最后我什么结果？一眼就看到底，到头了混个供销科长算完事，一个月拿那几十大元，吃不饱也饿不死，你说有什么劲？”

这话说得韩跃民心灰意冷：“那我也一眼看到头了呗，比你还惨呢！”

“所以啊，要这么说呢，真不如趁着咱还年轻，闯荡一把。”

“行嘞，等我回来的，咱俩好好谋划谋划。”

说是这么说，俩人慷慨激昂了一番，又各干各的去了。

韩跃民这一去，按计划至少是三周时间。厂里的事，尤其是团委的工作，他怎么也得交代一下。张弛、佟之鹰，都挂着厂团委委员的名儿呢，他把这几块平时连面都不怎么见的“料儿”召集到一起，好歹说了说。慎重起见，还让秦蓉做了个会议记录。

张弛说：“小韩啊，你不至于走了就不回来了吧？”

“那不可能！”韩跃民斩钉截铁。

佟之鹰说：“珠算比赛，我好像真在报纸上见过这个消息。是不是商贸系统的事儿啊？”

“不是。就是全市青年，包括那些没工作的，都能报名。”韩跃民一边回答一边又想起了李娟，心说有日子没见她了，也不知她知不知道报名期限。

开完会，张弛和佟之鹰等人好像还有点儿依依不舍了，那眼神，好像韩跃民这一走就真不回来了一样。再看秦蓉，眼圈都有点红，不敢抬头了。瞧这意思，韩跃民只好大大咧咧开玩笑："哥几个，没事儿找我玩儿去啊！你们谁家有玩儿算盘玩儿得溜的，找我报名去，这个小后门儿，咱一句话的事儿。"

第二天，韩跃民去报到，协助青年报社活动部举办珠算大赛去了。程序，他门儿清，也是初赛海选，然后复赛、决赛，跟他以前组织过的这类活动差不多。

团系统组织的活动，参赛的自然都是青年人。韩跃民是顺风顺水，初赛复赛都搞得是风生水起。二十多岁的小伙子，人长得精神，办事也干练，不知不觉的，他身边就有姑娘围着打转了。腼腆一点儿的，找个因由问东问西；泼辣一点儿的，没事也往跟前凑。叫韩大哥的、叫韩老师的，一时间莺莺燕燕，把时不时前来凑热闹的陈大眼看得不免眼红，酸了吧唧逗他："行啊小韩，你这儿是姹紫嫣红莺歌燕舞，形势一片大好啊！"

韩跃民装傻："什么莺歌燕舞？哪儿呢？"

"行了吧你，瞧上谁了，跟哥哥说，我给你保这个大媒。"

韩跃民一笑置之："你饶了我吧，我可不敢动这个心思。你要是相中了谁，兄弟我倒是能给搭搭桥。"

韩跃民不傻，他是活动的主要组织者，人家跟他套近乎，他自然知道都是有个图头儿的。进入复赛阶段，上来的都是人尖子，那些主动往身边靠的姑娘，怀的什么心思他也门儿清。所以，他心里有杆秤，量得出远近深浅的分寸。

他感到得意的是，李娟果然没让他失望，初赛就是第一，复赛结果还是第一名。而且，据现场裁判们说，这个姑娘简直就是出乎其类拔乎其萃，两次第一名都拿得轻轻松松，毫无悬念。

说心里话，平时在厂里，韩跃民就是觉得李娟文静、秀气，有点儿清新脱俗的气质，跟普通的青年女工不一样。这会儿几场比赛下来，见面多了，他越看越觉得这姑娘好看耐看，人长得水葱似的，还不言不语不事张扬。用刘小辫儿、小蚊子之流当年评判姑娘的话说，那叫盘儿是盘儿条儿是条儿，还不那么傻傲傻傲的。

这么水灵鲜亮的一个姑娘，比赛成绩这么好，又不像别人那样主动往他跟前凑，总是离人群远远的，一个人来去。这个做派，连那几个跟韩跃民一块儿忙活的报社记者都开始注意上了。好几次跟他打听，还索要报名册，打算对号找人。

韩跃民逗那几个记者："这姑娘可不简单，人家打算盘那是家传的手艺。她爷爷解放前就在珠市口那边的买卖家当账房，不但双手能打算盘，还能左手打算盘，右手提笔记账；那边算得分毫不差，这边记得一清二楚。就因为这一手绝活儿，老爷子收了好几个徒弟，在天桥珠市口一带的买卖字号当中名气大、威信高。"

记者们听得眼睛发直，韩跃民接茬儿白话："还有个传说，日本人占领北平的时候，有个日本军官对打算盘也有研究，还专程来看老爷子表演双手打算盘和一心二用的绝技。看完了，毕恭毕敬给老爷子鞠躬行礼，也没祸害谁，转身就走了。”

这些掌故逸闻，也让记者们来了兴致，纷纷表示要采访一下。韩跃民说：“采访的事，要不我来？我写的肯定不如你们，可我跟她熟啊。近水楼台……”

记者们应和：“行行行，您来您来，赶紧写好了给我们。”

韩跃民找到李娟，说：“你这打算盘的技术是祖上家传，能见见你爷爷吗？”李娟顿时垂了眼皮，沉吟着说：“咱这是比算盘珠子，又不是比谁的家世路子。您说呢？这事儿咱回头再说行吗？”

韩跃民一张笑脸僵在那儿，眼瞅着姑娘迤迤然远去，竟然没觉得自个儿是碰了个不软不硬的钉子。

[四]

这个排场，这个说法，似乎就是新姑爷上门儿的意思了啊

陈大眼也是从韩跃民嘴里才知道帽厂还有这么个李娟，他在韩跃民的引荐下跟李娟见了两回，背地里赞不绝口：“小韩啊，我跟你说，这姑娘，配你有富裕，可劲儿追吧！”

韩跃民不乐意听了：“什么叫配我有富裕啊？我差哪儿了？”

“不是那意思，就是说，绝配，你们俩，绝配还不行！”

“我好歹是一国家干部……”韩跃民的言外之意，李娟再怎么出色，不过也是个小工人。

陈大眼很不以为然，撇着嘴说：“现时下，什么身份不那么重要了，有钱才是硬道理。”

这话，说得韩跃民没词儿了。他也承认，没钱，什么都是瞎掰。

李娟邀请韩跃民去家里吃饭。李娟爷爷两口酒下肚，话就更多了。韩跃民推波助澜地问，老爷子兴致勃勃地聊，饭桌上就听他俩的了

可是采访这事儿也不能就这么完了啊。要是从此不再提这事儿，连韩跃民自个儿都觉着有点儿故意套词儿的意思。关键是他还觉得，李娟在厂里的态度跟她出来以后完全不是一回事儿了。在厂里，可以说韩跃民说什么就是什么，可是这一出来，李娟骨子里那些傲气掩饰不住了，倒把韩跃民弄得有点儿低眉顺眼的意思了。这算怎么档子事儿呢？哪儿不对了吗？他穷追不舍，插着空儿又找了几回李娟。李娟见韩跃民还真上了心，只好跟他解释说，老人家耳朵不行了，好几年不出屋也不见生人了。您要问什么就问我得了，我不知道的，回去再问我们家大人。这倒是正中下怀，韩跃民本来就醉翁之意不在酒，心说你爷爷就是耳聪目明我也不想跟他闲扯打算盘的事啊。

不过假戏也得真做。既然借口变成了真事儿，韩跃民还真不是说大话使小钱儿的人。他写了篇通讯，把李老爷子出神入化的算盘绝技和威震东洋军官的故事渲染一番。稿子写完，又拿给李娟过目。姑娘看了一眼稿子，抬起头来深看了一眼韩跃民："你的字不错！"

"是吗？您夸奖，打小儿就是学习好。"韩跃民一点儿也没谦虚。

李娟又看他一眼，抿嘴一笑："练过吧？"

"没有，真没有。这就是个熟能生巧的事儿，跟你打算盘差不多的路子。"

"那可不一样，我的字就难看。"

这话有点儿让韩跃民没法往下接了，他打个哈哈："关键不是看字写得好坏，得看文章内容行不行。这也跟你打算盘一个理儿，您算盘珠子扒拉得再快，账算错了也是白搭。”

李娟展颜一笑，深深颔首，埋头看文。文章看完了，李娟面色微红，双眸闪亮：“写得真好，让您费心了。”

韩跃民不大习惯被人当面夸奖，赶紧开个玩笑打岔：“也没费什么心，就是实事求是吧。”他没注意到，姑娘看他的眼神都有点儿变了，变得热切而又专注。

“这文章，能在报上发表？”李娟问。

“这个，我不是编辑，我也不做主。”韩跃民这回可不敢吹牛了，“我给报社送去看看吧。”

李娟抿嘴一笑：“不管怎么说也得谢谢您，让您费心了。”

韩跃民属于老实人，这篇文章能不能发表，他说的都是大实话。他可是没想到，这句大实话反而让李娟对他更多了几分好感。以前在单位，她不过觉得韩跃民是一个能说会道左右逢源的年轻干部，自己对他的那点儿好感，也不过是年轻人之间的相互欣赏罢了。经过珠算比赛这种近距离的接触，她才真正觉得这小伙子有点儿真才实学。别的不说，单单是和自己聊了几次就能写出这么一篇报道，就让她对韩跃民刮目相看。

因为报社正在搞基层人物报道，韩跃民这篇通讯很容易就上了报纸。文章一见报，李娟对韩跃民的态度愈发热情。那个年代，她和她爷爷的名字一起上了报纸，这对普通老百姓来说是一件大事。街坊邻居都夸她有出息，她找到韩跃民，鞠了一躬："谢谢啊，让您受累了。"

韩跃民摆摆手："客气什么，这也算是我分内的工作。"

李娟直接发出邀请，请韩跃民到家做客，说是爷爷想见见韩跃民。韩跃民是真心不想去，连连推辞。可是架不住李娟一锤定音："我爷爷说了，星期六下午在家里等你。"

"那好吧，我去瞧瞧老爷子。"

星期六，韩跃民穿戴得利利整整，拎着点心水果看望李家老太爷。

李娟的父母都是中学老师，运动中受了多年冲击，至今还没缓过来，说话细声细气，眼神游移不定，好像生怕说错了什么似的。李老爷子七十多岁，自个儿耳朵不好使，说话声儿就大，连说带比画，显得痛快爽朗，嘎嘣利落脆，一瞧就是个凡事能拿主意的主儿。李母不言不语的，倒是做得一手好菜。烧茄子、西红柿炒鸡蛋、肉丝炒豆角、烧带鱼、拍黄瓜、猪头肉和蒜肠、粉肠弄了个冷拼，外加冬瓜汆丸子，李娟早早地拎着暖壶到红桥排队打来了散装的啤酒，韩跃民还陪着老爷子喝了两杯二锅头。也许是出于客气吧，李娟也主动举杯，陪着喝了两大杯啤酒。

李老爷子两口酒下肚，话就更多了。韩跃民推波助澜地问，老爷子兴致勃勃地聊，饭桌上就听他俩的了。这老爷子五岁就跟着老家儿学打算盘，十几岁经老乡介绍到北京买卖家学徒，不但小小年纪算盘就打得出神入化，前台后柜还能帮着掌柜的出主意，深得掌柜的喜爱。为了留住他，李老爷子结婚的时候，老掌柜的送他一成的干股。没想到就是这一成干股，害得他解放后也成了资本家，子女们也跟着受了十多年的迟累。老人家越说越激动，弄得连李娟那不怎么说话的父亲都不得不出言制止了："爸，先吃吧，饭菜都凉了。"

"得，好好好，这是嗔着我说老辈子的事儿了。"老爷子在北京好几十年，早已是一口地道的京腔了。

总算是话头打住了，老爷子再度举杯，一是为了庆贺宝贝孙女得了第一名，二是为了韩跃民头回登门。还一个劲儿强调说孙丫头任性不懂事，让韩跃民以后多担待多管束。这个排场，这个说法，似乎就是新姑爷上门儿的意思了啊。韩跃民嘴上支应着，心里可是喜忧参半，这从何说起呢？自己跟李娟的关系，往深了说也就是个熟人、同事，怎么就弄得这样了呢？他一眼一眼看李娟，李娟也挺不自然，看样子对这样的暧昧格局也是没想到。不过她也许是喝了酒的缘故，面色潮红，美目迷离，在爷爷的指令下，又给韩跃民倒了几次酒。在韩跃民眼里，这天晚上的李娟格外迷人，粉红的紧身毛衣，勾勒出玲珑凸起的身材；微醺的酒意，让她也有了几分醉态。倒酒的时候，韩跃民推让间碰着了她的手，顿觉身上有电流通过，麻酥酥的……

[五]

身边躺着个美妞，男人的心思和欲望开始在韩跃民心中鼓荡升腾

一瓶白酒，韩跃民喝了有一多半。二锅头说是不上头，但喝到一定程度也闹心。韩跃民自个儿觉出来了，舌头有点儿发挺，不大利索了。他知道不能再喝了，说话语速放慢，尽量不让人家看出他喝得有点儿高了。

坚持着，直到告辞出来，韩跃民基本没失态，礼数周到地跟李家长辈们一一告辞。李娟送韩跃民到自家院门口，忽然冒出一句："对不起啊！"

韩跃民一时没反应过来："怎么了，什么就对不起啊？"

李娟一低头："也没什么，我是说，耽误你这大半天儿。"

"嗐，说不着这个！我也应当来看看老爷子。那我就走了啊，你回吧。"韩跃民在黑暗中看了李娟一眼，拍了拍自

黑暗中，韩跃民和李娟相拥着躺在小床上，嘴对着耳朵说悄悄话

行车座子，准备蹁腿上车。

“你这是新买的车吧？”李娟问。

“啊，是，人家给了个车票儿。”

“瞧你这车钥匙，秃尾巴鹌鹑似的。送你个小玩意儿拴钥匙上吧，省得丢了。”李娟跨步上前，黑暗中塞给韩跃民一个什么东西。

韩跃民低头凑着路灯一看，是一对玻璃丝编织的小金鱼。那时候女孩子们时兴用玻璃丝编织小玩意儿，用棉线钩织桌围子、领衬之类的，也算是女红吧。这一对小金鱼，甩出了长长的穗子，还编了几个小圈，一看就是能当钥匙串用的。傻子都明白，女孩子给小伙子送这个，表达的是个什么心意。往深了说，算是男女定情之物也不为过。韩跃民在路灯底下把玩这对小金鱼，有点小小的感动，又有点莫名的惶恐，更多的是一种脉脉的温情漫溢全身。他一把抓过李娟的手，放在手心里摩挲着：“最难消受美人恩！我怎么感谢你呢？”

李娟并没挣扎，任凭他在自己手上乱摸：“说什么呢你，我可没你那么高的文化，听不懂。”

“意思就是……”韩跃民扫一眼四周没人，浑不吝的劲头上来了，一把搂过李娟，在她脸上亲了一下，“谢谢你！”

李娟推开他：“别这样，有人呢。”

“哪有人啊？”

“你胆子也忒大了！”

韩跃民黑暗中坏笑："我还有胆大的呢。"

"去你的，那，我可就回去了啊，你慢点儿骑，没事儿吧？"

韩跃民还没醉到那个程度，他听得出来，李娟这个口气有点儿恋恋不舍的意思。

"我，怎么没事儿啊，估计半路就得撂在马路上，这大冷天儿的，还不成了倒卧。"

"啊？你真喝多了？"李娟的眼睛在昏暗中显得亮晶晶的，夺人魂魄。

"不算多吧，还行。你爷爷也真是能喝，那么大岁数了，你说我敢不陪着吗？"

"那怎么办呀？"李娟认了真，扶着韩跃民的胳膊，关切有加。

"要不我就不走了？"韩跃民调笑地看着她。

"不走？我们家也没地方住呀。"李娟睁大眼睛看着他，老老实实回答。

韩跃民笑了："你还真是挺可爱的！唉，那我还是走吧。"

"别，你等等，我送你吧。"李娟说完，头发一甩，转身跑进了院子里。

也不知道李娟怎么跟家里人说的，反正没一会儿，她就穿戴整齐推着自行车出来了。

俩人在马路上不紧不慢地骑车，韩跃民有一句没一句地跟李娟闲聊，心里可是紧着盘算该把李娟带到哪儿去。

他是一点儿计划也没有，完全就是话赶话地让李娟跟着他出来了。可是这大冷天儿的，总不能把人家姑娘约出来轧马路啊。

嘴上有一句没一句地聊着，心里一遍遍过滤着以前都带着姑娘们到哪儿去幽会。

这么一想，思路清晰了。韩跃民想起刘小辫儿他们家前院有一间小房，是他哥哥的。他哥插队没回来，那间小房就空着没人住。

打定了主意，韩跃民开始诱导李娟："冷不冷？"

"嗯，挺冷的。你呢？"

"我也不暖和啊，咱应该找个地方待会儿去。"

"怎么了你？头晕了？"

"可不，有点晕乎。"

"哟，那怎么办呀？"

"你跟我走吧。"

韩跃民带着李娟进了自家的胡同，反正她也不认识路，不可能想到这就是自个儿的家了。

过家门而不入，俩人直接来到刘小辫儿家。韩跃民让李娟在门口等着，自己悄没声儿溜到刘小辫儿的屋门口，敲门。

刘小辫儿应声出来，一脸紧张："怎么了？你又喝了吧？出什么事了？"

"你盼点儿好，能出什么事啊？你爸他们睡了吗？"

"他们还没回来呢，这礼拜都加班，怎么也得九点半。”

“嘿，那可真是太好了！你哥那间小屋，没人吧？”

“没人啊，他又没回来。”

“钥匙给我，我跟一同事说会儿话。”

“同事？女的吧？不成，我得瞜一眼去。”

“你给我老实儿待着，你要是出这个屋半步，我从此不认识你！”

“得得得，没见过你这么土匪的！回头把钥匙搁我门口窗台上就成，我他妈今儿还不见你了呢！”

韩跃民兴冲冲出来，领着李娟蹑手蹑脚进了那间不足十平方米的小屋。

李娟站在屋中间，适应着屋里的黑暗，小声说：“灯绳儿呢？”

“还是别开灯了，咱俩就跟这儿说说黑话得了。”韩跃民边说边把门插好，拉着李娟坐在床上。

黑暗中，李娟的眼睛格外明亮：“这屋里也不暖和啊，没生火吧？”

“哪儿生火去呀，我抱抱你就暖和了。”韩跃民一把抱住李娟，没想到李娟顺势就倒在了他怀里。

黑暗中，俩人相拥着躺在小床上，嘴对着耳朵说悄悄话。身边躺着个美妞，男人的心思和欲望开始在韩跃民心中鼓荡升腾。这方面，韩跃民可不算个雏儿了，可他在李娟面前还真不太敢造次，他只能忍着，尽量营造纯情男女谈情说爱的氛围，生怕因为苟且而造成尴尬的局面。

聊了也就二十分钟，韩跃民实在受不了煎熬，只盼着赶快结束这种自我考验的酷刑。他说：“我还是送你回家吧，太晚了，你们家该不放心了。”

李娟忽闪着眼睛：“那好吧，你就不用送我了吧。”

韩跃民没再说什么，腾身而起，去开门。

李娟忽然从背后抱住了他，一动不动。

韩跃民头也没回，说：“走吧，该走了，我再送你回去，来回又得四十分钟。”

李娟把头贴在他后背上：“我不管，我不想回家。”

“你再这么抱着我，我可想别的啦。”

“我不管，你爱想什么想什么……”

第十二章

［一］他不能为了眼前的一朵花耽误前边的大好风景

［二］他老觉着自个儿是“龟兔赛跑”里的那只傻兔子，大树底下睡了一觉，一睁眼，乌龟溜溜达达跑前边去了

［三］有血有肉一大活人，骂两句有个耳朵听着，打几下有个身子挨着，想见就能见着，想闹小脾气就有人接着

［四］韩跃民一示弱，谷秃子就把妒忌他的那份儿心放下了

［五］韩跃民觉得，在红梅面前，他也就剩下“文化水儿”这点儿优越性了

第十二章 六

[一]

他不能为了眼前的一朵花
耽误前边的大好风景

韩跃民虽然在厂里组织过几次大型活动，组织调动的能力和协调能力有口皆碑，可他舞文弄墨的本事并没有得到充分展现，也从来没人想着发挥他的这个特长。没想到这回通讯一上报纸还真有人把他当成了大秀才，不但李娟青眼有加，李家老爷子也对他高看一眼，他心里美啊。李娟这个小丫头在他眼里本来有点儿孤傲，接触了几次，那个孤傲的劲头儿没了。以前他觉得这个丫头属于自守清高、在生人面前寡言少语的那种，性情上还是挺温柔可人的。他可是万万没想到，好歹也算是清高一派的李娟会在昏黄的路灯底下送给他一个“定情之物”。更没想到的是，他还没怎么挑逗呢，李娟就跟着他钻了小黑屋。这么火辣热烈的一出，简直让他措手不及。

那一宿，韩跃民差不多就没睡，脑子里一直就翻腾这件

那一宿之后，韩跃民开始想接近李娟，可为什么接近，他都没想明白

事。扪心自问，他就是觉得李娟和一般姑娘相比，多少有点特殊，有点落落寡合。这姑娘长得好，还不合群，也不跟自个儿套近乎，他就出于本能地有点怜香惜玉，对这个姑娘有了那么几分喜欢或者是倾慕吧。可是尽管这样，他也没往深处想。就觉得这是一种异性之间的诱惑，想接近她，可为什么接近，他都没想明白。这个状态下，姑娘忽然明确示好，这就实在有点儿突兀，有点儿出人意料了。

李娟确实清新可人，可要真是现在就谈婚论嫁，他还不想这么早就把终身大事定下来。而且这也有点儿突然，他真是没想到这个外表沉静的小姑娘内心竟是如此炽热。对韩跃民来说，这纯属意外之喜，可又实在有点儿让他担忧。担忧什么呢？似乎有点儿不甘心。这就好比一个穷人走在一条陌生的路上，忽然捡了一个金元宝。他当然想抱着这个金元宝回家过好日子，可是他又不能确定前边的路上是不是还有更多更大的金元宝。

从人的本性角度来说，最大的诱惑还不是已经看见的东西，而是预期的，还没看见更没到手但是极有可能出现的东西。就是这种心态，让韩跃民心有不甘，担心把更好的给耽误了。韩跃民已经不是那个对红梅姐暗生情愫又不敢说出来的傻小子了，也不是那个因为自卑和自尊把自个儿弄得五脊六兽铩羽而归的“少年维特”了。从当了厂团委书记之后，韩跃民眼睛里见的东西多了，接触的人也多了，人脉呈几何级数增长，和过去的日子相比，真是不可同日而语了。他的眼界宽了，心胸也大了。他一下子看见了好多种活法，也看见自个儿脚下有好多条路。怎么个活法，走哪条路，没人告诉他，他也不想请教别人。可是有一条他想明白了，干什么都不能一条道儿走到黑。他有的是时间，面前有的是机会，他不能为了眼前的一朵花耽误前边的大好风景。男人，不能没钱，更不能没野心没视野。要是眼睛老盯着眼前这一亩三分地，那是不会有出息的。

所以，他想明白了，爱情先放放，友谊可以长存。之前他决定跟李娟保持友谊，哪怕是稍微深入一点儿的友谊。可是现在还这么想，自个儿都觉得有点儿说不过去。黄鹂，那是有夫之妇，怎么都不算自个儿的责任；可是人家李娟，那是正儿八经的大姑娘啊，现在还这么想，不是流氓吗？

这事儿想得他头疼，索性不想了，爱咋咋的吧。

星期日，韩跃民睡了个懒觉，刚起来叠好了被子，就听他妈在院儿里说话：“有事啊红梅？”

“啊，大妈，四儿在家呢吗？”

“今儿礼拜，不上班，才起来，你找他？”

韩跃民肩膀上搭着块毛巾，一手端着漱口杯，一手拿着牙刷推门出来，站在台阶上看着红梅：“找我？”

红梅摘下毛线手套，打小挎包里拿出一张大红请柬：“我们开了个小店儿，今儿正式开业，请您这大干部光临指导。”

韩跃民抬起一只胳膊，红梅上前一步把请柬往他腋下一伸，韩跃民手放下，夹住了请柬：“咱还用这个啊，你言语一声不就行了。”

“别价呀，请您这大干部，咱得正正规规的。”

韩跃民笑了：“正正规规？按规矩你前天就该跟我说才算请呢，今儿有事今儿才跟我说，这叫现提溜。”

“我知道我知道，这不忙不过来嘛。你都不知道弄这么个小门脸儿得多少手续，哪路神仙我都得罪不起，您就别挑我的眼了。我昨儿晚上快十二点了才进家，这不睁开眼就请您来了嘛。十点开始，你可别晚了啊，中午请你吃涮锅子。”范红梅边说边转头往外走，又回头叮嘱一句：“地址那上边儿写着呢，我得先去张罗张罗，等着你啊，待会儿见。”

看着范红梅出了大门，袁素娥伸手从儿子腋下拿过那张请柬，翻过来倒过去看了看，嘴里磕磕巴巴念出声来：“红，建服装，贸易，公司”。袁素娥从前大字不识，参加了街道工厂以后，连猜带蒙能认点儿字了。

她把请柬放在窗台上，感慨：“你说这丫头，小时候蔫儿了吧唧的没瞧出有多大出息，这是遇着贵人了吧，你看这买卖做得，越来越大咴了。”

韩跃民猫腰就着水池子刷牙，腾不出嘴来说话，心说什么贵人啊，“红建”明摆着就是红梅和郭建星俩人的名字各取一个字，疤瘌星也算贵人？这么一想，心里来气，牙也不刷了，含了一口水，咕嘟咕嘟漱漱口，“噗”的一声，狠狠吐在池子里。一抬头，见他妈挓挲着手望着大门的方向愣神，张着嘴要说什么，又好像说不出来。

他一扭头，谷秃子穿一身没有帽徽领章的军装站在那儿咧着嘴笑。韩跃民把漱口杯往水池子边上一放，走过去当胸给了谷秃子一拳：“我操，差点都认不出你来了，怎么长成这么个傻大个儿啊？”

“那是，横不能老是豆芽菜吧。”谷秃子确实长成了傻大个，比韩跃民高出足有半个头，肩也宽了，胳膊腿也粗了，整个一老爷们儿样了。袁素娥在一边看着，大概是终于辨出模样来了：“你是，你叫谷什么来着？”

“哎哟妈吔，他那会儿都长咱们家了，您忘了他叫什么？您可真行！谷建军啊，谷秃子。”

“噢，对对对，你看我这一时蒙住了，那什么，你这是，当兵回来了？”

韩跃民前些日子就接到谷秃子的来信，说是要复员回北京，可没说具体什么日子。俩人聊了一会儿，韩跃民说今儿不跟你聊了，要去参加范红梅公司的开业典礼。谷秃子说：“范红梅行啊，都开公司了，那你去吧，我先回家了。”

韩跃民察觉到他的情绪变化：“怎么了这是？兴许红竹也去呢。”谷秃子目光暗淡：“去呗，我跟她什么关系？”

“没关系了？那你还敢到我们院儿来，不怕撞见啊？”

谷秃子一笑：“我跟我们家门口瞅着来着，远远儿看见红竹骑车出去，我才进来的。”

[二]

他老觉着自个儿是“龟兔赛跑”里的那只傻兔子，大树底下睡了一觉，一睁眼，乌龟溜溜达达跑前边去了

人啊，好多事儿你要是不上心，那就是看见了也跟没看见一样。什么叫熟视无睹，说的就是这个。范红梅这几年干什么，她也没避人，更没特意地躲着韩跃民。只不过韩跃民心思没在这上面，红梅就算是想特意在韩跃民面前显摆，估摸着也不会引起韩跃民的注意。要不是前赶后凑的偶然让红梅刺激了一下，韩跃民还真没意识到红梅已然成了气候，成了引领社会潮流的买卖人。自从红梅请他吃了一顿丰泽园，他就老觉着自个儿是“龟兔赛跑”里的那只傻兔子，大树底下睡了一觉，一睁眼，乌龟溜溜达达跑前边去了。

引领潮流，还真是那么回事。什么叫潮流？大伙都干，那就是潮流。说起来，范红梅经商，也算是情势所迫。

当年范红梅也算是维尼纶厂的著名美女一枚，就因为跟北京大学的外国留学生跳了几回舞，叫人家举报了。那时候

韩跃民老觉着自个儿是“龟兔赛跑”里的那只傻兔子，大树底下睡了一觉，一睁眼，乌龟溜溜达达跑前边去了

管得严啊，这个行为就算是扰乱社会治安，愣给送去劳教两年。这么一来，维尼纶厂不要她了。等她出来，街道上倒是给登了记，可也没给她找什么正经工作。她没辙，只好自个儿跑姥姥家来回贩卖鸡蛋。那时候不过是为了混口饭吃，为了不看她爸爸的脸色。范大厨本来就重男轻女，家里有这么个“名声不好”的闺女，他心里有气又发不出火来。你能说什么呢，你自己一屁股屎，还嫌别人脸不干净？话，一句多的没有，可是就从来没给过范红梅一个好脸。

范红梅也是置一口气，宁肯吃苦受累倒腾鸡蛋，也绝不在家吃闲饭。这么一来二去，积攒下一点儿本钱。疤瘌星大名郭建星，小时候打架，额头上落了个一寸多长的伤疤，所以人称疤瘌星。他当年是东晓市这一带的所谓顽主，比韩跃民他们大着好几岁，跟钱东亮是同学。钱东亮他们去插队，疤瘌星死活不去，就在北京东一头西一头地干临时工，卖鱼虫、倒粮票、倒工业券、倒电影票，什么能挣钱就干什么。

范红梅就是倒腾鸡蛋的时候结识了疤瘌星。疤瘌星看中了范红梅的美貌，死心塌地苦苦追求。范红梅是跟洋人跳过舞、见过世面的，捏着半拉眼也看不上疤瘌星这样的。可是无论怎么疾言厉色地拒绝，疤瘌星初心不改，不管你怎么对待我，反正我就是一门心思对你好。遇上个这样的痴情男，范红梅也是没了辙，就当多了个比自个儿大几岁的小跟班儿。这样的男人，跟他合伙做生意倒是有一个好处——永远不用担心他骗你。

做生意这种事，只要做上了，就收不住手。尤其是八十年代初那个时候，提倡搞活经济，几乎是个买卖就能挣钱，只要挣钱就比上班强得多。所以，照范红梅的说法，做买卖上了瘾，放不下了。后来她跟着疤瘌星跑了几趟广东，贩卖蛤蟆镜、电子表、收录机和录音带。开始就是小鼓捣油儿，谁也没想着发财，不过就是一时没饭辙，好歹算是没吃家里的。没想到几趟下来就尝到了甜头，敢情这玩意是真赚钱啊。路子越走越熟，本钱越翻越大，心也就越来越大。就这么着，三年不到，练摊儿的进了屋，开起了贸易公司。

韩跃民按照请柬上写的地址找过去，在天桥附近找到了范红梅他们租的那间门脸房。说是公司，其实就是个商店，门口戳着一块三合板，用毛笔写了几个大字：红建服装贸易公司。字写得歪歪扭扭，大小不一。韩跃民问范红梅："怎么也没好好弄块匾挂上啊？这不是糊弄局吗！"

"嗐，这不就为了赶这个好日子嘛，来不及了，我问了，就这么一个匾，十五大元，加急就要二十。回头我找人自己做一个得了。咱不图驴粪蛋子外面光，货真价实就成。"

疤瘌星见了韩跃民，赶着过来握了握手。韩跃民跟疤瘌星也算老熟人了，半开玩笑逗他："你不是反对开店铺办公司吗？怎么投降了？"疤瘌星一指范红梅："咱这胳膊忒细，拧不过她那大腿。她是老板，人家指哪儿咱就打哪儿呗。"

"我抽你，别满嘴胡吣啊！"红梅抬手欲打，疤瘌星哈哈一笑，又大呼小叫把一个满脸络腮胡子的小伙子叫过来给韩跃民介绍：“李山林，我发小儿，跟我们一块儿干呢。”

韩跃民跟这个大胡子也握了握手，笑问红梅：“还雇伙计了啊？这买卖让你们做得，没谁了！”

范红梅一笑：“别挤对我啊，谁比得了你啊，国家大干部，睡觉都挣着钱呢。”

正说着话，门口一暗，范红竹走了进来。疤瘌星弯腰趋前，故作谦恭：“二小姐来啦，里边儿请了您！”

范红竹没搭理他，径直走到韩跃民跟前：“跃民哥，怎么没把你那个好哥们儿好同学带来啊？”

“啊？噢，他呀，上哪儿报到去了吧。”韩跃民知道她说的是谷秃子，又不知道他们到底是个啥情况，只好打了个马虎眼瞒哄过去再说。

“这么快就分配工作了？”

“那是啊，架不住人家有个好爹。”

范红梅插话：“哎，跃民呀，我怎么听说那个谷秃子他爸爸转业到城建局当了个副局长啊，现在那可是批张条子就能让你发财的位子。要不你看哪天方便，我请你这个同学吃顿饭呗。”

红竹白了她姐姐一眼：“怎么说话呢这是？隔着锅台上炕啊！”

红梅反唇相讥：“锅台跟哪儿呢？不是早就拆了吗？也行，要不就你出面，你能给请来，我也就不麻烦跃民了。”

疤瘌星笑道:“锅台拆了还能垒上啊对不对? 衣不如新，人不如旧，是吧?”

红竹脸一红，怒了:“边儿去吧你，这儿有你什么事儿啊!”

疤瘌星闹了个烧鸡大窝脖儿，脸上挂不住，一转身，门口抽烟去了。

[三]

有血有肉一大活人，骂两句有个耳朵听着，打几下有个身子挨着，想见就能见着，想闹小脾气就有人接着

谷秃子回来了，韩跃民攒了个局，给了刘小辫儿五块钱，让他买菜做饭，就在他家里吃。趁着小蚊子还没来，刘小辫儿在外边小厨房里忙活，韩跃民问了问谷秃子和范红竹的事。

谷建军一挥手："吹了，早就吹了，根本就不是那么回事儿。"

"怎么就不是那么回事儿了呢？你那时候不也挺上赶着的吗？"

"谁上赶着了？她要不上赶着给我写信，我上哪儿勾搭她去？"

"反正我就知道是你让我把地址给红竹的，你不是上赶着谁上赶着啊？"

谷秃子面不改色："我那就是试探试探，她要不给我写

谷建军这边一冷下来，红竹又受不了了。女孩子大多犯这个毛病，有人追的时候，眼睛朝上鼻孔朝天，拿着劲儿

信，给她个地址有屁用！”

韩跃民指点着谷秃子：“你就是煮熟的鸭子，肉烂嘴不烂！”

“你们是这么多年的街坊，你还不知道？范红竹比他姐姐可差太远了，不说理、使小性儿，猫一天狗一天的，实在让人受不了。跟你这么说吧跃民，以后谁娶了她谁活受罪，不信你就看着。”

谷建军大概也是憋了一肚子话，拉着板凳往前凑了凑，打算把他和红竹交往这段时间的事儿好好说说。才说没两句，情绪刚调动起来，隔着窗户看见小蚊子进来，他又是一挥手：“算了不说她了，那丫头哪儿都好，就是太矫情。”

范家姐妹俩，姐姐风情十足，高挑漂亮；妹妹玲珑秀气，娇憨蛮霸。在女孩子群里，姐俩儿都属于挺惹眼的那种。

小时候，韩跃民比较喜欢大两岁的红梅，觉得她懂事，会体贴人，不像妹妹红竹那样就会撒娇耍小脾气。

范红竹毕竟年纪小，是典型的三分钟热乎劲儿。当初吃了蜜蜂屎似的想跟谷建军好，满脑子尽是些不着边际的幻想。谷建军刚当兵那一阵儿，俩人书信往来挺频繁。话不明说，窗户纸不捅破；你试试我，我逗逗你，一般情怀，两地相思，着实甜蜜了一阵子。

可是这样的事儿，就怕抻着拽着没进展，一晾就容易凉。俩人本来就没什么感情基础，不过就是一个爱慕漂亮，一个贪图虚荣。时候长了见不着面，那点虚幻的成分就成了一块湿毛巾，风一吹，干了。随着年龄增长，红竹也过了做梦的年龄，越来越实际。二十大几的姑娘了，就算千恩万爱，也架不住经年累月这么隔着老远见不着面的煎熬。用谷建军的话说，你来我往地写信，老是那些词儿那点儿事，别说没新鲜感，看都没兴趣看了。

范红竹越来越大，也就越来越务实。同院街坊有个叫张德义的，比韩跃民大一岁，因为是独子，没去插队，高中毕业就分到了一家区属日化厂当工人。张德义打小儿就喜欢红竹，也没少跟在红竹屁股后边献殷勤。可他们家就是个普通工人家庭，跟谷建军的家庭条件没法比。所以，眼看着红竹一门心思跟谷建军好，张德义不免心灰意冷，好多日子看见红竹就躲，话都懒得说了。

他这边一冷下来，红竹又受不了了。女孩子大多犯这个毛病，有人追的时候，眼睛朝上鼻孔朝天，拿着劲儿。等人家知难而退了，她又觉着不平衡了。跟谷建军那边吧，本来就有点儿倒追的意思，耗了两年多，越耗越凉，成了一锅夹生饭。

到了这步境地，对越来越务实的红竹来说，就该有个取舍了。同院儿的老街坊张德义的家庭条件和个人条件固然都不如谷建军，可他近在眼前，实惠便利，肥皂、香皂、蛤蜊油和雪花膏，抡圆了使也使不完。有血有肉一大活人，骂两句有个耳朵听着，打几下有个身子挨着，想见就能见着，想闹小脾气就有人接着。说起这小脾气，那是红竹的拿手戏，问题是谷建军不吃这一套。红竹信里挑鼻子挑眼找碴儿埋怨他几句，本来是撒娇，可谷建军不接着，你不是埋怨吗？我还不回信了。干部子弟的傲慢，老爷们儿的自尊心，就是不能低眉顺眼赔小心。俩人这么僵了几回，再找补回来也不是那个味儿了。

谷建军这边一撤火，张德义再一使劲儿，越来越务实的红竹就觉着远在天边的红烧肉不如近在眼前的窝窝头好了。这些事儿，谷建军没说，红竹打根儿上起就没在韩跃民面前承认过这回事儿。

这事儿，表面上看就这么黑不提白不提地过去了。可这件事至少在谷秃子心里就没过去。在刘小辫儿家，他没找着机会说，因为他知道那俩坏小子也都惦记着范家姐妹呢。谷秃子的脾气，话憋在肚子里难受，所以他老想逮个机会再跟韩跃民唠唠。

这一阵子，韩跃民跟陈大眼越走越近。现在谷建军回来了，他有心让他俩也结交结交。朋友的朋友嘛，就都是朋友。于是他忽悠着谷秃子做东，把俩人拢到一块儿喝酒。

这俩人都当过兵，见了面自来熟，再有酒精这么一刺激，聊起来就刹不住车，显得格外近乎。韩跃民是受了范红梅开公司这件事的刺激，说不清是失落还是妒忌，也闹不明白这份儿刺激究竟是因为感情还是因为财富，所以他也总想找人倾诉一番梳理一番。没想到范红梅的话题才起了个头，不知道怎么就转到红竹身上去了。

说红竹，韩跃民没那么多话，谷建军就成了主讲。他一边喝一边说，酒越喝越勤，话也越来越密。仨人从华灯初上喝到夜色阑珊，谷建军眼睛也红了，舌头也短了，直愣愣瞪着韩跃民："分开，好，是好。可咱哥们儿是让人家当大鼻涕甩，甩的吗？"

"怎么茬儿，是她甩的你？韩跃民没喝多，心说合着你平时那都是吹啊，说你怎么怎么豪气万丈就把红竹给蹬了。今儿这是酒后吐真言，闹了半天是人家把你给踹了。"

"没，没那巴宗事，哥们儿你说，打咱们那会儿……谁甩谁，你说。"谷建军这个话是冲着韩跃民说的，端起酒杯朝陈大眼跟前比画："来，哥哥，喝着。"

韩跃民赶紧也端起酒杯："甭管谁蹬谁，老爷们儿，过去就过去了。来，杯中酒，时候也不早了，该回家了。"他生怕谷建军说秃噜了，把以前满大街拍婆子的事儿给演绎出来。

陈大眼是已婚人士，也不了解谷建军跟范红竹这段公案的始末根由，所以他不好插嘴。眼见着酒杯冲着自个儿来了，他敷衍着把空杯子举起来："干！"

韩跃民看了他一眼，没说话，自己一扬脖儿把酒喝了。三个人出了小饭馆的门，勾肩搭背走在人迹寥寥的大街上。

[四]

韩跃民一示弱，谷秃子就把妒忌他的那份儿心放下了

谷秃子复员回来，在第二轻工业局下边的一个公司上了班。因为是复员军人，又是党员，进了人事科当干事。整天骑一辆崭新的飞鸽26型轻便自行车，车把上挎一人造革的公文包，风风光光。韩跃民挖苦他是猴儿戴帽子——装人，他一听就急了："你甭老提醒我，你不就是一正科级吗？我不是正科，好歹也是正式的国家干部，你还别拿豆包不当干粮。"

认真说起来，谷秃子这个"豆包"还真不是什么好干粮。他虽然在部队混了个党票，副连级，可到了地方上，副连级什么都不算，只是一般干部。所以他听说韩跃民已经是正科级，嘴上没说什么，心里可就有点儿较劲。

韩跃民始终认为，在他最要好的几个同学中，谷建军是比较没心没肺的一个。他出身军队干部家庭，打小没吃过什

么苦，也没吃过什么瘪。韩跃民还记得，刚上初一那年，谷建军就经常跟北城的几个大哥级人物混在一起。那几个人，有的是名义上插队，实际上整天在城里混的老知青，有的是已经在工厂当了学徒工的工人。这些人有个统一的身份，都是干部子弟，都是当年的老红卫兵，简称“老兵”。老跟这些人混，谷建军有样学样，无冬历夏都戴着军帽，一摘帽子就是一大秃瓢，这也算那时候的时尚标志。就为这个，同学们给他起了个外号叫谷秃子。1976年，高中还没毕业，谷秃子就走后门当兵去了。走的时候，他比韩跃民得矮半头，真是小豆芽菜似的。没想到当了几年兵回来，竟然比韩跃民还高半头了。

那时候日子稍微好一点了，大伙儿心情也放松了，就想着弄个同学聚会之类的。忆旧怀远，人之常情嘛。再加上日子都好过多了，有混出个人模狗样的，也要在熟人面前显摆显摆。所以，有热心的一张罗，众人无不响应。这里边，谷建军是最积极的人物之一。倒是小蚊子和刘小辫儿，总是有一搭无一搭的态度。韩跃民觉得，他们俩也是因为工作都没个着落，见了老同学，都不知道说什么好吧。

不过真到了聚会的日子，哥俩儿还是穿戴整齐，跟谷建军和韩跃民聚齐了，四个人三辆自行车，浩浩荡荡地去了。

一别七八年，一伙子男女同学不免各自唏嘘感叹一番。韩跃民算是混出息了的，可他生性有几分腼腆，别人恭维，他不会顺杆儿爬，尽往回缩了。谷秃子正相反，他这个当干部、吃皇粮的身份羡煞众人，他自个儿还不搂着，可着劲儿吹。这一吹可不要紧，男女同学看他的眼神都变了。

那年头，永久、凤凰这些名牌自行车，有钱买不着，要票。黑白电视机，二三十人为单位、半年一轮转，要抓阄才有资格买。牡丹、友谊、凤凰、翡翠香烟，没路子你也买不着。你就是想换个家具，也要凭民政局发的结婚证，证明你是新婚，才有资格买一张双人床、一个大衣柜和一个折叠圆桌。二婚的都没这个资格。有一阵子人们自己打家具成风，就是因为这个。

二轻局正管这些个轻工产品的生产和销售，近水楼台，路子多。所以，谷秃子大嘴八叉的一吹，立马就成了同学们心目中的明星人物。甭管他能不能真帮上忙买着东西，人家在那个位置上，就值得巴结。谷秃子还人来疯，拿出个小本子挨个儿记着谁要买什么。男同学大概都有点吃他的干醋，没一个上前儿的。谷秃子被一干女同学围着，叽叽喳喳莺声燕语，那真是花团锦簇，出尽风头。

散了场，还是这四个人一路回家。到了胡同口，小蚊子和刘小辫儿打了声招呼就走了。韩跃民觉着谷秃子没少喝，有点儿担心，决定护送他回家。再说，谷建军家搬走以后，他还不知道他们家大门朝哪儿开呢，正好去认认门。

俩人并肩骑车，韩跃民忍不住提醒谷建军："我瞧着你丫这通儿吹腾，别弄个狗揽八泡屎，泡泡舔不净。弄大发了可收不了场。"

"行了吧你，纯粹咸吃萝卜淡操心，把心搁肚子里吧。没那个金刚钻儿，我敢揽这瓷器活儿吗？"

“我这儿给你算着，这可是七八辆自行车、三四台电视机呢，你才上几天班啊，有这么大脓水吗？”

“嫉妒了吧嫉妒了吧！要不我给你也来个12吋黑白电视机，让你爹妈也享受享受？”

“打住，我可没那个闲钱，买这个车还跟人借了七十块钱呢。”韩跃民赌气地摇了一下车铃，发泄郁闷。这些日子以来，想起这个他就心里犯堵。

韩跃民这一示弱，谷秃子就把妒忌他的那份儿心放下了，满怀同情瞅了他一眼：“哟，还拉着饥荒呢？我这儿转业费二百，可还没动呢，要不你先拿着还账？”

“算了吧，该着谁不是该着啊。你那转业费留着娶媳妇吧。”

“娶媳妇？我老丈母娘还不知在谁腿肚子里转筋呢。哎，你跟谁借的七十块钱哪，不会是你红梅姐吧？”

“不是，债主子你不认得。”韩跃民绝不能承认那钱是跟红梅借的。何况也真不是他开口跟红梅借的钱，是红梅硬塞到他手里的。不过这始终是韩跃民心里的一个疙瘩。

[五]

韩跃民觉得，在红梅面前，他也就剩下“文化水儿”这点儿优越性了

韩跃民找厂模型组的师傅弄了块木头板子，刨平整了，木板背后钉俩钉子，拴上小带子，他又找来红油漆给写了几个大字。晾干了，报纸一包，自行车驮着奔了天桥。

店里冷冷清清，就那个雇来的伙计李山林一个人坐在柜台里边发呆。李山林有那么一部美髯，上班第一天就被命名为“胡子”。他倒也坦然接受，说：“认识我的人都这么叫我。”

胡子跟着疤瘌星混也不是一天两天了，范红梅跟他也算老熟人了。所以，疤瘌星和范红梅去上货，就让胡子帮着守几天摊儿，挣了钱多少劈给他几个，怎么也比工厂的工资高多了。虽然胡子不算是公司的股东，可也没说是按月领工资的伙计。用胡子的话说：“就这么乌里八涂混呗，反正我歇病假还有劳保工资呢，不吃亏。”

韩跃民和胡子俩人叮叮当当忙活了一阵儿，把那块木板横着挂在了门楣上

胡子初中毕业没插队，正经成了变压器厂的工人，而且已经出师满徒。他是自由散漫惯了，不想上班，三天两头泡病假，跟着疤瘌星捞鱼虫、逮蛐蛐卖，还倒腾过几天葫芦罐儿。疤瘌星和红梅跑广东做起了生意，本来俩人是跑一趟广东，回来摆摊儿卖几天货。货销得差不多了，收摊儿，南下广东继续上货。后来觉着这样效率太低，红梅就主张雇个人守着摊。一个人守摊儿一个人去上货不成吗？那不成。别看红梅和疤瘌星文化都不高，可都是粘上毛比猴儿还精的主儿。他俩心里都明白，这合伙的买卖，让谁单独去上货，对方都不会放心。南边行市变化快，防着对方骑驴是一回事，就怕你没骑驴，还让对方怀疑你骑了驴，这是最难受的事。

其实胡子就是个其貌不扬的混混儿，个儿不高，脸不白，还有点鸡胸脯，最突出最惹人眼目的就是那满脸的大胡子。那不是常见的那种普通的络腮胡子，稀稀拉拉似有若无的，留着，留不起来；刮了，脸老是青的。他的胡子，又浓又密，又黑又亮，尤其到了下巴那儿，还有点儿自然卷曲，真正算得上是一部美髯。胡子帮着疤瘌星他们看摊儿，最明显的变化就是，他的摊儿前大姑娘小媳妇多。胡子能说会道，又爱笑。他脸黑、胡子更黑，一张嘴，把一口本来也不怎么白的牙给衬托得格外白，笑起来就显得十分灿烂。别说姑娘媳妇们回头率百分之百，连大老爷们儿也免不了多看他几眼。人多，买卖就好，胡子守摊儿，下货就快。

看见韩跃民，胡子像看见了亲人一样：“韩哥啊，您怎么来了！”

韩跃民当即作势转身：“我不能来？成，那我走。”

胡子笑了，龇出一口白牙：“不带这么逗我的，韩哥，您是稀客，贵客，您这边请。”胡子从柜台里边绕出来，领着韩跃民往里边走。

这个店面，门脸不大，也就是一间房的宽度，可是里边挺深。快到头的地方用三合板打了个隔断，里边放着一张桌子两把椅子，就算是办公室了。韩跃民坐下，四下打量着问：“生意怎么样啊？”

“这两天不怎么样，都是货底子了。”

“你那俩老板呢？”

“上货去了啊，估摸着明天，最晚后天也就该回来了。”

“那什么，门口我自行车上的东西，劳驾你给卸下来。有锤子起子之类的家伙什儿没有？”

胡子应声往外走，韩跃民又叫住了他：“把椅子搬出去。”

胡子搬着椅子出去，韩跃民也搬了把椅子跟着出来。俩人叮叮当当忙活了一阵儿，把那块木板横着挂在了门楣上。

“‘红建服装贸易公司’，嘿，这几个字，真棒，韩哥您写的吧？有文化水儿的就是不一样！”

韩跃民一笑，没承认也没否认，歪着头审视那块木头的高低偏正。在范红梅面前，他也就剩下“文化水儿”这点儿优越性了。

“成了韩哥，我看着挺正的了。其实费这劲干吗，您写成竖着的，一个钉子一根绳儿，直接挂门边上多省事儿。”

“傻帽儿，这你就不懂了吧，竖着挂的那叫牌子，横着的才叫匾。”

“哟，还有这一说？跟着您真长学问。”

范红梅没在，韩跃民觉着自个儿来得挺合适。他最怕听别人虚头巴脑的感谢话，觉得没法支应。胡子这样的恭维，他听着倒是十分受用。怎么说呢，好像只有在胡子面前，他才有一种居高临下的感觉。怎么说，胡子也不过是疤瘌星和红梅雇来的伙计。

一高一矮两个姑娘互相挎着胳膊亲亲热热地走过来，绕过背着手仰头欣赏牌匾的胡子，又特意回头看了他一眼，走进店里。

胡子赶紧跟过去：“二位，看看买点什么？我们这都是新到的广州货。您瞧这蝙蝠衫，这型儿，可着北京满大街找去，没有。”

两个姑娘又看了他一眼，高个儿的一指墙上挂着的牛仔裤：“这多少钱一条？”

“这是正经的水磨蓝，美国货。您这身条儿，穿上肯定特飒！”胡子把裤子拿下来递给姑娘。

“我问你多少钱一条呢，别说没用的。”高个儿姑娘接过裤子，在自己腿上比量着长短，又退开几步让矮个姑娘帮着参谋。

“您这么着，周围扫听扫听去，都卖二十五，您二十三拿走。”胡子殷勤地看着高个儿姑娘，满脸堆笑，一口白牙明晃晃。

矮个儿姑娘有点敷衍地说了句：“不错不错，你穿肯定合适。”转过头好奇地盯着胡子的脸：“哎，你这胡子，是真的吗？”

“你摸摸。”胡子扬起下巴颏儿。

矮个儿姑娘伸手就要摸，被高个儿姑娘抬手拦住：“二十，我来一条。”

胡子客气地冲矮个儿姑娘笑笑：“没事儿，要不你揪揪试试。”说完又赶忙冲着高个儿姑娘赔笑：“妹妹，我这是给人看店呢，哪做得了这么大主啊，您别为难我。瞧着您也是真心想买，我给您搭一块都成，二十二？”

“就二十，不卖拉倒！”高个儿姑娘拉着矮个儿姑娘就要走，到了门口，脚步略显迟疑。

“二十一！您就真差那一块钱？”胡子不失时机喊了一嗓子。

俩姑娘抹头回来，交钱，拿了牛仔裤。胡子一边收钱一边讨好地说：“您头一回来，我就是搭上一两块钱也不能让您空着手走啊。”

俩姑娘满脸得意，捡了大便宜似的。

交易完成，高个儿姑娘也忍不住了：“你这胡子，道具吧？”

胡子嘻嘻一笑：“你揪一下不就知道了吗？没事儿，别给我薅下来就成。”

俩姑娘兴致盎然又犹犹豫豫地各自摸了摸，高个儿姑娘屏住呼吸捏住一根胡子，猛然使劲儿一扽，扭头就跑。

“嗬，真薅啊你！”胡子疼得直咧嘴。

韩跃民一直倚着门框瞧着胡子做买卖，见俩姑娘跑远了才笑着对胡子说：“你这倒好，少卖好几块钱不说，还连毛带皮地往外搭。”

胡子绽开笑颜：“少卖？她一还价我就知道这是个棒槌。会砍价的，十五我都卖给她。那还赚好几块呢。”

“这么大谎？”

“您也不是外人，跟您说实话，这裤子，九块钱一条批来的。”

“我操……”韩跃民不知道说什么好了。他也知道做买卖赚钱，可没想到能有这么大的利润。

胡子看着韩跃民一副沉思不语的神态，忙着给他解释：“您瞅着赚不少是吧，其实这里边水分大了。这么老远，人吃马喂，住店坐车，您说哪不是钱？货上来了，不对路卖不动，甭说赚钱了，不赔个底儿掉就烧高香了。”

韩跃民深深点头，他今天才算是对买卖这一行有了个初步的认识。眼看着胡子忙着整理柜台里的衣服裙子，韩跃民忽然有了想跟他聊聊天儿的兴趣。

“哎，兄弟，你叫李山林是吧？”

“是是是，他们都叫我胡子。”

“你这胡子是天生的？”

“是，这也弄不出假的来吧？”胡子抚摸着自己腮边下巴上蓬勃旺盛的胡子，颇有几分得意，“您不知道吧，我跟这儿帮他们卖货，还就沾了这胡子的光。”

“怎么呢？”

“我都快成这一带的招牌了。”胡子说得眉飞色舞。

“确实不错，咱中国人很少有你这么大胡子的。”

“别价呀韩哥，您这是拐着弯儿地骂我？”胡子哈哈大笑。

韩跃民也跟着笑，一边伸手摸了一下他那大胡子，觉得触手柔软，的确可爱。胡子扬着脸，任凭韩跃民抚摸，说：“我天天用洗发液洗呢，不信您闻闻，香着呢。”

第十三章

[一] 大老爷们儿，五尺高的汉子，这属于正经的让人家追着屁股要债啊

[二] 韩跃民嘴上这么说，眼睛可是巴巴地看着谷秃子，期盼着他再说几句对自己有利的话

[三] 自个儿为七十块钱愁得五脊六兽，那个乳毛还没褪干净的小子就有了六万块钱，这上哪儿说理去

[四] 说什么都成，你要是来还账，就是打我们一家子的脸呢

[一]

大老爷们儿，五尺高的汉子，这属于正经的让人家追着屁股要债啊

每天早晨，韩跃民把他那个人造革的小包往车把上一挎，出门上班。经过胡同口的大众饭馆，也就是那个火烧铺，必得朝里瞧一眼。他不是要吃早点。他一贯是在家吃了早点才出门的。老妈每天伺候家里的俩爷儿们出了门去上了班，自己才拾掇拾掇也去厂子里上班。她离厂子近，有这个条件伺候好家里的爷儿们。韩跃民朝火烧铺子里看，是打小养成的习惯。那里边的香味，吸引了他贫瘠和饥饿的童年，把他的习惯动作变成了一种下意识。

这天早晨，他路过火烧铺照常往里看了一眼，看见范大厨正把一双油手往围裙上蹭，一边蹭一边不知冲着谁苦笑。韩跃民只是骑车路过，只瞧见这么一眼，就过去了。他不能停留，因为他要赶着去上班。他也没必要停留，没必要停下来看看范大厨冲着谁笑。他只是脑子里闪了那么一下，觉得

“不是，我是说，你不是从我姐那儿折兑了七十块钱吗……”红竹一跺脚，终于把那句说不出口的话说了出来

范大厨笑得挺有内容，而且那绝对不能算是笑。那个表情，就好像被什么权势人物攥住了蛋卵子——人家有权势，他惹不起，所以不敢发怒，只能赔笑；蛋卵子被人攥在手心里，稍一使劲儿就疼得受不了，所以也只能赔笑求饶。

韩跃民没工夫琢磨范大厨为什么那么笑，骑车走他的。不料想身后传来一声喊：“四哥，等会儿！”他停下车子，单脚支地，回头一看，是红竹。

“有事儿啊红竹？”

范红竹眉开眼笑走过来：“四哥，跟你说个事儿，你可别多想啊。”

“什么事儿啊，我还能多想？说呗。”

“咱从小玩儿到大，知根知底的，谁跟谁也不隔心，你说是吧？”

“嗯。”韩跃民点点头，直眉瞪眼看着红竹。他觉得挺奇怪，这丫头打小是比他姐姐心眼儿多，可也没见她这么说过话啊。他决定不再追问，静等下文。

红竹左看一眼，右看一眼，又转过脑袋往后看了看，脸色微微泛红：“谁要是有个为难事儿，伸把手也是正常的，你说是吧？”

韩跃民深深点头，不说话，继续等下文。

“那什么，本来这事儿吧，我妈我爸都不让我跟你说。再说我姐又没在家，我说也真不大合适，可是这不也是实在没辙了嘛。再说咱从小玩儿到大的发小，有什么呀，你说呢？”

韩跃民终于憋不住了："红竹，我这可是要上班去。掐着点儿出来的，晚了不合适。你今儿这是怎么了，有什么事你说就得了，跟四哥说话还这么绕脖子，有意思吗？"

"成，那我可就说了？"

"赶紧的，说吧。"

"是这么回事儿，我吧，本来是打算等我姐结了婚我再办事。可德义着急呀，你也知道，他又没爹又没妈的，他奶奶岁数也越来越大，他妹妹那情况就更甭提了，他们老张家就指望德义顶门立户续香火了，老太太说好儿回了，闭眼以前怎么也得看着德义娶了媳妇……"

韩跃民抬手截住了她的话头："要结婚吗不是？直说不就结了，有什么要帮忙的你就跟我说。你瞧你绕得这个弯儿，从前门都快绕到门头沟去了。"

"不是，我是说，你不是从我姐那儿拆兑了七十块钱吗……"红竹一跺脚，终于把那句说不出口的话说了出来。话一出口，站不稳似的伸手抓住了韩跃民的车把，低了头看着脚尖："对不住了四哥！"

一腔热情化作尴尬，韩跃民登时呆愣，半天才回过神来，强作没事儿人一样笑了笑："我以为什么事儿呢，这还不好说？我这阵子也是忙，早就说给你姐拿过去，一干别的就又忘了。那正好，今儿晚上吧。下班我给你送过去。"

韩跃民脑子里嗡嗡的，有点儿发蒙。他都不知道是怎么跟红竹道别，怎么跨上车子奔了单位的。大老爷们儿，五尺高的汉子，这属于正经的让人家追着屁股要债啊！他的脸一直红着，红到了单位。

在自行车棚子里存车的时候，正好还遇见了李娟。

珠算大赛落下帷幕，电视台也播了，报纸上也登了。李娟不出意外地获得了头奖头名，电视采访还露了个脸。李家老爷子非要在丰泽园摆一桌，好好请请韩跃民。这件事，被韩跃民委婉又坚决地拒绝了。他的理由是，李娟获此殊荣是实至名归，自个儿作为大赛的组织者之一，又跟李娟是同事关系，避嫌还来不及呢，要是这么大张旗鼓公开庆祝，只有坏处没有好处。这一番说辞，是通过李娟转达的。李老爷子听了，对韩跃民的欣赏又多了一个“更”字。老爷子嘴上没说，可是那口气和态度，简直就是把韩跃民当未来的孙女婿看待了。

爷爷的想法，李娟心知肚明，她没表示反对也没表示同意。在她心里，韩跃民倒真是一个比较靠得住的小伙子。可是她又隐隐觉得，这个人运气太好，好得有点儿让人把握不住。她听老工人们议论过，二十多岁就当党委委员，这在帽厂历史上只有五十年代出现过。这么一说，李娟觉得韩跃民有点儿像前些年出现过的那种“火箭式提拔”的青年干部。这样的干部，可早就绝迹了啊。现在虽然讲究的是“四化”干部，可他这样没根没蔓就蹿起来的干部，总是让她觉得心里不踏实。就因为这个，她表面上对韩跃民的态度可远没有爷爷那么热情。只是，那天晚上的经历，让她对韩跃民产生了一种别样的情愫。是依附感还是什么，她也说不清，就是心心念念的，老有韩跃民的影子在那儿晃。那天都喝了酒，那件事算怎么回事儿呢？她老想问问，可这种事怎么张得开口？

韩跃民回厂上班好几天了，这也是第一次在厂里看见李娟。他冲她点点头：“不是让你到财会学校进修吗，什么时候报到啊？”

“嗯，我这不是来厂部拿介绍信吗，明天吧。”

“不错，进修半年，能拿会计证了吧？”

“还不知道呢，就是那个学校太远，在东城那边呢。”

“哦，克服克服吧，好在就半年。”

李娟放好了车子，站在一边等着跟韩跃民一起上楼。韩跃民明白了她的意思，赶紧说：“你先上去吧，我到三车间有点儿事。”

李娟闻言笑了一下，转身上楼了。

韩跃民脑子里都是红竹伸手要钱的场面，一门心思想的是今天晚上拿什么去见红竹。既然随口说了要去三车间，他抬腿就往三车间走。走到三车间门口又站住了，找谁呢？好像是要找二雷，可是二雷早就不在三车间了啊。找佟之鹰？佟之鹰才结了婚，听说还拉了一百多的饥荒呢。

他原地呆愣了一会儿，这才转身，心事重重地回到了办公室。

[二]

韩跃民嘴上这么说，眼睛可是巴巴地看着谷秃子，期盼着他再说几句对自己有利的话

珠算大赛圆满结束，韩跃民借调的事儿好像也就跟着结束了。下一步怎么安排，黑不提白不提了。本来就是个借调，他总不能上门去问人家怎么安置自己。后来倒是听说，孔书记又出国访问去了。大猫不在家，下文自然也就没了。韩跃民蔫不出溜回了厂，该干什么还干什么。

陈二晨安慰他：“等着吧，好饭不怕晚。也许孔书记回来就想起你来了。”

韩跃民打心眼儿里是个无所谓的态度，经过这阵子跟农民老葛和商人范红梅的接触，他觉得眼界开阔了不少，更觉得自个儿好像不大适合走仕途。他对自个儿的性格和能力有个基本评判，觉得自己骨子里自由散漫的本性太难克服，好多想法太过平民化世俗化，又那么讨厌打官腔。他崇尚自由自在自己做主的生活，天生就不喜欢被人管着，这就是“抗上”，说白了就是天性逆反，不服管束。这种性格，真是不

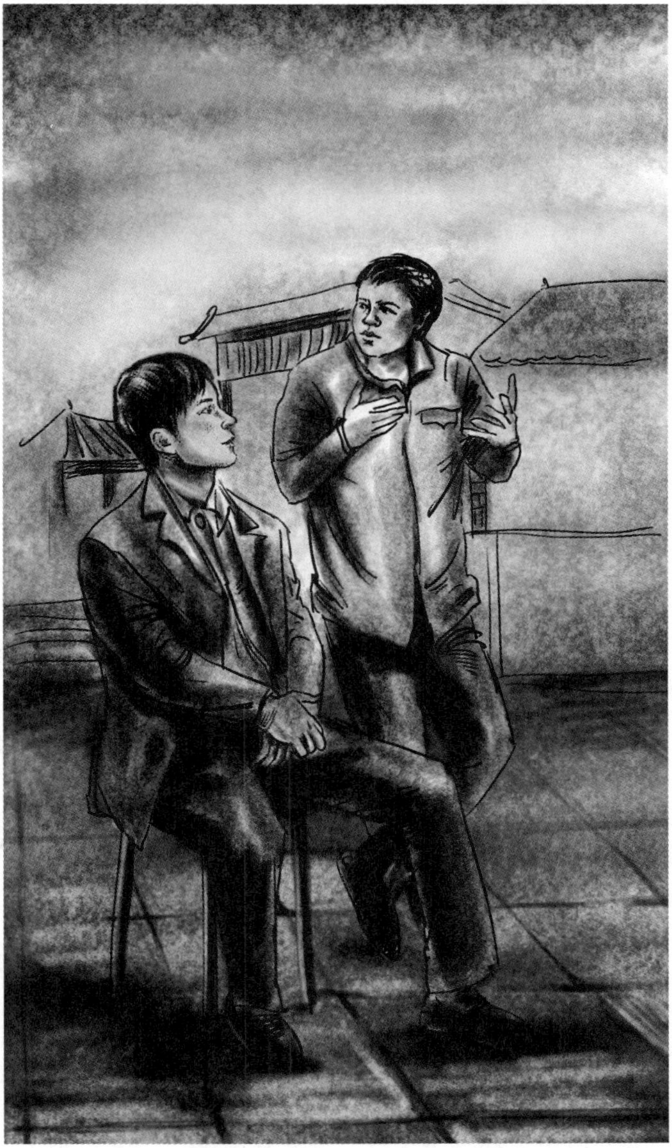

韩跃民嘴上这么说，眼睛可是巴巴地看着谷秃子，期盼着他再说几句对自己有利的话

太适合做官。他甚至觉得，一旦做了官儿，说不定哪天就得让人家给一撸到底，下场好不了。

所以，他觉得还不如想法子挣点儿钱，过上那种无忧无虑、不替别人操心的日子。他也是后来才意识到，自个儿这是被金钱给诱惑了，被老葛和范红梅之流给带沟里去了。

何况现在、眼时下，他韩跃民高于一切的大事就是解决今晚还账的问题。这个天大的问题横亘在心头，导致他干什么都心不在焉。

连秦蓉都看出不对了，问他："韩书记，您不舒服？"

"啊？没有没有，我这儿琢磨着……我出去一趟。"

官身不自由，韩跃民上着班不能出去乱窜，在办公室当着秦蓉的面也不能打电话跟谁说。他只能瞅了个传达室李大爷出去打水的工夫，关好了传达室的门给谷建军打电话："你那复员费还有多少？"

"干吗？"谷秃子警惕的口气让韩跃民感到一丝不快。

"我，磨盘压住手了。"

"嘁，你丫也有今天啊！说说，怎么回事儿？"

"回头跟你细说，你中午能出来不？来找我一趟。"

"晚上下了班你来我们家不就得了，还罚我跑一趟？"

"晚上就来不及了。十二点半，我等你。"

"瞧你丫约的这个点儿，明摆着是不管饭啊，鸡贼！"

韩跃民说完就挂了电话，因为他隔着窗户看见李大爷拎着暖瓶回来了。谷秃子说他鸡贼，他也没听见。

满心以为救兵一到，难题迎刃而解。没想到谷秃子兴兴头头地来了，俩手一摊说没钱。

“你那二百块复员费呢？”韩跃民怀疑地盯着谷秃子的脸，“哥哥我又不是不还你，裉节上你可别溜肩膀！”

“蒙你是孙子，我是那人吗？”

“那……”韩跃民也知道谷秃子还真不是那样的人。可他实在是着了急，只能继续做出不相信的表情，等着下文。

“唉，别提这段儿了，提起来伤心。我不是应了咱同学们帮着踅摸电视票和自行车票嘛，谁承想我们那个王八蛋处长独揽朝纲，所有机动指标都他自个儿攥着，旁人连边儿都沾不上。”

“那你什么意思？”韩跃民听得云里雾里。

“怎么还不明白，我只能自个儿花钱买那些票，就说是我弄来的，给咱那些同学哪。”

“我操，你这是图什么呢！”

“图什么？咱一大老爷们儿，说出话来不能当个屁放啊。脑袋掉了一边儿安去，胳膊折了得往袖口里褪。你说呢，我的四哥？”谷秃子嬉皮笑脸看着韩跃民说。

韩跃民看着他，咽了口唾沫没言语。二百大元扔出去了，这小子还满不在乎呢。这份心胸，自个儿还真是赶不上。

“一个子儿也不剩了？”韩跃民还是不死心。

“甭说剩了，这我还跟我妈手里骗了五十块钱呢。”

“你，可真是个二百五了！”

谷秃子打了个愣，一跺脚：“还真是啊，凑了这么个傻子数，妈的！”

他本来还是一副嬉皮笑脸的神态，一眼瞥见韩跃民眉头紧锁的苦瓜脸，赶紧收敛了笑容："我还没问呢，你到底遇上什么事儿了就磨盘压住手了？你妈住院了？"

"你妈才住院了呢，怎么说话呢！"

"呸呸呸！"谷秃子抽了自个儿一个小嘴巴，"我顺嘴瞎溜，那倒是为了什么啊？"

韩跃民把一大早遇到的糟心事儿学说了一遍，顺便把憋了半天儿的一肚子感慨说了出来："大老爷们儿，退回几十年，咱这岁数都顶门立户养一大家子了。你说我这算什么，自个儿混得让一丫头片子满大街追着要账！比杨白劳还惨，我都成韩白劳了。"

"要我说，也没她那样的。债主子没说什么呢，她凭什么跟你要账啊？"谷秃子愤愤地说。

"人家是一奶同胞，替她姐姐要账也是应当应分吧？"

当事者迷，妹妹帮姐姐要账合理不合理，韩跃民还真有点掰扯不清了。他第一反应就是，看来谷秃子这小子对红竹真是死了心。不但死了心，好像怨气还不小。

"她姐姐要是知道这码子事儿，那不为过。她要是背着红梅跟你要钱，你就应当给她当面撅回去——我欠你姐的钱，你要得着吗？"

"这话可没法说，那不成赖账了嘛。"韩跃民嘴上这么说，眼睛可是巴巴地看着谷秃子，期盼着他再说几句对自己有利的话。

谷秃子没理会韩跃民的眼神，猛然使劲儿一拍韩跃民的肩膀："我操，怎么把他给忘了！"

"谁呀，你炸什么猫呢？"韩跃民猝不及防，被他拍了一个趔趄。

"你跟我走吧，甭说你这小小不言的七十块钱了，你就是七百，也是分分钟的事儿就给你拍出来。"

"跟你上哪儿啊，我这还上着班呢。"

"你回去请个假，我跟这儿等着你。麻利儿着吧韩白劳。"

[三]

自个儿为七十块钱愁得五脊六兽，那个乳毛还没褪干净的小子就有了六万块钱，这上哪儿说理去

谷秃子倒是用不着请假，他那个事由，经常要到局机关所属的工厂跑各种事，所以随便找个借口就能离开办公室，基本上就是自由班儿。

俩人骑着自行车直奔西直门外甘家口，来到一座崭新的居民楼下。谷秃子仰头冲着楼上喊：“陈海，陈海！”

喊了两嗓子没人应，又喊：“狗子。”

只一声，四楼上一扇窗户就开了，探出一个大脑袋冲下边看了看：“军儿哥啊，等着。”

没一会儿，一个大个子从楼门口跑出来，迎着午后的阳光笑得一脸灿烂：“军儿哥，老没见了您哪，怎么想起找我来了？”

韩跃民从旁打量，这个小伙子长得好气派，人高马大，四方大脸。人虽然有点儿胖，可是胖得不蠢。浓眉大眼高鼻

韩跃民心想自个儿为七十块钱愁得五脊六兽，那个乳毛还没褪干净的小子就有了六万块钱，这上哪儿说理去

梁，两腮的肉丰腴下垂，显出一派福相。搭眼这么一看，心生好感，不觉露出笑容。

“操，叫你大号你丫不理我，非让我当着文化人叫你小名是吧？”

“嘿嘿嘿，您说，平常谁叫过我大名啊？我开始是听见了，一时间没反应过来，正琢磨哪孙子是陈海呢，您这一叫狗子，我听声儿就觉得是您，哈哈。”

这一番自嘲，把韩跃民也逗乐了。谷秃子借机会一指韩跃民：“我发小儿，天坛帽厂厂长的接班人，厂团委书记，你就叫韩哥吧。”

狗子一哈腰：“哟，韩哥，您好您好。”

韩跃民点点头，瞥了谷秃子一眼，心说这小子什么时候也学得虚头巴脑的了，我什么时候成了厂长的接班人了。不过被人恭维，确实心里舒坦。尤其当着这个明显比自己小好几岁的大帅哥，他不由得把笑容收敛了一点，矜持起来。谷秃子把狗子拉到一边，嘀咕了几句。狗子一边听着一边扭头看了韩跃民一眼，深深地一点头，回身上楼去了。

狗子一走，谷秃子就凑到韩跃民跟前说：“你看我说没急着了吧，这孙子有钱，百八十的不算个什么。”

“他答应了？你怎么说的？算是你借还是我借呢？”韩跃民认定了是谷秃子出头替他借钱，要不，人家头回见面，不可能把钱借给自己。

“你这不废话吗？当然是你借了。”

“我？”韩跃民有点儿蒙，他是想说我有那么大面子吗，话没说出来呢，叫谷秃子想岔道儿上去了：“不是你是谁？横不能你借钱叫我拉饥荒吧？再说了，我跟他都用不着说这个借字，他上赶着给我我都不能要。”

“吹吧你！风大，留神闪了舌头。”韩跃民撇嘴，一百个不相信他说的话。心说你连你妈的钱都蒙来填馅了，狗子要给你钱你能不要？

“你看你还不信，跟你说吧，这孙子老惦记着让我爸给安排到工业局去学开车。这话，我连说都不敢跟我爸说。你说他要给钱，我能要吗？敢要吗？”

这话，韩跃民信了。难怪谷秃子一张口，狗子就满应满许呢，敢情是求着他办事呢。想明白了，不由得感激地看了这位老同学一眼。为自个儿的事，他卖了个大人情，要是不给狗子安排工作，这份人情将来怎么还呢。正要开口说点儿感激的话，狗子已经出现在楼门口，老远就笑着说：“家里没地方说话，咱去老莫吧。”

“别价了，都吃了饭来的。”韩跃民嘴上推辞，心里直犯嘀咕，现在这人都怎么了，明明说的是吃饭，非要说找个说话的地方。

谷秃子迎上去，回身指着韩跃民：“给他吧，他就是临时有点急用，下个月就还你。”

狗子紧走两步，掏出一沓子“大团结”递过来：“这是一百，您甭着急还。”

韩跃民赶紧往后躲：“别别别，用不着这么多。”他是真心的躲闪，一来是真用不着这么多，二来是谷秃子放大话把他弄得胆小了。他不满地扫了谷秃子一眼，心说，下个月就还？你替我还啊？

“你先拿着呗，凑个整儿也好记。”谷秃子没理会他不满的眼神，在一边自作多情，满心欢喜地给他使眼色。

千恩万谢告别了狗子，俩人骑着车肩并肩往回走。

韩跃民终于逮着机会埋怨了：“你说你这不是愣往我脖子上拴套儿吗？我下个月拿什么给人家啊？”

“嗐，我就那么随口一说。你什么时候有了什么时候给他，反正咱不白要他的不就行了。放心，他一辈子也不会追着你要这一百块钱。”

“那不等于咱拿话填咯人吗？”

“你就把心搁肚子里得了，累不累啊！”

天大的麻缠事儿就这么解决了，韩跃民心里痛快，兴致也来了：“我瞅着这个狗子也没什么文化啊，家里怎么这么趁钱啊？”

“嘿，我这么跟你说吧，人要是走了狗屎运，摔一大马趴都能捡一狗头金。他们一大家子，原本都是郊区的农民，国家一占地，他们发了财了。妈的，哪儿说理去呢！”

原来狗子一家是海淀区皂君庙那边的农民。如今皂君庙已经是繁华地带，可那时候还属于北京的郊区呢。狗子家世代居住在此，世代务农。虽然离着城里不算远，可他们一家子都是农业户口。用谷秃子的话说，做梦也没想到有一天能够全家一起农转非，成了城里人。

狗子家人口不多，父母膝下就他们兄弟三个，加上爷爷奶奶，全家七口人，住着十五间自建平房，还有一个大院子。那院子有多大呢，谷秃子说他也不知道究竟有多大，因为他也没见过，只能说无法形容。根据狗子的描述，有一个情况足以说明他们家院子之大。他们家旁边是个小学校，狗子记得小时候他们家那边还没通自来水，别看哥仨年纪都还小，可是全家吃水用水都靠这小哥仨解决。每天放了学，他们要到一里地以外的一个公用水龙头去接水，再抬回来，十分不便。狗子的爹妈和爷爷奶奶最盼望的事就是早一天接上自来水。后来旁边那所小学的负责人来跟他们家商量，由学校给他们家接上自来水，条件是他们家的院子划出一半来给小学做操场。狗子的爷爷和爸爸差不多想都没想就答应了。自来水接通了，他们家一半的院子和好几十棵树，也就成了小学校的操场。想想吧，二分之一的院子居然成了学校的操场，你就说那个院子有多大吧。

剩下的这一半院子，狗子说，每年种的菜都得用车拉。那时候政策不允许，你种的菜除了自己吃，送人可以，卖钱不行。所以，那些年，那所小学校的几十个老师，每年都可以到他们家来摘菜吃。冬天的萝卜白菜，夏天的黄瓜茄子西红柿，只要菜地里有，随便摘，都不用买菜了。后来就赶上了政府用地，说要建电视台，把那一片儿征用了。那大概是北京市最早的拆迁了吧。那时候还不兴给拆迁款呢，就是给房，置换。十五间房加一个大院子，总共给了六套两居室，两套一居室，还给他们家都转成了城市户口。陈海兄弟几个都还没成家，家里人口简单，那么多房用不着。可那时候没听说买房卖房的，他就卖了一套两居室的居住权，得了六万块钱。

“六……万？”韩跃民一口气没上来，差点儿没噎过去。六万块钱是个什么概念，韩跃民想都没想过。那一百大元揣在兜里，他都觉着厚实实沉甸甸的坠得心里发慌。活了二十几年，还没尝到过一百块钱装在身上的滋味儿呢。自个儿为七十块钱愁得五脊六兽，那个乳毛还没褪干净的小子就有了六万块钱，这上哪儿说理去！

[四]

说什么都成，你要是来还账，就是打我们一家子的脸呢

下班回家，韩跃民把自行车放好了，没回家，转身来到大门洞。账是他私下跟红梅借的，既然红梅不在家，既然红竹已经开口了，他打算把红竹叫出来单独了结。

怀揣着一百大元，韩跃民整个下午都有点儿小兴奋。他知道这钱不是自个儿的，可不是自个儿的也是钱啊。虽然是过路财神，但是腰里有钱的感觉实在妙不可言。

有钱的感觉让他豪气顿生，他盼着赶紧下班，立马回家把七张“大团结”拍到红竹面前。

人家家里有大姑娘，韩跃民不能再像从前那样推门就进。他站在范家屋门口，刚要举手敲门，却听见屋里好像有人哭，还有压低了声音的抱怨。天儿还没黑，院儿里有几个孩子追跑笑闹，他听不清里边说的是什么。已经站在人家门口了，再走又不合适，正犯犹豫呢，门一开，范大厨出现在

韩跃民伸手就要掏钱，范红梅一把摁住他的手："说什么都成，你要是来还账，就是打我们一家子的脸呢。"

门口。看见韩跃民，范大厨回头冲屋里说："得，正主儿正好来了。赶紧的，进来进来，有话跟你说呢。"

韩跃民一步跨进门去，正当中站在屋里的居然是范红梅。

"哎，你不是出门了吗？回来啦？"韩跃民有点儿意外，打了声招呼，一眼瞥见红竹坐在床上低头抹眼泪。

"我什么时候出门了，你就听这丫头片子满嘴胡吣！怎么这么实心眼儿呢？"红梅一腔怨气地冲韩跃民说。

"四哥，对不住了！"红竹头也不抬说了一句，又开始抹眼泪。

"这是什么跟什么啊？你怎么就对不住我了？"其实韩跃民已经有点儿明白了，敢情红竹是打着她姐的旗号，背着本主儿跟自个儿要账呢。早晨他看见范大厨的那个苦笑，多半也是他要拦着不让红竹这么干。他心里是明白了，可脸上还得装糊涂。因为他心有感激，感激人家范大厨反对要账，感激红梅对妹妹私下要账的谴责。

范大厨伸手往里一指："四儿，坐下说话。"

"我不坐了，下班还没回家呢。我是说找红竹有点事儿。这不正好红梅姐也在呢，要不，你跟我出来我跟你说个事儿？"韩跃民笑吟吟看着范红梅说。

"我知道你要说什么，没外人，你就跟这儿说吧。"范红梅看了红竹一眼，没好气地说。

韩跃民伸手就要掏钱，红梅一把摁住他的手："说什么都成，你要是来还账，就是打我们一家子的脸呢！"

“对，四哥，这钱你就不用还了。我姐说了，人都能给你，钱算个屁！”红竹边说边站起来，伸手把她姐姐扒拉到一边儿，冲出门去。

“你！”红梅气得一跺脚，“妈你看她满嘴胡吣什么呢！”

范婶小声骂了一句：“这死丫头，疯了这是。”又冲韩跃民说：“四儿，她们姐俩儿拌嘴，你可别往心里去啊！”

范大厨黑着脸：“还不都是你惯得。”说完也转身推门出去了。

韩跃民还是把钱掏了出来：“一码归一码，红梅姐，这钱我早就预备下了，就是这些日子老也没见着你，没红竹什么事，你收起来吧。”

见红梅不接，他把钱放在桌上：“你瞧，为这么点儿事儿还让红竹受委屈，你赶紧出去找找她吧。”韩跃民摆了摆手，转身要走。红梅一把拉住他：“你等等，这事儿不说清楚了，以后我都没法见人了！”

韩跃民故作轻松地笑了：“哪有那么严重啊，天经地义的事儿，让你这么一说，我倒成了罪魁祸首了。”

范红梅这边拉着韩跃民的胳膊，扭头对她妈说：“妈您去找找红竹，我跟四儿说句话。”

范婶顺手拿了条围巾，边往外走边说：“四儿呀，别急着走呢。你看这事儿闹得，街坊邻居的住着，多不好啊！”

虽然口口声声说的是欠债还钱天经地义，其实韩跃民心里也有不痛快的地方。打红竹一早开了那个口，韩跃民心里就有了一个问号，自个儿跟范红梅借钱，纯粹就是他们俩人之间的事儿，韩跃民自然是跟谁也没说，他也相信范红梅不至于把这件事跟谁说。可是红竹这么一开口，他的不痛快就来了，看来姐俩儿是通过气了，要不红竹怎么会知道呢？起码，韩跃民觉得红梅跟妹妹说了这个事儿，是没给自己留面子。可是不痛快归不痛快，你也拦不住人家背后通气，更没道理指责人家不替你保密。这个话，永远摆不到桌面上说，只能心里窝着，长记性吧。

没想到范红梅一上来就直奔要害："跟你说啊四儿，咱俩拆兑钱那点儿事儿，我半个字儿都没跟谁说过。你也应该知儿道我不是那种小肚鸡肠的人，我就算是那种人，对你，我也不会那样！"

韩跃民听范红梅这话说得有点儿激烈，忍不住抬眼看着她。她把明明是自个儿跟她借钱的事儿说成"拆兑钱"，避开了那个敏感的、伤男人自尊的"借"字，这一番良苦用心，韩跃民感受到了。尤其是她最后那句话，让韩跃民忍不住心血上涌，一把拉住红梅的手，叫了一声"红梅姐"。

范红梅好像突然被烫着了，甩开他的手，转身倒了一杯水递给韩跃民："我估计多半是疤瘌星无意中说出来的，那天他看见了。红竹也是，小心眼儿了，谷建军回来了，她可能也受点儿刺激吧，急着要跟德义结婚……嗐，怎么说也是事儿都赶一块儿了……"

范红梅斟词酌句，有点儿不知道怎么说了。

韩跃民看出她的为难，起身说了句“知道了”，开门就往外走。

范红梅在后面直跺脚：“这钱，你不是打我脸吗！”

韩跃民头也没回：“你不接着就是打我的脸！”

第十四章

[一] 这可是个孩子，不是你脸上的粉刺，说挤出来就挤出来

[二] 我这儿都火上房了，你还非要问问谁点的火，有你这样的吗

[三] 中午的太阳明晃晃的，韩跃民只看见三个白色的身影从医院大门里走出来

[四] 韩跃民规规矩矩站在厂党委书记面前，还真有点儿热血沸腾的感觉

[五] 他为这个不争的事实感到羞惭，感到自卑，又感到人生实在是太美好了

[六] 这人说话时唾沫横飞、眼珠子乱转，一看就是个眼睫毛拔下来都能当哨吹的精明人

[一]

这可是个孩子，不是你脸上的粉刺，说挤出来就挤出来

北京的气候，最大的特点就是春脖子短。这还没过端午节，天就明显热了起来。大街上穿短袖的越来越多，性子急的姑娘已经穿上裙子招摇了。韩跃民想起狗子的话，热天好哇，满大街看姑娘们的大白腿。这话说得还真是一点儿没错，天儿一热，不但树木葱茏花红柳绿，姑娘们也一个个妖娆起来，把车水马龙的大街装点得千娇百媚。

珠算大赛结束以后，严格说是那天晚上的事儿之后，韩跃民和李娟的来往密切起来。不光是密切，还有一种黏黏糊糊的感觉。这是韩跃民自己的体会，李娟好像变了个人，变得缠人了，敏感了，时不时就打个电话问他在干吗。韩跃民的办公室里安了外线电话，接听电话很方便；而李娟一天到晚在财经学校上课，学生的电话人家不给传，再说教室离传达室也远，所以就基本上形成了男找女不方便、女找男随时

韩跃民一时没反应过来，搂着李娟："有了？有什么了？"李娟不再说话，把头埋在韩跃民胸前

在的格局。

俩人约会见个面，大多是韩跃民等着李娟的电话。韩跃民的感觉是，自个儿成了风筝，线在李娟手里攥着。

下班前，韩跃民接到李娟的电话，让他晚上十点半在23路公交车磁器口站牌子底下等。韩跃民掐指一算，今儿李娟有晚上的课，下了课再骑车往家奔，也是得这个点儿。他不由得问了一句："这么晚？明儿白天不行啊？"

"不行，就今天，等我！"

电话撂了，韩跃民直犯愣，下了夜课还见面，能有多大的事儿呢？没想到吃了晚饭下起了小雨，淅淅沥沥的，一直也没个要停的意思。

韩跃民掐着点儿出门，老妈问他："这个时候了还出去？"

"啊，那什么，单位有个材料忘了拿回来了，我去一趟。"

"拿上雨衣，雨不大，道儿远也得濯湿了。"

"拿上了，您甭管了。"韩跃民不但拿了雨衣，还把家里的雨伞也偷着带了出来。

白天大晴天儿，他知道李娟不大可能带着雨伞去上学。见了面才知道，事儿还真是不小。李娟跟着韩跃民往路边上没溜达几步就转身抱住了他的腰，小声说："我有了。"

韩跃民一时没反应过来，搂着她："有了？有什么了？"李娟不再说话，把头埋在韩跃民胸前。韩跃民猛一下醒过梦来："有？有了？你是说你怀上了？"

李娟把头埋得更深，没说话。

“这，那怎么办？”韩跃民可没经过这个，一时方寸大乱，语无伦次。

“人家这不是问你呢吗？你还问我怎么办！”李娟抬头看着他。见韩跃民不说话，她挣开韩跃民的怀抱，甩了甩头发：“我们同学也有这样的，不言语，扯证结婚就没事儿了。”

“结婚？”韩跃民口中喃喃，这俩字在他心里还远在十万八千里之外呢，现在由李娟嘴里说出来，他本能地反应：“那可不行！”

“怎么就不行了？”李娟满脸困惑，睁大了眼睛。

“不是我是说，这事儿跟结婚扯不上。”韩跃民伸手要搂过李娟，李娟退开一步，继续逼问：“怎么就扯不上了？这个扯不上，还有什么能扯上？”

韩跃民脑子里转过无数个理由，自己还年轻，还要干事业，压根儿就没动过结婚的心思；再说结婚就得有新房，房在哪儿呢？除了房子还得要钱，姐姐们才结婚，家里拉的饥荒还没还清呢，拿什么结婚？可他自己都觉得，这些个理由都不足以对抗李娟肚子里那个孩子，都只能被李娟认定自己是个遇事就闪、不负责任的家伙。脑子里转了个一溜够，说出来的却是“按规定你这岁数也不让登记啊”。这还真是个不可逾越的障碍，他都不知道这句话是怎么灵光乍现蹦出来的。

“啊？是吗？”李娟一脸待发作的恼怒顿时和缓下来，

“那可怎么办呀？”

“怎么办，你要是听我的，就做掉。”

“我呸！你说得轻巧，怎么做？找谁做？这可是个孩子，不是你脸上的粉刺，说挤出来就挤出来！”

这个比喻让韩跃民有点儿想笑。可他没敢笑，尽量做出关切的样子：“要不这样，今儿也晚了，咱等后天，你休息的时候再好好商量成不成？这大街上也不是说这个事儿的地方啊，反正这孩子一时半会儿也出不来呢。”他强行搂住李娟：“再说你看这天儿，待会儿连车都没了。”他把雨伞塞在李娟手里，“先回家，咱从长计议行吧？”

李娟定定地看着他，抿着嘴没说话。正好一辆 23 路车进站，李娟迎着车走了几步，回身把伞扔在地上：“我用不着这个，后天你等我电话吧。”

斜风细雨，空气中飘散着一丝清凉。头上的一方夜空阴柔、高远、深邃。韩跃民仰起脸看着天，任雨丝落在脸上。他忽然意识到，已经很久没有这样仰望天空了。庸常的日子把他变得麻木、庸俗，身心被尘世的锁链拴得那么紧，很少有舒展自如的时候。眼下，李娟肚子里的孩子似乎是又一条锁链，勒得他生疼，却又唤起他渴望新天地的欲望。

[二]

我这儿都火上房了，你还非要问问谁点的火，有你这样的吗

除了发小谷建军，这些日子，韩跃民跟陈大眼走得最近。比起谷秃子，他觉得陈大眼成熟稳重，有点儿当大哥的做派，不像谷秃子一天到晚没正形。

李娟怀孕这件事，实在是把韩跃民打蒙了。这种事，绝对不是他一个人能扛得下来的。他必须找人商量，找人出主意想办法。实在不行，哪怕找人说说这件事，听几句宽心话也是好的。在这个情形下，他第一个想告诉的就是陈大眼。再说陈大眼是已婚人士，对这种事总比自己有经验。

他把陈大眼叫出来，吞吞吐吐说了个大概其。

陈大眼果然比较老到，一听就明白了："这种事儿，你先沉住了气，弄清楚女方是不是真的怀了孕。一个姑娘家，肯定是没经验，她们家亲戚晚来几天就以为怀上了，这种事儿也不是没有过。"

韩跃民冲着谷秃子："我这儿都火上房了，你还非要问问谁点的火。"

“她们家亲戚？”韩跃民傻不楞登看着陈大眼。

“嗯？你连这个也不知道？”陈大眼大眼圆睁，一脸的不可思议。

韩跃民满脸无辜：“这跟她们家亲戚不挨着啊。”

“我可是真服了你！”

陈大眼现场扫盲，从生理特征到生理周期，从排卵到受精，给韩跃民好好上了一堂生理卫生课。讲完课，他拍了拍韩跃民的肩膀，以长者的口吻说：“哥们儿，合着你是什么都不知道，也没问问她去医院化验了没有？怀孕这事儿，可不是自个儿说了算的。”

“噢，也是啊，我怎么也没问问呢，真是猪脑子！”韩跃民心里敬佩，可还是不往好处想，“咱就这么说吧，要是真怀上了呢？”

“要是真的，就两条道儿，要不做掉，要不就奉子成婚，看你是个什么主意了。”

“结婚？哥哥您饶了我吧！你就说怎么做掉吧。”

陈大眼终于憋不住笑了：“怎么做掉可就不归我管了，找医院的熟人，编个瞎话送点儿礼花点儿钱呗。现在这样的事儿多了，好像单位也不给处分了。”

“找谁呀我，这还不给我嚷嚷得满世界！怎么说？还给处分？”

陈大眼笑了，存心吓唬他：“就你这样的，国家干部，还是团委书记，不让你背个处分你不长记性啊。”

韩跃民木在那儿了，思绪飘飞，不知落在何处。

陈大眼见他这样，赶紧安慰："老爷们儿，这种事儿不丢人。说句不好听的，敲锣打鼓贴标语都没人笑话你。"

韩跃民木呆呆看着陈大眼，光看见他嘴动弹，真没听见他说什么。

旁观者清，陈大眼伸手一推，一句话点醒了韩跃民："哎，你那个发小儿，叫谷建军吧？他妈和他姐不都是医院的吗？你问问他……"

"还真是，这种事，还得找谷秃子。"

韩跃民回到单位就锁上办公室的门，做贼似的给谷秃子打电话。电话里他可什么也没敢说，就是让他火速前来，否则就要出人命。

谷建军就这点儿好，有事随叫随到。听了韩跃民的情况通报，谷秃子眼珠子都快瞪出来了："谁呀谁呀，我怎么一点影儿都不知道呢？你小子埋得够深的啊！地下党啊你！"

"你先别管是谁了，回头我跟你细说。你先说能不能让你姐托托人给做了。"韩跃民打死也不敢找谷秃子他妈，老太太听了这事儿非炸了不可。

"找我姐没问题，那就不叫个事儿。你先告诉我，这妞儿是谁啊？你们多少日子了？你丫怎么连点儿风都没露过呢？"

"你也不认识，就别瞎打听了。唉，其实就那么一回，连两分钟都没有呢恐怕。"

"我操，一枪十环，命中率百分之百，你神枪手啊！"

谷秃子坏笑着，紧追不舍，“不成，我大侄子他妈到底是谁，你得告诉我，要不我还不管了。”

“你丫怎么这么不分轻重啊，先办正经事成不成？我这儿都火上房了，你还非要问问谁点的火，有你这样的吗？”

“我屁滚尿流地跑来，闹半天你就裤裆里这点子烂事儿，还不让我知道本主儿是谁，我怎么就那么不值钱呢？”

“什么叫烂事儿啊，往大了说，这就是人命关天。你管不管吧，不管我找别人去。我就不信，没你这臭鸡蛋还做不成槽子糕了！”

谷秃子还真吃这一套，见韩跃民有点儿要急，自个儿就先妥协了：“得得得，我欠你的还不行？我今儿晚上找我姐打听打听，明儿给你回话。”

“哎，这就对了，这才是好同志！好好干啊，小鬼。”韩跃民满意地拍了拍谷秃子的肩膀。他知道，只要谷秃子应了的事，他头拱地也得给办成，因为他好面子，最怕人说他说大话使小钱儿。

临分手，韩跃民又叮嘱了一番：“可别说是我啊，要不以后我怎么见咱姐姐啊。”

“那我说谁？横不能说那孩子是我造出来的吧？”

“滚一边儿去！你就说是……小蚊子吧。对，就说是他，反正丫没工作，传出去也没人给他处分。”

“嘿嘿，这屎盆子，你敢瞎扣？”

“没事，回头我跟蚊子说说，不成给他俩钱儿。”

“对了，你不说我还忘了，做手术可也得要钱啊。钱呢？”谷秃子手心朝上，嬉皮笑脸看着韩跃民。

“我现在哪有钱啊，你先给我垫上，回头给你。”

“我操，你请厨子做饭还得让厨子自备鱼肉……”谷秃子还想说点儿什么，韩跃民推着他往外走：“得嘞哥们儿，就别讲条件了，帮人帮到底吧，组织上还是信任你的。”

[三]

中午的太阳明晃晃的，韩跃民只看见三个白色的身影从医院大门里走出来

韩跃民这一程子忙的是脚不沾地。二雷惹了个祸，在工商局办事，一怒之下把人家的窗口玻璃砸了，玻璃碴子还把人办事员的胳膊划了个口子。人家报了警，派出所来了人，二话不说把二雷带走了，说他扰乱社会治安，破坏公物，拘留三天。

劳服公司的女经理想把这事瞒下来，知道二雷跟韩跃民关系好，悄悄来找韩跃民，问他有没有路子疏通一下。

韩跃民问："想怎么疏通啊？你疏通完了派出所也该放人了，不才三天吗，让他跟里边儿清醒清醒吧。"

"不是捞人，现在是工商局那个受伤的员工家属不干，说是人家姑娘还没结婚呢，胳膊上划个口子，也跟破相差不多了，不依不饶。"

"那，我找谁去呀，咱也不认识那个女员工。"

韩跃民永远忘不了李娟走出医院的那一幕：中午的太阳明晃晃的，他只看见三个白色的身影从医院大门里走出来

“你看看能不能找工商局的头儿，做做工作，赔点儿钱算了，要不还怎么着呀，横不能给判了刑吧。”

“划了多大个口子啊？”

“嗐，我后来去看了，就是划破点儿皮。听别的人说，连血都没流下来，就是渗了点儿血。你想啊，连医院都没去，就医务室给抹点儿红药水儿包了包。”

冲着二雷的面子，韩跃民狗揽八泡屎的劲头儿又来了，求了张三托李四，跑工商跑派出所跑受伤人员的家，事事都离不开他。忙了好几天，这边儿的事处理得也差不多了，二雷也出来了。韩跃民电话里大骂了二雷一通，末了让他立马来一趟，跟他交代一下慰问受伤办事员的事。

那几天，天天睁开眼就这些事，可韩跃民心里还是搁着一块大石头压得他办了多么痛快的事也痛快不起来。他来到厂门口不远处的日杂商店门口，点着一支烟，倚着自行车等着二雷。

天儿是一天天热起来了，他渴得不行，心里后悔，应该让二雷买两瓶汽水带过来才好呢。

抬头看天，蓝蓝的天空白云飘。再看看二雷来的方向，忽然一眼看见李娟小碎步捯着过马路。韩跃民脑子里轰的一声，登时乌云笼罩。

韩跃民麻利着迎上去：“你这是找我？”

李娟从包里掏出一张化验单：“不找你找谁呀，这是化验单，今儿上午刚拿到的。到底怎么办呀？”

韩跃民伸手一指：“二雷这就来，我找他就是说咱们俩这件事儿。可他真不知道是你，你也不想让他知道吧？”

李娟说：“那当然了，那我怎么办？”

“你赶紧，先回家，等我的话儿，最晚最晚，今天下午下班以前我就给你确切的消息。”

这谎撒得，韩跃民自己都开始佩服自己了。

匆忙打发了李娟，韩跃民也不等了，骑上车子迎着二雷来的方向猛蹬。半路上截住了二雷，三言两语交代了一下让他办的事，又赶紧回厂，锁上办公室的门就给谷秃子打电话：“我不催你你就站旮旯等热闹看是吧？这都快一个月了，怎么着了？”

谷秃子嘿嘿笑：“你们家一个月才这么几天啊？再说了，你都不着急我急哪门子啊，还没问你呢，跟小蚊子说好了吗？”

这一下韩跃民全想起来了，敢情还有这么个替身爷爷没拜到呢。他硬着头皮说横话：“早就说好了，人家小蚊子比你仗义。”

“成，他接着就行，到时候别秃噜。”

“不也用不着他出面吗，他跟谁秃噜去啊？”

“废话，完了事儿不得他出面谢谢我姐去啊？他要是连个面儿也不露，我姐可不是省油的灯，一准儿就认定那孩子是我的，我跟你说，本太岁可还是童男子呢，不能给你背这个黑锅。”

“得得得，可是求着你办点儿事了。你等着，有你求我的时候！”

挂了电话，韩跃民没心思干别的了，骑上车子直奔小蚊子家。他把小蚊子拉到背人的地方，直截了当说明来意，小蚊子哈哈一笑：“顶个缸倒没什么，我怎么也得见见你那位吧！别到时候玩儿现了，哭了半天还不知道谁死了呢。”

“行，回头我带她来请你吃个饭，你可什么也不能说。”

“齐活，明白。”

该请的神请了，该拜的佛拜了。办事那天，韩跃民坐在医院对面的马路牙子上干等，小蚊子戴一大口罩，陪在李娟身边，跟着谷秃子到医院。谷秃子的姐姐对小蚊子爱搭不理，小蚊子只能离得不远不近地冲这位姐姐深鞠一躬，一声没言语。

韩跃民永远忘不了李娟走出医院的那一幕：中午的太阳明晃晃的，他只看见三个白色的身影从医院大门里走出来。他迎上去，看见谷秃子和小蚊子一左一右走在李娟两边，各自伸出一只手，摆出个搀扶的架势，可谁也没真正搀扶。李娟头上裹着一条豆绿色的纱巾，一只手扶着后腰，一只手小幅度摆动，一步一步，朝自己走过来。看得出来，她是故意做出没事的样子。可在韩跃民眼里，她虚弱得随时都要摔倒。

韩跃民跑上来，搀住李娟，小声问：“没事儿吧？”

李娟一下红了眼圈：“没事儿？没事儿你试试去！”

韩跃民没敢再说什么，转身冲小蚊子和谷秃子点点头，说了句多谢了啊！

谷建军没理他，一双小眼睛充满爱怜地看着李娟，朝韩跃民挥了挥手，意思是让他甭废话了，赶紧走。小蚊子摘下大口罩，长出了一口气，跟在韩跃民后面走了几步：“哥们儿，你得让她多躺几天，这可跟那什么没两样。”

韩跃民深深点头，搀着李娟过马路，从便道上推出自行车，扶着李娟坐上车后架，小心翼翼推着走了。

[四]

韩跃民规规矩矩站在厂党委书记面前，还真有点儿热血沸腾的感觉

下了班，韩跃民在自行车棚子里撅着屁股擦他那辆新车。擦完车一身汗，正打算风凉一下走人呢，忽听楼上有人喊他："小韩，韩跃民。"循声抬头，二楼党委书记办公室的窗户开着，书记冲他招手："先别走呢，你上来一趟。"

韩跃民重新锁上车子，边上楼边琢磨，这个时候找我，什么事儿呢？难不成李娟怀孕打胎的事儿玩儿现了？不应该啊，这都半个来月了，最初的紧张和惶恐早就消停了。经过陈二晨的开导和讲解，他已经明白这种事就算单位知道了也没多大影响。原先设想中的开除、处分，都是自己吓唬自己。现在思想解放了，观念变化了，这种事儿已经不算什么严重错误了。他想好了，领导问起来，就坦承李娟是自个儿的对象，不留神怀上了，按照国家现行的计生政策也不能要，所以就悄没声儿做了。

韩跃民规规矩矩站在厂党委书记面前，还真有点儿热血沸腾的感觉

年轻，一时冲动，下回注意。就这个口径，不卑不亢。想好了，敲门。书记满脸笑容，又是让座又给倒水，不像是要兴师问罪的架势。

韩跃民嘴里客气着，心里还是有几分忐忑，巴巴地望着书记："您找我，有什么急事儿吧？"

"也不算是急事儿，开了一下午的会，这不才腾出点儿工夫。"

原来的书记退休了，这位新上任的书记是轻工业局空降来的，五十来岁，瘦高，浓眉毛细眼睛。据说此人以前当过服装厂厂长，有点儿经营头脑。他笑吟吟看着韩跃民："小韩呀，听说珠算大赛搞得不错，你很有组织才能呀！"

韩跃民心说坏了，敢情这是个笑面虎，直接就扯到珠算大赛上来了。接着肯定就是说你小子狗胆包天以权谋私，居然勾搭了珠算大赛的冠军，还让人家姑娘怀了孕……他收敛起客气谦卑的笑容，以眼观鼻，静待下文。

书记没注意到他的表情变化，继续说："眼时下，开放搞活是中心目标，咱们也不能落后，你说是不是？"

"嗯？"韩跃民抬眼看着书记，"您的意思是？"

韩跃民真是想多了，书记跟他谈话的意思是，天坛制帽厂也要参与到搞活经济的大潮中去，准备迎接新时期国有企业的转型和经营模式的创新。所以决定，在劳动服务公司之外，再单独成立一个专门的贸易公司。

"小韩呀，前几天的党委会你也参加了，大政方针你都知道，我就不多说了。下午我们几个厂领导碰了个头，决定由你牵头，组织成立这个公司。目标就是把经济搞活，先把咱们厂里的职工福利搞上去，你觉得怎么样呀？”

“我？牵头？搞活经济？”

“是呀，你看你，党员、干部，年轻，有头脑，也有闯劲儿，这个贸易公司的总经理就由你来担任，你考虑考虑？”

“他们三产不是有一个公司了吗，也是贸易公司吧？”

“他们劳动服务公司本身就有贸易性质，人家工商局说那叫叠床架屋，机构性质重叠了，没批。”

敢情二雷跑了半天没跑成。韩跃民心里想，估计也跟他砸了人家的窗口玻璃多少有点儿关系。不过，独立于劳动服务公司不也还是贸易公司吗，这就不叫叠床架屋了？他心里这么打了个转儿，嘴上没说出来，静等着书记的下文。

书记好像看穿了他的心事：“咱们这个公司啊，主要是面向社会，跟咱们厂的原材料、设备、易耗品和产品等等具体业务可以说毫无关系。也就是说，你们要跟全社会做买卖。公司是咱们厂的，但绝不能依附在厂子身上，不能指望厂里给你们提供各种资源。一句话吧，你们就是自谋生路，自我发展。”

韩跃民忍不住接了一句：“自生自灭？”

“对，没错，就这个意思。”

书记开出的具体条件，简单归纳起来就是：把厂工会的职工之家腾出来作为贸易公司的办公地点；厂里出一万块钱，算是开办费。公司的名称、经营范围、工作人员的招募、配置，都由韩跃民一个人说了算。

“人、财、物，你一把抓，算是咱们厂里的改革试点。”书记站起来在屋里来回踱步，边比画边说，“试点嘛，就要有个试点的气魄，不怕摔跟头，不怕犯错误，摸着石头过河嘛。这样，小韩，公司成立后，一切都是你说了算；大事，给厂里报备就行。”

“那，您说的人、财、物，我要是在厂里要几个人，没问题吧？”韩跃民心里一念萌动，兴奋起来，他想到了安排李娟工作的事。李娟那个财会班这就要结业了，她早就说过，不想到厂财务科干会计，觉得那地方太拴人。她透露过，一起上进修班的同学中好几个都准备结业后去社会上的公司应聘，反正现在允许停薪留职，就算付出点儿代价，也愿意到那种公司闯荡几年，那才能练出真本事呢。至于电工班，李娟就更不想回去了。她说了，早就想调动一下工作，可也就是说说而已。她们家没那个路子，韩跃民也没那个本事。

现在韩跃民有这个本事了，这可是个机会。

书记点点头：“原则上没问题，但要和各部门协调好。这个你懂的！”

“对对对，领导高瞻远瞩！”韩跃民连连点头称是。

“那就抓紧落实，成立个公司，好多手续要办，你得忙一阵儿了。还有，以后你的考勤归你自己掌握；工资嘛，还是厂里发给你；至于奖金，那可就看你们自己的喽，允许一部分人先富起来嘛。预祝你大获成功呀！”书记握住了韩跃民的手。

“感谢领导信任，保证不辱使命！”韩跃民规规矩矩站在书记面前，还真有点儿热血沸腾的感觉。

[五]

他为这个不争的事实感到羞惭，感到自卑，又感到人生实在是太美好了

夏季天儿，夜短日长。已经快六点了，西边的太阳还远没有落下去的意思。骄阳炙烤了一天的柏油路面滚烫灼人，蒸腾着热浪。正是下班的高峰，四面八方的自行车大军像洪流一样，远远看去，颇为壮观。

陈二晨、谷秃子、韩跃民，三个人在花市东大街路口聚齐儿。为了避让来往车辆，他们上了便道，各自支好了自己的车子。

“又什么事儿啊，这大热天的把我们拘来？”谷秃子路最远，骑车骑得四脖子汗流，一边用手抹汗一边用衣襟扇风。陈二晨倒是沉得住气，笑眯眯看着满脸兴奋之色的韩跃民说：“甭问，肯定是好事儿。”

韩跃民掏出一盒精装大前门，每人发了一支。谷秃子把烟横放在鼻子底下闻了闻：“怎么茬儿这是，抽‘春耕’的

主儿改大前门了，发横财啦？咱可都没吃饭呢，走着吧，哪儿吃去啊？”

韩跃民把书记的谈话内容拣重要的说了一遍。谷秃子听明白了，伸手杵了他一拳：“成啊你，总经理了，那更得请我们撮一顿了。”

陈二晨也一抱拳：“恭喜、恭喜！现在这是个潮流，韩总经理这是站在潮头了。”

“什么潮头潮尾的，要我看这就是走了狗屎运啊。四儿，你说是不是？整个儿就是你要睡觉，就有人给你送枕头。这回你可要翻身农奴把歌唱啦！”韩跃民知道谷秃子说的是他一屁股两肋债的窘况。做买卖就等于是发财，这是当时人们的普遍认识。

“没错没错，就是个大枕头！”陈二晨不知道韩跃民借钱还账的事，可他这些日子也一直听韩跃民念叨着挣钱的事。

韩跃民也一抱拳：“什么总经理啊，现在就是一光杆儿司令。一个好汉三个帮，今儿找你们来就是给我出出主意看怎么办。我可是两眼一抹黑啊。”

谷秃子哈哈大笑：“你丫还好汉呢，我瞧你两眼一抹黑倒是真的。做过买卖吗你？我看你连酱油都没打过吧。”

“所以我这不是找你们商量呢吗！这么着吧，咱先找个地儿喂脑袋，边吃边说？”韩跃民四下里踅摸，伸手一指，“那儿有个个体户开的饺子馆儿，饺子怎么样？饺子就酒，越喝越有。”

谷秃子不同意："这么大一好事儿请我们吃顿饺子就打发了？找个正经的馆子，好好宰你一顿吧，眼瞅着你就要发啦。"

韩跃民正要分辩，陈二晨说："走吧，咱多骑几步，便宜坊吃烤鸭去。"

"烤鸭？我没带那么多钱啊。"

"我今儿刚发了十五块钱奖金，我来。"陈二晨说着就推起自行车下了便道。

在便宜坊，三个人要了两只烤鸭，一瓶二锅头，一盘芙蓉鸡片，还有拍黄瓜和油炸花生米。韩跃民这是平生第一次吃烤鸭，烤鸭的香脆嫩甜和面酱、葱丝、薄饼的绝妙搭配，让他禁不住在心里叹为观止。芙蓉鸡片那种雪白、粉嫩、鲜美、滑溜的感觉，似乎一下子唤醒了他沉睡多年的味蕾。这是烧饼油条炒肝包子都无法比拟的，他表面上不动声色，心里却生出无限感慨。人间还有这样的美味！在此之前，这样的人间美味有千百人吃过，自己却是头一回！他为这个不争的事实感到羞惭，感到自卑，又感到人生实在是太美好了。因为自己前面还有大好的不可知的人生，所有的未知的美好事物都在等着自己去创造、去享受。在这些美味的刺激下，韩跃民尽可能稳住神，从容说出了自己的计划："你们两位，一个是我的发小，好兄弟；一个是我的哥哥，铁哥们儿。这个公司，应着个名儿是公司，其实到现在为止还是一张白纸呢。眼下急着要办的就是工商局注册登记、刻公章，招人。你们俩都不能来吧？来了我也没法安置你们两位爷。不来没关系，你们得帮我找人啊。”

陈二晨说：“没错，第一就是得找人，另外你还得给你的公司起个名儿吧。你们领导对这一点有什么指示吗？”

“屁指示，鸡零狗碎大事小情，都是我办。”

“起名儿还不能就起一个，万一工商局一查，你的名儿别人已经用了，你就得换。所以，得多起几个，备着。”

说着话，一瓶二锅头见了底，两只烤鸭热菜凉菜也早就成了空盘儿。韩跃民喝酒上脸，连眼睛也红了，可他神志不乱，抹着嘴问谷秃子：“哥们儿，吃饱了吗？”

谷秃子拍了拍肚子：“半饱吧，这些日子素得厉害，你呢？”

韩跃民摇摇头：“我怎么觉着还没吃呢？”俩人一起看陈二晨。谷秃子说：“哥们儿，你请客不能不管饱吧？”

陈二晨小声说：“我大概算了算，咱这一桌，怎么也得十一二块钱，再吃可就要冒了。为一口吃的让人家给扣这儿，丢得起这人也现不起这眼啊。”

“我这儿还有几块钱呢。”韩跃民说。

“我也有几块。”谷秃子紧着忙着掏兜。

仨人各自把衣兜翻了个底儿朝天，又凑钱买了两只烤鸭。因为是凑钱买的，心理上就更觉着少吃一口都是吃亏，这就有点儿解着恨发着狠地吃了。没一会儿，风卷残云，又吃完了。

谷秃子人来疯似的，还说没吃饱。再想凑钱，统共就剩一块多，连半只烤鸭也不够了，三个人只好意犹未尽地出了烤鸭店。

来到便宜坊大门外，陈二晨回头看了看夜色中灯火辉煌的门脸，大声感叹：“真他妈能吃，跟没吃过似的。听说过吗？仨人吃了四只烤鸭，可别外头说去啊，说了能让人笑话死。”

仨人哈哈大笑、手舞足蹈。

笑够了，韩跃民说：“还别说，出来了才觉得，真是有点没吃饱，这儿的鸭子是不是个儿太小啊？”

谷秃子也有同感：“我也是，再来两只咱们也能给开了。”

“吹吧你，反正我是没钱了。”陈二晨说。

三个人溜溜达达，看见一个卤煮铺子。仨人一方面是起哄架秧子，一方面也的确正是没饥没饱的年纪，又排队一人来了一碗卤煮。这回差不多算是黄鼠狼烤火——爪干毛净了，这才坐在马路牙子上，吹着夏夜的小风，畅想大好的未来。

[六]

这人说话时唾沫横飞、眼珠子乱转，
一看就是个眼睫毛拔下来都能当哨吹的精明人

拿到了厂里的任命证书，韩跃民办的第一件事就是把李娟的工作落实了。

因为好多人都想走，所以车间里轻易不放人。韩跃民拿着一条牡丹牌香烟找到车间主任，先把主任着实夸奖了一番，说他体恤下情不忘兄弟情谊，共青团的工作没少支持，真是有求必应。主任被他捧得小脸微红，一再表示那不过是举手之劳，不足挂齿。然后韩跃民又把好事儿当坏事儿说，苦着脸说自己让厂里给发配出来办公司了。千难万难，请主任务必帮忙，搭救一把。

“主任您也知道，我哪儿是做买卖的材料啊，这不是赶着鸭子上架吗！再说了，你见过手下一个人也没有的总经理吗？我现在整个儿就是一碎催，这两天腿儿都跑细了，工商、税务，哪儿哪儿都是我自己去，点头哈腰装孙子，看

那帮王八蛋的苦瓜脸，都快愁死我累死我了！”

主任开始跟着他的节奏走了：“兄弟，这是好事儿啊！做买卖没有会不会的，你看现在多少个体户都是气儿吹的似的发了，甭说你这还是咱厂里的买卖了。没问题，我看好你。说吧，哥哥能帮你什么？”

韩跃民等的就是这句话，他把李娟的事说了，主任犹豫了一下，心想，这小子人气正旺，这事儿估计挡不住，不如送个顺水人情。

“我多不情愿，你这个面子我得给，就这么定吧。”主任拍了拍韩跃民的肩膀。

主任答应了放人，韩跃民就等于把财务科给“截和”了。财务科长那儿，韩跃民不用求爷爷告奶奶，但还是得客客气气：“真对不住您了，李娟本来进修完了就到您这儿来上班，可是咱们厂不是要发展第三产业吗，我这个光杆儿司令就算跟您借兵了。您放心，李娟跟我那儿干些日子，正好也练练手，等她能独当一面了，放心，您什么时候要人我什么时候给。”

这个连韩跃民自己都知道无法兑现的空头支票，把财务科长哄得无话可说。再说，厂部的人都知道韩跃民手里有一把尚方宝剑，跟他较劲，大概率没戏，何不送个顺水人情呢？

没几天，李娟就成了放出笼子的小鸟。

李娟的事顺利解决，韩跃民在李家成了大英雄。李老爷子又要设家宴感谢韩跃民这个贵人，被韩跃民谢绝了：“娟儿，跟你爷爷说，这程子实在是太忙了。等我消停消停，公司有点眉目了，我登门拜望老爷子成不成？”

李娟点头答应了。她也知道他真是忙。她调过来第二天，就开始跟着韩跃民东跑西颠，连礼拜天都没歇，跟着去谈租门脸的事。

李家的饭没去吃，可是李家又推荐了一个人，是李娟姑姑的儿子，叫余天顺，在一所中学的图书馆工作。小伙子一表人才，不甘于在图书馆那种养老的地方混日子，一心想出来做买卖干大事。韩跃民正是用人之际，做了个顺水人情，收下了。

陈大眼说得对，公司初创，就是要广纳人才。他的说法是，好不好先用着再说，慢慢考察，以后择优留用。韩跃民现在是越来越倚重陈大眼了。他觉得这小子虽然比自己大不了多少，可是在各个方面都显得比自己成熟。是因为当过兵的缘故？可同样是当兵出身，谷秃子怎么就那么着三不着两呢？

陈大眼前一段儿也得到厂里的重用，被安排到厂业务科做副科长，所以不可能脱出身来跟着韩跃民跑买卖办公司，可是他给找了个大能人，是他战友的哥哥。这人叫富东，三十多岁，干巴瘦，拱肩膀，水蛇腰，刀条子脸，笑起来给人的感觉半张脸都是牙。陈大眼说这人本事可大了，七十年代初在山西插队的时候就倒腾小买卖，把山西的老陈醋和汾酒弄到北京私下里卖，再从北京买各式糖果点心卖给山西老乡。这几年开放搞活，他又从广东往北京倒腾收录机、录音带之类的。这人说话时唾沫横飞、眼珠子乱转，一看就是个眼睫毛拔下来都能当哨吹的精明人。韩跃民跟他聊了一会儿，真觉着长见识，心里一高兴，当即任命富东为公司的业务经理。富东一听，两只细长的眼睛乐成了一条缝："那我就这么印名片去了？"

"哟，对了，我说有个什么事儿呢，你这一说我想起来了，我的名片也没印呢，你就一块儿都办了吧。记着开票。"韩跃民和富东一起商量着设计了一下内容格式，富东乐颠颠儿出门印名片去了。

知道韩跃民正在招兵买马，书记找到他，客客气气推荐了一个五十多岁的女人，姓李，据说是某单位的会计。这位李会计有工作，也无意调动。说好了就是做兼职，一个礼拜来两次，帮着公司管账做账。韩跃民明白，这属于安插眼线。会计这么重要的岗位，书记自然不能由着韩跃民闭着眼睛划拉一个就算数。李会计不在的日子，日常财务的处理就由李娟担任，她的岗位算是出纳。

李娟做了刮宫手术，也不敢张扬，只好假称感冒，在家歇了三四天就回来上班了。韩跃民暗地里有百般呵护的心，明面上一个字也不敢多说。他把他爸爸评先进得的一个带瓶胆的保温杯顺出来，每天早上先找范大厨来一碗刚出锅的羊杂汤，再来两个煮鸡蛋，拎着这份心意贡献给李娟。

工作的事，韩跃民跟李娟交代了，看见自己的签字就给报销；没有签字，天王老子来了也不给报一分钱。"财务一支笔"，这也是打陈大眼那儿趸来的。

谷秃子也贡献了一个人，就是韩跃民的债主陈海，小名儿狗子的那位。狗子最大的心愿是想学开车，谷秃子把他介绍到韩跃民这儿来，私下里抡圆了许愿：人家那是国有企业下边办的三产，现在规模没上去，等入了正轨，肯定得买车，到时候我跟韩总一说，你就是司机了。

狗子追着这个美丽的肥皂泡来到公司，瞧见韩跃民没两句话就问：“韩哥，咱什么时候买车啊？”

“买车？”韩跃民并不知道谷秃子给人家许下的那个宏愿，打了个愣儿，随口应付，“哦，咱挣了钱就买。”

“嗯嗯，咱买一拉达，要不就波罗乃兹也成，反正都是小轿车。到时候我给您开着，带劲！”

“行，拉达就拉达。”韩跃民嘴上漫应着，心说我骑一自行车还有一半的钱是跟你借的呢，小汽车？做梦吧你！

韩跃民把这几位爷召集到一起开了个会，就眼眉前这点儿事分了分工，谁跑工商、谁去税务局、谁去考察洽谈租门脸的事……分配完了，人也散了，他忽然觉得自个儿没事可干了。一个人坐在那间办公室里，端着大把儿茶缸子眯着眼睛假装琢磨事儿，这才算找到了一点儿当总经理的感觉。

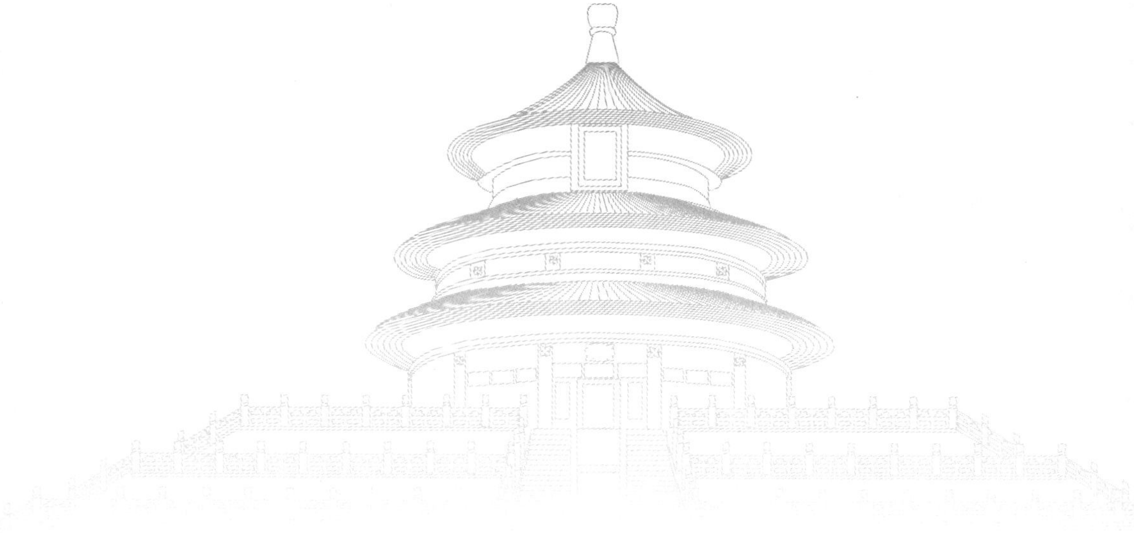

第十五章

［一］飞机腾空而起的一刹那，他只觉得耳鼓一紧，不由得心里一慌，脸上可还是平静如水

［二］这里边有那十四万的信汇自带支票，哪能轻易撒手呢

［三］路两边都是芭蕉树，植株稠密，肥硕的叶子横斜旁逸，伸展到路中央

［四］自个儿这大半夜的也跟出去，好像不放心谁似的，不够厚道

［五］在暗处看别人表演，最能挑逗人的神经，让韩跃民想起小时候常玩儿的捉迷藏游戏

［六］韩跃民平生第一次喝可口可乐，觉得跟毒药似的，火辣辣的不舒服

[一]

飞机腾空而起的一刹那，他只觉得耳鼓一紧，不由得心里一慌，脸上可还是平静如水

鹏达贸易公司开张了。除了厂里给的那间办公室之外，还在东晓市街与水道子交界处租了个门脸。这个门脸房原先是一家电影院的美工室兼仓库，坐北朝南，一排四间的格局，富东带着几个临时工简单改造了一下，尽西头隔出一间办公室，门上挂个牌子——总经理室。其实是韩跃民和李会计、李娟三个人合用。其余地方，摆了一溜玻璃柜台。余天顺在柜台里忙活着鼓捣一台录音机，长头发遮住了半张脸，干得挺专注。

韩跃民咳嗽了一声，余天顺一甩头发，抬头看见韩跃民，腼腆一笑，叫了声“韩总”。韩跃民点点头，饶有兴趣地巡视一番，发现柜台里的东西还真挺丰富，日用百货服装鞋袜电池电线收录机录音带……想得到想不到的都有。他有点纳闷，老富除了找他报销过几次材料费和人工费之外，没花过

平生头回坐飞机，韩跃民心里忐忑又激动

进货的钱啊。再说，满打满算一万块钱的开办费，也没这份儿闲钱啊，这些货难道是偷来的？他探头想问问蹲在地上归拢电线的余天顺，还没开口，老富已经笑着凑上来：“这都是找关系赊来代销的，卖完了结账；卖不出去，统统让他们拿回去的有。”他一高兴还甩上了鬼子腔。

“噢噢噢，老富，你还真行啊。不错不错。”

“嘿嘿，这就是撑个门面，零售能有几个钱儿啊，咱可不能指着这个。”

“啊？噢，对啊，你联系的手镯表怎么样了？”韩跃民背着手看柜台里的商品，头也不抬地问。

“正要跟您汇报这个呢。”老富从屁股兜里抻出一张《北京晚报》，“韩总，咱屋里说？”

手镯式电子表，是大能人富东跟韩跃民头回见面就说过的一笔买卖。按他自己的说法，人来了，得有个见面礼，这叫拜山门。当时韩跃民正忙着招兵买马跑执照的事，这事他听了一耳朵，也没顾上细打听。现在一切基本就绪，才静下心来料理手镯表的事。

其实这手镯表，不说也都知道个大概其。那一阵子，北京风行这玩意儿。其实就是电子表做成手镯的样式，手表和手镯兼用，大姑娘小媳妇儿图个稀罕。

老富把那张《北京晚报》摊开在韩跃民面前，让他看中缝登的广告。广告上清清楚楚写着，手镯式电子表，最高批发价二十一，最低也是十九块八。老富说，广东顺德那边，他有个朋友，就这种电子表，批发价十三块钱一块。

“十三？”韩跃民有点儿不相信，盯了一句。

“没错，就是十三块钱一块。我昨儿才打长途电话问好了。”

那边卖十三，这边最低批发价也是小二十，这中间的差价，已经足够诱人了。这还不算，老富又找来一个河北定兴县贸易公司的经理，姓马，就在韩跃民的经理办公室，当着面谈判。经过一番讨价还价，签了份合同。合同规定，定兴县贸易公司按单价十六块八，购买一万块手镯表，五天之内交货。为了表示诚意，老富还逼着人家掏了四千块钱的定金。他以内行的口吻告诉韩跃民，定金一付，这个合同就算是生效了。

合同签了，定金也给了，板上钉钉，严丝合缝啊。这就等于人还没动，这笔买卖已然做成了。一块表赚三块八，一万块就是三万八。韩跃民跟领导一汇报，领导们开了个小会，当场拍板，让厂里的会计给开了一张“信汇自带”支票，限额十四万元。

韩跃民是头一次见到这种信汇自带的绿色支票，心里又激动又忐忑。会计跟他说了，这种信汇自带等于就是现钱，千万别弄丢了。韩跃民连连答应着，把支票小心翼翼装在一个牛皮纸信封里，找了本闲书夹上。

这桩买卖紧锣密鼓进行中，老富又带了个人来，隆重推荐给韩跃民：“康五一，我的小兄弟，女货专家，做生意也是把好手儿。”韩跃民上眼打量，这个康五一跟自己差不多年纪，高个儿宽肩长腿，头发梳得锃亮，穿得干干净净，笑起来还有点儿腼腆。他跟康五一握了握手，觉得他身上隐约有点儿香气。终于憋不住问了一句："什么叫女货专家呢？"康五一脸一红，连连摆手。

老富从旁介绍："这小子，只要是女人用的东西，他全懂。服装鞋袜、首饰提包、颜色搭配，比女人还懂行。大姑娘小媳妇儿，买什么东西都找他参谋。这还不算，他还会算命看手相，不过一般都是给女的看。哈哈，有点儿道行，我们都说他是小神仙。"

康五一不好意思地笑笑："韩总别听东哥瞎说，那是他们瞎起哄闹着玩的。"

阳历七月末，正是三伏天儿。韩跃民带着富东和康五一，三个人奔了广州。在首都机场，韩跃民买了两条希尔顿，十八元一条，算是给顺德那位手镯表批发商的见面礼。

平生头回坐飞机，韩跃民心里忐忑又激动。飞机腾空而起的一刹那，他只觉得耳鼓一紧，不由得心里一慌，脸上可还是平静如水。

[二]

这里边有那十四万的信汇自带支票，哪能轻易撒手呢

也是因为飞机上有空调，增加了反差吧，一出机舱，韩跃民的第一感觉就是进了蒸笼。那是一种无法形容的从未领教过的热，让人睁不开眼抬不起头迈不开步——哪儿哪儿全被汗液黏住了、糊住了。因为谁也没进过真正的蒸笼，所以就只能用蒸笼来比附了。

在韩跃民的设想中，以为那个手镯表批发商会来迎接。可是从白云机场出来，就见了一个豆芽菜似的小伙子跑过来跟老富打招呼。老富说："这是阿峰。"又指着韩跃民："这是韩总。"

阿峰点头致意，上来就要抢着帮韩跃民拎手提箱。韩跃民本能地一闪，客气了一句："不用，不沉。"

这里边有那十四万的信汇自带支票，哪能轻易撒手呢？再说了，瞧这个阿峰全身没四两肉的架势，他觉得这小子可

阿峰点头致意，上来就要抢着帮韩跃民拎手提箱。韩跃民本能地一闪

能都拎不动这个箱子。

在大太阳底下走了十多分钟才来到停车场，转头不见了康五一。老富说："刚还在我后边来着呢，这么会儿跑哪儿去了？"

阿峰见状，叫大伙在阴凉地儿等着，他自己跑进了停车场。韩跃民和老富原地等着康五一，不一会儿，远远看见康五一打着一把伞大步流星赶过来。老富咧开嘴笑了："敢情是买伞去了，就你那黑不溜秋的样儿，还怕晒啊？"

"折叠伞，买回去也有用啊，你不懂。"康五一得意地把伞收起来，缩成半尺来长的一小截。韩跃民看着新鲜，问："多少钱？"

"要八块，我砍了砍价，五块五。"

老富颇内行地瞥了一眼："贵了，高第街那边最多也就三四块钱。"

说话间，阿峰开来一辆小卡车。老富伸手拉开副驾驶的门，做个手势请韩跃民上去。韩跃民拎着手提箱刚上去就又下来了："老富你坐这儿吧，我坐后边儿。"

"怎么了韩总？"

"怎么了？你上去试试，好家伙！我还是后边儿吧，好歹开起来有风。"

老富咧开大嘴无声作笑，一头钻进了车里。

小卡车开起来倒是真快，可是热风吹着，一点也不显凉快，反倒弄得身上黏黏糊糊。韩跃民试图跟康五一聊几句初来广东的感受，可是车一开起来，风在耳边呼呼作响，说话声儿小了听不见，大声说话又忒费劲，所以俩人没说几句就都懒得说话了。俩人闭着眼，撑着胳膊，手扶着车帮，身体的各个部位“四不靠”，尽量让风从每个角落吹进来。爱干净、讲体面的康五一头发被吹得七零八落，汗衫黏在身上，风吹都吹不开。他终于忍不住高声叫骂一句：“操他妈的，热死老子了，怎么这么热啊！”

韩跃民没听清，以为他跟自个儿说话呢，大声问：“你说什么？”

“我说操他妈的真热。”

小卡车在没遮没拦的公路上开了足有一个钟头，终于下了公路，驶入掩映在一片葱茏绿色中的乡间小道。颠颠簸簸曲曲弯弯又开了好一会儿，卡车终于停在一座灰白色的小楼跟前。一个矮胖的中年汉子从门前台阶上小跑下来，满脸堆笑地跟老富握手：“又见到你啦，富先生。”

老富介绍，这人叫黄德发，是这个公社的副书记。他小声对韩跃民说：“乡里的招待所又脏又臭，还有蚊子，根本没法住。咱就住这儿吧。”

“这儿是哪儿啊？”

“书记的家。”

书记的府邸一共三层，每层都铺着地板砖，楼梯的扶手都是电镀钢管，这在当时就属于豪华装修了。黄书记龇着一口黄板牙，把他们一行三人引上三楼。他介绍说，他家里人口简单，一个老婆，两个儿子。因为要接待贵客，这几天他把家人都打发到别处去住了。这一层四间卧室，中间一个超大的客厅。因为三楼是顶层，客厅还通向一个大露台，足有半个篮球场那么大。从露台上望出去，四下里一派郁郁葱葱的植物，看了令人精神一爽。

黄书记让他们放下行李下楼吃东西。老富看了看表，问韩跃民和康五一："你们饿吗？"俩人一起摇头。老富说："这都快三点了，我们在飞机上垫补了点儿，就别吃了，待会儿早点儿开晚饭吧。"

"好的好的，那么就主随客便了。"黄书记说普通话也挺费劲，没再说什么，在客厅的茶几上摆了些枇杷、杨梅、芭蕉之类的水果，客气地让他们先冲个凉，就匆匆下楼了。

洗了个澡，韩跃民感到浑身舒爽，心情也好了起来，问老富："这个黄书记不会也是黄老板吧？手镯表是他的？"

"不是，是他给联系的。"老富说，"这几年他跑广州倒腾买卖，认识了这个黄书记。这个公社下属有好多小厂子，手镯表就是他们这儿的人跟香港合资生产的。要不咱怎么可能这么低的价儿拿货呢！"

韩跃民深深点头，愈发觉得单凭这人脉，老富也是个不可多得的商界人才。

[三]

路两边都是芭蕉树，植株稠密，
肥硕的叶子横斜旁逸，伸展到路中央

三个人在客厅里吹着电扇抽烟闲聊，不到五点，黄书记就上楼来叫他们用餐了。

餐厅就在一楼最靠边的一间房子里，面积足有一间教室大，厨房连着餐厅。三人在黄书记的引领下进了屋，落座，用茶。上茶的是个六十来岁的敦实老汉，黄书记介绍说这是他的族叔，请来帮忙做饭的。老汉冲他们笑了笑，转身又进了厨房。

韩跃民四下打量，发现饭厅后边有个小门。他信步过去，推门一看，外边居然是个池塘。距离之近，开门下几级台阶就是水面。池塘里一池绿水，水波不兴。

正在观察池塘里是不是有鱼，那个厨子老汉拿着个抄网出来了，站在池塘边，三下两下就捞上一条一尺多长活蹦乱跳的鱼。老汉蹲在地上，当着几个客人的面宰杀、清洗。不

一会儿上菜，就端上来一条鲜香无比的清蒸鱼。

老汉捞鱼、收拾鱼，进进出出上菜，一直一言不发。韩跃民等人不时道谢、搭讪，老汉最多就是看着他们笑笑。他们就以为这人是个哑巴，于是不再搭讪。

吃饭时，黄书记看出了他们的疑惑，解释了一番他们才明白，老汉不是哑巴，就是不会说普通话，在这几位北京大爷面前不敢开口。黄书记说，他们这儿是乡村，五十岁以上的人大多没上过学，不会说普通话。

黄书记拿出两瓶三花蛇酒，说我们这里没有你们北京人习惯喝的二锅头，这个三花蛇酒是药酒，他狡黠地眨着眼睛问："韩总结婚了吧？"

"还没呢。"韩跃民摆摆手，一时没反应过来他为什么问这个。

"没关系的啦，这个酒补肾壮阳，男人喝了都是有好处的啦。"

韩跃民印象中，南方人都不擅喝酒。没想到黄书记酒量挺大，兴致还特别高。他不断编出各种说辞，打架一样地劝酒，那个热情和殷勤让不惯于应酬的韩跃民难以招架。好在那个酒度数不高，他们四个人喝干了两瓶酒，也没觉得太难受。只是康五一喝酒上脸，一张脸红得吓人，这才止住了黄书记继续上酒的念头。

夏日天长，吃了饭，天还大亮着呢。黄书记说要去联系一下手镯表的事，自己骑着摩托车走了。韩跃民他们酒意微醺，沿着乡间小路闲溜达。路两边都是芭蕉树，植株稠密，肥硕的叶子横斜旁逸，伸展到路中央。他们一边走，还得一边抬手扒开挡住视线的芭蕉叶。树上一串一串的芭蕉，看着诱人。和香蕉比起来，芭蕉短粗，外形跟白薯差不多。老富说："想吃就摘，没事儿。"

"这树叶还真大！"康五一也是头一次到广东来，看什么都新鲜。

"这个你应该见过啊，芭蕉扇知道吧？咱北京人夏天用的大蒲扇，就是用这玩意儿做的。"老富说。

不知不觉，路越来越窄。走着走着，前边十几米远的路边突然蹿出一个汉子，三步两步走过来，叉着腿站在路中间，嘴里咿里哇啦喊着什么。那家伙看模样有五十多了，矬粗矮胖，吊眉细眼，大嘴叉子厚嘴唇，光着膀子，穿一条脏得看不出本色的大裤衩子。虽然听不懂他说的什么，可是看他那个叉着腿迎面挡在路当中的架势，估计是想阻止他们再往前走。

康五一问老富："丫说什么呢？"

老富摇摇头："我也听不懂啊。"

韩跃民上前一步，和颜悦色地问："前边不让去了是吗？"转身冲康五一说："也许前边就是他们家的自留地了。"

他们几个人站那儿不进不退嘀嘀咕咕，那个汉子急眼了，又打着手势哇啦哇啦喊了几句，见他们还是没反应，突然双手把大裤衩子往下一褪，肚子一腆，露出裤裆里那个黑乎乎的家伙，还拿在手里冲着他们颠了几下，脸上现出谁都看得懂的淫邪坏笑。

康五一的妈是小学校长，爸爸是某部委的机关干部。老两口儿年逾四十才有了这么个独子，养得娇，他自个儿也活得讲究，要不怎么成了女货专家、怎么出来还打着那把伞遮阳呢。见了这个土老广的行状，他把伞一收，抡着就蹿上去了：“我操你妈的，找抽哇你！”

那汉子一见这红脸小子张牙舞爪，提上裤子扭头就跑。

[四]

自个儿这大半夜的也跟出去，好像不放心谁似的，不够厚道

半夜时分，韩跃民迷迷糊糊听见楼下摩托车响，知道是黄书记回来了。睡在旁边屋里的老富大概也是听见了摩托车声，悄没声儿开门下了楼。韩跃民听见老富下楼，本也想跟着出去客套几句。可他睡意刚上来，不由得犯懒。又一想，黄书记和老富是朋友，人家也许有几句体己话要说。自个儿这大半夜的也跟出去，好像不放心谁似的，不够厚道。这么一想，翻了个身，踏踏实实睡去。

天儿热，睡得都晚，早上醒来，那位厨子老汉已经在客厅中央的茶几上摆了几碗白米粥、一大盘油炸馒头片、十来个茶鸡蛋和几碟小咸菜。

老富解释说："昨儿夜里老黄回来晚了，说早上带咱们进城吃早茶，我给挡了。咱们吃不惯他们的早茶，炸馒头小咸菜白米粥，都是我点的，多好！"韩跃民听了，忍不住看

了老富一眼，总觉得他这个解释有点儿多余，好像是在特意说明夜里为什么出去迎接黄书记。

康五一倒是没心没肺地大声叫好，随手拿起筷子往粥碗里一扒拉，吓得跳起来：“我操，这是什么啊？”

韩跃民和老富伸头一看，每个人的碗里都有俩蝎勒虎子。老富皱着眉，嘴里“啧啧”连声：“真是难为他们了，人家这边儿的风俗，待贵客才给吃这个呢！”

“得了，我可享不了这个福。”康五一把粥碗远远推开，“我喝水吃馒头片就咸菜，挺好。”

“其实没事儿，你就当这是两条小咸鱼，闭着眼吃，挺好吃的。”老富坏笑着，端起碗就吃，还故意弄出稀里呼噜的声音。

康五一苦着脸说：“这地儿咱可真不能再待了，赶紧的吧，验货走人。”这话引起了韩跃民的共鸣。他也觉得，广州这地方，一是太热，二是吃食上不习惯，什么都没滋拉味儿的。他有点想北京的炸酱面了。

几个人吃了早饭，正不知该干点儿什么打发时间呢，黄书记上楼来喊他们，说货到了，让他们下楼验货。他们兴冲冲下了楼，只见阿峰和一个工人抬着一个大箱子放在地上，转身又出去卸货。韩跃民赶紧示意老富和康五一帮忙，众人一通忙活，四个一模一样的大木头箱子整齐地摆在了客厅里。

黄书记拿来钳子和改锥递给韩跃民：“韩总，请您验货，随便开哪一箱都可以，全部打开也没问题。”

韩跃民假装客气："还用验吗？"

老富忙说："还是看看吧，交情是交情，生意是生意。您说呢老黄？"

黄书记深表赞许地点头，微笑着冲韩跃民做了个"请"的手势。箱子打开，里面是一只只红绿黄蓝各种颜色的手镯式电子表，手镯表之间填充着打了卷儿的废纸，防止运输途中磕碰。韩跃民等人各自拿起一只手镯表查看，黄书记在一旁建议："不要只拿表面的，这样子。"他把手伸进箱子深处捞出一只手镯表递过去，韩跃民躲开了："不用了不用了，看了，挺好的。"一旁的康五一接过黄书记那只手镯表看了看："还真他妈准！"

老富笑了："电子的嘛，没别的，就是准。"

在黄书记的坚持下，四个箱子全都打开看了一下，当面加了封条，这才上楼坐下喝茶。韩跃民知道，到了一手交货一手交钱的时候了。他回屋取出那张支票摆在茶几上："黄书记，这是十四万。除了付手镯表的款，我们还想批发点儿其他小商品或者女式秋装什么的。"他一指康五一："麻烦您带他去采购一下。"

黄书记说："这个没问题的啦，现在说一说手镯表的价格问题好吧？"

"价格？不是早就谈好了吗？"韩跃民狐疑地看了老富一眼。

"别害怕，"老富说，"黄书记的意思是，咱们大老远来一趟也不容易，公家的买卖，咱个人也没什么油水。他答应每块手镯表按十二块七结账，剩下的三千给咱提现金，给换成外汇兑换券，咱们就当差旅费，去深圳转转，也算没白来一趟。”

“这，不合适吧？”韩跃民迟迟疑疑。这里边的门道他不懂，可他隐约觉得有点儿玩猫腻的意思。这个钱，省下来也应该是公家的。

“放心，发票还是开十三块钱一块儿，没毛病。”老富说得轻描淡写，又找补一句，“再说咱们去趟深圳，也算是考察一下，以后短不了跟这边做生意。咱们自己又没这笔考察费，这不正好吗？”

这么一说，韩跃民觉得也有几分道理，便没再说话。眼看着四大箱手镯表被工人们抬上卡车送去火车站托运，韩跃民如释重负。

康五一跟着黄书记出去转了一圈，两手空空回来了。老富问：“怎么回事儿？什么也没看上？”

“你以为打酱油呢？到那儿给钱就拿一瓶儿回来？”康五一胸有成竹，在韩跃民面前卖弄，“最简单的道理，货比三家知道吧？咱不是还要去广州市里和深圳考察吗，转转、看看再说，怎么也不能看见什么就买什么啊，那不真成傻小子打酱油了吗！”

韩跃民觉得这话有道理，不由深深点头。午饭后，黄书记来告知，货已经安全发往北京。他从包里掏出提货单、发票和一堆现金摆在韩跃民面前：“发票给你，请收好。这是一万三千元，你们去深圳，带现金比较方便一点。”

韩跃民长这么大也没见过这么多现金，他有点眼晕，深吸了一口气才问：“不是这三千给我们换成外汇券儿吗？”

“这几天这边的价格比较高的啦，我不好给你们做主的啦。”黄书记看着老富，“你们不是还要到广州市里玩玩嘛，高第街、光禄路那边换汇的比较多一点，价格会好一点，你说呢老富？到了深圳就不要换啦，那边也很贵的啦。”

韩跃民是个敏感的人，他从黄书记的语气和眼神中体味到一种细微的变化。先前的热烈和热情似乎都没了，变成一种虚伪的客套和敷衍。他心里琢磨，是不是因为买卖已经做完了，就盼着他们赶紧走人呢？他不由想起了李娟爷爷在饭桌上说过的话：生意是生意，朋友是朋友，永远捏不到一块儿去。这话，老富也说过，看来这是个真理。

想通了这一节，韩跃民站起来跟黄书记握手：“既然货已经发走了，我们的任务也就算完成了，感谢黄书记的招待，那我们就走了。”

老富闻言一愣，不由得看了黄书记一眼。黄书记抬腕看了看表：“不要这么急吧？晚上我们喝点酒，明早走吧？”

“不用了，我们到别处再看看，劳驾您派个车把我们送到市里就行。”

黄书记说：“那好吧，我去派车，你们收拾一下。”

他走下一层楼梯又大声喊：“富先生，我准备了一点水果你们路上吃，你来拿一下。”

老富应了一声，匆匆下楼去了。

[五]

在暗处看别人表演，最能挑逗人的神经，让韩跃民想起小时候常玩儿的捉迷藏游戏

在高第街商品批发市场，韩跃民遇到了两个没想到。一是没想到这边的市场如此繁荣发达，一眼望不到头的柜台，一眼看不见边的人群，那真是人声鼎沸喧哗嘈杂；二是见识了“女货专家”康五一的厉害。别的不说，这小子逛商场的耐心和耐力，实在令人叹服。市场里，有的是商家租用的柜台，有的是一间间隔开的小商店。康五一进了这里之后，凡是柜台，必弯下腰来附身细看、询价，凡是小店，必走进去一一浏览、比较。

开始，韩跃民和老富还随着他进出或者等待，看了一会儿，老富就忍不住了：“你丫又不买，瞎鸡巴看，瞎鸡巴问，也不嫌热？”

骂也没用，康五一照旧乐此不疲。韩跃民和老富等得不耐烦，开始自己往前走，打算着这么一带，康五一也不得不

韩跃民本想戳穿这个拙劣的骗子，可是转念一想，觉得反正闲着也是闲着，不如跟他周旋周旋，欣赏一下他的骗术，长长见识

跟着。开始还有点儿作用，康五一见他俩离开了视线，会着急忙慌赶上来。可是这一招很快就不起作用了，康五一知道他俩反正会在前边等，于是继续不厌其烦地看，而且主要是看女士服装和女人用品。

老富和韩跃民也是这个想法，觉得反正康五一早晚也得追上来，索性就不再管他。这么一来，康五一终于被弄丢了。

这个商场四通八达，廊柱之间的通道就是出入口，直接通着马路。偌大的一片商业区，慢说找一个人是不可能，你就是想等，也不知道该在哪儿等。没法子，俩人一商量，干脆先回宾馆。有一点，他们俩坚信不疑——康五一比猴儿还精，绝不至于迷路找不回来。

老富咬着后槽牙说：“甭管丫挺的，咱俩回去吹着电扇聊天儿去。”

韩跃民听着解恨：“没错，不管丫的。”

说是这么说，他还是忍不住踮起脚伸着脖子回头张望了一通。

就这么一张望，一错眼神，再回头，老富也没了影儿。天儿热，市场里人又多，韩跃民在人群里没头苍蝇一样钻来钻去，越着急越找不着老富。越着急越出汗，好不容易随着人流来到了市场边上相对清静点儿的廊柱下，才说要喘口气，忽然有人拍他的肩膀。他以为是老富，张口就埋怨：“你怎么走这么……”一回头，不是老富，是个小个子中年人，正冲着他笑。

韩跃民打量了一下，这人比他得矮半头，又黑又瘦，高颧骨大眼睛厚嘴唇，典型的广东土著，绝对不认识啊。

没等他说话，那人已经神神秘秘地凑到他跟前：“先生，你的包包掉了！”

他这么一说，还真把韩跃民吓了一跳。因为他们为了安全起见，那一万三千块钱的现金是仨人分着携带的。韩跃民手包里有七千元现金，还有这次出差的所有票据和宾馆的房间钥匙之类，这要是丢了，可比人丢了还要命！他一定神，不对呀，包就在手里拎着呢。韩跃民笑了笑，掩饰心里的惊慌：“没掉，在这儿呢。”一边说一边举起包给那小个子看。那人退开半步，把一个手绢团成的小包举到韩跃民面前：“不是那个，是这个包包，我看见你刚走过去它就在地上躺着的啦！”

韩跃民摸摸裤兜，摇摇头：“这不是我的，谢谢你！”

“哎哎，你不要走，俗话说见面分一半，这东西既然不是你的，我也不好一个人独吞。这是咱们两个人的缘分。来来来，看看里面是什么东西。”

小个子热情诚恳地拦住了韩跃民。韩跃民虽说是头一回来广州，可他不缺心眼儿。心说你小子也太弱智了，你既然捡了别人的包，在本人已经明确表示非我之物的情况下，居然硬拉着我“见面分一半”！有此拾金而昧之心，又为什么硬说这东西是我掉的呢？逻辑不通啊！逻辑不通必有诈。

他差一点就告诉这个拙劣的骗子：“你小人家玩儿的这一手早已经过时了。”可是转念一想，觉得反正闲着也是闲着，不如跟他周旋周旋，欣赏一下他的骗术，长长见识。

在暗处看别人表演，最能挑逗人的神经，让韩跃民想起小时候常玩儿的捉迷藏游戏。一时间，老富和康五一身在何处的事已经被他抛到脑后，他要在这异地他乡玩儿一场猫捉老鼠的游戏了。

主意打定，韩跃民做出万分感兴趣的样子：“行啊，打开看看，咱可说定了，甭管里边是什么，咱俩一人一半？”

小个子顿时兴奋得两眼放光，连声说：“没有问题的啦，一人一半了。”

韩跃民心里这个乐，心说你小子要骗人还得好好练练，人家要分享你捡的东西，你怎么也得装出个不乐意的表情来才对呀，哪有这么兴高采烈的！他心中暗笑，脸上却是一副贪婪的表情，忙着催他：“快打开看看！”

小个子可能到这时才想起来还需要做点儿戏，又神神秘秘朝四下里看了看，说：“这里人多，我们到那边去吧！”

“行。”韩跃民爽快地应着，跟着他来到一个拐弯的地方。

这儿人少一点，都是过路的，没人注意他俩。那人小心翼翼地打开手绢包，一层，又一层，然后双手一托，捧到韩跃民面前。韩跃民看清楚了，手绢里面，是一只金光灿灿的女式手表，手表下面还压着一张发票和几张钞票。小个子夸张地“哇”了一声，忙把手表拿起来：“这是金表啊！”

“是吗？我瞧瞧。”

韩跃民伸手要拿表，那人忙把手缩了回去：“你看，这里还有一张发票，肯定是刚刚买的！”

他把发票展开，又是“哇”的一声：“五千六百八十八块钱啦！”

说着把发票递给韩跃民。韩跃民接过来一看，上面果然写着：坤表，24K 包金，纯天然钻石机芯。还有价码、金额之类的，此外还有十二元零钱，给人的感觉是买主付了整钱，这是找回来的。韩跃民心里不禁感叹，这道具做的，连细节都考虑得这么周到！

“喂，先生，我们这下发财了！”

小个子见韩跃民看得认真，凑过来煽风点火。看他满脸谀笑的样子，韩跃民逗他：“这是你捡的，怎么是咱俩发财呢？”

“喂喂喂，说好了是见面分一半的，我不会反悔，这个你放心好了！”那人急切地说。

韩跃民看着他：“那咱俩怎么分呢？这又不是钱，总不能把这块手表砸成两半儿吧？”

小个子兴奋起来：“这个好办，这上面有价钱的，你给我一半钱，这表就归你了。”

“可我没带那么多钱啊！”韩跃民为难地说。

“那，你带了多少？”那人忍不住瞄了一眼韩跃民的手包。

“总共也就……”韩跃民沉吟着，等那人的反应。

那人迫不及待地追问：“多少嘛，说出来咱们再商量。”

“二百多块吧。”韩跃民打算试探一下，看这“价值五千多的金表”到底值多少。

那人大失所望：“你，你出差怎么会只带这么一点点钱？”

“你怎么知道我是出差的？”

韩跃民真是有点纳闷，长相和身材一望可知是北方人不假，可他怎么断定我是出差而不是做生意的呢？小个子脸红了一下，大概这恰恰是他选定韩跃民为“目标”的原因，被韩跃民这么一问，好像有被揭穿的危险了。他支支吾吾地搪塞：“我是瞎猜的。”

韩跃民一笑，没再纠缠这个问题，假装仍然对那块表不死心：“我是说我身上只有这么点钱，不如这样……”

一听这话，小个子又兴奋起来，打断了他的话：“对对对，我可以跟你回宾馆取钱。”

“我不是这个意思，我是说，不如你给我钱，表归你。”

小个子的脸立即变得蜡黄：“那不行！”

“怎么不行？不是同样的道理吗？”

“不是不是，我是说，我也没带钱。”

小个子终于找到了合理的解释，讪讪地笑着擦了擦汗。韩跃民盯着他：“那就这样吧，我吃点儿亏，这十二块钱归我，表归你。”他伸手把手绢包里的零钞拿过来。小个子顿时急了，本能地伸手来抢：“不行不行！你怎么能这样？”

“我这样不好吗？表归你，你占了大便宜呀！”

那人可能也觉得失态了，忙又缩回手：“我是说，你这样子就太吃亏了。”

“这怎么是吃了亏呢？只不过少占了点儿便宜。”韩跃民笑嘻嘻地回答。小个子被韩跃民捉弄得欲罢不能，皱着眉头说：“这样好啦，你真的只有二百元？”韩跃民点点头：“真的。”

“唉，算你狠！给你！”小个子咬着牙把手表递给韩跃民。韩跃民故作惊讶：“什么？这么好的表二百块就给我了？”

“没办法啦，交个朋友啦！”那人拉长了声音，眼睛里闪过一丝即将得手的喜悦。韩跃民继续装傻：“这可不行，我还是拿这十二块钱得了，表归你。”

这回，小个子是真不耐烦了：“你真是个呆佬！五千元多还是十二元多？不懂吗？”韩跃民笑了：“你说的真对，我还真是个呆佬。可我这个呆佬有一条原则，那就是坚决不掏钱！为什么不掏钱？因为我弄不明白你为什么放着五千元的大便宜不占，非要占这二百元的小便宜，好像生怕我吃了亏似的，你活雷锋啊你！咱俩干脆也别这么推让了，当雷锋就当回彻底的，把这个小包送派出所去怎么样？”

这下那小子不言语了，眨巴着眼睛看着韩跃民，恶狠狠地骂了一句广东脏话，转头就走。韩跃民在他身后哈哈大笑，笑得这小子发了毛，竟发足狂奔起来。

[六]

韩跃民平生第一次喝可口可乐，觉得跟毒药似的，火辣辣的不舒服

回到宾馆，老富果然早就回来了。看见韩跃民，他咧开大嘴叉子笑得眯了眼："一眨么眼，你也没影儿了，上哪儿风流了一把啊？"

"还风流呢，差点儿让骗子给蒙了。"韩跃民把戏弄骗子的经过绘声绘色说了一遍，老富竖起大拇哥："你行，出师了。"

"我没拜师呢，出什么师啊？"

"你这属于无师自通啊。还真不是白给，就冲这个，脑子够使，干什么都不至于吃大亏。"

溜达了小半天儿，都觉着饿了。俩人只好吃了几个黄书记给的芭蕉，饥肠辘辘等着康五一。

直到灯火通明，康五一才回来，还一通埋怨："一扭头找不着你们了，我订了货给不了钱，人家也不给发货。明儿

韩跃民平生第一次喝可口可乐，觉得跟毒药似的，火辣辣的不舒服

还得跑一趟。”

韩跃民冲他竖起大拇指：“哥们儿我可真服了你，就你这逛商场的黏糊劲儿，女的都抗不过你！”

“你还真说对了，我跟我老婆逛商场，每次都给她逛烦了，自己到大门口等着我。”

“你都结婚了？”韩跃民瞪大了眼睛。

“我结婚了您都不知道，韩总，您也真是够官僚的。”

吃着饭，康五一把他选定的货色大致说了一下。韩跃民听着听着就没兴趣了，都是跨季的服装鞋袜之类，他也不懂。不过他想起范红梅他们就是这么倒腾服装，也没少挣钱，所以心里踏实了不少。至于那批手镯表，他想起临出门亲眼看到报纸上登的手镯表批发广告，那简直就是一颗定心丸、一针兴奋剂。他觉着，大好前景正等着自己，这趟买卖做得是顺风顺水，就跟大街上捡钱一样。这么一想，他主动提出，吃顿好的，犒劳一下咱自己。

老富倒是挺理智也挺实惠，说这地方，好的咱吃着也不顺口，还不如找个北方馆子吃顿饺子呢。

那时候的广州远不如今天，仨人在街上转了半天，好不容易看见一个打着北方招牌的饭馆，果然有饺子。三个人乘兴喝了一瓶北京二锅头，微醺中睡了个好觉。第二天，仨人又回到高第街批发市场。

这回就麻利多了，货都是选好的，价格也都谈好了。打包、装箱、付款、开票，商家负责托运。办好了一应手续，他们直接奔长途汽车站。每人多花十块钱，上了一辆号称可以不用边防证就可以进深圳的中巴车。

正在建设中的深圳，到处是工地、塔吊。老富是三个人中唯一来过广东的，可他也没到过深圳。仨人都是两眼一抹黑，在汽车站附近吃了个午饭，商议着去哪儿看看。

康五一无论到了哪儿，逛商场是第一要务。就这么一顿饭的工夫，他跟店主攀谈了几句，出门就拦了一辆出租车，说要去香蜜湖。那司机一听他们的北方口音，张口就说要外汇兑换券才能打车。连着几辆车，都是这个说法，不收人民币，只要兑换券。康五一气得大骂，转而又埋怨老富："那个黄书记算什么朋友，说好了给换兑换券，怎么交了货款就不管了！"

他这么说，老富也觉着理亏，说："算了，哪儿也别去了，咱就在这附近转转回广州得了。"他跑到路边小店买了三听可口可乐，殷勤地分给韩跃民和康五一。

韩跃民平生第一次喝可口可乐，觉得跟毒药似的，火辣辣的不舒服。可一听老富说这玩意儿一块五一罐，又觉得扔了可惜。咬牙皱眉喝下去多半罐，不一会儿就觉得胃里不舒服，发凉、发胀，头上冒虚汗，有点儿要吐的感觉。坐在马路牙子上缓了半天，一步都不想走了。这一来二比一，康五一逛深圳的想法被打了驳回。他们又没有边防证，也没法住。看看日落西山，仨人又回到了广州。那三千块钱坐地分赃，各人给家里买了点儿东西，好歹也算没白来。收拾齐整了，买票回北京。

第十六章

［一］邓丽君都从九块降到四块了，不定哪天也得臭了街。谷秃子真是个臭嘴，还真让他说着了

［二］韩跃民忍了好几忍，好歹算是没扇他嘴巴子

［三］平板三轮，垫块纸箱板，韩总经理就这么坐在三个轮的专车上去开神仙会

［四］胖老板看来是真不懂，不说是也不说不是，眨巴着眼睛，等他的下文

［五］你上赶着，他不乐意搭理你；你要是绷着慎着，他还就死乞白赖上赶着，你不给他都不成了

［六］毕竟，一个人脸上有灰和俩人脸上都有灰，那效果和影响是不一样的

第十六章 六

[一]

邓丽君都从九块降到四块了，不定哪天也得臭了街。谷秃子真是个臭嘴，还真让他说着了

从广州回来，韩跃民他妈就跟他说："那个谁，谷什么军来着，你看我就老记不住人家的名字，都是你们从小就叫人家外号叫的。"

"谷秃子吧？"韩跃民笑了，"谷建军，他怎么了？"

"对，谷建军，他来了好几趟，看着像是有什么事儿，问他又不说。"

"他能有什么事儿，没事儿也一天找我八趟。"

说是这么说，韩跃民吃了饭还是去了一趟谷秃子家。谷家独门独院，院子就显得宽敞。院中央一架葡萄长得蓬蓬勃勃，葡萄刚挂果，一个个还不如石榴子大，可是密密麻麻地一串挨着一串，已经显出丰收的迹象。葡萄架下边一张小桌，一家人围着桌子吃饭呢。韩跃民远远站着，半哈着腰挨着个儿叫了一遍叔叔阿姨大姐。给他开了门一直陪在他身边的谷

秃子拉着他就奔了自己的屋。

他妈在后边喊了一句："剩这么一口还吃不吃了？"

谷秃子头也不回说："不吃了。"

韩跃民说："什么事儿啊？这么着急忙慌的，要不你先去把饭吃完了，我跟这儿等你一会儿。"

"我操，还有心思吃饭呢，你这回算是摊上大事儿了！跟你说，哭你都没地儿哭去。"

"怎么了，我能摊上什么事儿啊？我最近可什么都没干，不能是谁又怀上了吧。"

韩跃民嬉皮笑脸。谷秃子三言五语把事儿一说，摊开报纸让韩跃民自己看，韩跃民这才傻了眼。

原来，就他们走的这几天工夫，手镯表行情一路下滑。用今天的说法，那简直就是"断崖式"的掉价。谷秃子给他看的是前一天的晚报，那上面登着的手镯表批发价已经是最高七块八，最低到了五块五。韩跃民简直不敢相信自己的眼睛，这才几天啊，掉下来一半还多！他觉得一阵燥热一阵冰凉，心里算计着十二块七到七块八之间的差价。

算着算着，猛然间脑子里灵光乍现，一拍大腿，指着谷秃子："哈哈，我冷不丁叫你给吓住了，这跟我有什么关系啊？"

他抖落着手里的报纸，得意扬扬。谷秃子叫他笑蒙了，直眉瞪眼看着他，以为他失心疯了。他抓住韩跃民的手一通摇晃："哥们儿，咱不至于这样啊，想开点儿，出这种事儿谁也想不到，做生意哪有光赚不赔的啊。"

韩跃民甩开他的手：“没事儿啊兄弟，它就算一分钱不值了，也跟咱没关系。咱是签了供销合同的，旱涝保收！”

他把定兴那家商贸公司签合同给定金的事儿说了一遍，拍着谷秃子的肩膀说：“把心搁肚子里吧，吃多大亏也是他们的事儿。”他笑眯眯看着谷秃子，“不过你为哥哥操的这份儿心还是挺让我感动的。就冲这个，明儿晚上叫上狗子，咱们还是便宜坊吃烤鸭子去，顺便也把狗子那个钱给人家。”

他想起回扣的那一千块钱，除了在广州给家里人和李娟买了点儿东西之外，还剩下多一半呢。有钱，说话就是硬气。

谷秃子眨巴眨巴眼，还是不放心：“那你先找那边砸瓷实了再说吧。要搁我，我宁可不要那四千块定金了，也不敢弄这么个虱子袄披上。”

“他敢！有合同管着呢。”韩跃民嘴上硬气，可心里也是咯噔一下没了底。他又支应了几句咸的淡的，匆匆告辞了。

第二天，韩跃民一上班就让老富打电话找定兴那家商贸公司的朋友，可电话打了四五回，愣是没人接。韩跃民不敢再耽误，让老富放下所有的事，马上去定兴找人。

老富走后，韩跃民闷头看报纸，一句话也不说。不祥的气氛开始蔓延。公司里上上下下就这么几个人，一个个都看着韩跃民的脸色，大气也不敢出。谁都知道，报纸上的手镯表行情其实已经滞后了，大街上，好多店铺贴出来的海报更是惨不忍睹：原价十八，现价五元，刺人眼目。

这个小门市卖的都是过了时的代销货，平时也没几个人进来。韩跃民去广州以前让他们进点儿冰棍汽水之类的摆在门外空地上，卖冷饮，也能吸引点儿路过的口渴的顾客进屋看看。汽水得是冰镇的好卖，所以每天还得到龙潭湖冰库买冰块。狗子自己有辆平板三轮车，每天上班来的路上就蹬着三轮绕个弯儿先去拉冰，所以来得晚。他进门看见韩跃民，打了声招呼，转头先叫上余天顺帮他张罗着卸冰块支冷饮摊儿。都弄差不多了，好像忽然想起来似的冲着里屋的韩跃民喊："对了韩哥，你知道了吧，咱这手镯表估计要砸，这都跳楼价了，还往下降呢。"

韩跃民扭头看他一眼，勉强一笑："没事儿，咱有合同。"说罢看着窗外，点了根烟不言语了。

"有合同也他妈把人家坑够呛！这倒头子货，谁接谁倒霉。"

狗子忙活了一阵子，出了一头汗，他找了块毛巾一边擦汗一边恨恨连声："操他妈的这还是买卖吗？这不杀人吗这是。刚摆出来的时候卖五十多一块，这才几天啊，五块钱都没人要了，有这么降价的吗！"

余天顺踅身走进柜台里边，换了一盒磁带，门外响起了邓丽君的《甜蜜蜜》。他转出柜台站在一边应和狗子："东西多了就降价，邓丽君都从九块降到四块了，不定哪天也得臭了街。"

李娟见韩跃民的脸色越来越难看，赶紧走出来，不由分说把余天顺和狗子推到门外去了。

下午，韩跃民总算等来了老富的电话。老富说，他到了定兴，那家商贸公司就是县城边上的一间民房，老公母俩带一小孙女。老富说了半天，对方一问三不知。对方当初留下的电话号码，他也问了，就是旁边一个暖气片厂传达室的电话。门房老头说，人家给他一天两块钱的传呼费，有电话让他喊一嗓子。

韩跃民一听，头都大了："你不说那是你朋友吗，他是什么变的你都不知道？"老富在电话里叹了口气："得，什么也别说了，我明天回去再跟您详细汇报。"

这回韩跃民真坐不住了，他骑上车去找陈二晨："你和老富有多深的交情？"

"我跟我战友那是没得说。跟老富，交情倒也说不上，就是见过几次。"

"几次？"

"两三次？三四次吧？"

陈二晨迟迟疑疑看着面色沉郁的韩跃民："怎么了？出什么事儿了？"

韩跃民把这件事的前前后后说了一遍，长叹一声："这开张头一笔买卖就让我给砸成这样，我这个处分是背定了。"

陈二晨略一沉吟："你要说这个，倒也不一定就给你个处分。现在都是摸着石头过河，这笔生意又不是你一个人决定做的。你自己也调不动那么多钱啊。所以，责任的事先别考虑，咱得分析分析这是不是个套儿。"

"套儿？"

韩跃民看着陈二晨，一时没醒过梦来。

“这样吧，你先听听老富回来怎么说。然后，把你信得着的，跟这事儿没关联的，多找几个人来，咱开个神仙会，把这事前前后后捋一下再说。”

韩跃民看着陈二晨一副老谋深算指挥若定的神态，忽然有点儿嫉妒，故意问：“那就不能叫上老富呗？”

“废话，你是真傻还是装傻？这要真是个套儿，老富多半就是码套儿者之一。”

陈二晨有点儿恨铁不成钢地瞪着韩跃民。韩跃民张着嘴，无声作笑。他让陈二晨中了个小埋伏，不禁有点儿小得意。

陈二晨醒过梦来，怒了：“都这时候了你还笑得出来！”

韩跃民立即收敛了笑容：“唉，我还笑呢，哭都找不着坟头。可我也不能为这点儿事跳河上吊去吧。叫花子过年，穷欢乐吧。为的是保持积极的心态，你说呢？”

他不愿在陈二晨面前太过示弱，故作振奋地做了几个扩胸动作。

[二]

韩跃民忍了好几忍，好歹算是没扇他嘴巴子

老富第二天才从定兴赶回来，不但找着了那个马经理，还把他带回来了。这让韩跃民对老富的怀疑和猜忌少了几分。

定兴这位马经理，上次签合同都没怎么注意他长什么样。这回韩跃民好好打量了一下，觉得这人怎么看都不像一个能够码套儿设计骗人的主儿。四十来岁，五短身材，其貌不扬，混在人堆儿里就扒拉不出来。不知为什么，见到马经理，韩跃民忽然想起了农民企业家老葛，可他俩身材相貌差得也忒远了。

“气质”，韩跃民想到一个词儿，就是气质的事儿。他问马经理：“您以前种地的吧？”

“啊？啊啊，是，这不开放搞活了嘛，这不就……嘿嘿，如今儿，谁不想法子挣俩钱儿花花呢。”马经理被

问了个猝不及防，原先是一口京腔，一着急把定兴话都溜达出来了。

老富咧着大嘴，牙疼似的哼唧：“行了，你，自个儿说说怎么回事儿吧。”

马经理也不撇京腔了，用定兴话把这件事描述了一遍。

他说自个儿的公司也是先找好了下家才敢签这份合同的。下家是石家庄的一个贸易商行，这个马经理帮着他们进过一批高碑店产的干豆皮，就这么有了业务关系。

韩跃民听到这儿忍不住盯问了一句：“干豆皮？那不是吃的吗？”

“是吃的呀。干豆皮跟豆腐丝不一样，撂得住。豆腐丝不行，你看要是这个天儿吧，最多两天就变味儿。”

韩跃民赶紧点头，生怕他说起豆腐丝再来一通长篇大论。

老富大概是听懂了韩跃民的意思，笑骂：“瞧你找的这个下家，一个卖豆皮的，也他妈敢叫贸易商行？”

马经理分辩：“哎，这话可不兴这么说啊，现在卖烟卷的还倒腾螺纹钢呢，你去看看去，卖冰棍的都敢谈三合板生意。人不可貌相……”

韩跃民不耐烦了：“行了，接着说吧！”

马经理说：“就是签合同的那两天吧，石家庄那边手镯表的柜台零售价没下来过二十六，批发价二十一二块钱。做生意的，谁不想着赚钱哪，我也是看准了这个行情，觉乎着这里边的‘缝儿’不算小，这才敢下家伙的。谁知道呢，行情下得这么快，我还满以为能挣一笔甜的呢。这人呀，要是赶上倒霉，吃屎都赶不上热乎的。”

韩跃民拦住了他的絮絮叨叨，单刀直入：“您跟下家的事儿用不着跟我说，咱就按咱们的合同说话，您付款，我交货，没毛病吧？”

马经理一拍大腿：“理儿是这么个理儿没错，问题它就在这儿呢，我镚子儿没有，拿什么付款哪！”

“你？你镚子儿没有就跟我签十几万的合同？”韩跃民眼珠子都快努出来了。

马经理缩着脑袋讪笑：“我统共就五千多块钱，还满都是借的。咬着牙给了你们四千，老家那边的房租给了人家二百，吃饭、火车票……”他伸出短粗的手指头，一个一个掰开了给韩跃民算账。韩跃民说不出话来了，他自个儿都弄不清是觉着可气还是可笑了。

“我就是想一手挑两家，赚个小差价，拼个小缝儿。石家庄那边的合同，我签的是让他们三天付款，我这边儿款到发货。咱关起门来说，我就是想打个时间差，等他三天付款，我拖他个一两天，你们的货也就到了。可我三天头上打电话就找不着人了！我着急呀，又跑了一趟石家庄，妈的连个人影儿都没见着。吃饭住店的钱都没了，差点儿就回不了家，蹲了一宿火车站。”

马经理俩手一摊：“不瞒您说，跟石家庄签的合同是十七块三，满打满算，这笔生意要是做成了，我也就落五千块钱。水过地皮湿，挣个散碎银两，没承想还叫人坑了这么个王八蛋样儿。”

“听您这么一说，您比我还委屈呗？”韩跃民似笑非笑面带讥刺。

“咱一块儿委屈，一块儿委屈。”马经理谀笑着随声附和。

韩跃民忍了好几忍，好歹算是没扇他嘴巴子。老富察言观色，知道韩跃民对这个马经理已经是失望至极。他站在韩跃民的立场上指责了马经理几句，严肃指出：“你连个公司办公地点都没有，跟我们签那个合同就属于欺诈懂不懂？”

马经理红着脸分辩：“我有公司地址啊，公章我都带着呢。”

“那个电话是你公司的吗？你说是你公司的电话，实际怎么回事儿你以为我们不知道？”

“电话，电话那是临时借用一个。不耽误事儿不就得了呗。”

韩跃民想到和气生财的古训，好不容易压着心里的火儿，让马经理把他跟石家庄签的合同拿出来，看了看，倒是没什么毛病。他问马经理：“你去石家庄没见着对方的人，那个商行还在不在？”

“在呀，商行在，还开着门呢，就是没找着经理。”

既然这样，似乎还有希望。最后老富和马经理当着韩跃民的面达成了一个口头协议：“马经理继续找石家庄要钱，甭管从哪儿弄来钱，先兑现合同，付手镯表的款。”

韩跃民觉着，与其说这是个协议，不如说是让马经理退身的一个台阶。

眼看着马经理倒腾着小短腿一步一摇走远了，韩跃民盯着老富的眼睛问：“你跟这人怎么个关系？”

老富满脸无辜，眨巴几下眼：“丫到北京来踅摸螺纹钢，七拐八转的就认识了，觉着挺靠谱一人啊，妈的看走眼了，敢情就是一空手道！”

“那你觉着，咱这笔买卖就算是赔到底了呗？”

“那倒也未必，咱再想别的辙吧。好汉要不出没钱的账，指望丫给钱，比公鸡下蛋还难。”

“照你这么说，咱就这么吃一哑巴亏？”

“唉，要是按道理说呢，定金是什么意思？意思就是保证我不要货了也不会白不要，到时候定金就变罚金了。”

老富这番话，韩跃民听着怎么都像是为马经理辩白呢：“合着丫花四千块钱就把咱弄沟里去了！能不能找老黄商量商量，哪怕一块手镯表赔个一块两块的，给咱退货行不？”

“嗯，这也是个办法，回头我问问老黄吧。”

韩跃民算是听明白了，老富说的做的这一切，都是敷衍。看他那副没精打采说话没底气的样儿，再想想当初签合同飞广州那会儿的神采飞扬，他忽然想起了陈大眼那句话——老富就是码套儿者之一。

[三]

平板三轮，垫块纸箱板，
韩总经理就这么坐在三个轮的专车上去开神仙会

韩跃民约了谷秃子和陈二晨，准备开神仙会。

谷秃子建议：最好把狗子也叫上。他说别看狗子年纪小，可人家打十几岁就小鼓捣油儿地做买卖。他嘎七马八的阴损坏招多得是，这方面，咱们仨加起来都不是个儿。实践出真知啊哥们儿，丫陈大眼充其量也就是个半吊子理论家，会说不会练。

谷秃子有点看不惯陈二晨的一本正经，逮机会就忘不了挤对他几句。韩跃民本来还打算叫上余天顺和李娟，可转念一想，几个大老爷们儿吃饭，掺和上一个女的有点不方便，李娟自己也会觉着别扭。

心念一转，他把李娟叫来："你下班早走一会儿，拿上十块儿二十块儿的手镯表，找一趟范红梅，看看她有什么好主意没有。"韩跃民带着李娟去过一趟红建公司的那个门脸，

平板三轮，垫块纸箱板，韩总经理就这么坐在三个轮的专车上去开神仙会

算是不显山不露水地给红梅介绍了一下。

李娟有点儿不乐意："还早走呢，我这来回一倒车，六点也到不了家。"

韩跃民说："你要不嫌热就骑我的车去。"

李娟这才喜滋滋地走了。

不叫李娟了，余天顺也就别去了。来了这么些日子，韩跃民对余天顺的印象挺好，老实巴交，不多说不少道的。唯一的缺点就是这个人有点儿不够活泛，上班来下班走，跟谁也是那么不冷不热的。

谷秃子的建议，韩跃民听进去了。临下班，他叫住了狗子，把由头一说，狗子兴奋得直搓手："您自行车让娟姐骑走了吧？便宜坊没多远，我蹬车带着您去吧！"

平板三轮，垫块纸箱板，韩总经理就这么坐在三个轮的专车上去开神仙会。

陈二晨久坐机关，最在行的就是开会。他先宣布了一条纪律："什么叫神仙会？就是七嘴八舌乱七八糟说什么都行。可有一条，在这儿，八只耳朵四张嘴，什么都能说，听什么也没事；出了这个门儿，跟任何人也不能露半个字。这叫上不告父母，下不告妻儿，能不能做到？"众人一起点头。韩跃民调侃着找补一句："还神仙呢会，不就牛鬼蛇神开大会嘛，正好四位。"

除了陈二晨，谷秃子和狗子都是头一回把这件事的始末根由听了个全乎。狗子当即就说："甭说了，你们跟老富是怎么认识的我不管，这明摆着就是老富攒的一个套儿。丫跟那个黄书记肯定是穿一条裤子的，马经理一准儿是他雇来的托儿，目的就是帮着那个黄书记他们销售眼瞅着卖不出去的手镯表。”

谷秃子自作聪明：“没错，丫吃回扣。”

狗子说：“不是仨瓜俩枣的回扣那么简单。要我说，一块表丫要是不拿三块钱，丫才不蹚这浑水呢。”

“我操，那可就是三万块啊！”谷秃子眼都直了，“四儿啊，看来给你们那一人一千块钱就是堵你的嘴呢。”

陈二晨沉吟了一会儿说：“别的先不说了，跃民啊，你当务之急就是先把自个儿的屁股擦干净喽。”

“怎么个意思？”

“不怕没好事儿，就怕没好人。这要真是个套儿，黄书记明着给你们的三千块钱，那就是阴着你们纳了个投名状。钱不多吧，可你们从此就算是一伙的了。所以，你明天就跟他们俩说，那三千块钱如数上交，别含糊。另外你再写个说明材料，就说这笔钱之所以是票外，原本为的是冲抵去深圳的费用。现在深圳没花什么钱，你就让会计下账，算营销收入。这个钱你一分也别沾，不沾钱，你腰杆子就硬。”

韩跃民深深点头，觉得陈二晨的确不一般，想得就是比自己周全。他叹了一口气：“行，这个就按你说的办。我现在愁的是那一万只手镯表，哥儿几个给想个主意，怎么出手呢！”

狗子说：“我找找那些练摊儿的小哥们儿，多了不敢说，一个摊儿进几十只，也许能卖出千儿八百的。”

谷秃子的主意是，找熟人拉关系，动员机关单位厂矿学校管事的主儿，团购，当福利发给员工。

狗子坏笑着说：“韩总，我这儿还有个损主意，试试成不成吧，不成咱也没伤耗。”

“嗯，你说。”

狗子的主意是，先认定老富背后拿了三万的提成，咱也不给他说破。再说了，你就是给他说破了他也打死不会承认。所以，咱也玩儿阴的，就让他这个业务部经理按单价十块钱包销三千只手镯表。他要是真拿了三万提成，这一下就顶到他嗓子眼儿了。关键是这么个数儿暗含着提个醒，我知道你拿了多少好处，你怎么吃的怎么给我吐出来。

韩跃民有点儿不甘心：“十三块进来的表，十块钱给他？这不是割了驴鸡巴敬神吗？到时候驴也死了，神也得罪了。”

“眼眉前儿都这行市了，赔钱的生意，您就别再惦记着原价了。十三块？您打个对折吆喝吆喝，看看谁要？到什么时候说什么话吧，十块钱给他就等于是惩罚他了，这就是个驴鸡巴，他心里明镜儿似的。”

狗子说得眉飞色舞，接着又说道：“可是话说回来，是买卖，咱就得走买卖道儿。咱漫天要价，老富可以落地还钱。比如咱让他卖三千块儿表，他最后卖了两千，咱也认，别死乞白赖认死数；可是十块钱给他的价钱不能变。卖不出去活该，有本事你给扔什刹海去。这叫胳膊折了您给我褪袖口里。您暗地里占了便宜，吃亏也让你黑咕影儿里吃去。十块钱给他，他就算卖三块钱，好歹他那回扣还落下点儿呢。横不能真扔什刹海里，一分钱本儿也不要吧？”

韩跃民听得有点儿神往，心里暗自佩服，狗子这小王八蛋还真是有点儿歪招。他又吃不准老富会不会这么轻易就范，随口问陈二晨：“哥们儿你说呢？”陈二晨参加工作就在机关里混，大概没听过这么多邪的歪的，他面带不悦，挥了挥手：“你是总经理，这些个事儿你拿主意。”

谷秃子仰着脸琢磨了一会儿，说：“我看行，因为咱们设计的这个招儿已经够仗义的了，他拿了三万，咱不过就是让他换个方式吐出来。他至多落个没挣钱，可也没赔钱啊。关键就是……”他顿了顿，问韩跃民：“老富贼不溜滑的，他就不接这个茬儿你说怎么办？”

“他心虚，应该不敢玩儿硬的愣不接。他还得指着咱们这个牌子办事呢，不能做这种一锤子买卖。”狗子说着瞟了陈二晨一眼，“再说还有陈哥这边儿拘着他呢，咱只要装傻充愣不给他捅破那层窗户纸，他多半也不敢跟咱撕破脸。韩总您就抡圆了装糊涂，可着劲儿给他戴高帽上嚼子，连哄带吓唬，准成。”

陈二晨赞许地看了看狗子。谁都爱听好话，狗子说他能拘着老富，这明显是高看自己一眼，他开始表态支持狗子的主意：“我看可以试试，跟老富还是商量着来。他就算心里不乐意，怎么也不敢耍混蛋撂挑子，他要面儿，丢不起这个人。”顿了一下，他开始做总结性发言：“这个这个，其实这件事呢，也许还是件好事。起码算是给你们上了一课，提醒了你们一下，千万别以为是个买卖就能挣钱发财。这个这个，做生意其实就跟打仗一样，不可能有常胜将军。这个说实在的，猪往前拱，鸡往后刨，挣钱过好日子，谁都这么想。这个，可也不能说谁做买卖就都能发财。你别看现在那些倒腾服装的挣了钱，这个这个，还有那些农贸市场卖大白菜也发财的主儿，那些不过是糊口的营生，根本就不叫生意。这个，就算是，也都是商品经济的萌芽阶段。以后要建立市场经济，规范秩序，就不可能也不应该发生今天这种可笑的事。”

陈二晨说着说着就有点儿做报告打官腔的味道了。这些话他都是开会听来的，看报纸看来的，说得没味儿，打住不说了。

韩跃民听得似懂非懂，耳朵里灌满了这个这个，漫不经心地点头称是。再看狗子和谷秃子，那两块料儿根本就没听，正一门心思卷着烤鸭大吃大嚼呢。

陈二晨着三不着两地说了一通，自个儿也觉出有点儿东扯葫芦西扯瓢，离题太远，紧着又找补了一句：“跃民，你记着，明儿头一件事就是先把屁股上的屎擦干净喽。”

谷秃子一边吃一边横了陈二晨一眼：“嘿嘿嘿，注意点儿嘿，这儿吃着呢，你擦什么屁股？”

陈二晨哈哈大笑。韩跃民也跟着笑起来。他脸上是笑着，心里可是又添了一个堵——原先还以为发了个小财，这回，窟窿更大了。

[四]

胖老板看来是真不懂，不说是也不说不是，眨巴着眼睛，等他的下文

吃进去的一千块吐出来，这是一；让老富包销三千只手镯表，这是二。两件事进行得都还算顺利。

往好了说，是把事儿办砸了，负疚心理；往坏了想，那就是真的合伙设计码了个套儿，现在不敢不就范。反正甭管怎么说，老富眼都没眨就同意把那一千块钱原封不动吐出来。

康五一是个爱面子更甚于爱钱的主儿，虽然刚一听说的时候像烫着了似的直尥蹦儿，可没等韩跃民把大小道理说完，他就苦着脸答应了。

大概是隔了一宿想明白了，康五一第二天往回拿钱的时候还安慰韩跃民呢："咱这也就是公家的买卖，这要搁谁自个儿身上，跳河的心都有了。没事韩总，谁没个高一脚低一步的时候啊，咱有公司这块牌子，还愁挣不来钱？"

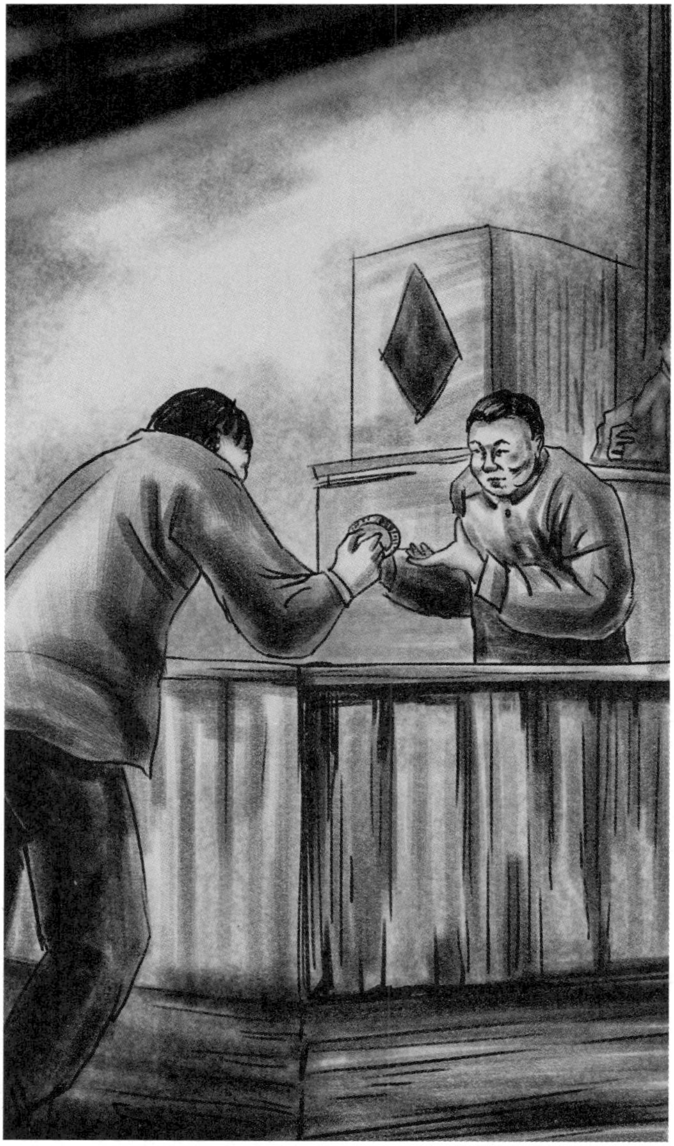

胖老板看来是真不懂，不说是也不说不是，眨巴着眼睛，等狗子的下文

屁股算是擦干净了，韩跃民开始跟老富谈销售。也许真是心虚，要不就是老富自己也觉得有责任，反正经过一番讨价还价，他还是应下了按单价十元包销两千块儿手镯表的任务。不过应是应下了，他一转眼珠，又说他有一笔兔毛业务，正好是河北外贸急需的紧俏商品，问韩跃民还能不能跟厂里说说再调一笔资金。韩跃民听了连连摆手：“咱手镯表这十几万都掉坑里了，上头不可能再拿出钱来进兔毛。”老富说，那他就只能自己拼缝去了。韩跃民也没心思听他说怎么拼缝，摆摆手让他出去，算是同意了。

那几天，老富出出进进锁着眉头蜡黄着脸，经常是打几个电话人就没影儿了。不过好歹有了成效，兔毛是俏货，他按单价十一块钱搭着卖了一千只手镯表。一次处理一千只手镯表，公司上上下下还真没人办得到。

狗子跟康五一最说得来。俩人一捏咕，合作了一把，卖出三百只手镯表。招儿是康五一出的，据说还是上了典籍的巧妙营销术。狗子下饵，康五一放线，说白了就是个骗局。

那天中午，狗子拎着个大纸箱子，到一家装潢不错的餐厅去吃饭。他根本不用打扮，天生就是个一夜小富的二道贩子形象。糖醋鱼、木须肉，甩袖汤，两瓶啤酒一碗米饭。吃完了一摸兜，大惊失色，跟服务员说钱包丢了。服务员做不了主，狗子满头大汗找到老板，说明情况，要回去取钱。

“放心吧您哪，我这么大一人，不可能讹您这十几块钱的饭钱。”

那个老板三十多岁年纪，胖乎乎的一张油脸，满是为难和怀疑，嘴上还假装不在乎："我还真不是怕您吃白食，关键咱这儿没这规矩。我这也是合伙的买卖……"

狗子把身子往后一仰，点点头："噢，我明白。好说，我让您把心搁肚子里。"

他回身走到餐桌边，拎着箱子走过来放柜台上："我这里边是三百块儿手镯表，箱子上有标识，我再给您打开瞜一眼。"他说着打开纸箱，拿出几块儿手镯表给老板看。那个胖老板看了看，讪笑摇头："我哪懂这个啊。"

"没事儿，您不懂没关系。跟您说实话，这东西现在是有点儿臭街，卖不上价儿。可它再臭街，柜台上一般的手镯表怎么也得卖四五块钱一块儿。更甭说我这是一水儿的名牌儿货，买都没地儿买去。我这是走了门子才弄来的，这三百块儿手镯表，您就算它一毛钱一块儿，顶您这顿饭钱也够够儿的还带拐弯儿了吧。"

胖老板看来是真不懂，不说是也不说不是，眨巴着眼睛，等他的下文。狗子继续白话："我这三百块儿表可都是正经的名牌儿，跟那些小厂子组装的满不是一回事儿。瞧您也不是这一行的，我就跟您实说了，这表，我进货就八块五一块儿呢。多的我也不说了，就一句话，这些表押您这儿，我回去拿钱行不行？"

胖老板让他扇忽的长出了一口气，连连点头："您是说把这箱子表都押我这儿？"

"没错，不押这儿您也不让我走啊，再说我来回扛着它也累得慌是不是？还得劳您驾帮我看着点儿，回头我结了饭钱，单另送您一块儿表，回去您送闺女送媳妇儿送相好的，给谁谁不说您一声好儿啊。”

狗子大摇大摆回家取钱，仨钟头也不见回来。胖老板开头是一眼一眼地看着门口，后来就一趟一趟跑到外边马路牙子上张望。就这么来回走绺儿，弄得满脑门子汗。最后实在沉不住气，沉着脸打开狗子留下的纸箱子，把里边的手镯表一块儿一块儿拿出来看。正急得五脊六兽没着没落呢，康五一登场了。

康五一比狗子还会演，进门就直眉瞪眼远远儿地找个桌子坐下，假模假式看菜谱，跟凑过来的服务员商量：“我今儿不吃饭，想跟你们这儿订两桌饭，下礼拜六，行吗？”

这哪有不行的，服务员以为来了好买卖，赶紧沏茶倒水献殷勤，康五一叫他不用忙活，说是有几样菜得提前订下，比如海参什么的，得提前发，省得后厨到时候抓瞎。云山雾罩喷了几句，起身要走，服务员赶紧跟在后边送。康五一有意无意间一瞥，忽然看见胖老板摊在柜台上的几块儿手镯表。

康五一凑过来问：“哟，您这儿还卖这个？”

胖老板没好气，头也不抬：“卖，一百块钱一块儿，您要多少？”

康五一笑了笑没说话，随手拿起一块儿表看了看：“哟，还是正牌儿呢，您够有路子的啊！”

胖老板这回把头抬起来了：“您懂？”

康五一放下一块儿又拿起一块儿，反复观瞧：“什么叫懂啊，我们就收这个牌儿的手镯表呢。我这是刚从广东回来，跟厂家直接进货都断档了，妈的不生产了。”

胖老板有点儿不信：“不至于吧？不是满大街都有吗？”

“这您就外行了。我们就专门要这种表。这两天北京大街上我都转遍了，哪有这个牌子的啊？你这儿有多少？我包圆儿了行吗？”

胖老板脸上有了笑模样：“对不住了您哪，这不是我的，这是那，那什么，我给一朋友保管着呢。”

“那您跟朋友商量商量，卖我得了。”

“这我可做不了主。”胖老板护宝似的，开始往箱子里收拾摊在桌上的手镯表。

“您先甭急着收，我再瞧瞧。”康五一边说边把手镯表拆开，拿出机芯仔细看。胖老板着了急：“哎哎哎，您别拆啊，弄坏了我得赔人家。”

康五一熟练地又把表复了原，诚恳地看着胖老板说：“老板，我不瞒您，我是天津的，我们有个新科技开发公司，生产摩托车里程表的。就这个牌子的表，里边儿有个电子芯片，又准又耐用。我们批量生产了吧，它还断货了。香港进货，少了十五人家不给。现在不是手镯表落价嘛，单单儿的就这个牌子，我们买得一多，它也跟着涨行市了。”

胖老板眨巴着眼睛听着，毕竟是买卖人儿，这里边的道道儿他听懂了，看样子是信了。

“所以啊，老板，求您帮个忙，一块儿表我给您五毛钱好处，让您那朋友都卖我得了。”

“这个，我听朋友说，这可是九块五一块儿进的货呢。人家多半也是有用得着的地方。”

康五一心里一乐，胖老板张口就把进货价提高了一块钱，摆明了是动了心。

“您朋友在哪儿呢，要不我去找他当面谈？”康五一把手里的表放下，还是不死心。

“他，出门了，怎么也得三五天回来。”

“要不您看这样行不行，您帮忙，保险少不了您那份儿。我给您留个电话，等您那位朋友回来，您跟他商量，我十一块五收他的。”

见胖老板犹豫，康五一又找补了一句：“您那份儿好处咱单算。”

“那，我试试吧，可不保准儿啊。”

“成，谢您了，我等您信儿。”

康五一留下名片，恋恋不舍一步三回头地走了。

[五]

你上赶着，他不乐意搭理你；你要是绷着慎着，他还就死乞白赖上赶着，你不给他都不成了

直到晚上六点多，吃晚饭的人都乌泱乌泱的了，狗子才满头大汗跑进来，见了胖老板就连连作揖认错：“实在是对不住您，我这一回去才知道生意上出了点儿事儿，您看，耽误您这大半天儿，我先把饭钱给您结了。”

胖老板故作大度，一指那个纸箱子：“没事儿，这不有这玩意儿跟我这儿呢吗？我可不怕您不回来。”

“麻烦您了麻烦您了！”狗子把饭钱搁柜台上，俩手手心朝上，打算接那个纸箱子。

胖老板笑眯眯伸手一挡：“别着急，我跟您商量个事儿。”

“嗯？”

胖老板磕磕巴巴表达了要把手镯表买下来的意思。狗子想都没想就干巴利落脆拒绝了。这种拒绝太像真的了，因为

俩人经过一番来回拉锯讨价还价之后，狗子才龇牙咧嘴假装万分不情愿地以单价九块钱的价格把一箱子手镯表卖给了胖老板

狗子问都不问胖老板买这手镯表要干什么，这就等于半点儿商量的余地都没有。给人的感觉，这东西打死都不能出手。

剩下的事儿就简单了。有句话叫“上赶着不是买卖”，这还真是具有真理性的判断。这世上的好多事儿就真是这样，你上赶着，他不乐意搭理你，觉得你要坑他害他，要给他下套儿；你要是绷着、慎着，最好是拒绝他，他还就死乞白赖上赶着非要买了，你不给他都不成了。狗子一个“坚决拒绝”，就把戏做足了。一下子就把胖老板势在必得的欲望挑逗起来了。俩人经过一番来回拉锯讨价还价之后，狗子才龇牙咧嘴假装万分不情愿地以单价九块钱的价格把一箱子手镯表卖给了胖老板。

康五一臭表功，拍着狗子的肩膀说：“咱俩要是进了演艺圈儿，你就是最佳男主角，我就是最佳男配角，没跑儿。”

韩跃民听了俩人眉飞色舞嘻嘻哈哈的汇报，虽然隐隐约约觉得这事儿办得有点儿不厚道，可毕竟是卖出去三百块儿手镯表，所以他也没多说什么，开会的时候还言不由衷表扬了几句。

照当时的行情，单价五块钱都没人接货。老富又忙活了好几天，三十块儿五十块儿地零敲碎打，到最后阴沉着脸交给柜上两万块钱，让李娟给打了张收条，转头跟韩跃民请假，说要去谈一笔钢材生意，揣了一盒名片，走了。

韩跃民把狗子和康五一的事儿当笑话讲给陈大眼。陈大眼听了，眨巴着眼睛没言语，脸上一点儿笑模样也没有。过了好一会儿才问：“谁的主意啊这是？”

瞧他那神态，估摸着他又要讲大道理。韩跃民也知道这种捞偏门的招数有点儿上不得台面，怕陈大眼为这个再跟谁有了成见，所以含含糊糊替康五一瞒了一道：“哟，还真没细打听。”狗子十几岁就倒腾鱼虫什么的，别看年纪小，要掏坏也有那么三下子两下子的；康五一就一神神道道的主儿，不是叫小神仙嘛，这俩人到一块儿，给谁挖个坑儿拴个套儿什么的，不费力。

陈大眼皱着眉说：“做生意就规规矩矩做生意，这鸡鸣狗盗耍奸使诈的，以后还是少来为好，甭惹事。”

其实这话韩跃民心里也有，陈大眼这么说，他也赞成。可他就是瞧着陈大眼一本正经教训人的架势有点儿气儿不顺，所以他既没表示同意也没表示反对，叹了一口气，冒出一句：“事急从权吧，哪能都那么合辙呢。”

陈大眼一伸手，正要比比画画大发慷慨之词，不留神狗子一推门闯进来，红头涨脸指着陈大眼说：“瞧你丫事儿事儿的，怎么跟个政委似的？你给我说说，什么叫鸡鸣狗盗耍奸使诈啊？吃饱了骂厨子是不是？规规矩矩？纯粹是站着说话不腰疼，你丫规规矩矩卖出三百块儿手镯表我看看！”

韩跃民一迭声呵斥喝止，连推带搡要把狗子弄出去。无奈狗子身量高大，稍有抗拒还真就弄不动他。陈大眼倒是笑眯眯地坐那儿没动窝，看模样也没生气，一直等着狗子说完了，他才一指身边的椅子：“兄弟你坐下，咱有话慢慢说。”

“说什么说啊，我没偷没抢，做生意凭的是心路，怎么就不合规矩了？你给我说说规矩是什么！”

狗子没坐，站那儿继续梗着脖子。陈大眼还是没恼，可是声音高了八度：“规矩就是，己所不欲，勿施于人。交朋友也好，做生意也罢，凭良心、讲人性、守诚信，到什么时候也是这个理儿。我也不多说了，你自个儿想想吧。”

狗子干张嘴，没词儿了。陈大眼站起来，递给狗子一根儿烟：“兄弟，我也不是冲你，我是就事论事，别往心里去啊。”狗子是个热脸人，陈大眼这个态度，他要是继续发作就有点儿犯浑了。所以他迟愣了一下，接过烟，顺手夹在耳朵上：“我操，冰块儿还没卸呢！”一转身，出去了。韩跃民和陈大眼对视一眼，无声做笑。

半天，韩跃民才不甜不酸来了一句：“不怪人家狗子说你是政委，我觉着真是挺合适。这官儿，怎么也得是团级吧？”

说完，他也出去了。得，从此陈大眼又多一外号——陈政委。

[六]

毕竟，一个人脸上有灰和俩人脸上都有灰，那效果和影响是不一样的

夜里下了一场雪，天一亮就停了。半夜起来上班的环卫工临时把扫街变成了扫雪，一个个包裹得严严实实，挥舞着大扫帚和铁锨忙活。马路上好多地方的雪被过往车辆压瓷实了，扫不动，就得用铁锨铲。骑自行车走这样的路面，一不留神就得玩儿个跟头。

韩跃民小心翼翼骑车到了公司，挂在车把上的炸糕早就冻成了冰坨。他进屋找块纸垫在炉盘上，把炸糕搁上边烤着。李会计推门进来，一眼看见，一边脱大衣一边笑着问："这又是给小娟带的早点吧？韩经理，什么时候办事儿啊？"

韩跃民紧着打岔："哟，李大姐，这个天儿您还来啊？"

"这不快过年了嘛，单位里事儿特多。我今儿上这儿来最合适，天儿不好，迟到也显不出我来。"李会计本来做的

兜了一大圈，魏德全提起了韩跃民他们这笔手镯表的生意

就是兼职，一个礼拜来一趟。公司的业务也不多，她来了看看流水，写写账，有时候一两个小时就走。

说着话，陆陆续续人都来了。天气不好，狗子和康五一站在门市部门口隔着玻璃看街景。李娟好不容易赶上李会计来了，俩人凑到里屋对账去了。韩跃民坐在炉子边上烤火，眯着眼睛想心事。

甭管怎么上天入地找门路使歪招，全体上下连吃奶的劲儿都使出来了，里外里一算，手镯表的生意还是赔了将近一半。狗子和康五一，他俩好歹都是做过小买卖的，俩人都说，手镯表的行情是他们没见过的大起大落。市场上最早现身的手镯表，五六十块钱一块儿，一时成了大姑娘小媳妇儿们有钱有身份的象征之一。没想到三两个月的工夫，行情就直线下降。不出半年，单价三五块钱玩儿命吆喝着都没人看了。

跟手镯表相比，算是鲜明对照吧，康五一从广州趸来的那些女装女裤和各种小饰品销路不错，不但赚了点儿钱，还给这个小门市部带来不少人气。余天顺带着一个服务员每天站柜台，小百货小电器针头线脑汽水冰棍儿一类的小生意也还说得过去，起码他们的工资挣出来了。说了归齐，也就只有韩跃民的首战遭遇了滑铁卢。

这么一对比，手镯表就成了韩跃民的一个噩梦。大家伙儿忙忙碌碌折腾了小半年，最后连卖带送，一万只手镯式电子表才算是基本处理完了。门市部墙犄角一破纸箱子，是这笔买卖留下的唯一“遗迹”，里边儿是二百多只早就耗没了电的手镯表。这玩意儿成了韩跃民的一块心病。扔了吧，毕竟是钱买来的，他舍不得；留着吧，出来进去的瞧着堵心。

这些事越想越堵心，韩跃民溜达到外边，瞧着那个纸箱子运气。李娟送李会计回来，看见韩跃民琢磨那个破箱子，随口问：“眼瞅着过年了，这玩意儿打算摆到什么时候啊？”

韩跃民皱着眉头看了看，解着恨地踢了一脚：“谁要谁拿走吧，甭跟这儿现眼了。”

“谁要啊，你还以为是什么宝贝呢？”

“拿回家当玩意儿哄孩子行不行啊？甭管它多不值钱，好歹也是现代工业生产出来的产品，有金属有塑料有电路。搁以前，几大列强也没有的东西都跟这儿呢，慈禧老太后厉害不厉害？她也没见过这玩意儿吧。”

狗子走过来凑趣：“您还别说，我就老琢磨这个理儿，您说这东西要是搁一百年前，没准儿就成了国宝。”

余天顺也来了兴致：“所以说啊，不是东西不好，是时候不对。三国的时候谁要是有一挺机关枪，估摸着全天下就没谁了。”

“扯远了扯远了嘿。”韩跃民又冲着那个破纸箱子踢了一脚，“一人拿几块儿回家哄孩子吧，不能当表使，擦干净了当个镯子玩儿也行啊。”

正说得热闹呢，门市上的小营业员叫了一声“韩总”。韩跃民循声回头，门口出现了一个矮胖的中年人。

“哟哟哟，厂长您怎么来了？这是怎么话儿说的。”韩跃民紧着让座倒水，心里忐忑，不知道厂长大人屈尊来这儿是吉是凶。

满屋子人一听说这位是厂长，都蔫溜着躲出去了。厂长坐下，打量着这间隔出来的办公室，笑吟吟地说：“小韩你别忙活，我说几句话就走。”

“噢，您有什么吩咐，打个电话叫我过去一趟不就行了，这大雪天儿的，干吗还亲自跑一趟。”厂长又摇头又摆手，虚拦着韩跃民的殷勤招待：“别忙活，我待不住。我是去开个会，路过你这儿，顺便进来看看。”

韩跃民心里明镜儿似的。老厂长跟老书记前后脚退休了，这位新厂长上任一年多，口碑不咋的。韩跃民统共跟他也没打过几次交道，除了知道他叫魏德全，可以说脾气秉性基本不了解。可有一点他知道，这位厂长此来绝不是“顺便”。韩跃民把该忙活的礼节都忙活完了，这才恭恭敬敬坐在厂长对面，摆出一副洗耳恭听的架势。

魏德全打着哈哈说了几句天气，虚应故事地问了问公司的情况。然后好像突然想起似的：“哎，小韩啊，你知道吗，我跟你爷爷、你爸爸，还有你师父霍连升霍师傅，还是几十年的老相识呢！”

这个，其实韩跃民早就知道。那还是五十年代工商业改造时候的事，这个魏德全是街道工委的一个小干事，也就十六七岁，整天屁颠儿屁颠儿跑各个工商户送文件发通知。韩振江和霍连升比他大几岁，那时候都跟他叫小德子。没想到二十多年后，小德子成了大厂长。韩振江和霍连升都不是那种肯巴结献殷勤的主儿，要不是魏德全主动相认，他们都不一定跟这个人提那一段儿。

所以，韩跃民听他这么一说，也只是笑着点点头，表示知道。

兜了一大圈，魏德全提起了韩跃民他们这笔手镯表的生意。

韩跃民心里一紧，正要把这笔生意的始末根由好好叙说一番，魏德全却摆了摆手不让他说下去："小韩啊，事情的经过我都知道，你们这摊子事儿虽然是书记批准的，可是主管的还是我，也上过厂务会。"他调整了一下坐姿，跷起了二郎腿，眼睛也不看韩跃民，而是看着身边的茶几，随手把茶几上的茶杯烟灰缸打火机之类的东西精心摆弄到最佳位置，还轻轻地用手拂去了落在茶几上的几处烟灰。他做这些，看似漫不经心，又像是十分专注，好像他到这儿来就是专门给韩跃民整理茶几的。

韩跃民不错眼珠地看着魏德全摆弄这些没用的玩意儿，他听陈二晨说过，好像有一种人就有这个癖好，类似洁癖的一种吧，看见什么东西摆得凌乱就受不了。他觉得，厂长可能就是这种人。

厂长的手没闲着，嘴也没闲着，一直在说。大意是，手镯表这个生意是韩跃民做的，但是当初拍板儿拨款，是咱们厂委会的全体领导开会研究决定的。所以，就算打板子，这个板子也不能落在你韩跃民一个人的屁股上。再者说，手镯表这一单生意赔钱，公司的其他生意还是赚了点儿钱的。说到兴起，厂长不再摆弄茶几上的物件，两只手比画着，拿出高瞻远瞩、气魄宏大的架势来，一再强调要看大局、看全局，要看到总的形势还是好的，趋势还是好的，主观意识还是好的。

这云山雾罩地说了一大通，把韩跃民说晕了。本来他以为厂长大驾亲临，单独谈话，肯定是要批评一通。没想到批评一句没听见，倒是听出了几分开脱、几分宽慰，潜台词就是："没事儿，别放在心上。"

厂长降尊纡贵，大雪天儿巴巴地跑来就是为了安慰一番鼓励一番？有这么好的事儿吗？韩跃民支棱着耳朵听着，不错眼珠地看着，全力调动所有的智慧和经验，揣度领导大驾光临的真实目的。可惜，他还是太嫩，直到厂长谈兴渐收，抬屁股走人，韩跃民还是一脑子糨糊，打死也想不出厂长今儿干什么来了。

送魏德全出门的时候，他才好像忽然想起来似的站住，转身告诉韩跃民："对了，礼拜一上午厂部打算开个会。可能你也听说了吧，小凌他们那边也出了点儿问题，你来听听情况，咱们商量一下怎么解决。另外也把你们的情况跟各位领导汇报一下，重点讲讲你们是怎么在困难的情况下打翻身仗的。"

韩跃民这才如梦方醒，一下子明白了厂长此来的用意——早就听说那个小凌是厂长的什么亲戚，据说他是带着项目来的，厂里为这个投资成立了一个公司。这个公司打成立那天起就没赚过钱，听说是赔了个一塌糊涂，没法收拾了。看来厂长是要让韩跃民扮演陪绑、衬托、榜样的复杂角色。毕竟，一个人脸上有灰和俩人脸上都有灰，那效果和影响是不一样的。再者，前边儿的车翻了，又正过来了，谁敢说后边儿的车翻了不能也再正过来呢？这个道理，厂长不明说，韩跃民就得自个儿琢磨出来，帮这个忙。

琢磨透了这个道理，也就明白了厂长的“宽宏大量”——难怪手镯表的事黑不提白不提了呢。

第十七章

[一] 韩跃民知道，他跟厂长这个仇算是结下了

[二] 到了那儿可别说这些不敬之语，惹翻了父老乡亲可给你扔猪圈里去

[三] 为了躲拖拉机，陈大眼连刹车带打方向，卡车差点儿没翻到路沟里去

[四] 魏德全完全不顾厂长身份了：“小韩呀，你再不吐口答应，我可真找你爸爸去了。”

[一]

韩跃民知道，他跟厂长这个仇算是结下了

韩跃民的鹏达公司开张没几天，厂里又成立了一个鹏远开发公司。这个鹏远公司的经营范围和注册资金可比韩跃民的鹏达公司大多了。当时韩跃民正为手镯表的事焦头烂额，厂里的事也没人跟他说。所以，对这个鹏远公司，他也就是听说过这个名称，只知道公司经理姓凌，在北城工体路那边租了房子办公，再就什么也不知道了。

礼拜一的会上，韩跃民简单地说了一下手镯表生意的始末根由，然后解释了一番，大意是说手镯表这一笔赔了钱，但是在全体员工不遗余力的挽救下，最大限度减少了损失，而且其他的业务进展顺利，都有利润，公司的总体情况正在朝好的方向发展云云。在座的厂委会大员们面无表情地听着，一副事不关己的态度。

韩跃民说完了，书记也做了反思。魏德全开始表态，说

韩跃民发觉，为了赶紧把鹏远这件到处漏风、虱子成团的烂棉袄给脱了，魏德全已经到了不惜一切代价的地步

鹏达公司当初在困难的情况下能艰难开业实属不易，说韩跃民能主动带领全体员工挽回损失，在手镯表生意赔钱的情况下另辟蹊径，堤内损失堤外补，在钢材指标、门店零售和服装批发几项业务中都打了胜仗。这么一总结，鹏达的败绩听起来倒成了成绩。

韩跃民明白，厂长竭力维护鹏达公司其实意在保护鹏远。鹏远的头儿是厂长的亲戚，出了事，厂长当然不能公开护短，他给同样赔钱的鹏达公司开脱，实际上就是给鹏远开脱。

如此这般铺垫了一番，接着就是商量鹏远公司的事。韩跃民听了一会儿才算听明白，那个小凌当初是打着新技术开发的旗号来的。他带来的项目是新型电动缝纫技术，据说投资小，效益大。电动缝纫技术又正好跟帽厂有关联，算是名正言顺的技术开发，所以厂里就答应给他们投资。没想到这个小凌打着科技开发的旗号，实际上干的是倒买倒卖的行当。

好赖不济，韩跃民还有赚钱的经历呢，赔钱是赔在经验不足；小凌赔钱纯粹是因为他原本就没打算给公家赚钱。鹏达公司只不过是生意失利，鹏远那纯粹是直接从公家钱包里往外掏钱。一查账才知道，鹏远好多商品都是倒挂——高价进货低价卖出。进货用支票，卖出收现金，属于明目张胆套取国家资金。小凌这小子也是贪红了眼，连西瓜都是倒挂着进来的，一毛五一斤进货，转脸他就九分钱往外批发。气得查账的人说，这还不如直接把钱装兜里拿家去呢，平白地糟蹋东西。所以，账一查完，小凌就让检察院给带走了。

鹏远租了一个仓库，里边存着的全是他们进来的货，从家用电器到日用百货，可说是应有尽有。有些货物还是头一年夏天买来的，天儿热，存放不得法，有的小食品已经开始变质了。

这么个烂摊子，厂里其他领导当然不会出头，也只能是厂长出面来收拾了。散了会，魏德全把韩跃民留下，手里一本账，面前一杯茶，要跟韩跃民谈生意了。韩跃民明白，这是叫他给人擦屁股呢。魏德全说得挺直白，鹏远所有库存的商品都由韩跃民负责处理，每一种商品都谈好一个价格，按照这个价格卖出去，为的是回笼现金。回笼多少算多少，其余的就划为亏损了。

还约定，超出规定价格以上卖出的利润归鹏达公司，算是鹏达的业绩。魏德全跟韩跃民达成口头协议，因为都是库存积压，所有商品都在市场价以下谈。这也是为了让韩跃民有点儿积极性。

看得出来，为了赶紧把鹏远这件到处漏风、虱子成团的烂棉袄给脱了，魏德全已经到了不惜一切代价的地步。

从下午到深夜，魏德全是一方，韩跃民是一方，大小一百多种各色商品，一种一种地谈，一分一分地砍价。大到黑白电视机，小到香烟葵花子，韩跃民咬着牙解着恨地杀价。12 吋黑白电视机，一台台都打开了包装现场验货，都是完好无损。那也不成，谁让你是低价处理呢，市场价三百八，韩跃民愣给杀到一百五一台。

杀价杀得越狠，魏德全的脸色越难看。韩跃民知道，他跟厂长这个仇算是结下了。这是那种脸上始终笑着说客气话，心里恨不得杀了你的仇。韩跃民算是号准了厂长的脉门，尽快收拾了这个烂摊子，是魏德全现在唯一的目标。这就好比一个小孩子在家淘气，不留神打碎了家里的盆盆罐罐。出了这样的事，当务之急是赶紧打扫现场，不让家长回来看见这一地的狼藉。

至于损坏的是什么，那都在其次。想想吧，一地狼藉再加上得知损坏的是多么值钱的东西，家长不把孩子的屁股打成四瓣儿都不解恨。解决了一地狼藉，起码落个好态度。所以，把鹏远的存货尽快处理掉，是魏德全唯一的目的。至于能收回多少现金，几乎可以不考虑。当然了，话又说回来，在处理一地狼藉的基础上，账面上收回一分钱，损失就减少一分，鹏远的罪过也就小一分。这也是魏德全咬牙瞪眼跟韩跃民讨价还价的原因。

不管结了多大的仇，对韩跃民来说，这笔买卖是稳赚不赔。因为他门儿清，自个儿杀价杀得是太狠了。饶是这样，直到天色微明，鹏远全部的积压货物才算交割完毕。韩跃民手写了一式两份的价格表，魏德全一边签字一边摇头晃脑：“行啊小韩，这还不到一年呢，你可算是练出来了。”

也许是因为熬了一夜，也许是痛恨韩跃民不留情面的杀价，魏德全的脸都灰了，一双死鱼眼似笑非笑盯着韩跃民。

韩跃民赔笑：“不是啊厂长，您不给我留点儿缝儿，我这儿人吃马喂的，不能搭着钱帮您擦屁股啊。”

“怎么是帮我呢？这是咱们厂里的事儿，我图什么呢，你说？”

“对对对，赔赚都是咱自己的事儿，肉烂在锅里，是吧厂长？”

魏德全撩起眼皮：“我多句嘴问问啊，这些玩意儿，你打算往哪儿处理去呢？”

“玩意儿”，这个词儿用得是太准确了。往大的方面说，这些玩意儿有家用电器，有服装百货，还有烟酒和小食品。要是往细了说，那简直就是个杂货铺子，可说是林林总总五花八门，什么都有。鹏远当初进货根本就没考虑过怎么往外卖，他们唯一的目的就是把支票开出去，把现金回扣拿回来。

韩跃民一本正经跟厂长汇报：“这不快过年了吗？我打算把这些玩意儿拉到我们老家……乡下去，赶大集……”

“嗯，这主意不错。”魏德全双手搓了搓脸，看着韩跃民，“你小子，早计划好了吧？”

“没有没有，临时起意临时起意。”

白天开的会，连夜谈的买卖，哪来的时间计划这个呢。其实韩跃民是看了那些玩意儿的清单才冒出来这么一个想法。那份长达二十几页纸的清单里居然有老头乐，有遇水就响的电子盲杖，还有那些被他压价压到近乎白给的烟酒和小食品。再加上那些黑白电视机、那些已经过时的秋冬季服装、各种型号的电池、上了弦就能跑能跳的儿童玩具，这些玩意儿，城里估计没人要，到了乡下没准儿就是抢手货。

看着魏德全阴晴不定的脸色，韩跃民忽然有点儿害怕。

他怕眼眉前儿是个坑，掉下去没准儿就是万劫不复。党员干部，一个经济问题、一个生活作风，栽了可就爬不起来。他攒了个万分诚恳的笑脸说：“厂长，这些玩意儿到了乡下，最后卖个什么价我可说不准。咱为了心明眼亮，最好由厂里指定一个领导信得着、我又说得着的人一块儿去。都是现金交易，利润在我那儿下账，免得以后说不清。您说呢？”

“你是说，财务监督？”魏德全皮笑肉不笑地看着韩跃民。

韩跃民一哈腰：“古时候皇上往外派兵打仗还得有个督军呢，要不皇上也不放心哪。我这人您知道，毛病多，有个人看着点儿少犯错误。”

这话，魏德全像是有几分受用，他大力拍了拍韩跃民的肩膀：“行啊，算你有心！你觉得谁合适？”

“佟之鹰怎么样？人可靠，我们也熟。不熟没法搭帮啊，您说呢？”

魏德全送他出门：“我看看他有空儿没有吧。”

[二]

到了那儿可别说这些不敬之语，惹翻了父老乡亲可给你扔猪圈里去

蛇吞象，小鱼吃大鱼！韩跃民从厂长那儿出来就一直在心里念叨这句话。鹏达，厂里才给投了一万块钱启动资金。鹏远，一投就是二十万，还跟银行贷款三十万。现在居然是鹏达把鹏远给吞了，这上哪儿说理去！

路过团委办公室，他敲了敲门。秦蓉正拿着饭盒往外走，看见他，勉强笑了一下："韩书记，您怎么有空回来了？"

韩跃民看看表，双手胡噜了一下脸："好家伙，你们都上班啦？"

"是啊，差不多了，我来得早一点。您怎么也这么早？"

"我，我就……你怎么样啊？"

秦蓉说："还不如您带我也去公司呢，在这儿太没意思了。"

"公司也没那么好，就是上班自由点儿。小秦你快去买

人多好干活儿，七八个大小伙子装一辆半截美，简直就是眨眼之间的事儿

早点吧，我在这儿打个电话。”

韩跃民不想在厂里乱窜，给佟之鹰和张弛都打了电话，约他们晚上吃饭。放下电话，犹豫了一下，他又给二雷打了个电话。手镯表，二雷也帮了不小的忙，蹬着自行车跑了几十个幼儿园，还让他妈在街道上推销，卖出去三百多只表。

二雷在电话里说：“哥们儿，我上你那儿去的事儿怎么着了，这儿都快憋死我了。”

“再憋些日子吧，磨磨性子，我怕你来了再跟谁打起来。”

“嘿，我保证，你让我跟你干，我打不还口骂不还手。”

“什么意思？”

“哈哈，错了，骂不还口打不还手。”

二雷这么一打岔，终于让韩跃民下了决心。他通知二雷，晚上一起吃个饭。既然通知了二雷，把陈大眼甩下也不合适，告诉了陈大眼，又觉得谷建军和狗子也应该知情。越张罗人越多，最后连小蚊子、刘小辫儿和康五一都叫来了。韩跃民告诉狗子：“今儿晚上的饭钱，你先结了，开票，等咱弄完鹏远的事儿一块儿给你报。”

“得嘞，不报都行，擎好儿吧您！”

这顿饭，等于把韩跃民的狐朋狗友都弄到了一块儿。

佟之鹰见面就问韩跃民：“是你把我借调到你那儿去了？”

“是啊，厂长怎么跟你说的？没事儿，你要不愿意来，咱换人，张弛张大哥，你跟我下乡吧？”

张弛有点儿泛酸："得了吧，我可不当替补。"

佟之鹰笑说："行了吧，我什么时候说不去了！"

二雷跟谁都自来熟，这顿酒喝得，跟狗子、小蚊子、谷建军和刘小辫儿都成了莫逆。

酒不能白喝，第二天帽厂休息日，原班人马跟着韩跃民奔了北城工体路，帮着点货装车。

韩跃民找钱东亮帮着借了一辆日本产的丰田客货两用车，是那种"半截美"，前边双排座能坐五六个人，后边车厢也不小，能拉不少货。他叫上陈大眼去把车开回来，狗子听说车的事就来情绪，死乞白赖非要跟着一块儿去。

因为有钱东亮陪着，车主单位的头儿殷勤备至，陈大眼把驾照递过去让人家验看，那人躲瘟疫似的不接："甭价甭价，一看您就是老司机了。"本是一句恭维，倒惹得陈大眼挺搓火，上了车就跟韩跃民叨唠："你说他哪只眼睛看着我就像个老司机了？合着我就是一老司机？"

"捧您呢呗。不过话说回来，您这技术，够地道！"狗子的兴奋点在车上，从他的角度看，以为陈大眼正是得意这一句，故意戗着茬儿说呢。

韩跃民知道陈大眼哪儿痒痒，赶紧点好了一支烟递给他："老小子有眼无珠，把陈大科长当司机。就这种不长眼的主儿，到哪儿都不会得烟儿抽。你瞧他也有四十多了吧，还跟钱处摇头摆尾呢。"

"哼，可不，得有小五十了。"陈大眼叼着烟，拐过弯儿来轰了一脚油门，赞道，"妈的小日本这车就是地道，方向盘还带助力的，这要是大解放，我跟你开河北去还不累得抽了筋儿。”

狗子这才醒过梦来，赶紧搭讪着转舵：“陈大哥，回头到了乡下，找一大空场，您教教我开车呗。”

陈大眼直了直腰：“教教你不是不行，可你要拿本儿，还得上驾校。我这怎么说也是部队摔打出来的，技术没得说，好多地方上的规矩我还真不大习惯。”

“嗯嗯嗯，今年，就今年了，我必得去学个本儿去。要不，赶明儿咱真有了车，我现上轿现扎耳朵眼儿就不赶趟儿了。您说呢韩总？”

“学吧，艺不压身。”韩跃民敷衍他，心说就这半死不拉活的公司还买车呢，买辆三轮车都咬牙。

人多好干活儿，七八个大小伙子装一辆半截美，简直就是眨眼之间的事儿。

为了就乎陈大眼的时间，韩跃民安排的是下午装车，晚上出发。可是到了现场一装车才发现，那些货无论如何一车也拉不完。算来算去，计划着先拉一车卖着，等到下一个休息日再来一趟。康五一建议，先拉服装百货杂七杂八的零碎，那些上档次的好玩意儿比如电视机之类的，第二批再说。他知道行情，比市场价便宜一半还多的电视机，到了乡下肯定不愁卖。

“先易后难，咱得让那些土老帽儿的心气儿一点一点往上走，不能往下出溜。”

韩跃民对他这个建议倒是很认可，不过“土老帽儿”的说法让他很不满意："你大爷！说谁呢，我就是那儿的老家，我也土老帽儿了呗？"康五一嘿嘿一笑："您属于潜龙升天凤占高枝儿，早就脱胎换骨了。"

韩跃民正色："玩笑归玩笑，到了那儿可别说这些不敬之语，惹翻了父老乡亲可给你扔猪圈里去。"

"放心放心，决不能够的事儿。"

陈大眼对这件事始终热情不高，也许是司机的角色让他提不起兴趣吧。韩跃民察言观色，号准了他的脉，出发前大声宣布："上了车，陈科长就是咱们的司令。哪儿停哪儿走，什么时候打尖儿吃饭，一律服从陈科长指挥。听见了吗？"

"得嘞，陈哥您请，我和康哥护驾，走着！"狗子拉开车门，恭恭敬敬伺候着陈大眼上车。

这件事过去好几年，韩跃民在报纸上看到"商业部门组织大篷车下乡送百货"的报道，这才意识到他们当年竟然无意中开了这件事的先河。

[三]

为了躲拖拉机，陈大眼连刹车带打方向，卡车差点儿没翻到路沟里去

赶上冬闲，又是头过年，韩跃民他们的无奈之举成了轰动乡间造福桑梓的大好事。嘎嘎新还带着商标的秋衣秋裤、羽绒服和腈纶棉服、拉毛围巾、毛衣毛裤，价钱比商场里低一大块；各种牌子的香烟，烟民们都知道价格，一律半价出售。还有杂七杂八应有尽有的日用小百货、小电器，好多东西乡下人见都没见过，一摆出来，看热闹瞧新鲜的就围了个里三层外三层。佟之鹰坐在汽车驾驶室里负责收钱，韩跃民站在外边维持秩序，监督着卖东西的人们一手交钱一手拿货。人声嘈杂、爆土狼烟，俩人忙得喝口水的工夫都没有，嗓子都喊哑了。

因为是赶大集，人太多，为了防止有不开眼的顽劣之辈浑水摸鱼，韩跃民还专门从村里找了几个看着还算机灵的本家兄弟子侄，让他们分别站在车上和外围远处的板凳上，四

为了躲拖拉机，陈大眼连刹车带打方向，卡车差点没翻到路沟里去

处瞭望着。买卖家行话，这个角色叫“瞭高儿的”。

看热闹的、买东西的、挑挑拣拣的、讨价还价的，沸沸扬扬，前呼后拥。康五一和狗子的积极性也上来了，大冷天的站在卡车上一边讲价钱卖货，一边吆喝着做广告。俩人都是一口字正腔圆贫了呱唧的京片子，穿戴也是城里人的范儿，引得一群乡下的姑娘媳妇儿围着看，叽叽呱呱地笑。这场面，让韩跃民的心气儿陡增。他本来是觉得弄了一堆城里不好卖的破烂儿来糊弄老乡亲们，自个儿心里抹不丢地有点儿不落忍，没想到这些“破烂儿”还成了香饽饽。这场景，让他一方面感慨城乡差距还是太大，另一方面开始琢磨，那些电视机之类的质优价廉的商品，是不是应该改一种销售模式，不能再这么赶大集了。

头天晚上回到老家许家务，韩跃民就切身感受到了乡亲乡情的温暖。他觉得，好东西，应该优先满足许家务的乡亲们，然后再考虑赶大集。否则，他们这一行五个人，在许家务人吃马喂地折腾，实在愧得慌。

原计划这一车货物甭管卖几天，韩跃民都得先住下，让陈大眼下个礼拜天再来一趟拉下一批货。没想到这头一车货赶了个集就所剩无几了，按康五一的说法，这可还都是“破烂儿”呢。

下午三点多，车上的货物没多少了，赶集的人差不多也都该回家了。眼看着不那么忙了，韩跃民把“督军”佟之鹰拉到一边商量：“你看这样行不行，咱这边待会儿就回许家务，剩下这些东西呢，卸了车先卖着。我今儿晚上就陪着陈大眼再回去一趟，把剩下的货都拉来。趁这个热乎劲儿，咱们争取早完事儿早回家。”

佟之鹰毕竟插过队，在农村摸爬滚打十多年，人生经验比韩跃民丰富得不是一点儿半点儿。他沉吟片刻，表态说：“这个主意好，咱这边忙活着，车也别闲着。什么事儿都得是一鼓作气，等卖完了这一拨儿再返回头去拉下一拨儿，这个热乎劲儿兴许就过去了。再说了，买卖家都讲究个‘货卖山堆’，你东西越多就越好卖，稀稀拉拉剩下几件，可就招不来人了。”

得到了“督军”认可，韩跃民决定趁热打铁，当天就和陈大眼返回北京，争取第二天一早就赶回来，不耽误卖货。

狗子听说这个计划，兴奋起来，死乞白赖非要跟着车回去。韩跃民说：“你跟这儿起什么哄？哪儿来那么大精神头啊，来回跟着溜车玩儿！”

狗子嬉皮笑脸：“你们俩都是领导，一个开车一个押车，得有个跟包的干活儿的吧？再说到了北京就得立马装车往回赶，陈科长帮咱开车就够委屈人家的了，你还打算让他跟你一块儿当装卸工啊？”

这个说法得到了陈大眼的赞许，他拍着狗子的肩膀对韩跃民说：“还是我们当家子知道心疼人，就让他跟着回去一趟吧。人多，车上聊聊天儿也不犯困。”

仨人说走就走，马不停蹄，连夜拉着货又赶了回来。那时候也没高速路，好在路不算远，路上也没多少车，他们第二天凌晨就进了村。

快进村的时候还发生了一个小插曲。拐过一个胳膊肘弯儿，遇到好几辆手扶拖拉机连成一串往外走，后来才知道那是结婚送亲的队伍。天还没亮，车速快，车上装的又都是电视机之类的大件儿，码得老高，重心就不稳了，再加上弯儿又急了点，为了躲拖拉机，陈大眼连刹车带打方向，卡车差点儿没翻到路沟里去。韩跃民吓了一身冷汗，因为他明显感觉到卡车右边的轮子都悬空了。

陈大眼一路上就没少抱怨，说这叫什么事儿，我一科级干部，跑这儿给你当开头儿来了，还连轴转不带歇着的。叨叨叨地没停过嘴。这一下虽然有惊无险，可也真把他吓着了，一脚刹车停在路边，跟韩跃民要了根烟就开始数落："我操，让我落落这一身白毛汗吧。你说这都哪儿跟哪儿啊，我好好的班儿也不上了，跑这儿给你卖苦力，还差点儿把小命搭上。今儿要不是我反应快回了一把轮，咱这会儿就沟里躺着了。跟你说我可是有老婆孩子的，不像你光棍儿一根儿柗。我今儿要是搁这儿，你抚恤金都掏不起。你说你们这儿的人这都是什么讲究，大半夜的就送亲，没日子嘬了是怎么着！"

韩跃民也是有点儿后怕，只好连笑带挖苦："得得得，让您陈大科长受惊受累受委屈了，全看我了行不行？你瞧你这一通说辞，你这是自卫反击战的新武器——叨逼叨吧？咱不说了行不？我批准了，回头多给你五十块钱加班费，不让你白忙活。"

狗子也受了惊吓，老半天才说："我跟你们说，你们就念我的好儿吧！刚才咱的车往那边歪，得亏我把住了车门没往那边儿打滚儿，我这百十多斤，生把这个车给坠回来了。我要是跟着往那边打滚儿，备不住这车就真得翻沟里去。”

陈大眼扭回头看了一眼：“还真有这个可能，关键时刻，一丁点儿的分量都起大作用。”

“就是，一个蛤蟆还四两力呢，韩总，怎么也得奖励我两包大重九吧？”

“奖！咱那儿有得是，你拿两条儿好的抽去吧！”

[四]

魏德全完全不顾厂长身份了："小韩呀，
你再不吐口答应，我可真找你爸爸去了。"

按着跟厂长谈好的价钱，韩跃民他们这一趟活儿下来没少赚。有那位"督军"佟之鹰全程跟着，魏德全明知道便宜都让韩跃民占去了，可也干咽吐沫说不出什么来。

得胜归来，韩跃民把李会计和李娟找到一块儿，下账造册论功行赏。除了陈大眼单说之外，奖励狗子和康五一每人一百五十元，他自个儿一分也不多拿，照样也是一百五。

本来是个皆大欢喜的事儿，没想到刚过了春节，魏德全冒出来打了一横炮。他把韩跃民叫到厂里，先戴了一通高帽，然后皮笑肉不笑地问："小韩呀，有个小事儿，算是美玉微瑕吧，咱哪儿说哪儿了啊。听说你把好些东西送你们家亲戚了，有这回事吗？"

啊？噢！韩跃民心说什么叫听说啊，你又没千里眼顺风耳，不就是"督军"佟之鹰打的小报告吗？

魏德全完全不顾厂长身份了："小韩呀，你再不吐口答应，我可真找你爸爸去了。"

韩跃民忍住了气，掰开了揉碎了给厂长讲经过讲道理。无论多么好卖的商品，你既然是处理，而且是多品种，那就免不了有所偏重，个别品类的东西就肯定有挑剩下的、半残作废的。比如，看着好好的新毛衣新毛裤，打开一看，老鼠给咬了个窟窿。或许，对一年到头穿不了一件新衣裳的农民来说不算个什么，尤其是那些过惯了勤俭日子的中老年妇女，拿回去缝上几针或者打个补丁照穿不误。可是话虽这么说，这东西你就只能白送；想卖钱，可就没人要了。再比如那些有点儿发霉的香烟、早就过了保质期的五香瓜子，跟厂长定的价本来就低得不行，而且当时谁都没去验货，发霉变质的究竟有多少谁也不清楚。老农民也不傻，都明白“货到地头死”的道理，反正你已经好几百里地拉来了，难不成还拉回去？所以人家就等你最后卖不出去再说。韩跃民有个早就出了五服的叔叔，在村里开着个小卖部。这人老来，就是不买东西，转来转去就盯上了这些没什么人买的香烟和瓜子。就说瓜子吧，五十克一袋的包装，一大箱子就是五公斤。开始卖一毛钱一袋，妇女孩子们三袋两袋地买回去吃。可是卖到箱子底儿才发现，好多瓜子都让老鼠咬破了外包装。韩跃民一看，这可不敢卖了，再弄出个鼠疫传播来，自个儿这罪过可就大了去了。不卖，还剩下三箱多，就堆一边搁着去了。临走，那个叔叔才找上门来，说这些瓜子五分钱一袋卖给我行不行，韩跃民说这些瓜子都过期了，有的都哈喇了，你弄去也不好卖。叔叔说这不快过年了嘛，哄嘴的玩意儿，农村人没那么讲究。韩跃民说既然这样，也不卖钱了，您都帮着给处理了算了。他和叔叔忙活着把被老鼠咬破了塑料袋包装的瓜子弄出来倒进了猪圈，看看还有两箱多完好无损的，跟叔叔说，您都拿走吧，甭给钱了。

他掰着手指头给厂长算账：“咱们谈好的就是五分钱一袋，我卖一毛就够黑的了。咱往多了说，就算它是四整箱，统共我才送出去二十块钱。领导要是觉得这样不成，我个人赔。”

魏德全笑着摆手：“不提了不提了，你看我就随口一问的事，你还认真了。”

“过年那几天上来下去的人多，我听说那些瓜子也没卖出去多少，我那个叔叔最后也都给倒猪圈里沤肥了。咱们不能吃，人家乡下人也嫌有哈喇味儿啊。”

“嗯，我就说嘛，小韩是个有原则的同志。好好好，我也就是无意当中听见这么一耳朵，想起来了就跟你核实一下。风闻言事风闻言事，就当闲聊天儿，别往心里去啊小韩。”

韩跃民根本就没听魏德全说的什么，由着自己的思路倾诉不满情绪：“跟您这么说吧厂长，归了包堆，我白给人的东西往多了说也不过价值一百块钱。我们五六个大活人在那儿连吃带住，人家说什么了？要是较真儿，那是我的老家，我白吃白住没问题；可别人呢？吃饭得给饭钱，住店你得给店钱吧？这个账怎么算？”韩跃民红头涨脸口若悬河，越说越委屈，不由得就起了高腔。

魏德全终于挂不住了：“你瞧，我这一句话招出你这么稍干儿零碎儿来，怎么还没完了呢！我这都反复说明了不算什么事儿，就是没事儿闲磨牙扯闲篇儿，你还较什么真儿啊你！”

魏德全有点儿急眼，韩跃民这才意识到自己太激动了。他喘了口气，点了一支烟，讪笑着解释：“我这人就这毛病，顾惜名声，听见这些个话就拢不住火儿。”

“爱惜羽毛是好事儿，好事儿！”魏德全大度地挥了挥手，以息事宁人的口吻说起了别的，“小韩啊，你和二轻局那个……钱东亮钱处长，熟吧？”

“还行吧，怎么？”

“你看你看，你们年轻人就是交际多，朋友多路子就多啊！”

“您有什么事儿吧？”韩跃民觉得自己号准了魏德全的脉，他要给你说好话的时候，那一定是有什么难缠的事要找你办。

“有这么个事儿，你看，上次你们帮着团委宣传部搞了个珠算大赛，你跟那位刘，刘秘书，也是那个，挺熟的熟人了吧？还有各个报社的记者们，也都成朋友了吧？”魏德全终于一口气把要铺垫的说完了，眨巴着眼睛，等韩跃民的回答。

韩跃民有点儿摸不着头脑，这东一榔头西一棒子的，圈子兜得可不小，什么事儿呢？他有点吃不准怎么该说熟悉还是不熟悉了。这里边不会有什么套儿吧，这个魏德全，可不如老厂长那么忠厚实诚，就冲他把那个不靠谱的亲戚弄来祸害了一下帽厂，这也是个不大安分的主儿。

绕了半天，魏德全总算把他要说的说出来了：“小韩啊，厂里这次，你也知道，是吧？小凌把鹏远赔了个底儿掉，他自个儿也吃牢饭去了。可是这个问题呢，你说说，我和小凌，多多少少沾着那么点儿亲戚关系，这让我实在是太被动了。小韩啊，咱们一家人就不说两家话了，你能不能出手帮老哥哥一把，争取把这个经济上的损失降到最低！”

韩跃民笑了：“厂长，您可真看得起我。别的不说了，打我爸爸那儿论，我得跟您叫一声叔。咱俩可万不能论兄弟。咱再说公事，鹏远生意没做好，我们鹏达也是一屁股两肋账啊。”

“不不不，你们那不算赔钱，你们那属于客观情况的不可抗力。这一点领导班子是达成一致意见了的。再说你们的损失，这次也基本打回来了吧？”

魏德全拍肩搭背称兄道弟，说的就是一件事：现在彩色电视机很走俏，再就是六毫米直径的盘条，还有三合板，这都是到手不容易、出手就赚大钱的东西。魏德全坚持认为，钱东亮、刘秘书，还有那些报社记者，都有这个路子弄到货源或者是批条。他直言不讳，让韩跃民不遗余力，无论如何帮着劳动服务公司做成一笔。话里话外的意思，不在劳动服务公司这儿找回一点儿面子，他的厂长位子就可能不保。

魏德全完全不顾厂长身份儿了：“小韩呀，你再不吐口答应，我可真找你爸爸去了！怎么说，我们也是这么多年的老兄弟了，他也不能站干岸。”

话说到这份儿上，韩跃民只剩下苦笑了：“魏厂长，真不是我不吐口，我是真不知道找谁能帮这个忙。这么着吧，我就照着您说的那几个人，都去问问，只要有百分之一的可能，我就是头拱地也帮您联系，您看成不成？”

“成，有你这个态度，我这儿就先谢谢你了！”魏德全眯起眼睛看着韩跃民，“还有一个人，你也得好好做做他的工作，让他也给公司出把子力。”

“谁啊？”

“你们那个业务经理，老富。”

“老富？”韩跃民到这时候才明白魏德全的真正用意，绕了半天，“坑”在这儿呢。

韩跃民深深点头，拉长了声音说：“明——白。”

魏德全拍了拍韩跃民的肩膀，又拍了拍自己的胸脯：“别的我不多说了，都在这儿呢！”

首届中国工业文学奖

天坛帽儿爷

THE HATTER BY THE TEMPLE OF HEAVEN

春雨 ◎著

下

北京日报出版社

图书在版编目（CIP）数据

天坛帽儿爷 / 春雨著. -- 北京：北京日报出版社，2022.7

ISBN 978-7-5477-4254-9

Ⅰ. ①天… Ⅱ. ①春… Ⅲ. ①长篇小说－中国－当代 Ⅳ. ① I247.5

中国版本图书馆 CIP 数据核字 (2022) 第 046745 号

天坛帽儿爷

出版发行：北京日报出版社
地　　址：北京市东城区东单三条 8-16 号东方广场东配楼四层
电　　话：发行部：（010）65255876
　　　　　总编室：（010）65252135
作　　者：春雨
京味儿顾问：金良
封面题签：杜彦锋
策划编辑：薛文杰
文字编辑：吕　娜
特约编辑：王艺达
美术编辑：郑妍妍
插　　图：徐　川
策 划 方：北京纯京味儿艺术剧院
责任编辑：卢丹丹
印　　刷：河北宝昌佳彩印刷有限公司
经　　销：各地新华书店
版　　次：2022 年 7 月第 1 版
　　　　　2022 年 7 月第 1 次印刷
开　　本：710 毫米 × 1000 毫米　1/16
印　　张：54.75
字　　数：600 千字
定　　价：128.00（全三册）

作者：春雨

王春雨，笔名：春雨。北京南城土生土长的人，从事文字工作30余载，现任北京纯京味儿艺术剧院总编剧、总导演。1985年开始发表小说、纪实文学等，先后发表长篇纪实文学《初涉爱河的时候》《十字架上的夏娃》《酒惑》等。1993年，出版10余万字的关于青少年问题研究的著作《人生黑洞》；2017年，由作家出版社出版50余万字的京味儿长篇小说《龟院儿》；2018年，60余万字的京味儿长篇小说《天坛帽儿爷》获得首届中国工业文学作品大赛二等奖，由作者担任编剧及导演的系列京味儿话剧《痴爷》《北京大妞儿》《翔云八号院》在全国巡演；2019年，电影剧本《翔云八号院》获得第二届中国工业文学作品大赛三等奖；2021年，“春雨京味儿话剧展演季”在北京启动，作者参演多部话剧，成功地塑造了教师、冰球教练等艺术形象，由作者担任编剧及导演的迎冬奥体育话剧《札幌冰血情》在北京首演。

目录

第十八章

[一] 韩跃民差点儿没骂出声儿来，心里顿时一阵恶心懊头烦

[二] 韩跃民心里不禁感慨，这究竟是我的造化呢，还是老天爷冥冥中安排好了的呢

[三] 他再次把这个以后要臭了街的小东西拿在手里，颠来倒去地看

[四] 兜儿比脸还干净的主儿，好几大百的窟窿，拿什么往里填呢

[五] 行，你行，小子，这回你要是再给我办砸了，你等着的

[一]

韩跃民差点儿没骂出声儿来，心里顿时一阵恶心懊头烦

一大早起，韩跃民正刷牙呢，二姐韩春兰托着好几个油饼进门了。袁素娥说：“你怎么了这是，这么早？我这儿正要出去买油饼呢。”

韩跃民吐了一口水说：“有什么事儿吧？这么主动给买早点来了？”

韩春兰用肩膀扛了弟弟一下：“别没良心啊，还少给你买早点啦？”

韩跃民说：“没事儿就好，今儿你歇班啊？”

韩春兰把油饼放在桌上的盘子里，看着韩跃民：“你认识的最大的领导是谁？”

“最大的领导？那就是德奎利亚尔。我认识他，估计他不认识我。”

“德……什么？是中国人吗？”

韩跃民笑了：“联合国秘书长。”

韩跃民差点儿没骂出声儿来，心里顿时一阵恶心懊头烦

“没跟你逗贫！快点儿！”

“你什么事啊？还说没事儿呢，没事儿你不可能这个时候来。”

韩春兰一招手，转身出了门。韩跃民跟着出来，问：“怎么了这是？你赶紧说，这齁冷的。”

韩春兰眼圈红了：“我们家遭难了。”

“啊？你婆婆……”

韩春兰紧着摇头摆手：“不是不是，是你姐夫。”

“我姐夫，他能怎么着啊？”

韩春兰为了不让她爸爸听见，小声急促地说了个大概。

原来，二姐夫听这个说倒钢材挣了大钱，那个说卖指标发了大财，他也坐不住了，也不知通过什么门路联系了几辆“212 吉普”，还带人去看了现货。以为板上钉钉了，几个人凑钱交了订金。没想到最后还是竹篮打水一场空，平白被人骗了一千五的订金。

韩春兰说：“一千五啊，我们俩一年的工资不吃不喝也不够这个数儿。”

韩跃民眨巴着眼睛看着二姐：“那你找我有什么用啊？我最多能给你凑一百，也没那个本事帮你抓骗子去啊。”

“你不是认识市里的头儿区里的头儿吗？”

“认识也没那个交情求人家办这种事儿啊。”

“哪种事儿呀？你觉得丢你的人了是吧？”

面对二姐的咄咄逼人，韩跃民只好敷衍着答应帮着打听打听。

想敷衍还真不行，二姐当即就掏出一张纸，那上面写着事情的详细经过，供货方、中间人姓名、单位，都写得清清楚楚。

敷衍不成，就当正事儿办吧。

韩跃民给钱东亮打了个电话，骑上车子直接去了二轻局。

钱东亮明显是升官了，已经是一个人一间办公室了。韩跃民不显山不露水恭维了几句，钱东亮摸着有点儿发福的啤酒肚说：“你就别拣好听的说了，咱俩用不着这个。什么事儿，说吧。”

韩跃民先把魏德全交代的事儿说了，利害关系也挑明了。钱东亮态度倒是挺诚恳，说的都是大实话。他的意思是，在他的职权范围内，这些紧俏商品的事都不好解决。体制内办这种事，要不就是官批文件，按文件办；要不就是走计划外指标，那都不是他能办的。他唯一能提供的就是人脉。

韩跃民说：“要的就是你的关系，你赶紧给我写个联络图，我好烧香拜佛去。”

钱东亮拿起笔就写，韩跃民又拦住了他：“你等等，还有个事儿，私事儿。”

钱东亮不满地白了他一眼：“说！你哪件事儿是公事儿啊？”

韩跃民把二姐夫被人诳了订金的事说了一遍。叮嘱钱东亮：“这事儿还得给我二姐保密，她不敢让我爸知道。”

“多余！我得转多大弯儿才能跟你爸爸说上话啊？”

“那不成啊，你毕竟在帽厂待过，熟人多啊，万一说漏了嘴呢。”

“放心，帽厂跟我有联系的就你一个。”

说着话，钱东亮翻兜翻包翻抽屉，找出一堆名片来，趴在桌上一个个抄，把那个联络图也写完了。

韩跃民接过来看了看，密密麻麻两页纸，公司名称、联系人、电话号码或者地址，挺全乎。他有点儿感动了，抖落着这两张纸说：“人都说宁让钱财不让财路，你这是把财路都给我了啊！真得好好谢谢你！”

“行了吧你，我不指着这些发财，不过这都是说得着的朋友，你就提我，这些人应该都会帮忙。”钱东亮又指着画了钩的一行字说：“这个‘大通商贸公司’，这些日子一直倒腾‘212 吉普’呢。你二姐的事儿，你问问他们有线索没有。”

韩跃民顺着他的手指头溜了一眼，没想到这个“大通”下边没隔着几行的一行字吸引了他：“哎，老钱，这个孙念安你认识？”

“废话，不认识我写他干吗！”

“这个孙念安副总经理多大岁数？”

“嗯，不到四十吧，人家可是港商。”

“还是港商？”

“是啊。”

“有点儿溜肩膀水蛇腰？老跟没吃饱没睡醒似的？”

“溜肩膀水蛇腰？没印象，具体长什么样儿我是记不大清楚了，反正见了面就熟。这人你认识啊？”

“他老婆也在北京吗？”

“他老婆？我不知道。我们也才认识没多少日子呢，不过这人还挺念旧的，他前几年才去的香港。”

“没跑儿了，就是他！”

“谁呀，你这一惊一乍的。”

“说实话吧，这人以前是咱帽厂的职工。”

“啊？他怎么没说啊！”

“人家也不知道你以前是帽厂出去的啊。”

钱东亮点点头：“嗯，也是，说不着这个。”

韩跃民问：“你跟他有多熟？”

“多熟，说不好，就是觉得这个人挺实在，跟咱北京老乡也挺亲热。我们就是在别人的酒局上见过几次，他还说要来拜访我呢。跟你这么说吧跃民，我在这个位置，就这些人，巴不得跟我有点儿关系呢，所以，你打着我的旗号去找他们，应该好使。”

“那是那是，肯定好使，谢您了，钱大处长！”

当着钱东亮的面，韩跃民没好意思认真审视联络图。告别了钱东亮，他骑上车子没蹬五分钟就忍不住了，索性下车，找个背风的地方坐马路牙子上就开始研究这个联络图。没想到这一看又让他看见了一个熟人：红建服装贸易公司，范红梅。

看到这儿，不看了，收起联络图就往天桥赶，一路上脑子里就一句话：“这世界也忒他妈的小了！”

范红梅不在店里，疤瘌星和胡子在店里隔着柜台下象棋。韩跃民说："不打算干了吧，开着店门下棋？"

疤瘌星看见韩跃民，伸手把棋子搅和乱了，笑道："不是礼拜天，这店里一天也进不来几个人，睡觉都不耽误买卖。"

"要这样的话，这买卖还能干下去吗？房租都不够了吧？"

胡子说："没事儿，指着门店，早就喝西北风了。"

韩跃民点点头："生意道儿我也不懂，红梅呢？"

疤瘌星说："有个业务，签合同去了。"

韩跃民问疤瘌星："你们跟二轻局钱处长有联系？"

疤瘌星乜着眼："你说钱东亮？"

"是啊。"

"嘁，什么叫有联系啊，当初不是你找我问他家住哪儿啊！你又不是不知道那是我小学和中学的同学，他们家有几床被子我都门儿清。"

韩跃民一打愣儿，心里顿时一阵恶心懊头烦，差点儿没脱口骂出声儿来——我他妈这是不是有点儿失忆了，一心惦记着范红梅，把疤瘌星这个大活人给忘了！他也说不好为什么一看见钱东亮提供的这个线索就巴巴地跑过来，仔细梳理一下，这就跟小时候逮着什么新鲜物件儿急于要给好朋友展示一下的心理一样。似乎就是为了跑过来告诉范红梅："闹了半天你们也认识钱东亮啊，我们是老哥们儿了！"

就为了说这么一句话，专门跑过来？韩跃民觉得有点儿不可思议，可是除了这个因素，还能为了什么呢？恶心懊头烦，就是因为你要给人家展示、炫耀的物件儿，人家早就有了，不稀罕了。这么大人了，怎么还有这种孩童心理呢！他心里气恼自己的浅薄，脸上就带出了几分心神不宁。

胡子好像是看出韩跃民神色不对了，问：“怎么了韩哥？”

韩跃民回过神来，一笑：“没事儿，你们范老板待会儿是回这儿还是回家啊？”

“打听这个干吗呀，找我有事儿？”

韩跃民一回头，范红梅满脸喜气走了进来。

疤瘌星迎上去：“瞧这模样是签了？”

“那当然！”范红梅一边脱大衣一边看着韩跃民，“怎么着？什么事儿？”

韩跃民脱口而出：“你们知道谁倒腾汽车呢？”

“大通啊！”疤瘌星想都没想就说。

“哟，那咱得好好聊聊了。”韩跃民忽然觉得今儿也没算白来，他是得帮着二姐夫扫听扫听是谁骗了他了。

[二]

韩跃民心里不禁感慨，这究竟是我的造化呢，还是老天爷冥冥中安排好了的呢

自从北京出了全市第一家个体饭馆以后，没几年，全北京城就到处都是私人开的饭馆了。韩跃民号称要请客，胡子说，韩哥我给您找个好吃不贵的地方吧，老北京炸酱面，怎么样？韩跃民豪迈地说，好吃就行，不怕贵，走着。

还是疤瘌星善解人意，拍着韩跃民的肩膀说：“兄弟，有你红梅姐在，你就吃现成的吧。”

范红梅也不接话茬儿，扭头就往外走：“还是那家涮肉馆子吧，据说都是科尔沁草原的羔羊肉。”

席间一聊，才知道那个大通商贸公司是专做进口汽车买卖的，市面上热门的“拉达”、波罗乃兹、桑塔纳、奔驰，高中低档都有，兼顾着也做国产汽车和中外合资厂生产的汽车。疤瘌星说，“212 吉普”基本等于就要淘汰的车型了，起码在咱这样的大城市里这就要不时兴了，买家

大多是外地的。人家引进了国外的汽车流水线，要生产一种新型吉普，叫切诺基。还有一种天津产的夏利两厢车，也挺热门。

韩跃民说起二姐夫被骗的事，范红梅说：“二姐夫也是，也不扫听扫听行情，他有下家吗就给人交订金？”

韩跃民说：“听说就是下家找上门来的生意，是峰峰煤矿的，还是正经公家的买卖呢。”

疤瘌星很得意：“你看，我说都是外地人买吧。”

范红梅说：“要这样的话，订金应该是买家出啊。二姐夫垫订金，是中间‘骑’的太多了吧，不敢让买家和卖家见面？”

“我也说不好，好像是二姐夫和他同事合着伙儿给联系的。”

疤瘌星说：“就怕这个！掺和的人忒多，有一个讲故事的就全都给搅黄了。订金给谁了？肯定给的也不是卖家本主儿。”

“是，给的是一家叫什么泛亚汽车配件公司。结果要提货了找不着人了，按着名片地址去找了找，根本没这家公司。”

“那就是骗子了，现在这样的皮包公司到处都有。”

范红梅说：“托人找找大通的人吧，你说的那个什么泛亚，就算是皮包公司，它也得有人啊。”

疤瘌星说：“也是，从头儿上往下捯，也许能找着人。”

范红梅愣了一会儿神，从包里翻出一张名片，扭头招呼饭馆儿伙计："你们这儿有电话吗？"

伙计说："没有。"

韩跃民赶紧说："没这么着急，先吃饭，有空儿再说吧。"

胡子感慨："听说现在有一种手提电话，无线的，搁包里带着，走到哪儿都能打电话。"

疤瘌星撇嘴："那叫无线移动手提电话，小名儿大哥大。那东西方便是方便，就是齁老贵，可着咱全北京也没几个人有那玩意儿。"

范红梅皱着眉头说："吃吧吃吧，不就一电话吗，明儿咱挣了钱也买一个。"

胡子问："那得多少钱一个啊？"

范红梅说："去年在广州我见过一个客户有那么一个，说是刚进咱大陆的时候五万多一个，没半年就降价到四万出头了。现在听说有路子的话，三万来块钱就能买一个。"

疤瘌星连连点头："嗯嗯，这些个高科技玩意儿，一说普及也快着呢。"他看了看韩跃民："就跟你们那年弄的那个手镯表一样，一说时兴，立马就是一窝蜂上，一天一个价儿。"

韩跃民笑道："那咱就等着吧，等十块钱俩的时候我也买一个。"

范红梅白了他一眼："十块钱俩？电话费一分钟一块钱，使去吧！"

韩跃民不服气："真要是那么便宜了，估摸着打电话也就不要钱了。”

几个人说说笑笑，二姐夫的事就放到了一边儿。

吃了饭，韩跃民和范红梅一起骑车回家。韩跃民这才有机会问范红梅：“你刚才说要打电话，认识大通的人？”

“不是，我认识一个港商，他跟大通的人挺熟的。你不知道吧，大通也是港资公司。”

“哦，那你想着给问问吧，咱也不求别的，能把那个订金要回来就烧高香了。”

“嗯，听你说的这个情况，那个泛亚公司肯定也不是专门为骗二姐夫才成立的皮包公司。而且人家也不见得都是骗，这种公司没资金也没货，就是一手托好几家，靠拼缝吃差价挣点儿钱。这中间不定哪一家出了岔子，他们就只能溜，要不，赔谁也赔不起啊。”

“是，我知道。好在二姐夫他们也不要什么赔偿，就是把订金要回来就成。”

走着走着，看见个公用电话。韩跃民还没说话，范红梅已经跳下车来，直奔电话而去。

韩跃民脑子里一直绷着的一根弦动了一下，他“哎”了一声，叫住了范红梅。

范红梅转身，站在马路牙子上等着听下文。

韩跃民迟迟疑疑：“你认识的这个人是港商？”

“是啊。”

“那你能不能帮我打听个人？也是港商。”

范红梅来了兴致，走了回来：“行啊，你还真有路子！

说说，这人什么情况？”

“我哪来的什么路子啊，我也是下午才听钱东亮提起来，这人多半是我以前的老同事，前几年定居香港了。”

你什么意思啊，怎么还多半呢？

“名字对上了，老钱说的那个长相也差不太多，你再给核实一下呗。就问问他认不认识我，问他老婆是不是叫黄鹂。”

“你说这人叫什么吧。”

“孙念安。”

范红梅看着韩跃民，好半天不说话。

韩跃民有点儿毛，问：“怎么了这是？”

范红梅手抚胸口，目不转睛看着韩跃民：“你确定？”

“确定什么？”

“确定你要找的人叫孙念安？”

“是啊，怎么了？”

范红梅跑过来，狠狠拍了韩跃民一巴掌：“简直太神了！我打电话找的这人就叫孙念安！”

“啊？他老婆叫黄鹂？”

“他老婆叫什么我不知道，这人是不是大高个儿、头发有点儿自来卷儿？”

“没错没错！”

范红梅出了一口长气：“我服了，我可真没白认识你！这以后我得找你帮忙了啊！”

“我能帮你什么忙啊，你得先确定这个孙念安是不是我认识的那个孙念安啊。”

“没跑儿了，天下哪有这么巧的事儿啊！你等着，我先打电话，我诈诈他，肯定吓他一大跳。”

范红梅兴奋得像个孩子，转身去打电话。

韩跃民站在路灯底下远远看着她，心里不禁感慨，这儿正说要睡觉呢，就有人给送枕头来了。这究竟是我的造化呢，还是老天爷冥冥中安排好了的呢？

[三]

他再次把这个以后要臭了街的小东西
拿在手里，颠来倒去地看

韩跃民要睡觉，来送枕头的可不止一个。他拿这事儿跟谷秃子吹腾了几句，谷秃子直冲他翻白眼儿：“你这就是武大郎过门槛——碰巧（鸟）了。再说了，留神得意忘形啊！”

得意不可忘形，这话，韩跃民打小就听说过。他仔细梳理了一下，觉得现在不过就是冒出来几条线索，究竟哪个“枕头”能睡觉，还真不敢说。

鹏达公司不在厂里办公，这就给了韩跃民好大的自由空间。公司他说了算，他去哪儿、去干什么，都不用跟谁请假汇报。当然了，他是个有责任心的人，不可能大撒手什么都不管。

范红梅帮他联系了孙念安，孙念安听说了他的名字，也格外的高兴，让范红梅转告韩跃民，一定要抽时间见一面。

韩跃民问范红梅：“孙念安的公司在哪儿？”

再次把这个以后要臭了街的小东西拿在手里，颠来倒去地看

范红梅说：“在亮马河那边，应该是朝阳区了吧，离咱这儿八丈老远呢。”

“那你什么时候有时间？”

“我明天去趟石家庄，后天晚上吧，你说呢？还得问问孙总的时间安排呢。”

“行，那你们俩商量，我听信儿。”

这边儿落了听，韩跃民第二天先来到公司，因为和老富约定的日子到了。

老富应着名儿去倒腾钢材，用鹏达的账户走账，说好了，税后利润由老富个人和公司四六分账。公司多拿一成，是因为老富还是以公司员工的身份在外边联系业务，鹏达也要给老富发工资。

但是韩跃民发现，老富这么多日子以来，只做成了一笔钢材业务，还仅仅是六吨盘条。平时老富倒是没少到公司来，来了就是抱着电话山南海北地“谈业务”，都是什么螺纹钢、镀锌板、盘条、各种规格的角钢，还有什么三合板、五合板、高标号水泥、甘肃兔毛、新疆羊绒之类的，甚至还有最新款式的电子计算器、电子表等等。在别人听来，每一笔业务都有鼻子有眼儿，但是除了那六吨盘条，老富名下一笔业务也没谈成。工资，老富每月照拿；业务，那是永远在路上，没一件谈成了的。李会计私下里跟韩跃民叨唠过好几回，说老富业务一笔也谈不成，可是每个月的长途电话费就二百多，李会计怀疑，老富是用公司的电话谈自己的业务，挣的钱不定都跑哪儿去了呢。

老富的这些表现，李会计背地里肯定都跟魏德全说了。再加上老富有手镯表的那个“前科”，摆明了，李会计的来回传话其实是魏德全在“点”韩跃民呢——老富等于就是打着公司的旗号做自己的生意呢，你韩跃民睁一只眼闭一只眼什么意思？这里有没有利益关系？这种事就是这样，要说你有利益关系，那就查你。哪怕查一溜儿够没查出问题来呢，也足让你恶心半年的。查不查，什么时候查，都在领导一句话。所以，这就等于是悬在韩跃民头上的一把剑，你不老实，这把剑说砍下来就砍下来。

厂长魏德全阴着这一招，就是薅住了韩跃民心里的短儿，明里暗里等于是用这个逼着他帮鹏远擦屁股。所以，韩跃民决定先把老富这一头摆平，把头上那把剑给他弄下来，扔一边儿去。

公司门市部人还挺多，余天顺和一个女售货员忙得头都抬不起来。一打听，原来是老富从广州那边弄来一批张学友和叶倩文新出的歌曲磁带，大海报上写着限量发售，售完为止，结果弄得一帮小年轻围观、试听、购买。韩跃民在人群后边看了一会儿，正好李娟从办公室出来，看见了他。李娟拉了他一下，小声说：“富经理来半天了，在屋里等你呢。”

韩跃民进了屋，老富站起来，满脸的褶子笑成了一朵菊花。

寒暄了几句，韩跃民直入正题：“老富啊，这阵子忙什么呢？”

老富热切地看着韩跃民：“咱有什么说什么，你不找我我还要找你呢。我这儿刚谈成了一笔生意，松下十六吋彩电，一台一千八，一共二百台，你觉得咱们接得动吗？”

韩跃民看着老富，心里盘算他这话有多大成分是真的——噢，我不找你，你十天八天也不露面儿，也不跟我过话。现在我这一找你，你就蹦出二百台彩电来？

就冲这个，韩跃民也不大相信老富的说法。他不动声色，眯着眼睛看了老富好一会儿。老富让他看得绷不住劲儿了，再次绽开满脸的菊花：“接不动少接点儿也行，一共三十六万，咱转手倒出去，卖两千一，绝对好出手，坦坦的。”

韩跃民身子往椅背上一仰，大大咧咧说：“行啊，咱们接不动，有接得动的啊。”

老富脸往前凑：“你是说，厂里？”

韩跃民点点头，好像忽然想起来似的：“老富啊，我记得，你这小一年了吧，就给咱做成了一笔买卖，是不是？”

“啊？是吗？我还真没理会。您的意思？”

“我是说啊，咱也跟厂里一样，得定个生产定额了吧？”

“噢，您说说怎么个意思。”

“我是说啊，噢，也不是我说的，是咱大厂长说的。他说咱这儿也该有个生产性指标，填个单子列个表，报上去备案，他也好跟生产科有个交代。”

老富眨眨眼：“那，具体的呢？”

“具体的，这不还没定呢吗，我就先跟你打个招呼，要不你没事自己先定个指标，你觉得呢？”

“我觉得，你们当领导的定吧。”

“嗯，也行。”韩跃民看老富的笑容有点儿不自然了，又找补一句安慰他，“其实呢，这就是铁拐李把眼挤，你糊弄我，我糊弄你的事儿。有那么个玩意儿，就算是规章制度了，不是显得正规嘛！”

“是是是。”老富连连点头，小心翼翼地看着韩跃民：“那，咱那二百台彩电？”

“你听我信儿，八九不离十。魏厂长昨儿还跟我说这个事儿呢，厂里垫资没问题，咱先把货接下来再说。一千九给劳服公司，咱就挣个手续费，也给他们留点儿缝儿，你说呢？”

老富再次眉开眼笑：“你说了算，我跟朋友说好了，一个礼拜之内提货。”他一边笑一边瞄了一眼门口，伸手从小手包里掏出个黑乎乎带着个小金属链的小玩意儿摆在桌上：“这个，你用着吧，找你也方便。”

韩跃民拿起来端详：“这是什么玩意儿？”

“电蛐蛐儿，就是 BB 机。”

“噢噢噢，知道知道。”韩跃民继续把玩，忽然想起什么来，把那个小玩意儿放回桌上，“这东西挺贵的吧，你留着用吧，我也用不着。”

“多贵也不是我花钱买的，我有一哥们儿，他们公司就做这个的，正在咱北京铺网呢。跟您说韩总，这玩意儿，用不了几年就得臭了街，到时候备不住就得一人一个了。”

这话，韩跃民信。他想起手镯表的事儿，越发坚信这种电子产品的普及速度绝对能超出人的想象。他再次把这个以后要臭了街的小东西拿在手里，颠来倒去地看：“你说它是个什么工作原理呢？”

老富凑近了说：“我也不大懂，就是听哥们儿说的，这就是个信号接收机。比如我要找你，我就打电话，报上你这个 BB 机的号码，然后人家就给你发信号，你手里的这个 BB 机收到信号，就告诉你有人找你，你就按着这上面显示的电话号码回电话就行了。”

“噢，那你现在试试？”

“行啊，试试。”老富拿起桌上的电话呼了一下。刚挂上电话，桌上的 BB 机就“嘀嘀嘀”叫唤起来。老富拿起来递给韩跃民：“你看，这上面不就是咱们这儿的电话号码吗？”

这个“嘀嘀嘀”的声音让韩跃民想起来了，有一回坐公交车，车上就突然响起了这个声音。当时一车人都循声注目，有个人就从腰间摘下这么个小玩意儿，看了一眼，又别在腰上，一副见怪不怪、从容的表情。当时韩跃民就想，这玩意儿是干什么的呢？瞧人家那表情，都不当回事儿了，可我连那是个什么玩意儿都还不知道！人跟人之间，差距怎么这么大呢！当时，这个想法让他沮丧了一下。现在这玩意儿能别在自己腰间了，是不是也能让别人沮丧一下呢？

这个想法鼓舞了他，他拿起那个 BB 机：“行，老富，这玩意儿就算我跟你借的，玩儿几天再给你。”

“别，不用，这就归你了！”

韩跃民还想推辞几句，老富马上改了话题：“提货咱得找一辆加长‘130’，还得自带几个搬运工。要是指着他们装车卸车，咱还得多花一笔冤枉钱。”

“那没问题。”韩跃民爽爽快快一挥手。他立马想到了小蚊子和刘小辫儿，他俩现在一个没工作，一个没找工作，都算是闲人。公司里的事儿，他早就惦记着把他俩拉进来掺和掺和呢。

[四]

兜儿比脸还干净的主儿，好几大百的窟窿，拿什么往里填呢

在乡下卖货的那几天，狗子就缠着陈大眼教他开车。陈大眼差点儿翻了车，惊魂未定，开始是坚决拒绝，而且表现得特别不耐烦。可架不住狗子会哄人，不但用好话填还陈大眼，还强拉着他到镇上喝了一次羊汤，说是“压惊”。陈大眼实在抹不开面子，在韩跃民的陪伴下来到村外的一个场上。这儿地方够大，大冬天的也见不着个人影儿，学开车还真是个好地方。因为羊汤的缘故，也因为韩跃民在场，更因为韩跃民也想学学开车，这几个因素凑在一起，陈大眼就算再不情愿，也不得不耐着性子教了教这俩“徒弟”。这俩徒弟一个赛着一个有灵性，尤其是狗子，因为格外热爱的缘故吧，学得极其认真，态度还特别端正。无论陈大眼怎么呵斥挖苦，狗子永远是点头哈腰满脸堆笑，弄得陈大眼都不好意思训斥他了。两个半天儿学下来，狗子的技术突飞猛进，起

韩跃民低头一琢磨，以小蚊子和刘小辫儿的为人，我就是这会儿不答应，他们找上我，我还得给他们开这个介绍信

步、换挡、转弯、倒车入库，都做得有模有样。陈大眼不得不夸了他两句："哥们儿，你还真是干这个的材料。回去报个驾校吧，我是不敢带着你上路，你就差机常、交规和路考了，拿本儿肯定不在话下。"

狗子大受鼓舞，回北京第二天就开始张罗报驾校的事。他找韩跃民，说要公司给他开个介绍信，韩跃民二话没说就准了，让他找李娟。狗子说："我连您的介绍信也一块儿开了吧？咱俩好一块儿学啊。"

韩跃民一迟疑："我算了吧，过些日子再说。"

"一就手的事儿，咱俩一块学也好有个伴儿啊，您说呢？学费我也一块儿交了，公家不给报销，我出还不行？"

韩跃民真有点儿被他这股子劲头感动了，可狗子这话又提醒了他，单位报销学费？单位让你去学车，当然就是单位报销学费；可现在不是单位派你去学车，报销学费就不合适了。再说了，要是都去学开车，都给报销学费，单位不成冤大头了吗？这么一琢磨，韩跃民甚至觉得这小子是不是耍鸡贼抖攒儿呢，拉着单位的一把手去学车，学费就稀里糊涂一块儿报销了？转念一想，好像狗子并不是这样的人。可即使他不是耍鸡贼，总不能俩人一块儿学车，到时候给我报销不给他报销吧？所以，这事儿还真不能扎堆儿，扎了堆儿到时候可就不好处置了。就算狗子不是故意给他挖坑，这个坑也不能闭着眼就往里跳。所以他一挥手："你先自己学去吧，我这阵子事儿忒多，哪有工夫学车啊！"

狗子说："那行，您不学，那您给我开个介绍信呗。"

这没问题。韩跃民让李娟给狗子开介绍信，李娟拿出介绍信，写了抬头，问狗子："您，大名儿怎么写？"

狗子夸张地苦着脸："妹妹，合着我来这么些日子了，您还不知道我叫什么呢？"

李娟脸一红，把笔递过去："要不您自个儿写上吧。"

狗子接过笔，写上自己的大名，又问韩跃民："韩总，蚊子哥大名儿叫什么来着？"

韩跃民警觉地问："你干什么？"

"蚊子哥和刘哥也说跟我一起学车呢，介绍信我就都给他们开了呗。他们也没个正式工作，谁给他们开这个介绍信啊！"

"你刘哥？你是说刘小辫儿？他也跟你们一块儿学车？"

"是啊，说好了。"

韩跃民低头一琢磨，那俩混世魔王，我就是这会儿不答应，他们找上我我还得给他们开这个介绍信。于是对李娟说："介绍信给他们都开了吧，反正咱也不出钱。"

这么着，算是打发了狗子。

狗子欢天喜地出了门，韩跃民脑子里开始走神了。小蚊子和刘小辫儿，这俩小子都是一毛钱能攥出水来的主儿，哪儿来的钱学开车呢？俩人又都没个正式工作，干几天临时工就能攒出好几百来？不可能啊。难道是狗子玩了把仗义，先给他们垫上了？也不大可能啊，狗子有这个财力，可他们之间的交情也不过就是吃吃喝喝聊得来的那点儿缘分，就算狗子给他们垫上，那俩小子也不敢欠这么大的情啊。兜儿比脸还干净的主儿，好几大百的窟窿，拿什么往里填呢！

这件事，韩跃民越想越觉得不踏实。可他又说不好为什么不踏实，琢磨了半天，他给陈大眼打了个传呼，想跟他说说这个事儿。

等了半天，陈大眼回了话，韩跃民约他下班后去吃卤煮火烧，陈大眼不同意，说是不爱吃那个猪屎味儿。韩跃民电话里把他臭卷了一顿，于是俩人约定到天兴居吃炒肝。

在天兴居，陈大眼听了韩跃民的叙述，炒肝也顾不上吃了，指着韩跃民就开始数落："你说你啊，打从当了团委书记，又干了这么些日子总经理，手下就算没多少人吧，好歹也是一部门的一把手，正经在编的国家干部。你怎么就连这么点儿脑子都不长呢？一个单位的介绍信，盖着公章呢，你就这么给开出去了？跟你说，没事则还罢了，有事，都是你兜着！"

韩跃民本来也是隐隐约约觉得这个介绍信的事自个儿办得有点儿草率，要不是这样，他也不会心急火燎找陈大眼诉说。可是现在被陈大眼这么训孩子似的说了一大通儿，他又有点不忿儿了。心里一蹿火，忍不住争辩起来："我给的又不是空白介绍信，写着名字写着由头还存着根呢，能出什么事儿啊？"

"出什么事儿？别的不说了，你给开的介绍信，以后人家那个驾照的登记单位就是你那儿。但凡拿驾照的人惹点儿什么事，可就都找你。闯个红灯还好说，真要是撞了人……”陈大眼看了韩跃民一眼，自知失言，赶紧主动拍了三下桌子，低下头猛吃炒肝。

韩跃民还真没想到这些，他有点儿愣神，心说那俩猪油一蒙心就浑不吝的主儿，真备不住什么时候就能给闯出个祸来。这么一想，他赌气把勺子往碗里一戳，骂了一句脏话。

陈大眼见他这样，又缓和了口气：“话说回来，你们是发小儿，又是同学，他们也不至于这么坑你。不过不管怎么说，小蚊子他们拿了驾照，户口就落你这儿了，你还真是担着一份责任呢。”

“那怎么办，要不我跟他们收点儿钱？”

陈大眼摇头：“没听说过这么办的。”见韩跃民俩眼有点儿发直，陈大眼又安慰他：“道理就是这么个道理，可是谁也不愿意出事儿啊。你说呢？所以你也不用太担心，既然已经这样了，那就别干了好事还挨骂了。能有几个那么倒霉的，真出事、真给你惹麻烦啊？”

韩跃民舒了一口气，直起身子：“我说也是，回头我再嘱咐嘱咐他们。”

“对，勤敲打着点儿。不过这么看你也是真够哥们儿。你知道你帮了他们多大的忙吗？”

韩跃民故作潇洒：“嘁，说了归齐也就是个介绍信，算帮多大的忙啊？”

陈大眼放下筷子：“我跟你说个例子吧，我有一老哥们儿，是丰台那边一个灯具厂的厂长。他有个表弟，是他舅舅的孩子，也跟小蚊子一样，没工作单位，想学车。找到他，想让他开介绍信，将来驾照落在他那儿。你猜怎么着？老哥们儿坚决拒绝！表弟都给他跪下了他都没答应。你就知道你这个忙帮得有多大了吧？”

韩跃民沉着脸：“我知道了，可你这什么意思？让我不管不顾去把介绍信要回来？”

“没那意思。话都是两头说，没事儿，皆大欢喜；有事儿，大小就是个麻烦。”

韩跃民越听越烦，站起来就往外走：“你结账啊，找你给我添堵来了！”

[五]

行，你行，小子，
这回你要是再给我办砸了，你等着的

这一阵子韩跃民的确烂事缠身。

最要紧的就是李娟。算了算，得有小一个月没单独跟她吃顿饭看场电影了。虽然他认为这纯属耽误工夫，可是女孩子跟男人不一样，尤其是有了那种事以后，眼神、举止都不一样了。韩跃民捋了一下自己眼眉前这些事儿，趁办公室没人，他约李娟："这礼拜五，咱俩看电影去吧？"

李娟眼睛一亮："什么名儿？"

"不知道呢，演什么咱就看什么，跟你们家说一声儿，晚上不回去吃饭。"

"行。"李娟扬着头走出办公室，脚底下像安了弹簧。

韩跃民抿嘴一乐，这丫头，倒也好哄。这个念头一动，他又想起了黄鹂。掐指一算，不知不觉黄鹂都已经走了快五年了。人啊，就是这样，都是远的香近的臭。一推算，黄鹂

魏德全让韩跃民噎得恨恨连声：“行，你行，小子，这回你要是再给我办砸了，你等着的。”

都是奔四十的人了，和李娟比起来，那就是个半老徐娘。可是在韩跃民心里，黄鹂永远是那么一副小鸟依人的情态，一颦一笑、举手投足，永远是青春洋溢。时隔好几年，黄鹂的影子刚有点儿淡去的意思，孙念安的突然出现又把他这段旧情勾起来了。他在心里做着比较和假设，假如黄鹂和李娟都在北京，那么我该去跟谁看电影呢？

又一转念，在北京的是孙念安，这时候想黄鹂，纯属瞎掰。眼时下，后院儿反正是安顿好了，那就该开始考虑前线的事儿了。

魏德全布置的任务，他还真不能不当回事儿。再就是二姐夫的麻烦事，他要是撒手不管，弄不好就是个大事儿，甚至能威胁到二姐的婚姻。还有个更重要的事儿，就是要跟孙念安见个面。见孙念安，隐含着什么目的，韩跃民心里清清楚楚，就那么一个念想，想知道黄鹂的消息。这个念头驱使他特别想跟孙念安见见。再说了，就算没有那个暗含着的心思，就为了解决魏德全和二姐夫的事，他也有必要见见这个已经是港商身份的老熟人了。

关键时刻，孙念安冒了出来，韩跃民不知道这算是自己的运气还是魏德全或者二姐夫的运气。

这么多杂七杂八的事儿，弄得韩跃民没工夫算计狗子他们学车的事了。韩跃民觉着，介绍信，开了也就开了，能怎么着啊！

这世界上大部分的人际关系，都是说不清道不明，往往一个极小的因素，就能决定一种关系模式。

就比如，当初狗子和康五一攒了个局卖出几百块儿手镯表之后，俩人就越来越“莫逆”。韩跃民攒了那个饭局之后，俩人又跟二雷一见如故，成了好哥们儿。下乡卖货，狗子觉得佟之鹰这人不错，关键是觉得佟之鹰作为一个“监军”，既不摆谱也不打官腔，还那么善解人意，没那么多“事儿”。他这个印象，直接影响了二雷。同样也是因为韩跃民攒的那个饭局，二雷和狗子觉着刘小辫儿和小蚊子也是同道中人，再加上这俩人还是韩跃民的发小，爱屋及乌，也成了好哥们儿。二雷捎带着也改变了对张弛的看法，觉得这小子有几分仗义劲儿。陈二晨和谷建军在这些人里稍微有点儿另类，虽然跟狗子和二雷他们那几个三观有点儿不一致，不能完全融合，可是双方都看在韩跃民的份儿上，相处也还和谐。就这么七勾八连相互影响，等于在韩跃民周围形成了一个小圈子，几个人时聚时散，都成了称兄道弟的哥们儿。

这些人，出于交情也好，因为利益也罢，都成了韩跃民的铁哥们儿。

就是这么一帮人，让韩跃民在帽厂内外有了一个相对牢固的小圈子。再加上钱东亮，加上范红梅、疤瘌星、胡子等人，这个小圈子分成若干小单元。韩跃民游走其间，得心应手，俨然成了核心人物。

韩跃民苦心孤诣要废了老富这把悬在头上的剑，没想到反而聊出了一笔好生意。想起老富说的那个彩电的事儿，韩跃民抄起电话：“魏厂长，我这儿联系了二百台原装松下十六吋彩电，您看咱劳服公司接不接？要是不接，我可就给别人了，这儿还排队等着呢。”

魏德全在电话那头拉着长音“噢”了一声，慢吞吞说：“是指标呀还是现货呀？”

“现货。”

“货在你手里？”

韩跃民打了个愣儿，一咬牙说：“对，就在我手里。”

“单价多少钱？”

“从我们这儿走，一台一千九。”

“什么叫从你们那儿走哇，你就说你进货多少钱吧。”

“魏厂长，咱不带这么刨根儿的，您这不是生意道儿。”

魏厂长沉吟了一下，笑骂：“小韩呀，你小子才做了几天买卖呀？就学会水过地皮湿了！这么着吧，一口价，一千八百三，下午你就过来拿支票，明儿提货。”

“厂长您这叫劫道，不是买卖口儿。要不您一千八百五给我，有多少我都接着。”

“小韩你别跟我玩儿这套，信不信我查你的进货底单？”

“那算了，这买卖就当我没说！”韩跃民心里腾起一股火儿，真有心立马挂了电话。犹豫了一下，还是忍住了，举着话筒等魏德全的反应。

电话那头，他听见魏德全喘了一口粗气。可以想见，魏德全肯定是气得脸红脖子粗。静默了足有半分钟，才听见魏德全“喂”了一声。

韩跃民哈哈大笑：“厂长，您是不是正琢磨着把我给撸了呢？”

“你小子少说这便宜话儿，你是厂长办公会讨论任命的，书记找你谈的话，我撸得了你吗？我可跟你说啊小韩，我可有高血压，你要是给我气出个好歹来，你可吃不了兜着走！”

“我哪敢啊厂长，咱有这份儿交情，我才敢跟您逗呢。说实话，您赶紧着，这批货这么紧俏，我可是头一个就想到您给我的任务。这个账您比我清楚，一千九进，两千一出，转手就是四万块钱的利润。您要查我的底单，行，那咱就好好算算。我这儿人吃马喂、上下打点、短途运输加上临时保管和装装卸卸，看看我能有多少赚头儿，看看我是不是蒙您呢。”

“行了行了你也别白话了，明天提货！”

“明儿提货？那不成。”韩跃民眼珠一转，想到一个借口，“货单就在我手里呢，这没跑儿。可我这儿您也看见了，搁得下二百台大彩电吗？我找了个哥们儿，说好了存他们单位仓库里。这么着吧厂长，我这就到厂里找您拿支票，最晚大后天提货。”

魏德全没好气：“干吗大后天啊？那就货到付款，这不能含糊！”

韩跃民心里盘算，大后天能提货就算不错了。这个支票得先入鹏达的账，再用鹏达的支票去提货。不这么倒腾一下，中间那两万元的差价吃不到嘴里啊。想到这些麻烦事儿都是因为手里没钱闹的，韩跃民心里不由得蹿火，张嘴就给顶了回去：“那没戏！您不见兔子不撒鹰，我懂。可是满天转悠的老鹰多得是，给谁谁不要啊！”

魏德全让韩跃民噎得恨恨连声：“行，你行，小子，这回你要是再给我办砸了，你等着的！”

放下电话没五分钟，厂里财务就打来电话：“韩经理，厂长叫您下午来取支票呢。”

韩跃民在公司附近的摊儿上买了块烤白薯，一边骑车一边吃，到厂里取了支票，又马不停蹄返身回来找李娟，让她赶紧到银行去入账。李娟一出门，他就给钱东亮打电话，立等着他给联系了一辆加长“130”卡车。这边又跟老富说好了提货时间，回家又找了小蚊子和刘小辫儿，又通知了狗子和二雷。一切落听，晚饭后他才到家。

这大半天儿，忙得脚不沾地，就吃了一块烤白薯。因为心里架着火，回了家却是一点儿食欲也没有。

第十九章

[一]这个人的丈夫来了，你问都不问一句？有点儿脑子的人，就会觉得你心里藏着事儿呢

[二]老富拎着两个大塑料袋回来，招呼大伙儿：“吃几个包子垫补垫补肚子吧。”

[三]韩春兰还是期期艾艾地不放心，范红梅又瞪眼又跺脚，好歹把她打发走了

[四]更多的人是围着佟之鹰等人询价，还有要求拉上电源看看质量的

[五]老富眨巴着一双细长的眼睛，可怜巴巴看着韩跃民：“您这也太狮子大张口了吧。”

第十九章 六

[一]

这个人的丈夫来了，你问都不问一句？有点儿脑子的人，就会觉得你心里藏着事儿呢

韩跃民还是头一回进这种五星级酒店，要说感觉，就四个字：富丽堂皇。穿着笔挺制服戴着白手套的门童、大冬天儿穿着短裙化着妆大老远就鞠躬问好侧身让路的美女服务员，还有大堂两侧一人多高的鎏金大花瓶、能照见人影儿的大理石地面、贴着金箔的电梯门……韩跃民控制着自己，尽量不东张西望，尽量做出司空见惯的神态，可他心里还是憋不住骂了一句“他妈的”，又冒出一句成语：作威作福。

看起来，范红梅才是司空见惯呢。她那高腰高跟的靴子轻快地敲打着大理石地面，发出清脆的声响。虽然穿着羽绒服，也能隐约看出玲珑的腰身。韩跃民跟在后面，目测她那个高跟鞋的“跟儿”，少说也有两寸半。忽然想到，中国人让女人裹小脚，为的是好看，要的是“袅袅婷婷”的步态。那发明高跟鞋是为什么呢？不也是为了这个“袅袅婷婷”

孙念安一边彬彬有礼地示意范红梅和韩跃民喝咖啡，一边漫不经心地回答："她挺好的，就是跟我一样，也忙。"

嘛！都是在女人的脚上做文章，裹小脚就是封建残余，穿高跟鞋就是现代文明了？他在心里跟自己抬着杠打着架，电梯门已经无声无息打开了。走廊里静谧无人，灯光柔和得有几分暧昧，韩跃民忽然觉得有一种压迫感，他跟着范红梅走在厚厚的地毯上，不由得摘下帽子，理了理头发。

要不是事先知道来找谁，韩跃民绝对是认不出孙念安了。几年没见，孙念安面貌变化不算太大，不过就是胖了一圈，两腮乍起来了。虽然鼻梁上多了一副金丝眼镜，但是眉眼还是那个眉眼。让韩跃民吃惊的主要是孙念安的身材，简直跟从前判若两人。印象中的溜肩膀水蛇腰，变成了圆滚滚的虎背熊腰大肚子。韩跃民一边跟他握手一边感叹："这么说还是资本主义好啊，孙师傅您怎么吃成这样了！"

范红梅拉了他一把："什么就孙师傅呀，这儿哪来的孙师傅啊？这是孙大老板，孙总。"

"噢噢噢，对，孙总孙总，对不住对不住！"

孙念安略带矜持又不失热情："别这么说，我们是老同事了，叫什么都行。小韩呀，我看你也有点儿长肉，比以前好像壮实多了。"

"是，以前吃窝头喝棒子面儿粥，现在好歹隔三岔五能吃顿肉馅儿饺子了。"

范红梅笑着推了他一把："你可真能贫，到哪儿都改不了。"

说说笑笑落座，有个穿花衬衫系领带的小伙子不言不语给每个人面前摆了一杯咖啡。趁这个空当儿，韩跃民起身掏出名片，双手递给孙念安，孙念安微笑着接过去，看了看，说：“帽厂也开始多种经营了，不错。”韩跃民逮着这个机会问了句：“孙……总，黄师傅还好吧？”

这话问出来，他是经过深思熟虑的。问还是不问，什么时候问，一路上他都在琢磨这个问题。结论是，一定要问，还要早问。你不问？说明你心里有鬼——摆到桌面上说，曾经在一起工作好几年，那么熟悉的一个人，这个人的丈夫来了，你问都不问一句？为什么？没脑子的人，可能会说你是失礼；有点儿脑子的人，就会觉得你心里藏着事儿呢。

孙念安一边彬彬有礼地示意范红梅和韩跃民喝咖啡，一边漫不经心地回答：“她挺好的，就是跟我一样，也忙。”

“孩子们……”

“孩子们也都好，老大都该上中学了。”

这个话题不可能继续下去，范红梅及时插话解围：“你们先别忙着叙旧，跃民，咱干什么来了？”

韩跃民看了看范红梅，一拍脑门：“噢，对，那事儿你跟孙总说了吧？”

“说了说了。”孙念安似乎早有准备，一扬手，那个花衬衫小伙子转身拿来一个塑料文件夹，打开，递给孙念安。

孙念安翻看了一下，面向韩跃民：“小韩，那个交订金的人是你姐夫对吧？”

“啊，对对，我二姐夫。”

孙念安点点头，没说话，继续翻看手里的文件夹。

韩跃民觉得没说明白，又找补一句：“整个儿一二傻子，不见兔子就敢撒鹰，平白地给人一千五。现在连人都找不着了……”话没说完，见范红梅冲他摆手，赶忙止住了。

孙念安把那个文件夹合起来，放在茶几上，抬起头来：“是这样啊小韩，哦，不对，韩总。我也和朋友做了一点汽车生意，在北京也有一些客户。你说的你二姐夫这个情况，咱们只能从货源着手，倒着找。咱们范总跟我说了这个事儿以后，尤其我一听还是你的事儿，我就请朋友帮忙打听了一下。”孙念安指了指茶几上的文件夹：“现在还没什么头绪，不过我觉得能找到线索。现在北京做这个生意的虽然不少，可是实际上真有货的也就那么几家，圈子不算太大。你跟你二姐夫说一下，别着急，应该能找到这家掮客公司。”

“那可就太感谢了！”韩跃民欠身点头。范红梅知道这件事说到这一步就不能继续再说了，她引开话题，当着孙念安的面问起了韩跃民那二百台彩电的事。孙念安听了，叮嘱韩跃民：“你们这是公家的买卖，更得加小心。卖家如果不是打过交道的能信得过的公司，交支票以前最好是留个心眼儿，不说一件一件地开箱验货吧，起码也要抽检百分之十以上，别怕麻烦，更别觉得不好意思。”

范红梅说：“没错，这事儿千万别顾面子。跃民我都没跟你说，我们到广州上货，衣服裤子，那都是一件一件地看，就这么小心谨慎，还经常打了眼儿吃哑巴亏呢。”

孙念安说：“是这样，黄鹂她们去年也是搞彩电，五十台进口原装彩电，对方还是朋友，结果没有好好验货，回来以后发现五台电视机的包装箱里面是砖头。”

“啊？”韩跃民睁大了眼睛看着孙念安。

“就是那种打隔断墙用的轻体砖，对方也是下了一些功夫的，重量和电视机没什么不同。所以你们一定不要怕麻烦，一定要先小人后君子。”

韩跃民听着，心里腾腾直打鼓，心说幸亏今天来了一趟，二姐夫那一千五现在都不算什么了，他开始盘算明天得多带几个人去，二百台电视机，那可是好几十万啊，闹着玩儿的呢？

又闲扯了一会儿，趁着那个小青年进来倒水的机会，范红梅说：“孙总，你们也忙，那我们就走了，咱们改日找个机会好好聊。”

孙念安要留他们吃个便饭，范红梅说：“下次吧，还有事呢。”韩跃民也说：“过几天，我来找您，我请您吃东来顺，要不就全聚德。”

孙念安笑了：“你别真把我当港商啊，我可是地道的北京人。”

“可我听您说话有港味儿了啊。”

“是吗，那也是装着装着习惯了，其实我还是喜欢北京。黄鹂也是，别看满口的粤语，其实她更想念北京的日子。”

他主动提起黄鹂，韩跃民顺势问了一句：“黄师傅也做生意呢？”

孙念安摇摇头，又点点头：“算是吧，她现在比我能赚钱，可有本事了呢。”

说说笑笑，孙念安把他们送到电梯口。范红梅伸手拦住了他："您就别送了，留步吧。"

孙念安抬手做了个"请"的手势："好吧，那我就不送了，咱们改日见。"

电梯门关上之前，韩跃民说了句："替我问黄师傅好。"

他相信孙念安是听见了，可惜电梯门已经关上，他没看见孙念安的反应。

[二]

老富拎着两个大塑料袋回来，
招呼大伙儿："吃几个包子垫补垫补肚子吧。"

一大清早，小蚊子和刘小辫儿就来到韩跃民家。韩振江和袁素娥两口子热情款待，张罗沏茶、张罗他们吃油饼喝豆浆，把小蚊子和刘小辫儿张罗得惊慌失措，只好一个跟着一个出门奔了大门口，嘴里喊着："跃民我们外边等你啊。"

韩振江急得追出来喊："这俩臭小子，跑什么跑啊，外边儿齁冷的，赶紧回来！"

小蚊子边走边解释："不价了韩大爷，我自行车没锁。"

韩振江回屋，还唠叨个不停："这俩㞞孩子，这是大了，要面儿了，不是小时候长咱家那会儿了。"

韩跃民埋怨父亲："也没您这么紧张罗的，得，我也吃一口赶紧出去吧。"

"不是我是说，大冷的天儿，喝口热水也是好的啊。"

韩跃民知道爸爸的意思，自个儿在家是单崩儿一个男

老富拎着两个大塑料袋回来，招呼大伙儿："吃几个包子垫补垫补肚子吧。"

孩，他爸爸老担心家里就这么一个男孩儿，出去受欺负，所以特别希望他有一帮子男孩子当玩伴。打上小学就这样，家里来了男同学，韩振江就特别兴奋。半大孩子，消受不了同学家长这份近乎夸张的热情，所以经常被韩振江的热情招待给吓跑了。

韩跃民匆匆咽下一口油饼，喝了口豆浆。穿衣戴帽拿手套，走到门口了，又回身从抽屉里拿出一把剪子揣在大衣口袋里。袁素娥看见，问："你上班带把剪子干吗？"

"我有点儿用。"

"有什么用呀？"

"我，拆包装箱。"

韩跃民和小蚊子刘小辫儿骑车来到水锥子，老富和狗子、二雷、康五一几个人正在马路牙子上抽烟聊天。几个人见了面嘻嘻哈哈闹了一阵，韩跃民远远地看见佟之鹰和张弛也骑着车子赶了过来。他迎上去问："你们干吗来了？"张弛跳下车来："老魏让我们来看着点儿啊，没跟你说？"

韩跃民怒骂："丫怎么这么鸡贼啊，要这样干脆你们俩跟这儿盯着算了，我回去还有别的事儿呢。"

佟之鹰劝他："算了，别跟他一般计较，他说得也没错，好几十万呢，小心没大差。"

韩跃民满心的兴奋变成了郁闷，阴着脸问狗子："车来了吗？"

"来了来了，加长130，司机说了，估计两趟都拉不完。"

老富走到韩跃民身边，一张驴脸拉得老长：“怎么来这么多人啊，打狼啊？”

“我哪知道去，待会儿验了货装完车，都让他们回去。”

老富嘟囔：“验货装车也用不着这么多人啊。”

韩跃民没好气：“还是不放心我呗！”

一行数人来到水锥子一个挂着肥皂厂牌子的大门跟前。大门一开，看见院子里停着一辆加长130，司机正坐在驾驶室里抽烟。车窗开了一条缝，丝丝缕缕的烟雾从里边儿飘出来，弥散在空中。

狗子伸手一指：“就那辆车，车太长，停马路上怕碍事，就开院儿里来了。”

开门的是个六十来岁的老头，花白的头发，有点拱肩。他一见这么多人，打了个愣：“都是来提货的？”

“是啊，得装车啊，人少了不行。”韩跃民应了一句，领着众人往里走。把门的老头伸手拦住韩跃民等人：“都把烟掐了吧，仓库重地严禁抽烟。”

韩跃民正气儿不顺呢，斜楞老头儿一眼，指着院里的卡车问：“那不是有人抽呢吗？”

“没看见人家在车楼子里吗，掐了吧掐了吧，咱别惹事儿，您说呢领导？”

当着佟之鹰和张弛，这句“领导”让韩跃民心里舒坦了一下，他把烟掐了，问老头：“你们这儿管事儿的呢？”

老头往院里边一指：“走到头儿那间办公室，张主任等着你们呢。”

韩跃民领着众人直奔院里。老富跟在后面说了一声：“你们去联系吧，我跟司机交代一声。”

张主任是个几乎秃顶的矮个儿男人，宽额头，戴一副近视镜。见来了人，他赶忙戴上一顶鸭舌帽，拿起暖壶忙着给韩跃民等人倒水。

韩跃民说：“张主任，您也甭忙活了，我们就一辆车，司机估摸着两趟都拉不完。虽说是道儿不算远，可要是来回跑三趟，怎么也得大半天儿，咱抓紧吧。”

“行行行，那咱就直接上仓库。”张主任挺随和，放下暖壶就跟着韩跃民他们出来了。他个儿矮，腿更短，走起路来小碎步紧捯，显得既殷勤又热情。

仓库大门打开，一股冲鼻子的碱味儿扑面而来，韩跃民皱了皱眉：“嘿，透着是肥皂厂啊，味儿真不小！”

张主任解释：“这儿原来是大车间，里边还有个碱池子呢。就因为味儿大，附近居民老提意见，所以搬家了。”

佟之鹰说：“不是早就改化工方法做肥皂了吗，怎么还用碱啊？”

“化工材料味儿更大，还有污染呢。”张主任说着带头走进去，指着一堆高高码起来的纸箱子说：“这就是，昨儿才存进来，今儿就提走，早知道直接弄走不完了嘛……”话没说完，跟着大伙刚进来的老富咳嗽一声，狠狠吐在地上。

张主任打住了话头，干笑了一声，又低头看了看韩跃民早就给了他的那个提货单：“那就……装车吧。”

韩跃民说：“装车不着急，二雷、狗子、老康，你们几个往下搬，搬这边儿空地儿上来。”又转头对老富和佟之鹰、张弛等人示意：“咱就跟这儿验货吧。”

佟之鹰四下打量一番，摊开双手：“怎么验啊，这儿也没电源啊。”

“您还一台一台插上电看看啊？那这二百台电视到明天也验不完。”韩跃民看着张主任：“您给找个电源，我们随机抽检几台，有声有影儿就得。”

张主任答应一声，转身出去了。

老富一直在人群后边冷眼旁观，这时候沉着脸走到韩跃民身边：“韩总，我可跟你说，越是原装进口的彩电，信号选择要求就越高。就这破地方，也没个天线，到时候没声没影咱就不提货了是吗？”

韩跃民抬头看了看这个大车间的人字架顶棚：“没事，电视机不是自带天线吗，我们家那个 14 吋牡丹牌的黑白电视机就是用自带天线也能看好几个台呢，就是有雪花呗。咱们今儿验货，主要就是插上电它能亮就是好活儿。”

老富终于展颜一笑，顿时满脸菊花开：“那成那成，康五一啊，你们往下搬吧，咱要是随机抽检，那就听你们的，你们说验哪台咱就验哪台。”

韩跃民一挥手：“对，往下搬吧。”

老富说：“验百分之十差不多了吧？横不能挨着个儿地验啊。”

韩跃民点头：“对，隔着蹦着的，验个二十来台就得。”

张弛问：“其他的呢，怎么验？”

韩跃民掏出那把剪子："其他的，开箱，看看里边儿，只要是电视机就成。"他始终记着孙念安说的那件事，心说，只要包装箱里边不是轻体砖就行。

狗子见状，从兜里掏出个钥匙串儿："我这儿有个小剪子，还有个水果刀。"

佟之鹰和张弛不约而同走过去，分别从狗子手里接过一个开箱利器。

验货开始，韩跃民分派指挥，验过的，用胶条重新封好，小蚊子和刘小辫儿等人把重新封好的电视机往车上装。老富双手插在大衣兜里，什么也不干，这儿转转，那儿转转，还溜达到马路上抽了根烟。

中午时分，老富拎着两个大塑料袋回来，招呼大伙儿："吃几个包子垫补垫补肚子吧，有干的没稀的。张主任，劳驾您给预备几个茶缸子饭碗什么的，喝开水就包子，凑合一顿得了。"

韩跃民这才想起来，这么多人热火朝天干了半天儿，中午饭还没着落呢。

忙活到下午三点多，二百台彩电验货装车完毕。韩跃民这才小心翼翼从大衣里怀兜里摸出那张支票，仔细看了看，伸手弹了一下交给老富："这是整整三十六万的限额转账支票，这就算两清了吧？"

老富接过来，也仔细看了看，说："我今儿只能先给你打个收条，正式发票得等人家支票入了账以后才给咱开呢。"

"行，这我知道。"

一切顺利。最后一拨儿电视机装上车，眼看着跟车卸货的几个人也都在车厢里安顿好了，韩跃民长出了一口气，心说，两万大洋，这就算到手了。他招呼余下众人：“都跟我到帽厂去，等我跟魏厂长交代明白了，咱下馆子去，有一个算一个！”

正这个时候，韩跃民腰里别着的电蛐蛐叫唤起来。他冲大伙儿挥挥手：“你们先走，我回个电话。”

一行人欢天喜地，坐车的骑车的，直奔帽厂。

[三]

韩春兰还是期期艾艾地不放心，
范红梅又瞪眼又跺脚，好歹把她打发走了

袁素娥在街道工厂上班，离家近，所以每天中午回家，弄口吃的，还能躺十多分钟。韩振江是大工匠，多半的时间在技术革新组，少半的时间兼顾工会的事儿。他常年不倒班，也很少在厂里吃午饭，每天中午回家，和老伴儿吃顿饭，顺便也照看一下他养的那一缸热带鱼。

这天，老两口儿吃了饭，袁素娥刷碗，韩振江喂鱼。二丫头韩春兰风风火火撞进来："妈，家里有钱没？"

"有，要多少？"

"五百。"

"要这么多，咱家开银行的呀？倒是有个二百多，也得到银行给你去取，家里可没有这么多。"

"都取出来能凑够不？"

"凑不够，三百都悬。"

说起钱的事儿，袁素娥唠叨开了："你还不知道呀？你们仨连肩并膀地出门子，把咱的家底儿都掏空了，没拉下饥荒就算是不错了。我这还想着给跃民攒个老婆本儿呢，他要是现在说娶媳妇，还真就得借钱办事……"

韩振江放下鱼抄子："你要这么多钱干吗？"

春兰以眼观鼻："我，有点儿急用。"

"五百不是小数，你得说干什么用吧！"

春兰左看右看，转移话题："韩跃民呢，我给他打电话，人家说他出去办事了。"

袁素娥说："他不是有寻呼机了吗，你呼他呀。"

"啊？他都有寻呼机了？我怎么一点儿不知道呢。"

"这才没几天的事儿，说是公家给配的。"

韩振江沉下脸来，死盯不放："你说说，要钱干什么用？"

韩春兰抬起头来看着爸爸的眼睛，看了几秒钟，突然双手捂脸，哭了，哭得双肩耸动，呜呜有声。

袁素娥一把拉上窗帘，赶过来抱着春兰的头："别哭孩子，怎么了，有什么事儿跟妈说！"

韩振江叹了一口气，转身坐在床沿上："跟小王吵架了吧？小两口儿过日子，哪有不拌嘴的。要是为了钱拌嘴，爸头拱地也给你出这个钱。"

老两口儿你说一句她劝一句，韩春兰不哭了，仰起头，抹了一把眼泪，把小王被人骗了一千五的事儿和盘托出。

现在的难题是，这一千五多一半儿是借来的，当初说好了一个礼拜还钱，这都快半个月了，债主登门，坐着不走，就差撕破脸了。

韩振江听着，手心一个劲儿出汗，憋了半天憋出一句：“那钱给谁了，找他要去啊！”

“现在看，那人多半就是个骗子，骗子人都找不着了，上哪儿要钱去呀！”

韩振江摇摇头，直咂嘴：“当老师就好好给人家当老师，做的什么买卖啊！他以为是谁都能做买卖啊！”

韩春兰急得双脚在地上一阵搓：“都这时候了，您说这个有什么用啊！”

韩振江厉声高喝：“那我说什么！冤有头债有主，你们自个儿挖的坑儿自个儿填去！”

韩春兰又哭起来：“我这不就回来说说嘛，也没实指着您出钱给我们填窟窿。”

“你这是说说吗？你这是要你爹妈的盒儿钱来了！”

袁素娥急得满脸通红，挓挲着俩手，摸摸姑娘的脑袋，又紧着冲韩振江比画，让他少说话：“行啦，都别吵吵啦，孩子心里憋屈得慌，回来说说痛快痛快。”

当妈的这么一说，韩春兰更觉得委屈，不由得转身扑在床上大放悲声。

韩振江猛一拍桌子：“你给我住声儿！要哭回家哭去，我还没死呢！”

韩春兰听见这话，不哭了，猛一下站起身来：“行，那我回家哭去。”说完一把推开屋门冲了出去。

袁素娥追出去拉住闺女的胳膊："你上哪儿去呀，赶紧回屋，咱慢慢儿商量。"

韩春兰边走边挣扎："您回吧，我再想别的辙去。"

"你想什么辙呀，哪儿想辙去呀？"

"没辙我就跳护城河去！"

正是人们吃了饭还没午睡的时候，娘儿俩这么一拉扯，范红梅和她妈从屋里出来了。范家娘儿俩拦住了韩家娘儿俩，范红梅说："怎么了这是，怎么还要跳护城河呢？"红梅妈也笑着说："娘儿俩拌个嘴就要跳河，那咱北京的护城河可就盛不下了。"

韩振江本来还在屋里转磨，盘算着怎么出去把娘儿俩弄回来呢。眼瞅着范家母女出来掺和，他在屋里一拍大腿，索性进里屋睡觉去了。他想的是，万一这四个女人拉拉扯扯进了门，他这个老爷们儿都不知道说什么好了。

韩振江是多虑了。四个女人在院子里说了几句话，范红梅就连说带笑把韩家母女请到自家去了。

饭口儿，老范自然是不回家。红竹报了个财会班，远在海淀，赶上学习的日子就是一天不回家。所以，老范家只有母女俩。

三言五语，红梅就弄明白了怎么回事。其实她早就知道有这么一件事，可是她必须假装头一回听说。因为从袁素娥埋怨闺女"不早说"的言辞中，她知道韩春兰没跟家里说。这个眼睫毛拔下来都能当哨吹的姑娘，一边给韩家母女倒水一边问清了韩春兰眼下的处境，然后没事儿人一样笑着对袁素娥说："大妈，您吃完饭是不是还没收拾呢？"

"可不，正要收拾呢，这小嘎嘣儿的就来了。"

"那您先回家收拾收拾吧，甭管了，我跟二姐去解决这事儿。"

"你怎么解决啊，我跟你说啊红梅，这事儿可轮不到你花钱。"

"您放心，我跟二姐去找那个债主子谈谈。事儿就怕谈，咱又不跟谁打架。"

红梅妈也往外推袁素娥："忙您的去吧，孩子们的事儿，咱也插不上话呀。"

说是这么说，袁素娥还是八百个不放心，一步三回头地走了。

袁素娥一走，范红梅就拉着韩春兰出了门。俩人骑一辆自行车，直奔范红梅的门市部。

韩春兰压根儿不知道范红梅的门市部在哪儿，一路上问了好几次，咱这是上哪儿啊？

范红梅也不搭话，问急了就糊弄她："先去找个人，咱俩能跟人谈出个什么来呀！"

来到门市部，范红梅让疤瘌星从柜上拿了五百块钱，转身递给韩春兰："别跟大爷大妈说，也别告诉跃民，这是咱姐俩儿的事儿。你骑我车，先回家把债主子打发了再说。"

韩春兰红了脸，俩手往外推："这哪行啊，你的钱也不是大风刮来的。"

“是，不是大风刮来的，下雨下来的行了吧。你什么时候有钱了就给我，我也不催着你要。咱姐俩儿一块儿长大的，过不着这个是怎么的？”

韩春兰眼泪都快下来了，这件磨盘压手的事，就这么轻轻松松解决了！

范红梅送韩春兰出来，韩春兰说：“我还是先回家说一声吧，就说这事儿已经解决了，要不我爸我妈还不急出毛病来！”

“你回去怎么说啊？”

“我就说，说你跟人家谈成了呗。”

“我看不把稳，没两句话你就得秃噜了。跟你说吧二姐，我太知道韩大爷和韩大妈的为人秉性了，他们要是知道了，肯定是吃不下睡不着，到时候更没你的好果子吃。我还真不是做好事不留名，再说这钱又不是不让你还。不过就是我这个债主子比他们好对付，不追着你要就是了。还有呢，万一要是逮住那个骗子呢，咱不就万事大吉了吗？听我的吧，你回家先打发要债的，韩大妈那边儿，我待会儿就回家，我给你说一声不就得了。”

韩春兰还是期期艾艾地不放心，范红梅又瞪眼又跺脚，好歹把她打发走了。

本以为这事儿就这么不起风不起浪地算完了，没想到横生枝节。袁素娥回了家，韩振江一问，她一五一十地一说，韩振江不踏实了，登时起身到胡同口打了个传呼，什么也没说，就让韩跃民回家一趟。

韩跃民这边满心惦记着电视机呢，实在是不想分心，随口问了句有什么要紧事，没想到一句话把老爸问急了："家里快死人了，你赶紧的，不回来见不着活的了！"

[四]

更多的人是围着佟之鹰等人询价，还有要求拉上电源看看质量的

天坛帽厂一进大门的那个空场，整整齐齐码放了一堆大彩电，一下子引起了轰动。那正是人们买台黑白电视机都得四处托人情找路子踅摸电视机票的时候，忽然看见这么一大堆彩电，而且包装箱上还一个中国字都没有！在好多人看来，这简直就是梦境了。

下午两点多，最后一车彩电运进来，正赶上上中班儿的人们成群结伙往厂里走。二雷和狗子等人忙着卸车。佟之鹰和康五一在车下接着，一箱一箱地码好。狗子和康五一，没人认识他俩；但是二雷和佟之鹰都是厂里的老人儿了，人们纷纷上前，喊二雷的、叫佟师傅的，问的都是同一句话："这是怎么回事儿啊？哪儿来的这么多大彩电呢？"

二雷没正形的毛病又来了，说："怎么回事儿？没看见呀？十六吋进口原装大彩电，两千五一台，谁要谁跟我

狗子毕竟是农家孩子，年纪又小，面对这些工人老大哥老大姐的问询，他有点儿招架不住

这儿登记，卖完了完。”

佟之鹰的回答比较老实：“这是咱们劳服公司进的货。他们那儿地方小，车也开不进去，先跟这儿存一下。”

佟之鹰这个老老实实的回答反而验证了二雷说的话靠谱，就是二雷嘴里那个价格人们接受不了。于是大伙儿愈发热情地围住卸车的和码箱的几个人，也不管认识不认识，逮什么问什么。

狗子毕竟是农家孩子，年纪又小，面对这些工人老大哥老大姐的问询，他有点儿招架不住，又怕一时说错了话负不起责任，所以干脆来个装聋作哑一言不发。康五一油嘴滑舌惯了，不怯场，可他就会卖嘴皮子，就会夸这个电视怎么怎么好。你问他价格，他说领导定；问他一共多少台，他说他就管搬运，不管过数儿。有人问他松下好还是三洋好，他说只要是日本的，都好。

这边围着的人还没散去，下早班儿的出来了。这下更热闹了，这么高级、抢眼的彩电赫然出现在人们面前，码得小山一样，太有视觉冲击力了。上班的、下班的人们会集到一起，过节一样，还互相说笑打招呼：“我说怎么今儿中班儿的人来这么少呢，敢情都跟这儿看稀罕呢。你买得起吗，光看看有什么用啊！”

“买不起看看也过瘾啊，要不咱俩合着买一台吧，一三五你看，二四六归我。”

更多的人是围着佟之鹰等人询价，还有要求拉上电源看看质量的。一时间热闹喧嚣，赶大集一样。直到魏德全和李涛从楼上跑下来连解释带驱赶地说了几句，大伙儿才逐渐散去，该干吗干吗去了。

魏德全和李涛围着码好的电视机转了一圈，看着满院子码得整整齐齐的电视包装箱，忽然想起个问题来：“我说小佟啊，就这么露天码着，万一要是下个雪啊下个雨的可就毁了。你赶紧的，上仓库领几张大苫布，趁着人多，给苫好了。”

佟之鹰答应一声，转身走了。

魏德全又对刚刚赶回来的张弛说：“晚上还得安排几个人，辛苦一下，看着。”

张弛说：“咱们厂二十四小时都有人，还用看着？”

“就因为二十四小时都有人我才不放心呢，你没看见刚才那些人七嘴八舌的，人少了他们可就该七手八脚了。挺贵重的玩意儿，包装箱弄脏了弄坏了也不行吧。小心没大差，辛苦一下，你安排几个人值夜班。”

张弛为难：“这都干了一天活儿了，验货、装车、卸车……”

“连续作战嘛，那什么，夜班费加倍！”

那时候，全市工业企业的夜班费是统一的三毛钱。张弛心说，加一倍不也才六毛钱吗，也好意思说！眼见魏德全又背着手巡视去了，张弛不再说什么，回头看了看跟他一起回来的小蚊子和刘小辫儿，见这俩人一副事不关己的神态，只好又手搭凉棚往车上看。

二雷卸完了车，正坐在车帮上大喘气呢，他知道张弛什么意思，没等他发话就抢先说：“累一天了，我可不值夜班儿啊！吃苦受累，责任重大，瞪眼熬一宿才六毛钱，谁爱来谁来吧。”

二雷现在不归厂里管了，甩闲咧子更加肆无忌惮。狗子本来就不是厂里的人，他跟小蚊子他们的身份一样，知道值夜班儿不会有自己的事，所以并不搭茬儿。

魏德全当然是听见了二雷的片儿汤话，他翻了翻眼皮，咽口吐沫没说话，转头吩咐李涛：“李主任，你去给劳服公司打个电话，叫他们经理来一趟，办个交割手续。”

张弛还没布置工作呢就被二雷堵住了嘴，这烧鸡大窝脖儿的滋味不好受。正好看见佟之鹰领着俩库管员抬着大苫布走过来，他迎上去问：“小韩还没回来？”

佟之鹰放下苫布，气喘吁吁看了看张弛和他身后的小蚊子刘小辫儿等人：“你们不是在一块儿呢吗，他上哪儿了，没跟你们一起回来？”

张弛下意识地回头看看：“我们出来的时候有人呼他，他说回个电话，我们就先回来了。”

说着，张弛进了传达室，打传呼找韩跃民。佟之鹰招呼狗子、二雷和康五一等人帮着盖苫布。

再说韩跃民这边儿，着急忙慌赶回家，只见老爸老妈坐守愁城，并没有天下大乱的气氛。

韩振江见着儿子就问：“你二姐夫的事儿你知道吗？”

韩跃民脑瓜子快，一看这架势就知道兜不住了，当即点头：“她跟我说了，我这不正帮她找人呢嘛。”

袁素娥埋怨儿子：“这么大事儿你还真瞒得住！”

“我不也是怕您二老着急吗，没事儿，找着人就好办了。”

韩振江一拍桌子：“你眼里还有老家儿吗，你自个儿就敢做这么大主？”

韩跃民和颜悦色，说出话来可是直戳要害：“爸，您别上火，听我好好跟您说。您琢磨琢磨，这事儿我要是跟您说了，您是能找着那个骗子啊还是能给我二姐找点儿钱堵窟窿啊？”

韩振江差点儿被噎个倒仰，沉下心来一寻思，儿子说得一点儿错也没有。自个儿就算知道了，除了跟着着急上火，还真是无能为力。

他和缓了口气：“那你给找着人了吗？”

韩跃民从兜里摸出钱东亮给他的那张纸条：“单位、姓名，都落实了，我正托人找这个人呢。人家也未准就是骗子，兴许是有什么事儿耽误住了。现在这做生意，哪有个准儿啊。”

袁素娥还是惦记着闺女，问韩跃民：“你二姐跟着红梅走了，说也是找人去了，你知道她们去哪儿了吗？”

韩跃民一听这个，悬着的一颗心顿时放进肚子里，急忙点头：“她们俩在一块儿，指定是找我二姐夫了解情况去了。爸、妈，您二老放心吧，我还得回厂里一趟，晚上就不回来吃饭了。”

韩振江说：“你二姐夫家里要账的堵着门呢，你不看看去？”

“放心，这会儿早就没堵门的了。”

[五]

老富眨巴着一双细长的眼睛，可怜巴巴看着韩跃民："您这也太狮子大张口了吧。"

韩跃民匆匆跨出家门，刚蹬上自行车，腰里的电蛐蛐又响了，他看了一眼，是厂里的电话。心说十多分钟也就到了，不用回了。没蹬几步，电蛐蛐又叫唤起来，一看，号码陌生。他担心是二姐和范红梅找他有事，赶紧到胡同口回电话。

电话那头是老富。

"韩总，出了个小岔头儿。我是现在跟你说还是找你当面儿说？"

韩跃民脑袋里顿时"轰"的一声："我的爷，怎么又出岔头了呢？咱能不能办一回漂亮的啊？"

"您先别急，这还说不准是好事儿还是坏事儿呢。"

"你什么意思啊？"

"既是坏事儿也是好事儿，挺难说清楚的，要不我现在找你去吧。"

老富眨巴着一双细长的眼睛，可怜巴巴看着韩跃民："您这也太狮子大张口了吧。"

“那你来吧，我在帽厂等你。”

老富赶紧抢着说：“先别撂呢，我问你，咱那二百台彩电，劳服公司都给卖出去了吗？”

“还没呢，这不是紧俏货吗，厂里估计要插一杠子，打发关系户吧。”

“哦，也是关系户，那就行，还没签合同往外卖就怎么都好办了。待会儿见面说吧。记住喽，您务必摁住了别卖呢！”

“你又玩什么鬼花活呢？”

“没有，玩鬼花活也不是我，这么大的一笔生意，都是明来明去的，我能玩儿什么？我敢玩儿吗？”

韩跃民放下电话，想想也是，这件事基本上都是明打明的，哪个环节玩儿猫腻也玩儿不成。要说有点儿小花活，倒是自个儿从中加价一百元，算是“骑”了一道。这一点，其实魏德全也心知肚明，他不过就是不知道加价多少而已。

一路走一路琢磨，来到了天坛帽厂，见到了匆匆赶来的老富。

老富把韩跃民叫到厂门外，简单说了他去交货款换发票的时候遇到的新情况。

按老富的说法，供货方知道天坛帽厂是国有企业，再加上有老富和那位张主任在现场盯着，所以才敢没见着支票就先让咱们验货装车，这已经是天大的面子了。

这一通儿戴高帽表忠心，必有所图。韩跃民面无表情，等着老富的下文。

老富说，供货方是深圳一家贸易公司驻北京办事处，人家手眼通天，办入关手续都是一个货柜一个货柜的，日本各大品牌的家用电器应有尽有。可是轮到这个北京办事处，货源就不那么充足了。老富的妻子有个亲戚在外贸部，通过这层关系才弄来这批货源。

韩跃民心说，好嘛，来头越弄越大，这是铺垫什么呢？他就这么一直站在老富对面听他说，心里可是不住点儿地打鼓，这家伙兜这么大的圈子，一直不说正题，到底要干什么？

老富又开始说他老婆的各种关系，还说到他老婆给北京一所中学谋福利，买了多少电视、多少进口冰箱和全声道录音机等等。

韩跃民终于耐不住性子了：“哥们儿你就直接说吧，好事儿坏事儿，总得挑明了咱再商量啊！”

老富又绽开满脸的菊花：“说了归齐吧，也没多大事儿，就是北京这家办事处有人走漏消息了，一大帮关系户找上门来，托关系的托关系，写条子的写条子，一句话，要电视机。有几个大关系户得罪不起，还有人觉得你不告诉他就是得罪他了。所以呢，现在供货方临时提出要求，这二百台松下彩电，无论如何也要留下十台。”老富说着就把付款发票拿出来递给韩跃民：“您看，人家就收了一百九十台的钱。我当时也没辙了，只能是先斩后奏，就这么付款了。”

原以为是暴风骤雨，没想到等来个清风明月。韩跃民暗自松了一口气，不就是二百变一百九嘛，以为多大的事儿呢。不过他脸上可没表现出轻松，还是皱眉苦脸如临大敌，叹着气说："魏德全这回又有话说了，办什么事儿，总没个一帆风顺的时候。"

老富体贴地点点头："是呢，按说没多大的事儿，我怕就怕你在老魏面前落个不好的印象。"

韩跃民说："那怎么办，就这么着吧。那家办事处看来还挺有道行，咱以后不还得求人家办事呢吗，我去跟老魏解释一下吧。"

韩跃民用手指弹了弹那张发票，凑近了看了一眼："哎，少了十台不就少交一万八吗，这怎么还有零有整儿了啊，不对吧？"

老富笑了："咱刚才说的是坏事儿，好事儿不是还没说呢吗。"

"嗯？"

老富解释："作为补偿，对方愿意再给十台长虹彩电，好歹算是补足了二百台的数目。这个长虹彩电，市场价一千三百六，人家按一千三给咱们结账。怎么样韩总，够意思了吧？"

韩跃民拿着那张发票翻来覆去看，其实心里是在反复琢磨老富前前后后这一番说辞。想了半天，没什么毛病。现在他宁愿相信老富说的都是真话，也觉得他不敢这么公开玩儿猫腻。他也想不出来，这么玩儿对老富能有什么好处。

韩跃民把这件事想透彻了，觉得无懈可击，不能被老魏挑出什么毛病了，这才去跟魏德全商量。魏德全阴着一张大胖脸，死死盯住了韩跃民，半天没言语。韩跃民让他看得发毛，讪笑着说："怎么着啊厂长，人家那边也算是合情合理，再说还给咱十台长虹呢。"

魏德全脸上阴晴不定，看样子他也拿不准这算是好事儿还是坏事儿。

韩跃民找魏厂长商量事儿，老富在楼下就把这件事跟佟之鹰和张弛等人说了个大概。楼上商量的还没个结果呢，楼下这几个人已经是一片欢呼了。

张弛和佟之鹰是中层干部，不怕见厂领导，所以直接就蹿上楼来掺和了。张弛说："魏厂长，咱那十台长虹就内部消化了吧，您跟小韩商量商量定个价，咱就小范围处理了算了。"

佟之鹰也说："跟您说吧魏厂长，就这十台长虹，咱们内部消化都不够分的，不信您登记一下看看谁想要，一千四一台，不要票，人脑子不打出狗脑子来算我白说。"

魏德全面色有所缓和："嗯，这十台长虹倒是可以作为职工福利。"

韩跃民说："就是啊，一千四一台还不要票，直接把电视拉回家，太划算了。跟您说我早就问过钱东亮，现在一台长虹十六吋彩电，光是票儿就得一百块钱，那还得求人呢。"

魏德全仰头想了一下，说："这样吧，你爸爸是工会主席，这事儿交给他去办。一共七个车间一级的单位，一个车间一台，剩下的厂部处理。还是老办法，抓阄，公平合理，你看呢？”

“我看行。您要不再跟书记说一声？”

“这你就不用管了。跟你爸爸也说一声，明后天就落实。我看啊，这件事这么处理也还可以。”他看了一眼佟之鹰和张弛，“一个车间就一台，你们俩就别在车间跟工人们抢名额了，我可以特批你们参加厂部职工的抓阄，能不能如愿以偿就看你们的手气了。”

佟之鹰和张弛对视一眼，不约而同表示，哪儿的抓阄都不参加。问他们为什么，张弛说，车间主任参加抓阄，抓着了，工人们说你作弊——凭什么几百人抓一个阄，就你当主任的抓着了呢？佟之鹰也说，抓着了，还不够挨骂的呢，吐沫星子能淹死你！

魏德全说：“所以让你们参加厂部抓阄啊。”

佟之鹰说：“一个理儿，厂部那么多人，我们掺和进来，抓着了更挨骂，抓不着光让人看热闹了。”

俩人意见如此一致，魏德全干瞪眼不说话了。

其实，张、佟二人就是赌着一口气呢。他们俩找魏厂长，如意算盘是负责搬运电视机的这些人内部消化这十台长虹，那样他们俩大概率一人能弄一台电视。现在落了个空欢喜，俩人顿时没了兴致。

韩跃民知道他们想的是什么，和他俩一起下楼的时候，又给他们出了个主意——找老富。

他带着俩人出来找到了老富，让老富先不要安排车把那十台进口电视机拉走，然后给出了一个方案：“老富，你再跟那边说说，就说咱们帽厂领导对你们临时扣回十台松下十分不满，关键是厂里的工人们也怨声载道，强烈要求再补偿十台长虹。工人们说了，不给多补偿十台长虹，这十台松下也别想出厂门。”

老富眨巴着一双细长的眼睛，可怜巴巴看着韩跃民：“您这也太狮子大张口了吧！”

“你先去谈谈试试啊。还没谈呢就先打退堂鼓，你哪头儿的啊？”

“我要是一张口，人家就得把我吃了。”

“没事，两国交兵不斩来使，快去吧。”

第二十章

[一] 她瞥了一眼，不由得心里一酸，觉得这小两口儿日子过得有点儿恓惶

[二] 以老富的个性和精明，他也不是那种怎么捏怎么是的软柿子啊

[三] 黄鹂拍手赞成：“好好好，我回来这么多天，还真没吃过涮羊肉呢。”

[四] 他不是没想过结婚，也明知道只要结婚，就只能娶李娟

[一]

她瞥了一眼，不由得心里一酸，
觉得这小两口儿日子过得有点儿恓惶

韩春兰从范红梅手里借了五百元暂时打发了要债的，可她从此心里就不踏实了。这种拆东墙补西墙的事儿，可以说一点儿作用也没有。唯一可以自我安慰的是，范红梅一再说明这个钱不着急，什么时候有了再还。丈夫小王是个小学教师，胆儿小，见识少，能惹事不能扛事。韩春兰深知丈夫这个秉性，也不敢太埋怨他，还得小心翼翼安慰着，大包大揽说已经托了人，钱肯定能找回来。可她自己心里也不托底，这边还得瞒着父母说事儿已经解决了。就这么一天到晚四面支应八处撒谎，弄得她上班都没了心思，也就忘了回家跟父母交代一声。

韩跃民虽然说了一大堆宽心话，说是托了谁谁，找了谁谁，让二老放心。他以为这么一说就算把父母稳住了，可实际上袁素娥不放心，韩振江也不放心。可是这两口子又都怕

袁素娥走进去，先看见靠墙的桌子上摆着半碗米饭、半盘子炒土豆丝，还有半截吃剩下的干辣椒

对方着急上火，所以就谁也不再提这个事儿，都在对方面前装出一副完全相信儿子能把这事圆满解决的样子。

这么绷了几天，袁素娥绷不住了。她知道闺女跟自己是同一天休息，这一天吃了中午饭，到胡同口的副食店买了一斤柿饼一斤核桃酥，安步当车，打算溜达到闺女的小家去看看。

小两口儿住在煤市街一间临街的小筒子房里，房子宽不过两米一二，进深倒是有五米以上，因为采光不好，大白天都得开灯。

除了闺女结婚的时候来过一趟，袁素娥再也没来过。好在她记得门牌号，认准了，一推门，女婿小王正端着个痰盂往外走。看见岳母，小王脸一红，赶紧把痰盂放在地上，招呼岳母进屋。

因为房间太窄，小两口儿的床只能放在最里边。袁素娥走进去，先看见靠墙的桌子上摆着半碗米饭、半盘子炒土豆丝，还有半截吃剩下的干辣椒。她瞥了一眼，不由得心里一酸，觉得这小两口儿日子过得有点儿恓惶。再往里走，只见韩春兰正从床上欠起上身，面无表情地看着母亲。

袁素娥一惊，这才几天没见，姑娘明显瘦了一圈似的，颧骨突起，眼窝深陷，面色苍白，头发也乱蓬蓬的，显得无精打采。

袁素娥侧身坐在床边，伸手摸住了春兰的前额："怎么了闺女？发烧了？感冒了吧？"

"没有，没事儿，睡一觉就好了。妈您干吗来了？"

“你这一绷子也没个信儿了，我来瞧瞧你呗。”

袁素娥看见小王忙着涮杯子找茶叶，想起他刚才端着的那个痰盂，说：“小王你该干吗干吗去吧，我也不渴，别张罗我。”

韩春兰也朝小王挥手：“你快倒了去吧，搁屋里干吗，齁味儿的。”小王这才应了一声，端起痰盂走了出去。

袁素娥想起从胡同口走过来的时候看见十几米外就有个公共厕所，忍不住小声埋怨闺女：“又不是病得起不来炕，大白天的能自己出去就自己出去，干吗在屋里解手啊？男人干这个，不好，回头也让人笑话。”

韩春兰脸上飞起一小片绯红：“那不是……那是我吐的。”

“吐的？怎么还吐了呢？”袁素娥警觉起来，瞧了瞧闺女的脸色，又摸摸闺女的肚子，“你不会是，那什么了吧？”

韩春兰斜靠在床上，低头沉默片刻，终于没忍住，点点头，嘴一瘪，眼泪下来了。

袁素娥又惊又喜，眼睛发亮：“好事儿啊这是，你哭什么啊！去医院了吗？几个月了？”

“说是六个礼拜了。开始也没觉得怎么样，什么反应也没有。就是前天在单位，食堂炸油饼，闻见那个味儿，可把我吐惨了，胆汁都快吐出来了……”

“你这傻丫头，身上那事儿过了日子没来你也不多想想？”

“那不是正赶上他出那个事儿吗，急得吃不下睡不着的，恨不能抓蝎子了，谁还顾得上别的呀。”

袁素娥掐指算了算，还真是，女婿让人骗了一千五的时候，正是这孩子坐胎的日子。她心里一疼，眼泪也下来了：“唉，这可怎么好，你婆婆他们知道了吗？”

“昨天才验出来的，这不是还没来得及去呢嘛。”

“哟，那我这个当姥姥的跟孩子还真有缘！”袁素娥又伸手摸了摸春兰的肚子，眼泪还没擦干净呢，又笑了起来。

娘儿俩正说着话，小王打外边回来了，看见母女俩的神情，一声没言语，拿起个网兜，转身又要出去。

袁素娥一眼看见，喊住了他：“你干吗去？”

“我去，买点菜。我看见胡同口有卖带鱼的，春兰她爱吃鱼……”

“你省省吧，我说话这就走。再说这才几点呀，你这就张罗着做晚上饭了？”

春兰也说：“买了带鱼你做啊？就那个炸带鱼的味儿，我想起来就……”说着用手捂嘴，嗓子里一阵痉挛。小王见状，麻利儿拿起痰盂跑了过来。

袁素娥陪着闺女聊了会儿天，又叮嘱了几句，告辞出来。小王要送，袁素娥拦住了。春兰坐起来穿上鞋，袁素娥倒是没怎么拦着。母女俩出了门，在胡同里慢慢走。袁素娥这才逮着机会问了问人家要债的事儿。

春兰说：“那个订金其实是三千块，小王和同事一人一千五。结果交了订金就联系不上中间人了。”

袁素娥忍不住停了脚步，伸出手指头点了春兰的额头一下：“你们可真是胆儿大！一千五，一水儿都是借的吧？”

“那倒没有。我们自己也有几百，从他爸爸那儿要了二百，总共借了……不到一千块钱吧。”

“你说说你们，眼看着就要生孩子了，这又拉了一屁股饥荒，这可怎么好！”

“妈您也别太着急，红梅说了，她正跟韩跃民一块儿托人找那个中间人呢。他们托的那个人是个港商，听说路子挺宽的。”

“谁那么傻，骗了你们这么多钱还等着你们找上门去啊？要我说，认倒霉吧，以后可得留点儿神，没那个金刚钻儿就甭揽瓷器活儿，哪那么好，就让你们发财呀！”

“还以后呢，眼前都不知道怎么对付呢。他爸爸有高血压，到现在都不敢让老头儿知道。”

“是，瞒着点儿吧。我跟你爸爸也是这么说的，就说是跃民找的谷建军，谷建军他爸爸不是当官儿的嘛，这钱能给要回来。”

母女俩走到胡同口，袁素娥不放心，又坚持着把闺女送回了家门口，这才喜忧参半心事重重地回了家。

[二]

以老富的个性和精明，他也不是那种怎么捏怎么是的软柿子啊

电视机的事基本完满解决，这让韩跃民松了一口气。

二百台松下彩电，被老富来回一串换，变成了一百九十台。作为补偿的十台长虹，又变成了二十台。这到底算是好事儿还是坏事儿呢？韩跃民有点儿没捋清楚。从厂长魏德全的态度来看，他倒是没觉得这有什么不好。毕竟劳服公司那边顺利卖出了一百九十台松下彩电，虽然少了十台电视机的利润，但是毕竟挣到了钱。在魏德全看来，这就是为他挣回了面子，也算是基本撇清了他和鹏远那点儿说不明白扯不清的关系。

可是魏德全满意不等于韩跃民也满意。在韩跃民看来，这个老富因为有手镯表的“前科”，办事就总是让他揪着心。而且，尤其让韩跃民不踏实的是，老富这个人有点儿另类，不管跟大伙儿混得有多熟，说话办事也老是躲躲闪闪的，给

第二十章 六

老富这个人有点儿另类，不管跟大伙儿混得有多熟，说话办事也老是躲躲闪闪的，给人一种隔着心的感觉

人一种隔着心的感觉。总之就是一句话，凡事有老富掺和，韩跃民就总觉得有点儿悬悬乎乎的。他有时候也自我开解，觉得就是手镯表那件事落下的心理阴影。因为直到今天他也没弄明白，当初老富和顺德那边做套儿推销手镯表的事到底是不是真的。如果是真的，那么老富这个人实在很是危险；如果不是真的，冤枉了他，可他为什么就认可了推销两千只手镯表的硬性摊派呢？以老富的个性和精明，他也不是那种怎么捏怎么是的软柿子啊。

韩跃民心里搁着这么一出糊涂官司，对老富就始终不敢完全信任。

十台长虹彩电作为厂里职工福利，虽然远远满足不了需要，可是到底聊胜于无。用厂办主任李涛的话说，算是堵住了人们的嘴。后来被老富“协调”过来的那十台长虹彩电，在张弛和佟之鹰的强烈坚持下，厂部表示留下两台打发关系户，剩下八台由鹏达公司处理，厂部不再干涉。

八台电视机码在鹏达门市部的小小店堂里，吸引了好多人围观询问，门市部一时间热闹起来。余天顺找到韩跃民：“韩总，这几台电视机是谁的谁赶紧拉走吧，倒是真不少招人，这半天儿我光费吐沫星子了。”

这几台电视机不要票，等于比市场价还便宜。就冲这个，也是个人人想要的局面。但是韩跃民错误估计了形势，他压根儿没想到这种一千多块钱的贵重玩意儿会出现人人争抢的局面。所以他做了个错误决定：参与装卸电视机的人优先。先紧着这些人，剩下的再说。他是站在自家经济条件的立场上这么说的，以为总不至于这些人个个都买得起。没想到这么一来，就弄出个尴尬局面。

电视机是老富凭面子挣来的，他说要一台，无异议；老富和康五一关系好，许诺给他一台，大家也没意见。佟之鹰和张弛各要了一台，这也是板上钉钉的事。韩跃民知道自己买不起，本来想高风亮节一回，宣布不要。可他临时想到范红梅帮了二姐那么大忙，要表示感谢，这正是个机会。电话里跟范红梅一说，范红梅高兴之情溢于言表。这样，他的这个指标也占上了。刘小辫儿和小蚊子上蹿下跳，都说要。韩跃民背地里问他们：“你们跟家里商量好了吗？”言外之意：“有钱买吗？”没想到这俩人异口同声：“不用商量，肯定要。”弄到最后，狗子和二雷俩人都想要，可是只剩了一台。已经答应出去的，一台也退不回来。二雷和狗子大眼瞪小眼，都不想放弃。

几个人围坐在屋里开会研究，烟沤了一屋子，谁也不说话。二雷看着狗子，说：“咱俩这么好的哥们儿，谁也别让谁，干脆甄丁壳算了，看谁运气好，愿赌服输，也不伤和气。”

狗子一听红了脸，说：“别，那就归你吧，不行我就买个票儿去，你甭管了。”说完猛抽一口烟，出了一口长气。谁都看得出来，他脸红不是心疼买票儿的钱，是觉得自己的待遇不如人。狗子这人，平时在公司里疼兄爱弟，仗义疏财，人缘不错。看他这表情，大概除了老富，人人心里都不是滋味儿。

韩跃民打个哈哈：“咱不至于啊，难道还要玩儿个二桃杀三士？”

这个典故，在座的大概也就只有佟之鹰知道。他双手在脸上猛搓了几下，起身打开一扇窗户，说：“你们这是抽了多少啊，放放烟！”

狗子掩饰地笑了一声，把烟头摁灭在烟缸里：“不抽了，就这么着吧韩总，我不要了，给二雷就行了。”说完也站起身来，准备出去。

佟之鹰拦住他：“老弟别走，听我说两句。”

他这么一说，再加上冷风一吹，满屋子的人为之一振。

佟之鹰拉着狗子坐下：“各位兄弟，我要这个电视，实在是有点儿小鸡吃豌豆——强努。说实话吧，钱都没凑够呢，还得找亲戚借几百。所以呢，既然都这么想要，我就别跟着起哄了。小韩，我那台不要了，咱也都别发愁了。”

张弛要说话，韩跃民抢先说：“别呀哥们儿，轮谁也轮不到你让啊！你不是……”

佟之鹰伸手止住了他，一笑：“什么叫轮啊，有多少水和多少泥，我这点儿水还真和不了这么一大摊泥，我估摸着明后年再买彩电，也就不用拉饥荒了。就这么着吧，我还有事呢，先走一步了啊。”他没等别人再说什么，开门出去了。

二雷和狗子面面相觑，都没说话。张弛一拍大腿，又要说什么，韩跃民再次拦住了他：“得了，佟之鹰既然够意思，咱们就都念他一个好儿吧，多的话谁也别说了。”

他又一指狗子和二雷：“你们俩，请人家老佟喝顿酒！”

狗子又红了脸：“我请我请！”

二雷说：“干吗你请啊，瞧不起谁呢你！”

狗子笑了：“你怎么不懂好赖话儿呢？”

韩跃民起身：“散了散了，你们俩别再打起来。”

这件事，就这么解决了。

这边一切落了听，陈大眼才得着信儿，也打来电话想要，韩跃民说：“晚啦，没了。下回吧。”

李娟也晚了一步。她跟家里商量好了，也想要一台，可惜也没戏了。韩跃民跟她解释，要先紧着参与装卸电视机那拨儿人。李娟神情落寞：“我还跑银行给你们换支票了呢，也算出力参与了吧？”

看着她那个失望的眼神，韩跃民心里一疼，直后悔不该跟范红梅说。可惜事已至此，再说什么也晚了。他只能安慰李娟：“赶明儿我找钱东亮，跟他要张票。”

李娟抬眼看了看韩跃民，刚开口说了个“无所谓”，狗子就冲过来：“娟姐也想买台电视吧？韩总，我就让给娟姐吧！”

李娟赶忙说：“不用不用，我们家也是有一搭无一搭，早就有一台14吋黑白的，也才看了三四年，还好着呢。再说我爷爷本来就不主张买，现在没买着，还不够他老人家乐的呢。”

“不是我是说，你们……”

李娟警觉地看了狗子一眼：“我们？我们怎么了？”

“我是说你们要是张罗着结婚，怎么也得有台彩电啊。”

韩跃民推了狗子一把："你哪只耳朵听说我们要结婚了？"

李娟也说："就是，尽裹乱！"

狗子有点儿急赤白脸了："不是，我是说，这不是早晚的事儿了吗！"

韩跃民一瞪眼："滚！"

狗子一哈腰："好嘞。"

李娟展颜一笑，迤迤然走了。

[三]

黄鹂拍手赞成："好好好，
我回来这么多天，还真没吃过涮羊肉呢。"

看见黄鹂第一眼，韩跃民恍如梦中。好几年不见，黄鹂怎么越长越年轻，而且还长个儿了呢！都说"二十三蹿一蹿"，难道四十出头的妇人也能再"蹿"一回个儿？

北京的春天，乍暖还寒，范红梅还穿着羽绒服呢，黄鹂已经是一身春装了。湖蓝色开司米毛衣，淡黄色高腰西装筒裤，高跟鞋！韩跃民瞥了一眼就知道她为什么长个儿了。那个跟儿足有十公分，越往下越细，细得让人担心。一头乌发如旧，只是发髻高盘，显得脖子白皙颀长，愈发风姿绰约。

韩跃民的眼睛飞快掠过，看见了该凸的凸，该凹的凹。女人是否年轻，最关键是体态。黄鹂的体态轻盈灵活，所以就显得格外年轻。

韩跃民不加掩饰，开口恭维："黄师傅，您倒着长的啊？"

黄鹂拍手赞成："好好好，我回来这么多天，还真没吃过涮羊肉呢。"

黄鹂佯装不懂："什么倒着长？"

范红梅以为她真没听懂："黄姐，他说您越长越年轻呢。"

黄鹂笑靥如花："我以为你说我拿大顶呢，还这么贫啊！"

韩跃民一边跟孙念安握手一边说："还真行，走了好几年，京片子还没走样儿。"

孙念安说："她，语言大师级的。到那边没一年，谁都听不出她是内地人了。"

"我师傅聪明，学什么都快。"

范红梅说："别师傅师傅的了，叫姐姐。"

韩跃民不服："她看着比我还小呢！"

"那就叫黄老板，这不分年龄。"

孙念安打圆场："老朋友了，叫什么都行。"

黄鹂拉着范红梅落座，笑道："按岁数，他应该叫我阿姨。"

黄鹂是十天前从广州赶到北京的。这期间，范红梅约过韩跃民，说黄鹂来了，你不去看看你师傅？韩跃民一是真忙，正忙着处理那些电视机；二是也想保持一点矜持。要是刚听说黄鹂来了就急煎煎赶着去见面，担心被看轻，也怕孙念安多想。

范红梅倒是跟黄鹂见了好几次，因为她的业务不能等。

见面之前，韩跃民已经从范红梅嘴里知道了黄鹂从事的是什么行当。自从有了外汇兑换券，黄鹂就看准了倒汇生意里头的“商机”。当“商机”越过法律的底线便容易引来“杀机”，凡事皆有因果，此为后话。

范红梅要经常到广东进货，好多东西，用外汇兑换券买就比用人民币便宜。而且有些商品用人民币买不着，只能用外汇券。所以，她虽然不是干这一行的，但是对这个行情了如指掌。听孙念安说黄鹂干这个，范红梅老早就盼着黄鹂到北京来。两个人精级别的女人惺惺相惜、一见如故。黄鹂知道了范红梅是韩跃民的发小儿，对她多了几分照顾。范红梅当然知道跟黄鹂搞好关系的重要性，所以她投桃报李，介绍了几个生意场上的朋友给黄鹂。

韩跃民不干这一行，所以他巴巴地跑来，就是为了见见黄鹂，叙旧。另一层原因，也是因为范红梅说，孙念安果然通过“大通商贸公司”找到了那个倒卖汽车的掮客，二姐夫的订金退回有望了。

果然，几个人在客厅落座闲聊了一会儿，宾馆前台就打来电话找孙念安，说有人找他。孙念安说：“让他上来吧。”

黄鹂见状，拉着范红梅起身：“咱俩单聊，让他们自己谈吧。”俩女人躲到里间，关上了门。

门铃“叮咚”一声，陪在孙念安身边的那个年轻人去开门。

进来的这个男人，四十来岁，穿个军大衣，胡子拉碴，头发打绺，给人的感觉是脏乎乎的。他进门就冲着孙念安点头哈腰，一脸谄媚：“您是孙总吧？我是大通的老乔，我们李总叫我来找您认错。”

孙念安说："找我认什么错啊？你们拿了人家的钱就跑，就这么做生意？"

"哎哟孙总，您可冤枉死我们了！真不是那么回事儿，是海南岛那边发来的货耽误了，在天津那边半个多月进不了港。"

孙念安一撩眼皮，似乎有点儿感兴趣了："不是北京吉普吗，怎么海南岛发货呢？"

老乔往前凑了凑："这是个转着圈儿的买卖，海南岛那边儿发来的是进口汽车，货到天津港，北京这边就放'212吉普'。说起来都是指标对指标，可是不见着大货就谁也不敢撒手……"

孙念安打断了他："不管为了什么，你们收了介绍费就躲着不见人家了，这算什么？"

老乔满脸委屈："没躲着啊。好嘛，我们这个苦，吃大发了。我们到天津新港等着，还有俩大客户不放心，也跟着我们去了新港。船一天不到，人家客户就不让我们走。这十多天，我们吃方便面吃得都想吐了……"

孙念安不耐烦了："钱带来了吗？"

"带来了带来了，不带钱我也不敢见您啊。"老乔说着伸手进里怀，掏出一沓子钞票递给孙念安："您过过数儿。"

孙念安冲韩跃民一抬手，老乔一转身，双手把钱递给了韩跃民："您数数，这是两千六。"

韩跃民一扬眉："不是三千吗？这还水过地皮湿啊？"

"这位小爷，您就饶了我们吧！这半个多月，我们人吃马喂就不说了，吃苦受累挨饿挨冻找谁说理去呀！水过地皮湿，咱不敢，您不能让我们自个儿掏钱陪着玩儿吧？”

这话，软中带硬，韩跃民还真不好反驳了。

看来孙念安也是想息事宁人，不打算较真，他冲韩跃民点了点头：“你跟你姐夫解释解释，也该给他们点儿教训，要不他们不长记性。”

韩跃民一想也是，二姐夫这个书呆子，也太容易上当了。让他摔个跟头吃点儿亏，有好处没坏处。他把钱收起来，抬头朝老乔咧了咧嘴：“您受累了！”

老乔皮笑肉不笑：“您客气！麻烦您跟那位朋友也说一声，我们也是正规的买卖，打根儿起就没蒙他们。要真憋着蒙人，我们也不能这么轻易就让他刨了根儿。再说了，一看您那俩朋友就是雏儿，想吃怕烫，想拼缝挣钱，推推挡挡的不让我们跟真正的买主见面。说实话，蒙这种人，那是我们不局气，那叫欺负人，您说是不是这个理儿？”

这小子，说话夹枪带棒绵里藏针。韩跃民心里明白遇上茬子了，情知跟这种京油子耍嘴皮子斗不过人家。一想，反正钱算是拿回来了，就让人家痛快痛快嘴也没什么。他一笑，深深点头：“您说得对，他们都不是买卖人，回头我说说他们，不是扛枪打猎的，就少往林子里钻，是吧？”

老乔双手一合：“没错您哪！”又转头对孙念安说：“孙总，没什么事儿那我就回了？”

孙念安起身跟老乔握了握手：“那我就不留您了，那谁，送送乔先生！”

老乔刚出门，黄鹂和范红梅就从里间走了出来。韩跃民心里高兴，说："走吧，我摆一桌，谢谢孙总和黄总，还有咱们范总。"

黄鹂说："你在哪儿摆一桌呀？在这儿？这可是五星级酒店，摆一桌，你好不容易要回来的那点儿钱够不够都不好说。"

孙念安说："小韩你不用跟我们客气，要我说，咱们东来顺吧。"

黄鹂拍手赞成："好好好，我回来这么多天，还真没吃过涮羊肉呢。"

范红梅边穿羽绒服边说："走着，今儿我做东。"

[四]

他不是没想过结婚，
也明知道只要结婚，就只能娶李娟

北京人的民俗习惯和文化心态有一个重要特点，那就是崇尚“仗义”，讲究朋友情谊。朋友相处，看重的也是“仗义”这俩字。

狗子和二雷不约而同认可了佟之鹰，并不仅仅是因为佟之鹰把到手的电视让了出来。在这件事之前，几个人有过几次共事的经历，相处中，很容易就能知道对方的性格、为人处世的方式和待人接物的习性。这个，瞒不住人。狗子和二雷都是有一定社会经验的成年人，谁的人性好坏，还是能辨别的。他们认可佟之鹰，就是因为觉得他平时为人“仗义”，够哥们儿意思。人心是杆秤，日子长了，佟之鹰在“仗义”这方面的表现，也的确得到了大伙儿的认可。

佟之鹰就这么个性子。隐藏在内心深处的自卑和因为这个自卑又格外强烈的自尊意识，在他那儿完美地交融、混合，

韩跃民尽管花心，可他接受的是传统家庭的道德熏染，所以心里还是有个底线，知道李娟为自己打过胎，不能对不起人家

形成了一种自相矛盾又完美统一的双重性格。

剃头匠的后代、寒门小户的居住环境，都是他觉得自己处处不如人的原因，为这个，他自卑；同样还是为这个，他又格外敏感地维护着自尊。为了在人前有尊严，他能不带任何功利目的，不遗余力地主动帮助别人。比如他给霍师傅的女儿办转岗，除了给自己落个好名声、希图霍师傅在关键时刻投自己一张赞成票之外，还真说不好他能从中得到什么实际的好处。

俗话说，日久见人心。佟之鹰的行事做派，逐渐得到了大家的认可，连张弛这样有点儿小清高小自私的干部子弟都跟他成了好哥们儿。关键是，佟之鹰还能形成一个气场，不知不觉就影响着周围的人。比如二雷跟张弛，就因为当初入团申请书的事儿，俩人闹得差点儿翻了脸，有一阵子势同水火。结果呢，共事时间长了，在佟之鹰不露声色的斡旋下，二雷对张弛的看法也变了，也成了可以无话不谈的朋友。

这些也是韩跃民逐渐体会出来的。韩跃民和佟之鹰以前就是普通同事，交往不多。密切接触两年多以来，他觉得佟之鹰为人宽厚实诚，不藏奸，没坏心眼儿，是个可交的朋友。这个感觉，大概也是多数人的感觉。尤其是二雷和狗子，经过了主动让电视那件事，狗子和二雷嘴上没说什么感谢之类的漂亮话，但是看得出来，这俩小子内心都受到了触动。

哥俩儿把电视搬回家，诚心诚意找佟之鹰，要请他喝顿酒。可是佟之鹰说："兄弟，你们要是为这事儿请我喝酒，那就生分了。以后日子长着呢，没理由没借口的时候一块儿喝酒，那才叫哥们儿呢！”

这话，叫人心服口服。

佟之鹰结婚的时候，狗子除了跟大伙儿一起随了份子，又单出了一个红包，背着人硬塞给了佟之鹰。二雷也不含糊。他有个发小是萃华楼饭庄的厨子，佟之鹰结婚，办事前一天晚上他就把这个二级厨师请到佟家“落桌”，第二天的流水席，都是这位厨师一手操办的。

那段时间，佟之鹰结婚，张弛结婚，小蚊子也结了婚，再加上康五一结婚……闹了半天结婚这种事也会传染，也有连锁效应。没过几个月，狗子的驾照拿下来了。虽然还是个白本儿，还有一年的实习期，可也把他美得够呛。趁着喜兴劲儿，他也悍然宣布：“我要结婚了！”

韩跃民大吃一惊：“你还不到二十五周岁呢吧，就结婚？”

“我们那儿就这个风俗习惯，我这都算晚的了。”

张弛有点儿发蒙：“你们那儿？你不是北京人？”

狗子挺得意：“我是啊，可我们属于四季青公社，好多人还都是农业户口呢。”

这事儿在韩跃民等人听来还真挺新鲜：“农业户口就可以早婚？”

“那我不知道，反正我们那儿都结婚早，我好几个发小儿，孩子都快打酱油了。”

“民政局给你登记吗？”

“先不登记呗，先办事，放炮仗喝喜酒入洞房，这谁也管不着。”

于是大伙儿起着哄去喝了一顿喜酒，狗子左手拿驾照、右手抱新娘，就算是双喜临门了。

这么几场婚宴办下来，鹏达公司和天坛帽厂的几个哥们儿走得越来越近。

狗子比二雷还小一两岁，结了婚大伙儿才知道，他是正经的奉子成婚。办事的时候，眼尖的李娟一眼就看出来了，悄悄拉着韩跃民说：“新娘子有了。”

“有什么？”

“孩子！”

“孩子？你可别瞎说啊，也不看看这什么场合！”

李娟隔着衣服掐住了韩跃民胳膊上的一小块肉，使劲儿一拧：“说错了我赔你个孩子！”

韩跃民疼得直咧嘴，扭头一看，李娟眼圈儿都红了。他知道李娟想的是当年他们打掉的那个孩子，心一软，没敢再说什么。

事后，韩跃民忍不住把李娟这个“独到”的发现据为己有，在一个没有狗子在场的酒局上说了出来。这种事被二雷、康五一和小蚊子、刘小辫儿之流知道了还有个好儿？这几个坏小子时不时就拿狗子打镲，狗子倒是也不在乎，索性来个二皮脸：“怎么了？哥们儿这叫本事，先上车后买票新鲜吗？纯粹少见多怪没见过世面！”

他这么一反击，那几个小子顿时臊眉耷眼，反倒觉得自个儿规规矩矩先买票后上车是个见不得人的短儿了。

眼见耳闻，一年多的时间，跟韩跃民岁数差不多的同事同学纷纷走入婚姻。韩振江和袁素娥沉不住气了，旁敲侧击试探韩跃民，可他就三个字：不着急。

李娟先读了财会班，后来又考了个崇文夜大。这个夜大还挺正规，学制四年，每周四个晚上有课，外加两个半天儿脱产上学。这么一来，弄得她还真忙。韩跃民倒也乐得她去上这个学，省得今儿看电影明儿遛公园，这种形式主义的恋爱方式他很不感冒，多数情况下都觉得是浪费时间。

在这方面，应该说韩跃民是典型的花心大萝卜，很难定下心来专一。他不是没想过结婚，也明知道只要结婚，就只能娶李娟。他尽管花心，可他接受的是传统家庭的道德熏陶，所以心里还是有个底线，知道李娟为自己打过胎，不能对不起人家。真要那么做了，落个始乱终弃的名声，让人看不起，自个儿也觉得不仗义。

韩跃民和李娟交往年头多了，他自己都说不好这算不算是谈恋爱。在一起的时候长了，大概是进入了所谓的疲惫期，激情不再，流于形式了。

这样的时候，黄鹂居然又出现在他的生活中。这个当年跟他暧昧缱绻柔情似水的女人，在某种程度上说比李娟更能吸引他。在韩跃民心里，李娟就像个青苹果，黄鹂就是一朵绚烂的牡丹。自从见了暌违几年的黄鹂，韩跃民心里就出现了观念和感官的剪刀差。观念上，他觉得比自己大十一岁的女人已经是老女人了；但是见了黄鹂，感官上他又觉得黄鹂还是那么风情万种，叫他禁不住想入非非。

他们四个人一起去东来顺，结账的时候，孙念安和范红梅在柜台那儿争执，韩跃民瞅准机会捏了捏黄鹂的手。黄鹂虽然烫着了一样迅速躲开，却笑着说了一句：“还这么馋，我都什么岁数了！”韩跃民当时没说出话来，好半天沉浸在细腻滑爽的手感中。直到孙念安和范红梅一边说话一边往回走的时候，他才面无表情地说了一句十分淫邪的“风话”：“你这岁数正好，哪天找机会让我出出火呗。”

黄鹂脸红了一下，抬手整理头发，小声训斥：“滚一边儿去！”

打这个时候开始，韩跃民开始心猿意马，得空就畅想金风玉露一相逢的欢娱。

他从范红梅嘴里知道，黄鹂真的打算在北京开辟战场，甚至已经开始在雅宝路一带租房子了。

范红梅的说法是：人家老公在北京开买卖，两口子还是在一块儿好。

可是韩跃民想起来，孙念安明明说过，他要到深圳去开一家电脑公司。孙念安是学无线电的，还是对这个感兴趣。

他想，黄鹂之所以要留在北京，自己的因素占比几何呢？

第二十一章

[一] 韩跃民以为她是开玩笑，心说还整出个“皇军”来，怎么不是个太君呢

[二] 车主来了，同来的还有几个壮汉，一个个横眉立目、酒气熏天，嘴里还骂骂咧咧的

[三] 三百块钱借出去了，从此也就成了刘二爷的一块心病

[四] 左手垫钱买票证、右手拿出去送人，这种状况没维持多少日子他就扛不住了

[五] 俩人来到大门口，执手相望，珍重再三，鲁三儿这才一步三回头地走了

[一]

韩跃民以为她是开玩笑，心说还整出个“皇军“来，怎么不是个太君呢

“五一”劳动节，范红梅新婚大喜。她在胡同里碰上下班回家的韩跃民，轻描淡写把这个事儿告诉了他。

韩跃民本来连车都没下，就那么单脚支地听着范红梅说话。听说她要结婚，韩跃民瞪着眼半天没回过神来。他单腿从自行车上迈下来，正儿八经跟范红梅站了个面对面：“结婚？你跟谁结婚啊？”

范红梅脸上有点儿不自然了：“郭建星，你认识。”

“郭建星？”韩跃民一时又没回过神来，想了想，猛然醒悟，“你是说，疤瘌星啊？”

“你瞧你，以后见面得叫姐夫了，可别这么叫了。”

“嗯嗯嗯。”韩跃民连连点头，“这倒是，情理之中，不过就是有点儿意料之外。”

范红梅推了他一把：“你还转上了！”

韩跃民以为她是开玩笑，心说还整出个“皇军”来，怎么不是个太君呢

韩跃民正色："不开玩笑，说真的，疤……郭……老郭那人正经不错，人也长得挺气派，有男人气，够爷们儿。"

"得啦，你要想说什么就这会儿跟我说，到那天可给我老实点儿，别胡说八道没个把门儿的。怎么说你也算是我娘家人儿呢。"

"对对对，娘家人儿，放心吧！"

范红梅把饭店的地址告诉了韩跃民："请柬我就不给你了，也没写那么多。晚上给你妈你爸送一份去，都代表了。"

"得嘞！"

韩跃民刚要走，范红梅又叫住了他："你跟小蚊子和刘小辫儿也说一声，都是自己人，我就不专门找他们了。到时候你们都来，热闹热闹。"

韩跃民想都没想，答应一声，上车走了。回了家才想起来，范红梅说"都是自己人"？她什么时候跟小蚊子他们混这么熟了？又想起当初这俩哥们儿跟狗子一块儿报名学车的事儿，心里犯了嘀咕，这俩小子是不是早就背着我跟范红梅勾连着做生意呢？要不，他们哪儿来的钱学车呢？

晚上，范红梅来家里送请柬，因为当着父母的面，韩跃民也没好问。

婚礼那天，韩跃民一大早就去范家道了喜，点了根烟、吃了块糖，就跟范红竹一起到酒店搓忙去了。刚到酒店没十分钟，韩跃民的电蛐蛐就响了。一看，是黄鹂的手提电话号码，他用酒店的电话回过去，黄鹂说："正好，你都到酒店了，等着我，马上就到。”

韩跃民来到大门口，黄鹂也坐着出租车赶到了。韩跃民远远看着，黄鹂和一个高个子卷发男青年从车上下来。俩人往酒店大门走的时候，男青年还搂着黄鹂的肩，看样子挺亲密。

韩跃民心里好一阵不舒坦，勉强笑着迎上去打招呼：“来这么早啊？”

黄鹂从小挎包里掏出个红包：“我还得赶十一点半的飞机飞广州呢，婚礼是参加不成了，这是我的一点儿意思，待会儿你给红梅吧。”

韩跃民这才注意到那辆出租车没走，他看了看车，又看了看黄鹂身边的男青年：“喜酒也喝不成了，有急事儿啊？”

“是啊，紧急商务。”黄鹂眨了眨眼，把身边的男青年往前一推，指着韩跃民，“不认识吧？介绍一下，这是我徒弟小韩。”又对韩跃民说：“他是黄军，你就叫叔叔吧。”

韩跃民以为她是开玩笑，心说还整出个“皇军”来，怎么不是个太君呢！他握住黄军伸出来的手：“您好，我叫韩跃民。”

“叫叔叔呀，这么没礼貌呢！”

韩跃民尴尬了，看模样，这个叫黄军的小青年和自己年龄差不多，打哪儿论也不该叫叔叔啊，他求助地看着男青年：“我……”

黄鹂笑得花枝乱颤：“晕了吧！跟你说啊韩跃民，让你叫叔叔你都占便宜了，我都跟他叫叔叔。”

韩跃民猛然想起，黄鹂说过，真有个小她七八岁的小叔叔，还是亲的。

韩跃民心中豁然开朗，那个不舒坦的感觉顿时烟消云散。他再次抓起黄军的手，使劲儿摇晃了几下："对不住对不住，黄叔！"

黄军笑着："没事儿没事儿，初次见面，怎么叫都行。"一边说一边手上使劲儿，韩跃民一咧嘴："黄叔，手劲儿这么大啊！"

黄鹂在一边笑道："他都跆拳道黑带三段了，你可别惹他。"

黄军拍了拍韩跃民的肩膀："开个小玩笑，别介意啊。"又转身对黄鹂："咱该走了吧！"

送走了黄鹂和黄军，韩跃民刚要转身回酒店，身后响起一阵汽车喇叭声。他一回头，一辆拉达轿车停在身后不远处，开车的居然是狗子，下来的是小蚊子和刘小辫儿。

狗子一下车就冲韩跃民大声说："韩总，我们还说去接您呢，到家一问才知道您早就来了。"

韩跃民没理会狗子的叫喊，迎着小蚊子和刘小辫儿走了两步："你们地下工作玩儿得不错啊，什么时候跟你范姐姐勾搭上了？"

刘小辫儿指了指小蚊子："问他！"

小蚊子说："问我什么啊，哪回不是咱俩一块儿去啊？"

韩跃民不稀得跟他俩斗贫嘴，揪住小蚊子不放，三言两语就问了个大概。原来小蚊子打十来年前倒腾鸡蛋换粮票的时候就跟范红梅有了“业务”往来，捎带着跟疤瘌星也经常见面。这就不奇怪了，范红梅结婚，他们俩来凑个份子也是情理中事。

狗子停好了车，溜达过来。韩跃民看了看那个拉达，问：“买车了？”

“您别寒碜我，我哪买得起车啊，借的。”

狗子爱凑热闹，他跟范红梅没见过几回，连熟人都算不上。听说小蚊子和刘小辫儿要来参加婚礼，他不但要上赶着来随礼，还专门借了个车，打算着万一婚礼上要用车倒不过来的时候，他好显显勤儿。所以他赶到小蚊子家，接上那俩混世魔王，计划接上韩跃民，也顺便跟老范家打个招呼，告诉他们有这么个车候着呢，随时听从调遣。没想到韩跃民已经到了现场，再看老范家，两间小屋里里外外都是人，没一个认识的。于是他们三个就直奔酒店来了。

酒席宴上，韩跃民冷眼观察，发觉小蚊子和刘小辫儿跟范红梅的关系不是一般的熟，甚至范红竹也跟他们说笑打闹，看样子交情不一般。等范红梅两口子挨桌敬酒的仪程完毕，瞅了个空当，韩跃民凑过去把他们叫到一边，掏出那个大红包递过去：“黄鹂提前来了，她要去广州，就不过来道喜了，让我跟你们说一声。”

范红梅打开红包，两根手指一夹，晃了晃：“行，两百美子，这个礼可够重的！”

疤瘌星凑趣：“黄姐那是大手笔，等她回来咱好好请她撮一顿。”

韩跃民从旁打量疤瘌星，才发觉他穿上西服还挺显精神。关键是留长了头发，额头那个寸许长疤痕也给遮住了。侧面看，鹰鼻鹞眼，线条刚硬，轮廓清晰，很有几分英俊潇洒的风度。

疤瘌星发现韩跃民注视自己，笑问：“怎么着跃民，哥们儿这身儿西服还可以吧？”

韩跃民摇头：“不怎么样，你穿着跟傻姑爷似的，假了吧唧。”

“你把那个傻字去喽，哥们儿打今儿起，在老范家就是一姑爷。”

范红梅问韩跃民：“你们单位那个陈海，我记得没见过几回吧，怎么还随礼来了，怪不好意思的。”

韩跃民一笑：“没事儿，他就那么一人，哪儿有热闹往哪儿凑。”

范红梅四下张望：“一错眼神就找不找他了，回头你替我说一声，客气客气。”

韩跃民点点头，趁机发问：“哎，我看小蚊子他们俩跟你们挺熟啊，你们什么时候走动起来的，我怎么一点儿不知道呢？”

范红梅一笑：“要说走动，得有小十年了吧。”

疤瘌星笑着说：“您是大经理，业务繁忙啊，哪顾得上我们怎么活着啊！”

韩跃民推了他一把：“你是不想让我好好跟你叫声姐夫了吧？”

疤瘌星一作揖："饶了我吧，叫老郭就得，叫姐夫倒显得生分了。"

范红梅不解："叫姐夫怎么就生分了呢？"

"叫姐夫，他就成我小舅子了。小舅子，多难听啊！"

韩跃民也笑了，伸出手掌朝疤瘌星示意："是不大好听，那就这么着，老郭！"

疤瘌星抬手，跟韩跃民击了一下掌。

[二]

车主来了，同来的还有几个壮汉，一个个横眉立目、酒气熏天，嘴里还骂骂咧咧的

韩跃民家大门口，比胡同里其他地方略微宽出一米多，成了个袖珍型的小广场。就这么点儿地利优势，春夏秋三季，老有个棋摊儿。

摊主刘二爷，是刘小辫儿的亲二爷，也就是刘小辫他爸爸的亲叔叔。这老头孤身一人住街西口，七十多岁，身体挺硬朗。可就是有一点，只要不下棋，他精神上就有点儿不大正常，话多，而且反反复复老念叨一件事。但是只要车马炮一摆，这老爷子立马精神百倍，跟正常人一模一样了。

五月底的天气，已经挺热了。韩跃民送二姐和二姐夫出来，站在门口说了几句话。

二姐夫说："跃民呀，这回多亏你了！"

韩跃民挥挥手："别老说了行不？都说多少回了！"

二姐说："跃民呀，当着爸妈我也没敢说，你说红梅当

车主来了，同来的还有几个壮汉，一个个横眉立目、酒气熏天，嘴里还骂骂咧咧的

初借我那五百块，那可是救命呀！可我找她好几回，她就是不要，说是你给她帮的忙比这大多了，就当谢承你了。你帮了人家什么忙啊，值这么多钱？”

韩跃民想了想：“我也没帮她什么啊。这么着，要我说，借的就是借的，有借就得有还，你还是想法子给她吧，谁挣钱也不容易。”

二姐夫点头：“就是就是。”

微风飘来一阵槐花香，送来一个苍老的声音：“谁呀！谁借钱了啊？借什么钱啊，千万别借钱，可了不得！”

韩跃民情知坏了，赶紧回头朝刘二爷抱拳：“二爷爷，没事儿没事儿，您下您的棋，我们闲聊天呢。”一边说着，他赶紧示意二姐和二姐夫跟他往远处走，身后传来老爷子的声音：“借了就甭打算要回来！”

韩跃民陪着二姐两口子不疾不徐往街口走，身后又传来一阵汽车引擎声。他们三个本能地往边上躲了躲，打算让汽车过去。可是凭感觉，这个车并不想超过他们，就那么不紧不慢跟着。韩跃民纳闷，一回头，副驾窗口探出个人脑袋：“跃民，走啊，吃羊肉串儿去！”

这才知道是小蚊子，开车的是狗子。还没说话，后边的车窗也摇下来了，刘小辫儿大声喊：“赶紧着，上车！”

韩跃民说：“我可穿着趿拉板儿呢，也得回家换换鞋啊。”

“换什么啊，又不是叫你出席宴会，你光着脚都没事儿。”

韩跃民双手上下一摸："也没带钱啊！"

狗子在车里喊："带什么钱啊，带着嘴就行！"

韩跃民只好跟二姐两口子打了个招呼，拉开车门上车了。

小蚊子兴高采烈，还不忘客气："二姐、二姐夫，一块儿去吧！"

韩春兰摆摆手："你们去吧，少喝酒啊！"

"那我们先走啦。"

车上，小蚊子问韩跃民："你们怎么又招惹刘二爷了，我看他直想追你们，好几个人好不容易把他拦住了。"

"嗐，我二姐，前一阵不是跟红梅借了五百块钱吗？给她她还不要了。刘二爷可能是听见我们说借钱的事儿了，差点儿没给勾得犯了病。"

狗子不知情，问："怎么呢？提借钱就犯病？"

小蚊子说："那可不，犯了病就缠着不让你走，非说得吐了白沫不可。"

"嘿嘿，这可有点儿意思。"

韩跃民发现刘小辫儿不搭腔，抬胳膊肘拱了拱他："睡着啦？"

"啊？没有，我这不听你们说呢吗。跟你说啊跃民，别招惹我二爷，七十多的人了，哪天跟你聊着聊着躺下了，你说都说不清楚。"

"这还用你嘱咐？咱这胡同谁不知道这个啊？"

狗子来了兴致："怎么回事儿啊，跟我说说。"

韩跃民怕刘小辫儿脸上挂不住，赶紧打岔："说什么说啊，开你的车吧。咱到哪儿吃羊肉串儿去啊？"

狗子一说吃就忘了别的："甘家口那边儿，有不少卖烤羊肉串的，都是新疆人，特正宗。"

"那么老远，就为一口吃？"

"远什么呀，一脚油门儿的事儿。"狗子一开车就兴奋。出胡同口右拐，有一段快慢车道的隔离带。说是隔离带，其实也就是一条十公分高、一米来宽的便道，路边上竖着公交车站牌子。狗子开的是一辆切诺基，边开车边吹："这车，中外合资，底盘高，还带前后加力，牛！"

牛人开好车，狗子一打方向，汽车轧过隔离带，直接上了马路。这一上一下，把韩跃民等人颠得东倒西歪，一个个开口就没好听的："你丫会开车吗，摇煤球呢你！"

"这车是赁来的吧，你丫倒是减个速啊！"

狗子也不回话，咧着嘴笑。笑容还挂在脸上呢，车到一个十字路口，路中央站着个警察，朝狗子的车打了个靠边停车的手势。

狗子顿时脸都绿了，目视前方，嘴里不住声喊："韩总韩总，怎么办啊？"

韩跃民也没了主意："我哪知道怎么办啊，让你停车你就停呗。"

小蚊子和刘小辫儿都有驾照，他们俩判断，肯定是刚才轧着便道上马路叫警察瞧见了。

果然，狗子一路小跑来到警察面前，那个中年交警开口就说："马路是你们家的啊，想怎么开就怎么开？"

狗子点头哈腰赔笑脸："是是是，我错了我错了，我就是一着急抄了个近，对不住了对不住了！"

警察说："你没对不住我，你要是出了事儿，对不住的不定是谁呢。你抄近？都这么抄近，这马路还不乱了营！"

"是是是，下回不这样了。"

警察一伸手："驾照、行驶本儿。"

"哎哎哎，这儿呢。"

中年警察看了看狗子的驾照和行驶本儿，抬起眼皮在狗子脸上扫了一眼："跟你说啊，两条。一条，违章走非机动车道；第二条，灯光不全。你大灯怎么还不开呢？坏啦？"

"没有啊，没坏，我是说这天儿还这么亮呢……"

"天儿？你种地的啊，看天儿？交规规定，路灯亮，行驶车辆的大灯就得亮，你是没学过还是就饭吃了？我看你回炉再学学去吧。"

狗子一愣，抬手给了自己一个小嘴巴："哟哟哟，真是没注意，这路灯怎么都亮了。"

小蚊子抬头看了看："还真是嘿，路灯都亮了。"

"一共两条，罚款十块！"警察说着掏出了罚款单。

"别别别。"狗子掏出一包万宝路，抽出一支烟硬往警察手里递，"下回改，一定改！今儿就这么一次您就让我记住了。"

中年警察面无表情挡开狗子的烟，片儿汤话来了："我不抽，抽不起。"

狗子连忙把大半盒烟都往警察手里塞："您拿着，慢慢抽。"

"别，这么好的烟，我抽惯了你也不给我送了，不是害我嘛！来吧，别说别的了，交罚款。"

祸不单行，这边儿刚交了罚款，余悸未消呢，那边儿又惹了祸。

车到甘家口，狗子倒车的时候一个不留神，把一辆崭新的桑塔纳轿车的前脸儿撞坏了，前保险杠严重变形，连前机器盖子都翻了起来。停车场的保安员见状慌忙把车主找了出来，让他们自己交涉。

车主来了，同来的还有几个壮汉，一个个横眉立目、酒气熏天，嘴里还骂骂咧咧的。车主倒是没骂人，心平气和地说，这辆车提货没几天，连牌照和保险都没上呢，现在给撞成了这样，起码得换一个前脸儿、上盖儿和保险杠。再说这崭新的车还没怎么上路呢就给撞成这样儿，搁谁谁不堵心？所以，车主提出：让狗子掏三千五百块钱，就什么都不用管了。否则就把他的切诺基和驾驶本、身份证留下，等车主修完车再凭单据找他实报实销。

天儿还不算太热，可狗子满脸都是汗。他结结巴巴地说："我这车，是借、借来的……"

车主一脸不屑："你偷来的我都管不着，我的车可是花钱买来的。"

不管掏钱还是扣车，狗子都表示接受不了。他跟车主说："该赔多少钱你我说了都不算，要不咱们还是找交通队解决吧。”他这话一出口，车主还没说什么呢，那几个敞襟露怀的醉汉急了，抡着酒瓶子就要“花”了狗子。

韩跃民情知这事没法交涉了，他也知道，狗子不同意对方提出的条件，关键是因为既不敢让人家扣车也掏不出钱来。于是他问车主：“我们是不是掏三千五百块钱就可以走人了？”车主点头认可。韩跃民找了个公用电话，拨通了孙念安的大哥大。

半个多小时后，孙念安和他那个小跟班来到现场。一看停在面前的是一辆奔驰，车主和那几个醉汉都不言语了。孙念安让小跟班点了三千五百元现金给车主。钱一过手，让车主写了个收条，这事儿就算处理完了。

[三]

三百块钱借出去了，从此也就成了刘二爷的一块心病

三千五百元的账，是韩跃民做了担保借给狗子的。他在电话里跟孙念安说的是最多一个月还账。狗子说，不用，半个月就行。

半个月，也足够韩跃民心焦的了。尤其是开头几天，他简直就是寝食难安，无论干什么事都想着那三千五百元的账。三千五，那可是他一年多的工资总额。

那几天，上班下班看见刘二爷守着棋摊儿下棋，他就不由得想起有关刘二爷的种种传说。脑子里一开始转悠这个，他就更加魂不守舍。眼看着狗子每天来去轻松，该说说该笑笑，好像已经把那三千五的债务忘到脑后去了。韩跃民终于忍不住找了个没人的机会把狗子叫到公司外边："你那钱打算什么时候给人家孙先生啊？"

"甭急。"狗子笑眯眯递给韩跃民一支烟，"我说

三百块钱借出去了，从此也就成了刘二爷的一块心病

半个月，自有半个月的道理。这几天我先忙着给哥们儿修那个切诺基呢，嘿，还真别说，大老美的东西就是结实，你看给那个桑塔纳顶成那样了吧，切诺基没事儿，换个后保险杠，还跟新的一样。我就是觉着对不住哥们儿，打算修完了给人家配一副座椅套，算是个补偿吧。”

韩跃民眼睛一眨不眨盯着狗子：“跟我绕脖子哪！你说了半天，还没回答我的问题呢！”

“这不正要说呢吗。”狗子两腮肉十分饱满，笑起来有几分佛相，“哥们儿自个儿惹的祸，就得自个儿扛。这回真得动用我的小金库了。”

“你还有小金库？”

“有啊，兄弟我那些年跑单帮，挣了几个，都没敢跟家里说实话，存了个死期，一年拿一回利息。说实话吧，给我哥们儿修切诺基，用的就是利息。”

韩跃民盯着他那张胖脸，心里计算修切诺基花多少钱，一年的利息是多少。可他知道算也是瞎算，人家本金多少都没告诉你，怎么算利息啊！再说了，韩跃民长这么大还没进银行存过钱呢，什么活期死期，利息多少，对他来说就是一团糨糊。他看着狗子那张笑得弥勒佛一样的脸，心说真是人比人气死人，这王八蛋小小年纪，居然都吃起利息来了！他又想起刘二爷的传说，据说刘二爷当年自己透露，一年能拿十来块钱的利息呢。那可是六十年代的事儿，那时候就能每年拿十来块钱的利息，对升斗小民来说简直就是个梦想。

韩跃民一走神，有一会子没言语。狗子以为他生气了，赶紧切入主题："这回的祸闯大了，我得动用本资了。"

话入本题，韩跃民收回思绪："怎么着？"

"我为什么说半个月准能把钱给孙先生呢？因为下礼拜我就有一个死期的折子到日子了。到时候我取出来，分分钟就把孙先生的钱还上了，根本用不了一个月。"

"你可说准了！这可不能开玩笑打马虎眼。"

"您就把心搁肚子里吧！"

"成，我信你，你要是没把握，可就把我坑成刘二爷了。"

"刘二爷？噢，就那天你们说的那个？对了，怎么回事儿呀，您跟我说说。"

韩跃民心里涌起一股冲动，他还真要把刘二爷的故事给狗子好好说说，为什么呢？他隐隐觉得，这个故事能敲打一下狗子，能让他认真对待还账这件事。他拉着狗子坐在公司门口的马路牙子上，一五一十讲起了他听说和看到的刘二爷。

小时候，韩跃民就经常遇见刘二爷一个人在胡同里徘徊，时而仰天喃喃自语，时而垂首做痛苦状。你要是注意他，他就停下来看着你："记着，小子，钱财当面清，半点儿别含糊；有钱就藏好喽，千万别借人！"说完了就用他那一对大黄眼珠子盯着你，非要看到你点了头才算完事儿。

韩跃民觉得害怕，可又觉着好玩儿，有时候就趁着人多胆壮故意逗他："您说有钱就怎么着来着？"刘二爷听了，完全不觉得你是在跟他逗着玩儿，会一本正经认认真真地把他说过千百遍的话再重复一遍。你一遍遍问，他就不厌其烦地一遍遍说。直说得嘴角泛白沫，双眼瞪出了血丝。

那时候听大人们聊天，说起这位刘二爷都是一副既同情又有点儿幸灾乐祸的口气。“同情”，还好理解；“幸灾乐祸”则是一种穷人心态——升斗小民对富人的天然的仇视。

这位刘二爷一辈子没结婚，早年当过棚匠，卖过风筝，后来拉洋车；解放后成立运输联社，他又蹬了几年三轮车。七十年代中期，他都六十多岁了才从运输联社退休，一个月拿三十多块钱的退休金。这点儿钱，足够他衣食无忧了。刘二爷因为没有家室拖累，平时除了抽两口旱烟、喝点儿小酒之外，也没什么别的嗜好，所以手里攒了几个钱。

刘二爷有个拜把子兄弟，叫鲁三儿，俩人是几十年的交情了。那年，鲁三儿的父亲病故，他不愿火化老爹的遗体，想运回山东老家土葬。可是鲁三儿家里人口多，平时挣一个吃一个，不但没存项，还因为给老父亲治病拉下了不少饥荒。再往老家运遗体，连雇车带发送以及一应花销，没三百元下不来。鲁三儿没了辙，带着两个儿子来找刘二爷，进门就摁着俩儿子给刘二爷磕头，磕完了头说要借钱。刘二爷本不想借，知道他家人口重，甭说三百块，就是三十块钱他也不好说一时半会儿能还上。虽说是早年的把兄弟，磕过头焚过香换过帖子的，可是亲是亲财是财，刘二爷的那点存项也是一滴血一滴汗挣来的，是留着养老的棺材本儿，真让他拿出来填了这个“坑”，实在是心虚气短。无奈鲁三儿拉着俩儿子跪在地上还不起来了，刘二爷往起拽，鲁三儿一把鼻涕一把泪地打摽悠，口口声声说是半年之内就是卖血也把这钱还上。人家连这种话都说出来了，刘二爷心再硬也不能回绝了。毕竟是磕过头的兄弟，他觉着鲁三儿怎么也不能坑害自个儿，心一热，当下告诉鲁三儿：“先回家支应着，自己回头去帮他摘借摘借，借着了就给他送家里去。”这也是他临时想出来的一个托词，明着就有这笔钱，也不敢说是自个儿的，愣说是跟别人转借的，为的是日后要账的时候遮羞脸儿、好开口。

三百块钱借出去了，从此也就成了刘二爷的一块心病。眼巴巴过了半年，鲁三儿该还账了，左等右等没消息；他硬着头皮去催了一回，说人家债主跟他要这笔钱呢。鲁三儿没容他把话说完就开始哭穷，说大儿媳妇刚怀上了孩子，他正准备给俩儿子分家呢；还有老闺女也要出嫁，手里再紧巴也得给预备几件嫁妆，又是作揖又是打躬地叫刘二爷再跟债主对付对付，容他缓上几个月。刘二爷脸儿热，人家这么一说，他也不好再逼人家，自己反而觉着对不住朋友似的，臊眉耷眼回家了。这么一拖，又是半年多过去了。鲁三儿家住在崇文门，刘二爷为了避嫌，半年多连崇文门都不敢去了，生怕人家碰见他说他是去逼债。

狗子听到这儿笑起来：“这老头儿，也忒厚道了！”

韩跃民深有同感：“可不，比刘小辫儿强太多了。”

狗子看着韩跃民，不敢往下接话了。

俩人正感慨呢，李娟跑出来：“跃民，谷建军找你。”

“哟，这小子，回来啦？”

“不知道他在哪儿呢，反正就是电话找你。”

[四]

左手垫钱买票证、右手拿出去送人，这种状况没维持多少日子他就扛不住了

都说福无双至祸不单行，还真是在论的。韩跃民应约在胡同口见到了谷建军，一看他那张哭丧着的脸，韩跃民就知道他准没好事儿。

谷建军是一年前作为试点交流干部下放到河南某镇当副镇长的。对他个人来说，这其实是个机会。一般认为，这种挂职交流本身就有提拔的性质，一般干部带着副科级的职务放下去一年，回来很可能就提为正科。陈二晨认为，谷建军的父亲在市局担任副局长，这跟他能挂职下放有很大关系。可惜谷建军有点儿烂泥扶不上墙，下去混了一年，回来以后也没提拔。他把这个经过跟韩跃民简单说了一下，韩跃民就以为他是为这个才哭丧着脸。

谷秃子要拉着韩跃民找地方边吃边说，韩跃民说别这么费劲铺排了，你不就那点儿破事儿嘛，改天多找几个哥们儿

一块儿讨论吧。谷秃子左顾右盼了一番，说还是换个地儿吧，回头再冤家路窄，遇见小蚊子他们就不好了。

韩跃民不解："都是老同学，你怎么还怕遇见他们呢？"

"回头再跟你细说，你就听我的吧。"谷秃子说着蹁腿上了车，韩跃民只好跟在后面。谷秃子骑车跑出去老远，找个阴凉地儿停下。韩跃民看了看，这是个日杂商店的门口，有几层台阶，人也不多。他和谷秃子并肩坐在台阶上，问："这儿好像离你们家不远了吧？"谷秃子搬家以后，韩跃民好像只来过一两次，看着这地方有点儿面熟。

谷秃子答非所问："你最近见着小蚊子和刘小辫儿了吗？"

"什么叫最近啊，差不多可以说天天能见着。"

"没觉得他们俩有什么不正常吗？"

"怎么不正常了？"韩跃民反问。他倒是觉得今天谷秃子有点儿反常，怎么下去一年才回来，变得不那么朝气蓬勃单纯活跃了，好像心事重重的。他问谷秃子："你这不是才回来嘛，你不至于吧，就因为没提拔，万念俱灰了？"

谷秃子有点儿恼怒："你什么跟什么啊，我是那种官儿迷吗？"

"那你这是为什么呢？咱俩可有一年多没见了吧，打我见着你，还没见你笑过呢，怎么了这是？"

见谷秃子还是不言语，韩跃民还是想用玩笑打破僵局，肩膀一拱他，继续开逗："来，龇个牙给爷看看！"

谷秃子没反应，坐着发呆，双目茫然。好半天他才长叹一声："哥们儿，我算是让小蚊子他们给坑惨了！要不是他们俩，我跑河南去受这个罪干吗！你以为我真想熬个一官半职啊？"

韩跃民大吃一惊。他太了解谷建军了，这是个从来都不会发愁的主儿，不是遇到过不去的坎儿，不会这样。怎么回事儿？你跟我说说，他们俩怎么坑你了呢？

谷建军这才一边叹气一边诉说了既往的经过。

说起来，根源还是几年前的那次同学聚会。意气风发的谷建军大包大揽，答应给同学们买电视买自行车。这个大话吹出去了，实际上也没几个同学真找他办这个事儿。大伙儿都知道这种事儿不是上嘴唇一碰下嘴唇就能成的，谁办，也得搭人情。再说，谷建军有一个说俩的毛病谁都知道，吹两句痛快痛快嘴，在老同学们面前拔拔份儿，太当真就让人家下不来台了。

但是，小蚊子和刘小辫儿就当了真，逮着这个机会给谷秃子找了不少"活儿"。别的同学要求不多，零零散散的都好对付。可小蚊子和刘小辫儿三天两头找他，七大姑八大姨，三朋四友，总之各种关系吧，好像凡是他俩认识的人都要买电视机买自行车。谷秃子虚荣啊、好面子啊，他尤其不想在这俩坏小子面前认㞞说软话，每一次都是胸脯拍得山响，背地里使尽了浑身解数满足他俩的要求。局里个别干部有这个路子，谷秃子就千方百计跟人家套拉拢走关系，编各种借口淘换各种票证。白来的票证很快就供不应求了，为了满足虚荣心，谷秃子开始自己垫钱买票证，用饮鸩止渴的方式换取小蚊子他们俩言不由衷的赞美和吹捧。

北京人讲究“胳膊折了往袖口里褪”“脑袋掉了一边安去”。这说的就是为人处世要讲个面子，丢什么也不能丢面子，不能让人看不起。谷秃子就是典型的这种人，他死死苦撑，奔命一样给小蚊子和刘小辫儿四处淘换票证。淘换不来就买，平价买不来就高价买。

可是谷秃子不是大款，左手垫钱买票证、右手拿出去送人，这种状况没维持多少日子他就扛不住了。他开始躲着小蚊子和刘小辫儿，电话不接、找他也“不在”。

可是晚了，小蚊子和刘小辫儿被这个畅通无比的“供货渠道”撑得胃口越来越大，刹不住车了。其实，他们俩一开始也不过就是满足自己的虚荣心，真是给亲戚朋友踅摸票证，送个人情，走个面儿。可是亲戚朋友谁拿了票证也不会白拿，多多少少都有一份人情送给他们。然后就是亲戚的亲戚，朋友的朋友，就像涟漪一样，一圈一圈扩大，没完没了。一票难求的境况是谁都知道的，关系没那么近的，甚至不熟识的人也开始来要票证，小蚊子和刘小辫儿就开始收费了。说收费就是好听的，其实就是直接倒卖。钱这个东西，一沾上就离不开了。眼看着这边说句话，转头就是真金白银地揣进兜儿，这么好的买卖，不可能说收手就收手。欲壑难填，贪得无厌，说的就是他们俩。

那一阵子，俩人都成了左近商场那些散兵游勇的票贩子们崇拜的大神。各种牌子的电视机、自行车，只要找到他俩求购，基本上应有尽有，没有也给你想法子弄来。

后来，俩人找谷秃子越来越难，也就知道谷秃子快要山穷水尽了。小蚊子主意多，找到谷秃子，说我们老这么托你给找票，你又不是印票的，早晚有个断档的时候。再说你老这么找关系白要人家的票也不是个长久之计，干脆你收点儿钱，我们心里也踏实。谷秃子到这时候了还是驴死不倒架，硬撑着说不用，还豪迈地说："花钱，找我干吗？"

就这么着，苦苦撑了一年多，谷秃子终于撑不下去了。正赶上京豫两地干部交流培训，谷秃子还真是求了老爸，托了个关系，报名参加了赴豫锻炼。他老爸还以为儿子这是要求进步呢，帮他说了说，他总算冠冕堂皇地躲开了那两个索命鬼的纠缠。

韩跃民听着，气得脸都红了。他喘了一口粗气，问谷建军："这俩小子坑了你多少钱？"

谷秃子翻翻眼皮："反正他们俩是捆一块儿的，先前不花钱找的不算，我花钱给他们买的，最少也有一千七八了，只多不少。为这个，我妈和我姐都让我蒙了不少钱。我自个儿还得节衣缩食，吃不上喝不上的，都快赶上当年的老红军了，就差吃草根煮皮带了。"谷秃子似乎又还了阳，开始耍贫嘴了。

韩跃民又吃了一惊，真没想到这个印象中的纨绔子弟能干出这么傻实在的事来。自己垫了那么大一笔钱，就为了有个面子！

心疼兄弟，加上生他的气，韩跃民忍不住数落："你充大尾巴狼啊，充能耐梗啊，瘦驴拉硬屎啊，你活该！这回虾米了吧！你就是典型的死要面子活受罪，合着你这张脸比人民币金贵？”

谷秃子一脸委屈：“不是，你是不知道，那俩小子，真拿话把你往高处架，往死胡同里挤啊！其实后来我也明白了，他们就是玩儿傻小子呢。可我拉不下脸来，老觉得他们不至于这么没完没了，就想着等他们自己觉得不好意思了，不也就停了嘛。谁知道……唉！钱越垫越多，我就想，身子都掉井里了，耳朵还挂得住吗？爱咋咋的吧！”

韩跃民看着谷建军无奈无助的表情，心里忽然涌出无限的感动和感慨——这小子，宅心仁厚啊！都让人家坑成这样了，按常理都应该堵着家门去论个是非了，可他居然还生怕遇见那俩不仗义的玩意儿！

韩跃民满心敬佩地拍了拍谷秃子的后背，顺手一推：“回家吧哥们儿，改天给你接风。”

[五]

俩人来到大门口，执手相望，
珍重再三，鲁三儿这才一步三回头地走了

跟谷秃子分了手，韩跃民晃晃荡荡不想回家，一个人来到天坛北门，买了瓶汽水，一边看街景一边想心事。

跟狗子聊了聊，他对自个儿担保的那三千五不怎么担心了。现在又冒出来谷建军和小蚊子他们的糟心事，让他心里乱成了一锅粥。三个人都是他的发小、同学。他承认，自己跟谷秃子走得近一点儿。可是小蚊子和刘小辫儿也是打小一起玩大的哥们儿，这俩人这么坑谷秃子，真是让他万没想到。

想起给狗子讲的刘二爷的事，那可是刘小辫儿的亲二爷，爷儿俩怎么这么不一样呢！

当年的刘二爷，为人做事那么仁义，到头来却遭了人家的算计。

这个经过，听大人们讲过好多次。

就在刘二爷为该不该再次登门要账的事儿纠结的时

俩人来到大门口，执手相望，珍重再三，鲁三儿这才一步三回头地走了

候，有一天，鲁三儿突然拎着两瓶酒来找刘二爷，说是当初刘二爷借给他的那三百元钱帮了他的大忙，今儿得空，是特来谢承谢承他的。

“谢承”，这是什么意思呢？是来还钱还是只表示感谢呢？

生性忠厚的刘二爷觉得人家应该是来还钱的，不还钱，光谢承有什么用呢？脑子里有了这个思维定式，以为鲁三儿必是来还账的。刘二爷心里一松快，上次登门要账的事又涌上心头，觉着自己真是有点小心眼儿了。几十年的交情了，又是磕头的兄弟，人家遇上磨盘压住手的难事了，告借几百块钱自己还推三阻四的；明着自个儿手里就有钱，还愣说是从别人手里转借的。这不，人家主动上门还债来了，虽说是拖了点儿时候，那不是人家有难处吗？比比人家，自个儿可真是不够意思，有点儿犯小人了。越是这么想，心里就越是觉着气短理亏，觉着对不住鲁三儿。刘二爷光棍一个，平时又好喝两口，眼见鲁三儿还拿了酒来，心里就腾起一股空前的热情。他想用高度的热情掩盖自己当初的“小心眼儿”，弥补从前的“不仗义”。于是，他让鲁三儿在屋里等着，自个儿出门，买了点儿粉肠小肚猪头肉、开花豆炒花生之类的下酒菜，兄弟俩摆开架势喝了起来。

刘二爷心里有愧，觉着对不住兄弟，又不好明说，怕的是越描越黑，越说越不着痕迹。心里有这么个事儿搁着，这酒喝起来就没了节制。俩人推杯换盏，边喝边聊，从当年磕头换帖子开始，聊到后来为了谋生各奔东西的经历。从刘二爷的一误再误结果一辈子没成上个家说到鲁三儿一家的人多口重。俩人从头晌午一直喝到了太阳偏西，眼看着一瓶酒见了底，两瓶酒底朝天。话越说越投机，哥们儿弟兄的那份儿交情也越喝越浓。

刘二爷家住的是个大杂院，前院套后院，二十几户人家，干什么的都有。傍晚时分，院子里上班的上学的都回来了。看看天色将晚，鲁三儿告辞。刘二爷住的是里院，见鲁三儿要走，要留饭也没留住，于是脚底下拌着蒜往外送。鲁三儿走到院子当中才突然想起来似的回头告诉刘二爷："二哥，这账一拖一年多，真叫我张不开嘴说了！那什么，就搁您褥子底下了，回头您……"

刘二爷心里头一股子热乎乎的劲儿正蓬着，加上酒力攻心，老觉得自个儿愧对朋友，所以连连摆手叫他别往下说了。好像他要是再说下去，他这张老脸就在街坊们面前丢尽了似的。俩人来到大门口，执手相望，珍重再三，鲁三儿这才一步三回头地走了。

刘二爷本来就喝得智乱神昏、五迷三道了，硬扛着送了客，回到屋里倒头就睡。一觉醒来，已是第二天清晨了。他想起鲁三儿昨晚临走时交代过的话，伸手就往褥子底下摸。一摸摸了个空，心里一惊，慌忙下地，又摸了几下，还是没有。他把被子褥子都掀了起来，里里外外抖落个遍，怎么也没找到鲁三儿说的那三百块钱。刘二爷当时就蒙了，急里巴慌出了门，几乎是一路小跑着去找鲁三儿。都快走到崇文门了，脑子才开始转弯儿。心说这不对呀，人家昨天是还账来的，虽然没让你当面看见钱，但是一问一答的可都合了辙对上卯了。你这么冒冒失失去找人家，见了面怎么说呢？愣说人家没还你钱？你昨儿当着面干吗去了？我明明把钱给你了，你凭什么又来找我？这都是嘴边儿上的话，到时候人家有的是来言，你可连一句去语都没有。再说自己昨天正经是喝高了，万一没记准地方，再冤枉了人家可就不好收场了。这么一想，急匆匆去找鲁三儿的兴头一下子没了，越想越觉得人家占住了理，越琢磨越觉得自己糊涂，只好蔫头耷脑回了家。回了家还是不死心，接着找那三百块钱。床上铺下，犄角旮旯，凡是能掖藏点东西的地方都找遍了，到底也没找着。

刘二爷越想这事越觉着窝囊，实在憋屈得受不了了，忍不住坐在屋里放了悲声。街坊邻居闻声赶来，一问缘由，都觉得刘二爷这是遭了人家的算计。您想啊，既然是来还账的，又不是个小数目，按常理怎么也得当面让人家点点数儿呀，哪有来了半天光喝酒不提正事儿、临走才懵里懵懂硬说把钱放哪儿哪儿了的？自古以来还账就没这么个还法的，这明摆着是欺负孤老头子一个人没干证，想赖账。

大伙这么分析了一会儿，都觉得刘二爷是受了欺负，一致主张他去报案。一说报案，早有腿儿勤快的主儿跑到派出所把警察叫了来。当时的三百块钱可是个大数目，立案是足够标准的了。但是，这钱究竟是丢了还是鲁三儿压根儿就没给拿来？这是问题的关键。警察办案不能光听事主叙述，走访了院里的街坊，还真有人听见了鲁三儿跟刘二爷交代的那番话，这是对刘二爷十分不利的证词。当初刘二爷把钱借给鲁三儿的时候，根本也没打借条，也就是说俩人什么手续都没有，借款没借据，还钱没收条。现在还就是鲁三儿在院子里当着不少人说的那几句话成了佐证。警察问刘二爷："您要是当时没见着钱，鲁三儿说那个话的时候您干吗不表示疑问呢？"这话问得刘二爷干张嘴说不出话来。他不能说自己当时喝多了，喝多了也不是理由啊。

虽然出现了对刘二爷不利的证词，但警察还是做了认真的调查。他们与鲁三儿居住地的派出所联系，请他们协助查明鲁三儿是怎么筹集到这三百块钱来还账的。没几天，那边儿的调查结果来了，鲁家老哥仨，老大、老二都在原籍务农，当初为办父亲的丧事，说好了这笔费用是哥仨均摊，由鲁三儿把钱先垫上了。时隔一年，老家那哥俩儿先后把一百块钱汇到了北京，这是有邮局的汇款底单为证的，做不了假。鲁三儿从单位工会借了五十块钱，是以困难补助的名义申请的，工会经过讨论，没批准补助，只同意暂借，这也是有人证和物证的。还有五十块钱，是鲁三儿的两个儿子凑的。三百块钱，笔笔有交代，有合法来源，这都成了对鲁三儿有利的证据。当然，这些都只是间接证据，而鲁三儿叙述当时的情景，却一口咬定自己是当着刘二爷的面把钱掖在褥子底下的。当然，他也表示无法提供当时的确是把这三百块钱交给了刘二爷的直接证据。可是话又说回来，刘二爷也没法提供鲁三儿没有还账的直接证据，甚至连间接的证据都没有。

案子调查到这个地步，警察已经尽到了责任，他们也不可能单凭刘二爷的话就把鲁三儿抓起来审问一番。再说，刘二爷自己也承认当时是喝多了，用鲁三儿接受调查时的话来说，在这种情况下，谁又能保证不是他自己酒后犯糊涂把钱给弄丢了呢？这话从道理上说是很难驳倒的，也许是鲁三儿深谋远虑，早就考虑到了这一节，才把这件事弄得滴水不漏的。这件案子，就这样不了了之了。刘二爷咽不下这口气，曾经跑到鲁三儿家里当面质问，鲁三儿全家也没给他好脸儿，七嘴八舌把他噎得说不出话来。这一对交往了几十年的拜把子兄弟从此也绝了交，刘二爷的脑子就是因为这件事变得越来越糊涂的。到后来，他就成天疯疯癫癫地念叨那几句话，很少有清醒的时候了。

刘二爷的忠厚仁义害了他自己，这是胡同里街坊邻居们同情老爷子的主要原因。刘小辫儿是他的亲侄孙，如今怎么干起这么不局气的事来了呢！

这让韩跃民越琢磨越寒心。

第二十二章

[一] 这个药韩跃民是头一回听说，可就是这个药给了他一个颠覆性的认知

[二] 大家的心情，不管先前多么复杂，最后都变成了俩字：担心

[三] 你倒是真能张口就来，我们什么时候成了共青团员、先进生产者了？

[四] 俩人被带到一辆面包车上，灯一开，小蚊子和刘小辫儿几乎异口同声：“黄姐！”

[五] 韩跃民一听，这是要玩儿真的了。他心里忽然有点儿酸溜溜的不得劲

[一]

这个药韩跃民是头一回听说，可就是这个药给了他一个颠覆性的认知

天坛帽厂职工代表大会开了一天半，韩跃民掐头去尾，就参加了半天儿的会。就这样，厂长魏德全在大会上还表扬了他，说韩跃民带领鹏达公司成功走出困境，上一年完成纯利润多少多少，上缴税费若干若干。除了这些，还给职工们谋福利，还帮着劳服公司走出困境，如何如何。

韩振江坐在主席台上，面色微红，两眼放光。

大会结束的当天晚上，韩振江把他替儿子领回来的硬皮笔记本、三色圆珠笔、搪瓷缸子和两条毛巾摆在桌上，笑眯眯看着一脸倦容的儿子说："还行，厂长不说我都一点儿不知道，看来你整天这么忙忙活活的，没白干。"

韩跃民强笑："我也没做过买卖，可不就得比别人多忙活忙活。爸您说我是不是也有点儿遗传啊。"

韩振江点点头："也许吧。不论做买卖还是做帽子，你

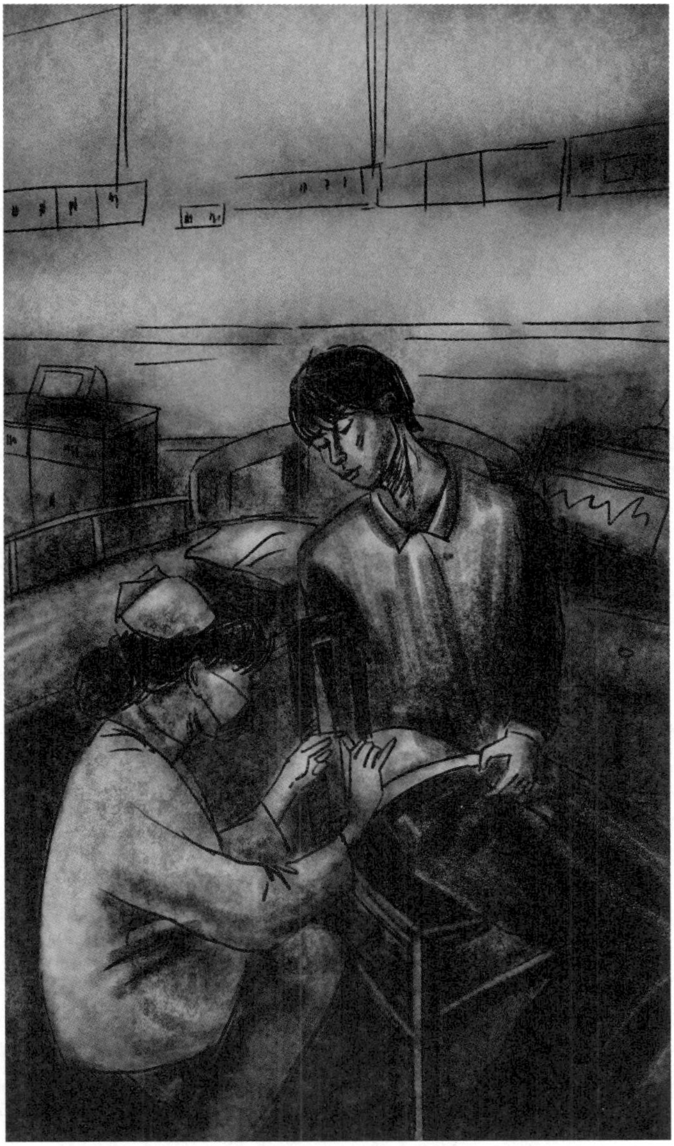

柳闻莺微微点头："一般来说，打了针再观察半小时吧。"

爷爷都是把好手儿。”

韩跃民没参加职代会，是因为跟唐山谈的一笔陶瓷生意，迟到了半天儿；又跟石家庄约好了签一笔秋衣秋裤的合同，提前离会半天儿。所以他是掐头去尾，只开了半天儿会。

也许是连日劳累加上精神紧张的缘故，这一天，韩跃民一大早起就觉得后腰眼儿有点别扭。扭了扭、抻了抻，不管用。他也没理会，骑上车子就上班去了。

到了公司没一会儿，腰越来越不舒服，钝痛的感觉越来越明显，小腹还有了下坠感。跑了几趟厕所，不见缓解。办公室有个小沙发，他靠坐在沙发上，强忍着不适感，故作轻松跟李娟说话。

李娟看出来了，问他：“你哪儿不舒服吧？脸色怎么这么不好呢？”

“嗯，腰有点疼。可能受凉了。”韩跃民把手伸到腰部垫着，手掌的温度让他觉得舒服了点儿。

李娟伸手摸了摸他的额头：“哟，怎么出这么多汗啊，这屋也不热啊。”

她这么一说，韩跃民也觉得头发根儿都湿了，后脖颈子上也都是汗。而且关键是腰部越来越疼，他禁不住在沙发上伸直了腿，想缓解一下疼痛，可是不管用。他又蜷起腿，身子缩成一团，还是不行。不知不觉间，疼痛越来越剧烈，他忍不住哼了几声，觉得怎么待着都不行。疼痛从身体内部传来，叫你摸不着看不见，简直无法抗拒。

李娟担忧地看着他说：“你脸色越来越白了，咱们去医院看看吧！”

韩跃民没说话，身体不由自主地在沙发上来回扭动，试图摆脱疼痛。

正说着，狗子和康五一一前一后推门进来了。李娟连忙问：“陈海，你开车了吗？”

“开了啊。我不一直开车上班嘛。”

“那你送跃民上医院看看吧！你看他疼成什么样了。”

狗子和康五一这才注意到韩跃民满头满脸的虚汗，注意到他没了血色的脸。

离公司一站多地，有个小诊所，狗子和康五一带着李娟，把韩跃民送到诊所。人家一问一看，马上断然指出：“百分之百的肾结石，赶紧送大医院泌尿科吧，我们这儿没有强效止疼药，大医院有，打一针就好。”

出来，上了车，狗子问：“咱去哪个医院啊？”

康五一说：“人家不是说泌尿科嘛，我表姐就是泌尿科的大夫，跟我走吧。”

韩跃民没想到，狗子和李娟也没想到，康五一有个这样的表姐。怎么说呢，他表姐叫柳闻莺，听这名字就让人心神一荡。柳闻莺不是多漂亮，可是身材婀娜，眉眼中透着一股说不出的妩媚，属于好看也耐看的女人。

因为有康五一的关系，柳闻莺问诊十分仔细。从饮食习惯到劳动强度，从发病时间到病程长短。问完了，让韩跃民去做个 B 超，然后给开了一支杜冷丁和注射单，叮嘱他们：“打完针再走。”

狗子问："打了针就能走吗？"

柳闻莺微微点头："一般来说，打了针再观察半小时吧。"

杜冷丁，韩跃民是头一回听说。可是这个药给了他一个颠覆性的认知。他一直以为，什么"妙手回春""药到病除"，那都是吹。因为在他的认知范围内，哪怕谁得个感冒，甭管吃什么药，没有一礼拜也好不了，这就是他对医疗和医药的基本认识。可是这一支杜冷丁打下去，没二十分钟，他明显感觉腰部的疼痛好像突然被一只神奇的手拿走了一样，前一秒钟还疼呢，后一秒钟就倏忽没了。这中间，连个过渡都没有，"唰"一下，没了！

再一个震撼性的情况就是，韩跃民头一次知道杜冷丁是国家严格管控的药品。严格的程度也是他没想到的。从药房取药开始，就有个护士跟着。取了药，护士陪他到注射室，亲眼看着这支小小的毫不起眼的针剂被敲开、吸进注射器、推进韩跃民体内。

全程监督，闻所未闻。

难怪管控这么严，它是真灵啊！来的时候是狗子和康五一架着韩跃民进来的，走的时候，韩跃民觉得浑身是劲儿，恨不能连蹿带蹦跑出去。

柳闻莺用通俗的方式解释了一下韩跃民疼痛的原因。肾脏里面的结石随着排尿"走"到了尿路，在尿管里出不来也回不去，这块结石不动，啥事儿没有；一旦它移动了，就会刺激尿管痉挛，引起疼痛。最后她叮嘱韩跃民："B超显示，你身体里这块结石是 0.8 厘米 ×1.0 厘米。先给你开点儿排石散吃着，估计不好排出来。建议你近期采取体外碎石，否则随时可能发生今天这样的疼痛。”

“0.8 厘米 ×1.0 厘米？”韩跃民想象着这块结石的大小。

柳闻莺说：“差不多相当于蚕豆那么大吧。”

“噢，那，什么叫体外碎石呢？”

“说多了你也不懂，大致就是 B 超瞄准，激光碎石，一下一下把体内的石头击碎，然后顺着尿道排出来。”

“击碎？那疼不疼啊？”

柳闻莺随手往韩跃民腰部拍了一掌：“就这个力度，打你三五千下。”

韩跃民笑了：“那好说，就您这么打，几万下也没事儿。”

“不是我打你，是机器打你。”

韩跃民又咨询了一下价格和时间问题。柳闻莺说：“激光碎石，击打一次一块钱，提前三天预约就可以。”

“成，那我回去安排一下，然后跟您预约。”

“预约主要是看有没有床位。”

“啊？还要住院？”

“多数人打完了会觉得极度疲乏，有的甚至会虚脱。所以，怎么也要住一天院。”

病也治好了，下一步的事儿也打听明白了，一行人回到公司。狗子这才抓着空儿找韩跃民：“钱我可拿来了，是您给送去还是我送去？”

韩跃民立马觉得心中一宽，就跟杜冷丁止住了疼痛那么舒服：“行啊你，到底是有钱人哈，几千几千的，眼都不带眨的。”

狗子直瞪眼：“您别站着说话不腰疼，谁说眼都不带眨的啊，这一脚油门儿三千五，我肝儿都疼了！”

韩跃民哈哈大笑：“你说我站着说话不腰疼？那可叫胡说八道。我这不是刚疼完吗？走吧，咱俩去给孙先生送钱，也得当面再谢谢人家啊。”

狗子抬腕看表：“这都快十一点了，咱们这会儿去，不得再给孙老板摆一桌谢谢人家啊？好嘛，五星级酒店，稍微摆一桌就得一千多。”

“得，那咱就下午去，没想到你也会玩鸡贼了啊！”

狗子苦着脸装可怜：“我三千五都出去了，再要出去一千多吃饭？那可是钱啊！有这一千多，咱在外边儿大吃大喝也足够五六顿的了。”

韩跃民一拍巴掌：“嘿，我这一大早起的就腰疼，还真把我疼晕了。你不说我都忘了，待会儿谷秃子还要来找我呢，那咱就中午摆一桌吧！我通知陈大眼和张弛、老佟他们，你去打电话把小蚊子和刘小辫儿招来。记住，别跟他们说谷秃子也来。”

“行，我这就去呼他们。”

“还有，你也不用肝儿颤，中午这一桌，公款。”

狗子顿时眉开眼笑：“得嘞。”

[二]

大家的心情，不管先前多么复杂，最后都变成了俩字：担心

对小蚊子和刘小辫儿来说，韩跃民召集的这个聚会就是一场鸿门宴。他们俩一进包间，头一眼就看见谷秃子正跟陈大眼和康五一等人谈笑风生。

小蚊子反应快，立马凑过去嘻嘻哈哈，搂着谷秃子嘘寒问暖，问他是不是要升官儿了。刘小辫儿也许还真有点儿他们老刘家的遗传基因，他的第一个反应是表情极不自然，因为他毕竟心里有愧。直到谷秃子已经开始跟小蚊子开玩笑了，他才讪笑着跟谷秃子打招呼，问他什么时候回来的。

韩跃民冷着脸："你丫是不是盼着谷建军死外头呢？"

就这一句话，包间里顿时冷场。这个话，以韩跃民和刘小辫儿的关系来说，旁人当作他们之间的玩笑绝对没问题。之所以这句话一出口就冷了场，主要是韩跃民那张冷脸和那个语气，把这句话变得既像玩笑又像有所指。

座中九个人，其他人毫不知情。可韩跃民这句话的真正

大家的心情，不管先前多么复杂，最后都变成了俩字：担心

含义，那三个当事人个个心里明镜儿似的。

短暂的静默中，刘小辫儿呆愣了一下，勉强笑了笑：“别开这种玩笑，秃子大老远的刚回来……”

“就是！跃民你嘴怎么这么臭呢！本太爷好不容易熬回来了，你咒我是不是？”

这就该说谷秃子厚道大度的一面了，他是实在不想哥们儿兄弟为了钱财掰了面子。尤其是这样的场合，说了归齐就是几个钱的事，真闹掰了，俩小混蛋灰头土脸不说，也叫人瞧不起自个儿。

陈大眼坐在韩跃民身边，捅了他一下：“人到齐了，点菜吧。”

韩跃民也察觉到气氛不大对头，他打了个哈哈，伸手指着刘小辫儿：“你丫倒是找个地儿坐下啊，来晚了还有理啦！”

气氛顿时恢复如常。佟之鹰招呼刘小辫儿：“小刘，来，坐这儿。”刘小辫儿感激地“哎”了一声，先走到谷秃子身后，俩手按住他的肩膀：“哥们儿，瘦了啊！”

谷建军回手拍了拍刘小辫儿的手：“我去的那地方，穷啊！镇机关食堂，一个礼拜才有俩有肉的菜。一天到晚，光吃白薯了。倒有一个好处，拉屎痛快，哈哈。”

小蚊子笑道：“您着点儿嘿，这儿可是饭馆儿。”

刘小辫儿说：“那你受苦了，今儿给你接风，来几个横菜解解馋。”

这顿饭，吃得还算热闹。说是给谷秃子接风，实际上大伙儿尽聊闲篇儿了。闲篇儿五花八门，但是顺着谷秃子的话题走，主要都集中在一个“吃”字上。张弛说起他在部队的时候，一个农村来的新兵蛋子吃米饭坚决不吃菜，问他为什么，他说这么香的大米饭还吃菜？不是糟蹋东西嘛。后来还是在指导员的命令下，这家伙才开始就着菜吃米饭。

谷秃子说起，当年他母亲在干校，有一次食堂蒸肉包子。成人拳头大的包子，一个小年轻儿一口气吃了三十个，最后胃膜破裂，送到医院没救过来，死了。这是活活撑死的典型案例。

佟之鹰也说起他在东北建设兵团的时候，跟人打赌，吃过一扁担馒头加黏豆包，外带一大海碗棒糙粥和老咸菜拌腌黄豆。弄得他到现在也不吃黏豆包，看见就反胃。

大伙儿纷纷询问，“一扁担”是个什么概念呢？

佟之鹰解释，一根扁担，长度也就是两米五左右吧。扁担上一个挨一个码满了馒头和黏豆包。粗略计算，能码十来个大馒头和十几个黏豆包。大伙儿惊叹，这一堆吃的，得够装一大塑料袋的！

陈大眼略知厨事，大概估计了一下，这堆食物怎么也得三斤纯粮食。他笑望着佟之鹰：“老佟啊，你这么能吃，就是那时候把胃给撑大的吧！”

佟之鹰说：“我能吃吗？你见过？”

“没见过。”

“待会儿，让你见识见识。”

一桌人，先喝酒，后吃饭。随着时间的推移，热闹的氛围有所淡化，谁都不怎么动筷子了。这情况，应该就是接近饭局的尾声了。

就在大家神情有所涣散、开始抽烟闲聊的时候，佟之鹰身子往前探着，逐个问大家："还吃吗？"每个人都明确表示不再吃了。这时候，他忽然振奋起来，说："你们都不吃了，剩这么多也别糟蹋了啊。"大伙儿齐声表示支持，都以为他是要打包带走呢。

饭桌上有个酸菜白肉，就是底下一个小酒精罐儿、上面架一个不锈钢圆底锅的那种。酒精早已燃烧殆尽，酸菜白肉也只剩下不到一半，肯定也早就凉了。

只见佟之鹰起身，先把这个不锈钢锅端到自己面前，然后开始转动饭桌中间的转盘，把每一个菜、不管凉菜还是热菜一律倒进锅中。凉菜如炸花生米、拍黄瓜、干炸小黄鱼、拌萝卜皮等等，热菜则不论荤素也不分牛肉、羊肉还是猪肉，还有鱼，统统一股脑倒进了锅里。别看都是剩了一半或不到一半的菜，堆到一个锅里也是十分可观，眼看着都冒尖儿了。到这时候了，大家都说不好他要干吗，折箩菜带回家？可锅是人家的，没这么个带法的啊。只见他把桌上所有的剩菜一扫而光之后，又把桌上几碗没动过的米饭也倒进锅里，然后大声喊服务员，让给"先"上三碗米饭。后来大家才明白，他这个"先"字大有深意。

米饭来了，可是锅里已经放不下了。佟之鹰把这三碗米饭放一边，用那个扤酸菜白肉的大瓷勺在锅里搅拌了几下，竟然张开大嘴吃了起来——那个瓷勺子太大，他必须张大嘴才行。

所有人都被他惊着了，纷纷关切、问询。

“你吃得了吗？”

“可别眼大肚子小啊！”

“你刚才不也吃饭了吗，还没吃饱啊？”

“哥们儿，悠着点儿，饭是人家的，肚子可是你自个儿的！”

佟之鹰满嘴都是饭菜，来不及回答，就挨个儿冲人们点头微笑，嘴角上还耷拉着几根粉丝。

张弛凑到佟之鹰身边小声说：“你别犯人来疯啊！”

佟之鹰点点头又摇摇头，继续吃。

吃着吃着，锅里有了空间，他又把桌上的三碗米饭也倒进锅里，接着吃。

原以为这三碗米饭下去就成了。没想到饭少菜多，再加上汤汤水水的，吃完了还有半锅菜呢。佟之鹰又喊服务员：“再来三碗！”

这时候已经是下午两点多了，馆子里基本没人了。服务员为难地说：“就剩两碗米饭了。”

“都拿来吧，还有别的主食吗？”

“还有炒饼。”

“那就再来两份儿肉丝炒饼。”

至少是七八碗米饭，外带两份炒饼！这还没算他开始跟大伙儿一起吃的那些。

康五一看呆了，一声惊呼：“我的天神！”

狗子说："佟哥，悠着！"

其他人不再出声儿，都满怀惊讶、看热闹或是仇恨的心态盯着佟之鹰。

那是未吃完的十个热菜六个凉菜，眼看着佟之鹰一口一口香喷喷吞咽着那份世界上成分最复杂的食物，大家的心情，不管先前多么复杂，最后都变成了俩字：担心。

韩跃民忍不住站了起来："老佟，咱别逞能行不行？别吃了！"

佟之鹰抬头一笑："怎么了？还不管饱啊？"

事实证明，所有人的担心都是多余的。佟之鹰从容吃完了桌上的全部食物，抬头看着大家咧嘴笑。

谷秃子恶作剧般挑衅："还吃吗？"

佟之鹰居然意犹未尽地笑着说："算了，差不多了。要是……那什么，我还能吃。"

这是一次真正的"盆儿干碗净"的饭局，一粒花生米、一块萝卜皮都没剩下！

惊叹、感叹、赞叹声中，韩跃民忽然想起来什么似的，冲刘小辫儿一伸手："把你的 BB 机给我看看。"

刘小辫儿不解其意，迟迟疑疑从腰间摘下 BB 机递给了韩跃民。

韩跃民又转向小蚊子："你的，我也瞧一眼。"

小蚊子干笑一声："跃民你干吗，放心，呼我的都是男的。"

"让我瞧瞧怎么了，别这么不开眼，我又不要你的。"

俩BB机到手，韩跃民一手一个，塞进裤兜，这才说：“今儿这顿饭，你们俩的东。你们凑凑，钱够了就结账去；不够，这俩BB机押这儿，有空儿再赎回去。”

包括刚刚“一吃惊人”出尽风头的佟之鹰在内，大伙儿全愣住了。

[三]

你倒是真能张口就来，
我们什么时候成了共青团员、先进生产者了？

彩电从要票到不要票，似乎就是一夜之间的事。老富运气好，算是赶上了末班车，或者说他是打了一个时间差。

说起来，这一点，还得念小蚊子和刘小辫儿的好儿。

一叶落而知秋。老富最早是从他们俩嘴里嗅出味道不对的。他早就从康五一那儿知道小蚊子和刘小辫儿业余倒卖紧俏商品的票证。只不过他没在意，觉得这俩胡同串子最多也就是小鼓捣油儿，挣俩零花钱就美得冒鼻涕泡，没多大起子。可是他有一次偶然听俩人叨咕，好像是说彩电票不大好出手了，原来一百一张，降到八十，又降到五十。老富来了兴趣，放出个小诱饵："哥们儿，我有个朋友，河北的，想踅摸儿张飞鸽 28 自行车票，全链套的，有路子吗？"

刘小辫儿仰脸看天："您把那个'吗'去喽。"

小蚊子问："要几辆？"

老富伸出一只巴掌比画一下。

几句话，老富把这俩傻小子忽悠到家里，喝酒，闲聊

“五十辆？”

老富眯起眼睛笑了：“兄弟，手眼不小啊！减个零。”

刘小辫儿一撇嘴：“五辆？那能干什么啊？”

小蚊子拦住他：“蚂蚱也是肉，他出多少？”

“不是二十吗？”

这回轮到小蚊子撇嘴了：“二十？您有多少我要多少！”

老富一手一个搂住他们俩的肩膀：“晚上没事儿吧？上我家里说吧，喝两口，慢慢聊怎么样？”

“就咱们仨？不叫上康五一？”

“生意归生意，交情是交情。他又不干这个，叫他干吗？”

就这么几句话，老富把这俩傻小子忽悠到家里，喝酒，闲聊。闲聊，喝酒。花了一百二十块钱买了五张自行车票，得到了一大堆重要信息，综合起来就是一条：最近这些个票证的行情越来越不行。关键是，你越降价越没人要了。

老富觉察到，照这个趋势，各种商品很快就要丰富起来，票证时代马上就要结束了。

说是一夜之间，那是夸张了。实际上，市场饱和、库存充盈，由卖方市场转入买方市场，毕竟是个渐进过程，反映到市场上还是需要一段时间的。常年在市场上奔忙的老富，自然比别人嗅觉灵敏。小蚊子他们无意中提供的信息提醒了老富，帽厂决定进货二百台进口彩电之前，老富自己也已经感觉到彩电卖方市场的松动。明显标志就是好多掮客都在寻找下家，而不是每天苍蝇一样盯着上家。他试着谈了一个上家，很轻松就拿到二百台进口彩电的销售权。而且，上家表示，因为这次进货比较多，急于回笼资金，所以主动答应每台电视机给他十块钱的“跑腿费”。一千多的电视机，十块钱的好处？连一个点都不到！老富什么也没说，答应了。就是这十块钱，让他嗅出了风向要变。

这二百台彩电给了帽厂的三产公司，老富又打着供货方的旗号蒙走了十台进口彩色电视机。他拿着天坛帽厂三产公司的支票去结账的时候，跟卖方说帽厂要拉关系户，所以有十台的钱不走支票，走现金，就这么把帽厂的十台彩电变了现。现金跟卖方结账，利润自然落入他的腰包。至于作为交换的那二十台长虹彩电，他也是照方抓药，又拼了一回缝儿。这么来回一蒙，他轻轻松松挣了几千块钱。

小蚊子和刘小辫儿也被票证衰落的现实打击了一下。不过他们的票证生意是无本生意，真正亏了钱的是谷秃子。票证是做不成了，他们把全副精力投入买卖外汇券和换汇的生意上。这回，老富主动出来指点迷津了。老富说：“干这个，你们没点儿手艺就擎等着吃亏上当吧。”

“手艺？什么手艺？做的是生意，拿钱换钱，要手艺干什么呢？”

老富说：“拜师吧。不拜师，你们有多少钱赔多少钱！”

这话，两个傻小子接不出下句来了，眼巴巴看着老富。

老富笑眯眯说：“别看我，我也不会。你们俩备上酒，买几个菜到我家来，算是拜师宴。”

在老富家，俩傻小子见到一个七十多岁的干巴老头。

老富介绍说："这是我干爹，是我爸爸的把兄弟。跟你们说啊，这手绝活儿，老爷子没教过人。要不是你们单位办春节联欢会要表演节目，老爷子不可能给你们露这个。"

刘小辫儿懵懵怔怔刚要说话，小蚊子心领神会，上前握住老爷子的手："麻烦您了大爷！"

老爷子说："麻烦倒不麻烦，学会了这个，可不能干坏事儿去！"

老富说："放心吧干爹，他们俩都是共青团员、先进生产者，俩老实孩子，您看他们像是干坏事儿的人吗？"

这个手艺倒也简单，老富拿出准备好的一叠十元钞递给小蚊子："你数数，这是多少。"

小蚊子数了数："两百。"

老富把钱接过来，又递给刘小辫儿，让他也数一遍，还是两百。

好，干巴老头接过来当着他们的面又数了一遍，说："不对吧，这不是一百七吗？"

俩傻小子当然不信，各自又数了一遍，真是一百七。俩人傻了，大眼小眼看着老富，又看看老头。老头一乐，张开左手，手里面卷着三十元钱。

小蚊子干咽吐沫不说话，瞪着老头儿。刘小辫儿咋咋呼呼："我操，这不是魔术嘛！这也太神了。"

老富说："绝招儿吧？"

"绝招儿，绝对绝招儿。大爷您再来一遍行吗，头一回没注意。"

老头儿没说话，接过钱又数了一遍。这一回，俩傻小子凑近了不错眼珠盯着。完了事儿接过来再一数，这回变成一百五了。小蚊子当时就虾米大弯腰冲老头深鞠一躬：“大爷，您教教我吧！”刘小辮儿转身把他们带来的酒和菜拎过来：“大爷，这是两瓶二锅头，一斤猪头肉。这儿还有一只德州扒鸡，咱不吃，您带回去慢慢儿吃。求您指点指点我们！”

老富早把桌子拉开、凳子摆好，几个人拉开架势喝了起来。

喝了酒，趁着酒兴，小蚊子和刘小辮儿一左一右，老头儿手把手把绝门手艺传授给他们。

老头儿一再叮嘱：“表演节目没得说，可真不能干坏事！你们干了坏事，根儿在我这呢，我这把老骨头可蹲不起笆篱子了！”

小蚊子和刘小辮儿指天画地赌咒发誓，小蚊子还开了个玩笑：“大爷，可惜您这手绝活儿不是个物件。它要是个物件，我用完立马就给您拿回来，让您把它锁抽屉里，心也就搁肚子里了。”

老爷子也是喝得有点儿高，临走直冲他们俩作揖。

送他俩出来的时候，老富才说：“我这干爹旧社会在当铺、钱庄干过不少年，那会儿干这一行的，好多都会玩儿这一手。再早还是银圆大铜子儿的时候，一样能当着你的面儿数多见少。五十个大洋，当着你的面就能数成四十几个。”

刘小辮儿不信：“那怎么数啊？又不是纸票子。”

老富一比画："一只手接着，另一只手搓着大洋往这边骨碌。大洋一打滚，就滚袖口里去了。"

小蚊子说："老富你可真能编，我算是服你了！"

老富说："我编什么啊，回头跟老头混熟了，你们自个儿问他。"

"没说这个。我是说，你倒是真能张口就来，我们什么时候成了共青团员、先进生产者了？"

三个人哈哈大笑。

回到家里，小蚊子和刘小辫儿各自在家关上门练了不少日子。刘小辫儿说："练得我手指头都抽筋儿了。"

小蚊子说："练吧，吃得苦中苦，方为人上人啊！"

[四]

俩人被带到一辆面包车上，灯一开，
小蚊子和刘小辫儿几乎异口同声：“黄姐！”

晚上下班，韩跃民在胡同口被小蚊子和刘小辫儿截住了。这俩人阴沉着脸，一边一个，各自伸出一只手抓住韩跃民的自行车车把，异口同声：“哪儿去啊？”

韩跃民跨坐在车子上，左边看一眼，右边看一眼，上一眼下一眼打量他们俩：“回家啊，还能上哪儿？你们这是怎么着啊，要请我吃饭还是要打架啊？”

刘小辫儿憋不住先笑了：“吹呢！你丫再牛逼也打不过我们俩啊。”

“那可不一定，你先让我下来。”

小蚊子退开一步，乜斜着眼示意刘小辫儿：“让他下来，咱不欺负他。”

韩跃民迈腿下车，朝着小蚊子就是一脚：“你以为我真不敢踹你啊！”

小蚊子一闪身躲开，大喊：“行啦，好好说话行吗？”

仨人进了胡同口的大众饭馆，要了三碗羊杂汤，六个烧饼，一盘酱牛肉，一盘花生米，来了一瓶二锅头。韩跃民说：“我请你们喝顿酒，你们把坑人家谷秃子的钱吐出来，咱还是好哥们儿。”

刘小辫儿说：“这话可不能这么说啊跃民，我们那叫坑他吗？他吹啊，瘦驴拉硬屎，扛到死也说那些票儿都是白来的，找同事要的。”

小蚊子也说：“不信你把他叫来，咱们三头对面说个明白。他要是早说那是花钱买来的，我就是一头磕死也不能伸手接，那我也太孙子了！”

“就是就是。”刘小辫儿激动了，“咱能干那种事吗？那还是人吗？”

“我们给他钱，他说我们是骂他。”

韩跃民不再言语了，他明白，谷秃子干得出这种事来，这小子死要面子活受罪的劲头一上来，就跟吃了蜜蜂屎似的，拦都拦不住。

他抬手止住了这个话题，问：“你们是不是一直跟范红梅倒腾外汇券呢？”

小蚊子倒是挺痛快：“是啊，这事儿谁也没打算瞒着你，再说了，傻子都知道，瞒谁也瞒不住你啊。”

刘小辫儿说：“就是，你跟范姐姐什么关系我们都知道啊。”

韩跃民瞪他一眼：“我们什么关系啊？街坊、发小儿。”

“甭管什么关系了吧，我打听打听，这都是哪年的老皇历了，你怎么想起问这个了？”

“就为干这个，你们都不上班了？”

刘小辫儿有点儿难为情：“上班挣那俩子儿……嘿嘿。”

酒意微醺，三个人聊起并不遥远的过往。

小蚊子和刘小辫儿在前门一带倒腾那些票证，自然也就知道了范红梅的那个门市部。有时候进去歇个脚，聊几句，跟疤瘌星和胡子也都混熟了。小蚊子倒腾鸡蛋的时候就跟范红梅有生意上的往来，那时候接触不多，交往也不过泛泛而已。后来范红梅洗手不干这一行了，俩人也就不来往了。不过熟人总归是熟人，又一条胡同住着，又都知道对方跟韩跃民的关系，所以他们在门市部见到范红梅，反倒有了点儿故人相见的感觉。范红梅跟黄鹂接触上以后，开始倒腾外汇券。其实她开始并不是倒腾，她是因为做生意用得着，换点儿外汇券到广东上货方便。慢慢地有人知道她有这个路子，就来找她帮忙。她只好去问黄鹂。黄鹂就是干这个的，有客户上门自然是好事。就这么着，外汇券、美元，几千、几万，有时候甚至十几万几十万的生意都给联系过。这么一干起来才知道，这里边的甜头可真是挺诱人。

小蚊子和刘小辫儿合着伙儿倒腾外汇券，论资历应该比范红梅老。虽然是小鼓捣油儿，但是也渐渐上了道儿。开始他们是白天到韩跃民那个公司支应差事，好歹混个临时工工资，起码够吃饭的了。后来倒汇上了瘾，再加上业务越来越繁忙，他们就编各种理由，找各种借口，不怎么去上班了。

反正是临时工，不去就不给钱，心里倒也坦然。只是因为他们的驾照“户口”都落在鹏达公司，所以也不敢切断关系。再说还有韩跃民呢，发小儿、同学，这层关系想断也断不了。

可着北京城，倒汇的集中地就那么几个。小蚊子他们想不跟范红梅挂上联系都不大可能。所以，断断续续，俩人也跟范红梅做了几笔倒汇生意。范红梅毕竟还有自己的生意，知道他们俩干这个以后，联系就逐渐频繁起来，生意来往也就越来越多。

但是在小蚊子他们心里，范红梅算是生意场上的“前辈”，所以他们越来越觉得跟范红梅倒腾这个有点儿人情障碍。就因为熟，因为是“前辈”，小蚊子和刘小辫儿都不太好意思跟范红梅讨价还价。他们觉得，在这上面吃亏不少。在范红梅那儿，他们见到过几次黄鹂。黄鹂是这一行的“老大”级人物，他俩早有耳闻。一心想攀上这棵大树，可惜黄鹂都没正眼看过他们。

万没想到，俩人走了一次“麦城”，倒是无意中结识了黄鹂。

那年六月的一天，小蚊子和刘小辫儿在安定门外的外交人员出国购物提货处附近遇见一个“大头”。那哥们儿有点儿卷毛，戴一白边儿近视镜，穿一件早就过时的白色的确良短袖衫，灰裤子皱皱巴巴，脚底下一双棕色的塑料凉鞋，居然张口要拿人民币换一万美元。小蚊子虽然一百个不相信，可还是把这个活儿“粘”下来了。

约好了时间，那人开着车带着一个女的来找小蚊子他们俩。在车里，小蚊子和刘小辫儿先把人民币过了数，然后掏出一万美元递过去："大哥，这是一万美子，您点点。"

那人坐在驾驶座上，一张一张认真清点。小蚊子坐在他旁边，看着。

点完了，这男的疑疑惑惑说，好像少了一张。小蚊子说："不会吧。"正要伸手接过来重数，那个女的从后座上伸手："我来数数。"

女的数了一遍，也说少了一张。小蚊子对那个男的说："不会啊，要不您再数数。"

男的脸上开始出汗了，这次特意凑近了小蚊子，又一张一张数了一遍，抬起头来，斩钉截铁说："没错，就是少了一张。"

刘小辫儿在后座上说："蚊子，要不你再数数，怎么回事儿呀！"

小蚊子接过那迭美元，有点儿不耐烦，对那个男人说："不可能啊，我数数，您看着啊。这都数几遍了，挺好的美元，再给数烂了。"

男人客客气气说："劳驾您再数数吧，确实少一张。"

小蚊子双手几乎伸到男人怀里，当着他的面把那迭美元数了一遍，一边数还一边报数。结果，数到九十九，停了。

刘小辫儿说："我操，真少了一张！"

小蚊子也是一脸茫然，看着那个男人愣了几秒钟，万分沮丧地说："这他妈怎么回事儿啊！"

刘小辫儿也骂："真他妈倒了血霉了，这怎么办啊？"

小蚊子说："怎么办？给人补上呗。"

"那不是干赔吗！"

"不赔怎么办，咱不得讲信誉吗！"刘小辫儿在一本正经地说着，忽然推了小蚊子一把，"赶紧的吧，给人补上，那边好像警察来了。"

小蚊子"啊"了一声，从兜里掏出几张一百面值的美元，捻出一张递给那个男人："算了，算我们倒霉，给你，你也赶紧走吧，回头警察问你可别说见过我们啊！"

小蚊子他们俩下了车，透过车窗，眼看着那个男人从容地把那一百美元放在原先的一叠美元上，装进了裤兜，开车走了。小蚊子张开手掌，大笑："切了丫八百！"

利用数来数去少一两张钞票的小把戏，把给了事主的钱拿回来当面再数一遍，趁机切汇，然后假装自认倒霉给对方"补齐"，这一招屡试不爽。因为事主已经数过，知道少了几张钞票。你给他"切"了之后再当面补齐，事主就不会再数了。

几天后的一个晚上，俩人又出现在友谊商店附近的便道上。这回遇上一主儿，要用美元换人民币。谈来谈去谈不拢，小蚊子只好"忍痛"让了两个点，对方看了小蚊子的人民币，过了数，这才掏出一沓美元递给小蚊子。小蚊子刚一过手就惊着了，忍不住抬头骂了一句："操你妈的，还给订上了！"

那人一笑："废话，我不订上，干等着让你切？"说完拎着装人民币的塑料袋转头就走。

站在一边的刘小辫儿问："怎么回事？"

丫拿订书器把钱给订上了，切不动。

让了两个点，切不着美子就亏大发了。眼看着那人越走越远，刘小辫儿边骂边追了上去。没追几步，不知打哪儿冒出来几条大汉拦住了他，小蚊子也冷不丁叫两个小伙子一左一右抓住了胳膊。

俩人被带到一辆面包车上，灯一开，小蚊子和刘小辫儿几乎异口同声："黄姐！"

黄鹂看见他们也愣住了："你们？好像在哪儿见过啊？"

一提范红梅，黄鹂笑了："算啦算啦，这还真是大水冲了龙王庙。叫那谁回来吧。"

换汇的那个人，原来也是黄鹂的人。

黄鹂说："这阵子老听说这边有俩切汇的，还切到我们头上来了。我就想看看这是哪路的朋友，认识认识，别把事儿弄大了大家都不好过。没想到是你们俩。"

小蚊子也说："早知道是黄姐您的人，打死我们也不敢这么玩儿啊。"

"行了，我瞧你们俩也挺机灵的，别这么打油飞捞偏门了。以后干点儿别的吧。吃这碗饭，你们真不行，离远着点儿吧。回头真遇上个茬子，吃亏的可是你们！"

这俩小子心里不服气，嘴上说出来的可都是拜年话。钱财当面交割清楚，垂头丧气回家了。

[五]

韩跃民一听，这是要玩儿真的了。
他心里忽然有点儿酸溜溜的不得劲

韩跃民万万没想到，带着狗子去还债，还搭出去一个大活人。

电话里约好的，孙念安在公司，韩跃民这才带着狗子前往，连道谢带还账。可是俩人刚到大堂还没上电梯，就碰见孙念安急匆匆往外走。寒暄两句，孙念安说临时有个急事儿，要赶紧去处理。又说黄鹂在呢，让他们找黄鹂就行了。狗子掏出装钱的信封，孙念安一把按住，对韩跃民说："给黄鹂吧，我就先走了啊。"

狗子把装钱的信封恭恭敬敬摆在黄鹂面前的茶几上，黄鹂看也没看一眼；韩跃民在一边说着感谢孙总的场面话，她大概也是听都没听。她的注意力完全在狗子身上，上一眼下一眼，打量了半天："你叫陈海是吧？你有多高？"

"是，耳东陈，大海的海。一米八一吧，上中学的时候

韩跃民一听，这是要玩儿真的了。他心里忽然有点儿酸溜溜的不得劲

量的，这些年也没再量过。”

“初中？”

“是，初中都没毕业。”狗子有点儿难堪了，俩手捏着裤子边儿，眼睛也不知道该往哪儿看。

“上初中你就一米八一了，厉害呀！”

狗子笑了：“这有什么厉害，傻大个儿呗。”

韩跃民也笑了：“这话说对了。”

黄鹂这才忽然想起似的，示意他们坐下，让小跟班沏茶倒水一通儿忙活。

韩跃民指了指茶几上的信封：“真得谢谢孙总，那天要不是他，还真不知道是个什么结果呢。”

黄鹂摆摆手：“我大概听说了，那不算什么，不用谢。”

黄鹂让小跟班把信封收起来，继续看着狗子：“你的驾照考下来几年了？”

“一年多不到两年吧。”

“喜欢开车？”

“是，特喜欢。”

韩跃民插嘴：“打拿下驾照他就没闲着，天天借人家的车开。”

黄鹂转向韩跃民：“陈海在你那儿做什么工作？”

“做……”这个问题还真把韩跃民难住了。狗子、康五一、小蚊子、刘小辫儿，这几块料，应名儿都是业务员。可是除了狗子，那几位爷并不是天天露面，据说是东跑西颠的也没闲着。狗子的情况有点儿特殊，他好像自己就给自己的工作定了性，从不联系业务，每天出现在公司，干的都是打杂跑腿的事儿。有一样，开车陪着李娟去银行，是他唯一正经的差事。

韩跃民迟疑着，顺口给狗子安了个名分：“他，算是我的助理吧。”

黄鹂点点头，又笑眯眯问狗子：“你这么爱开车，来给我开车怎么样？”

“啊？”狗子瞪大了眼睛，看看黄鹂，又看看韩跃民，没敢说话。

韩跃民一笑：“黄总真会逗他，这可是他的一块痒痒肉。”

黄鹂身子往前一探：“我还真不是开玩笑，我打来北京就雇了一个司机，可这个人吧，奔五十了。人倒是挺老实，干活也还行，就是他老妈有病，三天两头儿请假。我要是去个外地什么的，这司机还不敢离开北京，就得我和他倒换着开。”说着她指了指那个小助理：“再说他跟老孙这么多年了，我也不能动不动就让他跟我出门啊。”

“所以呢，我就想换个人。”黄鹂仰靠在沙发上，问狗子，“你结婚了吗？”

“结了。”

“有小孩儿吗？”

“有。”

“偶尔到外地去个三天两天的，有困难吗？”

“那没有，肯定没问题！”

韩跃民一听，这是要玩儿真的了。他心里忽然有点儿酸溜溜的不得劲。倒不是舍不得狗子离开，而是觉得，自己哪儿哪儿都比不上黄鹂和孙念安。黄鹂在别人眼里，包括在狗子眼里，都是高枝；自己呢，就是不起眼的狗尾巴草！瞧狗子眉眼间那个压抑不住的喜兴劲儿，看样子是巴不得赶紧攀上这个高枝呢。他半开玩笑半认真地说："黄总，您不能光打听这个。陈海毕竟是个新司机，拿下驾照才一年多。上次出的那个事儿您也知道，您就不怕他再给您惹事儿？"

黄鹂说："这倒没什么吧，谁开车上路没让警察罚过啊。出过点儿事的、让警察开过罚单的司机，反而应该可靠。因为他们吃过亏，吃一堑长一智嘛。这样吧陈海，你要是愿意，先跟着我干一阵子怎么样？觉得好，留下；不好，还回去。"她又转向韩跃民："我吧，还有个想法，你看陈海这个大个子，多好！小韩你也知道，我做的生意，跟什么人都打交道，有这么个大个子一戳，我也有安全感。小韩，你说呢？咱俩这么熟了，我可都没跟你商量就说出来了。你要是不同意，就当我没说。"

韩跃民眼都没眨一下，爽快回答："这事儿我不做主，陈海你自己定吧。"

狗子望着韩跃民："韩总，对不住了！我是想……"

韩跃民打断了他："我知道你想开好车见大世面。行，去吧，我不耽误你。可有一条，你跟着黄总，得多学点儿东西。这是多好的机会啊，黄总是做大生意的，好好伺候着，有你的好处！"

狗子鸡啄米一样点头："我知道我知道，韩总，对不住了……"

"没有没有，这没什么对不住对得住的。人往高处走嘛，黄总，人，给你留下了；钱，我也给你了。我还有事儿，这就告辞了。"

黄鹂朝狗子使了个眼色，狗子一溜小跑追上韩跃民："韩总，我怎么也得跟您回去一趟啊。"

韩跃民头也不回："不用，我打一面的就回去了。狗子你可好好干啊，这地方，出息人啊！"

"韩总，那您还是生我气了。我是觉得在咱们那儿我也整天没什么事儿干，门市部我插不上手，跑业务我又不如康五一和老富他们。您说我一动物园门口练摊儿卖西瓜汽水的主儿……"

韩跃民站住了，回头看着狗子："我跟你说啊狗子，你还真别看不起练摊儿的。好多大老板都是练摊儿起的家。远的不说了，范红梅知道吧，人家以前就是倒鸡蛋，练摊儿卖牛仔裤。现在你再看，服装贸易公司，前门一带数得着的，从香港直接拿货，谁比得了！"

狗子好说歹说，开车把韩跃民送回了公司。一路上他小心翼翼察言观色，韩跃民冷静下来，倒是没再说什么。他也想明白了，自个儿跟黄鹂那点儿过往的事儿，想再拾起来恐怕是难上难了。看黄鹂的态度，好像压根儿就没有过那些事儿似的。他心里挺佩服黄鹂这个做派，说冷，就是一块冰；说热，那就是一团火。他暗恨自己，怎么就没有这份洒脱和决断。看来自个儿还真不是干大事的人，缺少杀伐决断。就比如小蚊子他们和谷秃子之间那点儿事，他本来想替谷秃子出一回头，也给小蚊子他们一个教训。可是弄来弄去，谷秃子那边儿不积极，小蚊子他们还浑身是理。他一生气，我这是图什么呢？干脆不管了，闹了个不了了之。

这个不了了之的结果对他也是个打击，让他觉得自己没了威信。小蚊子和刘小辫儿离开了公司，现在狗子也走了。韩跃民觉得一片凄凉，提不起精神。他给谷建军打了个传呼，想跟他找个地方喝点儿小酒聊聊。没想到谷建军也爆出个大新闻：他要辞职，到广东做生意去。

怎么回事儿呢？谷秃子说，他爸爸有个老战友，是辽宁一个地级市主管经济工作的副市长。这个地级市在深圳设了一个办事处，正在筹划成立一家商贸公司。老战友出差深圳，路过北京，到谷建军他们家吃了顿饭。饭桌上，谷建军受到父亲这位老战友的蛊惑，决心下海当弄潮儿，不在机关里混日子了。

韩跃民说："你小子，这么大事儿都不跟我商量！"

谷建军说："跟你商量有个屁用，我爸都不管我了，你觉得你能拦住我！"

本来就是一句玩笑，可在韩跃民听来格外扎心。他一下子觉得，现在真有点儿四面楚歌众叛亲离的意思了。他挂了电话，看着埋头工作的李娟，忽然觉得也只有这个姑娘还算靠得住。

看看办公室里没人，韩跃民走过去，按住李娟的双肩：

“娟儿，咱们结婚吧！”

李娟挣开他的手，把他推坐在沙发上：“你没喝吧？”

“没有啊。”

“你这算是求婚？”

“就算是吧。”

“你，你这也太不正规了！”

“正规的什么样儿啊，咱还讲那个干吗啊！你就说同不同意吧！”

“那也得让我想想再说呀。你走，你先出去！”李娟不由分说把韩跃民推出了办公室。

韩跃民站在外面愣神，点了一支烟。看着街面上来来往往的人群，他忽然觉得，大概所有的人都是在没事儿干的时候才想起来结婚。

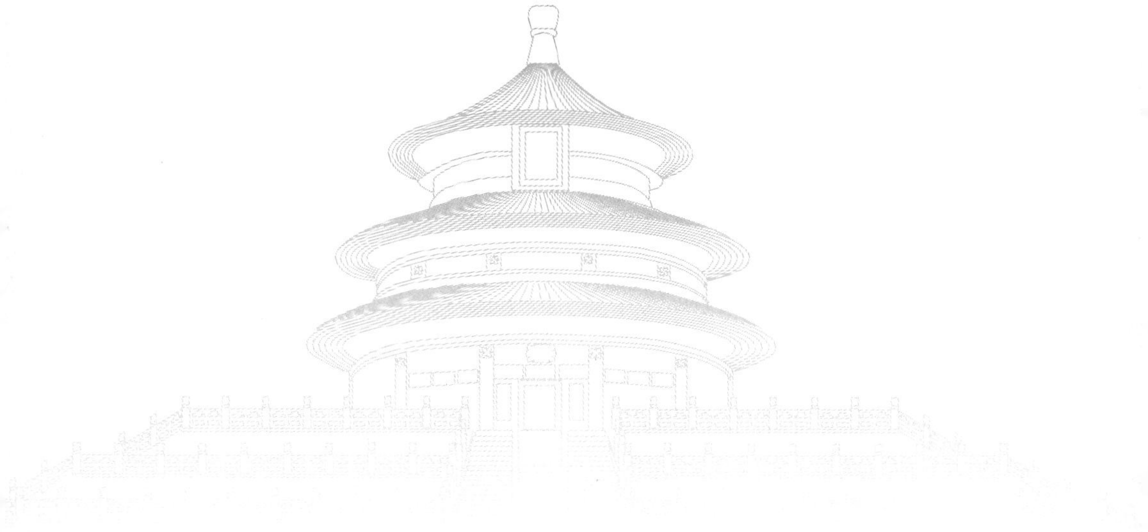

第二十三章

[一] 韩跃民也有感觉，自打认识了老富，他的朋友圈子开始有了变化

[二] 男性泌尿科，有个漂亮的女大夫，这对大多数男人来说都是个诱惑

[三] 这个温柔的捆绑把韩跃民的警惕性弄没了，等他明白过来，带子已经勒紧了

[四] 消遣娱乐之外，狗子当然也有在哥们儿面前炫耀黄鹂这个女老板多么有钱的意思

[一]

韩跃民也有感觉，自打认识了老富，他的朋友圈子开始有了变化

韩跃民想结婚了。这下把他爹妈高兴坏了，可也愁坏了。高兴的原因就不说了，发愁是因为钱紧，再就是婚房也不好安排。好在具体日子还没定，老姑母俩背地里商量，日子定了再张罗摘借也来得及，先把屋子收拾出来吧。

没别的辙，婚房就是他们家那一明一暗两间屋的里间。这个里外间原先就是用一个布帘隔着，现在弄了一个门，还带暗锁。门一关，洞房就是一个暗室，所以白天也得开灯。

该张罗的家具，也得等他们登了记才能去买。没有票，双人床、大衣柜搬不到家里来。

这边紧锣密鼓张罗，消息也散出去了，性子急的狐朋狗友们，有的把红包都提前给了。正一扑心忙活着呢，李娟的爷爷忽然病了，脑出血。在医院住了一个月，李娟和父母轮着班伺候，好不容易出了院，还落了个偏瘫，语言不清、肢

韩跃民也有感觉，自打认识了老富，他的朋友圈子开始有了变化

体不灵，离不开人了。李娟和父母都上班，只能谁有空谁在家照顾老人。家里一时半刻都离不开人，结婚的事，李娟连提都不敢提了。

这一下，婚礼无限期拖延。韩跃民有心把给了的红包再退回去，可是谁都不要，说是早晚这么回事儿，眼瞅着钱越来越毛，我们先给了还赚了呢。

谷秃子铆足了劲儿等着，打算参加了婚礼再去深圳。等来等去等了个遥遥无期，他找了一趟韩跃民，给了他一双崭新的三接头皮鞋。说红包之外再送份礼，婚礼就不参加了。韩跃民说哪有结婚送鞋的，你这不是妨我嘛！

谷秃子说你就凑合着吧，这鞋还是我姐知道我要去南方，为了让我体面点儿才给我买的。买了去深圳的火车票，我兜里就剩十几块钱了。

韩跃民看着他，心里真是觉得他又可怜又可气。他把兜里的钱都掏了出来，连毛票带钢镚儿，一股脑拍在谷秃子手里："我身上也没多少，拿着吧！"说完转身就走。

谷秃子在他身后带着哭腔喊："你等兄弟我发了财的……"

谷秃子去了南方，小神仙康五一和老富往东北跑了一趟，到大连看海鲜去了。

韩跃民纳闷："你们看什么海鲜啊，咱们也没这个业务啊。"

康五一吞吞吐吐挺不好意思地说了缘由。

康五一和一个朋友一起承包了西直门外一家涉外饭店

的中餐厅。老富家就在西直门外，地头熟，知道这家餐厅的大致情况。他说这边消费水平高，南方人在这一带开买卖做生意的人多，承包这个餐厅应该不会赔钱。康五一那个朋友是浙江人，承包费他出的大头，他主张经营海鲜。康五一和老富极力赞成，老富还说认识在大连做海鲜生意的朋友，可以跟他们联系，将来从那儿进货。就这么着，仨人一起去了趟大连。

韩跃民听了，半天没言语。康五一讪笑着："韩总，咱公司这边儿的生意，我不会撂下。咱们的业务我也都门儿清，您有事就招呼我一声。"

韩跃民心里觉得一阵凄凉，盘算了一下，现在正经还给公司跑着业务的，就剩下二雷、余天顺和老富了，大家伙儿各奔东西，大有作鸟兽散的趋势了啊。

他摆了摆手："没事儿，你们该忙就忙你们的，现在咱们公司也没什么业务，倒是门市那块儿，家用电器、纺织品，还能对付。这餐厅什么时候开业啊？"

康五一这才掏出了一张请柬，双手奉上："后天晚上，也不算开业，就是酬宾试营业。"

韩跃民看了看请柬："我看情况吧，有空就去。"

"您要是不来，我就来接您。"

开业那天，老富专程到公司等着韩跃民，说是康五一交给他的任务，务必请他去试吃。酒桌上，认识了康五一的合伙人朱世崇。三十五岁的朱世崇已然谢顶，大脑袋大肚子，见人自来熟，满脸笑呵呵，一副宽厚长者和蔼可亲的风范。

康五一给韩跃民他们做介绍，这是朱哥，朱世崇。韩跃民急忙点头，心里憋不住想乐，猪是虫啊？这名字起的，真幽默。朱世崇当即收腹扬眉做谦恭状，一口京腔十分地道："久仰啦哥们儿，老听小康念叨你，大才子大经理，咱哥们儿以后可得多亲热。"一时拍肩搭背敬烟让座好不殷勤，好听的话谁都不会拒绝，韩跃民也十分受用。席间朱世崇不离身侧，一口一个老弟。韩跃民问他为什么北京话说得这么好，他说他十七岁就来北京当兵，服役八年，转业，娶了个北京姑娘。先是在国有企业做汽车配件，后来做起丝绸生意。又觉得这个生意越来越不好干，决定转行干餐饮。酒席宴还没散，朱世崇的大哥大叫唤起来，他接完电话说有急事要出去，告辞走了。

宴罢，众人散去。康五一示意韩跃民别走，他把员工们都打发了之后，带着韩跃民和老富来到中餐厅附设的小卖部，摸出钥匙打开上了锁的柜台玻璃拉门，拿出两条万宝路："二位，今儿开张，是个喜日子，没别的纪念品，拿条烟抽吧。"

老富当即伸手拦住："你听我说，你这样可不行。听哥哥的，心意我们领了，烟你搁回去。你这好歹是生意，生意可不是这么做的，老板也没这么当的。你这哪行啊，这叫什么啊，你可还有合伙人呢，回头你今儿送两条烟，他明儿送出去几瓶酒，这买卖可就没个好儿了。这么着，反正我离你这儿也近，打明儿开始，我来给你盯几天吧。生意不论大小，规矩得立起来。我给你管几天，立立规矩。"

康五一拿着烟，递出也不是收回也不是，红着脸在那儿讪笑。韩跃民理解康五一的心情，老富说别的都是客气话，关键是那句“你可还有合伙人呢”，就把康五一这个行为定性得有点不够光明正大了。合伙人不在，私自拿店里的商品送人，这话传出去，好说不好听啊。

韩跃民赶紧把烟接过来，替他放进柜台，打了几句圆场，康五一这才缓过神来，一边跟老富商量着请他来帮忙的事，一边把韩跃民送出大门。

这老富，这次给韩跃民的印象不错，觉得这人虽然鬼主意多，自私、不合群，可是这几句话都说到点子上了。

共事几年，韩跃民对康五一也算有了一些了解。他号称小神仙，不是说他能掐会算，而是说他快活逍遥。这人典型的公子哥，父亲是国家某部委的老局长，母亲是中学校长。老夫妇俩结婚晚，四十多岁才得了这个唯一的儿子，老蚌生珠格外娇贵。二十世纪六十年代初，家家都是孩子一大帮。这老夫妇俩工资加起来小三百，膝下只有这一个孩子，那过得简直就是天堂般的生活。所谓娇生惯养无健儿，康五一白糟蹋了牛奶巧克力，生得形销骨立，面色黢黑，简直就像个整天吃不饱的主儿。不过他五官倒是很对得起爹妈，剑眉凤眼，鼻直口方，唇线清晰，下颏微翘，还长了个一米八的个头，又因为瘦，就显得肩宽腰细腿长屁股小，加上他永远衣冠楚楚，还有他干部家庭熏出来的几分儒雅，这就是个挺标准的帅哥。帅哥周围不乏青春玉女，康五一又能歌善舞，从上高中的时候开始就没事拎着个录音机到公园里跳舞，那时候兴这个，也算时尚之一。

跳舞的什么人都有，像老富这样的在当时就属“老炮儿”了。可老富不是好色嘛，就为这点儿爱好，不顾年龄偏大容易惹人耻笑，硬生生混迹在一群十七八二十啷当岁的小青年中，结交下一群小他十岁左右的朋友，其中就包括康五一这班人。

论身材面相，老富可以说是毫无优势。可是在女人面前，他的嘴很有优势，经常妙语连珠口吐莲花，开一些半荤半素半是戏谑半是挑逗的玩笑，引得一班大姑娘小媳妇儿笑得花枝乱颤星波流转，由此颇得人缘。老富是六七届的高中毕业生，怀旧，很是看重自己“文革”前的那点学历。在真有文化的人面前，他会自称没文化；可是在康五一这一班子没考上大学的小青年面前，他又自诩文化人，声称自己“文革”前高中二年级的文化底子远胜于现在的这些高中毕业生。这人算是个人尖子，头脑灵活智商不低，加之经历过插队、回城的奔波，这份经历也远不是康五一这班人可比的，他又人情练达，表面上讲义气知进退，很快就成了这班年轻人的领袖，大有一呼百应的势头。所以他才敢当着韩跃民的面教育康五一，康五一也喏喏不敢回声。

其实韩跃民也有感觉，自打认识了老富，他的朋友圈子开始有了变化。以前交往的朋友，不外乎旧同事老街坊新文友，面儿窄范围小，互相了解比较深，人品道德文化素质也都差不到哪儿去。认识了老富，朋友的成分开始变得芜杂，可说是三教九流了。

[二]

男性泌尿科，有个漂亮的女大夫，这对大多数男人来说都是个诱惑

韩跃民的婚事搁了浅，他爹妈郁闷了好些日子。这时候，赶上他二姐的孩子过百日。韩振江喝了喜酒回来，趁着酒劲儿跟韩跃民说："你看你二姐，给他们老王家生了个大胖小子。你也老大不小了，眼瞅着三十了，趁早结了婚，该那什么就那什么吧。"

韩跃民说："我知道，可就算结了婚，也不能立马就要孩子吧？现在不是计划生育吗……"

袁素娥急忙插嘴："说得是呢，还得先跟街道登记，单位也得说一声，打算什么时候要，不说不成。"

"是，所以说得慢慢来呢，不是计划内怀上了也麻烦吧。您就甭操这个心了。"

袁素娥说："我们当老人的，可不就惦记这个吗？你看咱院的红竹，比你小两岁呢吧，人家孩子都满地跑了。"

男性泌尿科，有个漂亮的女大夫，这对大多数男人来说都是个诱惑

韩跃民没再说话，推上车子出了院门，上班去了。一路上他还琢磨着爹妈的话，孩子的事，这个时候说有点太早了。李娟喜欢孩子，想要孩子，这是肯定的。自从上次打掉那个孩子，她一直耿耿于怀，提起来就想落泪。韩跃民知道这是给她坐下了心病，就冲这个，他也打算结了婚赶紧要个孩子。可是转念一想，就算要孩子，也得先把这个肾结石弄下来再说。这阵子忙忙乱乱的，可能是又累着了，这两天腰又有点隐隐约约的不舒坦，感觉跟上次一样。

柳闻莺开的那个排石冲剂，韩跃民按时按量吃了一个月，中间也有过一次隐隐约约要犯病的意思，他又去找过柳大夫，柳大夫说，有可能是排石冲剂起作用了，尿道里的石头有移动的趋势，让他密切注意，再有疼痛等症状立即就诊。

吃了几个月药，没再有反应。韩跃民隔三岔五有空就去找柳闻莺复诊，B 超做了好几次，那个石头不见动静。柳闻莺说，看样子只能体外碎石了。

既然没反应，药也就不吃了。医院跑了七八趟，唯一的收获就是跟柳闻莺混熟了。男性泌尿科，有个漂亮的女大夫，这对大多数男人来说都是个诱惑。韩跃民发觉，柳闻莺的诊室，什么时候都是人满为患。而且还有个特殊现象，那就是大多数男性患者都有老婆陪着，这些老婆一个个目光阴险刻毒，严密监控着柳大夫看病问诊的每个流程和每句对话。韩跃民这样的独自前来的男性患者，真是少之又少。

现在，腰部隐约的不舒服让韩跃民又想起了柳闻莺。到了公司，他给狗子打了个传呼。他知道黄鹂这几天跟着孙念安去海南了，狗子等于是自己把着一个车没什么正经事儿。不给这小子找点儿活儿干，他觉得对不起黄鹂给狗子开的那份儿工资。再说，韩跃民心里明镜儿似的，狗子也特别愿意跟柳闻莺逗贫嘴。一个男人喜欢一个女人，有时候并没有多么明确的目的。靠近她，说几句风话，看看她的眉眼，听听她的娇嗔甚至怒斥，都是一种享受。

狗子回话说，在护国寺吃早点呢。

“你那么老远跑护国寺吃早点？够油钱吗？”

狗子嘿嘿笑：“您就说有什么事儿吧。”

“来接我一趟，看我这老腰去。”

“您那是腰子的毛病，不是腰，两回事儿。”

“你赶紧的吧！”

“得嘞！”

狗子的桑塔纳停在公司外面，他连车都没下，摁了两下喇叭。

李娟送韩跃民出来：“要不我还是跟你一块儿去吧？”

“不用，我就是查查，又没犯病。大热天儿的，你跟着跑什么！”

狗子看见韩跃民出来，这才下了车，大老远叫了声“嫂子”，一溜小碎步跑过来拉开车门，还比画着做了个护头的动作。

韩跃民上了车还叮嘱李娟：“对了，你跟天顺盘盘石家庄的库底子，眼瞅着又该进秋衣秋裤了。这得提前打招呼定计划，多定点儿粉的，天顺说粉的好卖。”

这句话就把李娟定在原地动弹不得了，只好眼睁睁看着汽车绝尘而去。

车里空调开到了最大，弥漫着邓丽君的《甜蜜蜜》。

韩跃民上车就问：“黄鹂什么时候回来啊？”

“不知道，反正提前一天通知我。”

韩跃民早就听说，孙念安又不去深圳了，打算移师海南去做房地产。现在黄鹂跟着他去海南考察，难道也要跟着过去？韩跃民是个喜聚不喜散的性格，熟人、朋友相处得不错，忽然要离开，他就觉得不舒服。

见狗子陶醉在邓丽君的《甜蜜蜜》里，摇头晃脑自得其乐，韩跃民忍不住挖苦他：“你这小日子不错啊！”

狗子没听出韩跃民的话有什么不对味儿，一扬脑袋：“还行吧，有车开我就知足。”

这小子，也真是没什么人生大目标。开车一直就是他的梦想，甭管开着汽车去干什么，他都觉得妙不可言。

韩跃民终于忍不住心里的那点儿憋屈了：“你这小王八蛋，你哥哥我上车半天了，眼瞅着就到医院了，你就不问问我的病？”

这回狗子听出韩跃民语气中的不快了，他赶紧关了音响：“哟哟哟，是我的不对，我就想着你不就去做个检查嘛，怎么了，又疼了？”

韩跃民闭上眼睛养神，决定不再搭理他，淡着他，让他自个儿反省去吧。狗子这回也不敢开音响了，也不说话了。

直到汽车稳稳停下，狗子一溜小跑来给韩跃民开车门，这才说了一句既贴心又有几分赌气成分的话：“小心点儿韩总，要不我背着您上去吧。”

韩跃民说：“滚一边儿去！我有那么㞞吗？”

狗子顿时绽开笑脸，小心翼翼把手放在韩跃民腋下，似有若无地搀着他进了医院，上了电梯。

上午十点多，正是医生们最忙的时候。狗子跑前跑后挂了号，又特意到柳闻莺的诊室门口晃了两次，可惜一点儿作用也没起。狗子向韩跃民汇报：“她肯定看见我了，也肯定知道我是陪您来的。可是她就跟没看见我一样，这小娘们儿，一点儿面子也不给！”

韩跃民闭目养神，不急不慌：“你又不是她儿子，她凭什么给你面子啊！”

狗子眉开眼笑：“我要是有这么个小妈，非把我爸乐死不可！”

韩跃民睁开眼，想骂他几句，看了看周围候诊的人，说：“等着吧，医院这个味儿，我喜欢，闻一会儿病就能好一半儿。”

轮到韩跃民进诊室的时候，有的医生已经拿着饭盒去吃饭了。

韩跃民做出痛苦的表情看着柳闻莺：“柳大夫，你真得想想法子把这石头给我弄出来了，我们家老家儿还等着抱孙子呢，我这病病歪歪的怎么要孩子啊！”

柳大夫头也不抬，低头填写病历：“理论上说，肾结石不影响生孩子。”

“那万一要是堵住了，我不是白费力气吗！”

“堵也堵的是尿道，不是输……”柳大夫抬眼瞥见韩跃民一脸坏笑，转口说，“手术取出来，要不就体外激光碎石，你选一样吧。”

“那我还是体外碎石吧，能碎干净吗？”

“多打几下，基本都能排出来。”

“今天行吗？”

“今天不行，你得预约。”

“那我现在就预约，哪天能做呢？上次可真给我疼怕了，好家伙，赶紧的吧，越快越好！”

“先预约吧，三天以后，哟，不对，中间还有个礼拜天呢，下周一吧，你带一张五千元的支票来。”

“没问题。”

柳大夫起身，终于露出了微笑：“那就这样吧，我该吃饭去了。”

狗子立即插言：“柳大夫，咱们外边吃点儿吧？”

韩跃民热烈响应：“对对对，柳大夫，我看医院门口有个馆子还挺干净的。”

柳闻莺拿起饭盒：“医院门口的饭，你们敢吃，我可不敢。谢谢了啊，周一见！”

柳闻莺的话提醒了韩跃民，他让狗子开车远远离开了医院，路上随便吃了点东西，又让狗子把他送到了天坛帽厂。

在楼道里，韩跃民迎面遇上了魏德全。他还没打招呼，魏厂长关切地询问："小韩呀，你怎么有空回来了？有事儿？"

"没事，我来拿支票，看病。"

"拿支票看病还没事儿？怎么啦？"

"肾里有块石头，得拿出来。"

"哟，这可不是小毛病，做手术？"

"算是吧。"

"那得赶紧拿出来，不是小问题。"

"是啊，不拿出来都没法生孩子了。"

魏德全伸手扶住韩跃民："现在不碍事吧？看着你不像有病的样儿。"

"没事没事，厂长放心，小手术！"

[三]

这个温柔的捆绑把韩跃民的警惕性弄没了，等他明白过来，带子已经勒紧了

上床前，韩跃民心怀忐忑地问过柳闻莺："柳大夫，这激光碎石得多长时间啊？"

柳闻莺说："你这个石头的体积，怎么也得三四千下吧。一分钟三四十下的话，你自己算吧。"

"哦，那还行，我以为还不得打上一天半天的。"

一张绷着人造革面的病床，中间一个比脸盆略小的洞。柳闻莺伸手一指，让韩跃民脱掉上衣躺上去。看见韩跃民赤裸的上身，她好像有点吃惊，描过的细眉扬了一下，可也没说什么，开始在韩跃民身上忙活。韩跃民粗心，韩跃民心猿意马，韩跃民的注意力都在柳闻莺身上，看她神情专注时微微颤动的睫毛，看她丰腴白皙十指翻飞的手，还有因为不时俯身忙碌隐约可见的一线春光。柳闻莺到底多大，韩跃民还真不知道，从她平时言谈中得知她的孩子上小学二年级了，

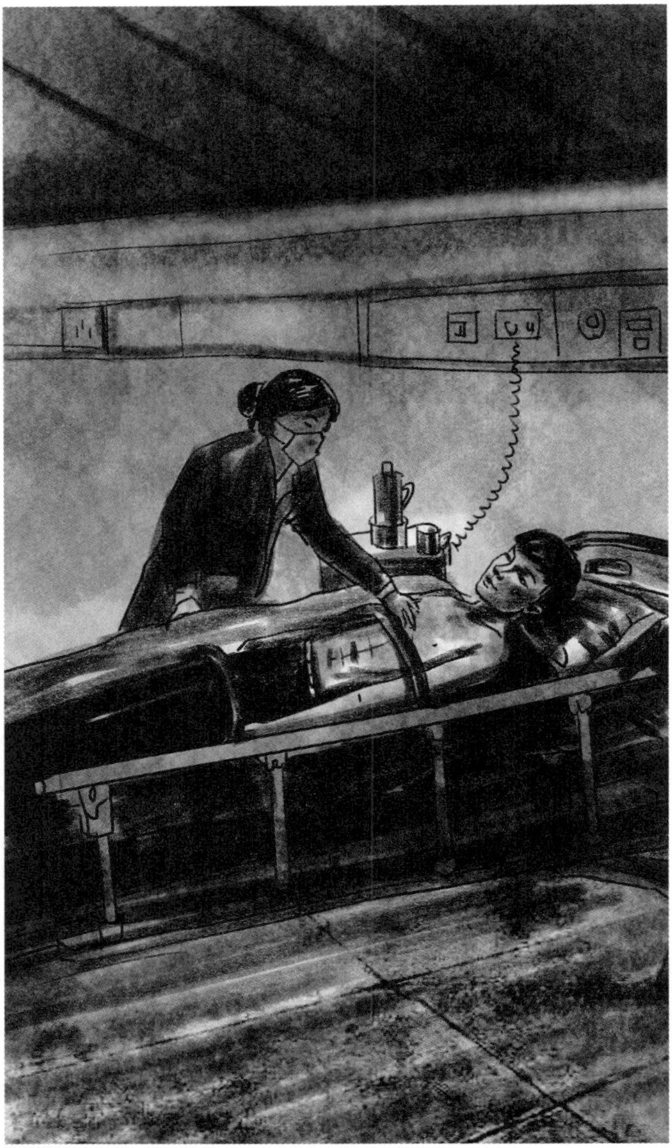

韩跃民粗心，韩跃民心猿意马，韩跃民的注意力都在柳闻莺身上

那么至少也该三十出头了。她不是多漂亮，可是眉眼中透着一股妩媚，属于好看也耐看的女人。韩跃民就这么把注意力全集中在这个女人身上，心不在焉地躺在了那张绷着人造革面的病床上。躺上去才发现，床的两侧各有两根约束带，胸部一条，胯部一条。柳闻莺在韩跃民身边面带微笑地忙活着，不断叮嘱韩跃民别紧张，言笑晏晏地开始对韩跃民进行捆绑，语调还是那么舒缓平稳，手上可是不断使劲儿。这个温柔的捆绑把韩跃民的警惕性弄没了，等他明白过来，带子已经勒紧了，韩跃民登时动弹不得，成了待宰的羔羊。不过被漂亮女人这样捆绑一番，感觉也真是不错。韩跃民没说什么，微微闭上眼睛，瞄着她白大褂下仍然玲珑婀娜的身材，享受意淫的快感。

柳闻莺面色平静有条不紊做着“宰割”韩跃民的准备工作，光洁的前额渗出细密的汗珠，一缕散发贴在她的面颊上，勾勒出几分迷人的娇柔。任人宰割不是好事，但是任柳闻莺宰割，是天下至上善事。若不是因为这个折磨得韩跃民死去活来的肾结石，韩跃民哪来的机会一近芳泽啊！

韩跃民身体下面，有一个硕大的橡皮球体正在慢慢鼓胀起来，通过那个比脸盆略小的洞，逐渐贴住并且顶住韩跃民的腰部。一种莫名的冰凉的恐惧感袭来，他忍不住问：“这是要干什么啊？”

柳闻莺笑笑：“没事儿，那里边是水。”她开始往韩跃民的肚皮上涂抹一种白色、微凉的东西，用B超的那个探头似的东西一下一下反复刮抹。她手如柔荑，十指纤纤，在韩跃民裸露的肌肤上涂抹。

韩跃民正盼着她多抹几下呢，她笑了：“穿着衣服就光看见你挺结实，脱了衣服怎么也这么……呢？”她咬了一下嘴唇没说出那个“肥”字。韩跃民平躺着动弹不得，咧着嘴开吹：“好家伙，光是结实啊？小时候我石锁哑铃单双杠什么不玩儿啊，现在你掐一下我胳膊你看掐得动吗？”

看见她伸手，韩跃民一绷劲儿。柳闻莺本来是打算用拇指和食指随手拧一下的，眼看拧不动，遂改为俩指尖在肉皮上掐。这谁受得了啊，韩跃民一闪，她一笑起身：“不成，你肚子太大了。我们这个设备太老，B 超瞄不准病灶，很可能你是白花钱白挨打，退钱吧。我帮你联系到总院去做，他们的设备好。”她抬腕看看表：“才九点多，我打个电话帮你约一下。”

看来柳闻莺和总院那个大夫挺熟悉，说说笑笑就把事儿办了。放下电话，她一边给韩跃民松绑一边催他：“正好今天没病人，你这就赶紧去吧，去了就可以直接挨打，你多有福气啊。”

“合着白绑我一回啊？我这衣服都脱了硬等半天了呢。”看周围没人，韩跃民不带脏字儿地小声荤了她一句。柳闻莺面色微红，伸手在韩跃民裸露的肚子上狠狠拧了一把：“狗嘴！硬等你老婆去吧！”

韩跃民起身穿好衣服，温情地拍了拍柳大夫的背：“谢了啊，小柳大夫。”遂拿着她给开的单子找住院部退回了刚交的那五千块钱支票。

候诊大厅里，狗子一手拎着塑料袋里的饭盒，一手举着根冰棍边吃边东张西望。一眼看见了韩跃民，胖脸上立即堆满了笑：“不会吧大哥，怎么这么快啊？是不是没做啊？”这小子就是机灵，反应快。

韩跃民看见狗子倒是十分意外，怒斥：“你怎么还跟这儿呢？不是让你回去了吗？”

“不是我是说，怎么也得有个准信儿再走啊。您到底是做了还是没做啊？怎么这么快呢？”

大厅里人声鼎沸，韩跃民懒得说话，摇摇头又点点头，“嗯”了一声径直往大门口走。狗子三步两步跑到韩跃民前面，赶着帮他撩起那种塑料片做成的隔热门帘。

狗子是一大早就赶到韩跃民家去接他的。

因为知道黄鹂已经回来了，韩跃民实在不想再让狗子陪着去医院。他是个知道深浅进退的人，狗子已经是黄鹂的专职司机了，自个儿不能老这么占人家的便宜。就算黄鹂不说什么，甚至大力支持，他自己也过不去这道坎儿。可是狗子好像根本没想到这一节，照样一大早就来接韩跃民去医院。

韩跃民推着自行车出来，狗子已经把车停在他家大门外头那块儿最宽敞的地界，坐在车里听着邓丽君等他了。韩跃民说我用不着你，狗子说你不用我我也没事干，已经跟黄总说好了送你去医院。

韩跃民眼珠一转：“行，那就把车子搁你车上，送我到医院，然后你就该干什么干什么去。”

狗子也眼珠一转，答应了。

在车上，韩跃民苦口婆心跟狗子解释了为什么不能老这么用人家黄鹂的车。狗子也推心置腹述说了黄鹂诚心诚意派他来干这件事的过程："黄总说了，您是她当年在帽厂时候的徒弟，师傅关心徒弟，理所应当的。"

车到医院，狗子还想跟着进去。韩跃民不耐烦了："跟你说了，让你走你就给我走人。"他返身回来，不由分说把自行车从桑塔纳后备厢里弄出来锁好："我待会儿要到附近办点儿事，要不也不会把车子搁你后备厢里。你走吧！"

以为狗子就这么走了，没想到这家伙一直在楼下等着呢。

韩跃民有点儿小感动，耐下心来劝导："她是师傅，关心我这个徒弟是应当的；那我是徒弟，关心师傅也是应当的吧？再说我这就是个小得不能再小的小手术，不值得你和你们黄总这么关心。狗子你也是有家有口的人了，办事不能这么顾一头不顾另一头。你拿着人家的工资呢，你老围着我转悠算怎么回事儿呢？"

狗子还是不走，盯着问："我就一句话，您这个小得不能再小的小手术到底是做了还是没做呢？"

"我当然做了啊，要不我干吗来了？跟你遛车玩儿哪？"

"那我更应该送您回家了，您这好歹是手术啊，没人跟着……"

韩跃民突然指着狗子身后说："哎，你怎么也来了？"

狗子一回头，韩跃民一把夺过他手里的汽车钥匙，拼尽全力朝马路对面人少的便道上扔去："我叫你丫犯轴！"说完，推起车子就跑。

狗子大惊，本能地朝着钥匙飞行的方向追了几步，又返身回来朝韩跃民追了几步："韩总，我就送您回家怎么了！"

韩跃民没再搭理他，飞身上车，扬长而去。

[四]

消遣娱乐之外，狗子当然也有在哥们儿面前炫耀黄鹂这个女老板多么有钱的意思

自打跟了黄鹂，狗子对韩跃民就是又怕见又想见。怕，是因为他做了对不住老婆也对不住韩跃民的事。想，也是因为他觉得对不住韩跃民。

这件事，也好理解。孙念安去了海南，这边长租的房子就归了黄鹂。这个地方，地理位置好，离雅宝路也就一站地，那儿可是倒汇人员最大的聚集地。

孙念安移师海南，黄鹂也就搬到了北京。不是故意而为，大概就是天赶地凑吧，或者，就是命运使然。

苏联解体，大批俄罗斯商人涌到北京，疯狂购买中国货，运回俄罗斯卖高价。只要是在北京能买到的，什么衣服鞋帽日用品药品之类的，一律横扫。北京的买卖人也不示弱，带着中国生产的羽绒服二锅头清凉油打火机等等，杀奔俄罗斯。两边的倒爷们儿这么一折腾，雅宝路一带很快热闹起来，

闲着没事的时候，狗子还带着几个人到宾馆包间里打过几次麻将

除了买卖各种商品，最繁忙的就是倒汇的这帮人。黄鹂进入北京的时候，倒汇的还没怎么成气候，谁逮着谁叨一口，行情、价格，乱七八糟。黄鹂来了，情况逐渐有所改变。因为她有钱啊，大笔资金进入市场，价格、行情，很快就稳定下来了。你高卖，卖不出去；低收，收不进来。市场就这么逐渐冷却下来，进入了一个相对稳定和理性的轨道。就这么着，黄鹂的业务逐渐忙起来，成了雅宝路一带有名的汇头。什么叫汇头？就是倒外汇的。雅宝路一带做外贸服装的扎堆儿，外国人来了想换人民币，国内的摊贩们经常需要美元，就这么逐渐形成了民间私下倒汇的黑市。倒汇生意做得大的就叫汇头，比如黄鹂。

说是大笔资金，其实也没多大。关键是那时候人们的买卖都不算大。黄鹂砸进市场大几十万，就能在一段时间里稳稳控制这一带的黑市汇率行情。开始，她还保留着广东那边的摊子，打算万一北京不行，就还撤回广东。干了没几个月，她就把广东那边彻底收了摊，几个可靠的伙计，有的在北京扎下来，有的到了青岛，开辟了新的外汇源头。

忙起来，狗子的作息也就没了规律。有时候半夜还得出发去机场接人，有时候开车去青岛，一走就是三五天。可也有时候黄鹂带着别人出行，狗子就能在家闲好几天。忙的时候，他就只能住在宾馆里。

孤男寡女住一个套间，又都不是那么守规矩的人。没俩月，狗子就上了黄鹂的床。好就好在狗子并不知道黄鹂也曾经是韩跃民的菜，要是知道了这一节，恐怕他就连见也不敢见韩跃民了。他之所以觉得对不住韩跃民，主要是因为黄鹂跟韩跃民的师徒关系。他内心里敬重韩跃民，又有点儿怕韩跃民。自个儿比黄鹂小那么多，黄鹂又是韩跃民的师傅，他觉得这种事一旦捅破了，他跟谁都不好再见面了。就是这种心理支配下，他见了韩跃民就心里打鼓，心里发虚；不见的时候，又觉得韩跃民随时都暗中盯着自己，还不如见了面踏实呢。

但是黄鹂从事的业务，黄鹂过的日子，让狗子大开眼界。这个从小在郊区长大的农民的孩子，因为有幸成了北京最早的一批拆迁户，不但转为城市户口，还发了一笔小财。他知道有钱的好处，可是真不知道钱怎么花才算是享受。跟了黄鹂一段时间以后，他算是领教了有钱人的生活是什么样。那一阵子黄鹂的生意顺风顺水，心情不错，狗子一个月之内就跟着黄鹂跑了好几趟青岛。他平时跟康五一就挺说得来，俩人一个路子，喜欢白话。这一个月专车开的，可让他长了见识，得空见着康五一，忍不住就连感慨带显摆。说黄鹂这个女老板如何能挣会花出手阔绰，长期包着五星级饭店的套间，经常是三五十万现金随便往后备厢里一扔就奔了青岛。有一回请朋友吃饭，黄鹂为了给狗子撑面子，临出门给他一万现金，告诉他，待会儿吃完饭你结账，别让他们老觉着你就是个开车的。

康五一后来对此发表评论："就冲这句话，我就断定他们俩有一腿了。本来就是个开车的，为什么还不让别人觉着他'就'是个开车的呢？不是开车的是什么呢？情人？

傍家？那不是明摆着了嘛。”

这话其实也不用康五一解释。黄鹂风姿绰约，眉目含情，正是如狼似虎的年纪，老公又长期不在身边；陈海虎背熊腰，大个子国字脸，他就是不招女人，有的女人也上赶着惹他。这么两块料凑到一块儿，没事才出了鬼呢。

这期间，狗子一有空就开车拉着二雷、小蚊子和刘小辫儿等人到康五一的餐厅去吃饭。每次开宴，狗子都是主角，话题都是黄鹂。“几十万现金往后备厢里一扔就走”这样的话，他就说了不下十遍。闲着没事的时候，狗子还带着几个人到宾馆包间里打过几次麻将。消遣娱乐之外，狗子当然也有在哥们儿面前炫耀黄鹂这个女老板多么有钱的意思。

这样的一张朋友关系网，就在狗子看似漫不经心实则刻意操弄的编制下越结越密。赶上黄鹂生意好心情好又有闲工夫的时候，她也跟这几个小伙子一起到康五一的餐厅吃过饭，兴致高的时候还跟他们打过麻将。就算没混成朋友，至少也都是脸熟。

据说国外某研究机构搜集整理调查了几千起各种各样的意外事件，发现：每一起意外事件，都至少有四十一个微小因素在其中起到关键性作用。也就是说，这四十一个因素环环相扣，形成一个链条。这个链条当中的任何一环没有出现，都可能导致链条断裂，无法延续，最终避免这个意外。

狗子送韩跃民去做碎石手术没做成，被韩跃民粗暴地打发走了。事后看来，这应该就是那四十一个微小因素中的一个。假如这件事没有发生，假如韩跃民肚子里没那么多堆积的脂肪，假如柳闻莺使用的设备再先进一点，给韩跃民顺利做完了体外碎石术，又或者韩跃民不坚持自己骑车，而是让狗子继续送自己去另一个医院做碎石术……总之，一旦这些微小的、看似毫不相干的因素发生一点变化，那么，后面的事也许就完全不是那个结局了。

可惜，这世上没有如果。狗子被韩跃民粗暴轰走之后，心情很是沮丧。他甚至开始怀疑，是不是自己跟黄鹂的苟且之事被韩跃民察觉了？

偏赶上黄鹂这一天没出门，她在那个套间里洗了澡，自己做了做头发的护养，又跟远在海南的孙念安通了一会儿电话。大约上午十一点，狗子回来了。两个大闲人，一个心情愉悦，正要享受一下；一个心情沮丧，正想发泄一下。于是二话不说，身材高大威猛的狗子打横抱起娇小玲珑的半老徐娘黄鹂，来了一场颠鸾倒凤。

第二十四章

[一]俩人胡子拉碴，眼窝深陷，还都是左肩右斜地背着一个军挎

[二]打着打着，韩跃民就迷糊了，再也顾不上数数，就惦记着快点儿结束了

[三]后来的事实证明，警方找他也找对了，因为两名凶手他也都认识

[四]康五一虽然是一头雾水，可什么也不敢问，让解腰带那就解吧

第二十四章 六

[一]

俩人胡子拉碴，眼窝深陷，
还都是左肩右斜地背着一个军挎

这一天是公历六月份的第二个礼拜一。事后才知，从这天开始，好几个人的生命都进入了倒计时。可惜，所有当事人都毫不知情。

韩跃民兴冲冲蹬着自行车直奔柳闻莺让他去的那家总院，才走了几百米，腰里的电蛐蛐就响了。看了一眼，是帽厂传达室。正犹豫着回不回电话呢，电蛐蛐又响了，还是帽厂。这是连呼两遍的节奏啊，谁呢？什么事呢？帽厂跟他有联系的太多了，这种不可知性引起了他的好奇，他找到一个公用电话打了过去。

是佟之鹰："小韩啊，听说你看病去了，怎么样啊？"

"有事儿赶紧说，我就是检查一下，没病。"

"那我跟你说啊，你知道李小文和那个小刘，他们怎么了吗？"

"我有日子没见他们了，怎么了？"

韩跃民已有一个多月没见着小蚊子和刘小辫儿了，现在俩人胡子拉碴，眼窝深陷

佟之鹰说，小蚊子和刘小辫儿找到他，问他还想不想要那个长虹彩电，想一千块钱一台卖给他，俩人都卖。佟之鹰觉得奇怪，所以问问。

韩跃民说：“回去再说吧，我先做检查，还是身体要紧。”他这儿话音刚落，电蛐蛐又响起来。一看，号码陌生。他连忙结束了跟佟之鹰的通话，给这个号码回了过去。对方说是医院，问他要转哪个科。韩跃民心说这个时候还能有哪个医院找我啊，随口说要转泌尿科。果然是柳闻莺。

柳闻莺说：“记得留过你的呼机号，一时没找到，这还是问了康五一才呼的你。”

韩跃民忘不了调戏柳闻莺，说：“这才分手就想我了？”

柳闻莺说：“对，想死我了。跟你说啊，总院那边的王大夫刚来电话了，让你明天再去，他们院里临时有个手术观摩，今天不能做了。”

韩跃民听了，不知为什么心里一阵轻松。他隐隐觉得，今天好像还有好多事等着他呢，要是这会儿去做碎石手术，恐怕就要耽误。

果然，回到公司，李娟都没来得及问他看病的事，上来就说小蚊子他们刚才来了，问公司账上有多少钱，能不能借他们周转一下。韩跃民说：“这是玩儿的哪一套，真要借钱，不找我，找你就能借出来？”

李娟说：“是这么说的呀，他们也没再说什么就走了。”

韩跃民把寻呼机摘下来仔细翻看一遍，确定小蚊子他们没有呼过自己。赶紧又给佟之鹰打电话，把没问清楚的事儿又问了一遍。佟之鹰说，小蚊子和刘小辫儿看样子是遇到什么事儿了，先是说要借钱，至少两万。佟之鹰说你们这不是开玩笑嘛，我像是能拿出两万块钱的人吗？然后绕来绕去，说有一笔买卖需要付订金，人家就给一天时间，不付订金买卖就黄了。最后，俩人居然让他把张弛找来，商量让他们去跟厂里说，拿出十万元订金，把这批紧俏货全部定下来。这简直就是天方夜谭了，张弛都没听完，就借口还有别的事，先走了。俩人没辙了，才提出让佟之鹰买下他们的彩电。佟之鹰说自家电视已经买了，这才打发了他们。

放下电话，韩跃民觉得这事儿太蹊跷，忍不住呼了小蚊子。回电倒是真快，小蚊子说：“你手术做完了？正找你呢。”

“找我不呼我！我问你，你要借钱干什么？”

“李娟说你做手术啊，哪敢呼你啊！借钱的事，咱们当面说行吗？”

“你来找我吧，就在我这儿说。”

韩跃民算了一下，打二姐的孩子过百日那天算，已经有一个多月没见着小蚊子和刘小辫儿了。这一见，吓他一跳。俩人胡子拉碴，眼窝深陷，还都是左肩右斜地背着一个军挎。天儿的确是热，可俩人那满头满脸的汗出得有点儿邪乎，短袖汗衫后背湿了一大片，都贴身上了。

韩跃民让李娟给他们拿来汽水，笑问：“怎么了这是，扛大包还是和泥去了，出这么多汗？”

小蚊子喝了几口汽水，抬胳膊抹了抹脸上的汗，犹犹豫豫地看了一眼李娟：“娟儿，你让我们哥仨说说话呗？”

李娟白了他一眼：“嘁，背人没好话！”说完走了出去。

李娟出去了，刘小辫儿走过去把门关好，还插上了插销。韩跃民心知这俩小子肯定有大事，但还是开了句玩笑：“干吗你们？打劫啊？”

没想到小蚊子偷眼瞄了瞄身后，扑通一声直戳戳跪在了韩跃民面前：“哥们儿，救命吧！”

这可把韩跃民惊着了，他连拉带拽，刘小辫儿也从旁帮忙，总算把小蚊子弄到椅子上坐下来。

韩跃民气喘吁吁问：“怎么了？出什么事儿了？不至于这样吧！”

小蚊子说：“你要有钱，就借我十万。没钱，也就别问了。”

这话，韩跃民没法往下接了。公司账上，这个钱肯定有。可那是公家的钱，不是他自己的，他也不敢往外借啊。

他只好转头问刘小辫儿：“他怎么回事儿？”

刘小辫儿支支吾吾：“没什么事儿。”

“没什么事儿？没什么事儿你怎么不跪地上啊？”

刘小辫儿看看小蚊子，把韩跃民拉到沙发上坐下，轻声慢语说了个大概。

小蚊子的父亲所在单位也成立了一个三产服务公司，他爸爸参与其中。头年年底，小蚊子回家吹嘘，说他和刘小辫儿认识了一个大通信公司的老总，能买到低于市价的大哥大。他爸爸信以为真，回去跟单位一说，决定购买六部手持电话。经过一番煞有介事的讨价还价，小蚊子凭着三寸不烂之舌，加上刘小辫儿摇唇鼓舌敲边鼓，居然把十万元现金拿到了手，交给了供货方。说好的两天后交货，结果一百个两天都过去了，货，没有；钱，要不回来。小蚊子的父亲急得人都魔怔了，头发也白了。小蚊子和刘小辫儿已经十来天没敢回家了，整天在外边飘着找那个所谓通信公司的老总。

韩跃民问："这十来天，你们住哪儿了？"

"开始就是在狗子他们那儿打麻将，蹭顿饭，后来就到处打游飞。饥一顿饱一顿，瞎对付呗。怎么也得找着钱，要不就得找着那个王八蛋！反正找不回钱去，我们俩是没法回家了。"

韩跃民只剩下冷笑了："你们可不能这样满嘴跑舌头啊，编瞎话也得看看是跟谁吧？你们跟佟之鹰和张弛是怎么说的？跟他们说是紧俏货的订金，跟我这儿又弄出个大哥大的货款来，骗他们呢还是骗我呢？"

小蚊子面不改色："骗他们呢。不敢跟他们说实话，可是打死也不能骗你。"

韩跃民厉声说："骗谁也不成！"

这一声，把俩人惊住了，看着韩跃民，都不言语了。

韩跃民放缓了声调："你们跟我说说，我要是真把钱借给你们堵窟窿去了，你们打算拿什么还我这个钱啊？什么时候能还啊？"

小蚊子张了张嘴，没说出话来。刘小辫儿还是生性比较实在，期期艾艾说："还真没想好呢。可我们肯定还你，这你放心。"

韩跃民伸出手，手心朝上："那你们借我十万，我也这么说，肯定还你们。行吗？"

小蚊子一跃而起："操，拿我们耍叉哪？"话没说完就拉开插销，摔门而去。刘小辫儿只好也起身跟着，还不忘回头安抚韩跃民："别生气啊，丫是急昏头了。"

[二]

打着打着，韩跃民就迷糊了，再也顾不上数数，就惦记着快点儿结束了

时间是星期二，溽热。韩跃民骑上自行车没蹬几下就开始出汗了。街上的人还是那么多，汽车还是那么行进缓慢，好些还是那么直眉瞪眼不管不顾地横穿马路。韩跃民满脑子都是小蚊子和刘小辫儿的那些烂糟事，心情不好，就没好气，看着横七竖八随便横穿马路的人们，他不由得想，出交通事故被轧死的大多是这些人，在家里地头上走惯了，没有往两边看看再过马路的习惯，该！

一切如常，没有任何迹象表明今天会有什么事发生。那些所谓的预感啊征兆啊纯属无稽之谈，这暖风熏人红日当头的日子，一派宁静祥和的升平气象，哪会有什么事发生呢。

事后想来，还是有些征兆的，只不过没能引起警惕罢了。所以啊，人在好多时候是处于一种蒙昧状态的。主宰人的，是无处不在的命运的符咒。

柳闻莺给韩跃民介绍的这位大夫姓王，大肉鼻子，肉泡

打着打着，韩跃民就迷糊了，再也顾不上数数，就惦记着快点儿结束了

眼，屁股也显得肥大，走路有点往后坐，连说话也有点娘们儿气。韩跃民说了是柳大夫让我来的，王大夫面色有点沉，撩起眼皮上上下下打量韩跃民好几眼，这才皮笑肉不笑地招呼他坐下，开了单子让他去交支票办手续。

因为换了个地方，换了个不认识的人，重新躺在同样的手术床上的时候，韩跃民忽然一阵莫名其妙的心慌，还反胃，有点想呕吐的感觉。他把这个感觉告诉了王大夫，王大夫给他量了一下血压，正常。问他有没有心脏病史，韩跃民说没有。王大夫不放心了，问，要不就再做一个心电图？可柳大夫说你昨天刚在她那儿做过了没问题啊。韩跃民说是没问题啊，不用做了。也可能因为没吃早点，今天起床又早，饿的。

实际上是怎么回事呢，后来回想起来，那个时候康五一正在玩儿命给韩跃民打传呼，可惜韩跃民起得早乱了章程，没带寻呼机，想必时空中尽是漫天漫地寻呼韩跃民的电子信号和康五一连卷带骂的焦虑的脑电波。还有二雷，头天下午，韩跃民眼看着小蚊子他们负气出走，动了个念头，给二雷打电话，让他抓紧时间把唐山的货款给结清了——账上钱不够了，彻底断了小蚊子借钱的念想。唐山这个生意是二雷谈成的，这个时刻，二雷大概正满心欢喜念叨韩跃民的信誉绝佳呢。所有这些信息形成了一个巨大的场，这个信号场信息场挤压韩跃民追迫韩跃民，于是韩跃民心慌反胃恶心想吐。

体外碎石机以每分钟三十下的速度把韩跃民打了两千多下。价格韩跃民早就知道了，一下一块钱。开始韩跃民还数着来着，他怕这面容晦暗阴晴不定的王大夫把自己给忽悠了。可是打着打着，韩跃民就迷糊了，再也顾不上数数，就惦记着快点儿结束了。

柳闻莺柳大夫算是把韩跃民带沟里去了。她那温柔的示范性的一掌误导了韩跃民，韩跃民就真以为甭管两千下还是三千下都是那种程度的击打。万没想到啊，这面目可憎的王大夫把韩跃民绑缚停当用B超瞄准了以后，开机头一下就把他打了个激灵。要不是约束带绑得太紧，他肯定翻滚在地。就这样韩跃民还把那个病床带得床脚离地了呢。韩跃民问能不能打得轻一点儿，王大夫古怪地笑着解释："打轻了也是一块钱一下，你要是想把单位支票上的五千块钱都花完了，那我就给你调轻一点儿。"韩跃民一听，得，那就省着点儿吧，一块钱一下，甭管谁的钱也心疼啊。他这儿一边挨打，王大夫一边跟他聊闲篇儿，话题不离柳闻莺左右。什么时候认识的啊，怎么认识的啊，平时是不是常见面啊……这就有点盘问的意思，韩跃民不爱听了，装疼，皱眉闭眼嗯嗯啊啊爱搭不理。这位王大夫也看不出个眉高眼低，凑过来连拍肚子带扒拉手，把韩跃民叫答应了，眨着一双肉泡眼用着非常体己的口吻说："柳大夫平时最不爱管闲事，这回这是怎么了，这么热心为你服务？"韩跃民一听这话口，有点酸啊，万一这家伙跟柳闻莺有一腿，误把自己当成他的情敌，我是不是有可能被他假公济私用这个先进的激光碎石机打个生活不能自理啊？

韩跃民赶紧打哈哈："我不是给杂志社帮忙嘛，柳大夫常给我们写点科普文章，也算是我们的老作者了，跟我们编辑部的人都熟着呢。”

王大夫仰起脸来做恍然大悟状：“噢噢，是这么回事啊，我说呢。”从此不再骚扰，在屋子里来回溜达，还哼起了京戏，时或弯腰观察一下碎石机的显示屏。韩跃民问他：“多少下了？有三千了吧？”他俯身看了看：“不到呢，连两千五都不到呢。”

得，韩跃民赶紧叫停：“王大夫，我这么躺着实在不舒服啊，到两千五怎么样？凑个好算的数咱别打了。”王大夫神色一凛，赶紧看韩跃民的脸：“没事儿吧？看你脸色没事儿。”

韩跃民笑了：“肾结石又没长脸上。”

王大夫也一笑，长身立起：“看不出你还真能逗。”说着话赶紧又神色紧张地坐下盯住了仪器，屏息敛气，手一点，韩跃民顿时感到身子一松。

“好了，多饶了你一下，就算两千五吧。”王大夫洗了洗手坐到桌边写着什么，头也不抬地跟韩跃民说，“我们床位有点儿紧，你先到观察室躺一会儿，今儿就有出院的，回头我通知你。”

“啊？我不能回家？还要住院？”

这可是大大出乎韩跃民的意料。王大夫也挺意外，回头望着韩跃民：“怎么你不想住？”又释然道，“不住倒也行，那就去躺会儿。”

“躺什么躺啊，我回家躺着多好。”

王大夫站起来："行吗你？"

韩跃民点头："行，没事儿，我家离这儿也没多远，骑车半小时吧。"

王大夫挺吃惊："你就自己骑车来的？"

韩跃民不解："怎么啦？我不自己骑车来还怎么来啊？"

王大夫摇头："你厉害，还是你身体棒啊！一般人挨这几千下，就算不虚脱，走路也打晃了。怎么也得躺一会儿啊，好嘛，你这就回家？"

韩跃民顿感得意，捏个响指："哥们儿别的不成，就是抗打击能力强，哈哈，回见啊王大夫！"

韩跃民回家，吃完饭，找出多年不用没舍得扔的一个搪瓷痰盂。谨遵医嘱，挨了几千下之后是否见效，就看往这里撒第一泡尿的时候能不能听见响动了。袁素娥跟在儿子身后不住声："你躺着你的去，大小那叫手术，怎么也不歇歇呢。你那不叫事儿，有病就得休息，三分治七分养……"话音没落，门口一暗，二雷托着一个西瓜进来了。

"大哥回来啦？打下来了吗？人说这得多喝水多撒尿把碎石头给冲下来。"

袁素娥有点儿没转过磨来，指着二雷问："哟，你是那谁吧，二……"

"对，大妈，我是二雷。我来过您家，您忘了？"

袁素娥连声自责："啊啊，是，老了，记性不好了。你吃中午饭了吗？"

"吃了吃了，在食堂吃的。"

二雷跟韩跃民抽烟喝茶聊天，足足待了一下午。那时候家里还没电话呢，韩跃民的寻呼机夜间放振动挡，一早去医院忘了带，也就依然振动，家里谁也没注意。因为连续呼叫，大概早就没电了。韩跃民回家就忙这忙那，忙着和二雷说话，早把这寻呼机的事忘到一边去了。种种因素凑到一起，导致康五一晚上找到韩跃民家来的时候，急得嗓子都哑了。

康五一把韩跃民叫到胡同里，头一句话就是："你死哪儿去了你，我差点就跟警察举报你有重大嫌疑！"

康五一从没这么跟自己说过话，韩跃民瞪着眼直发愣。看他的脸色，像是出了什么大事，所以他咽口吐沫忍了。

[三]

后来的事实证明，警方找他也找对了，因为两名凶手他也都认识

严格说是周二凌晨，四十岁的富婆黄鹂和她的专车司机陈海双双被杀死在这个五星级酒店 1106 房内。黄鹂身中三十一刀，差不多就被扎成了筛子；陈海身中十七刀，不够筛子，怎么也算个漏勺了。

康五一作为最后见到死者的重要知情人，被警方传唤、支使得都快疯了。他发疯一样呼韩跃民，是因为他知道韩跃民有个同事的老公是刑警，正好又是负责这个案件侦破工作的重案大队的刑警。他没打算通过韩跃民走后门，何况这种涉及两条人命的大案，他也知道不可能有后门可走。他只是想通过熟人关系，尽快把他摘清。事实上他也的确和这个案子没有什么关系，只不过他太倒霉，案中两位死者他都认识。后来的事实证明，警方找他也找对了，因为两名凶手他都认识。这件案子说来很简单，但是牵扯到的人和事，那就太复杂了。

康五一作为最后见到死者的重要知情人，被警方传唤、支使得都快疯了

星期二上午九点半，康五一还没起呢，陈海的老婆小云就来敲他的门了。康五一的小情人赵玥给她开的门，把她安顿在权作客厅的外屋，转身去叫还在梦中的康五一。

康五一迷迷糊糊睡眼惺忪来到外屋，看到的小云竟是无比恓惶。头发散乱，大眼无神，居家穿的疑似睡衣的淡绿色无领无袖连衣裙皱皱巴巴，乳罩的带子还有一条耷拉出来斜挎在上臂。这是怎么了呢，小云可是一位美女加淑女啊，康五一做梦也想象不出小云会有这份情态。他站在那儿直犯蒙，连招呼都忘了打。

小云本就是一副哭相，脸上泪痕犹在，一见康五一就忍不住眼泪了：“康五一，狗子出事儿了！”

半梦半醒的康五一激灵一下：“怎么回事儿，你别哭，赶紧说说出什么事儿了？我们昨晚上还在一起来着呢。”

康五一跟韩跃民述说这件事的时候，对自己这最后一句话简直就是痛悔万分：“我要是不说呢，让他们查去吧，有我什么事儿啊！”

康五一说他当时第一个反应就是狗子出了车祸。这家伙老跟着黄姐跑青岛，山东那边路好，车是越开越疯，还老夸自己车技好，比骑自行车还有准儿。康五一每回坐他的车都害怕，老觉着他要出事。他看着小云那个凄惶劲儿，心说这回赶上了吧，不听我的啊！

不料想小云后面的话一出口，把他吓得差点玩儿一跟头：“狗子死了，让人给杀了！”

康五一彻底蒙了，在屋里转了两圈才定下神来：“你怎么知道的？谁跟你说的？昨晚上他没回家？又干吗去了？在哪儿出的事啊？这不是没影儿的事吗？你先别哭了快跟我说说啊！”

一连串的问题把小云也弄晕了，赵玥打了康五一一巴掌：“你还让不让人说话啊？”康五一这才定下神来，找地方坐下点了支烟，不言语了。

小云边哭边诉，说了个大概。

狗子虽然给黄鹂开车，可他的人事关系还存在天坛帽厂人事科。这是韩跃民当初把狗子招进来的条件之一。

一大早，帽厂保卫科就派人来到小云家，同来的还有俩面色阴沉目光锐利的陌生男人，后来知道那是俩刑警，也没穿官衣。

保卫科的人见面就问狗子昨晚干吗去了，跟谁出去的，最后见着狗子的人是谁。小云什么也不知道，见来人这么问，顿时来了气。说我还要问你们呢，不就一开车的嘛，至于忙成这样啊！一天到晚的不着家，孩子才半岁多离不开人呢，幸亏有婆婆给看着，要不她连班都没法上了。

狗子的关系在帽厂，可是全厂也没几个人认得他。就是存个关系，惹出这种事来，保卫科的人心里还搓火呢。可他们当着警察也不敢埋怨，又不好跟小云解释什么，只好缄口不言。

小云这么一撒耙子，那俩刑警这才亮了身份，说狗子昨晚出事了，他们是负责调查的。出了什么事，警察也不说，小云这才不埋怨了，心里打着鼓，老老实实回答问题。其实她也没什么可回答的，就知道狗子这些日子忙，白天很少回家，晚上也隔三岔五的不回来。言来语去地说了一会儿，见问不出什么来，那几个人走了。小云追着想问问到底出了什么事，人家不说，就说让她今天别上班了，让在家等着，随时还会找她。

这边人刚走，小云公司工会的人来了。看见小云蓬头垢面大眼无神的恓惶情态，女工委员先忍不住哭了。这下就瞒不住了，工会的人说，陈海确实死了，是叫人用刀捅死的，具体怎么回事他们也不清楚，那帮子警察什么也不说。这个死信儿还是帽厂厂长魏德全接到刑警的电话，带着佟之鹰第一个赶到现场，警察让他们辨认狗子的尸首才确定的。人肯定是殁了，大伙就劝小云别想不开，孩子还小呢，不看死的看活的。其实劝也没用，这种事不是劝劝就没事的。小云倒是没失去理智，婆婆家就跟她家隔一个门，她不敢哭也不敢闹，怕婆婆知道了再给急出个好歹来。虽然也知道这事不可能瞒得住，可她是真没勇气去说，瞒一天算一天吧。

送走了前来慰问的人，小云赶紧就给康五一打传呼。康五一和狗子这两年一直走得挺近，虽说是一个开餐厅一个开车，可他们俩挺聊得来。狗子经常开车帮康五一拉点儿东西送个客人什么的，康五一也动不动就把狗子叫到餐厅吃喝一顿。

电话是赵玥回的，说康五一没在家住，在西华门这边呢，现在还在睡觉。小云说了句让他别走，等着我，骑上车就奔过来了。

康五一没住家里，住的是老富闲置不用的一处小平房。

老富这处房子比较著名，朋友圈里没有不知道的，有个别称：西华门炮房。地界儿就在府右街大街面上的一座小院里，两小间西房。为什么叫炮房呢，说白了那就是个男女苟且的所在。先是老富自己，花啊柳啊，带过来临时住一宿。有时候住都不住，外边吃点饭，拉着人家姑娘媳妇的来休息休息，好事毕，锁上门走人。

老富好色，也好客，扇子面交朋友，五行八作三教九流没有他不来往的。他自己吹啊，哥哥那儿有闲房，你们谁有个相好的不错的，跟我言语声儿，随便去。可有一样，不能白住，临走哪怕给褥子底下压上五分钱呢，不是为钱，是我们老家儿有这个妈妈论儿。不是自家人，男男女女的在这儿睡过，不干净，对主人不利。您搁上点小钱儿，就等于是租了，那就跟主人不相干了。妈妈论儿，信则有不信则无，我们老太太讲究这个，到我这儿咱也别坏了规矩。

众人就拿他打岔哄秧子，说老富不至于混这么惨吧，睡宿觉还收房钱。说笑归说笑，其实他这么一说也好，有那觉得交情不够不好意思开口的，这倒好说了，白搭人情的事有个交情远近，花钱住店就坦然了，反正给你钱啊。说是留下五分钱都行，哪有那么不开眼的，三十五十，一百二百的都有，不在乎贵贱，这比酒店里安全可靠啊。那时候，一般的酒店宾馆可不像现在这样，你没结婚证想一男一女住一间房，那几乎是不可能的。所以，老富这炮房很快就名声在外，你就看他那褥子底下吧，无论什么时候去，掀开褥子，下面多多少少总有钱。

康五一听着小云的诉说，心里一阵阵发紧。直到小云问他昨晚什么时候和狗子分的手，他才醒过梦来，察觉到自己不该这么说。事到如今，说出去的话泼出去的水，收是收不回来了，他只好含糊其词地说了昨晚和狗子一起吃饭然后去跳舞的经过。小云一听，好嘛，敢情最后见到狗子的人在这儿呢，着急忙慌就出去给警察们打电话了。

康五一和赵玥面面相觑说不出话来了，好半天，赵玥才叹了一声："完了，这回咱俩的事儿全世界都知道了。"

[四]

康五一虽然是一头雾水，可什么也不敢问，让解腰带那就解吧

天儿热，一点风也没有，韩跃民陪着康五一坐在胡同口马路牙子上等老富，听他没结没完地学说白天的事儿。

这样的大事，谁一辈子也不见得能赶上一回。韩跃民观察康五一的神态，那是惊恐惶遽外带着那么几分兴奋。也是啊，庸常的日子让人疲惫，潜意识里都盼着出点什么事儿才好呢，这个兴奋恐怕就是这么来的。

康五一说，小云当时出去打电话，没一会儿，康五一的呼机就响起来了。一看那个总机号，他心里明白，这必是刑警们得着信儿，找他呢，这电话不回可不成。战战兢兢回了电话，果然是警察。人家说得挺干脆，我是市局刑侦处重案队，你，还有那个赵玥，甭管你们有什么事儿，马上过来，赶紧的！康五一犹豫着刚想解释几句打算下午再去，对方根本不理他的话茬儿，就一句话，甭说了，你赶紧的吧，要不我们到你家接你？

康五一虽然是一头雾水，可什么也不敢问，让解腰带那就解吧

这下康五一慌神了，这要是不去，他们可真敢开着警车到家里去传唤他，那可就现大了。他心里藏着事儿呢，发慌，不知道见了警察该怎么说。看看已经是上午十点半了，估摸着韩跃民也该起床了，于是开始呼韩跃民。按他的话说，都快把韩跃民的传呼机给呼炸了也不见回音儿。这又赶紧呼老富。老富倒是马上就回电话了，一听说出了人命，也跟百无聊赖中忽然见一耍猴儿的似的，人来疯的劲头也上来了，二话不说直奔西华门来了。

老富在一班子年轻人眼里那就是个老炮，江湖经验多，主意多，人脉也广。可是他有时候也太过江湖，难免就自以为是犯经验主义。比如就这件事吧，他居然建议康五一别去见警察，说你见了他们就甭打算回来了，你不是没杀人吗，不是没你事儿吗，那你凭什么去？听我的，闪了吧，到外地躲几天，啥事儿没有！

康五一迟疑不决，倒是赵玥关键时刻还真有准主意，说康哥咱别听老富的，这事儿咱能说清楚，有什么可怕的。不就是怕你老婆知道咱们的事吗，这都出了人命了你还顾虑这个，哪头轻哪头重啊？这一下子两条人命，警察肯定急眼了，咱俩一跑，备不住就一盆脏水扣咱头上，那才是不好说清楚了呢。

一番话，不但康五一拿定了主意，连老富也见风使舵，说你们去也行，知道什么就说什么呗。统一了意见，仨人一起打车赶了过去。老富说了，我得全程陪同，你们要是到晚上还不出来，我好给你们家报个信儿去啊。于是，康五一和赵玥进了宾馆，老富自己在附近找了个阴凉地儿，买了瓶水，抽烟喝水等着他们。计算起来，这个时间，韩跃民正躺在床上挨打呢。

韩跃民问康五一：“你什么时候出来的呢？”

康五一咧着嘴：“什么叫出来啊，差点没送我个卖淫嫖娼。你说你也是，偏赶着今天没带呼机，要能提前跟他们内部人打个招呼，也不至于这样。好家伙，悬一悬，鞋带儿裤腰带都让解了，就差签字送七里渠了。”

七里渠是个地名，那儿有个看守所，专门关押涉及这类风化案的倒霉蛋。

怎么回事呢？原来康五一和赵玥到了之后，就分别被警察们带到一边询问去了。虽然路上早就说好了，有什么说什么，可毕竟是俩人，各自看见的不一样，这就在细节上有了一点儿小出入。问完了，两份笔录一对，合不上榫儿，负责询问他俩的田队就有点不耐烦了。出了大案子，刑警们心急那是情有可原的，好不容易找来俩知情人，说的还对不上，田队忍不住对下属警员发了火，让他们回炉再问。

回头再说这边，康五一以为笔录做完了，下一步就该放他回家了。问那个负责记录的小警察，小警察还不做主，只说让他再等等。多半是这些警察也明白康五一在这案子里没什么事，顶多也就是个知情人，属于配合办案。所以，小警察就有一句没一句地跟康五一闲聊起来。人啊，只要有沟通，就很容易熟悉起来。俩人东扯西扯，明显地气氛就松弛多了。康五一扔给小警察一支烟，给他点着，小警察挺客气，还点点头说了声谢谢。就这么一声谢谢，康五一觉着舒服，也不那么紧绷着了，见房间的门开着，就溜达出来了。斜对过的房间也半敞着门，他一探头，正好看见赵玥，招招手，赵玥跑到门口。康五一说：“看这样子一时半会儿也不让走呢，估计他们也不管饭，你下楼去买点吃的喝的，顺便给我带一条烟，我这儿没烟了。”他想的是，这帮警察没几个不抽烟的，照这么待下去，跟他们都混熟了没亏吃。

赵玥回屋跟一个女民警打了声招呼说要去楼下大堂买点东西，那女民警大概以为她要买女人用品，答应一声，就跟着她出来了。俩人下去一会儿，抱上来不少东西。康五一没得到允许不敢乱跑，在门口候着呢，拿了点水、饼干，还有烟，就回屋去了。他这儿平安无事，跟那个小警察越聊越热乎，又喝水又递烟，还打听出小警察姓陈，家也在北京。

赵玥那边就有了点麻烦，她和那个女民警回屋，正赶上田队在屋里看什么材料呢。见她俩相跟着进来，还拿着那么多吃的喝的，登时就没了好气：“干吗去了，让你逛来啦？”这话是说谁呢？说他的手下还是说赵玥呢？赵玥和那个女民警可能都没弄明白。女民警大气不敢出，吐吐舌头赶紧坐下了。赵玥有点儿不买账，心说我又没犯法，你管得着我吗！她一屁股坐在沙发墩上，一口饼干一口水地吃喝起来。田队瞥见赵玥坐在那儿满不在乎连吃带喝，气得把手里的材料一扔，起身出去了。他一出门，那个女民警和赵玥都松了一口气。不料想这口气还没松完呢，田队可能是忘了什么东西，返身又回来了。

赵玥正坐在沙发墩上低着头吃喝，觉得有人进来，想看看又是谁来了。她留着那种一边沉的发式，就是好好地待着那头发有时候还挡住半拉脸呢；坐着，要想看到进来的人是谁，就得侧起脸翻起眼皮才能看见。她是生理原因只能这么看，在田队看来那就是心理反应了，一股子窝着的火登时就发出来了：“小丫头片子你斜楞谁呢？给我站起来！”

赵玥赶紧站起来解释：“我是头发挡着眼呢……”

“少废话，来人给他们做材料，送他们卖淫嫖娼！”

本来分别问话的时候就问过，俩人什么关系、怎么认识的、昨晚为什么住在一起了、平时有无经济往来等等。赵玥上大三的时候勤工俭学，在一家涉外酒店咖啡厅当服务员，康五一就这么认识她的，这个花儿匠没费什么事就把她泡上了。后来赵玥毕业了，一心惦记着出国留学，也就没找工作。康五一承包餐厅，应着名是个老板，她就整天跟着康五一。这中间当然会有花销，当然是康五一买单。所以，就冲这个，送他们卖淫嫖娼理由也算成立。

田队一时雷霆之怒，大嗓门一嚷嚷，好多办案民警都跑过来。登时做材料按手印，康五一那边都不知道怎么回事儿呢，就来了个警察喝令他站起来解腰带解鞋带儿，弄得挺热闹。

赵玥吓得直哭，什么也不会说了。康五一虽然是一头雾水，可什么也不敢问，让解腰带那就解吧。这关键时刻，那个小陈警官起了作用，他跑过去跟田队嘀咕了几句，田队才挥挥手说，缓几天吧，告诉他们好好配合工作，少跟我玩儿么蛾子。

经这么一咋呼，康五一心里可就犯虚了，烟也不敢乱让了，闷头坐着傻等。这时候来个警官问他：“你说那俩小子可能跑深圳去了？”

“是啊，不是谷建军在那边吗，他们是同学啊，来往多，别处也没听说他们还有什么熟人能投奔了。”

“行，那这么着吧，明天你跟我们到深圳，现在你回去拿钱，明天早晨来，一起买机票吧。赵玥先留下，我们还有事儿要问她。”

得，这是把赵玥当人质了吧？康五一没敢说什么，让他离开这鬼地方那就是天大的喜事，他一步三窜跑出来，老远就看见老富一脸油光冲他笑呢。

韩跃民听完了，哈哈一笑：“敢情你出来是找盘缠的。”

康五一怒了：“找什么盘缠啊，我凭什么跟他们到深圳去啊，还得我自个儿掏钱！老富一会儿就到，咱一块儿去你那个同事家，跟她老公说说，让他给打声招呼，甭拉着我跑深圳了。”

一辆黄色面的缓缓停在他们面前，老富到了。

第二十五章

［一］自古奸情出人命啊，没准儿是她老公找人做掉了这对奸夫淫妇

［二］一瞥之间，发现小蚊子和刘小辫儿神情萎靡地坐在吧台边上，脸上被明晃晃的射灯映照出几分狰狞

［三］所谓身怀利器，杀心顿起。酒精加上刀把子，可能壮了他们的㞞人胆

［四］韩跃民笑言：“这就是死亡呼叫啊，还真够一悬。”

[一]

自古奸情出人命啊，
没准儿是她老公找人做掉了这对奸夫淫妇

康五一说漏了嘴，被警察找了去，摊上这么个事儿。韩跃民也是因为早先说话太多，现在落了个被康五一缠着去找秦蓉的老公。

秦蓉结婚的时候，正赶上韩跃民带着一帮人在老家处理鹏远那批倒头子货。所以，他随了礼，但是人没去。只是听说秦蓉嫁了个二婚的警察，比她大七八岁。韩跃民就以为，那个警察是占了老大的便宜。秦蓉这丫头家庭条件不错，长得也不错，凭什么就嫁给一个二婚的警察呢？警察，那肯定是早出晚归整天不着家。先前的老婆肯定是受不了这种准活寡的日子才跟他离婚的。那凭什么就让我们秦蓉去堵这个枪眼儿呢！

这回要不是康五一想起来，韩跃民自个儿都想不起来还有这么个路子。韩跃民想来想去，好像是有一回儿大伙儿一

自古奸情出人命啊，没准儿是她老公找人做掉了这对奸夫淫妇

块儿喝酒，自个儿跟佟之鹰他们闲聊，提起过秦蓉老公是刑警的事儿。没想到说者无心听者有意，这康五一属什么的，怎么这么好记性呢！

说实话韩跃民是真不想找秦蓉办这个事儿。听说秦蓉孩子都快上幼儿园了，可自个儿连人家老公姓甚名谁长什么样儿都不知道，就这么楞柯柯登门求人家办事，实在是不大好意思张嘴。

可韩跃民没法子，康五一眼巴眼望期待着他。他也明白，康五一实在不想自费跟着警察跑到深圳去。

老富错会了韩跃民的意思，以为韩跃民是不想搭这个人情，他吩咐康五一："去买两条万宝路，别空手上人家去。"

康五一指了指身边一个纸袋："我早准备好了。"

事已至此，韩跃民再拒绝就是装孙子了。老富一扬手，一辆面的在韩跃民们面前停了下来。

康五一摊上的是个大麻烦，一下子两条人命，真不是闹着玩儿的。这里虽然没他什么刑事责任，可是细究起来，没有他，就根本不会有这个倒霉的命案。这一点，是韩跃民和老富的共识。

这件案子发生后好长时间，老富甚至都不太敢和康五一打交道了。他早就跟韩跃民说过，康五一这人，是个好人，可是他身上带着祸呢，他自己福大命大，别人谁扛得住啊？

这么看来，老富还真说对了，康五一的确有点儿福大命大的造化。这不是，摊上事儿了，就有个八竿子打不着的警察误打误撞给解决。

警察家里安了电话，韩跃民半路上给秦蓉打了个招呼，说去找她说点儿事，问她老公在不在家。秦蓉说，她老公这两天正在家歇病假呢，体能训练的时候腰扭伤了。放下电话，韩跃民心里一阵感叹，该着啊，康五一怎么这么好命呢！

秦蓉见了韩跃民，自然是眉开眼笑如同见了久别的亲人。她的自来熟正对老富的胃口，俩人一见如故，言来语去谈笑风生，气氛十分友好而热烈。在这种气氛下，秦蓉命令老公："你赶紧的，给那谁打个电话，干吗啊这是，这不欺负老实孩子吗，这要说是人跑美国去了也飞美国玩一趟啊？"

秦蓉的老公也姓韩，进门一介绍，韩跃民就跟他攀上了"五百年前是一家"的亲戚关系。这个老韩人高马大，面貌敦厚，要不是事先知道人家的身份，怎么看都不像一个警察，而且还是刑警。注意看了看挂在衣架上的警服，人家老韩还是个二级警督呢。

电话打过去，那边说，谁让他上深圳了？让他明儿下午过来吧，跟着二处饭店队逛歌厅舞厅去。听说那小子唱歌跳舞在行，这是个美差了吧。听了这个，康五一长出一口气，忙不迭鞠躬道谢。

得，事儿算是办妥了，一颗悬着的心放下了大半。

韩跃民、康五一和老富走出秦蓉家那个小区。夜黑天儿，老富笑得一口白牙明晃晃："兄弟，你这同事还行，赶明请她到康五一那儿吃顿饭。"

康五一忙不迭应承："对对对，刚才一高兴忘了说了。回头请人家两口子好好撮一顿！"

韩跃民知道老富打的是什么主意，正色说："你省省吧，可千万别打她的主意。别忘了人家老公是警察！"

"警察怎么了？警察也得吃饭啊。跃民，你想哪儿去了？这都什么时候了还惦记这个呢！"

韩跃民没搭话，他刚才一直就想上厕所，在人家家里没好意思说。他东踅摸西看，一步跨进小区的花园里，找了个黑暗角落，撒了泡尿。尿完了忽然想起，天儿热，尽出汗了，一直还没撒尿呢。这是做完体外碎石之后的第一泡尿，应该用铁桶接着好听听有没有石头下来的声响啊。妈的都给耽误了！

出了秦蓉家的小区还有老长的一段黑胡同。路灯昏黄如豆，树影浓密如冠。才九点多，还不算晚，路灯底下有不少人打牌下棋纳凉说笑，挺热闹。

走着走着，康五一忽然没精打采，韩跃民和老富也一时无话，偷眼看他，都觉着他还有事瞒着没说呢。

出了胡同口，康五一站住了，一副萎靡情态。大概是因为折腾了一天，惊魂甫定，这会儿才觉着肚子里没食儿了吧。老富果然老到精明，一句话就说到了康五一心坎上儿："走吧，到'好再来'吃点喝点聊会儿去，估计你们都是今夜无法安睡吧！"

韩跃民当即指出，康五一无法安睡我信，你凭什么把我捎上啊？我什么时候都是高枕无忧。

康五一这时候才略微恢复往日神情，讪笑着："我就中午吃了几块儿饼干，现在没别的，就想吃肉。"

老富笑嘻嘻诱惑他："嘿，小龙粉蒸肉怎么样？"

一行三人上了出租车，直奔老富说的那个饭馆。快下车的时候，韩跃民的呼机忽然响起来。一看留言，是二雷。到了店里，回了一个。二雷在那头嘿嘿笑："大哥没在家吧？"韩跃民说我是没在家，出来跟朋友办点事。二雷说："您就别瞒着我了，我都听说了，到底怎么回事啊？"

韩跃民说知道了就别问了，也不是什么好事儿。

二雷不罢休："您在哪儿呢，啥时候回来，我等您回来咱喝口儿去啊？"

韩跃民寻思老富跟二雷也挺熟，约来一起喝酒聊天他是不会有异议的。于是告知："我们正要开喝呢，你不嫌远就过来吧，没事，都是自己人。"

把地址告诉了二雷，转身又知会了老富。老富果然痛快："来吧，正好，人多热闹。"

趁着二雷还没到，韩跃民问康五一："你说，陈海和黄鹂这对狗男女的事儿，是不是被老孙知道了？自古奸情出人命啊，没准儿是她老公找人做掉了这对奸夫淫妇，估计警察这会儿正到处架网四九城地逮她老公呢。"

问完这个话，韩跃民心里很不是滋味儿。转念一想，跟死人较这个劲，也实在犯不上。说到底，这俩倒霉蛋生前跟自己关系都还不错，这一篇儿，就算翻过去了。

康五一听了，仰脸琢磨了一下，摇头撇嘴："不可能。

你别忘了黄鹂是干什么的，那家伙的，长了毛比猴儿还精，老地下工作者了，经验丰富着呢。再说了，就算露了馅儿，她老公就这么傻？把一对儿野鸳鸯就这么给做了？那不明摆着往自个头顶上惹雷嘛！我觉着最大的可能就是小蚊子和刘小辫儿。今天那帮警察听我说了昨晚的事儿，肯定也都瞄上他俩了，要不怎么让我跟他们去深圳呢。要说这俩小子，下手可真是够狠，狗子平时对他们多好啊……”他说着说着忽然住了嘴，若有所思，望着远处明灭的城市光影直出神。韩跃民等着他往下说，他一甩头发：“妈的，不说了，后怕啊。”

“后怕？后怕什么呢？”这小子，平常没这个说半句话打哑谜吊胃口的习惯啊。可韩跃民连问两声，他无论如何也不开口了，俩眼直愣愣，也不知琢磨什么呢。

[二]

一瞥之间，发现小蚊子和刘小辫儿神情萎靡地坐在吧台边上，脸上被明晃晃的射灯映照出几分狰狞

韩跃民托着腮帮子想心事的时候，电蛐蛐响了。一看，是魏厂长呼他。

这个不敢怠慢，他赶紧到吧台去回电。

魏厂长的意思是，知道他今儿做碎石手术，也没好打扰。问了问病情，话锋转到狗子身上来了：“你们那个员工，叫陈海的，怎么回事呀？”

“他都不是我们的员工了，早调走了。”

“那这不是给咱们找事儿嘛，早把他的关系转走就好了。”

“是，这是我的失误。”

“行吧，没影响你们工作就行，没找你麻烦吧？”

“没有没有，跟我，跟咱厂什么关系都没有。”

一瞥之间，发现小蚊子和刘小辫儿神情萎靡地坐在吧台边上，脸上被明晃晃的射灯映照出几分狰狞

放下电话，二雷也到了。

二雷落座还有点儿拘谨，散了一圈儿烟才缓过来，然后立即打听狗子的事儿："他怎么就能死了呢？这是哪儿跟哪儿啊？我实在是想不通啊韩总！"

"你想不通，我还想不通呢！"韩跃民想起昨天上午狗子那个热情劲儿，想起自个儿把他的车钥匙远远扔出去的情景，心里不由一酸。

康五一骤临大事，激动的情绪随时迸发。不用二雷催问，他就把白天的事又说了一遍。感叹："你们是不知道，这是两条命吧？案子不算小了吧？可我跟你们说，要不是我犯懒贪睡，现在这就至少是四条人命的大案！"

二雷之所以口碑不错，主要一点就是他除了有时候抗上之外，为人处世还是十分明事理知进退懂分寸的。可别小看这几个字，好多人读一辈子书、做一辈子大事，到头来也是不明事理不知进退不懂分寸的混蛋一个。有句老话叫世事洞明皆学问，人情练达即文章。二雷虽然年轻，这方面做得可是挺到位。所以，这似乎跟学历文凭没多大的关系，知书未必达理；大字不识的人，也不乏老于世故的。

为什么这么说呢？韩跃民和老富都注意到了，康五一情绪激动，一张略黄发黑的瘦脸汗珠密布，并且他已经明确说了"两条人命""四条人命"这样耸人听闻的字眼。可是这样的情况下，二雷居然什么也不问了。这个分寸，他拿捏得真好，一言不发光抽烟，假装什么也没听见。因为二雷知道，黄鹂曾经是韩跃民的师傅，当年他和黄鹂的师徒关系，那是有目共睹的好。现在黄鹂忽然和狗子死在一块儿了，康五一又说出“四条人命”的话来，他这个不知情的可就真不敢发问了。

老富多精明的人啊，赶紧来了句不着边际的感叹：“昨儿还在一块儿呢，今儿人就没了。”

说了半天，一案两命的惨剧怎么发生的呢？

祸从口出，一点不假。

狗子吹嘘黄鹂多么多么有钱，康五一听了不过感慨笑骂一通儿而已，可是小蚊子和刘小辫儿听了，不由心动。就是这一次心动，开启了通向死亡的闸门。悲剧就是这么一点一点酝酿，最后爆发了。

周二下午，黄鹂睡了一大觉起来，也不知动了哪根筋，叫嚣着让狗子邀约饭局。还一再叮嘱：“把你那个哥们儿叫上，他舞跳得真棒。就是他们那个餐厅远了点，别去人家那儿了，老不给人家结账也不合适，你给他们约咱这边来吧。”

狗子当然知道她说的是康五一，于是打了个电话。约定了下午六点在东直门外一家菜馆会合。狗子还特意传达黄鹂的指示：“能约谁约谁，多叫几个人热闹，吃完饭好去跳舞。”

康五一也好热闹，心说反正是黄大老板买单，借花献佛的美事何乐而不为呢。他立马就先约了赵玥，接着又通知了小蚊子和刘小辫儿。

康五一回忆，在东直门会合，黄鹂头一眼看见小蚊子和刘小辫儿的时候，他就察觉黄鹂眼睛里闪过一丝不快。按说康五一也是个懂事理晓分寸的人，可这件事他办得有点左了。狗子虽然转达了黄鹂的意思，让他能约谁约谁，但是，好像不应该包括这两块料。

小蚊子和刘小辫儿也不是第一回见黄鹂了。不过黄鹂好像一直对他俩有那么点儿别扭的感觉。康五一和狗子以为是小蚊子和刘小辫儿身上那股子痞劲儿让黄鹂看不惯。因为有一回也是一起吃饭，黄鹂坐车过来，这俩小子就人来疯似的献殷勤，差点跟饭店门口看车的打起来。吃饭的时候又因为一个菜催了两次没上，叫嚣着要平了人家的买卖。出来以后黄鹂开玩笑似的问过康五一，这俩崽儿挺拔份啊。话是笑着说的，不大感冒的意思也明显带出来了。

其实狗子和康五一都不知道，黄鹂不是不待见小蚊子他们，她是打心眼儿里对他俩有所忌惮。为什么呢？原因还挺复杂。狗子和康五一为了让黄鹂接受小蚊子他们，一再强调这俩人是韩跃民的发小儿、最好的同学、哥们儿。可他们哪知道，越是这么说，黄鹂对这俩人的戒心就越大。她是担心这俩人知道自己和韩跃民以前那点儿事。尤其是小蚊子那双淫邪的眼睛，偶尔瞟一眼黄鹂，被黄鹂察觉到了一种格外的轻佻。

这天约他们俩，康五一也不是没动过打住的念头，可是他把那句“能约谁约谁”看得太实了。还有就是潜意识里吃大户的心思占了上风，心说这俩小兄弟也怪不容易的，平时挺仗义，有这么个机会请他俩来玩玩，也是自己的一份人情。

黄鹂是场面人，人既然已经来了，她断不会再说什么。看见了赵玥，黄鹂算是找到了同类，俩人自己有话题，无心旁顾，这顿饭也就吃得平平安安。

饭毕，不到九点。按照黄鹂事先的安排，接下来就是去跳舞。桑塔纳准载五人，这一行四男二女六个人，好在都不胖，挤了挤就坐下了。先奔了东三环外的一家酒店，赵玥进去看了一下，立马就出来了：“不成，整个一人粥，搅和不开了。”又奔车公庄附近的一家四星级酒店，这儿还成，六个人说说笑笑鱼贯而入。

跳了一支曲子，康五一想撒尿，出来放了水，坐在大厅里抽烟打歇。就这么会儿工夫，忽然看见黄鹂一脸怒容拎着手包腾腾腾往外走，狗子慌里慌张跟在后面，想劝又不敢说的神态。康五一站起来想迎上去，黄鹂远远看见了他，可是一点儿也没要停下来的意思。康五一迟疑中和狗子的眼神对上了，狗子冲他摆了摆手，那意思是让他别问什么了，就急匆匆跟着黄鹂跑了出去。

康五一满腹狐疑，赶紧返身进了舞厅，迎头就看见赵玥正往外跑。他拦住她问怎么了，赵玥也不搭话，拉着他就往外走。康五一还是想找到小蚊子和刘小辫儿，挣扎着回头看。一瞥之间，发现小蚊子和刘小辫儿神情萎靡地坐在舞池外的吧台边上，一人手里擎着杯啤酒，脸上被明晃晃的射灯映照出几分狰狞。

这一刻，这一瞥，这四个人——黄鹂、狗子、小蚊子、刘小辫儿，康五一和他们都可算是今生最后一面了。

出得门来，赵玥四下张望着找黄鹂，没人影；再找狗子的车，也不见了。康五一说：“肯定是走了，我碰见他们了，到底怎么回事儿啊？” 赵玥不耐烦地一甩头发就站到路边扬手打车，康五一下意识地抬手看了看表，心情顿时沮丧：“才不到十一点呢，这就回去睡觉？”

在出租车上，赵玥才告诉康五一刚才发生了什么。

[三]

所谓身怀利器，杀心顿起。
酒精加上刀把子，可能壮了他们的尿人胆

康五一说得眉飞色舞，几个听众个个聚精会神。不过韩跃民认为二雷应该听得比较懵懂。因为二雷进厂晚，见都没见过黄鹂，最多听说过名字。至于赵玥，他根本不知道是谁，应该也弄不明白这里边儿的人物关系。可是听着听着，二雷忽然插话："小蚊子他们是不是跟人家黄鹂要钱来着？"

康五一猛然一拍桌子，把老富和韩跃民吓了一跳："我操！兄弟你行啊！你就跟看见了似的！"

按赵玥的描述，当时康五一出去放水，剩下这几个人就靠着吧台喝啤酒闲说话。舞厅里嘈杂一片，可是因为离得近，有几句话赵玥是听得清清楚楚。小蚊子凑到黄鹂身边："黄姐，我们哥俩儿遇着事儿了，能拆兑我们十万块钱吗？"

黄鹂面色一冷，头一偏把脸凑上去："什么？没听清！"

小蚊子冲着黄鹂的耳朵大声说："遇上压手的事儿啦，想跟您拆兑点儿钱。"

小蚊子和刘小辫儿也算是资深玩儿闹，平日总带着刀子

黄鹂笑了："没喝多吧你？"

小蚊子沉着脸摇头："没有。我们这是借，回头缓过手来就给您。"

黄鹂往后一闪身，扬手把一杯啤酒泼在小蚊子脸上："那就再喝点儿！找死呢你们，跟我这么说话！"

说着话掏出钱包往吧台上扔了几张票子，转身就走。

狗子离得远一点儿，估计是没听见他们说什么。可黄鹂用酒泼小蚊子他看得清清楚楚。看见黄鹂气哼哼往外走，他也顾不得问了，起身就追上去了。

赵玥毕竟是个小姑娘，这个突如其来的变故把她闹蒙了。她想的是，小蚊子和刘小辫儿是康五一带来的，如今甭管是为了什么，让黄鹂给泼了一脸酒，不大合适。所以她虽然听见了他们的对话，还是一边给小蚊子找纸巾擦脸，一边问怎么了。

没想到小蚊子根本不理睬她递过去的纸巾，紧张地对一直没说话的刘小辫儿说："这事儿压不住了，明儿满北京城就得追杀咱俩！"

听这话口儿不对劲，赵玥这才赌气往外走。

康五一和蔼地伸手过去轻轻拍拍二雷的手："兄弟，你神，你是真神！"

韩跃民是深感自愧不如，根本就没琢磨过这事，就带着耳朵傻听。不过他倒是觉得二雷真给自己提气，这是个碰头彩啊！

老富一向自诩洞察入微，估计他也压根儿没想到是因为这个。他说不出什么来，只好慈祥地拍拍二雷的肩膀，讪讪作笑。

康五一说，小蚊子缺钱，这事儿他知道。小蚊子和刘小辫儿整天声称倒腾这个倒腾那个，今天是盘条螺纹钢，明天是ABS工程塑料，要不就是苏联的军大衣和望远镜。成没成先不说，架不住他们势派摆得大，说得热闹，不知内情的人就以为他们挺有路子。不但外人这么看，连小蚊子的父亲也被儿子人五人六的做派忽悠晕了。老爷子跟儿子商量，让他给买大哥大，还以单位的名义跟小蚊子签订了委托合同，总计价款十万出头。买手机的路子是刘小辫儿找的，俩人还算计着这笔生意能挣万把块钱呢，没想到把钱给了人家，就怎么也找不着人了。康五一说，那一阵子这俩哥们儿脸都绿了，整天急得跟耗子似的到处乱窜。小蚊子他老爸天天催命似的问他们什么时候能提货，小蚊子开始推三阻四地拖，到后来连家也不敢回了。前些日子找了个同学到家打听，回来说他老爸血压高住院了，甭问，肯定是为这事儿。

十万，对这俩穷小子来说那就是天文数字。小蚊子心里明镜儿似的，这要是出了差错，老爹就算是交待了。孩子再怎么不争气，真把亲爹往死了坑的也不多。所以小蚊子是真急眼了，成天拽着刘小辫儿没头苍蝇似的瞎撞。这事儿本就是刘小辫儿挑的头儿，他知道盐打哪儿咸醋打哪儿酸，怕小蚊子不踏实，干脆自个儿也不回家了，成天陪着小蚊子想辙。想什么辙呢？看来是没辙可想了，要不怎么会干出这等事来呢。

“干出什么事来了呢？”韩跃民真是听得一头雾水，“不就是借钱吗，那黄鹂脾气也太狗尿了，不借就不借吧，干吗还泼人家一脸酒呢？怎么还弄出满城追杀的危险来了？”

老富忙给韩跃民解释：“你不懂，小蚊子他们那根本就不是借钱，那就是挤对着黄鹂想敲一笔呢。”

后来发生的事，一半是事实，因为毕竟黄鹂和陈海死于非命；另外一半就是韩跃民他们当时的分析和揣测了，因为打那以后谁也没再见过小蚊子和刘小辫儿。

黄鹂是有名的汇头，手下小兄弟不少，黑道上不少大哥级的人物都很买这位富婆的账。眼见着黄鹂气哼哼地走了，小蚊子和刘小辫儿傻眼了。小蚊子说得一点儿不错，天亮以后，不敢说满城追杀吧，起码他们得挨顿胖揍。俩人惶惶如丧家之犬，在深夜的北京街头闲逛。逛着逛着又回到了东直门，找了个二十四小时营业的小饭馆，一边喝酒一边发愁。按刘小辫儿的意思，连夜出北京，到外地躲上个把月，再托韩跃民等人慢慢说和，没准能把这事化了。可往哪儿躲呢？俩穷小子凑了半天也没凑够一百块钱，这点儿钱能跑到哪儿？再说了，真要是跑了，小蚊子他爸欠单位的十万块钱还不要了老爷子的命？所以，逃命还在其次，关键还是得找钱堵窟窿。想来想去没招儿，借着酒劲儿，小蚊子一咬牙说了句气话：“妈的没活路了，把丫做了算了！”

照狗子的说法，黄鹂为了倒汇方便，酒店房间保险柜里随时都有大量现金，做掉这个富婆，弄个十几万元不成问题。这个想法一冒出来就再也刹不住车了，而且被他俩越想越合理。做掉黄鹂，明天也就没人追杀他俩了；顺便把黄鹂手边的钱弄过来，小蚊子他爸的窟窿也就平了。一举两得啊！

这俩小子也算是资深玩儿闹，平日总带着刀子。所谓身怀利器，杀心顿起。酒精加上刀把子，可能壮了他们的尿人胆。具体是怎么骗开了房门就不知道了，多半是他俩利用了狗子想息事宁人从中斡旋的心理，说服了黄鹂答应见他们。根据事后的案情通报，俩人共抢走美元三万五千多，人民币五万多，还有大哥大一部、寻呼机两部、京巴狗一只。

演绎的情节是，黄鹂和狗子回到酒店，在狗子温情的劝说下消了气。俩人刚把该做的事做完，狗子就接到传呼，回电才知道是小蚊子和刘小辫儿想找黄鹂赔礼道歉。可能是狗子又做了工作，也可能是黄鹂的余怒又被勾了起来，打算再当面教训教训这两个不知死的小崽儿，所以俩凶手得以进入房间。

想起来真是惨啊，狗子这等于是引狼入室开门揖盗！

黄鹂住的是个套间，狗子是死在客厅里的，估计是俩凶手一进门就动了刀子。也是，平日里亲兄热弟地叫着，不趁着酒劲儿趁着还没寒暄的时候下手，恐怕一说话就没了胆气。黄鹂死在卧室，嘴里还堵着毛巾，估计是俩小子逼问她保险柜的密码来着。保险柜不是被撬开的，可见黄鹂也是被狗子的惨死吓蒙了，还以为说了实话好好配合能捡条命呢。可怜啊！

警方勘验，黄鹂和狗子二人的死亡时间大约是凌晨两点。康五一回忆，他的呼机是从凌晨两点半开始响起来的。

他说的差点四条人命，就是由这个细节推断的。

回家的车上，韩跃民忍不住问二雷：“你怎么知道那俩小子就是跟黄鹂借钱来着呢？”

二雷嘿嘿一笑：“蒙的。”

[四]

韩跃民笑言："这就是死亡呼叫啊，
还真够一悬。"

韩跃民快十二点了才回家。他知道家里会给他留门，蹑手蹑脚拉开门，又反身把门插上。刚要往里屋走，外屋的灯开了。韩振江和袁素娥一个坐床上一个坐凳子，人手一个大蒲扇。瞧这样，根本就没睡呢。

韩跃民问："怎么回事儿？"

韩振江反问："你怎么回事儿？这不都等着你呢吗！"

韩跃民睁大了眼睛："不至于吧！怎么都不睡觉呢你们？"

袁素娥说："你不回来，谁能睡得着啊？你去哪儿了？是公安局找你了吗？"

韩跃民索性拿了个小板凳坐在屋子中央，一家三口聊了起来。

韩跃民这才知道，帽厂上上下下几乎都知道出了杀人

韩跃民笑言："这就是死亡呼叫啊，还真够一悬。"

案。他跟康五一出门以后，佟之鹰和张弛来过，借口是看看韩跃民碎石手术后怎么样，别的一个字没提，寒暄几句走了。然后是霍师傅巴巴地跑来，倒是没找借口，直接就问怎么回事，问这里有跃民多大的责任。韩振江把他白天在厂保卫科了解到的情况说了一下，俩老师傅一分析，觉得没跃民什么事，霍师傅这才回家了。接着是范红梅，到家来找跃民。袁素娥问她是不是知道出事儿了，范红梅当时就哭了，说她一个好姐姐平白无故让人杀了，这个人跃民也认识，以前还当过他师父。这一下对上号了，韩振江问她怎么知道的，她说人家警察调了酒店的电话记录，星期二那天范红梅跟黄鹂通过好几次电话呢。警察就这么找到了她，跟她了解情况。她怕这里边有跃民什么事，警察走了她也没敢呼跃民，打电话问了别人才知道怎么回事。范红梅在家里聊了好一会儿，主要是商量应不应该主动去找找小蚊子和刘小辫儿。出了这么大事儿，这俩小子面也没露，不像话。范红梅心里想的是，这俩人没少通过自己从黄鹂手里换汇，也见过黄鹂。现在人家黄鹂出了事，他们怎么还闪了呢！

韩跃民听着老爸老妈你一言我一语讲述着他不在家时发生的事，心里不禁越来越凄凉。这事儿要真是小蚊子他们俩干的，从道义上说，自个儿也有脱不清的责任。他暗暗祈祷，但愿不是他们俩，但愿他们俩明天一大早就跑过来问怎么回事儿。

可是他心里明镜儿一般，康五一跟警察说了昨晚的事之后，小蚊子和刘小辫儿肯定已被列为重大嫌疑人。别说警察了，连康五一和老富都斩钉截铁认定杀人的就是他们俩。想到这个，韩跃民心乱如麻，推说困了，进屋倒头就睡。老妈不放心，跟进来还想跟他说话，他支应了几句，一翻身，打起了呼噜。

实际上，他脑子里翻江倒海，一字一句捋着康五一叙述的每一句话，又站在警察的角度，考量着小蚊子和刘小辫儿究竟有多大的嫌疑。

在饭馆里，康五一越说越后怕，老富越听越觉得这小子命太大了。当时，韩跃民听着倒是没这个感觉。一直到躺在床上假装睡觉，他满脑子还都是黄鹂身中三十一刀该是个什么样儿。就她那个小身子骨儿，娇娇弱弱的，扎个刺儿都邪乎得不行，那一尺来长的刀子一刀一刀扎进身体里，当时该是何等的痛苦！

康五一说，他跟警察反复叙述了好几遍并且最后摁了手印的证词是："凌晨两点半，他在熟睡中被呼机吵醒。"他迷离迷瞪看了一眼，是黄鹂所住酒店的号码。朦朦胧胧中，他的第一个反应就是，这多半是狗子和黄鹂想起晚上不告而别有点儿失礼，又知道他平时喜欢晚睡晚起，想找他出去吃夜宵算是赔个情。

按照当天晚上的时间顺序，康五一和赵玥不到十二点就回到了西华门，洗洗涮涮，行了一回好事就睡了。正睡得香甜呢，听见呼机响。西华门这儿又没电话，还得爬起来出去找公用电话往回打，犯不着啊。所以，他看了一眼就接着睡了。这以后，呼机又断断续续响过好几次。开始他还睁眼看看，毕竟家里有老人孩子，真要是家里有急事可耽误不得。可是连着几次都是黄鹂房间的号码，他索性就不再看了，把呼机往枕头底下一埋，睡了个踏实。

直到出事以后，他越来越认定这事就是小蚊子他们干的，一点一点地往回捯，这才越想越后怕。

这个很容易推断，既然警方认定黄鹂和狗子的死亡时间是凌晨两点左右，那么凌晨两点半黄鹂和狗子都已经魂归天国，能用宾馆房间电话呼他的，就只有小蚊子他们俩了。

康五一由此断定，肯定是这么回事儿："俩小子杀了人，一琢磨，知道他们俩头天晚上曾经和死者在一起的就剩下康五一和赵玥了。干脆，一不做二不休，把他俩也做了，这就成无头案了。所以小蚊子和刘小辫儿留在杀人现场，玩了命地呼康五一。他们太了解康五一的脾性了，只要通上话，只要说打牌三缺一，康五一绝对带着赵玥赶过来……"

饭桌上，康五一越说越激动："他妈的，命大啊我！我要是起来回了电话，他们要是说打麻将，我肯定就和赵玥赶过去了，那比写得还准呢。"

韩跃民笑言："这就是死亡呼叫啊，还真够一悬。"

老富诡谲一乐："哥们儿你还得念我的好儿。"

康五一扬眉："怎么了？"

老富问："记得我嘱咐过你吧，别跟小蚊子他们说西华门那房的事儿。我是觉着他们鸡毛潦草的不大靠谱，咱不能带着他们玩儿这个，太悬。你看，这一个念头，救了你和赵玥一命。他们要是知道西华门的地址，你敢说他们不能找上门来做了你们？”

康五一点头：“还真是，这俩小子，保不齐的。”

几乎整整一夜，韩跃民脑子里就跟过电影一样，一遍一遍重复着他把狗子的车钥匙扔出去的镜头，一遍遍重复着小蚊子跪在自己面前的镜头。他恨时光不能倒流，要是可以重来一遍的话，他宁肯犯错误被开除，也应该从公司账上提出十万元给小蚊子他们去堵窟窿！

迷迷糊糊的时候，韩跃民想的是，明天一定得给谷秃子打个电话，跟他说说这边发生的事。他忽然意识到，现在能敞开了说说心里话的，竟然只剩下谷秃子了。

第二十六章

[一] 我看这俩小子啊，哪像是刚挣了钱啊，活脱就是一对儿丧家犬，刚偷了钱差不多

[二] 就在他扔掉烟头准备过马路的时候，几个刑警从四面围拢过去

[一]

我看这俩小子啊，哪像是刚挣了钱啊，活脱就是一对儿丧家犬，刚偷了钱差不多

十天后，一个中午，谷秃子从广州飞回北京。他所在的公司派了个车到机场接他，没让他回家，一下飞机就直奔亮马饭店。

谷秃子是凭着老爸的关系调进这家国字头的公司的，公司老总是他爸的老战友，所以谷公子调过来没几天就受命到广东开展业务去了。他们这个分公司在亮马饭店租的办公室，这次紧急飞回来，是分公司经理见召。具体什么事，谷秃子心里也没底。

万没想到，俩刑警在办公室等着他呢。没容他喘匀了气，人家就把他带到了黄鹂出事的那家酒店。

找到谷秃子，也是康五一的功劳。事实证明，谷秃子露面，算是彻底把凶手锁定为小蚊子和刘小辫儿，剩下的就是怎么抓到他们了。

谷秃子说小蚊子和刘小辫儿曾找过他，记得当时的他俩活脱就是一对儿丧家犬，眼神是空的

刑警们同意不再让康五一去深圳，其实是因为改变了计划。所以，秦蓉的老公不过做了个顺水人情，并无尺寸之功。

改变了的计划是什么呢？让康五一带着饭店队的刑警们在全市各大宾馆饭店寻找小蚊子和刘小辫儿的踪迹，另外就是在不惊动任何人的情况下设法找到谷秃子谷建军。因为那时候还不敢确定小蚊子和刘小辫儿就是凶手，甚至都不能排除康五一参与的嫌疑。按康五一的说法，出了人命案，那帮警察都红眼了，瞧谁都不像好人。那几天好几个便衣民警一天二十四小时就把着那家宾馆电梯十一层的出口，凡是到这一层来的客人，先问找谁，只要说是找黄鹂的，一律扣住审查。

当然，嫌疑最大的还是小蚊子和刘小辫儿。谷秃子和这俩人既是同学又是朋友，关系不一般，万一他知情，惊了一个就等于都惊了。设计的方案是，想办法把谷秃子骗回北京。

康五一领着便衣警察们连着几个晚上在各大饭店的舞厅转悠，白天不着痕迹地联系小蚊子和刘小辫儿的同学和朋友们，又来到谷家，找谷建军的父亲东拉西扯，不显山不露水就弄到了谷秃子在广东的手提电话号码。回到宾馆，康五一在警察的授意下给谷秃子打了电话。

看来谷秃子对北京发生的事毫不知情，所以，康五一问什么他就说什么，丝毫不设防。

康五一问："前几天小蚊子他们说去找你玩儿，去了吗？"

"来了，昨晚上我请他们吃的饭。这俩小子在哪儿发财了还是惹事了，问也不说，还给我留下两万美子，让我有空回北京给小蚊子他爸呢。”

“是吗？我没听说啊，就听说他们出去倒腾买卖去了。这会儿你们没在一块儿啊？”

“没有，他们昨晚上吃完饭就走了，说去佛山看看妈祖庙就到云南去。妈的是不是玩粉儿呢？离远着点儿吧，这可惹不起。”

“你什么时候回来啊，就长住那边啦？你别不留神再把人家小蚊子他爸那两万美子给造了，哈哈。”

“没准儿什么时候就回去待几天，这地方齁热，我一人儿待着也没劲。嘿嘿，没钱花了我就花美子呗，管他呢！”

瞧这意思，谷建军并不知道小蚊子他们在北京干了什么事。如果知道了还能这么轻松适意地跟康五一神聊，那这个人的心理也强大得可以了。警察找韩跃民了解情况的时候，韩跃民对警察们说：“我太了解谷建军了，他绝对不可能是知道了李小文他们犯了事故意为他们瞒着。他要是撒谎，我兜着！”

于是警察们安排公司领导给谷秃子打电话，找个由头把他蒙回了北京。

谷秃子压根儿就不知道发生了什么事，可他贼精贼精的，从警察们的神情和重视程度上就猜出这事儿小不了。所以他也不敢吊儿郎当了，绞尽脑汁搜索枯肠，尽可能回忆和小蚊子他们见面时的所有细节。

估计警察们会很欢迎谷秃子这样的人提供线索，因为他能侃，平时云山雾罩地惯了，就是在警察面前他也要显示自己的明察秋毫见微知著。

刘小辫儿和小蚊子是四天前的下午找到谷秃子的。这俩小子还有点儿反侦查能力，所以谷秃子最初接到的电话是一个女人打来的。那女人一口湖南普通话，可硬说是刘小辫儿的表姐。谷秃子心里犯嘀咕，刘小辫儿他们家往上数八辈都是北京土著，出了四九城连个朋友都少见，哪儿来的湖南表姐呢！那女人说刘小辫儿给他捎了点东西，约他到羊城酒店门口见面，好把东西给他。俩人互不相识，约定的见面标志是，女人手拿一条希尔顿烟。

谷秃子满肚子纳着闷儿就去了。原先还以为必是刘小辫儿的相好，可是一见面谷秃子差点没乐出声来。那女子三十多岁年纪，七分裤、大背心，离老远就能闻见头发上的馊味。要不是方圆左右就这么一个手拿希尔顿烟的女人，谷秃子绝对想象不出刘小辫儿会认识这么个女人。

更让他觉得蹊跷的是，这女人对刘小辫儿的情况是一问三不知。问她是怎么个表姐她也不说，就知道笑。谷秃子懒得和她多说，赶紧问她给捎的是什么东西。这女人一伸手把希尔顿递过来："喏，就是这个。"

几千里地捎一条希尔顿？太奇怪了。谷秃子把这个女人打发走，自己站在那儿发愣。琢磨半天没个所以然，这才慢悠悠准备回去。直到这个时候，小蚊子和刘小辫儿才幽灵般出现在他眼前。俩人哈哈大笑，说是故意跟他玩儿这么个把戏逗逗他。

谷秃子自作聪明说："当时我就觉着他俩肯定有事儿，这是怕有警察挂着我。那个女人肯定是大街上雇来的，探我的路呢。可是他们既然不说，我当然也就不问。接茬儿装傻。说实话我还怕他们干了什么说出来呢，说了我不就成了知情不报，还顶雷呢。不说正好，我就装糊涂。装糊涂谁不会啊，李铁拐把眼挤——你糊弄我我糊弄你呗。"

警察让他说乐了，问："他们没说打哪儿来？"

谷秃子想了想："他俩说刚从海南过来，跟那边做了点儿生意，刚提了现，还要去云南，一时半会儿还不回家呢，所以让我回北京的时候给小蚊子他爸捎钱回去。我看这俩小子啊，哪像是刚挣了钱啊，活脱就是一对儿丧家犬，刚偷了钱差不多。那眼神儿，空的，脸儿还刷白。刘小辫儿这两年不是胖了嘛，手背上都是密密麻麻的汗珠，烟抽几口就嘬不出烟来了，汗都给洇透了。小蚊子精瘦，那么大个儿的核桃嗉子叽里咕噜乱滚。我太知道这俩人了，要不是惹了大事儿，他们不能够这样。"

谷秃子告诉警察，和小蚊子他们吃饭的时候，他俩还拿出一个大哥大。当时谷秃子以为是他们自己刚置备的，问号码是多少，他们说是路上捡的，也没电了，没法开机，问谷秃子能不能帮着给卖俩钱花。谷秃子说："我闻着贼性子味儿太大，没敢接这个茬儿。"

就凭这些，确定了小蚊子和刘小辫儿重大嫌疑人的身份。如果他们真是到云南去了，那就很有可能要从那边私逃出境。刑警们紧张起来，协查通报当晚就发下去了。

[二]

就在他扔掉烟头准备过马路的时候，几个刑警从四面围拢过去

谷建军现身，康五一总算是解了套儿。他跑到洗浴中心痛痛快快蒸了个桑拿搓了个澡，做了个按摩，意气风发趾高气扬领着赵玥回到餐厅解馋去了。

抓住小蚊子和刘小辫儿之前，谷秃子是不能回家了。开头几天，他还能在专案组混吃混喝，确定了嫌疑人之后，专案组就撤离了案发地。那把谷秃子搁哪儿呢？给扔到北新桥炮局去了。

警察们的决定也是有道理的：有关小蚊子和刘小辫儿去找过他的事，都只是谷秃子的一面之词。谁也不能排除谷秃子知情不举，甚至给两个犯罪嫌疑人提供资助的可能。这意思就是，逮不住小蚊子和刘小辫儿，谷秃子就干净不了，那就得在炮局多住些日子了。

人在炮局，公安局不能不通知家属。谷建军的父亲大概也从别的渠道听到了一点儿风声，给韩跃民打电话问到底怎

就在他扔掉烟头准备过马路的时候，几个刑警从四面围拢过去

么回事。韩跃民不敢怠慢，亲自跑了一趟谷家，把他知道的事大致说了说。谷父埋怨他："这么大事儿你也不跟我通个气，谷建军能犯什么事儿啊？关那么多日子还不让回家，他小时候就有病你知不知道啊……"听这口气好像是韩跃民把他儿子关起来了。

韩跃民有苦说不出，心说这件事从头到尾跟我有啥关系呢？唯一可以埋怨的就是，康五一说了这件事跟谷秃子有一些牵扯，我没有及时通报谷家。可这是人命案啊，真通报了谷家，警察不追究？

谷父说，小蚊子和刘小辫儿，这俩孩子他也都很熟悉，真没想到他们能干这种事。又说，那就盼着赶紧抓住他们吧，要不谷建军还得在里边待着，大热天儿的，多受罪啊。

这之后，韩跃民和康五一各忙各的。偶尔问问老富，老富说康五一的表姐夫升了官，当了哪个区的工商局局长。这位姐夫局长挺给力，帮他雇了个可靠的大堂经理。康五一自己乐得清闲，也就时不常去看看，不怎么管事了。平时没事儿就带着赵玥到老富住的小区里找人打麻将。又过了些日子，康五一呼韩跃民，特意告诉他，小蚊子和刘小辫儿已经被擒住了。

按照康五一的叙述，抓住这俩小子，主要还是谷建军立了功。他把韩跃民和老富约到他的餐厅里，喝酒、吃皮皮虾，神侃了一通："我跟你们说啊，人说警察这么威武那么厉害，要我看……这回逮小蚊子我就知道了，不就人海战术嘛，没什么新鲜的！"

韩跃民没接触过真正的刑警，对此不敢置喙。不过根据康五一的吹嘘，除了把小蚊子摁倒在地的最后那一扑，小蚊子的落网跟警察们的努力没什么太大关系。

七月下旬的一天，小蚊子居然从外地给谷秃子打电话，询问那笔钱是不是给他爸送去了。谷秃子心眼儿不少，假装没事人，说自己还没回北京呢，准备明后天回家。小蚊子埋怨谷秃子，说那笔钱是给他爸爸还账用的，老这么拖着不给送去，他爸准得急出毛病来。谷秃子连声答应一回北京马上就给送去，又随口问他现在在哪儿呢。小蚊子没理这个茬儿，沉吟了一会儿说："干脆我明天也回北京一趟，回头你把钱给我吧，我也好些日子没见我们家人了。"

俩人当下约好第三天中午在东四那家著名的加州牛肉面馆见。小蚊子还千叮咛万嘱咐，别跟别人说这件事，说他欠着人家的赌债呢，不敢在北京露面。

康五一说，因为警察们除了照片谁都没见过小蚊子，谷秃子又要出面赴约，好钓住小蚊子。他们怕一时认不准人，所以叫上了康五一，让他坐在车里盯住了拉面馆附近，辨认逃亡一个多月很可能面目全非的小蚊子。这么着，康五一亲眼见到了小蚊子落网。

约定的那天上午，按照警察的布置，在东四路口西南角牛肉拉面馆对面停了一辆民用桑塔纳，康五一坐在车里不错眼珠地盯着外面。谷秃子被安排在拉面馆靠窗户的桌子坐着，康五一坐在车里老远就能看得见他。约定的时间是中午十二点半，一直等到快一点了，小蚊子瘦削的身影才出现在不远处的便道上。他胳膊上搭着衬衫，鼻梁上架着个大墨镜，就在康五一这辆车旁边站定了往对面的拉面馆看。他肯定是看见了谷秃子，可是又犹豫着不敢过去。这么等了有十分钟的样子吧，估计是下定了决心。就在他扔掉烟头准备过马路的时候，几个刑警从四面围拢过去。小蚊子察觉不妙的时候已经晚了，被好几个人扑倒在地上。康五一形容说："警察们把小蚊子上了背铐拽起来的时候，他胳膊肘上渗出的血印子我都看得清清楚楚。"

小蚊子也没挣扎，被拽起来的时候冲着马路对面大喊了一声："我操你大爷的谷秃子！"

后来韩跃民见到谷秃子，问起这事，他眨巴着小眼睛还挺委屈："你以为我愿意钓他来啊？我跟小蚊子打小学一年级就在一个班，上初中没分在一个班，还让我爸帮着说话给调到一起去了。这么多年，我们就没怎么分开过。他比我小俩月，比我亲弟弟不差什么。那帮警察也不是不知道我们的关系，不定怎么暗地里盯我呢。拿小蚊子那天，你以为就我一个人坐拉面馆里？跟你这么说吧，我周围的便衣就不下十个！有男有女弄得跟真的似的，一人一碗面在那儿等着小蚊子入套。人家说了，只要小蚊子来了他就绝对跑不了。拉面馆四周围，估计得有百八十个警察候着他呢。给他摁地上的时候我看见了，他骂我我没听见，警察没让我出去。我倒是想听见呢，好歹那是他跟我说的最后一句话啊。"

这小子，说着说着还红了眼圈儿。

谷秃子说的是实情。康五一说他一直在车里，听着各路刑警用对讲机联络。东到朝内小街路口，西到美术馆十字路口，南到灯市东口，北到东四十条口，都布置了人，那真是架了一个天罗地网。

不用费事，小蚊子一进去就全撂了。当天下午四点，根据小蚊子提供的线索，山东警方密切配合，刘小辫儿在济南落网。国庆节前夕，小蚊子和刘小辫儿的照片上了墙。

康五一也挺感慨：“你说这事儿闹得，才三十吧，就给冒了。”

尾声

亚运会成功举办的第二年，韩振江退了休。此前，韩跃民的坐科师傅霍连升也已经退休。

俩老头没闲着，先后被农民企业家老葛请去做了顾问。老葛早就改行，开了一家服装厂。服装和帽子虽然不是一回事，但是老葛认定了这两件东西的大道理是相通的，请两位老师傅去做技术指导，质量上把把关，绝对有必要。两个高价老头从此住在远郊，一个礼拜回来一次。

韩跃民和李娟的婚事还那么拖着，一直也没个下文。袁素娥也办了退休，在家给三闺女看孩子。

范红梅不知为什么跟疤瘌星离了婚，自己带着个女儿过起了单身妈妈的生活。胡子还是她的手下，不过门脸搬到了灯市东口，面积大了，字号也换了，叫“红梅新世界”。

康五一的餐厅承包期内失火，损失惨重。他从此一蹶不振，跟着老富做起了古玩生意。买卖有一搭没一搭，老婆也跟人跑了。父母相继去世后，他把城里的房子租出去，跑到良乡住着去了。

佟之鹰相对老实，当了车间主任就没再进步。后来和二雷一起下海，开了个装修公司。张弛相对机灵，头脑灵活，先当了副厂长，后来也下海，做保健品生意去了。

韩跃民，算命的说他属于龙困浅水，只有出了天坛帽厂才能有所作为。他是听了算命的还是听了上级的，不好说。总之他是退了团之后才调进了团市委，然后又去干媒体。果然从此大显身手，创下一片辉煌。然后又急流勇退，转行了。

生活流、时间流，不以人的意志为转移，自行流动，永无停歇。

跋

总是听说，人到了一定年纪，就喜欢怀旧了。这话反过来说，那就是谁喜欢怀旧，谁就上了年纪呗。正反一个理儿，怎么说都对。

看到过一份资料，大意是说中国打从十几年前开始，就已经正式步入了老龄社会。老年人多了，怀旧的情绪也就蔓延漫漶开来。照这个推导下去，怀旧也能成为一种时尚了。

《天坛帽儿爷》这部小说，写的固然是三四十年前的事，可它还真不算是怀旧之作。充其量，这部小说只是陈年往事的回映，是旧日情怀的记录，是我对当年那些人那些事的一种礼敬。并无缅怀，何况它也不“旧”——历历在心、历久弥新，怎么能说是怀旧呢！

这部小说写了一年。可是它在我心里盘桓了好几十年，差不多成了心里的一个负累。现在这个负累终于放下了，有一种得大解脱的轻松。

之所以成为负累，是因为有些人有些事儿萦绕于心，始终放不下忘不了。大概每个人心里都有几件这样的事和几个这样的人，这些事也许和你关联并不大，可你就是放不下；这些人和你也许并不多么亲近，可你就是忘不了。我坚信，多数人会把这样的人和事带走，永不示人，成为永远的秘密；

少数人会把这样的人和事记录下来，给它们留个影儿，连同那个时代，写照、保存，或许还可以铭刻。

好像是泰戈尔的诗句："天空不曾留下鸟的痕迹，但我已飞过。"这句话是不是原文，我也懒得考据。何况本就是译文，也无所谓原文不原文。只是想到这句话，就为我们人类感到庆幸——鸟儿飞过天空，了无痕迹；可是我们人类走过什么地方、干了点儿什么，终会留下痕迹，你想掩盖都掩盖不了。

这就算是历史了吧。国家有国家的历史，民族有民族的历史，小到一个村落，它也有它的历史。这些历史，有的成为典籍，大书特书，煌煌耀目，千古留存；有的心口流传，历久不衰，化为一代一代的坊间文化。这样的流布方式，很容易逐渐走形，高大的越来越高大，卑琐的越来越卑琐。时间长了，那就不是原汁原味，变成一个笑话了。那么典籍之外，心口流传之外，还有一个方式，就是白纸黑字。介于典籍和心口之间，白纸黑字最是牢靠。它不至于被扭曲、演化，过几十年几百年，它还是原来的样子。千年的文字会说话，就是这个意思。

我要说的，也是这个意思。

我的祖辈、父辈，到我这儿，一直就没离开过南城这片热土。小时候，北京在我的心目中也就南城这一片儿，这么点儿地方。贫瘠局促、混乱无序也好，愚昧落后、粗鄙浅陋也罢，那是旁观者的看法。于我来说，这是一片充满人情味儿和烟火气的热土，我喜欢它，忘不了它。这里边儿的人物、故事、生活场景，都是我烂熟于心、这辈子不会忘的。所以，我用自己的方式记录它，用自己的眼光看待它，用自己心中的标尺衡量它、定义它，铭刻它的存在。

写完我就想，这书里究竟有多少我自己的影子？好像没有，又好像全都是我的影子。

我不是天空中飞过无痕的小鸟，我是有血有肉有爱有恨的人。我在这片热土上留下过足迹，我忘不了那些年和我有过交集的人，忘不了那些让我欢愉或者悲伤的事。

我把它们记下来，留下一点履痕。仅此，足矣。